W0282043

Aus dem Russischen
von Andreas Tretner

Viktor Pelewin

Buddhas kleiner Finger

Roman

Mit einem Vorwort von
Urgan Dschambon Tulku VII.

Verlag Volk & Welt
Berlin

Titel der russischen Originalausgabe
Čapaev i Pustota
Erschienen im Verlag »Vagrius«, Moskau 1996.
Die deutsche Übersetzung berücksichtigt geringfügige Änderungen des Autors.
Copyright © Viktor Pelewin, 1996.

»Der Mythos vom Feldkommandeur oder: Wer war Wassili Tschapajew?« ist die leicht gekürzte Fassung eines Vortrags im Pariser Centre Georges Pompidou.
Copyright © Victor Pelewin, 1998.

Gefördert vom Literarischen Colloquium Berlin
mit Mitteln des Auswärtigen Amtes und der Senatsverwaltung
für Wissenschaft, Forschung und Kultur Berlin.

Copyright © 1999 der deutschen Ausgabe
by Verlag Volk und Welt GmbH, Berlin.
Alle Rechte vorbehalten.
Schutzumschlag: rgb, Hamburg
Satz: deutsch-türkischer fotosatz, Berlin
Druck und Bindearbeiten: Wiener Verlag
Printed in Austria
ISBN 3-353-01140-4

Ich sehe die Pferdeköpfe und die Menschengesichter, die ganze endlose Karawane – aufgebrochen kraft meines Willens, im glutroten Abendlicht durch die Steppe ziehend, dem Nirgendwo entgegen – und ich denke: Wo nur bin Ich in diesem Strom?

Dschingis-Khan

Vielerlei Gründe legen es nahe, den wahren Urheber des vorliegenden, Anfang der zwanziger Jahre in einem Kloster der Inneren Mongolei entstandenen Manuskripts zu verschweigen; so erscheint es hier unter dem Namen des Redakteurs, der es für den Druck vorbereitet hat. Getilgt sind gegenüber dem Original die Beschreibungen einiger magischer Prozeduren, ebenso ein beträchtliches Maß Reminiszenzen des Erzählers an sein Leben im vorrevolutionären Petersburg (seine sog. »Petersburger Periode«). Auf die vom Autor gewählte Genrebezeichnung – »Freier Gedankenflug« – wurde verzichtet, da sie allem Anschein nach als Scherz aufzufassen ist.

Die Geschichte, wie sie der Autor erzählt, hat als psychologisches Tagebuch ihren Reiz und ihre unbestreitbaren künstlerischen Qualitäten; mehr will sie überhaupt nicht sein, obschon sich der Autor hie und da der Erörterung von Gegenständen befleißigt, die unserer Ansicht nach keiner Erörterung bedürfen. Eine gewisse Verkrampftheit im Stil läßt sich damit erklären, daß der Autor kein »literarisches Werk« zu schaffen beabsichtigte; vielmehr wollte er mit seinem Text mechanische Bewußtseinszyklen fixieren und sich auf diesem Wege dauerhaft vom sogenannten Innenleben befreien. An zwei oder drei Stellen zieht es der Autor vor, direkt auf den Verstand des Lesers zu setzen, anstatt ihm eines dieser aus Worten zusammengebastelten Phantome vorzugaukeln; leider ist die Aufgabe gar zu simpel, als daß derlei Versuche von Erfolg gekrönt sein könnten. Literaturexperten werden vorliegendes Werk vermutlich wieder nur als ein neues Produkt des in den letzten Jahren in Mode gekommenen kritischen Solipsismus sehen; doch liegt der Wert des Dokuments recht eigentlich darin, daß hier erstmals in der Weltkultur der Versuch unternommen wurde, den alten mongolischen My-

thos der Ewigen Nimmerwiederkehr mit künstlerischen Mitteln zu gestalten.

Einige Worte zum Hauptthelden des Buches sollen folgen. Besagter Redakteur trug mir vor einiger Zeit ein Tanka des Dichters Puschkin vor:

Doch an das Blutjahr,
Die vielen kühnen Opfer,
Gute und schöne,
Erinnert kein Gesang uns
In wehen, süßen Tönen ...

In mongolischer Übersetzung klingt die Wendung »kühnes Opfer« seltsam. Dieses Thema zu vertiefen ist hier aber nicht der Ort; lassen wir es bei dem Hinweis bewenden, daß die letzten beiden Tankaverse sich ohne Abstriche auch auf die Geschichte von Wassili Tschapajew beziehen lassen.

Was weiß man heute von diesem Mann? Soweit wir zu urteilen vermögen, hat die Figur im Gedächtnis der Nation rein mythologische Züge angenommen, Tschapajew spielt in der russischen Folklore die allgegenwärtige Rolle eines Nasreddin Hodscha. Um ihn ranken sich zahllose Witze und Anekdoten, allesamt fußend auf einem bekannten Kinofilm der dreißiger Jahre. Darin wird Tschapajew als roter Reiterkommandeur im Kampf gegen die Weißen dargestellt, er führt lange, innige Gespräche mit seinem Adjutanten Petka sowie der Maschinengewehrschützin Anka und ertrinkt am Ende während einer weißgardistischen Attacke in den Fluten des Ural-Flusses. Mit dem Leben des wirklichen Tschapajew hat dies alles nicht das geringste zu tun; zumindest sind die wahren Tatsachen durch Mutmaßungen und Spekulationen bis zur Unkenntlichkeit entstellt.

Der ganzen Verwirrung zugrunde liegt ein Buch mit dem Titel »Tschapajew«, welches zuerst 1923 in einem Pariser Verlag auf französisch erschien und – man beachte! – in Rußland unverzüglich nachgedruckt wurde. Wir ersparen es uns an dieser Stelle, den Nachweis seiner Nichtauthentizität zu führen. Wer will, findet darin mühelos Unge-

reimtheiten und Widersprüche en masse, und letztlich ist es der Geist des Buches selbst, der bezeugt, daß der Autor bzw. die Autoren keine Ahnung von den Dingen hatten, die sie so fleißig zu beschreiben suchen. Angemerkt sei immerhin, daß Herr Furmanow dem historischen Tschapajew begegnet ist, und zwar mindestens zweimal, besagtes Buch jedoch aus Gründen, die im weiteren ersichtlich werden, gar nicht geschrieben haben kann. Um so verwunderlicher, daß der ihm zugeschriebene Text von vielen bis heute als annähernd dokumentarisch angesehen wird.

Hinter dieser nun schon mehr als ein halbes Jahrhundert bestehenden Fälschung lassen sich unschwer die rührigen Aktivitäten großzügig finanzierter Kräfte ausmachen, die daran interessiert sind, daß die Wahrheit über Tschapajew den Völkern Eurasiens so lange wie möglich verborgen bleibt. Doch scheint uns schon die Tatsache, daß vorliegendes Manuskript aufgefunden werden konnte, beredt von einem neuen Kräfteverhältnis auf dem Kontinent zu zeugen.

Noch ein letztes. Den Titel des Originaltextes (»Wassili Tschapajew«) haben wir in »Buddhas kleiner Finger« geändert, um Verwechslungen mit jener weitverbreiteten Fälschung aus dem Weg zu gehen. Neben dem von uns gewählten Titel gab es im übrigen noch vier weitere Vorschläge des Redakteurs: »Tschapajew und Pustota«, »Das tönerne Maschinengewehr«, »Die Pfade des sich verzweigenden Gärtners« und »Der schwarze Überzieher«.

Möge dieser Text dem Wohle aller Lebewesen auf Erden dienen.

Gate gate paragate parasamgate bodhi svaha.

Urgan Dschambon Tulku VII.,
Vorsitzender der Buddhistischen Front der
Vollständigen und Endgültigen Befreiung (VEB[B])

1

Der Twerskoi-Boulevard war beinahe genau so, wie ich ihn vor zwei Jahren zum letztenmal gesehen hatte. Wieder Februar, Schneewehen und eine seltsam ins Tageslicht sickernde Finsternis. Auf den Bänken hockten dieselben reglosen Weiblein wie damals. Oben über dem schwarzen Geflecht der Zweige derselbe graue Himmel – eine alte, verschlissene Matratze, die unter dem Gewicht des schlafenden Gottes bis auf die Erde durchhing.

Einen Unterschied gab es allerdings. In diesem Winter fegte ein Schneesturm durch die Alleen, wie man ihn eigentlich nur aus den Steppen kannte, und wäre ich ein paar Wölfen begegnet, hätte mich das nicht gewundert. Der bronzene Puschkin erschien einem noch eine Spur trauriger als sonst – was wohl daher kam, daß ihm ein rotes Tuch mit der Aufschrift *Es lebe der 1. Jahrestag der Revolution* vor der Brust hing. Zu ironischen Betrachtungen darüber, daß hier ein Jahrestag zu leben aufgefordert und das Wort »Revolution« noch auf vorrevolutionäre Weise geschrieben war, verspürte ich keine Lust – hatte ich doch in letzter Zeit genug Gelegenheit gehabt, dem Dämonen, der sich hinter all diesem kurzgefaßten Stuß auf rotem Grund verbarg, ins Gesicht zu schauen.

Es dämmerte schon. Das Strastnoi-Kloster war im Schneegestöber kaum zu erkennen. Auf dem Platz davor standen, umwogt von einer Menschenmenge, zwei Lastwagen mit hohem, leuchtend rot bespanntem Verdeck; eine Sprecherstimme schallte herüber, ich verstand so gut wie nichts, doch der Tonfall und das wie ein Maschinengewehr hämmernde »Rrrr« in den Wörtern »Proletariat« und »Terror« ließen keinen Zweifel, worum es ging. Zwei betrunkene Soldaten überholten mich, Gewehre mit aufgepflanzten Bajonetten über den Schultern. Die Soldaten hatten es eilig, auf den Platz zu kommen, doch nach einem dreisten Blick zu mir herüber verlangsamte einer von ihnen den Schritt und öffnete den Mund, als wollte er etwas sagen; zum Glück (seinem und meinem) zerrte ihn der andere am Ärmel, und sie trollten sich.

Ich machte kehrt und lief rasch den Boulevard hinab, dabei grübelte ich, wieso dieses Pack bei meinem Anblick immer mißtrauisch wurde. Gekleidet war ich zugegebenermaßen unvorteilhaft und geschmacklos – ich trug einen schmutzigen englischen Mantel mit breitem Rückengurt, eine Militärmütze à la Alexander II. (natürlich ohne Kokarde) und Offiziersstiefel. An meinem Aufzug allein konnte es allerdings nicht liegen. Ringsum gab es genügend Leute, die weit wunderlicher aussahen als ich. Zum Beispiel hatte ich auf dem Twerskoi einen von allen guten Geistern verlassenen Herrn mit goldener Brille gesehen, der, eine Ikone vor sich her tragend, auf den düsteren, menschenleeren Kreml zustrebte – niemand schenkte ihm Beachtung. Ich hingegen zog in einem fort schräge Blicke auf mich, und jedesmal fiel mir ein, daß ich weder Geld noch Papiere besaß. Tags zuvor hatte ich mir auf dem Bahnhofsklosett eine rote Schleife an die Brust geheftet, doch sogleich wieder entfernt, als ich mich damit im gesprungenen Spiegel sah; mit der Schleife wirkte ich nicht nur bescheuert, sondern doppelt verdächtig.

Möglich außerdem, daß in Wahrheit keiner seinen Blick länger auf mir ruhen ließ als auf irgendeinem anderen; meine angespannten Nerven und die Angst vor der Verhaftung mochten schuld sein. Nicht, daß ich den Tod fürchtete. Vielleicht war er ja bereits eingetreten, so mein Gedanke, und dieser vereiste Boulevard, den ich entlangging, war der Vorhof zum Schattenreich. Sowieso hatte ich schon früher die Idee gehabt, daß die russischen Seelen den Styx wohl überqueren müssen, wenn er zugefroren ist, und die Münze bekommt nicht der Fährmann, sondern irgendein Herr in Grau, der einen Schlittschuhverleih betreibt (freilich von gleicher Mentalität).

In welcher Ausführlichkeit ich diese Szene plötzlich vor mir sah! Graf Tolstoi im schwarzen Trikot zog, weit die Arme schwingend, übers Eis, dem fernen Horizont entgegen; seine Bewegungen waren langsam und gravitätisch, doch lief er so geschwind, daß das dreiköpfige Hundevieh, das hinter ihm her war mit lautlosem Gebell, ihn nicht zu fassen vermochte. Ein strahlender Sonnenuntergang vollendete das Bild, in schmachtendem Rotgold, nicht von dieser Welt. Ich lachte in mich hinein. Im selben Moment fiel eine Hand auf meine Schulter.

Ich tat einen Schritt zur Seite, fuhr herum, während meine Finger in der Manteltasche nach dem Knauf des Revolvers suchten, und war verblüfft: Vor mir stand Grigori von Ernen – ein Freund aus Kindertagen. Doch wie sah er aus! Von Kopf bis Fuß in schwarzem Leder, das Pistolenhalfter an der Hüfte baumelnd, eine absurde Art Hebammenköfferchen in der Hand.

»Schön, daß du noch was zu lachen hast«, sagte er.

»Tag, Grigori«, erwiderte ich. »Komisch, dich zu sehen.«

»Wieso denn?«

»Nur so. Halt komisch.«

»Woher und wohin?« fragte er in munterem Ton.

»Ich komme grad aus Petersburg«, sagte ich. »Und wohin, das tät ich selber gern wissen.«

»Dann erst mal zu mir«, sagte Grigori. »Ich wohne um die Ecke, hab die ganze Wohnung für mich allein.«

Wir liefen ein Stück den Boulevard hinab, dabei musterten wir einander, grienten uns an und redeten sinnlos daher. Seit unserem letzten Zusammentreffen hatte Grigori von Ernen sich einen Bart stehen lassen, weshalb sein Gesicht einer gekeimten Zwiebel ähnelte; die Wangen waren rauh und gerötet, man konnte meinen, er hätte sich mehrere Winter in Folge auf Schlittschuhen gesund gelaufen.

Wir waren ans selbe Gymnasium gegangen, hatten uns danach aber nur noch selten gesehen. Ein paarmal traf ich ihn in den Petersburger literarischen Salons; er schrieb Gedichte, die ein bißchen nach Nekrassow klangen und ein bißchen nach Nadson – als dieser an Marx glaubte und jener der Sodomie frönte. Gestört hatte mich von Ernens Art, im Beisein anderer Kokain zu schnüffeln, und daß er beständig auf seine Verbindungen zu sozialdemokratischen Kreisen anspielte. Mit letzterem hatte er, so wie er jetzt aussah, wohl nicht gelogen. Es war aufschlußreich, an einem Mann, den man seinerzeit mit Vorliebe vom mystischen Sinn der Hl. Dreifaltigkeit hatte reden hören, Zeichen zu gewahren, die seine Zugehörigkeit zu den Heerscharen der Finsternis erkennen ließen. Doch kam ein solcher Wandel natürlich nicht überraschend. Etliche Dekadente vom Schlage eines Majakowski hatten den offen satanischen Charakter der neuen Macht gewittert und sich ihr darum unverzüglich angedient. Wobei ich allerdings glaube, daß kein eingefleischter Satanismus sie dazu trieb (dafür waren sie viel zu infantil), sondern ihr ästhetischer Instinkt: Das rote Pentagramm paßte prächtig zu Majakowskis gelbem Jäckchen.

»Wie sieht's aus in Petersburg?« fragte Grigori.

»Als ob du das nicht selber wüßtest«, sagte ich.

»Stimmt«, versetzte Grigori gleichmütig. »Das weiß ich selber.«

Wir bogen vom Boulevard ab, überquerten eine gepflasterte Straße und standen gleich darauf vor einem respektablen siebenstöckigen Wohnhaus, direkt gegenüber dem »Palace«-Hotel, vor dessen Eingang zwei Maschinengewehre, rauchende Matrosen und ein langer Pfahl mit knatternder roter Muleta standen. Von Ernen zupfte mich am Ärmel.

»Sieh mal«, meinte er.

Ich drehte den Kopf. Auf dem Pflaster vor dem Hauseingang

stand ein langes, schwarzes Automobil mit offener Fahrerbank und gestutzter Kabine. Die Vordersitze waren vom Schnee ordentlich zugeweht.

»Und?«

»Das ist meiner«, sagte Grigori. »Mein Dienstwagen.«

»Aha«, sagte ich. »Gratuliere.«

Wir traten ins Haus. Der Fahrstuhl funktionierte nicht, wir mußten die düstere Treppe benutzen, von der sie den Läufer noch nicht weggerissen hatten.

»Was treibst du so?« fragte ich.

»Oh«, sagte Grigori, »wie soll ich das so schnell erklären. Viel Arbeit, zuviel sogar. Das geht zack, zack, zack, man kommt kaum hinterher. Mal hier, mal da. Jemand muß es ja machen.«

»Auf dem Kultursektor, oder wie?«

Er neigte irgendwie unbestimmt den Kopf zur Seite. Ich fragte lieber nicht weiter.

Im vierten Stock angekommen, näherten wir uns einer hohen Tür, auf der sich deutlich das helle Viereck des abgerissenen Namensschilds abhob. Die Tür ging auf, wir traten in einen dunklen Flur, und augenblicklich schellte das Wandtelefon. Grigori nahm ab.

»Jawohl, Genosse Babajasin«, brüllte er in die schwarze Ebonitmuschel. »Ja, ich weiß, den brauchen Sie nicht extra ... Genosse Babajasin, das kann ich nicht, das ist doch lächer... Stellen Sie sich vor, wie peinlich das ... noch dazu mit den Matrosen. Was? Zu Befehl, aber ich protestiere entschieden. Was?«

Er schielte zu mir herüber, und um ihn nicht in Verlegenheit zu bringen, ging ich ins Wohnzimmer.

Der Boden lag dort voller Zeitungen, von denen die meisten längst verboten waren – hier gab es anscheinend noch ganze Jahrgänge. Auch andere Spuren früheren Lebens waren zu besichtigen. An der Wand hing ein prachtvoller türkischer Teppich, darunter stand ein Sekretär mit verschiedenfarbigen Emaillerhomben – bei seinem Anblick war mir sofort klar, daß eine wohlhabende Familie aus Kreisen der Konstitutionellen Demokratie hier gewohnt haben mußte. An der gegenüberliegenden Wand gab es einen großen Spiegel, daneben hing ein Kruzifix im Jugendstil. Ich hielt mich kurz bei der Frage auf, welcherart religiöses Gefühl dazu wohl passen mochte. Viel Raum nahm ein riesiges Bett mit gelbem Baldachin ein. Was auf dem runden Tisch in der Mitte des Zimmers beieinanderstand, erschien mir – vielleicht der Nachbarschaft zum Kruzifix wegen – wie ein christlich-esoterisch angehauchtes Stilleben: eine Literflasche Wodka, eine Dose türkischer Honig in Herzform, ein ins Nichts führendes Treppchen aus drei übereinanderliegenden Stücken Schwarzbrot, drei geschliffene Trinkgläser und ein kreuzförmiger Dosenöffner.

Beim Spiegel lagen mehrere Bündel auf dem Boden, die nach Schmugglerware aussahen; im Zimmer roch es säuerlich, nach Fußlappen und Schnaps, etliche leere Flaschen standen herum. Ich setzte mich an den Tisch.

Bald darauf knarrte die Tür, und Grigori trat ein. Er legte die Lederjacke ab; das Hemd darunter wirkte betont soldatisch.

»Der Teufel weiß, was die wollen«, sagte er, während er sich setzte. »Ein Anruf von der Tscheka.«

»Arbeitest du für die?«

»So wenig wie möglich.«

»Wie bist du überhaupt in diese Gesellschaft geraten?«

Grigori von Ernen grinste breit.

»Nichts leichter als das. Ein Fünfminutengespräch mit Gorki am Telefon, das war alles.«

»Und die Mauser und das Auto haben sie gleich mitgeliefert?«

»Ach, weißt du«, sagte er, »das Leben ist bekanntlich ein Theater. Wovon aber viel seltener die Rede ist: An diesem Theater wird jeden Tag ein neues Stück gespielt. Und ich stell da jetzt eine Inszenierung auf die Beine, Pjotr, ich kann dir sagen.«

Er hob die Hände über den Kopf und schüttelte sie, als müßte er die Münzen in einem unsichtbaren Beutel zum Klingen bringen.

»Es geht nicht mal um das Stück«, sagte er. »Wenn wir den Vergleich weiter bemühen wollen, dann durfte früher jeder im Saal sein faules Ei auf die Bühne schmeißen. Jetzt aber wird Tag für Tag von der Bühne runtergeschossen, da kann auch schon mal ein Bömbchen fliegen. Und du mußt wissen, was du lieber sein möchtest, mein Lieber: Schauspieler oder Zuschauer?«

Das war eine ernst zu nehmende Frage.

»Was soll ich dazu sagen«, dachte ich laut vor mich hin. »Klingt mir zu sehr nach Stanislawski: Theater fängt schon an der Garderobe an und so. Bei euch hängt man am Ende selber am Haken, schätze ich mal. Und die Zukunft«, dozierte ich und stieß den Zeigefinger in die Luft, »gehört sowieso der Kinematographie!«

Grigori kicherte und schüttelte den Kopf.

»Denk trotzdem über meine Worte nach«, sagte er.

»Versprochen«, erwiderte ich.

Er goß sich einen Wodka ein und trank.

»Puh«, sagte er. »Weil wir grad beim Theater sind. Weißt du, wer neuerdings Theater-Kommissar ist? Madame Malinowskaja. Ihr kennt euch doch, nicht wahr?«

»Nicht daß ich wüßte. Wer war noch mal Madame Malinowskaja?«

Grigori gab einen Seufzer von sich. Er stand auf und lief schweigend durch das Zimmer. Schließlich setzte er sich wieder vor mich hin und sah mir in die Augen.

»Pjotr. Wir reißen hier in einem fort unsere Witzchen, dabei sehe ich doch, daß mit dir was nicht stimmt. Was ist passiert? Wir sind alte Freunde, das ist mal klar, aber davon abgesehen könnte ich dir vielleicht behilflich sein.«

Ich gab mir einen Ruck.

»Ich will dir reinen Wein einschenken. Vor drei Tagen hatte ich in Petersburg unangenehmen Besuch.«

»Wer?«

»Leute aus deinem Theater.«

»Und wieso das?« fragte er und riß die Augen auf.

»Ganz einfach. Drei aus der Gorochowaja waren da, einer hat sich als Literaturfunktionär vorgestellt, die anderen beiden hatten es anscheinend nicht nötig, sich vorzustellen. Das Ganze hat vierzig Minuten gedauert, geredet hat hauptsächlich dieser Funktionär, und am Ende hieß es: Das Gespräch mit Ihnen ist sehr interessant, wir reden an anderer Stelle weiter. Ich hatte aber keine Lust, zu der anderen Stelle hinzugehen, von da kommen bekanntlich die wenigsten wieder.«

»Aber du bist ja offensichtlich wiedergekommen«, unterbrach mich Grigori.

»Irrtum«, sagte ich, »ich bin gar nicht erst mitgegangen. Ich bin abgehauen, Grigori. So wie früher vorm Hauswart, weißt du noch?«

»Aber was wollten sie denn von dir?« fragte er. »Du hast doch mit Politik nichts am Hut. Irgendwas verzapft?«

»Gar nichts. Einfach lachhaft. Ich hab ein Gedicht veröffentlicht, auch noch in der falschen Zeitung, wie sie meinten, da gab es einen Reim, der ihnen nicht gefallen hat: ›Panzerzug‹ und ›wie ein Spuk‹. Kannst du dir das vorstellen?«

»Worum ging es denn in dem Gedicht?«

»Ach, völlig abstrakt. Es ging um den Strom der Zeit, der die Mauern des Jetzt unterspült, und immer neue Muster zeichnen sich darauf ab, wovon wir einen Teil Vergangenheit nennen. Das Gedächtnis will uns glauben machen, daß das Gestern wirklich war, doch woher soll man wissen, ob das Gedächtnis insgesamt nicht erst entstand im ersten Morgensonnenstrahl?«

»Versteh ich nicht ganz«, sagte Grigori.

»Ich auch nicht«, antwortete ich, »aber das ist egal. Ich will damit nur sagen: Das hatte nicht die Bohne mit Politik zu tun.

Zumindest schien es mir bis dahin so. Ihnen schien es anders, das haben sie mir klargemacht. Und das Furchtbare ist, nach dem Gespräch mit diesem Fachberater ging mir ihre Logik plötzlich ein – so tief rein, und ich kriegte einen solchen Schreck, daß ich, als sie mich abführten, weggelaufen bin. Gar nicht mal vor denen, eher vor dem Gedanken, daß ...«

Grigori von Ernen runzelte die Stirn.

»Die ganze Geschichte ist Humbug«, sagte er. »Das sind Idioten, soviel ist mal klar. Aber du bist auch gut. Kommst du wegen diesem Quatsch nach Moskau gefahren?«

»Was blieb mir anderes übrig? Ich hab auf der Flucht zurückgeschossen. Dir kann ich vielleicht noch erklären, daß ich auf ein Gespenst geschossen hab, ein Hirngespinst meiner Angst, aber erklär das mal den Tschekisten aus der Gorochowaja. Und selbst wenn ich es erklären könnte, käme mit Sicherheit die nächste Frage: Wieso schießen Sie eigentlich auf Gespenster? Behagen Ihnen die Gespenster nicht, die in Europa umgehen?«

Grigori blickte mich an und verfiel ins Grübeln. Ich schaute auf seine Hände – ganz langsam zog er sie zurück, flach gegen das Tischtuch gepreßt, so als wollte er den ausgebrochenen Schweiß abwischen, dann waren sie plötzlich unter dem Tisch. Verzweiflung stand Grigori im Gesicht geschrieben; ich spürte, daß unsere Begegnung und mein Bericht ihn in eine äußerst peinliche Lage brachten.

»Das ist natürlich schon schlechter«, murmelte er. »Immerhin gut, daß du dich mir anvertraust. Ich denke, die Sache kriegen wir ins Lot. Das kriegen wir hin, das kriegen wir hin. Ich werd gleich nachher Gorki anrufen. Hände hoch!«

Die letzten Worte begriff ich erst, als ich den Pistolenlauf auf dem Tischtuch liegen sah. Und sonderbar: Als nächstes holte Grigori den Kneifer aus der Brusttasche und klemmte ihn sich auf die Nase.

»Hände hoch!« sagte er noch einmal.

»Grigori, was soll das?« fragte ich und hob die Hände.

»Nein«, sagte er.

»Was nein?«

»Waffe und Papiere auf den Tisch, basta.«

»Wie soll ich das machen, wenn ich die Hände oben habe?«

Er spannte den Hahn seiner Pistole.

»Ach herrje«, sagte er, »wenn du wüßtest, wie oft ich diesen Satz schon gehört habe.«

»Na und?« sagte ich. »Der Revolver ist im Mantel. Was bist du für ein unglaublicher Schuft. Aber das wußte ich schon als kleiner Junge. Wozu machst du das alles? Geben sie dir einen Orden dafür?«

Grigori grinste wieder.

»In den Flur«, sagte er.

Als wir im Flur standen, wühlte er, mit der Pistole weiter auf mich zielend, in meinen Manteltaschen, zog den Revolver hervor und steckte ihn ein. Seine Bewegungen hatten etwas verschämt Hastiges, so wie ein Gymnasiast sich benimmt, der zum erstenmal in ein Freudenhaus kommt, und ich fragte mich, ob es vielleicht wirklich zum erstenmal war, daß er eine Schuftigkeit so frech und unverhohlen beging.

»Sperr die Tür auf«, befahl er, »und dann raus auf die Treppe.«

»Laß mich wenigstens den Mantel anziehen«, sagte ich und überlegte fieberhaft, ob ich irgend etwas auf Lager hatte, was diesen von seiner eigenen Niedertracht berauschten Menschen noch umstimmen und den sich abzeichnenden Gang der Dinge aufhalten konnte.

»Wir haben es nicht weit«, sagte Grigori, »nur über die Straße. Aber von mir aus, zieh ihn an.«

Ich nahm den Mantel mit beiden Händen vom Haken, drehte mich ein wenig, um den Arm in den Ärmel zu schieben, und im nächsten Moment, ganz unerwartet für mich selbst, warf ich den Mantel auf Grigori von Ernen – schleuderte ihn nicht einfach in seine Richtung, sondern stülpte ihn regelrecht über den Mann.

Bis heute ist mir nicht klar, warum von Ernen mich nicht abgeknallt hat. Tatsache ist, daß er den Schuß erst auslöste, als er unter dem Gewicht meines Körpers zu Boden ging; die Kugel, die wenige Zentimeter neben meiner Hüfte vorbeiging, schlug in die Wohnungstür ein. Der gestürzte Grigori steckte mit dem Kopf im Mantel, und ich bekam durch den dicken Stoff hindurch seine Kehle zu fassen. Der Mantel störte kaum; mit dem Knie konnte ich das Gelenk der Hand, die die Pistole umklammert hielt, gegen den Boden pressen; bevor seine Finger sich lösten, pflanzte er noch ein paar Kugeln in die Wand. Von dem Knallen wurde ich fast taub. Und dennoch meine ich noch heute das leise Knacken zu hören, mit dem zwischen zwei Schüssen der Kneifer zerbrach – ich muß ihm im Handgemenge meinen Kopf in das verhüllte Gesicht gestoßen haben.

Als er sich nicht mehr rührte, konnte ich mich lange nicht entschließen, seine Kehle loszulassen. Meine Hände gehorchten mir kaum; um wieder Luft zu bekommen, mußte ich eine Atemübung beginnen. Ihre Wirkung war seltsam – ein leichter Anfall von Hysterie bemächtigte sich meiner. Ich sah die ganze Szenerie plötzlich von der Seite: Da sitzt jemand auf der Leiche seines erwürgten Freundes und atmet konzentriert nach der in der letzten Nummer der »Isis« beschriebenen Methode des Yogi Ramasharaki. Ich stellte mich auf die Füße, und in diesem Moment wurde mir bewußt, daß ich soeben einen Mord begangen hatte.

Natürlich trug ich – wie jeder, der den Machthabern nicht restlos traute – immer einen Revolver mit mir herum, und erst vor zwei Tagen hatte ich ihn seelenruhig in Gang gesetzt. Das hier aber war etwas anderes, hier wurde düsterster Dostojewski gespielt: die leere Wohnung, die von einem englischen Mantel bedeckte Leiche und die Tür hinaus in die feindlich gesonnene Welt, und womöglich steuerten schon irgendwelche Müßiggänger auf diese Tür zu. Ich riß mich zusammen und verscheuchte die Gedanken – Dostojewski steckte selbstverständlich weder in der Leiche noch in der Tür mit dem Einschußloch, sondern in mir selbst, meinem von den Reuemetastasen fremder Leute lädierten Bewußtsein.

Ich öffnete die Wohnungstür einen Spalt und lauschte einige Sekunden nach draußen. Nichts war zu hören. Ein paar Pistolenschüsse regten anscheinend keinen mehr auf.

Mein Revolver steckte noch in Grigoris Hosentasche, und ich hatte absolut keine Lust, ihn von da hervorzukramen. Also hob ich seine Mauser auf und besah sie mir. Es war ein hervorragendes Gerät, nagelneu. Ich überwand mich und wühlte in seiner Jacke. Es fanden sich eine Schachtel »Ira«-Papirossy, ein Reservemagazin für die Mauser und ein Tscheka-Ausweis, ausgestellt auf den Namen Grigori Ernenzoff. Ja, dachte ich, natürlich. Man hatte es schon damals ahnen können.

Ich ging in die Hocke und öffnete den Verschluß seines Hebammenköfferchens. Darin lagen eine Mappe mit Blanko-Haftbefehlen, zwei weitere Magazine, ein Blechdöschen voll mit Kokain, außerdem eine Art OP-Zange, die so widerwärtig aussah, daß ich sie sofort in eine Ecke schleuderte, sowie ein Packen Geldscheine – obenauf die regenbogenfarbigen Hundertrubelnoten der Reichsduma, zuunterst die Dollarscheine. Alles in allem sehr nützliche Dinge. Um mich nach dem Schock etwas aufzurichten, stopfte ich mir eine gehörige Menge Kokain in die Nasenlöcher. Das fuhr ins Hirn wie ein Messer, und ich wurde sofort ruhig. Zwar mochte ich Kokain nicht besonders (es machte mich immer so sentimental), jetzt aber hatte ich allen Grund, möglichst rasch zu mir zu kommen.

Ich griff Grigori von Ernen unter die Arme, zerrte ihn auf den Flur, öffnete mit dem Fuß die Tür zu einem der anderen Zimmer und wollte ihn dort hineinschleifen, doch im Türrahmen hielt ich inne. Trotz Plünderung und Verwüstung konnte man die Zeichen des alten, sonnigen Vorkriegslebens hier noch deutlicher erkennen. Es war das einstige Kinderzimmer: Längs der Wand standen zwei bambusvergitterte Bettchen, mit Kohle war ein Pferd an die Tapete gezeichnet, dazu ein bärtiges Gesicht (ich mußte komischerweise sofort an die Dekabristen denken). Auf dem Fußboden lag ein roter Gummiball. Kaum daß ich ihn erblickt hatte, schloß ich die Tür und zog den Leichnam weiter. Das benachbarte Zimmer frappierte durch seine pietätische Schlichtheit – in der Mitte stand ein schwarzer Flügel mit offenem Deckel, daneben ein Drehhocker, das war alles.

In diesem Augenblick nahm ein neuartiges Gefühl von mir Besitz. Ich ließ Grigori von Ernen halb sitzend in der Ecke lehnen (die ganze Zeit, während ich ihn umherbugsierte, hatte ich peinlich darauf geachtet, daß sein Gesicht nicht unter dem grauen Mantel hervorsah) und setzte mich an den Flügel. Merkwürdig, dachte ich, Genosse Ernenzoff ist anwesend und doch nicht mehr da. Wer mochte wissen, welche Verwandlungen seine Seele gerade erfuhr? Ein Gedicht von ihm fiel mir ein, das vor drei Jahren im »Neuen Satyricon« abgedruckt worden war: Dem Anschein nach gab es nur den Leitartikel zur Auflösung der letzten Duma wieder, doch als Akrostichon stand zu lesen: *Mene tekel ufarsin*. Und da lag er nun. Gewogen und zu leicht befunden. Wie seltsam.

Ich drehte mich zum Flügel und begann leise Mozart zu spielen, meine geliebte Fuge in f-Moll, bei der ich immer bedauerte, daß ich nicht über die vier Hände verfügte, von denen der berühmte Exzentriker geträumt haben mußte. Die Melancholie, die mich beschlich, hatte mit dem Exzeß um Grigori von Ernen nichts zu tun; vor meinem inneren Auge erschienen die beiden Bambusbettchen von nebenan, und einen Moment lang versetzte ich mich in die fremde Kindheit, blickte mit den reinen Augen eines kleinen Menschen in den Abendhimmel, eine unaussprechlich rührende Welt, die ins Nichts entschwebt war. Ich spielte allerdings nicht lange – das Instrument war verstimmt, außerdem mußte ich mich sputen. Die Frage war nur: wohin?

Es war höchste Zeit, mir darüber klarzuwerden, wie ich den

Abend zu verbringen gedachte. Ich ging zurück in den Flur und betrachtete zweifelnd Grigoris Lederjacke. Mir blieb nichts anderes übrig. Einige meiner literarischen Versuche mochten gewagt sein – so dekadent, einen bereits zum Leichentuch gewordenen Mantel anzuziehen, den noch dazu ein paar kreisrunde Löchlein am Rücken zierten, war ich nun wieder nicht. Ich nahm die Jacke vom Haken, griff mir das Köfferchen und trat in das Zimmer, wo der Spiegel war.

Die Lederjacke erwies sich als passend – der Tote und ich waren etwa von gleicher Statur. Als ich den Gurt mit dem baumelnden Pistolenhalfter umgeschnallt hatte und mich im Spiegel betrachtete, sah ich einen stinknormalen Bolschewiken vor mir stehen. Hätte ich nun noch die an der Wand liegenden Bündel untersucht, wäre ich vermutlich im Handumdrehen ein reicher Mann gewesen. Der Ekel war stärker. Sorgfältig lud ich die Pistole nach und überprüfte, ob sie leicht genug aus dem Halfter glitt. Es war in Ordnung. Gerade wollte ich das Zimmer verlassen, da erklangen Stimmen im Flur. Mir fiel ein, daß die Wohnungstür die ganze Zeit offengestanden hatte.

Ich stürzte zum Balkon. Er ging auf den Twerskoi-Boulevard hinaus. Unter mir schätzungsweise zwanzig Meter kalte, dunkle Leere, in der die Schneeflocken tanzten. Im Lichtfleck der Laterne sah ich Grigoris Auto stehen; auf dem Fahrersitz hockte, unklar, woher so plötzlich, ein Mann mit Bolschewikenkappe. Offenbar hatte Grigori vorhin per Telefon seine Kollegen von der Tscheka herbestellt. Auf den nächstunteren Balkon zu klettern war unmöglich, ich stürzte zurück ins Zimmer. Es wurde schon an die Tür getrommelt. Na schön. Einmal mußte die ganze Geschichte ein Ende haben. Ich richtete die Mauser auf die Tür und brüllte:

»Herein!«

Die Tür ging auf, zwei Matrosen in Seemannsjacken und Hosen mit unzüchtig weitem Schlag, die Gürtel behängt mit

Handgranaten stürmten ins Zimmer: der eine, schnurrbärtig, schon in den Jahren, der andere jung, doch mit welkem, blutleerem Gesicht. Die Pistole in meiner Hand schien sie nicht im geringsten zu stören.

»Bist du Ernenzoff?« fragte der Ältere mit dem Schnurrbart.

»Ja.«

»Da nimm!« sagte der Matrose und hielt mir ein doppelt gefaltetes Stück Papier hin.

Ich steckte die Mauser zurück und entfaltete es.

»Genosse Ernenzoff! Fahren Sie unverzüglich zur Spieldose, und setzen Sie dort unsere Linie durch. Zur Verstärkung schicke ich Sherbunow und Barbolin mit. Erfahrene Genossen. Babajasin«

Der Stempel unter dem Text war nicht zu entziffern. Während ich noch überlegte, was zu sagen war, hatten die beiden schon am Tisch Platz genommen.

»Ist das dort unten euer Chauffeur?« fragte ich.

»Genau«, sagt der Schnurrbärtige. »Wir nehmen aber dein Auto. Wie war noch mal dein Name?«

»Pjotr«, sagte ich und hätte mir im selben Moment beinahe die Zunge abgebissen.

»Ich bin Sherbunow«, sagt der Alte.

»Barbolin«, stellte sich der Jüngere vor. Seine Stimme war sanft, beinahe wie die einer Frau.

Ich setzte mich ihnen gegenüber. Sherbunow goß drei Gläser Wodka ein, reichte mir eines davon und blickte mich an. Mir schien, er wartete auf etwas.

»Also«, sagte ich und hielt mich an dem Glas fest, »auf den Sieg der Weltrevolution, wie man so sagt!«

Mein Toast schien sie nicht sonderlich zu begeistern.

»Mit dem Sieg, das geht schon klar«, sagte Barbolin. »Wie steht's mit dem Schnee?«

»Welchem Schnee?« fragte ich und sah aus dem Fenster.

»Spiel nicht den Doofen«, wies mich Sherbunow streng zurecht. »Babajasin hat uns gesagt, du hättest heute ein Döschen abbekommen.«

»Ach so, ihr redet von Kokain!« erriet ich und holte das Döschen aus dem Koffer. »Schnee ist ein gar vieldeutiges Wort, Genossen. Woher soll ich wissen, daß euch nicht nach den Schneemasken von Alexander Block gelüstet.«

»Wer ist das?« fragte Barbolin, während er das Blechdöschen in seine breite, grobe Hand nahm.

»Ein Petersburger Genosse.«

»Hm«, brummte Sherbunow argwöhnisch, während sich in Barbolins Gesicht sekundenlang jene Empfindung spiegelte, die die russischen Maler des neunzehnten Jahrhunderts, wenn sie Typen aus dem Volk darstellten, mit Vorliebe auf ihren Bildern verewigten: Da gibt es irgendwo die große, rätselhafte Welt und so viel Unbegreifliches und Lockendes in ihr – nicht, daß du etwa im Ernst dort hinwolltest, nein, aber dann und wann so ein bißchen vom Unerfüllbaren träumen, das magst du gern.

Alle Anspannung war wie weggeblasen. Sherbunow öffnete das Döschen, nahm ein Messer vom Tisch, schaufelte damit eine beängstigende Menge des Pülverchens und rührte es flink in den Wodka. Barbolin tat es ihm nach – zuerst mit seinem Glas, dann mit meinem.

»Jetzt kann man auf die Weltrevolution anstoßen, ohne sich zu schämen!« sagte er.

Mir stand wohl der Zweifel im Gesicht geschrieben, denn Sherbunow sagte grinsend:

»Alter Brauch vom Kreuzer ›Aurora‹, mein Junge, aus erster Quelle sozusagen. Nennt sich baltischer Tee.«

Sie hoben das Glas, kippten den Inhalt in einem Zug hinter, und mir blieb nichts weiter übrig, als ihrem Beispiel zu folgen. Der Hals wurde mir fast augenblicklich taub. Ich steckte eine Papirossa an, tat einen tiefen Zug, konnte den Rauch aber nicht schmecken. Etwa eine Minute lang saßen wir schweigend.

»Wir müssen«, meinte Sherbunow plötzlich und stand vom Tisch auf. »Iwan friert sonst fest.«

In seltsamer Erstarrung steckte ich das Bonbondöschen zurück in den Koffer, erhob mich und ging den beiden nach. Eine Weile suchte ich im Korridor nach meiner Mütze, fand sie nicht und setzte mir deshalb Grigori von Ernens Schirmmütze auf. Wir verließen die Wohnung und stiegen wortlos die im Halbdunkel liegende Treppe hinab.

Auf einmal wurde mir bewußt, wie ruhig ich war, wie leicht ich mich fühlte – je weiter ich ging, um so ruhiger und leichter. Mich scherte nicht, was da auf mich zukam, es reichte mir, daß nicht unmittelbar Gefahr drohte, und während ich durch das düstere Treppenhaus lief, freute ich mich an der Pracht der Schneeflocken, die draußen vor den Scheiben tanzten. Wenn man es recht bedachte, war ich selbst nichts anderes als eine Schneeflocke, und der Wind des Schicksals trug mich vorwärts, den zwei anderen Schneeflöckchen hinterdrein, die in ihren schwarzen Jacken die Treppe hinunterstapften. Im übrigen hinderte mich die plötzlich hereingebrochene Euphorie nicht daran, nüchtern meine Umgebung zu betrachten, wobei ich eine interessante Beobachtung machte. Schon in Petersburg hatte ich mich immer gefragt, wie sich die schweren, gefüllten Patronengurte auf den Leibern der Matrosen hielten. Auf dem Treppenabsatz zur zweiten Etage, wo eine einsame Glühlampe brannte, entdeckte ich auf Sherbunows Rücken mehrere Häkchen, mit denen die MG-Streifen nach dem Büstenhalterprinzip aneinanderhingen. Ich malte mir aus, wie Sherbunow und Barbolin, zwei Fräuleinchen im Schwimmbad gleich, einander bei ihrem schwierigen Ankleidemanöver halfen, wenn das nächste Morden anstand. Ein weiterer Beweis für die weibliche Natur aller Revolutionen, wie mir schien. Plötzlich konnte ich ein paar von Alexander Blocks jüngsten Launen nachvollziehen. Dabei entrang sich meiner Kehle wohl ein emphatisches Stöhnen, denn Barbolin wandte sich um.

»Und du Esel wolltest erst nicht«, sagte er, sein Goldzahn blitzte.

Wir traten hinaus auf die Straße. Barbolin sagte etwas zu dem auf der Vorderbank des Wagens sitzenden Soldaten, öffnete den Schlag, und wir zwängten uns hinein. Das Auto fuhr augenblicklich an. Durch das in den Ecken abgerundete vordere Kabinenfenster sah man den verschneiten Rücken und die spitze Filzmütze des Fahrers; man hätte meinen können, daß ein Ibsenscher Troll unseren Trupp chauffierte. Die Konstruktion des Wagens war äußerst unkomfortabel und wohl auch demütigend für den, der fuhr und Wind und Wetter schutzlos ausgesetzt war – vielleicht war dies absichtlich so gemacht, damit die Fahrgäste sich nicht nur am Blick durch das Fenster in die schöne Natur, sondern auch am Klassenunterschied weiden konnten.

Ich sah zum Seitenfenster hinaus. Die Straße war leer und der auf das Pflaster niedergehende Schnee ungewöhnlich schön. Nur hin und wieder beschienen Laternen die weiße Pracht; eine von ihnen warf Licht auf ein schwungvoll gemaltes Graffito an einer Hauswand: LENINE EST MERDE.

Als der Wagen bremste, war ich schon wieder ein wenig nüchterner. Wir krochen hinaus auf eine Straße, die ich nicht kannte; vor uns ein unscheinbarer Eingang, in dessen Nähe zwei, drei Autos und ein paar Droschken parkten; etwas weiter entfernt sah ich einen furchterregenden Panzerwagen mit Schneehäubchen auf dem Geschützturm stehen; ehe ich ihn näher in Augenschein nehmen konnte, waren meine beiden Matrosen schon im Hausflur verschwunden. Wir durchquerten einen unaussprechlich deprimierenden Hof und standen alsbald vor einer Tür, über der ein kleines gußeisernes Schutzdach mit Schnörkeln und feisten Amoretten prangte. Daran hing ein kleines Schild:

SPIELDOSE
Literarisches Cabaret

Mehrere mit rosaroten Vorhängen verhüllte Fenster gleich neben der Tür waren erleuchtet; der schwermütige Wohlklang eines fremdartigen Instruments drang zu uns heraus.

Sherbunow riß die Tür auf. Dahinter lag ein kurzer Gang, der voller schwerer Pelze und Mäntel hing; an seinem Ende gab es eine dicke Samtportiere. Ein Mann mit Verbrechergesicht im roten Stehkragenhemd erhob sich von seinem Schemel und eilte auf uns zu.

»Genossen Matrosen«, begann er, »wir haben ...«

Mit einer artistischen Bewegung ließ Barbolin sein Gewehr von der Schulter schwingen und stieß dem Mann den Kolben in den Unterleib. Der Arme flog gegen die Wand und rutschte von da auf den Fußboden; Abscheu und Überdruß malten sich auf seinem bösen Gesicht. Sherbunow zog den Vorhang beiseite, und wir traten in den schummrigen Saal.

Sofort, noch im ersten Umsehen, spürte ich einen überraschenden Zustrom von Energie. Die Lokalität machte den Eindruck eines durchschnittlichen Mittelklasserestaurants, das einen gewissen Schick für sich in Anspruch nahm. An den kleinen, runden Tischen saß zwischen dichten Rauchschwaden ein recht buntes Publikum. Irgendwer schien Opium zu rauchen. Auf uns achtete niemand, und wir nahmen an einem leeren Tischchen unweit des Eingangs Platz.

Vorn im Saal war eine hellerleuchtete Bühne, dort saß auf einem mit schwarzem Samt bezogenen Schemel, die Beine übereinandergeschlagen, ein kahlköpfiger, befrackter Herr. An einem Fuß fehlten Strumpf und Schuh. Der Geigenbogen in der rechten Hand des Künstlers fuhr über die stumpfe Seite einer langen Blattsäge. Einen der Griffe preßte er mit dem Fuß gegen den Boden, während er den anderen in der linken Faust gepackt hielt und die Säge damit bog und zum Schwingen brachte. Wollte er das Vibrato seines blitzenden Sägeblatts dämpfen, drückte er kurz mit dem bloßen Fuß dagegen; der schwarze Lackschuh, aus dem ein blendend weißer Socken hervorschaute, stand in der Nähe. Der Klang, den der Herr seinem Instrument entlockte, war nicht von dieser Welt, betörend und wehmütig; der Mann schien irgendeine simple Melodie zu spielen, doch auf sie kam es nicht an – alles hing am Timbre, an den Modulationen des einzelnen, langsam ersterbenden Tones, der einem direkt zu Herzen ging.

Die Portiere am Eingang bewegte sich, und der Mann im roten Hemd schob sich herein. Er schnipste mit den Fingern ins Dunkle und deutete auf unseren Tisch, dann drehte er sich zu uns herum, tat eine knappe, förmliche Verbeugung und verschwand wieder hinter dem Vorhang. Sofort tauchte von irgendwoher ein Kellner auf, mit Tablett in der einen und Kupferteekessel in der anderen Hand (solche Kessel standen auch auf den anderen Tischen). Auf dem Tablett waren ein Teller Piroggen, drei Teegläser und eine winzige Trillerpfeife. Der Kellner baute die Gläser vor uns auf, goß aus dem Kessel ein und verharrte erwartungsvoll. Ich reichte ihm eine Banknote, die ich aufs Geratewohl aus dem Köfferchen gezogen hatte – ich glaube, es war ein Zehndollarschein. Wozu die Pfeife auf dem Tablett lag, war mir zunächst unklar, doch da ertönte von einem der Nachbartische ein leiser, melodischer Pfiff, und der Kellner eilte ihm entgegen.

Sherbunow nippte aus seinem Glas und brummte unzufrieden vor sich hin. Ich tat einen Schluck aus meinem. Es war Chansha, schlechter chinesischer Hirsebranntwein. Ich nahm eine Pirogge und fing an zu kauen, obwohl ich keinerlei Geschmack spürte – das Kokain, das meinen Gaumen narkotisiert hatte, wirkte noch.

»Was ist in den Piroggen drin?« fragte Barbolin mit seiner sanften Stimme. »Soll vorkommen, daß Leute von hier verschwinden. Zuviel Gefräßigkeit könnte einem leid tun.«

»Ich hab schon probiert«, sagte Sherbunow ungerührt. »Schmeckt wie Rindfleisch.«

Den Gedanken weiterzuspinnen fehlte mir die Kraft; ich holte das Döschen hervor, und Barbolin übernahm es, drei gerechte Portionen in die Gläser zu verteilen.

Unterdessen war der Mann im Frack mit seinem Spiel zu Ende gekommen, flink und elegant zog er Strumpf und Schuh an, stand auf, verbeugte sich, ergriff seinen Schemel und verließ unter spärlichem Applaus das Podium. An einem Tisch gleich neben der Bühne erhob sich ein würdiger graubärtiger Herr, um dessen Hals, wie um eine Bißwunde zu verbergen, ein grauer Schal geschlungen war. Verblüfft erkannte ich in ihm den gealterten, abgemagerten Dichter Waleri Brjussow. Er stieg auf die Bühne und wandte sich an den Saal:

»Genossen! Zwar leben wir heute in einer visuellen Epoche, wo die auf Papier abgesetzte Textzeile verdrängt wird von einer halben Bildfolge, um nicht zu sagen, hä ...« – hier rollte er mit den Augen, machte eine Pause, und es war klar, daß man jetzt auf einen seiner idiotischen Kalauer gefaßt sein mußte – »um nicht zu sagen, von den Folgen der Halbbildung, hä ..., doch gibt die Tradition nicht klein bei und sucht sich neue Formen. Dostojewskis unsterbliche Helden inspirieren die jungen Heißsporne nach wie vor, gleich, ob mit oder ohne Hackebeil. Was Sie heute abend sehen werden, darf ich als markantes Beispiel für die Kunst des egoumbilizistischen Postrealismus bezeichnen. Zur Aufführung kommt eine kleine Tragödie, in einem, hä ... in einem Schuß, hä, geschrieben von Kammerdichter Johann Pawluchin, der höchstselbst sein Werk dem tragödischen Fach zugeordnet sehen möchte. Erleben Sie also nun die kleine Tragödie ›Raskolnikow und Marmeladow‹. Bitteschön.«

»Bitteschön«, echote Sherbunow, und wir tranken.

Brjussow ging ab und kehrte zu seinem Tisch zurück. Zwei Männer in Militäruniform trugen eine riesige vergoldete Lyra mit Ständer aus den Kulissen heraus auf die Bühne, dazu einen Schemel. Anschließend brachten sie einen Tisch, stellten eine bauchige Likörflasche nebst zwei Gläsern darauf ab und hängten am Bühnenhintergrund zwei Pappschilder mit den Namen »Raskolnikow« und »Marmeladow« auf (die Endungen wieder in alter Schreibweise, eine noch dazu falsch, und ich entschied sofort, daß dies absichtlich so dastand und eine symbolische Bedeutung hatte), dazwischen kam noch ein Schild mit der rätselhaften, auf ein blaues Fünfeck gemalten Inschrift ЙХВЙ. Nach getaner Arbeit verschwanden die beiden Männer. Eine Frau im langen Chiton trat aus den Kulissen, setzte sich an die Lyra und begann bedächtig die Saiten zu zupfen. So vergingen einige Minuten.

Dann traten vier Männer in langen, schwarzen Mänteln auf. Ein jeder kniete in Schützenstellung nieder und hob den schwarzen Mantelsaum, um sein Gesicht vor den Zuschauern zu verbergen. Jemand klatschte. Zu beiden Seiten der Bühne erschien je eine Gestalt auf hohen Kothurnen, mit langem weißen Chlamys und griechischer Maske. Die beiden schritten langsam aufeinander zu und verharrten, ehe sie sich ganz erreicht hatten. Dem einen hing an rosenumrankter Schlaufe ein Beil an der Seite, und ich verstand, das sollte Raskolnikow sein. Wobei man es auch ohne Beil hätte verstehen können, denn auf seiner Höhe hing das Schild mit dem Namen. Der Schauspieler, der vor dem Schild »Marmeladow« Aufstellung genommen hatte, hob langsam die Hand und begann in hohem, singendem Tonfall:

»Also, ich bin Marmeladow. Mal eben
ganz im Vertrauen: Fi-ni-to. Juchhei!
Ich hab so manches gesehen im Leben,
aber ein Lichtblick war niemals dabei.

Falls Euch nicht stört, daß ich mich offenbare,
und Euch der Mief armer Leute nicht schreckt:
Wollt Ihr ein Schlückchen vom Branntwein?« –
»Bewahre!«

Die Antwort des mit dem Beil bewaffneten Mimen erfolgte mit ebenso singender Stimme, allerdings im Baß; dabei hob er die Hand und streckte sie Marmeladow abwehrend entgegen, welcher sich hastig etwas ins Glas goß und durch das Loch in der Maske kippte, worauf er fortfuhr:

– »Dann eben nicht. Sehr zum Wohl! Mit Respekt:
Ihr seid ja auch nicht ganz koscher, vermut ich.
Zugeknöpft scheint Euer lächelnder Mund,
Blaß ist die Stirn, und die Hände sind blutig.
Sei's drum! Ich säh jedenfalls keinen Grund,
in meinem Innern die gähnende Leere,
in meinem Kopf das gefräßige Loch
hinter Blasiertheit und ...« – »Habe die Ehre!«
– »... Schliff zu verstecken. He, wartet doch noch!«

Sherbunow stieß mich mit dem Ellbogen in die Seite.
»Wollen wir?« fragte er leise.
»Es ist noch zu früh«, erwiderte ich flüsternd. »Sehen wir weiter.«
Sherbunow nickte ehrerbietig. Das Geschehen auf der Bühne ging seinen Gang, Marmeladow sprach:

»Hört, ich geb zu, ohne Maske ist's schlimmer!
Jedes Erwachen: ein Blutsturz beinah.
Wie mit dem Beil übern Kopf ist das immer!
Könnt Ihr mir folgen, mein Lieber?« – »Oh, ja.«
– »Drum ist das Tor meiner Seele vergittert.
Drinnen ist's finster und klamm wie im Sarg.

Und diese Leichen im Keller ... Ihr zittert?«
– »Bitte! Was wolln Sie? Ich finde es arg!«
– »Ich? Was ich will? Soll ich's wirklich schon sagen?
Nicht vielleicht vorher ein Gläschen Likör?«
– »Gnädiger Herr, mich empört Ihr Betragen!
Welch Penetranz! Wie der letzte Frisör!
Also, adieu.« – »Laßt mich bitte gewähren!
Einen Moment noch, mein Freund! Alldieweil ...«
– »Würden Sie mir jetzt gefälligst erklären,
was Ihr Begehr ist?« – »Verkauft mir das Beil!«

Unterdessen hatte ich mich im Saal umgeschaut. An den runden Tischen saßen sie zu dreien oder vieren; das Publikum war sehr gemischt, doch waren, wie es in der Geschichte der Menschheit alleweil zu sein pflegt, schweinsgesichtige Spekulanten und teuer ausstaffierte Huren in der Überzahl. An einem Tisch mit Brjussow saß Alexej Tolstoi, der, seit ich ihn zum letztenmal gesehen hatte, deutlich dicker geworden war; anstelle der Krawatte trug er eine große Schleife. Man konnte meinen, das an ihm aufgeschwemmte Fett wäre zuvor aus dem nun spindeldürren Brjussow abgesogen worden. Sie ergaben ein gespenstisches Paar.

Als ich den Blick weiterwandern ließ, bemerkte ich einen sonderbaren Menschen in mehrfach gegürteter, schwarzer Uniformbluse und mit aufgezwirbeltem Schnurrbart. Er saß allein an seinem Tisch und hatte anstelle des Kupferkessels eine Flasche Sekt vor sich stehen. Mir schien er irgendein hohes bolschewistisches Tier zu sein; ich weiß nicht, was an seinem energischen Gesicht, seiner gelassenen Miene so ungewöhnlich war, daß ich die Augen für einige Sekunden nicht von ihm losreißen konnte. Erst als sich unsere Blicke trafen, drehte ich mich rasch zur Bühne, wo der sinnlose Wortwechsel immer weiterging:

»Was? Wozu das?« – »Ach, ich tät's gern besitzen.
Symbolisiert es doch auch unser Sein.
Ihr könnt Euch notfalls ein neues stibitzen.
Stehlen und Hehlen vertragen sich fein!«
– »Oh, welche Anspielung! Himmel, ich ahne!
Ob er von hinter der Tür ... Oder gar ...«
– »Ach, Rodion, Ihr seid mir ein Titane!
Schafskopf mit Beil. Dabei ist mir das klar.
Jugend geht immer die kürzeren Pfade,
Sucht im Vergänglichen sich ihr Pläsier,
Lachen und Lieben und Zimtlimonade,
Spiel mit der Schlinge. Was wollt Ihr dafür?«
– »Darf ich Sie fragen, was Sie mit dem Beil ...« – »Ich
sagte doch: Fetisch, Magie, Gral und Ring,
Mondphasen, Zen, Egregoren – wie heilig
ist mir das alles. Gebt her schon das Ding.«
– »Ist mir zu hoch. Doch von mir aus. Hier bitte.«
– »Endlich! Welch Glanz! Wie ein Blitz ins Gestein!
Zehn?« – »Lieber zwanzig.« – »Unmöglich. Die Mitte?«
– »Recht so. Zwölf, fünfzehn. Wir sind überein.
Trotzdem ein Jammer. Riecht ziemlich nach Schwindel.
Wenn ich nur wüßte ... Was soll's. Mir egal.
Daß einer achthat auf jedes Gesindel,
ist ganz unmög– Wie mir wird auf einmal!
Schwer sind die Füße, so trocken die Lippen.
Zugluft im Seelenwrack. Horcht! Etwas naht ...
Alles gerät um mich her wie ins Kippen ...
Und dieser Mann da ... Ich weiß keinen Rat!
Hat eine Maske auf! Ha! Wer steckt drunter?
Aus jedem Auge ein glühender Pfeil!
Runter die Maske! Na, mach schon!«

Marmeladow hielt still. Eine lange, unheilverkündende Pause entstand.

»Herrrunter!!!«

Mit einem Ruck riß Marmeladow sich die Maske herunter, wobei ihm gleichzeitig das an der Maske befestigte Gewand vom Körper glitt – zum Vorschein kam eine Frau, nur mit Spitzenhöschen und Büstenhalter bekleidet, die eine Silberperücke mit Rattenschwänzen trug.

»Himmel! Die Alte. Und ich ohne Beil.«

Raskolnikow sprach diese Worte kaum hörbar und stürzte von der Höhe seiner Kothurnen zu Boden.

Was nun geschah, ließ mich wohl erbleichen. Zwei Geiger sprangen auf die Bühne und spielten wie besessen eine Zigeunerweise – schon wieder Block! dachte ich –, während die Marmeladowsche ihren Umhang auf den gefällten Raskolnikow warf, ihn im nächsten Augenblick rittlings besprang und zu würgen begann, wobei sie aufgeregt mit dem spitzenbehäkelten Hintern wackelte.

Im ersten Moment meinte ich, das Geschehen entspränge einer monströsen Verschwörung, und alle Anwesenden sähen zu mir herüber. Wie gehetzt schaute ich in die Runde, begegnete wieder dem Blick des schnurrbärtigen Mannes in der schwarzen Bluse und war mir plötzlich aus irgendeinem Grund sicher, daß er über Grigori von Ernens Tod Bescheid wußte, ach, daß er von Dingen wußte, die mich noch ungleich schwerwiegender betrafen.

Ich war nahe daran aufzuspringen und wegzulaufen, nur mit ungeheurer Willensanstrengung hielt ich mich auf dem Stuhl. Das Publikum spendete trägen Beifall; manche lachten und zeigten mit dem Finger auf die Bühne, die meisten aber blieben ganz ihren Gesprächen und dem Wodka zugeneigt.

Als Raskolnikow erwürgt war, kam die Frau mit der Perücke an den Bühnenrand gesprungen und fing zum aberwitzigen

Spiel der beiden Geigen zu tanzen an, warf die nackten Beine zur Decke und schwang das Beil. Die vier Männer in Schwarz, die die ganze Szene in Reglosigkeit durchgehalten hatten, packten den vom Umhang bedeckten Raskolnikow und trugen ihn hinter die Kulissen. Mich beschlich die Ahnung, daß dies ein Zitat aus dem »Hamlet« sein sollte, wo ganz am Ende von vier Hauptleuten die Rede ist, die den toten Prinz wegzutragen haben; seltsamerweise war es dieser Gedanke, der mich augenblicklich zur Besinnung brachte. Das Ganze, begriff ich, war nicht gegen mich gerichtet (so schnell hätte keiner das zu inszenieren vermocht), sondern eine gewöhnliche mystische Provokation. Ich beschloß sogleich, sie anzunehmen, und wandte mich meinen beiden Matrosen zu, die in sich gekehrt neben mir saßen.

»Stopp, Leute. Das ist Verrat.«

Barbolin blickte mich verständnislos an.

»Scheiß Engländerin!« warf ich hin, so wie es mir gerade einfiel.

Anscheinend ergaben diese Worte für Barbolin einen Sinn, denn er zog sich sofort die Flinte von der Schulter. Ich hielt ihn zurück.

»Nicht so, Genosse. Warte einen Moment.«

Auf der Bühne war inzwischen wieder der Herr mit der Säge erschienen, hatte auf seinem Schemel Platz genommen und zog sich feierlich den Schuh aus. Ich öffnete mein Köfferchen, entnahm ihm einen Bleistift und eines der Haftbefehlsformulare; die klagenden Töne der Säge bezirzten mich, stachelten mich an, und binnen weniger Minuten war der passende Text fertig.

»Was schreibst du da zusammen?« fragte Sherbunow. »Willst du wen verhaften?«

»Nicht doch«, sagte ich. »Wenn, müßten wir alle miteinander einsacken. Wir machen das anders. Weißt du noch, Sherbunow, wie der Befehl lautet? Wir haben hier nicht nur einzuschreiten, wir haben die Linie durchzusetzen, stimmt's?«

»Stimmt«, sagte Sherbunow.

»Na also«, sagte ich, »darum gehst du mit Barbolin jetzt hinter die Kulissen. Und ich geh auf die Bühne, die Linie durchsetzen. Wenn ich damit fertig bin, geb ich das Signal, und ihr kommt raus. Wir führen denen jetzt mal die Musik der Revolution vor.«

Sherbunow klopfte mit dem Finger an sein Glas.

»Nein, Sherbunow«, sagte ich hart, »du kannst sonst nicht arbeiten.«

In Sherbunows Blick flammte etwas auf, das wie Kränkung aussah.

»Wie kommst du darauf?« flüsterte er. »Traust du mir nicht? Ich ... ich tät' mein Leben geben für die Revolution!«

»Ich weiß, Genosse«, sagte ich, »aber Kokain gibt's hinterher. Vorwärts.«

Die Matrosen standen auf und gingen zur Bühne – mit festen, ausladenden Schritten, so als hätten sie nicht dieses Parkett, sondern das schwankende Deck eines in Sturm geratenen Panzerkreuzers unter den Füßen; in diesem Moment empfand ich für sie beinahe so etwas wie Sympathie. Über das seitliche Bühnentreppchen verschwanden sie hinter den Kulissen. Ich kippte mir den Rest Chansha mit Kokain in den Rachen, stand gleichfalls auf und ging zu dem Tisch, an dem Tolstoi und Brjussow saßen. Das erregte Aufsehen. Herrschaften und Genossen! dachte ich, während ich gemessenen Schrittes den merkwürdig unruhig gewordenen Saal durchquerte, auch ich hatte heute die Ehre, über eine gewisse Leiche zu gehen, doch es wird euch nicht gelingen, mir mit ihren eingebildeten Händen die Luft abzudrücken. Ach, soll doch der Teufel diesen ewigen Dostojewski holen, diese unendliche Heimsuchung des russischen Menschen! Und den russischen Menschen gleich mit, der nichts anderes um sich wähnt als immer nur Dostojewski!

»Guten Abend, Herr Brjussow! Gönnen Sie sich ein bißchen Erholung?«

Brjussow zuckte zusammen und starrte einige Sekunden, ohne mich gleich zu erkennen. Dann erschien auf seinem eingefallenen Gesicht ein ungläubiges Lächeln.

»Pjotr«, fragte er, »sind Sie das? Freut mich von Herzen, Sie zu sehen. Setzen Sie sich doch ein Momentchen zu uns.«

Ich nahm Platz. Etwas verlegen begrüßte ich Tolstoi – wir kannten uns kaum, obwohl wir uns in der Redaktion des »Apollo« öfters begegnet waren. Tolstoi war völlig betrunken.

»Wie geht's?« fragte Brjussow. »Haben Sie etwas Neues geschrieben?«

»Keine Zeit für so was, Herr Brjussow.«

»Ja«, sagte Brjussow gedehnt, während seine Augen über meine Lederjacke mit der Mauser huschten, »das ist wohl wahr. Mich hat es ja auch ... Aber ich wußte gar nicht, daß Sie zu uns gehören, Pjotr. Ihre Gedichte habe ich immer sehr geschätzt, besonders Ihr erstes Bändchen, die ›Verse des Hauptmann Lebjadkin‹, na, und natürlich die ›Gesänge vom Königreich Ich‹. Aber man konnte ja nicht ahnen, daß ... Sie hatten es ja immer so mit Pferden und Kaisern und diesem ganzen China.«

»*Conspiration*, Herr Brjussow«, sagte ich. »Das Wort klingt vielleicht ein bißchen übertrieben, nur ...«

»Verstehe«, sagte Brjussow, »verstehe vollkommen. Aber so etwas habe ich immer geahnt, das können Sie mir glauben. Sie haben sich jedenfalls verändert, Pjotr. So ungestüm ... Diese blitzenden Augen ... Haben Sie übrigens schon die ›Zwölf‹ von Block gelesen?«

»Hab's mir angeschaut.«

»Und, was meinen Sie?«

»Die Symbolik des Finales leuchtet mir nicht ganz ein«, sagte ich, »wieso muß ausgerechnet Christus der rotgardistischen Patrouille vorangehen? Will Block die Revolution etwa ans Kreuz nageln?«

»Jaja«, sagte Brjussow hastig, »darüber haben Aljoscha und ich auch gerade gesprochen.«

Als Tolstoi seinen Namen hörte, öffnete er die Augen und ergriff sein Glas, das leer war. Er tastete auf dem Tisch nach der kleinen Pfeife und setzte sie an die Lippen, doch es kam kein Pfiff, statt dessen fiel ihm der Kopf wieder auf die Brust.

»Dem Vernehmen nach«, sagte ich, »hat er den Schluß schon geändert. Jetzt läuft ein Matrose vornweg.«

Brjussow dachte einen Augenblick nach, dann sprühten seine Augen.

»Ja«, sagte er, »das ist echter. Das ist präziser. Und Christus geht hinten! Er ist unsichtbar und geht am Ende, schleift sein schiefes Kreuz durch die Schneewehen!«

»Ja«, sagte ich. »Und er geht noch dazu in die falsche Richtung.«

»Meinen Sie?«

»Da bin ich mir sicher«, sagte ich und dachte daran, daß Sherbunow und Barbolin hinter dem Vorhang bestimmt schon eingeschlafen waren. »Herr Brjussow, ich hab eine Bittte an Sie. Könnten Sie bekanntgeben, daß als nächstes der Dichter Ernenzoff revolutionäre Gedichte liest?«

»Ernenzoff?« fragte Brussow nach.

»Mein Parteideckname«, erläuterte ich.

»Ach so«, nickte Brjussow, »das ist originell! Da bin ich selbst ganz Ohr.«

»Das würde ich Ihnen nicht raten. Besser wäre, Sie verließen sofort das Lokal. Hier gibt es gleich eine kleine Schießerei.«

Brjussow wurde blaß und nickte. Weiter fiel kein Wort. Als die Säge verklungen war und der Frackträger seinen Schuh wieder angezogen hatte, stand Brjussow auf und erklomm die Bühne.

»Es war heute«, sprach er, »schon von der allerneuesten Kunst die Rede. Einen weiteren Beitrag zu diesem Thema entbietet uns nun der Dichter Ernenzoff« – Brjussow konnte sich nicht zurückhalten und rollte wieder mit den Augen – »hä, nicht zu verwechseln, bitteschön, mit Erika von Heidenzoff, hä, also, der Dichter Ernenzoff mit seinen revolutionären Versen hat das Wort. Bitteschön!«

Geschwind kam er herunter, zeigte ein zerknirschtes Lächeln und hob die Hände, dann packte er Tolstoi, der sich nur schwach zur Wehr setzte, beim Kragen und zerrte ihn zum Ausgang. In diesem Moment glich er einem pensionierten Lehrer, der einen widerspenstigen, dummen Wolfshund an der Leine hinter sich herzog.

Ich betrat die Bühne. Vorn am Rand stand noch der Samtschemel, der mir sehr zupaß kam. Ich stellte den bestiefelten Fuß darauf und blickte hinunter in den verstummten Saal. Die Gesichter, die ich erkennen konnte, verschmolzen zu einem einzigen, das liebedienernd und nichtsdestoweniger frech zu mir heraufsah, eine erstarrte Grimasse unterwürfiger Selbstzufriedenheit – es war, ganz ohne allen Zweifel, das Gesicht der alten Wucherin, von anderem Fleisch und Blut zwar, doch lebendig wie ehedem. Unweit der Bühne saß Johann Pawluchin, ein langmähniger Kretin mit Monokel; neben ihm, piroggenkauend, ein pickliges, dickes Frauenzimmer mit großen roten Schleifen in den scheckigen Haaren – anscheinend war das Madame Malinowskaja, die Theater-Kommissarin. Wie ich sie alle haßte in diesem langen Augenblick!

Ich zog die Mauser aus dem Gürtelhalfter, hob sie über den Kopf, dann räusperte ich mich, setzte ein ausdrucksloses Gesicht auf und las, wie ich es von früher gewohnt war, ohne jede Betonung, nur mit kurzen Pausen zwischen den Quartetten, das gerade geschriebene Gedicht von dem Tschekaformular ab.

Revolutionäres Kampfsonett

Genossen Kämpfer! Unsere Trauer ist gren-
zenlos. Gemeuchelt wurde Genosse Ernen-
zoff. So steht unsere operative Tscheka
mit einem guten Bolschewiken weniger da.

Die Sache war so. Er kam vom Vollstrek-
ken, und als er sich eine Zigarette ansteck-
te, zog ein konterrevolutionärer Hampelmann
seine Pistole und legte an.

Genossen! Es dröhnte ein Schuß aus der Mau-
ser. Er traf in die Stirne. Ernenzoff sah rot.
Zerquetschen wollte er diese Laus
noch. Doch er fiel um und war mausetot.

Genossen Kämpfer! Schließt die Reihen, Schluß mit
dem Geplärre!
Krieg dem weißen Gesindel! Wir singen den revolutionären
Terror!

Mit diesen Worten schoß ich auf den Kronleuchter, der Schuß ging daneben.

Doch umgehend krachte es zu meiner Rechten noch einmal, der Kronleuchter barst, und ich sah Sherbunow, neben mir kniend, sein Gewehr nachladen. Er gab noch ein paar Schüsse in den Zuschauerraum ab, wo die Leute bereits schrien, zu Boden fielen und sich hinter den Säulen versteckten, als Barbolin aus den Kulissen trat. Schwankend lief er nach vorn zum Bühnenrand, jaulte auf und schmiß eine Handgranate in den Saal. Ein grellweißer Blitz flammte auf, es donnerte gewaltig, ein Tisch kippte um; in der Stille, die darauf eintrat, hörte man ein verwundertes Stöhnen. Eine peinliche Pause entstand; um sie halbwegs zu überbrücken, schoß ich noch ein paarmal an die Decke und sah plötzlich wieder diesen seltsamen Mann in der schwarzen Bluse am Tisch sitzen, ungerührt nippte er aus seinem Glas und schien zu lächeln. Ich kam mir dämlich vor.

Sherbunow ballerte erneut in den Saal.

»Aufhören!« brüllte ich.

Sherbunow murmelte etwas in seinen Bart, das klang wie »du

hast mir gar nichts zu sagen«, hängte sich das Gewehr jedoch über die Schulter.

»Wir gehen«, sagte ich, drehte mich um und ging hinter die Kulissen.

Ein paar Leute, die dort standen, stoben bei unserem Erscheinen auseinander. Ich lief mit Sherbunow durch einen dunklen Flur, der etliche Biegungen machte, bis wir endlich auf den Hinterausgang stießen; einen Augenblick später standen wir auf der Straße, wo man gleichfalls vor uns das Weite suchte. Wir gingen zum Auto. Nach der Stickigkeit des verräucherten Saales wirkte die klare, frostige Luft auf mich wie Äther – mir drehte sich der Kopf, ich war plötzlich todmüde. Der Chauffeur saß, reglos wie zuvor, unter einer dicken Schicht Schnee auf dem Vordersitz. Ich öffnete die Tür zum Verschlag und wandte mich um.

»Wo ist eigentlich Barbolin?« fragte ich.

»Kommt gleich«, sagte Sherbunow grinsend, »hat noch was zu erledigen.«

Ich kroch ins Auto, ließ mich auf den Sitz fallen und schlief augenblicklich ein.

Geweckt wurde ich durch das Kreischen einer Frau, und ich sah Barbolin aus der Seitenstraße kommen, die auf Bilderbuchart strampelnde Jungfer in Spitzenhöschen und verrutschter Rattenschwanzperücke auf den Armen.

»Rück ein Stück, Genosse«, sagte Sherbunow zu mir, als er in den Verschlag gekrochen kam, »wir kriegen Verstärkung.«

Ich rückte nach außen. Sherbunow beugte sich zu mir und sagte mit überraschender Wärme in der Stimme:

»Ich hab dich nicht gleich verstanden, Petka, hab dir nicht ins Herz geschaut. Du bist in Ordnung, hast eine feine Rede gehalten.«

Ich brummte etwas und schlummerte wieder ein.

Im Halbschlaf hörte ich die Frau kichern und die Bremsen quietschen, hörte Sherbunow finster fluchen und Barbolin zischen wie eine Schlange – anscheinend stritten sie sich um das arme Ding. Dann kam das Auto zum Stehen. Ich hob den Kopf und sah das verschwommene, unwirkliche Gesicht Sherbunows vor mir.

»Schlaf nur, Petka«, sprach das Gesicht mit hallender Stimme, »wir steigen hier aus. Wir haben noch was mit dem Paten zu bereden. Iwan fährt dich nach Hause.«

Ich äugte aus dem Fenster. Wir standen auf dem Twerskoi-Boulevard, vor dem Stadtpolizeipräsidium. Sachte und in großen Flocken fiel der Schnee. Barbolin und die bibbernde halbnackte Frau standen schon draußen auf der Straße. Sherbunow drückte mir die Hand und stieg aus. Das Auto fuhr wieder los.

Mit einemmal fühlte ich heftig, wie einsam und schutzlos ich war auf dieser gefrorenen Welt, deren Bewohner es darauf abgesehen hatten, mich in die Gorochowaja zu bringen oder mir die Seele mit Hexensprüchen zu verdunkeln. Gleich morgen früh, dachte ich, werd ich mir eine Kugel in die Stirn jagen. Das letzte, was ich vor mir sah, ehe ich endgültig in die schwarze Grube der Besinnungslosigkeit hinabfuhr, war das schneebedeckte Gitter der Straßenbegrenzung – während das Auto wendete, erschien es ganz dicht vor dem Fenster.

2

Genaugenommen war das Gitter nicht vor, sondern im Fenster, noch genauer: in der kleinen Luke, durch die ein schmales Bündel Sonnenstrahlen mir gerade ins Gesicht fiel. Ich wollte beiseite rücken, was mir aber nicht gelang – bei dem Versuch, mich vom Fußboden abzustemmen, um mich vom Bauch auf den Rücken zu drehen, stellte sich heraus, daß meine Arme gefesselt waren. Ich steckte in etwas, das wie ein Leichengewand aussah und dessen lange Ärmel auf dem Rücken zusammenhingen – wenn ich mich nicht irre, nennt man das eine Zwangsjacke.

Mir fiel es nicht sonderlich schwer zu erraten, was geschehen war – etwas an meinem Verhalten hatte anscheinend den Argwohn der Matrosen geweckt, und nachdem ich im Auto eingeschlafen war, hatten sie mich zur Tscheka gefahren. Ich krümmte meinen Körper so, daß ich auf die Knie und sodann an der Wand zu sitzen kam. Meine Zelle schaute recht merkwürdig aus. Weit oben unter der Decke war das vergitterte Fensterchen, durch das der Sonnenstrahl hereinfiel, welcher mich geweckt hatte. Wände, Tür, Fußboden und Decke waren mit einer dicken, weichen Polsterung versehen, so daß ein romantischer Selbstmord im Geiste Dumas' (»noch einen Schritt, Mylord, und ich schlage mir den Schädel an der Wand ein«) nicht in Frage kam. Offenbar hatten die Tschekisten solcherart Zellen für besonders respektable Gäste hergerichtet – ein Gedanke, der mir, wie ich zugeben muß, einen kurzen Moment schmeichelte.

Es verstrichen einige Minuten, in denen ich an die Wand starrte und mir die erschreckenden Details des vorangegangenen Tages ins Gedächtnis zurückholte, dann wurde die Tür aufgerissen.

Sherbunow und Barbolin standen auf der Schwelle - doch mein Gott, in welchem Aufzug! Sie trugen weiße Kittel, bei Barbolin schaute sogar ein echtes Stethoskop aus der Tasche hervor. Das war nun weit mehr, als ich fassen konnte; meiner Brust entrang sich ein nervöses Gelächter, woraus die vom Kokain verbrannte Kehle eine Art Röchelhusten machte. Barbolin, der näher zu mir stand, drehte sich nach Sherbunow um und sagte etwas, was ich nicht verstand. Schnell hörte ich zu lachen auf - irgend etwas verriet mir, daß sie gleich zuschlagen würden.

Den Tod fürchtete ich am allerwenigsten, das sagte ich wohl schon. Zu sterben war in meiner Situation ebenso naheliegend und vernünftig, wie man ein Theater verläßt, das - noch dazu während einer schlechten Vorstellung - in Flammen aufgegangen ist. Was ich jedoch auf gar keinen Fall wollte, war, daß ich auf meinen letzten Wegen von den Ohrfeigen und Fußtritten wildfremder Leute belästigt sein würde - dafür war ich wohl im Tiefsten meiner Seele nicht Christ genug.

»Meine Herren«, sagte ich, »ich denke, ihr wißt, daß man auch euch demnächst totschlagen wird. So bitte ich euch - aus Ehrfurcht vor dem Tod, wenn nicht vor meinem, dann vor dem eigenen: Erledigt es rasch und ohne Umschweife. Ich habe euch sowieso nichts mitzuteilen. Ich bin, müßt ihr wissen, eine Privatperson, und ...«

»Was ist denn das nun wieder?« unterbrach mich Sherbunow grinsend. »Da hat mir dein Auftritt gestern aber besser gefallen. Diese hübschen Verse! Weißt du das wenigstens noch?«

Seine Art zu sprechen hatte etwas unbestimmbar Merkwürdiges an sich, nicht passend zur Situation, und ich vermutete, daß er sich schon zu früher Stunde seinen baltischen Tee genehmigt hatte.

»Mein Gedächtnis ist vorzüglich«, antwortete ich und sah ihm direkt in die Augen.

Sein Blick war unerschütterlich leer.

»Was redest du überhaupt mit diesem Blödmann«, krächzte Barbolin mit hoher Stimme. »Laß den Professor damit klarkommen, der kriegt es bezahlt.«

»Also los«, zog auch Sherbunow einen Schlußstrich, trat auf mich zu und nahm mich beim Arm.

»Könnt ihr mir nicht die Hände losbinden?« fragte ich. »Ihr seid doch zu zweit.«

»Ach so?« fragte Sherbunow. »Damit du einem an die Gurgel gehst?«

Von diesen Worten schwankte ich wie von einem Schlag. Sie wußten alles. Die unerträgliche Schwere, mit der Sherbunows Frage über mich kam, konnte ich beinahe physisch spüren.

Barbolin packte meinen anderen Arm; mühelos stellten sie mich auf die Füße und schleppten mich hinaus auf einen leeren, halbdunklen Gang, wo es tatsächlich irgendwie medizinisch roch – vielleicht nach Blut. Ich leistete keinen Widerstand. Nach einem ganzen Stück Weg stießen sie mich in ein geräumiges Zimmer, plazierten mich auf einen Schemel, der in der Mitte stand, und gingen wieder.

Mir gegenüber stand ein großer Schreibtisch, auf dem sich die Kanzleiordner türmten. Ein intelligent ausschauender Herr im gleichen weißen Kittel wie Sherbunow und Barbolin saß dahinter. Er preßte sich mit der Schulter den schwarzen Hörer des Telefonapparates ans Ohr und schien aufmerksam zu lauschen; seine Hände wälzten derweil mechanisch irgendwelche Papiere. Von Zeit zu Zeit nickte er, sprach aber kein einziges Wort. Mir schenkte er nicht die geringste Beachtung. Noch ein Weißkittel in grünen Hosen mit roter Biese saß auf einem Stuhl an der Wand zwischen den beiden hohen Fenstern, vor die staubige Vorhänge gezogen waren.

Etwas an der Einrichtung dieses Zimmers ließ mich an den Sitz des Generalstabs denken, wo ich anno sechzehn in dem Bemühen, mir meine Sporen auf dem Felde der patriotischen Journalistik zu verdienen, öfters zu tun gehabt hatte. Allerdings gab es hier, direkt über dem Kopf des bekittelten Herrn, wo man das Bildnis des Zaren hätte vermuten dürfen (zumindest aber den lieben Karl, der – o argloser Zungenbrecher aus Kindertagen! – inzwischen in halb Europa die Korallen gekrallt hatte), etwas derart Gräßliches zu sehen, daß ich mir instinktiv auf die Lippe biß.

Es handelte sich um ein großes, auf Karton kaschiertes, in den Farben der russischen Fahne gehaltenes Plakat. Darauf ein blauer Mann mit gewöhnlichen russischen Gesichtszügen, aufgeschnittener Brust und abgesägter Schädeldecke, unter der das Gehirn offen und blutig zutage lag. Ungeachtet dessen, daß seine Eingeweide aus dem Leib gezogen und lateinisch durchnumeriert waren, blickten die Augen des Mannes stoisch, und ein kleines, stilles Lächeln stand ihm auf den Lippen – was eine Täuschung sein konnte, verursacht durch den breiten Schnitt auf der Wange, der einen Teil des Kiefers und der Zähne freilegte, letztere so tadellos weiß wie auf einer deutschen Zahnpulverreklame.

»Also dann«, brummelte der Herr im Kittel und warf den Hörer auf die Gabel.

»Entschuldigen Sie«, sagte ich, während ich meinen Blick vom Plakat riß und ihm zuwandte.

»Keine Ursache«, sagte er. »Da ich schon meine Gesprächserfahrungen mit Ihnen habe, stelle ich mich am besten gleich noch einmal vor: Professor Kanaschnikow, Timur Timurowitsch.«

»Pjotr Pustota. Leider sehe ich mich außerstande, Ihnen die Hand zu geben.«

»Muß auch nicht sein. Ach Pjotr, ach Pjotr. Wo sind wir da bloß hineingeraten.«

Seine Augen ruhten freundlich und sogar ein wenig mitfühlend auf mir; das keilförmige Kinnbärtchen signalisierte den untadeligen Staatsdiener alter Schule, doch soviel wußte ich von den Winkelzügen der Tscheka, daß mein Mißtrauen sich nicht erschüttern ließ.

»Halb so wild«, sagte ich. »Und wenn Sie die Frage schon so stellen: Ich bin ja nicht der einzige in dieser Lage.«

»So? Wer denn noch?«

Aha, dachte ich, es geht los.

»Sie erwarten von mir irgendwelche Adressen und konspirativen Treffpunkte, nehme ich an? So leid es mir tut, da muß ich Sie enttäuschen. Ich bin in meinem Leben vor Menschen immer nur weggelaufen, und in diesem Kontext figurieren andere Menschen als bloße Kategorie, Sie verstehen?«

»Natürlich«, sagte mein Gegenüber und notierte etwas auf einem Blatt Papier. »Ohne jeden Zweifel. Doch steckt in Ihren Worten ein Widerspruch. Sie sagen einerseits, es gebe Menschen, die seien in derselben Lage wie Sie; andererseits behaupten Sie, von diesen Leuten nichts zu wissen, da Sie immer nur vor ihnen weglaufen.«

»Erlauben Sie«, erwiderte ich und schlug, nicht ohne mein Gleichgewicht zu gefährden, die Beine übereinander, »das ist nur scheinbar ein Widerspruch. Je mehr ich versuche, die Gesellschaft anderer zu meiden, um so weniger gelingt mir das. Der Grund hierfür ist mir, nebenbei gesagt, erst neulich aufgegangen: Ich lief an der Isaak-Kathedrale vorbei, schaute zur Kuppel hinauf – die frostklare Nacht, die Sterne, Sie wissen schon – da wurde es mir schlagartig klar.«

»Was wurde Ihnen klar?«

»Daß man, wenn man vor anderen davonläuft, notgedrungen ein Leben lang ihrem Zickzackkurs folgt. Und sei es nur, um sie sich vom Leib zu halten. Um vor anderen wegzulaufen, muß man nicht wissen, wo man selber hinwill, sondern nur, wo die anderen sind. So ist man gezwungen, sein Gefängnis immerzu vor der Nase zu haben.«

»Stimmt«, sagte der Professor, »da haben Sie recht. Wenn ich mir vorstelle, wieviel Scherereien wir beide damit haben, wird mir ganz anders.«

Ich hob die Schultern und sah hinauf zu dem Plakat über seinem Kopf. Womöglich war es doch nicht als geniale Metapher, sondern als Unterrichtshilfe gedacht. Ein Ausschnitt aus einem anatomischen Atlas vielleicht.

»Wissen Sie«, fuhr Professor Kanaschnikow fort, »man hat ja so seine Erfahrungen. Ich habe es hier mit sehr vielen Leuten zu tun.«

»Oh, das bezweifle ich nicht«, sagte ich.

»Und ich sage Ihnen folgendes. Mich interessiert weniger die formale Diagnose, die ich zu stellen habe, als vielmehr der tieferliegende Grund, weshalb ein Mensch aus seiner normalen psychosozialen Nische kippt. Und da scheint mir Ihr Fall recht klar zu liegen. Sie wollen einfach das Neue nicht akzeptieren. Ihr Alter kennen Sie?«

»Welche Frage. Sechsundzwanzig.«

»Sehen Sie. Da gehören Sie exakt zu der Generation, die für ein Leben in dem einen soziokulturellen Paradigma programmiert war und sich plötzlich in einem völlig anderen wiederfand. Können Sie mir folgen?«

»Und ob.«

»Das heißt, wir haben hier einen ernsthaften inneren Konflikt vorliegen. Ich kann Sie beruhigen - nicht nur Sie haben damit Ihre Schwierigkeiten. Sogar ich schlage mich mit dem gleichen Problem herum.«

»Ach ja?« fragte ich, es sollte etwas höhnisch klingen. »Und wie belieben Sie es zu lösen?«

»Von mir reden wir später«, sagte er. »Jetzt kümmern wir uns erst einmal um Sie. Wie ich schon sagte, betrifft dieser unbewußte Konflikt heutzutage so gut wie jeden. Ich möchte, daß Sie es lernen dahinterzuschauen. Verstehen Sie, die Welt, die um uns ist, widerspiegelt sich in unserem Bewußtsein und wird dort zu einem geistigen Faktum. Und wenn in der Realität irgendwelche althergebrachten Verhältnisse zu Bruch gehen, dann passiert in der Psyche haargenau das gleiche. Wobei im geschlossenen Raum Ihres Ich eine gigantische Menge psychischer Energien frei werden. Das ist wie eine kleine Atomexplosion. Und das Entscheidende ist, wohin all diese Energien nach dem Ausbruch kanalisiert werden.«

Das Gespräch begann interessant zu werden.

»Welche Kanäle kämen da, mit Verlaub, in Frage?«

»Nun, grob betrachtet, gibt es zwei Möglichkeiten. Die psychische Energie kann sozusagen nach außen gehen, in die Welt hinein, kann gerichtet werden auf Objekte wie zum Beispiel ... na, sagen wir, eine Lederjacke, ein teures Auto und so weiter. Viele Ihrer Altersgenossen ...«

Die Erinnerung an Ernenzoff jagte mir einen Schauer über den Rücken.

»Alles klar. Das müssen Sie nicht ausführen.«

»Wunderbar. Im anderen Fall verbleibt diese Energie aufgrund bestimmter Ursachen im Inneren. Eine denkbar ungünstige Entwicklung. Stellen Sie sich vor, man sperrt einen wilden Stier in einen Museumssaal.«

»Ein treffliches Bild.«

»Danke. Dieser Saal also mit seinen zerbrechlichen und womöglich sehr kostbaren Ausstellungsstücken soll einmal für Ihre Persönlichkeit, Ihre Innenwelt stehen. Und der Stier, der darin umgeht – das ist die freigewordene psychische Energie, die zu zügeln über Ihre Kräfte geht. Das ist der Grund, weshalb Sie hier sind.«

»Er ist wirklich nicht dumm«, dachte ich. »Und ein Schuft ohnegleichen.«

»Ich sage Ihnen noch mehr«, sprach Kanaschnikow weiter. »Ich habe viel darüber nachgedacht, warum die einen imstande sind, ein neues Leben zu beginnen – nennen wir sie einmal die neuen Russen, obwohl ich diesen Ausdruck überhaupt nicht mag.«

»Ein wirklich gräßliches Wort, und verfälscht obendrein. Falls Sie Tschernyschewski zitieren wollen, so sprach er wohl von den neuen Menschen.«

»Mag sein. Die Frage steht nichtsdestoweniger: Wieso zieht es die einen hin zum Neuen, während die anderen ihre ganze Zeit damit zubringen, fiktive Beziehungen zu den Schatten einer versunkenen Welt zu klären?«

»Also das ist nun wirklich großartig gesagt. Klingt fast wie Balmont.«

»Danke, danke. Die Antwort ist aus meiner Sicht sehr einfach. Ich fürchte gar, Ihnen wird sie primitiv vorkommen. Ich hole ein wenig aus. Im Leben eines Menschen, eines Landes, einer Kultur und dergleichen vollziehen sich unentwegt Metamorphosen. Manchmal erstrecken sie sich über größere Zeiträume und bleiben unbemerkt, manchmal nehmen sie sehr krasse Formen an – so wie heute. Wie man zu diesen Metamorphosen steht, macht einen beträchtlichen Unterschied zwischen den Kulturen aus. Wenn wir uns zum Beispiel China vornehmen, nach dem Sie ja ganz verrückt sind.«

»Woher wollen Sie das wissen?« fragte ich und spürte, wie sich hinter meinem Rücken die Fäuste in den straffgezogenen Ärmeln ballten.

»Steht alles hier in Ihrer Akte«, sagte Professor Kanaschnikow und hob den dicksten der vor ihm liegenden Ordner in die Höhe. »Ich hab sie vorhin noch mal durchgesehen.«

Er warf den Ordner zurück auf den Tisch.

»Also die Chinesen. Wie Sie sich entsinnen werden, beruht deren ganze Philosophie auf der Vorstellung, daß die Welt degeneriert, daß sie verfällt aus einem goldenen Zeitalter in immer tiefere Finsternis und Stagnation. Das absolute Maß liegt für sie in der Vergangenheit, und jedwede Neuerungen sind schon deswegen von Übel, weil sie von diesem Maß wegführen.«

»Aber erlauben Sie«, sagte ich, »das ist doch der menschlichen Kultur insgesamt eigen. Das zeigt sich sogar an der Sprache. Im Englischen zum Beispiel. Dort heißt es, wir seien *descendants of the past*. Dieses Wort bezeichnet den Abstieg, nicht den Aufschwung. Wir sind keine *ascendants*.«

»Schon möglich«, sagte der Professor. »An Fremdsprachen kann ich nur Latein. Wichtig ist etwas anderes. Verankert sich nämlich dieser Bewußtseinstyp in einem einzelnen Individuum, so wird dieser Mensch seine Kindheit als ein verlorenes Paradies empfinden. Nehmen Sie nur Nabokov. Diese ganze endlose Reflexion über seine frühesten Lebensjahre – ein klassisches Exempel für das, wovon ich rede. Aber ein genauso klassisches Exempel für die Gesundung, die Neuorientierung des Bewußtseins auf die Wirklichkeit – jene, nennen wir es einmal Kontrasublimierung, die er meisterlich bewerkstelligte, indem er seine Sehnsucht nach dem unerreichbaren und vielleicht nie dagewesenen Paradies in eine simple, bodenständige und ein wenig sündhafte Leidenschaft zu einem kleinen Mädchen transformierte. Wobei er ja von Anfang ...«

»Pardon, von welchem Nabokov ist die Rede?« fiel ich ihm ins Wort. »Dem Chef der Konstitutionellen Demokraten?«

Kanaschnikow zeigte ein betont nachsichtiges Lächeln.

»Nein«, sagte er, »ich spreche von seinem Sohn.«

»Was denn, der kleine Vladimir von der Tenischew-Schule? Haben Sie den etwa auch ... Aber der ist doch längst auf der Krim! Und wieso Mädchen? Was reden Sie da?«

»Schon gut, meinetwegen. Auf der Krim«, sagte der Professor. »Von mir aus auf der Krim. Wir hatten ja von China geredet, nicht von der Krim. Davon, daß die klassische chinesische Mentalität jegliche Vorwärtsbewegung als Abstieg sieht. Und dann gibt es den anderen Weg – den Europa seine ganze Historie hindurch gegangen ist, auch wenn Sie in der Sprache anderes finden mögen. Jenen Weg, den auch Rußland seit Ewigkeiten zu beschreiten versucht, indem es immer und immer wieder die unselige alchimistische Ehe mit dem Westen eingeht.«

»Bemerkenswert formuliert.«

»Danke. Hier sieht man das Ideal nicht in der Vergangenheit, sondern potentiell in der Zukunft angesiedelt. Was der eigenen Existenz sogleich einen Sinn verschafft, Sie verstehen?

Die Idee der Entwicklung, des Fortschritts, der Bewegung vom Unvollkommenen zum Vollkommeneren. Gleiches passiert auf individueller Ebene – auch wenn die persönliche Entwicklung nur so kleine Fortschritte erkennen läßt wie, sagen wir, die Renovierung der Wohnung oder den Kauf eines neuen Autos. Es gibt einem die Möglichkeit weiterzuleben. Sie hingegen wollen in dieses ›Weiter‹ nicht investieren. Der metaphorische Stier, von dem wir sprachen, hetzt durch Ihre Seele und trampelt alles nieder, was ihm in die Quere kommt, nur weil Sie nicht bereit sind, sich der Realität zu stellen. Sie wollen den Stier nicht in die Freiheit entlassen. Sie verachten die Posen, die die Zeit uns abverlangt. Ebendarin liegt der Grund für Ihre Tragödie.«

»Das ist natürlich interessant, was Sie da erzählen, aber etwas sehr konfus«, sagte ich und schielte nach dem an der Wand sitzenden Uniformierten. »Außerdem sind mir die Arme eingeschlafen. Und was den Fortschritt angeht, da könnte ich Ihnen kurz erläutern, was dahintersteckt.«

»Wenn Sie so freundlich wären.«

»Kein Problem. Bringt man das von Ihnen Gesagte auf einen Punkt, so heißt das: Manche Leute passen sich Veränderungen schneller an als andere, basta. Aber haben Sie sich schon einmal gefragt, warum es überhaupt zu Veränderungen kommt?«

Professor Kanaschnikow antwortete mit einem Achselzucken.

»Ich will es Ihnen sagen. Daß es sich leichter lebt für den, der durchtrieben und gewissenlos ist, werden Sie gewiß nicht bestreiten?«

»Keineswegs.«

»Und leichter lebt es sich vor allem dadurch, daß man sich neuen Gegebenheiten schneller anpaßt, ja?«

»Kann man so sehen.«

»Nun gibt es aber ein Ausmaß an gewissenloser Durchtriebenheit, Euer Gnaden, mit Hilfe dessen mancher diese Gegebenheiten schon absieht, bevor sie überhaupt eingetreten sind, wodurch er natürlich anderen gegenüber einen beträchtlichen Vorsprung in der Anpassung erzielt. Mehr noch, die gerissensten Gauner schaffen es sogar, sich Gegebenheiten anzupassen, die noch nicht im entferntesten abzusehen sind.«

»Na und?«

»So kommt es, daß wir Veränderungen in der Welt überhaupt nur diesem Häuflein gerissener Gauner zu verdanken haben. Sie nehmen die Zukunft nicht vorweg, sie gestalten sie – indem sie nämlich immer an den Ort kriechen, von wo der Wind, wie sie glauben, demnächst wehen wird. So daß dem Wind gar nichts weiter übrigbleibt, als sich tatsächlich dorthin zu bequemen und zu blasen.«

»Warum sollte er das?«

»Warum schon. Ich sagte doch, es handelt sich um die widerwärtigsten, schamlosesten, abgefeimtesten Gauner, die man sich vorstellen kann. Denken Sie, die lassen sich nichts einfallen, um alle anderen davon zu überzeugen, daß der Wind von da weht, wo sie gerade hocken? Zumal der Wind, von dem hier die Rede ist, nur idiomatisch weht. Aber ich mache zuviel Worte. Ehrlich gesagt, hatte ich die Absicht, bis zur Exekution überhaupt nicht mehr zu reden.«

Der Uniformierte an der Wand grunzte und warf dem Professor einen vielsagenden Blick zu.

»Ich vergaß vorzustellen«, sagte Kanaschnikow. »Das ist Oberst Smirnow, Militärpsychiater. Er ist in einer anderer Angelegenheit hier, interessiert sich aber auch für Ihren Fall.«

»Sehr erfreut, Herr Oberst«, sagte ich mit leichter Verbeugung.

Der Professor neigte sich über sein Telefon und drückte einen Knopf.

»Sonetschka, vier Kubik bitte, wie üblich«, sprach er in den Hörer. »Gleich hier bei mir, solange er noch in der Jacke ist. Ja, anschließend in den Trakt.«

Kanaschnikow drehte sich wieder zu mir, traurig seufzend kraulte er sich den Bart.

»Vorläufig müssen wir mit der pharmakologischen Kur fortfahren«, sagte er. »Ich verhehle nicht, daß ich dies als eine Niederlage betrachte – eine kleine Niederlage, aber immerhin. Ich finde, ein guter Psychiater sollte ohne Medikamente auskommen, weil die ... Wie soll ich sagen ... Es ist Kosmetik. Sie lösen die Probleme nicht, sie verhindern höchstens, daß Außenstehende Einblick bekommen. Doch in Ihrem Fall habe ich einfach keine bessere Idee. Ich bräuchte Ihre Hilfe. Um jemanden vor dem Ertrinken zu retten, reicht es nicht, daß man ihm die Hand hinhält – er muß sie auch ergreifen.«

Hinter mir ging die Tür auf, ich hörte leise Schritte. Die zarten Finger einer Frau griffen nach meiner Schulter, und ich spürte, wie ein kalter kleiner Stachel den Stoff der Zwangsjacke durchbohrte und in meine Haut drang.

»Übrigens«, sagte Kanaschnikow, während er sich fröstelnd die Hände rieb, »im Klapsmühlenjargon gibt es den Ausdruck ›Exekution‹ tatsächlich – aber nicht für das, was wir Ihnen momentan spritzen, die normale Mischung Aminasin-Pervitin, sondern das sogenannte Sulfasin-Kreuz, also vier Injektionen in ... Na, ich hoffe, so weit wird es nicht kommen.«

Ich unternahm gar nicht erst den Versuch, mich umzudrehen und der Frau, die mir die Spritze gab, ins Gesicht zu sehen. Ich fixierte den blau-rot-weißen Mann auf dem Plakat, und als er endlich zurückschaute, ein Lächeln und ein Blinzeln wagte, erklang von weit her die Stimme des Professors:

»Jawohl, gleich in den Trakt. Der stört schon nicht. Das Zeug hat ja doch eine gewisse Wirkung. Und außerdem sitzt er bald selber auf dem Stuhl.«

Irgendwelche Hände (vielleicht waren es wieder Sherbunow und Barbolin) rissen mir die Zwangsjacke vom Leib und hievten mich wie einen Sandsack auf eine Art Trage. Der Türpfosten schwebte an mir vorüber, dann waren wir wieder auf dem Flur.

Mein taub gewordener Körper wurde an hohen, weißen Türen mit Nummern entlanggeschoben, hinter mir schwatzten und lachten mit entstellten Stimmen die zwei verkleideten Matrosen – ich glaube, es ging um Frauen, über die sie schamlos herzogen. Dann sah ich das über mich gebeugte Gesicht des Professors, der offenbar neben mir herlief.

»Wir legen Sie wieder auf Abteilung III, ist Ihnen das recht? Wenn ich mich recht entsinne, ist Puschkin auch von der III. Abteilung überwacht worden.«.Kanaschnikow lachte zufrieden. »Da liegen derzeit vier Mann, mit Ihnen also fünf. Schon mal was von der Gruppentherapie nach Professor Kanaschnikow gehört? Das bin nämlich ich!«

»Nein«, stieß ich mühsam hervor.

Das Vorüberziehen der vielen verschwommenen Türen wurde unerträglich, ich schloß die Augen.

»Es ist, schlicht gesagt, der kollektive Kampf der Patienten um ihre Genesung. Sie müssen sich das so vorstellen: Ihre Probleme werden vorübergehend zum Gemeingut, das heißt, jeder der Sitzungsteilnehmer hat eine bestimmte Zeit lang das gleiche Befinden wie Sie, identifiziert sich sozusagen mit Ihnen. Was glauben Sie, wohin das führt?«

Ich gab keine Antwort.

»Ganz einfach«, fuhr Kanaschnikow fort. »Nach Beendigung der Sitzung tritt ein Rückstoßeffekt ein. Die Teilnehmer ziehen sich geschlossen aus der eben noch als Realität empfundenen Situation zurück. Es ist, wenn Sie so wollen, die Verwendung des menschlichen Herdentriebs zu medizinischen Zwecken. Die Beteiligten mögen noch so sehr von Ihren Ideen und Stimmungen gefangen gewesen sein – sobald die Sitzung zu Ende ist, kehren sie zu ihren eigenen Manien zurück und lassen Sie mutterseelenallein sitzen. Und in diesem Augenblick – vorausgesetzt, der kathartische Aufschluß des pathologischen Psychomaterials ist gelungen – vermag der Patient die Relativität seiner krankhaften Vorstellungen selbst zu empfinden und die

Identifizierung damit aufzugeben. Von da ist es nur noch ein kleiner Schritt bis zur Genesung.«

Vom Sinn dieser Ausführungen (so es einen gab) verstand ich nicht allzu viel, auch wenn das eine oder andere davon im Bewußtsein hängenblieb. Die Injektion wirkte zunehmend. Ich konnte meine Umgebung schon nicht mehr erkennen, der Körper war praktisch empfindungslos und die Seele in schwerem, dumpfem Gleichmut versunken. Das Unangenehmste an alledem war, daß nicht ich, sondern ein anderer es zu sein schien, dem dies passierte und der auf das gespritzte Präparat reagierte. Und dieser andere, so ahnte ich mit Grauen, ließ sich tatsächlich kurieren.

»Was dachten denn Sie!« sagte Professor Kanaschnikow wie zur Bestätigung. »Das schaffen wir schon, keine Bange. Und überhaupt, vergessen Sie das Wort ›Irrenhaus‹. Nehmen Sie's als nettes Abenteuer. Das dürfte Ihnen als Literat doch nicht schwerfallen. Wirklich, was einem hier manchmal zu Ohren kommt, möchte man direkt aufschreiben. Die Gruppensitzung mit Maria, die gleich anfängt, die wird zum Beispiel sehr interessant. Ich nehme an, Sie wissen noch, wer das ist?«

Ich schüttelte den Kopf.

»Na, hätte ich mir denken können«, sagte er. »Ist jedenfalls eine äußerst interessante Geschichte. Ein Psychodrama von shakespeareschem Format, würde ich behaupten. Da kollidieren äußerlich völlig verschiedene Bewußtseinsinhalte miteinander: mexikanische Seifenoper, Hollywood-Thriller und die ungefestigte russische Demokratie. Die mexikanische Fernsehserie ›Sagen Sie einfach Maria‹ ist Ihnen doch wenigstens ein Begriff? Nicht mal die? Verstehe. Na, kurz gesagt, hier hält sich jemand für die Hauptfigur, besagte Maria. Das wäre nicht weiter erwähnenswert, aber es kommt noch eine unbewußte Identifikation mit Rußland hinzu. Plus analdynamischer Agamemnon-Komplex. Also eine lupenreine Pseudopersönlichkeitsspaltung. Ganz mein Fall.«

Mein Gott, dachte ich, was für lange Flure die hier haben.

»Zu einer vollwertigen Teilnahme an der Sitzung werden Sie natürlich nicht in der Lage sein«, tönte Kanaschnikows Stimme schon wieder. »Sie dürfen ruhig schlafen. Aber vergessen Sie nicht, daß Sie demnächst selbst an der Reihe sein werden.«

Wir schienen nun irgendwo hineinzufahren: Eine Tür quietschte, und ich hörte, wie eine Unterhaltung, die dort im Gang war, abbrach. Professor Kanaschnikow grüßte in die Finsternis, etliche Stimmen antworteten ihm. Währenddessen wurde ich auf ein unsichtbares Bett gelegt, ein Kissen kam unter meinen Kopf, eine Decke obenauf. Eine Zeitlang lauschte ich den an mein Ohr dringenden Phrasen (der Professor erklärte irgendwem, warum ich so lange nicht dagewesen war), dann schaltete ich vollständig ab, da mich eine außerordentlich bedeutungsvolle Halluzination privater Natur heimsuchte.

Ich weiß nicht, wie lange ich allein mit meinem Gewissen zubrachte, ehe plötzlich wieder die monotone Stimme des Professors meine Aufmerksamkeit auf sich zog.

»Schauen Sie genau auf diese Kugel, Maria. Sie sind vollkommen ruhig. Sollte Ihr Mund trocken sein, ist das die Wirkung des Ihnen verabreichten Präparats und wird schnell wieder vergehen. Hören Sie mich?«

»Ja«, erwiderte eine Stimme, die eher einem hohen Tenor nahekam als einem tiefen Alt.

»Wer sind Sie?«

»Maria«, antwortete die Stimme.

»Ihr Nachname?«

»Sagen Sie einfach Maria.«

»Wie alt sind Sie?«

»Schätzungsweise achtzehn«, sagte die Stimme.

»Wissen Sie, wo Sie sich befinden?«

»Ja. In der Klinik.«

»Und weshalb sind Sie hier?«

»Wegen dem Aufprall, was dachten denn Sie! Ist ja ein Wunder, daß ich überhaupt noch am Leben bin. Nie hätte ich gedacht, daß er ein so schlechter Mensch ist.«

»Wogegen sind Sie denn geprallt?«

»Gegen den Moskauer Fernsehturm.«

»Ach. Wie ist denn das passiert?«

»Das ist eine lange Geschichte.«

»Macht nichts«, sagte der Professor in nettem Ton, »wir haben keine Eile. Erzählen Sie ruhig, wir hören zu. Wie hat das Ganze angefangen?«

»Angefangen hat es damit, daß ich an der Uferpromenade spazierengegangen bin.«

»Wo waren Sie vorher gewesen?«

»Vorher nirgends.«

»Gut, erzählen Sie weiter.«

»Ja, also. Ich geh da so lang, und auf einmal ist da um mich so ein Rauch. Ich geh weiter, und es wird immer mehr ...«

Ich merkte plötzlich, daß es immer schwieriger wurde, den Worten, die zu mir drangen, einen Sinn abzugewinnen. Ich hatte das Empfinden, als hinge dieser Sinn an Fäden, und diese Fäden würden länger und länger. Ich konnte dem Gespräch nicht mehr folgen. Das war aber nicht schlimm, weil sich vor mir ein verschwommenes Bild abzuzeichnen begann: die in Rauchschwaden gehüllte Uferpromenade, auf ihr entlanggehend eine Frau oder wohl eher ein verkleideter Kerl mit breiten, muskulösen Schultern. Sie hieß Maria, soviel war mir klar, ich konnte sie sehen und sah doch zugleich die Welt mit ihren Augen. Im nächsten Augenblick begriff ich, daß all ihre Gedanken und Gefühle auf unklare Weise bei mir ankamen: So dachte sie zum Beispiel gerade, daß aus dem schönen Spaziergang wohl nichts werden würde, der sonnige Morgen, bei dessen Anbruch sie auf dieser armen Welt erschienen war, hatte sich gewandelt zu Gott weiß was. Und das war so allmählich passiert, daß sie es gar nicht bemerkt hatte.

Die Luft roch zunächst nur ein bißchen brenzlig, und Maria vermutete, daß irgendwo Laub verbrannt wurde. Dann mischte sich der Gestank von verschmortem Gummi hinzu, und ganze Schwaden von Rauch kamen auf sie zugeschwommen, die immer dichter wurden, bis außer der gußeisernen Uferbegrenzung und einigen wenigen Metern im Umkreis nichts mehr zu sehen war.

Bald schon kam es Maria so vor, als spazierte sie durch den schlauchartigen Saal einer Kunstgalerie: Die Segmente der Umgebung, wie sie von Zeit zu Zeit aus dem schwarzen Nebel tauchten, glichen in ihrer abgeschmackten Belanglosigkeit modernen Kunstobjekten. Schilder mit der Aufschrift »Wechselstube« kamen auf sie zu, mit Taschenmessern beschnitzte Sitzbänke, weggeworfene Dosen in großer Zahl – man sah, die junge Generation hielt sich doch größtenteils ans Bier.

Nun tauchten irgendwelche hektischen Menschen mit Maschinenpistolen auf und wieder unter. Sie taten, als bemerkten sie Maria gar nicht, und sie vergolt es ihnen ebenso. Gab es doch genügend andere, die an sie dachten. Wie viele mochten es sein – eine Million? Zehn, hundert Millionen? Maria kannte die genaue Zahl nicht, doch eines wußte sie: Hätten alle Herzen, in die sie sich durch die Gunst des Schicksals hatte stehlen können, plötzlich im Takt geschlagen, so hätte das einträchtige Wummern noch diese ohrenbetäubenden Detonationen von jenseits des Flusses übertönt.

Maria sah um sich, ihre strahlenden Augen wurden schmal: Sie wollte wissen, was los war.

Irgendwo in der Nähe – wo genau war des Qualms wegen nicht auszumachen – krachte es in Abständen, worauf jedesmal Hundegebell erscholl und ein vielstimmiger Jubel, wie im Fußballstadion nach einem erzielten Tor. Maria wußte nicht, was sie davon halten sollte – vielleicht wurde dort drüben ein Film gedreht, oder ein paar neue Russen waren dabei zu ermitteln, wer von ihnen der neueste war. Anstatt alles brüderlich zu teilen! dachte Maria seufzend. So aber müssen immer noch mehr dieser schönen jungen Männer auf den Asphalt hinschlagen, und das Blut strömt aus ihren durchschossenen Herzen.

Maria überlegte, wie man die unerträglich schwere Bürde des Lebens all denen erleichtern konnte, die sich wer weiß warum in den schwarzen, Sonne und Himmel verhüllenden Rauchwolken krümmten. Klare, leuchtende, gar nicht hochtrabende Bilder stiegen ihr zu Kopf: wie sie da steht im schlichten Kleid und eintritt in die bescheidene, zu diesem Anlaß von den Mietern hübsch herausgeputzte Wohnung. Da sind sie auch schon – sitzen am Tisch um den Samowar, schauen ihr verliebt in die Augen, und sie weiß, kein Wort ist nötig, es reicht, ihnen gegenüberzusitzen und sie zärtlich anzuschauen, die ratternde Kamera nach Möglichkeit nicht beachtend. Oder so: Ein Krankenzimmer, Menschen im Streckverband, in unbequemen Betten liegend, und ihr Bild hängt an der Wand, so daß es alle sehen können, und sie schauen sie an von ihren Betten und vergessen für ein Weilchen ihr Leid und ihre Schmerzen.

All dies war großartig, und doch spürte sie irgendwie, es reichte noch nicht – nein, in dieser Welt brauchte es Kraft, rohe, unbeugsame Kraft, eine, die notfalls in der Lage war, dem Bösen die Stirn zu bieten. Doch wo nahm man diese Kraft her? Und wie genau mußte sie beschaffen sein? Maria wußte auf diese Frage keine Antwort, sie fühlte nur, dies war es, warum sie hier und jetzt an dieser Uferpromenade, in dieser vom Leid gezeichneten Stadt fürbaß ging.

Ein Windstoß zertrieb für einen Moment den Rauch um sie her, ein Sonnenstrahl traf Maria. Sie schirmte ihre Augen, und plötzlich wußte sie, wo die Antwort zu finden sein würde – natürlich, sie lag in jenen zahllosen Herzen und Hirnen, die sie gerufen und an diesem rauchigen Ufer hatten leibhaftig werden lassen. Sie alle schienen zu einem einzigen Bewußtseinsozean zu verschmelzen, der aus Millionen Augen auf den Bildschirm schaute, und dieser ganze, große Ozean bot sich ihrem Blick offen dar. Maria ließ ihn darüberschweifen und sah zunächst nichts, was hätte helfen können. Aber halt! Sie steckte sehr wohl in diesem Ozean, die allmächtige Kraft, vielfach verkörpert und doch in der Mehrzahl der Fälle immer wieder gleich, so daß sich ein gültiges Bild zusammenfügte: ein junger Mann mit kleinem Schädel und kräftigen Schultern, der einen himbeerroten Zweireiher trug, breitbeinig dastand, vor einem Wagen von langer, niedriger Bauart. Dieses Auto war nur vage und verschwommen zu erkennen, da jene vielen, in deren Seelen Maria blicken konnte, sich hier die verschiedensten Marken vorstellten. Gleiches betraf die Gesichtszüge des jungen Mannes – sie waren nur sehr ungefähr auszumachen, die leicht gelockte, kastanienbraune Kurzhaarfrisur war das einzige, was ein wenig klarer hervortrat. Dafür war der Sakko von außerordentlicher Schärfe, man konnte, wenn man sich etwas Mühe gab, sogar die Aufschrift auf den goldenen Knöpfen lesen. Maria tat dies nicht. Es ging nicht darum, was auf den Knöpfen stand, es ging um die Frage, wie diese unbezwingliche Kraft mit ihrer zarten Liebe zu vereinen war.

Maria hielt inne und lehnte sich gegen einen der Granitpoller, die die einzelnen Abschnitte des gußeisernen Geländers voneinander trennten. Wieder mußte sie Antwort suchen in den Herzen und Hirnen derer, die ihr vertrauten, doch dieses Mal – Maria wußte es ganz genau – konnte sie keine Durchschnittsgedanken brauchen. Etwas anderes mußte her.

Es müßte doch wenigstens *ein* gescheites Weibsbild darunter sein! dachte sie.

Und dieses gescheite Weibsbild fand sich beinahe augenblicklich. Maria wußte nicht, wie sie hieß, wer sie war und wie sie aussah – was für Sekunden aufblitzte, waren große Bücherregale, ein mit Papieren überladener Schreibtisch, darauf die Schreibmaschine und an der Wand darüber das Foto eines Mannes mit gigantisch geschwungenem Schnurrbart und düsterem Blick – all dies so flackernd, verzerrt und schwarzweiß, als blickte Maria aus dem zigarettenschachtelgroßen Bildschirm eines uralten Fernsehers, der noch dazu nicht in der Mitte des Zimmers, sondern irgendwo in einer Ecke stand. Ohnehin waren die optischen Eindrücke viel zu flüchtig, als daß Maria über das Gesehene hätte nachdenken können, statt dessen kamen die Gedanken zu ihr.

Maria konnte mit dem Wirbelwind von Begriffen, der sich ihr nun darbot, kaum etwas anfangen, zumal er etwas Muffiges, Düsteres an sich hatte – wie die Wolke Staub, die sich erhebt, wenn ein alter Paravent aus der Abstellkammer kippt. Maria schloß daraus, daß es sich um ein stark verunreinigtes, nicht ganz normales Bewußtsein handelte, und sie war sehr erleichtert, als sie es hinter sich hatte. Was als magere Ausbeute in der rosa Blase ihrer Seele hängenblieb, waren einige nicht restlos verständliche Wörter: »die Schöne Dame« (da wußte man noch, wer gemeint war), »die Unbekannte« (dito), alsdann »DER BRÄUTIGAM« (aus unerfindlichen Gründen in Großbuchstaben), sowie »DER GAST« (dito), dahinter hing die rätselhafte Wortgruppe »Alchimistische Ehe« und noch dahinter etwas ganz Unerklärliches: »Ruhen nützt schwerlich. Ich klopfe ans Tor.« Mehr war nicht, danach blitzte nur noch einmal das Photo auf – jenes Mannes mit dem verzückten Blick und dem Riesenschnauzer, der aus der Nase zum Kinn hinunterzuwuchern schien.

Verstört blickte sie um sich. Nach wie vor gab es außer Rauch nicht viel zu sehen. Maria fiel ein, daß es irgendwo in der Nähe ein Tor geben konnte, an das zu klopfen war, und sie tat ein paar zögerliche Schritte in den schwarzen Rauch hinein. Doch als die Schwärze von allen Seiten zugleich über sie hereinbrach, eilte sie voller Angst zur Promenade zurück, wo es immerhin noch ein wenig heller war.

Ob ich nun anklopfe oder nicht, dachte sie, es macht ja doch keiner auf.

Das Brummen eines Automotors näherte sich von hinten. Maria drückte sich an die Uferbalustrade und sah dem, was aus dem Rauch auf sie zukam, mit Bangen entgegen. Einige Sekunden vergingen, bis ein langer, schwarzer, mit bunten Bändern geschmückter Wagen langsam an ihr vorüberschwamm. Ein Tschaika, wie sie erkannte, eine Hochzeitsequipage. Das Auto war vollbesetzt mit in sich gekehrten, schweigenden Menschen; einige Gewehrmündungen ragten aus den Seitenfenstern, und auf dem Dach leuchteten zwei gelbe Ringe, der eine größer, der andere kleiner.

Maria sah dem Tschaika nach und schlug sich dann mit der Hand gegen die Stirn. Aber ja, dachte sie. Genau. Keine Frage. Zwei verschlungene Ringe, DER BRÄUTIGAM, DER GAST, DER SPONSOR. Die Alchimistische Ehe. Was »alchimistisch« bedeutete, wußte sie zwar nicht, doch für den Notfall hatte sie einen guten Rechtsanwalt. Maria schüttelte lächelnd den Kopf. Wie hatte sie so lange das Einfachste übersehen können, die Hauptsache? Und worüber hatte sie sich bloß die ganze Zeit den Kopf zerbrochen?

Sie schaute in die Runde, um einigermaßen die Himmelsrichtungen abzuschätzen, und streckte die Hand gen Westen (daß DER BRÄUTIGAM von dort her zu erwarten war, schien irgendwie klar).

»Komm!« flüsterte sie inbrünstig und spürte im nächsten Augenblick, daß etwas Neues in die Welt getreten war.

Nun hieß es warten, bis die Zeit für das Treffen heran war. Sie stürmte vorwärts und spürte voller Freude, wie der Abstand zwischen ihr und DEM BRÄUTIGAM schmolz – er kam ihr entgegen, das wußte sie schon, und zwar auf eben dieser Promenade, nur hatte er es, im Gegensatz zu ihr, nicht eilig, das entsprach einfach nicht seinem Charakter.

Wie durch ein Wunder glückte der Sprung über ein offenes Gullyloch, das jäh vor ihr aufgetaucht war. Maria verlangsamte ihren Schritt und begann fieberhaft in den Taschen zu wühlen. Ihr war eingefallen, daß sie weder Spiegel noch Kosmetiktäschchen bei sich hatte. Für einen Moment packte sie die Verzweiflung – sie überlegte schon, ob nicht auf dem zurückliegenden

Weg eine Pfütze gewesen war, in der sie ihr Spiegelbild hätte betrachten können. Doch zerstob die Verzweiflung so schnell, wie sie gekommen war – Maria wußte plötzlich wieder, daß es in ihrer Macht lag, vor DEM BRÄUTIGAM so zu erscheinen, wie sie wollte.

Ein Weilchen überlegte sie. Soll er mich als ganz junges Mädchen sehen, beschloß sie dann, mit zwei rotblonden Rattenschwänzchen, Sommersprossen im Gesicht und ... und ... Es brauchte noch ein rührendes Detail, ein naives I-Pünktchen. Ohrringe vielleicht? Ein Baseball-Cap? Es blieb nur noch ganz wenig Zeit, und Maria schaffte es im letzten Moment, sich mit grellrosa Kopfhörern zu schmücken, die die flammende Röte auf ihren Wangen aufzunehmen schienen. Dann hob sie den Blick und blickte nach vorn.

Dort, zwischen den zottigen Rauchfetzen, blitzte etwas Metallisches auf, um sofort wieder zu verschwinden. Als es das nächste Mal auf- und wieder untertauchte, war es schon etwas näher. Plötzlich fegte eine Windböe den Rauch beiseite, und Maria erblickte eine hohe, funkelnde Gestalt, die gemessenen Schrittes auf sie zukam. Zugleich bemerkte Maria – oder schien es ihr nur so –, daß die Erde bei jedem dieser Schritte ein wenig bebte. Der Metallmann war viel größer als sie, und sein furchtlos schönes Antlitz zeigte absolut keine Regungen. Maria bekam es mit der Angst, und sie wich zurück. Zwar wußte sie noch, irgendwo hinter ihrem Rücken gab es den deckellosen Gully, doch sie schaffte es nicht, den Blick von dem metallischen Rumpf loszureißen, der gegen sie vorrückte wie der Bug eines Eisbrechers gegen die Scholle.

Als sie ganz nahe daran war aufzuschreien, ging mit dem Metallmann eine verblüffende Transformation vor sich. Zuerst legten sich über seine blitzenden Schenkel die gestreiften Beine einer Unterhose für den Hausgebrauch, dann folgte weiter oben ein weißes T-Shirt, und schließlich nahm der übrige Körper den normalen Teint wohlgebräunter menschlicher Haut an, worauf er sich in kanariengelbe Hosen, ein Hemd nebst gestreifter Krawatte und jenen bezaubernd schönen himbeerfarbigen Zweireiher mit Goldknöpfen hüllte. Dies war der Moment, da Maria vollends beruhigt war. Allerdings blieb ihr wenig Zeit, sich an dem Anblick des himbeerroten Sakkos zu freuen – er verschwand unter einem langen grauen Trenchcoat. An den Füßen DES GASTES erschienen schwarze Slipper, im Gesicht eine schwarzverspiegelte Sonnenbrille. Die Haare gerannen zu einem rötlichen Igel, und mit einem frohlockenden Hüpfen des Herzens erkannte Maria im BRÄUTIGAM Arnold Schwarzenegger – es hätte, das war ihr nun klar, kein anderer sein können.

Er stand vor ihr, mit quadratischen dunklen Gläsern blickte er sie an, wortlos; auf seinen Lippen spielte ein kaum wahrnehmbares Lächeln. Maria erblickte ihr Spiegelbild in seinen Brillengläsern und rückte die Kopfhörer zurecht.

»O Jungfrau Maria«, sagte Schwarzenegger leise.

Seine Stimme war ausdruckslos, dumpf, doch angenehm.

»Nein, mein Lieber«, sagte Maria geheimnisvoll lächelnd und zog die gefalteten Hände zur Brust. »Sagen Sie einfach Maria.«

»Einfach Maria«, wiederholte Schwarzenegger.

»Ja«, sagte Maria. »Und du bist der Arnold?«

»*Sure*«, sagte Schwarzenegger.

Maria öffnete den Mund, um etwas zu sagen, als ihr auf einmal klar wurde, daß sie absolut nichts zu sagen hatte. Schwarzenegger sah sie immer noch an, schwieg und lächelte. Maria schlug die Augen nieder und errötete, worauf Schwarzenegger sie mit einer zärtlichen, doch unwiderstehlich kraftvollen Bewegung herumdrehte und mit sich fortführte. Maria hob den Blick und lächelte ihr berühmtes dümmlich-unerforschliches Lächeln. Schwarzenegger legte ihr die Hand auf die Schulter. Unter dem Gewicht sackte Maria ein wenig zusammen, und sogleich gab ihr Gedächtnis ein unerwartetes Bild frei: Lenin, wie er auf dem Subbotnik eine Bohle schleppt. Das Bild ließ auf Lenins Schulter nur ein kleines Stück von der Bohle erkennen, und Maria überlegte, ob es vielleicht in Wirklichkeit gar keine Bohle war, sondern die Hand eines überdimensionalen Wesens, das Lenin, hilflos lächelnd, nur aus den Augenwinkeln sehen konnte, so wie sie jetzt Schwarzenegger. Im nächsten Augenblick begriff sie, daß dies ein absolut unpassender Gedanke war, und schlug sich das Ganze aus dem Kopf.

Schwarzenegger drehte sich zu ihr um.

»Du hast Augen«, sagte er mit monotoner Stimme, »wie von Aiwasowski gemalt.«

Vor lauter Überraschung zuckte Maria zusammen. Mit derlei Worten hatte sie nicht gerechnet, und Schwarzenegger merkte das anscheinend sofort. Weiter geschah etwas Seltsames – oder vielleicht geschah es gar nicht, und Maria träumte es nur: Über die Innenseiten von Schwarzeneggers Brillengläsern begannen, kaum erkennbar, rote Leuchtbuchstaben zu laufen, wie man sie von Anzeigetafeln kannte; gleichzeitig begann es in seinem Kopf leise zu surren – es war das Geräusch, mit dem eine Computerfestplatte hochfährt. Maria prallte erschrocken zurück. Dann aber fiel ihr ein, daß Schwarzenegger gleich ihr ein virtuelles Wesen war, gepuzzelt von Tausenden russischer Oberstübchen, die in diesem Moment an ihn dachten – und was die Leute bei dieser Gelegenheit dachten, konnte sehr unterschiedlich sein.

Schwarzenegger hob die freie Hand und fuhrwerkte mit den Fingern in der Luft herum, er schien nach den passenden Worten zu suchen.

»Nein«, sagte er schließlich, »du hast keine Augen, sondern Perlen!«

Maria schmiegte sich an ihn und schielte vertrauensvoll zu ihm auf. Schwarzenegger zog das Kinn zum Hals, anscheinend, damit Maria ihm nicht hinter die Brillengläser sah.

»Hier ist viel Rauch«, sagte er, »warum gehen wir ausgerechnet auf dieser Promenade spazieren?«

»Weiß ich nicht«, sagte Maria.

Schwarzenegger bog ab und führte sie vom Balustradengitter weg mitten durch den Rauch. Nach ein paar Schritten bekam es Maria mit der Angst, denn der Rauch wurde so dicht, daß man nichts mehr sah, nicht einmal Schwarzenegger – sie konnte nur noch seine Hand und den Teil des Armes sehen, der um ihre Schulter gelegt war.

»Woher kommt dieser ganze Rauch?« fragte Maria. »Hier brennt doch nirgends etwas.«

»CNN«, antwortete Schwarzenegger.

»Wie, die verbrennen hier ihren Kram?«

»Nein, nein«, sagte Schwarzenegger. »Sie zeigen es nur.«

Ach so, Maria verstand: Alle, die jetzt an sie und Schwarzenegger dachten, schauten dabei vermutlich CNN, und die wiederum zeigten irgendwelchen Rauch. Das zog sich arg in die Länge.

»Keine Bange«, sagte der unsichtbare Schwarzenegger. »Es hört gleich auf.«

Der Rauch hörte ganz und gar nicht auf, so weit sie sich auch von der Promenade entfernten. Es hätte, wie ihr plötzlich einfiel, gut sein können, daß anstelle von Schwarzenegger schon minutenlang irgendein anderer neben ihr herlief – und wenn es der war, der Lenin auf jener Samstagsschaffe die Hand auf die Schulter ... – ein Gedanke, der sie so entsetzte, daß sie mechanisch die Kopfhörer zurechtrückte und den Walkman einschaltete. Die Musik klang seltsam, wie zerhackt: Erst sang jemand schmachtend von der Liebe zwischen einer Gitarre und einer Trompete, dann fuhr ein elektronisches Geheul dazwischen, das sich nach einem Wolfsrudel anhörte. Doch fand Maria das immer noch besser, als den fernen Detonationen und dem nachfolgenden wüsten Stimmengewirr ausgesetzt zu sein.

Da kam auf einmal eine Gestalt aus dem Rauch geschossen, direkt auf Maria zu, und stieß sie heftig vor die Brust. Maria schrie auf und sah einen Mann in Tarnanzug mit Maschinenpistole vor sich stehen. Der Mann blickte sie an und wollte etwas sagen, als Schwarzenegger den Arm von Marias Schulter nahm, den Mann beim Kopf packte, ihn sanft zur Seite drehte und den erschlaffenden Körper außer Sichtweite beförderte. Schwarzeneggers Arm kehrte auf Marias Schulter zurück, und Maria schmiegte sich an seinen stahlharten Rumpf.

»Ach, ihr Männer immer«, gurrte sie leise.

Der Rauch schien sich allmählich zu lichten. Maria konnte wieder Schwarzeneggers Gesicht erkennen und bald schon seinen ganzen großen Körper, der – wie ein Denkmal vor der Enthüllung – unter der hellgrauen Plane des Trenchcoats verborgen war.

»Sag mal, Arnold«, fragte sie, »wohin gehen wir eigentlich?«

»Weißt du das denn nicht?« sagte Schwarzenegger.

Errötend blickte Maria zu Boden.

Wenn ich nur wüßte, was das ist, die alchimistische Ehe! dachte sie. Ob das weh tut? Ich meine, hinterher? Wäre ja nicht das erste Mal.

Sie blickte auf und sah die vielgerühmten Grübchen auf seinen Wangen: Schwarzenegger lächelte. Maria schloß die Augen, sie konnte ihr Glück nicht fassen, doch dann ging sie los – der Richtung folgend, wohin die Hand, die auf ihrer Schulter lag, sie lenkte.

Als Schwarzenegger stehenblieb, schlug sie die Augen auf und sah, daß von dem Rauch ringsum nicht mehr viel übrig war. Sie standen auf einer unbekannten Straße zwischen alten, mit Granitplatten verkleideten Häusern. Die Straße war leer; nur ganz weit hinten, dort, wo hinter einem Streifen Rauch die Uferpromenade zurückgeblieben war, hetzten gekrümmte kleine Männlein mit Maschinenpistolen sinnlos hin und her. Schwarzenegger trat merkwürdig von einem Bein auf das andere – es schien Maria, als plagten ihn irgendwelche Gewissensbisse, und erschrocken überlegte sie, ob diese womöglich mit ihr zu tun hatten.

Ich muß dringend etwas Romantisches von mir geben, dachte sie. Nur was? Ach, eigentlich egal.

»Weißt du, Arnold«, begann sie und schmiegte sich an seine Flanke, »mir ist auf einmal so ... Ach, ich weiß nicht, vielleicht kommt dir das dumm vor. Ich darf doch aufrichtig sein?«

»Natürlich«, sagte Schwarzenegger und wandte ihr die schwarzen Brillengläser zu.

»Weißt du, wenn ich bei dir bin, bekomme ich schreckliche Lust zu fliegen! Mir ist, als wäre der Himmel ganz nah!«

Schwarzenegger legte den Kopf in den Nacken und schaute nach oben.

Zwischen den Rauchschwaden war tatsächlich ein tiefblauer Himmel zu sehen – daß er wer weiß wie nahe gewesen wäre, ließ sich nicht sagen, aber besonders weit weg schien er auch nicht zu sein.

Ach, dachte Maria, was rede ich da nur wieder zusammen.

Doch sie durfte jetzt nicht mehr lockerlassen.

»Und du, Arnold, wie ist es mit dir? Möchtest du fliegen?«

Schwarzenegger dachte einen Moment lang nach.

»Möchte ich.«

»Und, nimmst du mich mit? Ich bin ...« Maria lächelte verschämt. »Ich bin doch so ein Erdhörnchen.«

Schwarzenegger dachte noch einen Moment lang nach.

»O. k.«, sagte er. »Ich nehme dich mit.«

Er sah sich aufmerksam nach allen Seiten um, so als suchte er nach ihm allein bekannten Wegzeichen. Augenscheinlich fand er sie, denn nun packte er Maria entschlossen beim Arm und zog sie mit sich fort. Maria war verblüfft, wie schnell der Übergang von der poetischen Abstraktion zum praktischen Handeln erfolgte – doch was ein richtiger Mann war, der verfuhr eben so.

Schwarzenegger schleppte sie die lange Zeile eines zu Stalinzeiten gebauten Hauses entlang. Nach ein paar Schritten hatte Maria sich seiner schnellen Gangart angepaßt und trabte, in seinen Mantelärmel verkrallt, neben ihm her. Wäre sie langsamer gelaufen, hätte sich – das ahnte sie! – Schwarzeneggers galant gebotene Armstütze sofort in einen stählernen Greifer verwandelt und sie erbarmungslos über das Pflaster geschleift – und seltsam, dieser Gedanke machte sie unendlich glücklich, ein Glück, das tief drinnen in ihrem Bauch entsprang und sich in warmen Wellen über den ganzen Körper ausbreitete.

Als die Hausecke erreicht war, bog Schwarzenegger in eine Einfahrt, die Ähnlichkeit mit einem Triumphbogen hatte. Der Hof, auf dem sie kurz darauf standen, schien zu einer ganz anderen Stadt zu gehören. Nichts störte die morgendliche Stille; nirgendwo ein Fetzchen Rauch, man mochte gar nicht glauben, daß unweit von hier irgendwelche besorgten Menschen mit ihren Maschinenpistolen zugange waren.

Schwarzenegger wußte sichtlich genau, wohin er Maria führte. Sie umrundeten den kleinen Kinderspielplatz, wo die Schaukeln standen, und tauchten in ein Labyrinth schmaler Gänge zwischen rostigen Garagencontainern. Während Maria mit süßem Schauder daran dachte, daß gleich hier irgendwo, schnell und ein bißchen peinlich, die alchimistische Ehe vollzogen werden würde, führte ein letzter Durchschlupf sie in ein leeres, von unterschiedlich hohen, verschiedenfarbigen Blechwänden umgrenztes Geviert.

Bei näherem Hinsehen erwies sich der Ort als doch nicht ganz leer. Er war, wie nicht anders zu erwarten, von Flaschen übersät, zwei alte Autoreifen lagen herum, dazu die verschlissene Tür eines Lada sowie eine große Menge rätselhafter mechanischer Kleinmüll, wie er sich stets in der Nähe von Garagen ansammelt.

Und es gab ein Flugzeug.

Es nahm fast den ganzen Raum ein, obwohl Maria es erst ganz zuletzt bemerkte – vermutlich deshalb, weil ihr Bewußtsein die entsprechenden, von den Augen empfangenen Signale einige Sekunden als offenkundige Halluzination ausgefiltert hatte. Maria wurde bange.

Wie kommt dieses Flugzeug hierher? dachte sie. Obwohl, andererseits: Wie kommt Schwarzenegger hierher? Hm. Komisch ist es trotzdem.

»Was ist das?« fragte sie.

»Eine Harrier A-4«, sagte Schwarzenegger. »Senkrecht startender und landender Abfangjäger.«

Maria sah die vielgerühmten Grübchen auf seinen Wangen: Schwarzenegger lächelte. Sie runzelte unmerklich ihre buschigen Brauen, und die Furcht machte der Eifersucht Platz. Sie gönnte diesem Rieseninsekt aus Glas und Metall nicht den Platz in Schwarzeneggers Herzen – mehr Platz womöglich, als sie selbst darin einnahm.

Schwarzenegger näherte sich dem Flieger. Da Maria sich, in Gedanken versunken, nicht gleich vom Fleck rührte, wurde sie nach vorn gerissen – so als wäre Schwarzenegger der Traktor und sie das in aller Eile angekuppelte landwirtschaftliche Gerät.

»Aber da ist doch nur ein Platz drin«, sagte sie nach einem Blick durch die Glashaube auf die Rückenlehne des Pilotensitzes.

»Das macht nichts«, sagte Schwarzenegger, packte sie bei den Hüften und setzte sie mit einem lockeren Schwung auf die Tragfläche.

Maria zog die Füße an, stellte sie auf die Schräge aus Duralumin und richtete sich auf. Ihre Kleider flatterten im Wind. Romantische Rollen lagen ihr besonders, fiel ihr ein.

»Und du?« fragte sie.

Doch Schwarzenegger war schon in der Kanzel – man konnte sich nur wundern, wie flink und gewandt er hineingeklettert war. Bestimmt ein geschickter Schnitt oder eine Montage! dachte Maria. Schwarzenegger steckte den Kopf aus der Luke, lächelte und formte Daumen und Zeigefinger zu einem Ring. Könnte gut ein Verlobungsring sein! dachte Maria.

»Setz dich auf den Rumpf«, sagte Schwarzenegger, »da, wo die Tragflächen anstoßen. Hab keine Angst. Denk einfach, es wäre ein Karussell. Stell dir vor, du säßest auf dem Reitpferdchen.«

»Du willst doch nicht etwa ...«

Schwarzenegger nickte.

Seine schwarzen Brillengläser blickten geradewegs in Marias Seele, und sie begriff: Jetzt gleich, im nächsten Augenblick, würde sich ihr Schicksal entscheiden. Es war eine Prüfung, soviel stand fest. Die Frau, die das Zeug hatte, an Schwarzeneggers Seite zu sein, durfte sich nicht als furchtsames Trantütchen entpuppen, das man allenfalls für flaue Nullachtfünfzehnserien mit trivialsexuellem Aufhänger brauchen konnte. Sie mußte imstande sein, der tödlichen Gefahr ins Auge zu sehen, und sie durfte keine Gefühle zeigen, außer einem Lächeln vielleicht. Maria zog versuchsweise den Mund breit und spürte, daß das Lächeln etwas zu matt ausfiel.

»Eine großartige Idee«, sagte sie. »Werd ich mich auch nicht erkälten?«

»Wir sind gleich zurück«, sagte Schwarzenegger. »Nimm Platz.«

Maria zuckte die Achseln, tat einen vorsichtigen Schritt auf den Rumpf zu, der wie die Mittelgräte eines Fisches zwischen den Tragflächen hervorstand, und setzte sich behutsam darauf nieder.

»*No*«, sagte Schwarzenegger, »die Nymphe kannst du spielen, wenn wir zu meiner Ranch in Kalifornien fahren. Setz dich richtig drauf. Es bläst dich sonst runter.«

Maria zögerte.

»Dreh dich weg«, sagte sie.

Schwarzeneggers linker Mundwinkel lächelte. Schwarzenegger drehte sich um. Maria schwang ein Bein über den Duraluminrücken und setzte sich wie auf einen Sattel. Das Metall unter ihr war kalt und etwas feucht vom Tau; sie erhob sich noch einmal, um die Jackenschöße unter sich zu stopfen, und hatte plötzlich das Gefühl, als preßten ihre delikatesten Körperteile den kantigen Schenkel eines auf dem Rücken liegenden Metallmannes – es hätte das Dshershinski-Monument sein können, *knocked down by the wind of change,* oder irgendein Höllenroboter. Ein Schauer durchrieselte sie, doch die Halluzination war im Nu verflogen. Dafür kam es ihr jetzt so vor, als säße sie auf einer eben aus dem Kühlschrank gezogenen Bratpfanne. Was hier gespielt wurde, gefiel ihr immer weniger.

»Arnold«, rief sie, »müssen wir das unbedingt tun?«

Diese Worte hielt sie eigentlich für ganz andere Anlässe parat, doch nun kamen sie ihr wie von selbst über die Lippen. Schwarzenegger überlegte.

»Du wolltest doch mit nach oben«, sagte er dann. »Aber wenn du Angst hast ...«

»Nein«, überwand sich Maria zu sagen, »Angst nicht die Spur. Ich mach dir nur soviel Umstände.«

»I wo«, sagte Schwarzenegger. »Es wird gleich sehr laut werden, setz dir am besten deine Kopfhörer auf. Was hörst du da eigentlich?«

»›Jihad Crimson‹«, sagte Maria und rückte die kleinen rosa Polster auf den Ohren zurecht.

Schwarzeneggers Gesicht versteinerte. Wäre nicht der Wind gewesen, der seine wasserstoffsuperoxydgebleichten Haare zauste, Maria hätte zu dem Schluß kommen müssen, daß irgendwer aus der Crew den echten Schwarzenegger durch einen Dummy ersetzt hatte.

»Was ist los?« fragte sie erschrocken.

Schwarzenegger blieb eine ganze Weile reglos. Merkwürdige rote Reflexe flimmerten auf seinen Brillengläsern – es mußte das Herbstlaub der hinter den Garagen aufragenden Ahornbäume sein, was sich darin spiegelte.

»Arnie«, rief sie.

Schwarzeneggers Mundwinkel zuckte einige Male, dann schien sein Bewegungsvermögen zurückzukehren. Er drehte den Kopf – es ging nur mit Mühe, so als wäre in das Kugellager, worauf er sich drehte, Sand geraten.

»Crimson Dschihad?« fragte er nach.

»›Jihad Crimson‹«, erwiderte Maria. »Nusrat Fateh Ali Khan und Robert Fripp. Wieso?«

»Nur so«, sagte Schwarzenegger. »Vergiß es.«

Sein Kopf verschwand in der Kanzel. Irgendwo drunten, am metallenen Unterbauch des Flugzeugs, begann ein elektrisches Brummen, das sich binnen weniger Sekunden zu gigantischem Getöse steigerte. Maria war es, als spürte sie, wie die Kunststoffpölsterchen sich ihr in die Ohren preßten. Dann wurde sie elegant herumgeschwungen, und die Garagen tauchten unter ihr hinweg.

Schaukelnd wie ein Boot, stieg die »Harrier« senkrecht in die Höhe - Maria hatte gar nicht gewußt, daß es solche Flugzeuge gibt. Wenn sie die Augen schloß, so dachte sie, müßte sie sich weniger fürchten. Doch gewann die Neugier schnell die Oberhand; noch bevor eine Minute vergangen war, schlug sie die Augen wieder auf.

Das erste, was sie sah, nachdem sie die Augen aufgeschlagen hatte, war ein Fenster, das direkt auf sie zukam - es war bereits so nah, daß Maria auf dem Bildschirm des im Zimmer laufenden Fernsehers deutlich den Panzer sah, der seine Kanone in ihre Richtung drehte. Der Panzer auf dem Bildschirm feuerte ab, und im gleichen Moment neigte sich das Flugzeug heftig und trudelte von der Wand weg. Maria, die beinahe auf die Tragfläche gerutscht wäre, kreischte vor Angst, doch das Flugzeug gewann schnell die Balance zurück.

»Halt dich an der Antenne fest!« rief Schwarzenegger, der sich winkend aus der Kanzel beugte.

Marias Augen suchten. Direkt vor ihr ragte ein längliches, metallisches Etwas mit einer runden Verdickung am Ende aus dem Flugzeugrumpf - unklar, wieso sie es nicht früher bemerkt hatte. Es glich einem schmalen, aufrecht stehenden Stummelflügel und weckte in Maria sogleich schamlose Assoziationen - wenngleich in den Abmessungen üppiger, als man es im wirklichen Leben antraf. Ein einziger Blick auf dieses mächtige Teil genügte, daß die Angst in ihr einem freudigen Hochgefühl wich - eines, das sie mit all den schlaffen Miguels, ungewaschenen Ljonjas und beschwipsten Iwans so sehr vermißt hatte.

Hier war alles ganz anders: Die runde Verdickung am Antennenende hatte viele kleine Löchlein, was entfernt an einen Duschkopf erinnerte, doch zugleich an nichtirdische Formen des Lebens und der Liebe denken ließ. Maria deutete mit dem Finger darauf und sah fragend zu Schwarzenegger hin. Der nickte, grinste breit, und in seinen Zähnen spiegelte sich die Sonne.

Was ihr hier widerfuhr, war, wie Maria einfiel, die Erfüllung eines Kindertraums. Es gab einen Film, in dem sie ausgiebig über Märchenbüchern saß, die Bilder darin betrachtete und sich ausmalte, wie sie auf dem Rücken eines Drachens oder eines Riesenvogels am Himmel flog – und jetzt geschah ihr ebendies wahrhaftig. Nun ja, vielleicht nicht ganz. Aber, so dachte sie, während sie die Hand an den stählernen Antennenknauf legte, Träume werden immer anders wahr, als man denkt.

Das Flugzeug legte sich ein wenig auf die Seite, und Maria schien es deutlich so, als hätte die Berührung der Antenne damit zu tun gehabt. Überhaupt bewegte sich das Flugzeug auf verblüffende, irgendwie menschliche Weise – und die Antenne schien der empfindlichste Teil an ihm zu sein. Maria führte die Hand den Stahlbolzen entlang und preßte den oberen Teil in ihrer Faust. Die »Harrier« schaukelte nervös mit den Flügeln und gewann noch einige Meter an Höhe. Wie ein ans Bett gefesselter Mann! dachte Maria. Einer, der sie nicht in die Arme schließen durfte, der nichts weiter tun konnte, als sich aufzubäumen. Der Eindruck verstärkte sich noch dadurch, daß sie direkt hinter den Tragflächen saß, die wie gespreizte Beine auf sie wirkten, unglaublich muskulös, doch bewegungsunfähig.

Das war witzig, doch zu spitzfindig für ihren Geschmack. Maria hätte anstelle des stählernen Riesenvogels lieber ein ganz gewöhnliches Klappbett bei den Garagen vorgefunden. Doch mit Schwarzenegger, überlegte sie, war es anders wohl nicht denkbar. Sie schaute zur Kanzel. Man sah nicht viel, in der Scheibe spiegelte sich das Sonnenlicht. Anscheinend saß er in seinem Sessel und drehte den Kopf im Einklang mit den Bewegungen seiner Hände - mal ein wenig nach rechts und mal ein wenig nach links.

Der Roboter neulich im Kino, dachte Maria und legte auch die andere Hand an die Antenne, dieser Metallmann, der seine Form ändern konnte, wie er wollte - was der wohl für einen hatte? Wahrscheinlich je nachdem?

Derweil stieg das Flugzeug immer noch höher. Die Dächer der Häuser lagen weit, weit unten, Moskaus prachtvolles Panorama bot sich Marias Augen dar.

Überall glänzten Kirchenkuppeln, die Stadt wirkte wie eine große, dicht an dicht mit sinnlosen Nieten besetzte Motorradjacke. Die Rauchfahne über Moskau war kleiner, als sie geglaubt hatte, während sie die Promenade entlangging. Nur hie und da wölkte Dunst über den Häusern, wobei nicht immer klar war, ob es dort brannte, ob Fabrikschlote Rauch spuckten oder bloß die Wolken so tief hingen.

Sah man von der Häßlichkeit jedes einzelnen Bestandteils ab, war der Anblick der Stadt außerordentlich schön, wobei der Ursprung von soviel Schönheit unbegreiflich war. So geht es einem mit Rußland! dachte Maria, während ihre Hände den kühlen Stahl entlangglitten. Himmelhoch jauchzend, zu Tode betrübt. Und schaut man sich näher an, was einen zum Jauchzen bringt, dann könnte einem auch davon speiübel werden.

Auf einmal ruckte das Flugzeug unter ihr, und sie spürte, daß der Bolzen in ihren Händen seltsam zu rütteln begann. Sie zog die Hände zurück, worauf der Metallknauf mit den Löchern von der Antenne absprang, auf den Rumpf hinab und gleich darauf in die Tiefe fiel; von der gewesenen Herrlichkeit blieb nichts als ein kurzes Rohr mit Gewinde am Ende, aus dem zwei verzwirbelte, abgerissene Drähte hervorschauten, einer rot, der andere blau.

Maria sah zur Kanzel. Hinter der Scheibe war Schwarzeneggers unbewegter weißblonder Nacken zu sehen. Zunächst meinte Maria, er hätte gar nichts mitbekommen. Dann kam ihr der Gedanke, er könnte in Ohnmacht gefallen sein. Als sie konsterniert in die Runde blickte und bemerkte, daß der Bug des Flugzeugs sachte und wie unschlüssig wegzukippen begann, wurde die Vermutung zur Gewißheit. Beinahe ohne zu überlegen, wälzte sie sich von ihrem Platz auf dem Rumpf auf die Plattform zwischen den Tragflächen hinunter (dabei riß ihr der Antennenstumpf ein Dreiangel in die Jacke) und kroch zur Kanzel.

Die Luke war offen. Maria stemmte sich ein wenig von der Tragfläche ab, auf der sie lag, und brüllte:

»Arnie! Arnie!«

Es kam keine Antwort. Zaghaft erhob sie sich auf alle viere und sah Schwarzeneggers Nacken nebst einer im Wind flatternden Strähne.

»Arnie!« rief sie noch einmal.

Schwarzenegger drehte den Kopf zu ihr herum.

»Na Gott sei Dank!« brach es aus Maria hervor.

Schwarzenegger nahm die Brille ab.

Sein linkes Auge war etwas zugekniffen und drückte ein sehr deutlich gegliedertes, wenngleich ungemein kompliziertes Spektrum an Gefühlen aus, worin, streng proportioniert und gut durchmischt, alles seinen Platz hatte: Lebenslust, Stärke, eine gesunde Kinderliebe, moralische Unterstützung für die amerikanische Automobilindustrie in ihrer schwierigen Konkurrenzlage gegenüber Japan, Anerkennung der Rechte sexueller Minderheiten, eine gelinde Ironie in bezug auf den Feminismus sowie die gelassene Zuversicht, daß Demokratie und jüdisch-christliches Wertebewußtsein letztendlich alles Übel dieser Welt in die Knie zwingen würden.

Sein rechtes Auge aber war von ganz anderer Art. Es überhaupt Auge zu nennen fiel schwer. Aus der aufgerissenen Höhle mit Spuren von geronnenem Blut blickte Maria eine glasige runde Linse an, wie man sie vom weißen Star kennt, umrahmt von einer raffinierten metallenen Fassung, zu der, knapp unter der Haut, dünne Drähte führten. Aus dem Zentrum dieser Linse stach ein greller, roter Lichtstrahl hervor – was Maria erst bemerkte, als er sie ins Auge traf.

Schwarzenegger lächelte. Dabei drückte die linke Gesichtshälfte das aus, was Arnold Schwarzeneggers Gesicht auszudrücken hatte, wenn es lächelte – etwas verstohlen Gewitztes, Jungenhaftes, eine Art, die einem sofort klarmachte: Dieser Mann war zu keiner Schlechtigkeit fähig, und wenn er doch einmal ein paar dieser Wichser ins Jenseits beförderte, dann erst, nachdem die Kamera etliche Male und aus verschiedenster Perspektive ihre grenzenlose Niedertracht festgehalten und bewiesen hatte. Doch das Lächeln betraf nur die linke Gesichtshälfte, die rechte blieb davon völlig unberührt – sie war kalt, konzentriert und greulich.

»Arnold«, sagte Maria verwirrt, während sie auf die Füße zu kommen suchte, »Arnold, was soll das? Hör auf damit!«

Doch Schwarzenegger antwortete nicht. Im nächsten Moment begann das Flugzeug sich wieder auf die Seite zu legen, so daß Maria die Tragfläche hinunterrutschte. Dabei schlug sie mit dem Gesicht mehrere Male gegen irgendwelche Ausbuchtungen, bis sie schließlich jeden Halt unter sich verlor. Ich falle! beschied sie sich und kniff die Augen zusammen, um nicht die Baumwipfel und Hausdächer auf sich zurasen zu sehen. Sekunden verstrichen, nichts passierte. Als Maria den Motor nach wie vor neben sich brummen hörte, öffnete sie die Augen einen Spalt.

Da sah sie, daß sie unter der Tragfläche hing – die Kapuze ihrer Jacke hatte sich an irgendeinem unten angeklemmten Pflock verfangen, den sie erst allmählich als Rakete identifizierte. Ihr knolliges Vorderteil war der Antenne, mit der sie Minuten zuvor das Vergnügen hatte, nicht unähnlich, und Maria mußte annehmen, daß Schwarzenegger seine Liebesspielchen mit ihr weitertrieb. Das fand sie ein bißchen arg – gewiß hatte sie schon etliche Blutergüsse im Gesicht, und von ihren zerschundenen Lippen tropfte das Blut.

»Arnold«, schrie sie und ruderte mit den Armen, um ihr Gesicht in Richtung Pilotenkanzel zu drehen, »hör jetzt auf! So macht es mir keinen Spaß! Hörst du? So bitte nicht!«

Endlich gelang es ihr, die Kanzel und Schwarzeneggers lächelndes Gesicht in den Blick zu bekommen.

»So macht es mir keinen Spaß, hörst du? Wenn dir das Spaß macht, mir tut es weh!«

»*No?*« fragte er zurück.

»Njet! Njet!«

»*O. k.*«, sagte Schwarzenegger. »*You are fired.*«

Im nächsten Moment sprang sein Gesicht zurück, und eine unvorstellbare Kraft trug Maria davon, das Flugzeug wurde in wenigen Sekunden zu einem winzigen Silbervogel, der nur noch über eine lange Rauchfahne mit ihr zusammenhing. Maria wandte sich nach vorn und sah die Spitze des Moskauer Fernsehturms Ostankino auf sich zukommen. Die Verdickung in seinem mittleren Teil wuchs ins Immense, und kurz vor dem Aufprall konnte Maria deutlich sehen, wie Leute in weißen Hemden mit Krawatten hinter einem Tisch saßen und verdutzt durch die dicken Scheiben starrten.

Glas klirrte, etwas Schweres fiel zu Boden, dann hörte man es heftig weinen.

»Vorsicht, Vorsicht«, sagte Professor Kanaschnikow. »Ja, so ist es gut.«

Als ich begriff, daß keine Fortsetzung folgen würde, öffnete ich die Augen. Ich konnte schon wieder einigermaßen sehen – die Dinge in meiner Nähe waren sogar deutlich erkennbar, nur was weiter weg war, schien verschwommen, und insgesamt kam es mir so vor, als befände ich mich in einer riesigen Christbaumkugel, an deren Innenseite die Außenwelt aufgekleckst war. Vor mir ragten zwei Türme auf: Professor Kanaschnikow und Oberst Smirnow.

»Tja«, kam eine Stimme aus der Ecke, »nun wissen wir, wie

sich Arnold Schwarzenegger und Einfach-Maria kennengelernt haben.«

Oberst Smirnow räusperte sich. »Ich möchte«, sagte er zu Professor Kanaschnikow, »auf den deutlich ausgeprägten phallischen Charakter hinweisen, daß der Patient immerzu, ähm, Schwänze sieht. Ist Ihnen das aufgefallen? Die Antenne, die Rakete, der Fernsehturm.«

»Daß ihr Militärs immer so geradezu sein müßt«, entgegnete der Professor. »Das ist doch alles nicht so einfach. Rußland ist mit dem Verstand nicht zu begreifen, wie es so schön heißt, aber die sexuelle Neurose ist auch nicht der Punkt. Immer mit der Ruhe. Wichtig finde ich erst einmal, daß wir einen kathartischen Effekt zu verzeichnen haben, wenngleich in abgeschwächter Form.«

»Stimmt«, sagte der Oberst, »dabei ist sogar der Stuhl zu Bruch gegangen.«

»Genau«, sagte Kanaschnikow. »Will das blockierte pathologische Material an die Oberfläche des Bewußtseins treten, hat es einen starken Widerstand zu überwinden und erscheint daher recht häufig in Begleitung von Unfällen, Zusammenstößen und dergleichen – so wie eben. Das sicherste Anzeichen dafür, daß wir auf dem richtigen Weg sind.«

»Vielleicht ist auch nur die Quetschung schuld?« meinte der Oberst.

»Welche Quetschung?«

»Hab ich Ihnen nicht erzählt, was passiert ist? Als das Weiße Haus unter Beschuß lag, sind ein paar Granaten glatt durchgegangen, durch die Fenster, müssen Sie wissen. Und eine ist ausgerechnet in die Wohnung eingeschlagen, wo zu der Zeit ...«

Der Oberst beugte sich zum Professor und flüsterte ihm etwas ins Ohr. Nur einzelne Satzfetzen drangen zu mir herüber:

»Kann man verstehen ... alles kurz und klein ... erst bei den Leichen ... wollten wir schon plombieren ... gucken hin, da rührt sich was ... ernstliche Erschütterung, natürlich.«

»Mein Lieber, und da sitzen Sie die ganze Zeit da und sagen nichts? Das ändert das Bild doch gewaltig«, sagte Kanaschnikow vorwurfsvoll. »Lassen mich hier machen und reden ...«

Jetzt beugte er sich zu mir herüber, zog mir mit zwei dicken Fingern ein Lid nach oben und spähte in mein Auge.

»Und Sie?«

»Ich weiß nicht recht«, gab ich zur Antwort, »die spannendste Mär in meinem Leben war das nicht gerade. Aber, wie soll ich sagen. Ich finde es amüsant, mit welch traumhafter Leichtigkeit sich dieser Wahn für ein paar Minuten Zutritt zur Realität verschafft hat.«

»Allerhand, nicht wahr?« meinte der Professor, während er sich nach dem Oberst umdrehte.

Der nickte schweigend.

»Ich wollte eigentlich gar nicht Ihre Meinung hören, lieber Freund, sondern bloß wissen, wie es Ihnen geht«, sagte Kanaschnikow.

»Danke, mir geht es ganz gut«, erwiderte ich. »Ich bin bloß ein bißchen müde.«

Das war nicht gelogen.

»Dann schlafen Sie doch.«

Und er drehte mir den Rücken zu.

»Morgen früh«, sagte er zu der unsichtbaren Schwester, »setzen Sie Pjotr bitteschön vier Kubik Taurepam, direkt vor der Wasserbehandlung.«

»Kann man nicht das Radio anstellen?« fragte die leise Stimme aus der Ecke.

Der Professor drehte an einem Schalter an der Wand, nahm den Offizier beim Arm und ging mit ihm zur Tür. Ich schloß die Augen und wußte im selben Moment, daß ich sie so bald nicht mehr aufbekommen würde.

Unterdessen hatte eine traurige Männerstimme zu singen begonnen:

»Nur manchmal denk ich mir, daß die Soldaten,
die nimmer kehrten heim aus blut'ger Schlacht,
ein Grab in schwarzer Erde sich verbaten –
als weiße Kraniche flohn sie die Nacht.«

Kaum waren die letzten Worte aus dem Lautsprecher verklungen, als im Saal ein Handgemenge auszubrechen schien.

»Serdjuk festhalten!« brüllte eine Stimme direkt über meinem Ohr. »Kraniche! Wer hat das eingestellt? Habt ihr's vergessen oder was?«

»Du hast doch verlangt, daß sie das Radio anmachen«, entgegnete eine andere Stimme. »Wir schalten gleich um.«

Es klickte wieder.

»Sind endlich die Zeiten vorbei«, fragte eine einschmeichelnde Stimme von der Decke herab, »da die russische Popmusik als Synonym für Provinzialität herhalten mußte? Urteilen Sie selbst. ›Blinddarmentzündung‹ ist eine reine Frauenband, wie es sie in Rußland selten gibt. Ihr vollständiges Bühnenequipment wiegt soviel wie ein T-90-Panzer. Außerdem sind alle Bandmitglieder lesbisch. Von diesen ultramodernen Eigenschaften einmal abgesehen, spielt ›Blinddarmentzündung‹ im Grunde klassische Musik – wenn auch in durchaus eigener Interpretation. Hören Sie im folgenden, was die Mädels aus einer Melodie des österreichischen Komponisten Mozart gemacht haben, der vielen unserer Hörer aus dem Forman-Film bekannt sein dürfte wie übrigens auch von dem gleichnamigen österreichischen Likör, den unser Sponsor, die Firma ›Das dritte Auge‹, in Rußland vertreibt.«

Eine schauerliche Musik hob an, wie Sturmgeheul im Zuchthausschornstein. Glücklicherweise war ich schon im Versinken. Anfangs plagten mich noch schwermütige Gedanken in bezug auf das, was mir hier geschah; dann aber erfaßte mich ein kurzer Alptraum, in dem die Geschichte von dem Amerikaner mit der Sonnenbrille, die das arme Ding erzählt hatte, sozusagen weiterging.

Der Amerikaner brachte seinen Flieger auf dem Hof zur Landung, übergoß ihn mit Kerosin, das er Gott weiß woher nahm, und zündete ihn an. Ins Feuer flogen der himbeerrote Sakko, die dunkle Brille und die kanarienvogelgelben Hosen, so daß der Amerikaner zum Schluß in knapper Badehose dastand. Er ließ seine prächtig aufgebauten Muskeln spielen und suchte im Gebüsch längere Zeit nach etwas, das er nicht fand. Dann fehlte ein Stück in meinem Traum, und als ich den Amerikaner wiedersah, war er, ehrlich gesagt, schwanger. Die Begegnung mit Maria schien nicht ohne Folgen für ihn abgegangen zu sein. Doch hatte er sich zu diesem Zeitpunkt bereits in eine furchteinflößende Metallfigur mit schematischen Gesichtszügen verwandelt, von deren geblähtem Bauch gnadenlos das Sonnenlicht blitzte.

3

Die an mein Ohr dringende Melodie schien zunächst die Treppe heraufzukommen, dann kurz auf der Stelle zu treten, um sich schließlich verzweifelt in den Treppenschacht zu stürzen – auf einmal nahm man die kurzen Momente von Stille zwischen den einzelnen Tönen wahr. Doch die Finger des Pianisten fingen die Melodie ein, setzten sie wieder auf die Stufen, und alles begann von vorn, nur einen Absatz tiefer. Der Ort, an dem dies geschah, erinnerte an das Treppenhaus auf dem Twerskoi Nummer acht, nur nahm die Treppe im Traum, nach oben wie nach unten, kein Ende. Ich verstand plötzlich, daß jedwede Melodie ihren genauen Sinn hat. Die gerade zu hören war, demonstrierte die metaphysische Unmöglichkeit des Selbstmords – nicht seine Verwerflichkeit, sondern seine Unmöglichkeit. Und außerdem wollte es mir in diesem Moment scheinen, als wären wir alle nur Töne, die einem unbekannten Pianisten unter den Fingern entgleiten, nichts als kleine Terzen, schwebende Sexten, dissonante Septimen in einer grandiosen Sinfonie, die ganz zu hören keinem von uns beschieden ist. Der Gedanke betrübte mich zutiefst; mit Trauer im Herzen tauchte ich aus den bleiernen Tiefen des Traums.

Einige Sekunden brauchte ich, um herauszubekommen, wo ich eigentlich war und was in jener seltsamen Welt vor sich ging, in die mich nun schon sechsundzwanzig Jahre lang allmorgendlich eine geheimnisvolle Kraft hinauskatapultierte. Ich trug eine schwere Jacke aus schwarzem Leder, Reithosen und Stiefel. Etwas drückte mir schmerzhaft in den Oberschenkel. Ich drehte mich auf die Seite und ertastete unter dem Bein die hölzerne Schatulle, in der die Mauserpistole steckte; ich sah mich um. Über mir wölbte sich ein Seidenbaldachin mit gelben Quasten von erlesener Schönheit. Der Himmel draußen vor dem Fenster war wolkenlos blau, und blaßrot schimmerten die Dächer in der kalten Wintersonne. Auf der anderen Seite des Boulevards, genau gegenüber meinem Fenster, war eine blechverkleidete Kuppel zu sehen, die mir im nächsten Moment wie der Bauch einer riesigen, Metall gewordenen Kreißenden erschien.

Plötzlich merkte ich, daß ich die Musik nicht geträumt hatte – sie kam von hinter der Wand. Ich überlegte, wie ich in diesen Raum geraten war, und da traf es mich wie ein elektrischer Schlag: Mir fiel ein, was gestern gewesen war und daß ich mich in Grigori von Ernens Wohnung befand. Ich sprang vom Bett, fegte zur Tür – und stoppte.

Nebenan, in dem Zimmer, wo Grigori von Ernen lag, spielte jemand Klavier, und zwar genau jene Mozart-Fuge in f-Moll, zu der mich den Abend zuvor das Kokain und die Melancholie inspiriert hatten. Mir wurde buchstäblich schwarz vor Augen – ich stellte mir einen Leichnam vor, über den ein Mantel geworfen war, und die Leichenfinger kamen hervor und griffen hölzern in die Tasten; ich begriff, daß der gestrige Alptraum noch nicht zu Ende war. Die Bestürzung, die mich erfaßte, ist schwer zu beschreiben. Ich blickte mich im Zimmer um, sah das große, hölzerne Kruzifix mit dem Leib Christi aus edlem Silber an der Wand, bei dessen Anblick mich ein seltsames Gefühl beschlich, etwas wie ein Déjà-vu – so als wäre mir dieser metallene Körper erst vor kurzem im Traum begegnet. Ich nahm das Kruzifix von der Wand, zog die Mauser aus der Tasche und trat auf Zehenspitzen hinaus in den Korridor. Mein Gedankengang war ungefähr folgender: Wenn man schon davon ausgeht, daß ein Toter Klavier spielen kann, so darf man wenigstens annehmen, daß er das Kreuz fürchtet.

Die Tür des Zimmers, in dem der Flügel stand, war angelehnt. Ich näherte mich ihr, wobei ich so leise wie möglich aufzutreten versuchte, und spähte hinein. Lediglich die Kante des Flügels war zu sehen. Ich atmete ein paarmal tief durch, stieß mit dem Fuß gegen die Tür, daß sie weit aufsprang, und tat einen Schritt in das Zimmer – das schwere Kreuz fest in der einen, die schußbereite Waffe in der anderen Hand. Als erstes sah ich Grigori von Ernens Stiefel aus der Ecke ragen; friedlich ruhte er unter seinem grauen, englischen Leichentuch.

Ich wandte mich zum Flügel um.

Dahinter saß der Mann in der schwarzen Bluse, dem ich tags zuvor im Restaurant begegnet war. Dem Anschein nach um die Fünfzig; geschwungener, buschiger Schnurrbart, angegraute Schläfen. Man konnte den Eindruck haben, daß er mein Erscheinen gar nicht bemerkt hatte – mit geschlossenen Augen, ganz in die Musik vertieft, saß er da. Sein Spiel war allerdings vorzüglich. Auf dem Deckel des Flügels sah ich eine Pelzmütze aus feinstem Karakullammfell mit rotem Moiréband und einen bizarr geformten Säbel in prächtiger Scheide liegen.

»Guten Morgen«, sagte ich und ließ die Mauser sinken.

Der Mann hinter den Tasten hob die Lider und maß mich mit einem forschenden Blick. Seine Augen waren schwarz und stechend, ihrem beinahe physischen Druck standzuhalten bereitete mir einige Mühe. Als er das Kreuz in meiner Hand sah, huschte ein Lächeln über seine Lippen.

»Guten Morgen«, sagte er, ohne sein Spiel zu unterbrechen. »Freut mich zu sehen, daß Sie schon frühmorgens ans Seelenheil denken.«

»Was tun Sie hier?« fragte ich und legte das Kruzifix behutsam neben dem Säbel ab.

»Ich versuche mich«, sagte er, »an einem recht schwierigen Stück. Leider ist es für vier Hände geschrieben, und gleich kommt eine Stelle, mit der ich allein nicht zu Rande komme. Würden Sie so freundlich sein, mir zu helfen? Das Stück dürfte Ihnen ja bekannt sein.«

Wie in einer Art Trance steckte ich die Pistole weg, stellte mich neben ihn hin und griff, den Moment abpassend, in die Tasten. Mein Kontrapunkt hechelte dem Thema hinterher, ich verspielte mich mehrfach; dann fiel mein Blick wieder auf Grigori von Ernens gegrätschte Beine, und die ganze Absurdität der Situation wurde mir gewahr. Ich taumelte zur Seite und starrte meinen Besucher an. Der hörte zu spielen auf und saß einige Zeit reglos, wie in Gedanken versunken, da. Dann lächelte er, streckte die Hand aus und ergriff das auf dem Instrument liegende Kruzifix.

»Furchtbar«, sagte er. »Ich habe nie verstanden, warum Gott uns Menschen ausgerechnet in einem häßlichen Menschenkörper erscheinen mußte. Um wieviel angemessener wäre, sagen wir, eine vollkommene Melodie - eine, die man wieder und wieder hören möchte.«

»Wer sind Sie?« fragte ich.

»Ich heiße Tschapajew«, sagte der Fremde.

»Der Name sagt mir nichts«, erwiderte ich.

»Weshalb ich ihn auch benutze«, sagte er. »Für meine Freunde bin ich Wassili Iwanowitsch. Aber das wird Ihnen vermutlich genauso wenig sagen.«

Er stand auf und reckte sich; dabei knackten seine Gelenke vernehmlich. Der dezente Duft eines teuren englischen Eau de Cologne wehte mir entgegen.

»Sie haben gestern in der ›Spieldose‹ Ihr Köfferchen vergessen«, sagte er, und seine schwarzen Augen schienen mich zu durchbohren. »Da ist es.«

Ich blickte zu Boden und sah neben einem Fuß des Flügels Grigoris schwarzes Hebammenköfferchen stehen.

»Ich danke Ihnen«, sagte ich. »Wie sind Sie eigentlich hier hereingekommen?«

»Ich hatte zu läuten versucht«, sagte er, »aber die Klingel funktioniert wohl nicht. Und die Schlüssel steckten. Ich sah, daß Sie schliefen, und beschloß zu warten.«

»Aha«, sagte ich.

In Wirklichkeit verstand ich gar nichts. Wie hatte er erfahren, wo ich zu finden war? Zu wem war er überhaupt gekommen – zu mir oder zu Grigori von Ernen? Wer war er, was wollte er? Und wieso – diese Frage quälte mich am allermeisten – wieso spielte er diese verdammte Fuge? Ahnte er etwas? (Um die bemäntelte Leiche in der Ecke machte ich mir, nebenbei gesagt, die wenigsten Sorgen – in Tschekistenquartieren war dies sozusagen ein üblicher Einrichtungsgegenstand.)

Tschapajew schien meine Gedanken zu lesen.

»Wie Sie gewiß schon vermuten«, sagte er, »ist es nicht nur das Köfferchen, das mich zu Ihnen führt. Ich reise noch heute an die Ostfront, wo ich eine Division zu befehligen habe. Ich benötige einen Kommissar. Der vorige ... Nun ja, sagen wir, er hat die in ihn gesetzten Hoffnungen nicht erfüllt. Ich war gestern Zeuge Ihres Agitationseinsatzes, und Sie machten keinen üblen Eindruck auf mich. Babajasin ist übrigens auch sehr zufrieden. Ich möchte, daß Sie in den mir anvertrauten Truppenteilen die politische Arbeit übernehmen.«

Mit diesen Worten knöpfte er die Brusttasche seines Hemdes auf und reichte mir ein doppelt gefaltetes Blatt Papier. Ich entfaltete es und las:

An Gen. Ernenzoff. Auf Befehl des Gen. Dsershinski haben Sie sich umgehend der Verfügung des Kommandeurs der Asiatischen Reiterdivision Gen. Tschapajew zwecks Verschärfung der politischen Arbeit zu unterstellen. Babajasin

Darunter prangte der mir bereits bekannte verwaschene lila Stempel. Wer ist bloß dieser Babajasin? dachte ich verwirrt und hob den Blick.

»Wie darf man Sie denn nun wirklich nennen?« fragte Tschapajew augenzwinkernd. »Grigori oder Pjotr?«

»Pjotr«, sagte ich und leckte mir über die ausgetrockneten

Lippen. »Grigori ist mein altes literarisches Pseudonym. Das gibt immerzu Verwechslungen, müssen Sie wissen. Manche nennen mich immer noch Grigori, wie sie es von früher gewohnt sind, andere Pjotr.«

Tschapajew nickte. Er nahm Säbel und Mütze vom Flügel.

»Also, Pjotr«, sagte er. »Mag sein, daß es Ihnen ungelegen kommt, aber unser Zug geht bereits heute. Nichts zu machen. Es ist Krieg. Haben Sie in Moskau vorher noch etwas zu erledigen?«

»Nein«, sagte ich.

»In diesem Fall schlage ich vor, daß wir gemeinsam aufbrechen, und zwar unverzüglich. Gleich geht das Regiment der Weber aus Iwanowo auf Transport, da muß ich hin, und Sie möchte ich gern dabeihaben. Gut möglich, daß Sie schon einen Auftritt bekommen. Haben Sie viel Gepäck?«

»Nur das da«, sagte ich und deutete auf das Köfferchen.

»Hervorragend. Ich werde noch heute anweisen, daß man Sie im Stabswaggon unterbringt und versorgt.«

Er begab sich zur Tür.

Ich nahm mein Köfferchen und trat hinter ihm in den Flur. In meinem Kopf herrschte ein heilloses Chaos. Der Mann, der vor mir den Flur durchquerte, machte mir angst. Ich wußte noch nicht, wer er war – seine Manieren ließen überhaupt nicht an einen roten Kommandeur denken, und doch schien er einer zu sein; außerdem waren Stempel und Unterschrift auf dem heutigen Befehl die gleichen wie gestern. Man durfte daraus schließen, daß dieser Mensch genügend Einfluß besaß, an ein und demselben Morgen bei dem obersten Bluthund Dserschinski und jenem obskuren Babajasin vorzusprechen und günstige Order zu erlangen.

An der Garderobe blieb Tschapajew stehen und nahm einen langen, blauen Mantel vom Haken; quer über die Vorderseite waren drei Streifen von rotschillerndem Moiré genäht. Solche Mäntel galten als der letzte Rotgardistenschrei – üblicherweise waren diese Brustbänder allerdings aus gewöhnlichem roten Fahnentuch. Tschapajew zog den Mantel an, setzte die Mütze auf und schnallte sich den Riemen mit der Pistole um, zuletzt hakte er den Säbel ein und wandte sich zu mir um. Ein seltsamer Orden an seiner Brust fiel mir ins Auge: ein Silberstern mit Kügelchen an den Zackenenden. Kein weiteres Symbol, keine Inschrift, nichts. Tschapajew bemerkte meinen Blick.

»Ein Neujahrsschmuck?« fragte ich.

Tschapajew lachte gutmütig auf.

»Nein«, sagte er. »Das ist der Oktoberstern-Orden.«

»Nie gehört.«

»Mit etwas Glück verdienen Sie sich den auch. Sind Sie soweit?«

Ich beschloß, den Moment zu nutzen, da der Tonfall unseres Gesprächs halbwegs inoffiziell schien. »Genosse Tschapajew«, fing ich an, »ich hätte da eine Frage an Sie, die Ihnen merkwürdig vorkommen mag.«

»Ich höre«, sagte er mit höflichem Lächeln und klopfte mit der langen gelben Stulpe seines Handschuhs rhythmisch gegen die Säbelscheide.

»Sagen Sie ehrlich«, ich blickte ihm direkt in die Augen, »wieso haben Sie Klavier gespielt? Und wieso gerade dieses Stück?«

Tschapajew schmunzelte in seinen Bart.

»Was denken Sie«, sagte er. »Als ich in Ihr Zimmer schaute, da lagen Sie und schliefen und pfiffen so ein bißchen im Traum vor sich hin, und es war – zugegeben, nicht ganz sauber intoniert – diese Fuge. Und ich bin ein großer Mozartfreund, müssen Sie wissen. Ich habe früher am Konservatorium studiert und mich auf eine Laufbahn als Musiker vorbereitet. Aber seither hat sich vieles im Leben verändert. Wieso interessiert Sie das so sehr?«

»Nur so«, sagte ich. »Ein seltsamer Zufall, weiter nichts.«

Wir traten ins Treppenhaus. Die Schlüssel steckten tatsächlich im Schloß. Mechanisch sperrte ich ab, warf die Schlüssel in die Jackentasche und lief hinter Tschapajew die Treppe hinunter. Dabei fiel mir ein, daß ich nie im Leben die Angewohnheit besessen hatte zu pfeifen. Schon gar nicht im Traum.

Beim Hinaustreten auf die sonnige, frostige Straße fiel mein Blick als erstes auf den langen, graugrünen Panzerwagen – denselben, den ich am Vortag auf der Straße vor dem Varieté hatte stehen sehen. Solch ein Auto war mir bis dahin noch nicht begegnet – offenbar eine Novität aus den Werkstätten der Vernichtungswissenschaften. Die Außenhaut war dicht an dicht mit groben, halbmondförmigen Nietenköpfen bedeckt; die Motorhaube erinnerte an einen stumpfen Rüssel und war von zwei mächtigen Scheinwerfern flankiert; die stählerne, leicht abgewinkelte Vorderfront schaute mit ihren beiden schrägen Sehschlitzen, die den halbgeschlossenen Augen eines Buddhas glichen, drohend in Richtung Nikitskaja Ploschtschad. Obenauf schließlich der zylindrische Geschützturm; das gegen den Twerskoi-Boulevard gerichtete MG-Rohr war seitlich durch zwei sich nach vorn verjüngende Stahlblenden geschützt. In der Bordwand gab es eine kleine Tür.

Scharen von Kindern umringten das Gefährt – manche mit Schlitten oder auf Schlittschuhen. Während die ausgewachsenen Idioten mit dem Umbau einer imaginären Welt befaßt waren, lebten diese Kinder immerhin noch in der Wirklichkeit: zwischen Schneehaufen im Sonnenlicht, auf den schwarzen Spiegeln zugefrorener Gewässer und in der mystischen Stille zugeschneiter nächtlicher Hinterhöfe. Zwar waren auch diese Kinder bereits vom Bazillus des über Rußland hereingebrochenen Wahnsinns befallen (man sah es an den Blicken, die sie auf Tschapajews blitzenden Säbel und meine Mauserpistole warfen), doch schimmerte in ihren blanken Augen ein Angedenken an etwas, das mir lange entfallen war – vielleicht die unbewußte Erinnerung an den Ursprung allen Seins, von dem sie sich, wiewohl schon eingesunken in des Lebens schändliche Wüsten, noch nicht allzu weit entfernt hatten.

Tschapajew ging zu dem Panzerwagen und klopfte ein paarmal gegen die Bordwand. Sofort sprang der Motor an, und das Hinterteil des Fahrzeugs hüllte sich in eine blaugraue Rauchwolke. Gerade als Tschapajew die Tür öffnete, hörte ich in meinem Rücken Bremsen quietschen. Neben uns kam eine Limousine zum Stehen. Ihr entstiegen vier Männer in schwarzen Lederjacken und verschwanden in demselben Eingang, aus dem wir gerade gekommen waren. Mein Herz begann zu rasen. Sie kommen mich holen! dachte ich. Der Gedanke kam mir wohl deshalb, weil die vier mich an die Schauspieler in den schwarzen Regenmänteln erinnerten, die gestern Raskolnikows Leiche von der Bühne getragen hatten. Einer der Männer blieb in der Haustür stehen und sah zu uns herüber.

»Schneller«, rief Tschapajew mir aus dem Panzerwagen zu. »Sonst wird es hier drinnen zu kalt.«

Ich warf mein Köfferchen ins Wageninnere, kletterte hastig hinterher und schlug die Tür zu.

Das Interieur des düsteren Gefährts begeisterte mich auf Anhieb. Der kleine, durch eine Zwischenwand vom Chauffeur abgetrennte Raum wirkte wie ein Coupé im Nordexpreß – zwei schmale, lederbezogene Bänke, dazwischen ein kleiner Tisch und ein Teppich auf dem Fußboden erzeugten, ungeachtet der Enge, ein Gefühl von Behaglichkeit. In das Dach war ein rundes Oberlicht eingelassen, durch das der massive Sockel des verhüllten Maschinengewehrs zu sehen war; zum Geschützturm hinauf führte eine kleine, durchbrochene Wendeltreppe, die in einer Art Drehstuhl mit Fußstützen endete. Als Beleuchtung diente ein elektrisches Lämpchen, hell genug, um ein Bild betrachten zu können, das an den vier Rahmenecken an die Wand geschraubt war. Es war eine kleine Landschaft im Stile John Constables: Brücke über einen Fluß, Gewitterwolke am Horizont nebst ein paar romantischen Ruinen.

Tschapajew griff nach dem Trichter der Wechselsprechanlage und befahl:

»Zum Bahnhof.«

Sanft setzte sich der Panzerwagen in Bewegung – man bekam es im Inneren kaum mit. Tschapajew ließ sich auf einer der Bänke nieder, mit einer Handbewegung lud er mich ein, gegenüber Platz zu nehmen.

»Ein phänomenales Fahrzeug«, sagte ich und meinte es durchaus ehrlich.

»Ja«, sagte Tschapajew, »der Wagen ist ganz ordentlich. Wobei ich die moderne Technik eigentlich nicht mag. Wenn Sie erst mein Pferd gesehen haben ...«

Er langte unter den Tisch und holte ein zusammengeklapptes Spielbrett hervor.

»Wie wär's mit einer Partie Tricktrack?« fragte er.

Ich zuckte mit den Achseln. Er klappte das Brett auf und legte die schwarzen und weißen Steine aus.

»Genosse Tschapajew«, begann ich, »worin besteht meine Arbeit genau? Um welche Fragen wird es gehen?«

Mit einer gemessenen Bewegung glättete Tschapajew seinen Schnurrbart.

»Wissen Sie, Pjotr, unsere Division ist ein komplizierter Organismus. Ich nehme an, Sie werden nach und nach in den Alltag hineinfinden und Ihren Platz, wie man so sagt, selbst ausmachen. Es wäre verfrüht, darüber zu reden, wo genau er sein wird. Ihr gestriger Auftritt hat mir aber gezeigt, daß Sie ein tatkräftiger Mann sind, noch dazu mit einem Gespür für das Wesentliche. Solche Leute haben wir nötig. Sie sind am Zug.«

Während ich die Steine auf das Brett warf, überlegte ich, wie ich mich verhalten sollte. Daß er tatsächlich ein Kommandeur der Roten war, schien mir kaum glaubhaft – aus irgendeinem Grunde meinte ich zu wissen, daß er das gleiche wahnwitzige Spiel spielte wie ich, nur mit mehr Erfahrung und darum virtuoser und wohl gar nach eigenem Gutdünken. Andererseits gründeten meine Vermutungen ausschließlich auf seiner intelligenten Art zu reden und der hypnotischen Kraft seiner Augen, was für sich genommen nichts bedeuten mochte. Auch der arme Grigori zum Beispiel war außerordentlich intelligent gewesen, und Dsershinski, der Häuptling der Tscheka, galt in okkulten Kreisen als begabter Hypnotiseur. Eigentlich, so dachte ich, war schon die Frage falsch gestellt: Kein einziger der roten Kommandeure war im Grunde ein roter Kommandeur. Jeder von ihnen mühte sich nach Kräften, einem gewissen infernalischen Maß zu genügen und sich so zu geben, wie ich es tags zuvor getan hatte, nur skrupelloser. Was Tschapajew anging, so konnte ich die Person, die sein militärischer Aufzug vorstellte, nicht ganz ernst nehmen. Andere taten es augenscheinlich – Babajasins Order zeigte dies ebenso wie der Panzerwagen, in dem wir saßen. Mir war nicht klar, was er von mir wollte, doch beschloß ich fürs erste, mich an die von ihm vorgeschlagenen Spielregeln zu halten; ohnehin hegte ich zu ihm ein instinktives Vertrauen. Ich weiß nicht, wie es kam, doch wähnte ich diesen Menschen ein paar Stockwerke über mir in dem unendlichen Treppenschacht unseres Daseins, den ich am Morgen im Traum gesehen hatte.

»Bedrückt Sie etwas?« fragte Tschapajew, während er die Steine über das Brett flitzen ließ. »Irgendein Gedanke, der Sie quält?«

»Das ist vorbei«, erwiderte ich. »Aber sagen Sie, ist Babajasin der Entschluß leichtgefallen, mich an Sie abzutreten?«

»Nein, Babajasin war nicht dafür«, sagte Tschapajew. »Dafür schätzt er Sie zu sehr. Ich mußte die Sache mit Dsershinski regeln.«

»Heißt das«, fragte ich, »daß Sie persönlich miteinander bekannt sind?«

»Ja.«

»Na, so was! Dann kennen Sie womöglich auch Lenin, Genosse Tschapajew?« fragte ich mit leichter Ironie.

»Flüchtig«, erwiderte er.

»Das möcht ich sehen.«

»Warum nicht. Wenn Sie wollen, sofort.«

Das war ein starkes Stück. Verdutzt blickte ich ihn an, doch er blieb ernst. Seelenruhig schob er das Spielbrett beiseite, zog den Säbel aus der Scheide und legte ihn auf den Tisch.

Dieser Säbel hatte, so muß man sagen, manches Merkwürdige an sich. Sein langer, silberner Griff war reich ziseliert: ein Kreis mit einem hockenden Hasen, zwei Vögel links und rechts, der Raum dazwischen mit feinstem Ornament gefüllt. Der Griff endete in einem Knauf aus Jade, an den eine geknüpfte Seidenschnur geknotet war, kurz und dick, mit lila Quaste. Hinter dem Griff folgte ein rundes, schmiedeeisernes Stichblatt; die blitzende Klinge war lang und leicht gekrümmt – kurz, es war im Grunde gar kein Säbel, sondern eines dieser fernöstlichen Schwerter, vermutlich ein chinesisches. Ich kam jedoch nicht dazu, die Waffe noch eingehender zu betrachten, denn Tschapajew löschte das Licht.

Nun saßen wir in völliger Dunkelheit. Ich sah absolut nichts, hörte nur das gleichmäßige Brummen des Motors (die Schalldämpfung des gepanzerten Fahrzeugs war, nebenbei gesagt, vorzüglich, nicht der geringste Straßenlärm drang herein) und spürte ein leichtes Schaukeln. Tschapajew rieb ein Streichholz an und hielt es über den Tisch.

»Schauen Sie auf die Klinge«, sagte er.

Ich blickte in den verschwommenen rötlichen Widerschein, der sich auf der stählernen Fläche abzeichnete. Er hatte eine merkwürdige Tiefe – so als sähe ich durch eine leicht beschlagene Scheibe in einen langen, kaum beleuchteten Korridor. Über den Lichtfleck glitt ein schwaches Flimmern, und dann sah ich einen kraftlosen alten Mann in aufgeknöpfter Jacke den Korridor entlangschleichen, kahlköpfig und unrasiert; die rötlichen Stoppeln auf seinen Wangen gingen in einen struppigen Kinn- und Oberlippenbart über. Der Mann bückte sich, streckte die zittrigen Hände aus, und ich sah nun, daß sich ein Kätzchen mit großen, traurigen Augen in eine Ecke des Korridors drückte. Das Bild war außerordentlich klar, wenn auch verzerrt, wie von einer Christbaumkugel gespiegelt. Plötzlich mußte ich husten. Da zuckte Lenin zusammen (er war es, kein Zweifel!), drehte sich um und starrte in meine Richtung. Ich hatte den Eindruck, daß er mich sah; eine Schrecksekunde lang waren seine Augen weit, dann wurde der Blick verschlagen und ein bißchen verschämt; grinsend drohte mir Lenin mit dem Finger und sagte:

»Warte nur, balde ruhest auch du!«

Tschapajew blies auf das Hölzchen, und das Bild fiel in sich zusammen; ich sah gerade noch, wie das Kätzchen Reißaus nahm, und wußte im selben Moment, daß ich all das nicht von der Klinge des Säbels abgelesen hatte; auf unerklärliche Weise war ich eben noch dort gewesen und hätte, dessen war ich mir sicher, das Kätzchen mit Händen greifen können.

Das Licht ging an. Entgeistert starrte ich auf Tschapajew, der den Säbel schon in die Scheide zurückgesteckt hatte.

»Wladimir Iljitsch beim Wiederlesen von Goethe«, sagte er.

»Was war das?« fragte ich.

Tschapajew zuckte die Achseln.

»Lenin«, sagte er.

»Hat er mich gesehen?«

»Wohl nicht direkt. Ich denke, er hat gespürt, daß jemand im Raum war. Aber das wird ihn nicht besonders aufgeregt haben. Er ist so etwas gewöhnt. Auf ihn sind viele Blicke gerichtet.«

»Aber wie haben Sie denn ... Ich meine, wie ging das? War es Hypnose?«

»Nicht mehr als alles übrige«, sagte er, mit dem Kopf zur Wand deutend und auf das, was dahinter lag.

»Wer sind Sie wirklich?« fragte ich.

»Das fragen Sie mich heute schon zum zweitenmal. Und es bleibt dabei, daß ich Tschapajew heiße. Das ist vorläufig alles, was ich Ihnen sagen kann. Lassen Sie den Dingen ihren Lauf. Sie dürfen mich aber im privaten Gespräch ruhig mit Wassili

Iwanowitsch ansprechen. ›Genosse Tschapajew‹ klingt so furchtbar feierlich.«

Ich wollte noch weitere Erklärungen fordern, als eine plötzliche Eingebung mich davon abhielt. Ich verstand, daß meine Hartnäckigkeit zu nichts führen würde; sie konnte sogar schaden. Das Verblüffendste aber war, daß dieser Gedanke nicht von mir stammte – ich spürte, er kam, wie auch immer, von Tschapajew.

Das Auto verlangsamte die Fahrt. Aus dem Wechselsprecher klang die verzerrte Stimme des Chauffeurs:

»Der Bahnhof, Wassili Iwanowitsch!«

»Hervorragend«, gab Tschapajew zur Antwort.

Einige Minuten wurde hin- und hermanövriert, bevor der Wagen endgültig zum Stillstand kam. Tschapajew setzte die Mütze auf, erhob sich von der Bank und öffnete den Schlag. Kalte Luft strömte in die Kabine, mit ihr drangen die rötlichen Wintersonnenstrahlen und der dumpfe Lärm Hunderter durcheinanderschwirrender Stimmen herein.

»Vergessen Sie Ihr Köfferchen nicht«, sagte Tschapajew und sprang behende auf die Erde. Das gemütliche Halbdunkel des Wagens verlassend, folgte ich ihm blinzelnd nach.

Wir befanden uns mitten auf dem Vorplatz des Jaroslawler Bahnhofs, umgeben von einer wogenden Menge Menschen, die unterschiedlich gekleidet, doch allesamt bewaffnet waren und zu etwas wie einem Karree formiert standen. Vor den Reihen liefen irgendwelche roten Kommandeure niederer Chargen mit blankgezogenen Säbeln auf und ab. Als Tschapajew auftauchte, ertönten zunächst einzelne Rufe, dann schwoll der allgemeine Lärm der Stimmen an und verfestigte sich Sekunden später zu einem donnernden »Hurra«, das den Platz mehrere Male umrundete.

Der Panzerwagen parkte neben einem mit gekreuzten Flaggen geschmückten Bretterpodium, das einem Schafott nicht unähnlich sah. Einige Militärs standen oben und unterhielten sich; bei unserem Erscheinen applaudierten sie. Tschapajew eilte die knarrenden Stufen hinauf, und ich sah zu, daß ich hinterherkam. Mit einigen der Offiziere (einer von ihnen im gegürteten Biberpelz) wechselte Tschapajew einen flüchtigen Gruß, trat dann nach vorn an die Brüstung der Richtstatt und hob die Hand mit der gelben Stulpe, wodurch er die Menge zum Schweigen brachte.

»Jungs!« rief er mit etwas knödelnder Stimme. »Weswegen ihr hier seid, wißt ihr. Muß man nich groß palavern. Sehn wir mal, wie die Sache läuft. Werden das schon schaukeln. Wär ja gelacht, was? An der Front is kein Zuckerschlecken natürlich, is ja mal klar. Mit Däumchendrehen is da nich viel, was dachtet denn ihr.«

Mir fiel auf, wie plastisch Tschapajews Bewegungen waren: Während er sprach, drehte er sich gleichmäßig nach allen Seiten und teilte die Luft vor seiner Brust mit energischen Hieben der gelb behandschuhten Rechten. Der Sinn seiner immer hurtiger dahinfließenden Rede entglitt mir; danach zu urteilen, wie die Arbeiter die Hälse reckten, wie sie lauschten und nickten und hin und wieder zufrieden in sich hineingrinsten, schien er etwas zu sagen, was ihnen ohne weiteres einleuchtete.

Jemand zog mich am Ärmel. Erschrocken fuhr ich herum und sah einen jungen Mann vor mir stehen: klein, mit schütterem Oberlippenbärtchen, rotgefrorenen Wangen und Augen von der Farbe wäßrigen Tees, die an einem klebenblieben.

»Ff-fuh«, sagte er.

»Was?«

»Ff-fuh...Furmanow«, sagte er und streckte mir eine breite Hand mit kurzen Fingern entgegen.

»Schöner Tag heute«, erwiderte ich und preßte die Hand in meiner.

»Ich bin der Kh-kh-kommissar des Ww-weberregiments«, sagte er. »Wir haben miteinander das Vvv-vergnügen. Gleich sind Sss-sie dran. Bitte ku-kurz fassen. Der T-t-transport wartet.«

»In Ordnung.«

Argwöhnisch betrachtete er meine Hände.

»Sind Sie in der Pa-pa-partei?«

Ich nickte.

»Sch-sch-schon lange?«

»Ungefähr zwei Jahre.«

Furmanow schaute zu Tschapajew hinüber.

»Ein Ha-ha-haudegen. Aber man muß auf ihn aufpassen. Ich ha-hab gehört, er üh-übertreibt öfters. Bei den Soldaten hat er einen Stein im B-b-b-b... im Brett. Sie verstehen ihn.«

Er nickte zu der stumm lauschenden Menge auf dem Platz hinunter, über die Tschapajews Worte flogen:

»Der Sache keine Schande machen! Das ist Sache! Hauptsache! Einer steht fürn andern ein, damit keiner nich nackig dasteht, nich wahr. Und was wär das fürn Krieg, wenn einem der Arsch schon vorher auf Grundeis ginge, sagt doch mal? Das sag ich euch, da beißt man sich durch, da beißt die Maus kein Faden ab, bei meinem Kommandeursbohei, und jetzt spricht zu euch der Kommissar.«

Tschapajew trat von der Brüstung zurück.

»Jetzt du, Petka«, befahl er, daß alle es hören konnten.

Ich ging nach vorn.

Es fiel einem nicht leicht, auf diese Menschen hinunterzublicken und sich vorzustellen, welch traurige Geschicke ihrer harrten. Man betrog sie wieder einmal, wie sie von Kindesbeinen an betrogen worden waren, und so blieb für sie alles beim alten; aber daß der Betrug – damals wie heute – so plump, so possenhaft primitiv vonstatten ging, sprach jeder Menschlichkeit hohn. Die Gefühle und Gedanken derer, die da unten standen, waren so ärmlich wie die Fetzen, die sie am Leib trugen, mit ihnen gingen sie, eskortiert von einer dümmlichen Zirkusnummer dahergelaufener Leute, in den Tod. Aber, so dachte ich weiter, unterschied sich meine Lage denn von der ihren? War ich, da ich die wahre Natur der mein Leben obwaltenden

Mächte genauso wenig begriff wie sie (oder, schlimmer noch, sie zu begreifen mir einbildete), um einen Deut besser dran als diese besoffenen Proleten, die man für die Parole von der »Internationale« sterben schickte? Nur weil ich Hegel und Herzen und irgendeinen Hölderlin las? Lächerlich.

Etwas sagen mußte ich gleichwohl.

»Genossen Arbeiter!« grölte ich. »Euer Kommissar, Genosse Furmanow, hat darum gebeten, daß ich mich kurz fasse, denn der Transport steht bereit. Ich denke, wir werden noch Zeit zum Reden haben, jetzt möchte ich euch bloß sagen, daß mir das Herz in Flammen steht. Heute, Genossen, habe ich Lenin gesehen! Hurra!«

Ein einziges, langanhaltendes Dröhnen legte sich über den Platz. Als der Lärm verebbt war, fuhr ich fort:

»Und nun, Genossen, für euch die letzten Worte auf den Weg vom Genossen Furmanow!«

Furmanow nickte mir dankbar zu und schritt zur Brüstung. Tschapajew zwirbelte sich den Bart und lachte, während er etwas mit seinem Nebenmann im Biberpelz besprach. Als er mich herankommen sah, klopfte er dem Offizier auf die Schulter, nickte den übrigen zu und verließ die Tribüne. Derweil hatte Furmanow zu sprechen begonnen:

»Genossen! Uns bleiben noch wenige Minuten. Wenn die letzten Glocken verklungen sein werden, legen wir ab zu fernen Gestaden voller mächtiger, marmorner Klippen, an denen wir uns stählen werden.«

Er sprach jetzt, ohne zu stottern, fließend und mit klingender Stimme.

Wir schlugen uns durch die Phalanx der Arbeiter (als ich sie, die ehrerbietig Platz machten, so ganz aus der Nähe sah, kam mir mein Mitgefühl fast gänzlich abhanden) und liefen zum Bahnhof hinüber. Tschapajew ging schnellen Schrittes, so daß ich Mühe hatte, ihm zu folgen. Ab und zu erwiderte er einen Gruß, indem er die Hand mit der gelben Stulpe kurz an die

Mütze riß. Sicherheitshalber tat ich ihm diese Geste nach und beherrschte sie nach kurzer Zeit so vortrefflich, daß ich mich all diesen über den Bahnhof wuselnden Möchtegern-Übermenschen beinahe schon zugehörig fühlte.

Als wir den Bahnsteig endlich erreicht und überquert hatten, sprangen wir hinunter auf den gefrorenen Boden und irrten nunmehr durch das Labyrinth der verschneiten Waggons auf den Rangiergleisen. Überall schauten wir in müde Gesichter; die immergleiche Grimasse der Verzweiflung ließ all diese Männer wie zu einer neuen Rasse verschmelzen. Mir fiel ein Gedicht von Solowjow dazu ein, und ich mußte lachen.

»Was haben Sie?« fragte Tschapajew.

»Nichts weiter«, sagte ich. »Ich weiß jetzt, was Panmongolismus ist.«

»Was denn?«

»Ach, so eine Lehre«, sagte ich, »die zu Zeiten von Dschingis-Khan in Polen Mode war.«

»Aha«, sagte Tschapajew. »Interessant, was Sie so für Wörter kennen.«

»Na, im Vergleich zu Ihnen ist es bei mir nicht weit her. Das wollte ich Sie noch fragen: Was ist denn ein Bohei?«

»Ein was?« fragte Tschapajew und runzelte die Stirn.

»Ein Bohei«, wiederholte ich.

»Wo haben Sie das denn aufgeschnappt?«

»Wenn ich mich nicht irre, haben Sie in der Rede vorhin von Ihrem Kommandeursbohei gesprochen.«

»Ach so«, Tschapajew schmunzelte, »jetzt weiß ich, wovon Sie reden. Wissen Sie, Pjotr, wenn man zu den Massen spricht, ist es vollkommen gleichgültig, ob die Worte, die man wählt, für einen selbst Sinn haben. Wichtig ist nur, daß die anderen sie verstehen. Man muß auf die Erwartungen der Massen eingehen. Manche erreichen das, indem sie sich die Sprache aneignen, die die Masse spricht. Ich bevorzuge den direkteren Weg. Wenn Sie also wissen wollen, was ein Bohei ist, dürfen

Sie nicht mich fragen. Fragen Sie die, die auf dem Platz standen.«

Mir war, als verstünde ich, was er meinte. Schon vor längerem hatte ich einmal ganz ähnliche Schlüsse gezogen, nur betrafen sie damals Gespräche über Kunst, die mich ob ihrer Einförmigkeit und Ziellosigkeit allzeit deprimierten. Da mich die Art meiner Betätigungen zwangsläufig mit einer Vielzahl hartgesottener Hohlköpfe aus literarischen Kreisen zusammenbrachte, hatte ich die Fähigkeit entwickelt, an ihren Gesprächen teilzuhaben, ohne einen Gedanken daran zu verschwenden, worum sie sich gerade drehten, wobei ich mit so absurden Wörtern wie »Realismus«, »Theurgie« oder »theosophischer Koks« frei zu jonglieren lernte. In Tschapajews Terminologie hieß das: die Sprache zu lernen, die die Masse spricht. Selbst aber, soviel verstand ich, gab er sich gar nicht die Mühe, den Sinn der Wörter, die er benutzte, zu ergründen. Wie er das anstellte, war mir allerdings unklar. Vielleicht fiel er in eine Art Trance und empfing so die Emanationen in der Luft liegender Erwartungen, um daraus das Muster zu stricken, das der Menge vertraut war.

Den Rest des Weges schwiegen wir. Tschapajew führte mich immer weiter weg vom Bahnhof; zwei-, dreimal waren wir schon unter stillgelegten Zügen hindurchgekrochen. Es herrschte Ruhe, nur von ferne tönten manchmal die übertrieben schrillen Pfiffe der Lokomotiven. Endlich blieben wir vor einer Reihe von Waggons stehen – darunter war ein gepanzerter. Auf dessen Dach rauchte anheimelnd der Schornstein, und an der Tür hielt jemand Wache. Es war ein stattlicher Bolschewik mit gegerbtem asiatischen Gesicht, den ich insgeheim sofort »Baschkire« taufte.

Wir stiegen also an dem salutierenden Baschkiren vorbei in den Waggon und standen auf einem kurzen Gang. Tschapajew wies auf eine der Türen.

»Das ist Ihr Coupé«, sagte er und zog seine Uhr aus der Tasche. »Mit Ihrer Erlaubnis werde ich Sie ein Weilchen allein lassen – ich habe noch ein paar Anweisungen zu geben. Die Lokomotive und die Wagen mit den Webern müssen angehängt werden.«

»Der Kommissar von denen, dieser Furmanow, hat mir nicht gefallen«, sagte ich. »Eine künftige Zusammenarbeit könnte schwierig werden.«

»Zerbrechen Sie sich doch nicht den Kopf über Dinge, die nicht in der Gegenwart liegen«, sagte Tschapajew. »Das Künftige, wie Sie es nennen, will erst einmal heraufbeschworen sein. Vielleicht wird es in Ihrem Künftigen gar keinen Furmanow geben. Vielleicht gibt es dort nicht einmal Sie.«

Ich wußte nicht, was ich auf solche Merkwürdigkeiten sagen sollte, und schwieg.

»Richten Sie sich ein, und entspannen Sie ein wenig«, sagte er. »Wir sehen uns zum Abendessen.«

Das Coupé machte einen verblüffend zivilen Eindruck; vor das Fenster in der gepanzerten Wand war eine Gardine gezogen, und auf dem kleinen Tisch stand eine Vase mit Nelken. Plötzlich fühlte ich, wie ausgelaugt ich war, und ließ mich sogleich auf dem Bett nieder; da saß ich und konnte mich eine Zeitlang nicht mehr rühren. Dann fiel mir ein, daß ich mich tagelang nicht gewaschen hatte; ich trat hinaus auf den Gang. Und seltsam: Hinter der ersten Tür, die ich aufs Geratewohl öffnete, waren Waschraum und Toilette.

Ich genoß die heiße Dusche (anscheinend wurde das Wasser mit einem Kohleofen erhitzt), kehrte zurück ins Coupé und entdeckte, daß das Bett inzwischen bezogen war, auf dem Tisch dampfte ein Glas starker Tee. Ich trank mich satt, streckte mich auf dem Bett aus und schlummerte, berauscht vom fast vergessenen Duft des frisch gestärkten Lakens, sehr bald ein.

Als ich erwachte, war es beinahe dunkel. Den Waggon erschütterte ein rhythmisches Beben, die Räder ratterten über

Schienenstöße. Auf dem Tisch (da, wo vorhin das leere Teeglas gestanden hatte) fand sich nun, wer weiß woher, ein Bündel Kleider: darin ein tadelloser schwarzer Anzug, ein Paar glänzende Lackschuhe, Hemd, Unterwäsche und mehrere Krawatten – man durfte offenbar wählen. Ich wunderte mich über gar nichts mehr. Anzug und Schuhe paßten wie angegossen; nach einigem Zögern entschied ich mich für eine schwarzgepunktete Krawatte und besah mich in dem Spiegel, der in der Tür eines Wandschranks eingelassen war. Der Anblick stellte mich zufrieden, auch wenn der Stoppelbart sich etwas unvorteilhaft auswirkte. Ich zog eine der blaßlila Nelken aus der Vase, knickte den Stengel ab und fädelte mir die Blüte ins Knopfloch. Wie unerreichbar schön erschien mir in diesem Moment mein früheres Petersburger Leben!

Ich verließ das Coupé, näherte mich der Tür am Ende des Gangs und klopfte. Es kam keine Antwort. Ich klinkte die Tür auf und blickte in einen geräumigen Salon. In seiner Mitte stand ein Tisch, gedeckt für drei, mit leichten Speisen und einigen Flaschen Champagner; außerdem gab es Kerzen, deren Flammen im Takt mit dem Rattern der Räder zuckten. Es roch ein klein wenig nach Zigarre. Die Wände waren in hellen Goldtönen tapeziert; dem Tisch gegenüber befand sich ein großes Fenster, hinter dem sich die Lichter der Nacht langsam durch die Dunkelheit schnitten.

In meinem Rücken regte sich etwas. Ich zuckte zusammen und wandte mich um. Hinter mir stand der Baschkire, den ich vor dem Waggon gesehen hatte. Er warf mir einen stoischen Blick zu, kurbelte dann das in der Ecke stehende Grammophon mit dem silberglänzenden Trichter an und senkte die Nadel. Schaljapins schmetternder Baß erklang – etwas von Wagner, wie mir schien. Ich fingerte in der Tasche nach den Papirossy, während ich überlegte, für wen wohl das dritte Gedeck auf dem Tisch bestimmt sein mochte.

Lange mußte ich nicht nachdenken. Die Tür ging auf, Tschapajew erschien. Er trug einen schwarzen Samtanzug, ein weißes Hemd und eine blutrote Fliege aus demselben purpurschillernden Moiréstoff, der auch seinen Mantel zierte. Gleich hinter Tschapajew betrat eine junge Frau den Salon.

Sie trug das Haar extrem kurz – man konnte es schwerlich eine Frisur nennen. Auf die sich kaum abzeichnende, von dunklem Samt verhüllte Brust fiel eine Kette aus stattlichen Perlen; ihre Schultern waren breit und kräftig, die Oberschenkel recht schmal. Ihre Augen waren leicht angeschnitten, was ihr nur noch mehr Anmut verlieh.

Kein Zweifel, sie war von vollkommener Schönheit – nur daß diese Schönheit nicht viel Weibliches an sich hatte. Selbst meine erhitzte Phantasie wußte diese Augen, dieses Gesicht, diese Schultern nicht in dem schwülen Dunkel eines Alkovens unterzubringen. Nicht zu gebrauchen für die gonorrhoischen Buninschen Heuschober, o nein! Auf der Eisbahn dagegen konnte man sie sich gut vorstellen. Ihre Schönheit barg etwas Ernüchterndes, sie erschien schlicht und ein wenig traurig; nicht jene ausgestellte, laszive Keuschheit war an ihr, die einem schon im Petersburg der Vorkriegsjahre zuwider gewesen war – nein, dies hier war die echte, natürliche, von sich überzeugte Vollkommenheit, neben der jede Art von Wollust so öd und fad erschien wie der Patriotismus eines Schutzmanns.

Sie sah mich an und wandte sich dann zu Tschapajew um, wobei eine Perle an ihrem bloßen Hals mich anblitzte.

»Das ist also unser neuer Kommissar?« fragte sie.

Ihre Stimme klang ein wenig dumpf, aber angenehm. Tschapajew nickte.

»Macht euch bekannt«, sagte er. »Pjotr. Anna.«

Ich stand vom Tisch auf, nahm ihre kühle Hand und wollte sie an meine Lippen führen, was sie jedoch nicht zuließ; sie erwiderte den Gruß nur mit einem förmlichen Händedruck in der Art der Petersburger *emancipées*. Ich hielt ihre Hand einen Moment lang fest.

»Sie ist eine hervorragende MG-Schützin«, sagte Tschapajew. »Hüten Sie sich also, sie herauszufordern.«

»Kann es denn sein, daß diese zarten Finger irgendwem den Tod bringen?« fragte ich und gab ihre Hand frei.

»Es kommt ganz darauf an«, sagte Tschapajew, »was Sie mit dem Tod meinen.«

»Gibt es diesbezüglich unterschiedliche Standpunkte?«

»O ja«, sagte Tschapajew.

Wir setzten uns an den Tisch. Der Baschkire entkorkte mit verdächtigem Geschick eine Flasche Champagner und schenkte ein.

»Lassen Sie mich das Glas erheben«, sagte Tschapajew und fixierte mich mit seinen hypnotischen Augen, »auf die schreckliche Zeit, in die wir hineingeboren wurden, und auf all jene, die selbst in diesen Tagen nicht aufhören, nach der Freiheit zu streben.«

Die Logik seiner Worte schien mir eigentümlich: War die Zeit denn nicht nur deswegen so schrecklich, weil »all jene«, wie er sich auszudrücken beliebte, nach der sogenannten Freiheit strebten? Oder wessen Freiheit war gemeint – und Freiheit wovon? Anstatt etwas zu entgegnen, nippte ich lieber vom Champagner. (Dieses einfache Rezept befolgte ich stets, wenn Champagner auf dem Tisch war und das Gespräch sich um Politik drehte.) Nach den ersten Schlucken merkte ich plötzlich, wie hungrig ich war, und begann zu essen.

Es ist schwer zu beschreiben, welche Gefühle ich empfand. Was hier vor sich ging, war so unwirklich, daß die Unwirklichkeit schon nicht mehr zu spüren war; so pflegt es im Traum zu sein, wenn der Verstand, in einen Strudel phantastischer Visionen geworfen, gleich einem Magneten jedes kleinste, vom üblichen Lauf der Dinge her vertraute Detail an sich zieht und ihm seine ganze Aufmerksamkeit schenkt, womit er noch dem verworrensten Alptraum den Anschein tagtäglicher Routine verleiht. Einmal hatte ich geträumt, ich säße aufgrund einer unglücklichen Verquickung von Ereignissen als Engel auf der Spitze der Peter-Pauls-Kathedrale, des heftig blasenden Windes wegen damit beschäftigt, die Jacke zuzuknöpfen, deren Knöpfe einfach nicht in die Löcher rutschen wollten – und mich verwunderte längst nicht so sehr, daß ich mich dort droben am Petersburger Himmel wiederfand, wie der Umstand, daß diese simplen Handgriffe nicht glücken wollten. Etwas Ähnliches widerfuhr mir im Augenblick – mein Bewußtsein ließ das Irreale des Geschehens außen vor; der Abend selbst schien normal zu verlaufen, und wäre nicht das sanfte Schaukeln des Wagens gewesen, hätte man sich in einem der kleinen Petersburger Cafés wähnen können, vor dessen Fenstern die Laternen der Fuhrwerke vorüberzogen.

Ich aß schweigend und schielte nur hin und wieder zu Anna hinüber. Sie gab Tschapajew, der ihr etwas von Lafetten und Geschützen erzählte, knappe Antworten, doch war ich von ihr so tief beeindruckt, daß ich dem Gesprächsfaden nicht zu folgen vermochte. Die absolute Unzugänglichkeit ihrer Schönheit bekümmerte mich; ich wußte, daß mit begehrenden Händen nach ihr zu greifen so sinnlos war, als versuchte man einen Sonnenuntergang mit dem Kücheneimer abzuschöpfen.

Als das Abendessen beendet war, räumte der Baschkire die Teller vom Tisch und brachte den Kaffee. Tschapajew lehnte sich auf seinem Stuhl zurück und rauchte eine Zigarre an. Sein Gesicht bekam einen sonnigen und etwas schläfrigen Ausdruck; lächelnd blickte er zu mir herüber.

»Sie sehen bedrückt aus, Pjotr«, sagte er, »sogar ein bißchen verstört, mit Verlaub. Dabei muß ein Kommissar – an sich glauben, verstehen Sie? Er muß, wie soll ich sagen, er muß zupackend sein, rücksichtslos und seiner selbst vollkommen sicher. Jederzeit.«

»Meiner selbst bin ich durchaus sicher«, sagte ich. »Nicht ganz sicher bin ich mir nur, was Sie betrifft.«

»Nanu? Was gibt Ihnen Rätsel auf?«

»Darf ich offen sein?«

»Aber selbstverständlich. Anna und ich bitten geradezu darum.«

»Ich kann nicht recht glauben, daß Sie tatsächlich ein roter Kommandeur sind.«

Tschapajew hob die linke Braue.

»Ach ja?« fragte er, und sein Erstaunen schien echt. »Wie denn das?«

»Ich weiß nicht«, sagte ich. »Es kommt mir alles wie eine Maskerade vor.«

»Heißt das, Sie wollen mir meine Sympathien für das Proletariat nicht abnehmen?«

»Doch, doch, das schon. Ich selbst habe, als ich heute auf der Tribüne stand, etwas Ähnliches gefühlt. Und trotzdem ...«

Ich wußte plötzlich nicht mehr, was ich eigentlich sagen wollte. Eine peinliche Stille hing im Raum – dezent durchbrochen von dem Löffelchen, mit dem Anna in ihrem Kaffee rührte.

»Wie hätte denn Ihrer Meinung nach ein richtiger roter Kommandeur auszusehen?« fragte Tschapajew und schüttelte sich die Zigarrenasche vom Jackettschoß.

»Wie Furmanow«, antwortete ich.

»Na hören Sie, Pjotr, mit dem Namen kommen Sie mir heute schon zum zweitenmal. Wer ist denn dieser Furmanow?«

»Der Herr mit dem klebrigen Blick«, erläuterte ich. »Der heute zu den Webern gesprochen hat, nach mir.«

Anna klatschte unversehens in die Hände.

»Genau«, sagte sie, »die Weber haben wir ganz vergessen, Wassili Iwanowitsch. Wir hätten ihnen längst einen Besuch abstatten müssen.«

Tschapajew nickte.

»Jaja«, sagte er, »Sie haben vollkommen recht, Anna. Ich wollte es vorhin selbst vorschlagen, aber dann hat mich Pjotr so durcheinandergebracht, daß es mir wieder entfallen ist.«

Er wandte sich an mich.

»Wir sollten auf dieses Thema unbedingt noch einmal zurückkommen. Aber einstweilen könnten Sie uns doch Gesellschaft leisten, oder?«

»Mit Vergnügen.«

»Also vorwärts«, sagte Tschapajew und erhob sich vom Tisch.

Wir verließen den Stabswaggon entgegen der Fahrtrichtung. Das Ganze wurde für mich immer sonderbarer. Mehrere Waggons, durch die wir kamen, waren dunkel und dem Anschein nach völlig leer. Nirgendwo Licht, kein einziger Laut aus den Abteilen. Daß hinter den polierten Nußbaumpaneelen, die die Glut von Tschapajews Zigarre widerspiegelten, rote Regimenter kampierten, konnte man sich schwer vorstellen. Doch ich wollte darüber nicht nachsinnen.

Einer der Waggons endete nicht wie die anderen in einem geschlossenen Übergang zum nächsten, sondern mit einer einfachen Schlußtür, hinter deren Scheiben man die schwarze Winternacht davonjagen sah. Der Baschkire machte sich einen Moment lang am Schloß zu schaffen, dann zog er die Tür auf; das donnernde Gepolter der Räder und ein Wirbel von Schneeflocken, die wie Nadeln pikten, drangen in den Gang herein. Hinter der Tür kam eine kleine, überdachte Plattform mit Geländer zum Vorschein, so wie man sie von den Straßenbahnen her kennt, und noch dahinter hob sich der dunkle, massige Schatten des nächsten Wagens ab; eine Brücke gab es nicht, so daß unklar war, wie Tschapajew sich die Visite bei seinen neuen Heerscharen vorgestellt hatte. Ich trat als letzter auf die kleine Plattform hinaus. Tschapajew stützte sich auf das Geländer, tat einen tiefen Zug aus seiner Zigarre, und der Fahrtwind trug ein paar glutrote Funken in die Nacht.

»Sie singen«, sagte Anna, »hört ihr?«

Die Frau hob die Hand, wie um ihre Haare im Wind zusammenzuhalten, und ließ sie im nächsten Moment wieder sinken – ihr Haarschnitt machte die Geste überflüssig. Noch vor kurzem mußte sie eine ganz andere Frisur gehabt haben.

»Hören Sie das?« fragte sie noch einmal und drehte sich zu mir um.

Tatsächlich drang durch das Rattern der Wagenräder ein recht manierlicher, harmonischer Gesang herüber. Ich horchte genauer hin und verstand auch die Worte:

Wir Schmiede sind stark, unser Geist ist der Hummer
Wir schmieden die Schlüssel zum Glück
Der Hammer wiegt schwer, und er fliegt, und er wummert
Die Brust sprengt er frei Stück um Stück, Stück um Stück!

»Merkwürdig«, sagte ich. »Wieso singen sie vom Schmieden, wenn sie doch Weber sind? Und was haben sie mit dem Hummer am Hut?«

»Wieso Hummer? Hammer!« sagte Anna.

»Ach, Hammer? Alles klar. Schmiede und Hammer, das paßt zusammen. Nur daß es eigentlich Weber sind. Weiß der Teufel, was das soll.«

Auch wenn der Text keinen Sinn ergab – das durch die Winternacht schwebende Lied hatte etwas Berückendes an sich und schien wie aus fernen Zeiten zu stammen. Was vielleicht gar nicht an dem Lied lag, sondern am Zusammenklang der vielen Männerstimmen mit dem Pfeifen des Windes, den schneebedeckten Weiten und den wenigen kleinen Sternen am Himmel. Als der Zug um eine Kurve zog, sah man die lange Kette schwarzer Waggons – darin saßen sie und sangen, und das offenbar in völliger Dunkelheit, was den geheimnisvollen Eindruck noch verstärkte. Einige Zeit hörten wir schweigend zu.

»Es könnte etwas Skandinavisches sein«, sagte ich dann. »Wissen Sie, es gab da einen Gott mit einem Zauberhammer, den er wie eine Waffe handhabte. Ich glaube, es war in der Älteren Edda. Ja genau, das übrige paßt auch gut! Der reifbedeckte Waggon da – das ist doch Thors Hammer, den er nach dem unsichtbaren Feind geworfen hat! Er fliegt uns hinterher, und keine Macht kann ihn aufhalten!«

»Sie haben eine lebhafte Phantasie«, bemerkte Anna. »Sagen Sie bloß, der Anblick dieses dreckigen Eisenbahnwagens treibt in Ihnen solche Blüten?«

»Wo denken Sie hin«, sagte ich. »Ich gebe mir bloß Mühe, ein angenehmer Gesprächspartner zu sein. In Wirklichkeit denke ich an ganz etwas anderes.«

»Und das wäre?« fragte Tschapajew nach.

»Etwas an diesem Zug erinnert mich an uns Menschen. Ob wir es wollen oder nicht, immer ziehen wir einen Troß unbeleuchteter, gräßlicher, irgendwann einmal von irgendwem übernommener Waggons hinter uns her. Und all diese Anhängsel, dieses sinnlose Sammelsurium von Hoffnungen, Ansichten und Ängsten nennt sich nun Leben. Und es gibt keine Möglichkeit, diesem Schicksal zu entgehen.«

»Wer sagt das«, entgegnete Tschapajew. »Eine Möglichkeit gibt es.«

»Und Sie wissen, welche?« fragte ich.

»Natürlich.«

»Vielleicht sind Sie so freundlich, sie zu verraten?«

»Nichts leichter als das«, sagte Tschapajew und schnipste mit den Fingern.

Es schien, als hätte der Baschkire nur auf dieses Zeichen gewartet. Er stellte die Laterne auf dem Fußboden ab, tauchte geschickt unter dem Geländer weg, beugte sich über diverse Kuppelmechanismen, die in der Dunkelheit nicht zu erkennen waren, und begann wie wild zu hantieren. Man hörte ein leises Klirren, worauf der Baschkire so flink auf die Plattform zurückgeklettert kam, wie er zuvor von ihr verschwunden war.

Die schwarze Waggonwand vor uns begann sich langsam von uns zu entfernen.

Ich sah Tschapajew an. Ungerührt hielt er meinem Blick stand.

»Es wird langsam kalt«, sagte er, so als sei nichts geschehen. »Wir sollten in den Salon zurückkehren.«

»Ich komme gleich nach«, erwiderte ich.

Allein auf der Plattform zurückgeblieben, blickte ich ein Weilchen schweigend vor mich hin. Noch war der Gesang der Weber zu vernehmen, doch von Sekunde zu Sekunde blieb die Wagenkette weiter zurück; sie erschien mir wie der eben abgeworfene Schwanz einer flüchtenden Eidechse. Es war ein großartiger Anblick. Ach, hätte ich doch ebenso einfach, wie Tschapajew sich gerade von seinen Leuten getrennt hatte, diese ganze düstere Bande getürkter Ichs, die meine Seele schon so viele Jahre ruinierte, hinter mir lassen können!

Gleich darauf begann auch ich zu frieren. Ich ging zurück in den Waggon, verriegelte die Tür hinter mir und tastete mich vorwärts. Als ich im Stabswaggon anlangte, fühlte ich eine solche Müdigkeit, daß ich, ohne den Schnee von der Jacke zu schütteln, geradewegs in mein Coupé ging und aufs Bett fiel.

Aus dem Salon, wo Tschapajew und Anna saßen, drangen Rufe und Gelächter. Ein Champagnerkorken knallte.

»Pjotr!« rief Tschapajew. »Nicht schlafen! Zu uns!«

Nach dem eisigen Wind, der mich auf der Plattform durchgeblasen hatte, tat mir die Wärme des Abteils außerordentlich wohl. Allmählich bemächtigte sich meiner sogar die Vorstellung, ich läge in einer Badewanne und nähme das heiße Bad, von dem ich schon tagelang träumte. Als die Vorstellung sich anschickte, Wirklichkeit zu werden, begriff ich, daß ich am Einschlafen war. Auch daß das Grammophon anstelle von Schaljapin plötzlich die Mozart-Fuge spielte, mit welcher der Tag begonnen hatte, war ein Anzeichen dafür. Ich ahnte noch, daß ich auf keinen Fall einschlafen durfte, konnte jedoch nichts mehr dagegen tun, ergab mich und stürzte im selben Moment kopfüber ins Leere – das heißt in jenen tiefen Schacht zwischen den Mollakkorden, der mich am Morgen so frappiert hatte.

4

»He! Nicht schlafen!«

Jemand rüttelte mich sacht an der Schulter. Ich hob den Kopf, schlug die Augen auf und sah in ein mir vollkommen fremdes Gesicht – rund, füllig und von einem sorgfältig gestutzten Bart umkränzt. Dazwischen ein freundliches Lächeln, das in mir jedoch nicht den Wunsch weckte zurückzulachen. Und ich wußte sogleich, warum. Es lag an dieser Kombination von gepflegtem Bartkranz und kahlrasiertem Schädel. Der Herr, der sich da über mich beugte, gemahnte an einen jener Spekulanten, die gleich nach Ausbruch des Krieges scharenweise in Petersburg eingefallen waren und Handel trieben mit allem und jedem. In der Regel stammten sie aus der Ukraine und hatten zwei ausgeprägte Merkmale gemein: eine schier unerschöpfliche Vitalität und ein gleichbleibendes Interesse an den neuesten okkulten Strömungen in der Hauptstadt.

»Wladimir Wolodin«, stellte der Bärtige sich vor. »Man kann auch einfach Wolodin zu mir sagen. Da Sie es vorzogen, wieder mal Ihr Gedächtnis zu verlieren, kann es nicht schaden, neu Bekanntschaft zu schließen.«

»Pjotr«, sagte ich.

»Vermeiden Sie heftige Bewegungen, Pjotr«, sagte Wolodin. »Als Sie noch schliefen, hat man Ihnen vier Kubik Taurepam gespritzt, der Morgen wird also etwas trübe für Sie werden. Wundern Sie sich nicht, wenn Dinge oder Personen um Sie her einen widerwärtigen und deprimierenden Eindruck auf Sie machen.«

»Oh, mein Lieber«, sagte ich, »darüber wundere ich mich schon lange nicht mehr.«

»Nein«, sagte er, »ich meine etwas anderes. Es kann passieren, daß Ihnen die Situation, in der Sie sich befinden, auf einmal unerträglich ekelhaft vorkommt. Auf unbeschreibliche, unmenschliche Art grotesk und sinnlos. Vollkommen lebensfremd.«

»Ja, und?«

»Achten Sie nicht darauf. Das kommt von der Spritze.«

»Ich werd's versuchen.«

»Prima.«

Ich bemerkte plötzlich, daß dieser Wolodin splitternackt war. Außerdem war er naß und kauerte auf einem weißen Kachelboden, auf den das Wasser von seinem Körper hinuntertroff. Der Anblick war für sich genommen schockierend, am schwersten daran auszuhalten war jedoch die vollkommen entspannte Unzüchtigkeit seiner Pose, die unergründliche Gelassenheit, mit der er, einem Affen gleich, den langen, sehnigen Arm auf dem Kachelboden aufstützte. Diese Hemmungslosigkeit gab zu verstehen: Auf dieser Welt ist es für ausgewachsene, behaarte Männer das Normalste und Natürlichste, nackt auf dem Boden zu hocken, und wer anders darüber denkt, wird es im Leben nicht leicht haben.

Was die Spritze anging, so schien der Mann recht zu haben. Mit meiner Wahrnehmung ging in der Tat etwas Seltsames vor sich. Eben hatte Wolodin sekundenlang für sich allein existiert, ohne Hintergrund, wie auf einem Paßfoto. Erst nachdem ich sein Gesicht und seine Gestalt ausgiebig und in allen Einzelheiten betrachtet hatte, begann ich darüber nachzudenken, wo dies alles geschah. Und erst nachdem ich eine Weile darüber nachgedacht hatte, erstand dieser Ort vor meinen Augen. Jedenfalls hatte ich so das Gefühl.

Wir befanden uns in einem großen, durchgängig weißgekachelten Raum, in dem fünf gußeiserne Badewannen standen. Ich lag in der hintersten; das Wasser darin war, wie ich gerade mit Unbehagen feststellte, recht kalt. Wolodin schenkte mir ein letztes, aufmunterndes Lächeln, drehte sich auf der Stelle und hüpfte mit einer abstoßenden Gelenkigkeit – direkt aus der Hocke und fast ohne zu spritzen – in die Nachbarwanne.

Außer Wolodin lagen noch zwei andere in den Wannen: ein langhaariger Blonder mit blauen Augen und Fusselbart, der aussah wie ein alter slawischer Recke, und ein dunkelhaariger Junge mit blassem, etwas femininem Gesicht und übermäßig ausgebildeter Muskulatur. Beide blickten mich herausfordernd an.

»Sie scheinen uns wirklich nicht mehr zu kennen«, sagte der bärtige Blonde nach ein paar Sekunden der Stille. »Semjon Serdjuk ist mein Name.«

»Pjotr«, erwiderte ich.

»Maria«, sagte der junge Mann aus der Wanne am anderen Ende des Raums.

»Wie bitte?«

»Maria, Maria«, wiederholte er mit offenkundigem Mißbehagen. »Das ist ein Name. Es gab zum Beispiel einen Schriftsteller, Erich Maria Remarque, kennen Sie den nicht? Nach dem bin ich genannt.«

»Tut mir leid«, sagte ich. »Wohl einer von den Neuen?«

»Außerdem gibt es noch Rainer Maria Rilke. Nie gehört?«

»Doch, doch, den schon. Kenn ich sogar persönlich.«

»Sehen Sie, der hieß Rainer Maria, und ich bin einfach Maria.«

»Sie müssen entschuldigen«, sagte ich, »aber Ihre Stimme kommt mir bekannt vor. Haben Sie nicht diese merkwürdige Geschichte von dem Flugzeug erzählt, von Rußlands alchimistischer Ehe mit dem Westen und so weiter?«

»Ja«, antwortete Maria, »was fanden Sie daran so merkwürdig?«

»Eigentlich gar nichts. Ich hatte nur irgendwie angenommen, daß Sie eine Frau sind.«

»In gewissem Sinne ist das auch richtig«, entgegnete Maria.

»Wie unser Chef sagt, ist meine Pseudopersönlichkeit unstrittig eine Frau. Sie sind nicht zufällig einer von diesen heterosexuellen Chauvinisten?«

»Nein, nein«, sagte ich, »mich wundert bloß, daß Sie die Pseudopersönlichkeit so einfach zugeben. Glauben Sie denn selber nicht daran?«

»Ich glaube an gar nichts«, sagte Maria. »Das kommt bei mir alles von der Gehirnerschütterung. Und hier bin ich bloß wegen der Doktorarbeit, die der Chef schreibt.«

»Was denn für ein Chef?« fragte ich verwundert, da dieses Wort schon wieder fiel.

»Professor Kanaschnikow. Der Abteilungsleiter. Er forscht nämlich über Pseudopersönlichkeiten.«

»Stimmt nicht ganz«, mischte Wolodin sich ein. »Das Thema, an dem er arbeitet, heißt Persönlichkeitsspaltung. Maria ist da ein relativ simpler und wenig verzwickter Fall, und überhaupt kann man bei ihm nur unter Vorbehalt von einer Persönlichkeitsspaltung sprechen; dagegen sind Sie, Pjotr, das kostbarste Pferd im Stall. Bei Ihnen ist die Pseudopersönlichkeit so weit und im Detail entwickelt, daß sie Ihre eigentliche fast vollständig verdrängt und überformt. Die Spaltung ist so blitzsauber, daß man seine helle Freude hat.«

»Alles Quatsch«, meldete sich Serdjuk, der die ganze Zeit geschwiegen hatte. »Bei Pjotr liegt der Fall an sich ganz simpel. Auf struktureller Ebene unterscheidet er sich von Maria fast gar nicht. Der eine identifiziert sich mit 'nem Vornamen, der andere mit 'nem Nachnamen. Der Unterschied ist, daß Pjotr stärker verdrängt. Er weiß ja nicht mal mehr seinen richtigen Namen und nennt sich Ernenzoff oder sonstwie.«

»Wie ist denn mein richtiger Name?« fragte ich, Böses ahnend.

»Pjotr Pustota«, gab Wolodin Auskunft. »Und Ihre Störung hängt damit zusammen, daß Sie die Existenz Ihrer eigentlichen Persönlichkeit verneinen und durch eine völlig andere ersetzt haben, die von A bis Z erfunden ist.«

»Trotzdem, strukturell kein komplizierter Fall, ich bleibe dabei«, ergänzte Serdjuk.

Ich spürte Ärger in mir hochsteigen – daß so ein dahergelaufener Psychopath sich erlaubte, mich als simplen Fall zu klassifizieren, empfand ich als Kränkung.

»Meine Herren, Sie diskutieren hier wie ein Ärztekollegium«, sagte ich. »Irgendwie dämlich, finden Sie nicht?«

»Wieso dämlich?«

»Alles hätte seine Ordnung«, erläuterte ich, »wenn Sie in diesem Haus die weißen Kittel anhätten. Aber wieso belegen Sie ein Bett, wenn Ihr Urteilsvermögen so ungetrübt ist?«

Wolodin blickte mich ein paar Sekunden wortlos an.

»Ich bin Opfer eines Unglücksfalls«, sagte er.

Serdjuk und Maria prusteten vor Lachen.

»Was mich betrifft«, sagte Serdjuk, »so kann ich mit keiner Pseudopersönlichkeit aufwarten. Gewöhnlicher Suizidversuch plus Alkoholismus. Und festgehalten werde ich hier bloß, weil man mit drei Fällen noch keine Dissertation schreibt. Rein aus statistischen Gründen.«

»Wart's ab«, sagte Maria. »Du bist auf der Garrotte der Nächste. Wir werden ja hören, was es mit deinem Alkoholsuizid auf sich hat.«

Inzwischen war ich endgültig zu Eis erstarrt – wobei ich nicht wußte, ob es an der Spritze lag, die, wie Wolodin meinte, meine Umwelt in ein Ekelpaket verwandeln würde, oder ob das Wasser tatsächlich so kalt war.

Gottlob ging in diesem Moment die Tür auf, und zwei weißbekittelte Männer erschienen. Irgendwie kam ich darauf, daß der eine Sherbunow hieß und der andere Barbolin. Sherbunow hatte eine große Sanduhr in der Hand, Barbolin trug einen ganzen Berg Unterwäsche.

»Wir kommen jetzt hübsch heraus«, verkündete Sherbunow fröhlich und schwenkte die Sanduhr.

Der Reihe nach wurden wir mit einem riesigen, geblümten

Laken abgetrocknet, sodann halfen die beiden uns in einheitlich quergestreifte Schlafanzüge, durch die das Geschehen sogleich einen maritim-militärischen Anstrich bekam. Anschließend wurden wir aus dem Badezimmer hinaus- und einen Flur entlanggeführt. Auch dieser endlose Flur kam mir bekannt vor – beziehungsweise nicht er, sondern der undefinierbare Medizingeruch, der dort hing.

»Können Sie mir vielleicht sagen, warum ich hier bin?« wandte ich mich unterwegs mit gedämpfter Stimme an den hinter mir gehenden Sherbunow.

Vor Verwunderung bekam der Mann große Augen.

»Als ob du das nicht selber wüßtest«, sagte er.

»Eben nicht«, sagte ich, »ich bin zwar schon soweit anzunehmen, daß ich krank bin. Aber was war der Anlaß für die Einlieferung? Bin ich schon lange hier? Und was für Handlungen werden mir konkret zur Last gelegt?«

»Alles Fragen, die du dem Professor stellen kannst«, sagte Sherbunow. »Wir haben keine Zeit zum Schwätzen.«

Ich fühlte mich maßlos niedergeschlagen. Vor einer weißen Tür mit aufgemalter »7« blieben wir stehen. Barbolin schloß sie auf, und wir wurden eingelassen. Es war ein Raum mit vier Betten, die längs der Wände aufgestellt und bezogen waren. Vor dem vergitterten Fenster stand ein Tisch. Außerdem gab es ein weiteres Möbel – halb Liege, halb flacher Sessel, mit Gummischlaufen für Hände und Füße. Trotz dieser Schlaufen wirkte das Ding nicht bedrohlich. Es sah ausgesprochen medizinisch aus, so daß mir sogar die blödsinnige Wortverbindung »urologischer Stuhl« in den Sinn kam.

»Sie entschuldigen«, wandte ich mich an Wolodin, »ist das etwa die Garrotte, von der Sie sprachen?«

Wolodin warf mir einen kurzen Blick zu und deutete dann zur Tür. Dort stand Professor Kanaschnikow.

»Garrotte?« fragte er und legte die Stirn in Falten. »Wenn ich mich recht entsinne, ist die Garrotte ein Stuhl, worauf man die

Delinquenten im mittelalterlichen Spanien erdrosselt hat, richtig? Welch düstere, deprimierte Wahrnehmung der Umwelt! Sie, Pjotr, können nichts dafür, Sie haben ja heute morgen eine Spritze bekommen. Aber Sie, Wolodin? Da muß ich mich doch sehr, sehr wundern.«

Während er so vor sich hinredete, gab der Professor Sherbunow und Barbolin ein Zeichen, sich zu entfernen, und trat selbst in die Mitte des Zimmers.

»Das hier ist gewiß keine Garrotte«, sagte er . »Es ist ein ganz gewöhnlicher Stuhl, den wir für unsere Gruppensitzungen benötigen. Bei einer dieser Sitzungen waren Sie gestern schon dabei, Pjotr, gleich nach Ihrer Rückkehr aus der Einzelzelle, allerdings in einem so bedenklichen Zustand, daß Sie kaum etwas davon behalten haben dürften.«

»Sagen Sie das nicht. Ich weiß noch so einiges«, erwiderte ich.

»Um so besser. Trotzdem will ich noch einmal in kurzen Worten erläutern, worum es hier geht. Die von mir entwickelte und praktizierte Methode könnte man als turbojungianisch bezeichnen. Ich gehe davon aus, daß Sie mit den Ansichten von Jung vertraut sind.«

»Pardon, wie war der Name?«

»Carl Gustav Jung. Ich sehe schon, die psychische Aktivität ist bei Ihnen einer strengen Zensur seitens der Pseudopersönlichkeit unterworfen. Und da letztere im Jahr neunzehnhundertachtzehn-neunzehn lebt, darf man sich nicht wundern, daß Ihnen dieser Name anscheinend entfallen ist. Obwohl, vielleicht haben Sie ja wirklich noch nie von ihm gehört?«

Ich zuckte erhaben die Achseln.

»Kurz und gut, es gab da einen Psychiater namens Jung. Seine therapeutischen Methoden gründeten auf einem sehr einfachen Prinzip. Er brachte seine Patienten so weit, daß bei ihnen ganz ungezwungen Symbole an die Oberfläche des Bewußtseins traten, anhand deren man eine Diagnose stellen konnte. Indem man sie entschlüsselte, meine ich.«

An dieser Stelle setzte Professor Kanaschnikow ein listiges Lächeln auf.

»Meine Methode sieht nun allerdings ein bißchen anders aus«, sagte er. »Nur das Prinzip ist das gleiche. Nähme man Jung beim Wort, müßte man Sie nämlich in die Schweiz verfrachten, in irgend so ein Alpensanatorium, dort auf die Couch legen, in umständliche Gespräche verwickeln und wer weiß wie lange darauf warten, daß es die Symbole nach oben schwemmt. Das können wir uns nicht leisten. Statt einer Couch haben wir das da«, der Professor deutete auf den Sessel, »dazu gibt es eine kleine Spritze, und dann können wir zugucken, wie die Symbole hochkommen – in Scha-a-a-ren! Entschlüsselung und Therapie nehmen wir anschließend in die Hand. Einleuchtend?«

»Mehr oder weniger«, sagte ich. »Und wie funktioniert das mit der Entschlüsselung?«

»Das werden Sie erleben, wenn es soweit ist, Pjotr. Die Sitzungen machen wir immer freitags, so daß Sie in drei ... nein, in vier Wochen an der Reihe sein werden. Ehrlich gesagt, bin ich in Ihrem Fall besonders gespannt – die Arbeit mit Ihnen macht Spaß, großen Spaß sogar. Obwohl ich das natürlich von Ihnen allen behaupten darf, meine lieben Freunde.«

Professor Kanaschnikow lächelte und ließ dabei eine Woge inniger, zügelloser Liebe durch den Raum strömen, sodann verbeugte er sich und legte die Hände ineinander.

»Machen wir uns nun an die Übungen«, sagte er.

»Was denn für Übungen?« entfuhr es mir.

»Na, es ist doch schon halb zwei«, sagte der Professor auf die Uhr schauend. »Zeit fürs heilästhetische Praktikum.«

Wenn man absah von den hydropsychologischen Prozeduren, die mich aus dem Schlaf geholt hatten, war dieses heilästhetische Praktikum das Lästigste, was mir in diesen Mauern bis dahin widerfahren war – woran auch die Spritze ihren Anteil haben mochte. Das Praktikum fand in dem Zimmer statt, das an unseren Schlafsaal angrenzte. Es war groß und schummrig; auf einem langen Tisch in der Ecke lagen lauter bunte Knetebrocken, tönerne Pferdemißgeburten von der Art, wie künstlerisch begabte Kleinkinder sie kneten, Schiffsmodelle aus Pappe, zerbrochene Puppen und Bälle. Aus der Mitte des Tisches ragte eine große Aristoteles-Büste aus Gips - und ihr gegenüber, auf vier mit braunem Wachstuch bezogenen Stühlen, Zeichenbretter auf den Knien, saßen wir. Die ästhetische Therapie bestand darin, daß wir mit Bleistiften, die an den Stühlen festgebunden und noch dazu in schwarzen Weichgummi gewickelt waren, die Büste abzuzeichnen hatten.

Wolodin und Serdjuk steckten immer noch in ihren gestreiften Schlafanzügen, Maria hatte das Oberteil ausgezogen und trug statt dessen ein Hemdchen mit weitem, fast bis zum Nabel hinunterreichendem Ausschnitt. Alle waren sie dieses Ritual offensichtlich gewohnt und führten ihre Stifte geduldig über das Papier. Sicherheitshalber machte auch ich eine schnelle, flüchtige Skizze, bevor ich das Zeichenbrett beiseite legte und mich umschaute.

Die Spritze tat wohl immer noch ihre Wirkung, denn mir geschah annähernd dasselbe wie zuvor in der Wanne. Ich war einfach nicht fähig, die Wirklichkeit im ganzen aufzunehmen. Die einzelnen Elemente der Umgebung nahmen immer in dem Moment Gestalt an, da ich hinschaute, so daß ich allmählich den schwindelerregenden Eindruck gewann, daß mein Blick es war, der sie erschuf.

Auf diese Weise entdeckte ich, daß die Wände des Zimmers mit kleinformatigen Zeichnungen behängt waren. Einiges davon war sehenswert.

Etliche stammten zweifellos von Maria. Es waren die ungelenksten von allen, wahre Kinderkritzeleien, auf denen das Flugzeugthema in immer neuen Varianten auftauchte, jedesmal mit einem mächtigen phallischen Auswuchs bestückt. Manchmal stand das Flugzeug auf dem Schwanz, wodurch die

Darstellung christliche Obertöne gewann, die, nebenbei gesagt, recht blasphemisch ausfielen. Im großen ganzen fand ich Marias Zeichnungen nicht weiter fesselnd.

Dafür weckte ein anderer Zyklus mein außerordentliches Interesse, und dies nicht nur, weil der Autor sichtlich über künstlerische Talente verfügte. Die Zeichnungen waren auf obskure Weise japanisch inspiriert. Die meisten von ihnen, sieben oder acht, schienen eine Abbildung zu reproduzieren, die man irgendwo gesehen zu haben meinte: einen Samurai mit zwei Schwertern und unzüchtig entblößter Scham, der mit einem Stein am Hals vor einem Abgrund steht. Zwei, drei andere Zeichnungen stellten ein Reiterlager dar, mit Bergen am Horizont – letztere erstaunlich gekonnt, im traditionellen japanischen Stil ausgeführt. Die Pferde waren an Bäumen angebunden, unweit von ihnen hockten die abgesessenen Reiter in weiten, bunten Gewändern im Gras und tranken aus irgendwelchen Näpfen. Den stärksten Eindruck aber machte auf mich eine erotische Zeichnung: ein Mann mit einem kleinen blauen Käppchen und entrücktem Gesichtsausdruck sowie eine Frau (breite Wangenknochen, ein slawisches Gesicht, das einem nicht geheuer vorkam) in völliger Hingabe.

»Erlauben Sie eine Frage, meine Herren«, konnte ich nicht an mich halten, »wem gehören diese japanischen Blätter dort?«

»Sag, Semjon, wem gehören deine Zeichnungen? Bestimmt der Klinik?« fragte Wolodin vorlaut.

»Die sind von Ihnen, Herr Serdjuk?«

»Von mir«, erwiderte Serdjuk und schaute mich mit seinen tiefblauen Augen von unten her an.

»Großartig«, sagte ich. »Wenn auch ein bißchen düster.«

Darauf sagte er nichts.

Die dritte Serie Zeichnungen – die, wie ich nun vermuten durfte, von Wolodin stammte – war sehr unkonkret und impressionistisch in der Ausführung. Auch hier gab es ein durchgängiges Thema: drei dunkle, verschwommene Gestalten im

Kreis um ein loderndes Feuer und eine senkrecht auf sie herniederfallende Lichtsäule. Die Komposition erinnerte an das berühmte Bild mit den drei Jägern am Lagerfeuer, nur daß man annehmen mußte, in dem Feuer wäre gerade eine Mine explodiert.

Schließlich schaute ich zur gegenüberliegenden Wand – und zuckte zusammen.

Dies war wohl nun das heftigste Déjà-vu in meinem Leben. Schon beim ersten Blick auf den zwei mal zwei Meter großen Karton voller winziger bunter Figürchen fühlte ich eine innige Verbindung zu diesem sonderbaren Objekt. Ich erhob mich vom Stuhl und trat näher.

Besagter Blick fiel auf den oberen Teil des Kartons, wo eine Art Schlachtplan zu sehen war, wie man ihn in Geschichtslehrbüchern findet. Im Zentrum des Plans befand sich ein schraffiertes blaues Oval, worin in Großbuchstaben das Wort SCHIZOPHRENIE stand. Drei dicke, rote Pfeile liefen von oben darauf zu – einer auf direktem Wege, die anderen beiden im Bogen, um sich in die Seiten des Ovals zu bohren. »Insulin«, »Aminasin« und »Sulfasin« stand an den Pfeilen. Von dem Oval senkrecht nach unten ging ein gestrichelter blauer Pfeil, darunter stand: »Krankheit geht zurück«.

Nachdem ich diesen Plan studiert hatte, wechselte ich zur unteren Hälfte des Bogens. Die zahlreichen hier abgebildeten Personen, die unendlich vielen Details, auch die Verworrenheit des Ganzen ließen an eine Illustration zu Tolstois Roman »Krieg und Frieden« denken – sämtliche Romanfiguren und die ganze Handlung auf einmal wiedergebend. Gleichzeitig wirkte die Manier der Darstellung kindlich, denn genau wie auf Kinderzeichnungen waren sämtliche Regeln der Perspektive und des Sinns außer Kraft gesetzt. Die rechte Seite des Bildes zeigte eine große Stadt. An der grellgelben Kuppel der Isaak-Kathedrale konnte ich erkennen, daß Petersburg gemeint war. Durch seine Straßen, die stellenweise bis ins kleinste gezeichnet, dann wieder in der Art von Stadtplänen nur mit einfachen Linien markiert waren, verliefen Pfeile und gestrichelte Linien, wie es sie auch auf dem Schema darüber gab – man konnte sich vorstellen, daß sie zusammen die Lebensbahn eines Menschen nachzeichneten. Von Petersburg führte eine punktierte Linie nach Moskau, das sich gleich nebenan befand. In Moskau waren nur zwei Örtlichkeiten hervorgehoben: der Twerskoi-Boulevard und der Jaroslawler Bahnhof. Vom Bahnhof weg kroch ein doppelfädiges Spinnennetz von Eisenbahnlinien in alle Richtungen auseinander, wurde, der Mitte des Blattes näher rückend, immer breiter und größer, bis es sich in eine Zeichnung verwandelte, die einigermaßen den Gesetzen der Perspektive folgte. Schienen liefen auf einen Horizont von goldgelben Weizenfeldern zu; auf den Schienen stand, in Qualm und Wasserdampf gehüllt, ein Zug.

Der Zug war in aller Ausführlichkeit gezeichnet. Die Lokomotive schien von etlichen Granattreffern aufgerissen; aus den Löchern in ihrem tonnenförmigen Leib wälzten sich dicke, schwarze Rauchwolken, und aus der Kabine hing der tote Lokomotivführer. Auf dem ersten Waggon hinter der Lok sah man einen Schützenpanzerwagen stehen (muß ich betonen, daß mir das Herz bis zum Hals schlug?), den Gewehrturm auf das gelbe Weizenmeer gerichtet. Die Turmluke stand offen, Annas kurzgeschorener Kopf schaute hervor. Der gerippte Lafettenschwanz spuckte Feuer auf das Schlachtfeld, in die Richtung, die Tschapajews Säbel wies; denn natürlich war er es, der neben dem Panzerauto auf dem Güterwagen stand. Tschapajew trug eine hohe Pelzmütze und einen zottigen schwarzen Mantel, zugeknöpft bis zum Hals und bis zu den Sohlen reichend; seine Pose war wohl eine Spur zu theatralisch.

Dem Zug auf dem Bild fehlten wenige Meter bis zur Bahnstation, die nur zum kleineren Teil auf dem Karton Platz gefunden hatte; das Bahnsteiggeländer und das Schild mit der Aufschrift »Losowaja« waren gerade noch zu sehen.

Ich suchte auf der Zeichnung den Feind zu entdecken, den Anna auf ihrem Turm im Visier hatte, sah aber nur eine Anzahl flüchtig hingeworfener, fast bis zu den Schultern im hohen Weizen versteckter Silhouetten. Man gewann den Eindruck, als hätte der Zeichner keine genaue Vorstellung gehabt, gegen wen die Kampfhandlungen gerichtet waren und was sie bezweckten. Was nun diesen Zeichner betraf, so blieben mir leider wenig Zweifel, um wen es sich dabei handelte.

DIE SCHLACHT BEI
LOSOWAJA

war mit großen Buchstaben unter die Zeichnung gemalt. Daneben stand, von anderer Hand geschrieben:

Tschapajew der Trapper – Petka in der Klapper

Mit einem entschlossenen Ruck drehte ich mich zu den anderen um.

»Meine Herren, finden Sie nicht, daß das zu weit geht? Ist das die feine Art, die anständige Leute voneinander erwarten dürfen? Oder erwarten Sie von mir, daß ich Gleiches mit Gleichem vergelte? Na? Würde Ihnen das gefallen?«

Wolodin und Serdjuk guckten zur Seite, Maria tat so, als hätte er nichts gehört. Eine Zeitlang starrte ich die drei an und versuchte zu ergründen, wer von ihnen diese Geschmacklosigkeit begangen haben konnte, doch keiner gab sich eine Blöße. Ehrlich gesagt, mich ritzte die Sache nicht allzu sehr, und meine Empörung war zum größeren Teil gespielt. Viel mehr nahm mich die Zeichnung selbst gefangen; ich hatte sofort gespürt, daß etwas darauf nicht stimmte. Ich wandte mich ihr wieder zu und suchte herauszubekommen, was es war. Es schien irgendwo in der Gegend zwischen dem Schlachtplan oben und dem Zug unten zu liegen, da, wo der Himmel sein sollte – ein größeres Stück Kartonfläche war leer gelassen, der Sog eines Vakuums ging von ihm aus. Ich trat zum Tisch und wühlte aus dem Plunder, der sich dort türmte, den Stummel eines Rötelstiftes und ein fast neues Stück Zeichenkohle hervor.

Die nächste halbe Stunde war ich damit beschäftigt, den Himmel über dem Weizenfeld mit schwarzen Klecksen detonierender Schrapnells zu füllen. Ich zeichnete sie alle gleich – ein kohlschwarz ausgemaltes Wölkchen und nach allen Seiten fliegende Splitter, von denen jeder eine lange Rötelspur hinter sich herzog.

Das Ergebnis kam einem berühmten Gemälde von van Gogh nahe (ich hatte vergessen, wie es hieß), wo über einem Weizenfeld unzählige schwarze Krähen schwärmten, jede von ihnen ein dickes, fettes »V«. Ich dachte wieder einmal daran, wie ausweglos doch das Schicksal des Künstlers in dieser Welt war. Dieser Gedanke, der mir immer eine bittere Befriedigung bereitet hatte, erschien auf einmal unerträglich falsch. Nicht nur, weil er so banal war, nein, es steckte auch eine Art korporative Unredlichkeit darin: Alle Kunstschaffenden sprachen ihn aus, wo sie gingen und standen, und erklärten sich damit einer bestimmten existentiellen Kaste zugehörig. Warum nur? Bot denn das Schicksal einer Maschinengewehrschützin oder eines Sanitäters eher einen Ausweg? War in ihnen weniger Pein, weniger Absurdität? Und überhaupt, hat die unermeßliche existentielle Tragödie des Menschen irgend etwas damit zu tun, zu welchen Verrichtungen er im Laufe seines Lebens genötigt wird?

Ich drehte mich zu meinen Kollegen um. Serdjuk und Maria waren ganz in Aristoteles' Büste vertieft (Maria hatte vor Anspannung sogar die Zungenspitze zwischen die Lippen geschoben), während Wolodin gespannt verfolgte, wie sich die Zeichnung auf dem großen Karton veränderte. Als er spürte, daß ich ihn ansah, erschien ein forschendes Lächeln auf seinem Gesicht.

»Wolodin«, fing ich an, »darf ich Ihnen eine Frage stellen?«

»Aber bitte.«

»Was machen Sie beruflich?«

»Ich bin Unternehmer«, sagte Wolodin. »Ein neuer Russe, wie man heute so sagt. Jedenfalls war ich das. Warum fragen Sie?«

»Ich hatte eben so einen Gedanken ... Es heißt immer: ein tragisches Künstlerschicksal, ein tragisches Künstlerschicksal. Wieso behauptet man das ausgerechnet von den Künstlern? Das ist irgendwie nicht ehrlich. Verstehen Sie, Künstler sind auffällige Persönlichkeiten, und wenn ihnen etwas zustößt, wird das bekannt, und alle schauen hin. Wer spricht dagegen von ... Na gut, von Unternehmern hört man manchmal noch was. Aber sagen wir, von einem Lokführer? Selbst wenn sein Leben eine einzige Tragödie ist?«

»Sie gehen an die Sache von der falschen Seite heran, Pjotr«, sagte Wolodin.

»Wieso?«

»Sie verwechseln die Begriffe. Die Tragödie spielt sich nicht im Leben des Künstlers oder des Lokführers ab, sondern im Kopf des Künstlers oder des Lokführers.«

»Wie meinen Sie das?«

»Nur so«, murmelte Wolodin und beugte sich über sein Zeichenbrett.

Eine Weile wußte ich mit Wolodins Worten nichts anzufangen, dann dämmerte mir, was er sagen wollte. Doch die Schlaffheit meines Geistes, verursacht von der Spritze, ließ keine Reaktion zu.

Ich kehrte zu dem Bild zurück und malte einige kompakte schwarze Rauchsäulen über das Feld, wobei ich fast die ganze Kohle verbrauchte. Zusammen mit den Schrapnellklecksen gaben sie dem Bild etwas Tristes, Untröstliches. Mir wurde darüber ganz seltsam zumute, und ich füllte den Horizont schnell mit kleinen Reiterfiguren, die über die Weizenfelder dahinfegten und den Angreifern in die Quere zu kommen trachteten.

»An Ihnen ist ein Schlachtenmaler verlorengegangen«, bemerkte Wolodin, der hin und wieder von seinem Zeichenbrett aufsah, um einen Blick auf meinen Karton zu werfen.

»Das müssen gerade Sie sagen«, erwiderte ich. »Wer malt denn ständig explodierende Scheiterhaufen?«

»Explodierende Scheiterhaufen?«

Ich deutete zur Wand, wo die Zeichnungen hingen.

»Wenn Sie meinen, das wären explodierende Scheiterhaufen, dann habe ich dazu nichts weiter zu sagen«, gab Wolodin zu verstehen. »Absolut nichts.«

Mir schien, er war gekränkt.

»Was soll es denn sein?«

»Die Niederkunft des himmlischen Lichts«, erwiderte er. »Sieht man denn nicht, daß es von oben kommt? Da, ich hab es extra noch mal deutlicher gezeichnet.«

Eine Kette von logischen Schlüssen rasselte mir durch den Kopf.

»Wenn ich recht verstehe, ist es das himmlische Licht, weswegen Sie hier ein Bett belegen?«

»Sie verstehen recht.«

»Das verwundert mich nicht. Ich hatte gleich das Gefühl, daß Sie ein ungewöhnlicher Mensch sind«, sagte ich höflich. »Was genau wirft man Ihnen vor? Daß Sie dieses Licht gesehen haben? Oder daß Sie versucht haben, jemandem davon zu erzählen?«

»Daß ich es bin«, sagte Wolodin. »Wie zumeist in diesen Fällen.«

»Jetzt scherzen Sie aber«, sagte ich. »Ich meine, im Ernst ...«

»Ich hatte zwei Gehilfen«, sagte Wolodin mit einem Achselzucken, »ungefähr so alt wie Sie. Hygienebeauftragte könnte man sagen, Entsorgungsspezialisten. Ohne solche Leute kommt man in der Marktwirtschaft nicht weit. Die sind übrigens auch auf dem Bild – die zwei Schatten dort, sehen Sie? Ja. Kurz, ich hatte es mir zur Gewohnheit gemacht, mit ihnen über die höhere Materie zu reden. Und einmal ergab es sich, daß wir in den Wald fuhren, und da habe ich es ihnen ... Wie soll ich sagen. Es war alles echt. Ich mußte es nicht extra zeigen, sie haben es von allein gesehen. Also, dieser Moment ist hier wiedergegeben. Und er hat so auf sie gewirkt, daß sie es eine Woche später gemeldet haben. Was für Idioten – jeder von denen hatte persönlich zehn Leichen im Keller, und trotzdem haben sie gemeint, es würde im Vergleich zu dem, was sie zu petzen hatten, nicht ins Gewicht fallen. Niedere Instinkte haben die Menschen heutzutage, kann ich Ihnen sagen.«

»Da haben Sie recht«, erwiderte ich und mußte plötzlich an etwas ganz anderes denken.

Zum Mittagessen brachte Barbolin uns in eine kleine Kantine, die gewisse Ähnlichkeiten mit dem Wannenbad hatte – nur gab es anstelle der Wannen vier identische Plastiktische, dazu einen Ausgabeschalter. Ein einziger Tisch war eingedeckt. Während des Essens wurde fast nicht gesprochen. Als ich mit der Suppe fertig war und mir den Grützbrei vornehmen wollte, merkte ich, daß Wolodin den Teller von sich geschoben hatte und mich anstarrte. Zuerst bemühte ich mich, nicht darauf achtzugeben, doch nach einer Weile wurde es mir zuviel, ich hob die Augen und starrte herausfordernd zurück. Wolodin lächelte friedfertig (ich will dir nichts Böses, sollte das heißen) und sagte:

»Wissen Sie was, Pjotr, ich habe das Gefühl, als hätten wir uns bei einem für mich hochwichtigen Anlaß schon einmal gesehen.«

Ich zuckte die Achseln.

»Sie haben nicht zufällig einen Bekannten mit rotem Gesicht, drei Augen und einer Halskette aus Totenschädeln?« forschte er weiter. »Der um die Feuer tanzt? Krummsäbel schwingt? So ein Großer, he?«

»Kann schon sein«, sagte ich höflich, »aber ich wüßte im Moment nicht, von wem Sie reden. Die Beschreibung ist zu allgemein, wissen Sie. Könnte sozusagen auf jeden zutreffen.«

»Schon klar«, sagte Wolodin und beugte sich über seinen Teller.

Ich langte nach der Kanne, um mir Tee ins Glas zu gießen, doch Maria schüttelte den Kopf.

»Würde ich Ihnen nicht raten«, sagte er leise. »Brom. Führt zum Absterben der natürlichen Sexualität.«

Wolodin und Serdjuk tranken den Tee umstandslos.

Nach dem Essen wurden wir in den Schlafsaal zurückgebracht, worauf sich Barbolin sogleich verzog. Meine drei Nachbarn, die den Tagesablauf hier anscheinend gewohnt waren, schliefen ein, kaum daß sie in ihre Betten gekrochen waren. Ich lag ausgestreckt auf dem Rücken und starrte lange Zeit zur Decke, den für mich seltenen Zustand völliger Gedankenlosigkeit genießend – vielleicht ein letzter Ausläufer der Wirkung meiner Morgenspritze.

Eigentlich ist das Wort »Gedankenlosigkeit« nicht ganz zutreffend, schon weil mein Bewußtsein, von allen Gedanken befreit, weiterhin auf äußere Reize reagierte, wenn auch ohne jede Reflexion. Und da ich merkte, daß mein Kopf zu denken aufgehört hatte, war der Gedanke, ohne jeden Gedanken zu sein, bereits geboren. Es zeigte sich, daß die vollkommene Abwesenheit von Gedanken ein Unding ist, denn sie ist nicht zu registrieren. Sie wäre sozusagen gleichbedeutend mit dem Nichtsein.

Den Zustand fand ich jedenfalls wunderbar, weit entfernt vom gewohnten Ticken des eingefahrenen Verstandes. Es gibt ja Menschen, die sich um die eigenen psychischen Abläufe nicht kümmern. Ein bestimmter Zug an ihnen hat mich stets besonders verblüfft. Sie können lange Zeit abgeschottet von äußeren Reizen leben, vollkommen bedürfnislos – und plötzlich, ohne jeden sichtbaren Auslöser, setzt sich ein willkürlicher psychischer Prozeß in Gang, der sie zu unvorhersehbaren Handlungen treibt. Auf den außenstehenden Beobachter muß das verrückt wirken: Da liegt einer auf dem Rücken, eine Stunde, zwei oder drei, und plötzlich springt er auf, fährt in seine Latschen und läuft in unbekannte Richtung los – weil irgendein Gedanke ihn aus irgendeinem Grund (vielleicht auch völlig grundlos) auf ein bestimmtes Gleis gesetzt hat. Die meisten Leute sind so, und diese Schlafwandler bestimmen den Lauf der Dinge auf dieser Welt.

Das meine Lagerstatt umgebende Universum war voll von Geräuschen der verschiedensten Art. Einige vermochte ich zuzuordnen – das Klopfen eines Hammers auf der Etage über uns, das etwas entferntere Rütteln des Windes an den Fensterläden, das Krakeelen der Krähen –, und dennoch blieb das meiste unklar. Einfach sagenhaft, wieviel Neues sich dem Menschen eröffnet, wenn es ihm auch nur für eine Sekunde gelingt, das mit versteinertem Trödel vollgestopfte Bewußtsein zu räumen! Wir wissen nicht einmal, woher die meisten der Geräusche kommen, die wir hören – von allem übrigen ganz zu schweigen. Welchen Sinn kann es demnach haben, mit dem wenigen, was wir von der Welt zu wissen glauben, nach Erklärungen für unser Schicksal und unsere Handlungsweisen zu suchen! Genauso hoffnungslos wie der Versuch, das Innenleben einer wildfremden Person mit hirnrissigem Sozialkitsch zu erklären, wie Kanaschnikow es tut, dachte ich, und mir fiel plötzlich meine dicke Akte ein, die bei ihm auf dem Tisch lag. Ich dachte daran, daß Barbolin beim Weggehen vergessen hatte, die Tür zu verriegeln. Und sogleich, im Bruchteil einer Sekunde, entfaltete sich in meinem Kopf ein irrwitziger Plan.

Ich sah mich um. Seit Beginn der Mittagsruhe waren bestimmt schon zwanzig Minuten vergangen, und meine drei Zimmergenossen schliefen. Das ganze Haus schien entschlummert zu sein – bisher war kein Mensch auf dem Gang vorbeigelaufen. Vorsichtig warf ich die Decke ab, fuhr in meine Latschen, stand auf und schlich mich zur Tür.

»Wohin?« flüsterte es in meinem Rücken.

Ich drehte mich um. Aus der hintersten Ecke des Zimmers

blickte mich das forschende Auge von Maria an – in dem schießschartenartigen Spalt zwischen dem Laken und der Decke, die er sich über den Kopf gezogen hatte, konnte ich es sehen.

»Aufs Klo«, flüsterte ich zurück.

»Sei nicht zickig!« wisperte Maria. »Dort steht der Topf. Vierundzwanzig Stunden Gummizelle, wenn sie es mitkriegen.«

»Lieber aufrecht und im Stehen«, entgegnete ich und schlüpfte auf den Gang hinaus.

Er war leer.

Ich erinnerte mich dunkel, daß Professor Kanaschnikows Arbeitszimmer neben einem hohen, halbrunden Fenster lag, hinter dem ich die Krone eines riesigen Baumes gesehen hatte. Der Gang, auf dem ich stand, machte ganz weit vorn einen Knick nach rechts, an dieser Stelle spiegelte sich das Tageslicht auf dem Linoleum in hellen Flecken. Gebückt lief ich dorthin und erblickte das Fenster. Auch die Tür zum Arbeitszimmer erkannte ich an der edlen Goldklinke sofort.

Einige Sekunden hockte ich da, das Ohr an das Schlüsselloch gepreßt. Aus dem Zimmer drang kein Laut. Schließlich wagte ich es und schob die Tür einen Spalt weit auf. Im Zimmer war keiner. Auf dem Schreibtisch lagen mehrere Akten; meine jedoch, die dickste von allen (wie sie ausgesehen hatte, erinnerte ich mich genau), befand sich nicht am alten Platz.

Verzweifelt sah ich mich im Zimmer um. Jener tranchierte Herr auf dem Plakat schaute mit gnadenlosem Optimismus auf mich herab; mir wurde angst und bange. Irgend etwas bedeutete mir, daß im nächsten Moment die Wärter zur Tür hereinkommen mußten. Nahe daran, mich auf der Stelle umzudrehen und auf den Gang zu flüchten, sah ich plötzlich, daß eine Akte aufgeklappt unter den auf dem Schreibtisch ausgebreiteten Papieren lag.

Taurepam-Kur angesetzt (intravenös, vor Wasseranwendung)
Ziel: Dämpfung ling.-kinäst. Funktionen bei gleichzeit. Aktivierung psychomotor. Komplex ...

Weitere lateinische Wörter folgten. Ich schob die Papiere beiseite, klappte den Aktendeckel um und las:

Akte:
PJOTR PUSTOTA

Ich setzte mich in Professor Kanaschnikows Sessel.

Die allererste Eintragung (in einem in die Kladde eingelegten Heft) war so alt, daß die violette Tinte schon verblaßt war und eine gewissermaßen historische Färbung angenommen hatte, wie man es aus Dokumenten kennt, in denen von Leuten die Rede ist, die längst nicht mehr unter den Lebenden weilen. Ich las mich sogleich fest.

In früher Kindheit keine Klagen über psychische Auffälligkeiten. Lebensfroher, sanfter, umgänglicher Knabe. Gut in der Schule, schrieb gern Gedichte (ohne bes. ästhet. Wert). Erste pathol. Devianzen im Alter von ca. 14 J. festgestellt. Verschlossenheit u. Gereiztheit ohne Vorliegen äuß. Gründe. Hat sich nach Auss. d. Eltern »von der Familie entfernt«, Zustand emot. Entfremdung. Kontakt zu Freunden abgebrochen – angebl. wg. Hänseleien bzgl. seines Namens Pustota. Gleiches geschieht nach Auss. Pat. seitens Erdkundelehrerin, die ihn mehrfach »Pustekuchen« nennt. Drast. Abfall schul. Leistungen. Beginnt in dieser Zeit verstärkt philos. Lit. zu lesen: Hume, Berkley, Heidegger – alles, was irgendwie die philos. Aspekte des Nichts bzw. Nichtseins behandelt. Zeigt von da an Neigung zur »metaphysischen« Bewertg. alltäglichster Vorgänge; behauptet immer wieder, er sei den Altersgefährten in der »Kühnheit des Lebenswurfs« überlegen. Schwänzt immer öfter die Schule. Daraufhin konsultieren die Eltern den Arzt.

Kontaktaufnahme mit Psychiater fällt Pat. leicht. Zutraulich. Über sein Innenleben gibt Pat. folg. Auskunft: Er habe ein »besonders konzipiertes Weltempfinden«. Denke »trefflich und ausgiebig« über seine Umwelt nach. Seine psych. Aktivität beschreibend, erklärt Pat., das Denken »verbeiße« sich gewissermaßen in einen Gegenstand, um zum Wesen vorzudringen. Infolge dieser mentalen Besonderheit vermag Pat. »jede gestellte Frage, jedes Wort, jeden Buchstaben zu analysieren u. dabei bis ins kleinste zu zerlegen«, wobei in seinem Kopf ein »triumphaler Chor vieler miteinander streitender Ichs« existiere. Sieht sich ausgesprochen unschlüssig a) aufgrund des Studiums der »alten Chinesen«, b) weil »die Orientierung im Wirbel von Tönen und Farben innerlicher Widersprüche schwierig« sei. Andererseits lt. eig. Auss. zu »freiem Gedankenflug« fähig, welcher ihn über alle »Laien« erhebe. Diesbezügl. klagt Pat. über Einsamkeit und Unverstandensein durch andere. Keiner sei imstande, »in Resonanz« zu ihm zu denken.

Pat. behauptet, er könne sehen und fühlen, was »Laien« unzugänglich sei. Sieht z.B. in Falten von Gardinen u. Tischdecken, Tapetenmustern etc. gewisse Linien, Muster, Formen, die »die Schönheit des Lebens« bezeichnen. Dies sei sein »Goldenes Los«, d.h. der Anreiz, weshalb Pat. tagtäglich die »unfreiwillige Bürde der Existenz« auf sich nehme.

Pat. hält sich für einzigen Nachfolger der großen Philosophen der Verg. Repetiert ausführl. »Reden an das Volk«. Beschwert sich nicht bez. Unterbringung i. Psychiatrie, da überzeugt, daß seine »Eigenentwicklung« unabhängig vom Aufenthaltsort »ihren Gang« gehe.

Einige Formulierungen waren fett mit Kopierstift unterstrichen. Ich blätterte um. Der nachfolgende Text war mit »Organoleptische Indikationen« überschrieben. In ihm dominierte weitgehend das Lateinische. Hastig blätterte ich weiter. Das mit lila Tinte vollgeschriebene Heft war nicht in den Ordner geheftet – vermutlich war es aus einer anderen Akte eingewandert. Vor dem nächsten, umfänglichsten Teil der Akte kam ein Blatt, auf dem stand:

Petersburger Periode

(Bezeichnet den fixesten der Wahninhalte. Wiederholt hospitalisiert.)

Doch ich kam nicht dazu, auch nur ein Wort aus diesem zweiten Teil der Akte zu lesen. Draußen auf dem Flur erklang die Stimme des Professors, der einem Unbekannten in gereiztem Ton etwas auseinandersetzte. Hastig ordnete ich die Blätter auf dem Tisch ungefähr so, wie sie zuvor gelegen hatten, und stürzte zum Fenster - mir war als erstes die Idee gekommen, mich hinter der Gardine zu verstecken. Sinnlos: Der Stoff lag beinahe glatt an den Scheiben an.

Kanaschnikows murrende Stimme schien schon ganz in der Nähe der Tür. Offenkundig las er einem der Wärter die Leviten. Ich schlich nach vorn und blickte durchs Schlüsselloch. Zu sehen war niemand - vermutlich standen der Inhaber dieses Kabinetts und sein Gesprächspartner doch noch ein paar Meter weiter, um die Ecke.

Meine nächsten Handlungen erfolgten einigermaßen instinktiv. Geschwind lief ich aus dem Zimmer, preschte auf Zehenspitzen zu einer gegenüberliegenden Tür und tauchte in die dunkle, staubige Abstellkammer dahinter. All dies gerade noch zur rechten Zeit. Das Gespräch hinter der Ecke brach ab, und keine Sekunde später erschien Professor Kanaschnikow in dem schmalen Abschnitt des Flurs, der durch den Türspalt einzusehen war. Vor sich hin fluchend, verschwand er im Kabinett. Ich zählte bis fünfunddreißig (wieso bis fünfunddreißig, weiß ich nicht - nie zuvor in meinem Leben hatte diese Zahl eine Rolle gespielt), sprang hinaus auf den Gang und huschte geräuschlos zum Schlafsaal.

Keiner hatte meine Rückkehr bemerkt - der Flur blieb leer, und meine Mitmenschen schliefen. Wenige Minuten, nachdem ich mich ins Bett gelegt hatte, ertönte auf dem Korridor die Weckmelodie; beinahe gleichzeitig kam Barbolin herein und gab bekannt, daß im Schlafsaal heute eine Kakerlakenvertilgung stattfinde und deshalb für diesen Tag ein zweites heilästhetisches Praktikum angesetzt sei.

Augenscheinlich hält die Atmosphäre eines Irrenhauses den Menschen zur Demut an. Keiner dachte daran zu rebellieren oder nur irgendwie kundzutun, daß es unmöglich war, so viele Male nacheinander Aristoteles zu zeichnen. Einzig Maria brummelte etwas Unwirsches in seinen Bart. Er war schon mit übler Laune aus dem Bett gestiegen, vielleicht hatte er schlecht geträumt - nach dem Wecken ging er gleich zum Spiegel und studierte gründlich sein Gesicht. Es gefiel ihm offenbar nicht so recht, denn er massierte sich einige Minuten lang mit kreisenden Handbewegungen die Haut rings um die Augen.

Mit großer Verspätung trudelte er dann im Ästhetikzimmer ein und dachte sichtlich nicht daran, Aristoteles zu zeichnen, wie das die übrigen, darunter auch ich, bereits artig taten. Er hockte sich in eine Ecke, wand sich ein gelbes Band um den Kopf, das seine Haarpracht anscheinend gegen einen irgendwo in den Weiten seiner Psyche brausenden Wind schützen sollte, und nahm uns auf eine Weise in Augenschein, als sähe er uns zum erstenmal.

Über die Windstärke vermag ich nichts zu sagen, fest stand, daß sich düstere Wolken im Raum zusammenbrauten. Wolodin und Serdjuk schenkten Maria keinerlei Beachtung, und auch für mich war es wohl besser, Kinkerlitzchen wie diese einfach zu übersehen. Doch das anhaltende Schweigen bedrückte mich, und ich beschloß, es zu brechen.

»Sie verzeihen, Herr Serdjuk, würde es Ihnen etwas ausmachen, wenn ich ein Gespräch mit Ihnen anzuknüpfen versuchte?«

»Aber woher denn! Tun Sie sich keinen Zwang an«, entgegnete Serdjuk galant.

»Ich hoffe, die Frage erscheint Ihnen nicht gar zu taktlos, aber wieso sind Sie eigentlich hier?«

»Wegen Entrücktheit.«

»Ach was? Kann man deswegen eingeliefert werden?«

Serdjuk maß mich mit einem langen Blick.

»Aktenkundig bin ich als suizidal-vagabundierendes Syndrom in Verbindung mit Delirium tremens. Aber keiner weiß, was das ist.«

»Erzählen Sie doch mal«, bat ich.

»Was gibt es da groß zu erzählen. Ich hab in einem Keller auf der Nagornoe Chaussee gelegen. Und zwar aus rein privaten und äußerst stichhaltigen Gründen, bei vollem, quälendem Bewußtsein. Und da kreuzt ein Bulle auf, mit Blaulicht und Knarre. Will den Ausweis sehen. Ich hab ihn vorgezeigt. Dann wollte er natürlich Geld. Ich gab ihm alles, was ich hatte – so an die zwanzigtausend. Er nimmt das Geld und will trotzdem nicht gehen. Ich hätte mich zur Wand drehen und ihn vergessen sollen, aber nein – laß ich Idiot mich doch auf ein Gespräch mit ihm ein. Wieso, sag ich, hast du's ausgerechnet auf mich abgesehen, gibt's dort oben auf der Straße nicht genug Gangster? Der Bulle war redselig – hat Philosophie studiert, wie ich hinterher erfahren hab. Doch, sagt er, da gibt's jede Menge. Aber sie stören die Ordnung nicht. Wie das denn, frag ich weiter. Also, sagt der Bulle. Ein normaler Gangster ist wie? Du guckst ihn an und weißt, er hat nur eins im Kopf: irgendwen um die Ecke bringen, ausrauben oder was weiß ich. Und der, der von ihm ausgeraubt wird, stört die Ordnung auch nicht weiter, der liegt da mit zertrümmertem Schädel und denkt, Scheiße, ausgeraubt. Du aber liegst hier rum – spricht er zu mir –, und man sieht gleich, du hast Flausen im Kopf. Man könnte denken, du tätst an das, was um dich rum ist, gar nicht glauben. Oder an allem zweifeln.«

»Und was haben Sie geantwortet?« fragte ich.

»Ja, was schon. Ich sag zu ihm: Kann sein, ich hab tatsächlich so meine Zweifel. Schon die Weisen aus dem Fernen Osten haben gesagt, die Welt ist eine Illusion. Das von den Weisen hab ich natürlich nur so gesagt, um ihm im Niveau entgegenzukommen. So primitiv, wie der war. Da ist er richtig rot geworden und hat gesagt: Was bildest du dir ein? Ich hab an der Uni mein Diplom über Hegel geschrieben und laufe trotzdem jetzt hier mit der Knarre rum. Und du meinst, nur weil du irgendeinen Artikel aus ›Wissenschaft und Religion‹ aufgeschnappt hast, kannst du dich einfach so im Keller verkriechen und an der Wirklichkeit zweifeln? Also kurz, ein Wort gab das andere, und dann hat er mich mitgenommen, erst aufs Revier und dann hierher. Da war ein Kratzer am Bauch, wo ich mich geschnitten hatte an 'ner zerbrochenen Flasche, den haben sie mir als Suizidversuch ausgelegt.«

»Ich würde ja alle, die an der Wirklichkeit zweifeln, überhaupt hinter Gitter bringen«, mischte sich unerwartet Maria ein. »Die gehören nicht ins Irrenhaus, sondern ins Gefängnis. Wenn nicht noch ganz woandershin.«

»Warum, wenn ich fragen darf?« erkundigte sich Serdjuk.

»Willst du das wirklich wissen?« fragte Maria griesgrämig. »Dann komm her, ich erklär's dir.«

Er verließ seinen Eckplatz bei der Tür, ging zum Fenster, wartete, bis auch Serdjuk dort angelangt war, und wies mit seinem muskulösen Arm nach draußen.

»Siehst du den 600er Mercedes, der da steht?«

»Ja«, sagte Serdjuk.

»Ist das auch eine Illusion?«

»Höchstwahrscheinlich ja.«

»Weißt du, wer in dieser Illusion durch die Gegend fährt? Der Verwaltungsdirektor unserer netten Anstalt. Sie nennen ihn den kleinen Wowtschik, mit Spitznamen Nietzscheaner. Schon mal gesehen?«

»Ja.«

»Was hältst du von ihm?«

»Ein Gangster, keine Frage.«

»Dann überleg mal. Dieser Gangster hat, sagen wir, zehn Leute umgelegt, bis er sich so ein Auto kaufen konnte. Heißt das also, die zehn hätten ihr Leben umsonst gelassen, weil das Auto nämlich eine Illusion ist? Was ist? Merkst du, daß die Sache stinkt?«

»Ich merk schon«, sagte Serdjuk finster und kehrte zu seinem Stuhl zurück.

Währenddessen hatte Maria anscheinend auch wieder Lust zum Zeichnen bekommen. Er holte sein Brett aus der Ecke und setzte sich neben uns.

»Nein«, sagte er, während er mit zusammengekniffenen Augen auf die Aristotelesbüste starrte, »wenn du irgendwann hier rauskommen willst, mußt du Zeitung lesen und Gefühle zulassen. Nicht an der Wirklichkeit zweifeln. Zu Sowjetzeiten, da haben wir mit Illusionen gelebt. Aber heute ist die Welt real und erkennbar. Kapiert?«

Serdjuk zeichnete schweigend weiter.

»Bist du vielleicht andrer Meinung?«

»Schwer zu sagen«, sagte er so finster wie zuvor. »Daß die Welt real ist, bezweifle ich. Erkennbar ist sie allemal, das weiß ich schon lange. Und zwar am Geruch.«

»Meine Herren«, fing ich an, da ich spürte, daß Zank auszubrechen drohte, und das Gespräch auf neutrales Territorium zu lenken suchte, »können Sie mir vielleicht sagen, warum wir hier immerzu Aristoteles zeichnen?«

»Sagen Sie bloß, das ist Aristoteles?« fragte Maria. »Drum guckt der so ernst. Nein, keine Ahnung, warum. Wahrscheinlich haben sie den auf dem Dachboden als erstes gefunden.«

»Maria, stell dich nicht blöd«, sagte Wolodin. »Du weißt genau, daß hier nichts zufällig passiert. Du hast doch eben erst selber die Dinge beim Namen genannt. Warum sitzen wir alle miteinander in der Klapper? Sie wollen uns hier auf den Boden der Realität zurückbringen. Und diesen Aristoteles zeichnen wir deshalb, weil er es war, der die Realität mitsamt den 600er Mercedessen erfunden hat, in die du so gern entlassen werden möchtest.«

»Soll das heißen, es hat sie vor ihm nicht gegeben?« fragte Maria.

»Es hat sie vor ihm nicht gegeben«, erwiderte Wolodin, wie aus der Pistole geschossen.

»Wie kann das sein?«

»Das verstehst du nicht«, sagte Wolodin.

»Dann versuch es mir zu erklären«, sagte Maria. »Vielleicht versteh ich es ja doch.«

»Gut, dann sag mir, wieso ist dieser Mercedes real?« fragte Wolodin.

Ein paar Sekunden dachte Maria angestrengt nach.

»Weil er aus Eisen gemacht ist, darum«, sagte er dann. »Kann man hingehen und anfassen.«

»Du willst also sagen, daß eine gewisse Substanz, aus der er besteht, ihn real macht?«

Maria überlegte.

»So ungefähr«, sagte er.

»Siehst du, das ist der Grund, weshalb wir den Aristoteles abzeichnen. Vor ihm gab's keine Substanzen«, sagte Wolodin.

»Und was gab's statt dessen?«

»Es gab ein oberstes Himmelsmobil, im Vergleich zu dem dein 600er Mercedes ein Scheißding ist. Dieses Himmelsmobil war absolut vollkommen. Und alle Bilder und Begriffe, die man sich zur Automobilität macht, steckten in dem drin. Und die sogenannten realen Autos, die auf den Straßen des Alten Griechenland fuhren, galten als seine unvollkommenen Schatten. Secondhandprojektionen, weiter nichts. Verstehst du?«

»Verstehe. Und was weiter?«

»Weiter ist der Aristoteles gekommen und hat gesagt: Leute, daß es das Himmelsobermobil gibt, ist mal klar. Und alle irdischen Kraftfahrzeuge sind selbstredend nur Zerrbilder im lausigen, blinden Spiegel des Seins. Dagegen ließ sich damals nichts sagen. Aber, sagte Aristoteles, außer dem Prototypen und den Zerrbildern gibt's noch was. Das Material nämlich, das die Form des Autos annimmt, die Substanz, die über eine Eigenexistenz verfügt. Das Eisen, wie du dich ausdrückst. Und diese Substanz hat die Welt real gemacht. Mit ihr hat diese ganze beschissene Marktwirtschaft angefangen. Vor ihr waren alle Dinge auf dieser Welt nur Schatten und Bilder, und wie real die sind, kann sich jeder vorstellen. Real ist nur das, was die Bilder hervorbringt.«

»Na, wissen Sie«, bemerkte ich leise, »das ist noch die große Frage.«

Wolodin ignorierte meine Worte.

»Verstanden?« fragte er Maria.

»Verstanden«, sagte Maria.

»Was hast du verstanden?«

»Ich hab verstanden, daß du ein Vollidiot bist. Autos im Alten Griechenland. Da muß man sich doch an den Kopf greifen.«

»Puh«, sagte Wolodin. »Wie kleinlich und mustergültig. Wenn du so weitermachst, werden Sie dich wirklich bald entlassen.«

»Geb's Gott«, sagte Maria.

Serdjuk hob den Kopf und blickte Maria konzentriert ins Gesicht.

»Weißt du, Maria«, sagte er, »ich finde, du hurst in letzter Zeit ziemlich viel herum. In geistiger Hinsicht, meine ich.«

»Mann, ich muß hier raus, verstehst du? Ich will hier nicht ein Leben lang versauern. Wer will mich in zehn Jahren noch haben?«

»Du bist ein Schaf, Maria«, sagte Serdjuk mit Verachtung in der Stimme. »Begreifst du denn nicht, daß du und Arnold ... daß eure Liebe nur hier eine Chance hat?«

»Hüte deine Zunge! Sonst hau ich dir Drecksstück mit der Büste den Schädel ein!«

»Probier's doch, du Clown«, sagte Serdjuk, der blaß geworden war und jetzt aufstand. »Probier's!«

»Ich probier's gar nicht erst«, erwiderte Maria und erhob sich gleichfalls, »ich tu's einfach. Wer so was sagt, ist fällig.«

Er schritt zum Tisch und packte die Büste.

Alles Weitere war eine Sache von Sekunden. Wolodin und ich sprangen gleichzeitig von den Stühlen. Wolodin schlang von hinten die Arme um Serdjuk, der auf Maria zustürzen wollte. Marias Gesicht war wutverzerrt; er hob die Büste über den Kopf, holte mit ihr aus und lief auf Serdjuk zu. Ich drängte Maria zur Seite und sah im selben Moment, daß Wolodin Serdjuk immer noch festhielt und ihm die Arme einklemmte, wodurch er die Büste im Ernstfall nicht einmal hätte mit den Händen abwehren können. Also versuchte ich nunmehr, Wolodins Armklammer um die Brust des mit geschlossenen Augen selig vor sich hin lächelnden Serdjuk zu lösen. Da merkte ich plötzlich, daß Wolodin entsetzt über mich hinwegblickte. Ich drehte den Kopf und sah, wie ein totes Gipsgesicht mit verstaubten Augäpfeln langsam von einem Stuckhimmel voller Fliegen auf mich niedersank.

5

Die Büste des Aristoteles war das einzige, was ich noch im Gedächtnis hatte, als ich wieder zu mir kam. Nebenbei gesagt, halte ich den Ausdruck »zu sich kommen« für nicht ganz passend. Schon als Kind spürte ich die ihm anhaftende verschämte Zweideutigkeit: Wer kam da wohin? Und vor allem: woher? Eine Mogelei wie im Spielcasino eines Wolgadampfers. Älter werdend, begriff ich, daß »zu sich kommen« in Wirklichkeit bedeutet, zu den anderen zu kommen - denn diese anderen erklären einem von Geburt an, wie man sich am Riemen zu reißen hat, damit man sich in die Form bringt, die ihnen genehm ist.

Aber das meine ich hier gar nicht, wenn ich sage, daß mir besagter Ausdruck zur Beschreibung meines Zustands nicht ganz passend scheint. Ich erwachte nämlich zunächst nicht richtig, fand mich vielmehr in einem seichten, schwanken Halbschlaf wieder, jener immateriellen Welt an der Schwelle zwischen Traum und Wachsein, die jeder kennt: Alles um einen her scheint aus jäh in Sicht kommenden und wieder entschwindenden Visionen und Gedanken zu bestehen, während die Mitte, man selber, noch fehlt. Für gewöhnlich hat man diesen Zustand schnell hinter sich gebracht, diesmal aber blieb ich einige endlose Sekunden darin stecken; meine Gedanken hielten sich derweil bei Aristoteles auf. Sie waren zusammenhanglos und beinahe ohne allen Sinn. Zwar weckte dieser geistige Urvater des Bolschewismus in mir wenig Sympathien, doch nahm ich ihm das tags zuvor Geschehene nicht weiter übel; offenkundig war seine *substancia* nicht substantiell genug gewesen, um mir ernsthaften Schaden zuzufügen. Und bemerkenswerterweise fand sich im Halbschlaf der überzeugendste Beweis dafür: Die Büste hatte sich, als sie beim Aufschlag zerschellt war, als hohl erwiesen.

Fürwahr, dachte ich, hätte mir jemand eine Platonbüste auf den Kopf gehauen, wären die Folgen ungleich schwerwiegender gewesen. An dieser Stelle wurde mir erinnerlich, daß ich einen Kopf hatte. Die letzten Fetzen Schlaf schwebten davon, und alles Weitere lief nach dem üblichen Schema »Mensch erwacht«: Mir wurde klar, daß in dem Kopf dummerweise alle meine Gedanken steckten und daß dieser Kopf unerträglich schmerzte.

Vorsichtig öffnete ich die Augen.

Als erstes sah ich Anna, die neben meinem Bett saß. Sie hatte noch nicht bemerkt, daß ich erwacht war, was an ihrer fesselnden Lektüre liegen mochte – sie hielt ein aufgeschlagenes Bändchen Hamsun in Händen. Ein Weilchen nahm ich mir Zeit, sie durch die Wimpern hindurch zu betrachten. Da war nicht viel, was ich meinem ersten Eindruck von ihr hätte hinzufügen können, und Hinzufügungen waren wohl auch nicht vonnöten. Höchstens, daß mir ihre Schönheit, in ihrer gelassenen Vollkommenheit, jetzt noch peinigender erschien. Bekümmert dachte ich daran, daß Frauen von dieser Art, wenn sie sich schon einmal herablassen, einen Mann zu lieben, hierfür entweder einen Handlungsreisenden mit Fliege unter der Nase oder einen cholerischen Major der Artillerie erwählen – dahinter steht der gleiche Automatismus, der in Schulzeiten die schönsten Helenchen dazu anhielt, sich unansehnliche Freundinnen zu suchen. Ausschlaggebend war selbstverständlich nicht der Wunsch, die eigene Schönheit durch den Kontrast herauszustreichen (eine Deutelei auf Buninschem Niveau). Es war vielmehr die reine Barmherzigkeit.

Einige Veränderungen ließen sich an ihr übrigens doch bemerken. Es mußte am Licht liegen, daß ihre Haare mir noch kürzer und ein wenig blonder vorkamen. Anstelle des dunklen Kleids vom Vortag trug sie ein merkwürdiges, andeutungsweise militärisch wirkendes Kostüm aus schwarzem Rock und weiter, sandfarbener Jacke, auf deren Ärmel bunte Reflexe des von der Wasserkaraffe gebrochenen Sonnenlichts spielten; die Karaffe stand auf einem Tisch und der Tisch in einem Zimmer, das ich nie zuvor gesehen hatte. Das Verblüffendste aber war, daß hinter dem Fenster dieses Zimmers Sommer herrschte – durch das Glas konnte man silbergrüne, staubig anmutende Pappelkronen in der Mittagshitze flimmern sehen.

Das Zimmer erinnerte an ein billiges Provinzhotel: Außer dem kleinen Tisch gab es noch zwei Stuhlsessel, ein Waschbecken an der Wand und eine Lampe mit Schirm. Woran es am allerwenigsten erinnerte, war das Coupé jenes durch die Winternacht flitzenden Zuges, in dem ich am Abend eingeschlafen war.

Ich stützte mich auf den Ellbogen. Die Bewegung mußte Anna sehr überrascht haben – sie ließ das Buch auf den Boden fallen und starrte mich verwirrt an.

»Wo bin ich?« fragte ich und setzte mich im Bett auf.

»Um Himmels willen, bleiben Sie liegen!« sagte sie und beugte sich zu mir herüber. »Alles ist gut. Sie sind in Sicherheit.«

Der sanfte Druck ihrer Hände beförderte mich wieder in die Rückenlage.

»Aber vielleicht darf ich erfahren, wo ich hier liege? Und wieso draußen Sommer ist?«

»Ja«, sagte sie und kehrte zu ihrem Stuhl zurück, »es ist Sommer. Sie können sich an gar nichts erinnern?«

»Im Gegenteil, ich erinnere mich bestens. Ich verstehe bloß nicht, wieso ich eben noch Zug gefahren bin und auf einmal in diesem Zimmer wach werde.«

»Sie haben sehr oft im Fieber geredet«, sagte sie, »sind aber kein einziges Mal zu Bewußtsein gekommen. Die meiste Zeit lagen Sie im Koma.«

»Im Koma? Aber wir haben doch Champagner getrunken, Schaljapin hat gesungen. Oder die Weber. Und dann dieser Herr, Genosse, also Tschapajew. Tschapajew hat einfach so die Wagen abgekoppelt.«

Bestimmt eine Minute lang sah Anna mir ungläubig in die Augen.

»Das ist ja seltsam«, sagte sie schließlich.

»Was ist seltsam?«

»Daß Sie sich gerade daran erinnern. Und dann?«

»Dann?«

»Ja, was danach kam. Zum Beispiel die Schlacht bei Losowaja – an die erinnern Sie sich nicht?«

»Nein«, sagte ich.

»Und noch davor?«

»Was war denn noch davor?«

»Na ja. Bei Losowaja haben Sie doch schon eine Schwadron befehligt.«

»Eine Schwadron.«

»Sie haben sich da sehr verdient gemacht, Pjotr. Wären Sie mit Ihrer Schwadron nicht von der linken Flanke gekommen, es hätte alle erwischt.«

»Der Wievielte ist heute?«

»Der dritte Juni«, sagte sie. »Ich wußte ja, daß bei Kopfverletzungen so etwas vorkommt, nur ... Wenn Ihnen das Gedächtnis total abhanden gekommen wäre, könnte man das verstehen, aber diese merkwürdige Selektion. Erstaunlich. Im übrigen bin ich kein Mediziner. Vielleicht ist das auch ganz normal so.«

Ich nahm die Hände zum Kopf und erschrak – mir war, als legten sich die Handflächen auf eine borstige Kugel. Ich war kahlgeschoren wie ein Typhuskranker. Und da war noch etwas Seltsames – ein unbehaarter, buckliger Streifen auf der Kopfhaut. Ich fuhr mit den Fingern darüber hin und erkannte, daß es eine lange, quer über den ganzen Schädel laufende Narbe war. Es fühlte sich an, als hätte man mir mit Gummiarabikum ein Stück Lederriemen auf den Kopf geklebt.

»Ein Schrapnell«, sagte Anna. »Die Narbe macht Eindruck, aber es war halb so schlimm. Nur ein Streifschuß. Der Schädelknochen ist nicht einmal angeritzt. Aber die Quetschung scheint ordentlich gewesen zu sein.«

»Wann ist das passiert?«

»Am zweiten April.«

»Soll das heißen, ich war seitdem nicht bei Bewußtsein?«

»Ein paarmal schon, aber buchstäblich nur für Augenblicke.«

Ich schloß die Augen, und eine Weile kramte ich im Gedächtnis nach irgend etwas, was mit dem von Anna Gesagten zu tun haben konnte. Doch die Schwärze, in die ich blickte, war bodenlos. Hinter den Lidern flammten ein paar helle Streifen und Flecken, sonst war da nichts.

»Ich kann mich an nichts erinnern«, sagte ich und betastete noch einmal meinen Kopf. »Absolut nichts. Nur ein Traum ist mir gewärtig, der immer wieder hochkommt – irgendwo in Petersburg, in einem großen, düsteren Raum, haut mir jemand eine Aristotelesbüste über den Schädel, und jedesmal geht sie dabei zu Bruch, und dann fängt alles wieder von vorne an. Düster, düster. Jetzt ist mir natürlich klar, wie das kommt.«

»Sie scheinen ja erbauliche Träume zu haben«, sagte Anna. »Gestern haben Sie den halben Tag lang von irgendeiner Maria phantasiert, die Ärmste hat einen Schuß abbekommen. Leider eine ziemlich konfuse Geschichte – ich konnte nicht begreifen, in welchem Verhältnis dieses junge Ding zu Ihnen steht. Vielleicht eine Kriegsbekanntschaft?«

»Eine Maria hab ich nie gekannt. Ach, doch, natürlich, aber das war ein Alptraum.«

»Beruhigen Sie sich«, sagte Anna, »ich bin bestimmt nicht eifersüchtig auf sie.«

»Wie schade«, erwiderte ich, setzte mich auf und ließ die

Beine über den Bettrand hängen. »Ich hoffe, Sie betrachten es nicht als anstößig, wenn ich hier halbnackt herumliege und mich mit Ihnen unterhalte.«

»Sie dürfen gar nicht aufstehen.«

»Aber ich fühle mich prächtig. Ich möchte gern duschen und mich anziehen.«

»Davon kann keine Rede sein.«

»Anna, sagen Sie«, bohrte ich weiter, »wenn es stimmt, daß ich eine Schwadron befehlige, dann müßte ich doch eigentlich einen Burschen haben?«

»Selbstverständlich.«

»Na, während wir beide hier konversieren, hat der sich doch bestimmt wieder vollaufen lassen wie ein Schwein. Könnten Sie ihn nicht bitte zu mir schicken? Ach, und sagen Sie: Wo ist Tschapajew?«

Ich hatte ins Schwarze getroffen. Mein Bursche (ein wortkarger, stämmiger, strohblonder Kerl mit langgestrecktem Oberkörper und kurzen, krummen Kavalleristenbeinen – die anatomische Unausgewogenheit legte den Vergleich mit einer Kneifzange nahe) war tatsächlich betrunken. Er brachte mir Kleider: einen graugrünen Uniformrock mit Stehkragen, doch ohne Epauletten (dafür mit einem Aufnäher am Ärmel, der die Verwundung anzeigte), blaue Beinkleider mit doppelter roter Biese sowie ein Paar tadellose halbhohe Stiefel aus weichem Leder. Auf dem Bett verstreut lagen ferner eine zottige schwarze Pelzmütze, ein Säbel mit Gravur (»Pjotr Pustota für besondere Tapferkeit«), ein Pistolenhalfter mit Browning sowie von Ernens Hebammenkoffer, bei dessen Anblick mir beinahe schlecht wurde.

Der Inhalt des Köfferchens schien vollständig, nur das Kokain in dem Döschen hatte abgenommen. Außerdem entdeckte ich einen kleinen Feldstecher und ein Notizbuch, das zu einem Drittel vollgeschrieben war – die Handschrift zweifellos meine.

Der größere Teil der Aufzeichnungen war mir ganz unbegreiflich, es ging um Pferde und Heu sowie um Leute, deren Namen mir nichts sagten. Daneben aber stachen mir ein paar Sätze ins Auge, die denen, die ich für gewöhnlich aufzuschreiben pflegte, recht ähnlich waren:

Christentum u.a. Relig. kann man als Zusammenschluß verstreuter Objekte mit best. Energiestrahlg. ansehen. Wie gleißend der Heiland am Kreuz erstrahlt! Wie dumm, das Chr. ein primit. System zu nennen! Im Grunde hat nicht Rasputin, sondern der Rasputinmord Rußland in die Revolution gestürzt.

Oder, zwei Seiten weiter:

Man muß im Leben alle »Errungenschaften« ins Verhältnis zu dem Zeitraum setzen, in welchem sie erzielt werden: Ist dieser Zeitraum unverhältnismäßig lang, hat sich der Sinn vieler solcher Errungenschaften mehr oder minder verflüchtigt; jeder Erfolg (zumindest jeder praktische) ist gleich Null, wenn man ihn an der gesamten Lebenslänge mißt, denn nach dem Tod ist alles bedeutungslos. Nicht die Inschrift an der Decke vergessen.

Was die Inschrift an der Decke betraf, so schien ich sie nun doch unwiderruflich vergessen zu haben. Es hatte Zeiten gegeben, da ich pro Monat ein ganzes Büchlein für derlei Notizen verbrauchte, und jede einzelne erschien in höchstem Maße sinnvoll und gewichtig, so daß ich glaubte, ich würde in Zukunft unbedingt darauf zurückgreifen. Doch dann brach diese Zukunft an, die Notizbücher waren irgendwo, auf der Straße brodelte ein ganz anderes Leben, und am Ende fand ich mich mit einem Revolver in der Manteltasche auf dem klammen Twerskoi-Boulevard wieder. Gut, daß ich wenigstens einen alten Freund getroffen habe! dachte ich.

Ich zog mich an (der Bursche hatte keine Fußlappen mitgebracht, also mußte ich das Laken in Streifen reißen) und setzte nach einigem Zögern auch die muffig riechende Pelzmütze auf – mein geschorener Kopf schien mir doch sehr verletzlich zu sein. Den Säbel ließ ich auf dem Bett, die Pistole zog ich aus dem Halfter und versenkte sie in der Tasche. Ich mag es nicht, die Leute durch den Anblick einer Waffe zu verschrecken, und aus der Manteltasche hatte man sie ohnehin schneller gezogen. Ich betrachtete mich im Spiegel über dem Waschbecken und war zufrieden – die Mütze verlieh meinem unrasierten Gesicht einen verwegenen Stolz.

Anna stand am Ende der breiten, einen Halbkreis beschreibenden Treppe, über die ich aus meinem Zimmer nach unten gelangte.

»Was ist das für ein Gebäude?« fragte ich. »Sieht aus wie ein verlassenes Gutshaus.«

»Das ist es«, antwortete Anna. »Wir haben hier unseren Stab. Und außerdem wohnen wir hier. Seit Sie die Schwadron übernommen haben, Pjotr, hat sich vieles verändert.«

»Wo ist denn nun Tschapajew?«

»Er ist gerade nicht in der Stadt. Muß aber bald zurück sein.«

»In welcher Stadt sind wir, wenn ich fragen darf?«

»Sie heißt Altai-Widnjansk. Mitten in den Bergen. Man möchte kaum glauben, daß in solchen Gegenden Städte entstehen. Die Hautevolee besteht aus einer Handvoll Offizieren, ein paar zwielichtigen Persönlichkeiten aus Petersburg und der ansässigen Intelligenzija. Die Einwohner haben von Krieg und Revolution bestenfalls etwas läuten hören. Und vor der Stadt treiben die Bolschewiken ihr Unwesen. Ein totes Nest.«

»Was haben wir dann hier verloren?«

»Warten Sie, bis Tschapajew kommt«, sagte Anna. »Er wird Ihnen alles erklären.«

»Dann werde ich bis dahin, wenn Sie erlauben, einen kleinen Stadtbummel machen.«

»Das dürfen Sie auf keinen Fall«, sagte Anna bestimmt. »Bedenken Sie doch, Sie sind eben erst zu sich gekommen. Sie könnten einen Schwächeanfall kriegen oder wer weiß was. Wenn Sie nun mitten auf der Straße in Ohnmacht fallen?«

»Ihre Fürsorge rührt mich ungemein«, sagte ich, »und wenn sie aufrichtig ist, müssen Sie mir wohl oder übel Gesellschaft leisten.«

»Sie lassen mir keine Wahl«, erwiderte sie seufzend. »Was schwebt Ihnen vor?«

»Vielleicht gibt es hier ja eine von diesen Restaurationen, wie man sie in der Provinz meistens hat, mit mickriger Palme im Kübel und warmem Jerez in der Karaffe? Das wäre genau das richtige. Und Kaffee müßte es geben.«

»Da weiß ich etwas«, sagte Anna. »Nur ohne Palme. Und ohne Jerez, vermute ich.«

Die Stadt Altai-Widnjansk bestand hauptsächlich aus kleinen, ein- oder zweistöckigen Holzhäusern; die Abstände zwischen ihnen waren ziemlich groß. Umgeben von hohen, zumeist braun gestrichenen Bretterzäunen, hinter denen alte, verwilderte Gärten lagen, waren die Häuser im dichten Laubwerk fast nicht zu sehen. Zum Zentrum hin, dem wir uns über eine abschüssige Pflasterstraße näherten, gab es Ziegelbauten, auch diese in der Regel nicht mehr als zwei Stockwerke hoch. Ein paar hübsche gußeiserne Geländer und ein Feuerwehrturm fielen mir besonders auf, er hatte etwas undefinierbar Deutsches an sich. Alles in allem ein typisches Provinzstädtchen, still und licht, nicht ohne jungfräulichen Charme, bis über den Scheitel im blühenden Flieder versunken. Es lag wie am Boden eines Kelches, den die ringsum aufstrebenden Gebirgshänge bildeten, der zentrale Platz mit dem mißratenen Denkmal von Alexander II. markierte den tiefsten Punkt. Die Fenster des Restaurants »Herz Asiens«, in das Anna mich führte, gingen auf diesen Platz hinaus. Das Ganze schien mir darauf zu warten, in einem Gedicht verewigt zu werden.

Im Restaurant war es kühl und still; Palmen im Kübel waren nicht vorhanden, aber ein ausgestopfter Bär mit Hellebarde in den Tatzen stand in einer Ecke des Saales. Es gab wenig Publikum. An einem der kleinen Tische zechten zwei recht verwahrlost aussehende Offiziere. Als ich mit Anna vorüberging, starrten sie mich an und wandten den Blick im nächsten Moment gleichgültig wieder ab. Ich war mir zugegebenermaßen unsicher, ob mein neuer Status mich vielleicht verpflichtete, unverzüglich mit dem Browning das Feuer auf sie zu eröffnen – nach Annas gelassener Reaktion zu urteilen, bestand die Notwendigkeit nicht. Sowieso waren die Schulterstücken von ihren Uniformen abgetrennt. Wir setzten uns an den Nachbartisch, und ich bestellte Champagner.

»Sie wollten doch Kaffee trinken«, sagte Anna.

»Stimmt«, sagte ich. »Eigentlich trinke ich tagsüber nie.«

»Woran liegt es?«

»Ausschließlich an Ihnen.«

»Mh-hm«, machte Anna. »Sehr freundlich von Ihnen, Pjotr. Nur möchte ich Sie gleich bitten, mich zu verschonen. Versuchen Sie um Gottes willen nicht schon wieder, mir den Hof zu machen. Die Aussicht auf eine Affäre mit einem verwundeten Kavalleristen, noch dazu in einer Stadt, wo Wasser und Kerosin knapp sind, finde ich überhaupt nicht verlockend.«

Etwas anderes hatte ich nicht erwartet.

»Gut«, sagte ich, als der Kellner die Flasche auf den Tisch gestellt hatte, »wenn Sie partout den verwundeten Kavalleristen in mir sehen wollen – von mir aus. Aber wen darf ich bitteschön in Ihnen sehen?«

»Die MG-Schützin«, sagte Anna. »Wenn Sie es korrekter haben möchten: die Lewisistin. Ich bevorzuge das Lewis-MG mit Trommelmagazin.«

»Als Kavallerist habe ich, wie Sie sich denken können, eine Abneigung gegen Ihren Beruf. Es gibt keine ärgere Vorstellung als die, in geschlossener Formation gegen ein Maschinengewehr Attacke zu reiten. Doch weil Sie es sind, erhebe ich mein Glas auf die Zunft der MG-Schützen.«

Wir stießen an.

»Sagen Sie, Anna«, fragte ich als nächstes, »was ist das für eine Sorte Offiziere da am Nachbartisch? Wer hat überhaupt in dieser Stadt das Sagen?«

»Überhaupt«, sagte Anna, »ist die Stadt von den Roten besetzt, aber die Weißen sind auch noch da. Man könnte es genausogut umgekehrt sagen. Deshalb ist eine neutrale Kleiderordnung, so wie unsere jetzt, in jedem Fall geraten.«

»Und wo steht unser Regiment?« fragte ich.

»Sie meinen unsere Division. Die ist aufgerieben worden. Wir haben nur noch ganz wenig Leute - eine drittel Schwadron, wenn es hochkommt. Aber weil größere feindliche Truppen nicht in der Nähe stehen, sind wir in relativer Sicherheit. Wie hinter den sieben Bergen. Man geht die Straße entlang, trifft den Feind von gestern und denkt: Ist das, weswegen wir einander noch vor Tagen umbringen wollten, denn überhaupt real?«

»Ich kann Sie gut verstehen«, sagte ich. »Im Krieg wird einem das Herz hart, doch kaum sieht man den Flieder blühen, schon meint man, das Pfeifen der Granaten, das wilde Gebrüll der Reiter, der Pulverrauch mit dem süßlichen Beigeschmack von Blut - dies alles sei nicht real, nur eine Vorspiegelung, ein Traum.«

»So ist es. Fragt sich nur, wie real der blühende Flieder ist. Könnte genausogut ein Traum sein.«

Mir lag ein Aber auf der Zunge, doch ich mochte das Thema nicht strapazieren.

»Wie ist eigentlich die Lage an der Front? Ich meine, so im allgemeinen.«

»Offen gestanden, ich weiß es nicht. Ich bin nicht unterrichtet, wie es neuerdings so schön heißt. Es gibt hier keine Zeitungen, und die Gerüchteküche brodelt. Und außerdem ... wissen Sie, ich habe das Ganze satt. Immerzu werden irgendwelche Städte mit unaussprechlichen Namen verloren und wieder eingenommen, Buguruslan und Bugulma und, wie hieß das gleich, Belebej. Wo das alles liegt und wer es einnimmt und wieder verliert, ist unklar und vor allem auch nicht von Interesse. Der Krieg geht weiter, das ist klar, aber von ihm zu reden ist eine Art *mauve genre*. Müdigkeit liegt in der Luft, würde ich sagen. Der Enthusiasmus ist flötengegangen.«

Ich hüllte mich in Schweigen und dachte über ihre Worte nach. Draußen wieherte irgendwo ein Pferd, gleich darauf war der langgezogene Ruf des Fuhrmanns zu hören. Einer der beiden Offiziere am Nebentisch hatte mit der Nadel endlich die Vene getroffen. Mehrere Versuche in den letzten fünf Minuten waren fehlgeschlagen – weit zurückgelehnt, um die unter dem Tisch verborgenen Arme zu sehen, balancierte er seinen Stuhl auf den zwei hinteren Beinen, so daß ich dachte, er müßte gleich umkippen. Nun verstaute er die Spritze wieder in einer vernickelten Schachtel und steckte diese in sein Pistolenhalfter. Dem öligen Glanz nach, den seine Augen beinahe sofort annahmen, war in der Spritze Morphium gewesen. Ein, zwei Minuten schaukelte er weiter auf seinem Stuhl, dann plumpste er nach vorn, mit den Ellbogen auf den Tisch, packte seinen Kumpanen beim Arm und sagte mit überwältigender Aufrichtigkeit in der Stimme:

»Ich hatte da eben einen Gedanken, Nikolai. Weißt du, warum die Bolschewiken siegen werden?«

»Warum?«

»Weil in ihrer Lehre so viel glühende, lebendige ...« – er schloß die Augen und suchte, mühsam mit den Fingern durch die Luft fahrend, nach dem richtigen Wort – »... innige und ekstatische Menschenliebe ist. Der Bolschewismus, wenn man ihn ganz an sich heranläßt, kann die höchsten im Herzen schlummernden Hoffnungen wiedererwecken, oder etwa nicht?«

Der zweite Offizier spuckte auf den Boden.

»Ach, George«, sagte er finster, »wenn sie dir die Tante in Samara aufgeknüpft hätten, tätst du nicht mehr von höchsten Hoffnungen reden, weißt du.«

Der andere schloß die Augen und sagte eine Weile nichts. Dann plötzlich:

»Es heißt, Baron Jungern wäre vor kurzem in der Stadt gesehen worden. Zu Pferde, im roten Umhang mit goldenem Kreuz auf der Brust, und keine Angst vor niemandem.«

Anna, die sich gerade eine Zigarette anzündete, fuhr bei diesen Worten so zusammen, daß ihr beinahe das Streichholz aus der Hand fiel. Mir schien, sie brauchte Ablenkung.

»Sagen Sie, Anna, was ist in der Zwischenzeit eigentlich passiert? Ich meine, seit dem Tag, als wir in Moskau ausrückten?«

»Krieg«, sagte Anna. »Sie haben sich in den Gefechten wacker geschlagen, Tschapajew hat Sie ins Herz geschlossen. Ganze Nächte haben Sie miteinander geredet. Ja, und dann kam die Verwundung dazwischen.«

»Worüber haben wir denn die ganze Zeit geredet?«

Anna blies einen dünnen Rauchstrahl gegen die Decke.

»Warum wollen Sie nicht warten, bis er kommt? Ich habe eine ungefähre Ahnung vom Inhalt Ihrer Gespräche, möchte mich aber ungern in Details verlieren. Es geht nur Sie beide etwas an.«

»Wenigstens in groben Zügen, Anna.«

»Tschapajew ist einer der ausgemachtesten Mystiker, die ich kenne. In Ihrer Person fand er einen dankbaren Zuhörer, nehme ich an, vielleicht auch einen Schüler. Darüber hinaus vermute ich, das Ihnen zugestoßene Unglück könnte irgendwie mit Ihren Gesprächen zu tun haben.«

»Das verstehe ich nicht.«

»Kein Wunder«, sagte Anna. »Er hat ein paarmal mit mir zu reden versucht, und ich habe auch nichts begriffen. Was ich sicher weiß, ist, daß er einen arglosen Gesprächspartner binnen weniger Stunden in den Wahnsinn zu treiben versteht. Mein Onkel ist ein sehr ungewöhnlicher Mensch.«

»Er ist Ihr Onkel, soso«, sagte ich. »Und ich dachte schon, es bestünden zwischen Ihnen ganz andere Bande.«

»Wie können Sie ... Hach, denken Sie von mir aus, was Sie wollen.«

»Bitte verzeihen Sie mir«, sagte ich. »Dem, was Sie über den verwundeten Kavalleristen sagten, glaubte ich entnehmen zu dürfen, Sie wären an gesunden Kavalleristen interessiert.«

»Noch so eine flegelhafte Bemerkung, und ich verliere jedes Interesse an Ihnen, Pjotr.«

»Da ist also immerhin eines. Das tröstet mich.«

»Sie sollten sich nicht an einzelne Worte klammern.«

»Wenn sie mir zusagen, warum nicht?«

»Rein zum Selbstschutz. Während Sie bewußtlos im Bett lagen, haben Sie kräftig zugenommen, es könnte also sein, daß meine Worte Ihr Gewicht nicht aushalten.«

Sie wußte sich zu verteidigen, soviel war klar. Doch ich fand, daß sie gerade ein wenig übertrieb.

»Liebe Anna«, sagte ich, »ich verstehe nicht, wieso Ihnen so viel daran liegt, mich zu kränken. Sie verstellen sich, davon bin ich felsenfest überzeugt. In Wahrheit bin ich Ihnen nicht gleichgültig – das wußte ich sofort, als ich zu mir kam und Sie an meinem Bett sitzen sah. Und Sie können sich nicht vorstellen, wie ergriffen ich davon war.«

»Ich fürchte, Sie werden enttäuscht sein, wenn ich Ihnen sage, warum ich dort saß.«

»Ach so? Was könnte es für Gründe haben, am Bett eines Verwundeten Wache zu halten, außer echter, na, sagen wir, Fürsorge?«

»Das ist mir jetzt wirklich peinlich. Aber Sie haben es ja nicht anders gewollt. Das Leben hier ist öde, wissen Sie, und Ihre Fieberphantasien waren äußerst kurzweilig. Ich gebe zu, ich bin manchmal lauschen gekommen – einfach aus Langeweile. Was Sie jetzt gerade zusammenreden, finde ich nicht annähernd so interessant.«

Darauf war ich nicht gefaßt gewesen. Um mich einzukriegen, mußte ich langsam bis zehn zählen. Und gleich noch einmal. Es half nicht – ich spürte einen unbändigen, geradezu blinden Haß in mir aufsteigen.

»Darf ich um eine Zigarette bitten?«

Anna streckte mir das geöffnete Etui entgegen.

»Danke«, sagte ich. »Es ist nett, mit Ihnen zu plaudern.«

»Finden Sie?«

»Ja«, sagte ich und merkte, daß die Zigarette in meinen Fingern zitterte, was mich noch mehr in Rage brachte. »Ihre Worte regen zum Denken an.«

»In welcher Weise?«

»Zum Beispiel haben Sie vorhin die Realität des Flieders angezweifelt, in dem die Stadt hier versinkt. Das hat mich gewundert. Aber eigentlich ist es doch sehr russisch.«

»Was ist für Sie so besonders russisch daran?«

»Das russische Volk hat schon sehr früh begriffen, daß das Leben ein Traum ist. Wissen Sie, was ein Sukkubus ist?«

»Ja«, sagte Anna lächelnd, »ich glaube, so heißt ein Dämon, der weibliche Züge annimmt, um einen schlafenden Mann zu becircen. Was hat das damit zu tun?«

Ich zählte noch einmal bis zehn. Meine Gefühle blieben die gleichen.

»Sehr viel. Stellen Sie sich einen Russen vor, wie er das Wort ›Suki‹ ausspricht, das Ärgste, was sich im Russischen über Frauen sagen läßt. ›Suki‹ ist nur die Verkleinerungsform zu ›Sukkuben‹, müssen Sie wissen. Das kommt vom Katholizismus her, Sie kennen das sicher: Pseudodemetrius II., Marina Mnishek und so weiter, Polen, wo man hinsieht, kurz, das Chaos, die berühmte Zeit der *smuta*. Seit damals hat sich das eingebürgert. Übrigens hat auch der Panmongolismus dort seinen Ursprung, ich habe erst letztens darüber nachgedacht. Aber das führt vom Thema weg. Was wollte ich sagen: Suki« (ich nahm das Wort genüßlich noch einmal in den Mund) »wenn es heißt, alle Weiber sind Suki, also meinetwegen Schlampen oder so, dann heißt das im Grunde, das Leben ist ein Traum, und Ihren Flieder, den träumen wir mit. Und dazu die ganzen Suki-Schlampen.« (ich ließ das »s« richtig schön zischen) »... dazu. Also die Weiber, meine ich.«

Anna zog an ihrer Zigarette. Die Haut über ihren Wangenknochen rötete sich ein wenig, und ich fand, dies stand ihrem blassen Gesicht außerordentlich gut.

»Ich überlege gerade«, sagte sie, »ob ich Ihnen den Champagner in die Fresse kippen soll.«

»Ich weiß nicht recht«, erwiderte ich. »So intim sind wir nun auch wieder nicht miteinander.«

Im nächsten Augenblick schlug mir ein Fächer aus kristallklaren Tropfen ins Gesicht – ihr Glas war fast voll gewesen, und sie hatte es so heftig ausgekippt, daß ich für kurze Zeit blind war.

»Entschuldigen Sie«, sagte Anna bestürzt, »aber Sie haben es selbst ...«

»Schon gut«, sagte ich.

Champagner hat eine Eigenschaft, die einem nützlich werden kann: Ergreift man die Flasche, stopft den Daumen in den Hals und schüttelt einige Male kräftig, so spritzt beinahe aller Inhalt als schäumender Strahl unterm Finger hervor. Ich meine, diese Verfahrensweise muß schon zu Lermontows Zeiten im Schwange gewesen sein; es gibt von ihm eine Gedichtzeile, die sehr darauf schließen läßt, daß er persönlich mit ihr Bekanntschaft machte:

»... so wie die moosbedeckte Flasche all die Jahre
den Strahl schäumenden Weins in sich gefangenhält ...«

Natürlich ist es schwer, Vermutungen über das Innenleben eines Mannes anzustellen, der beschlossen hat, dem Bösen ins Auge zu blicken, und dann doch nur ein Poem über einen fliegenden Husarenoberst zuwege bringt. Darum will ich nicht beschwören, Lermontow hätte Frauen mit Champagner bespritzt, aber für wahrscheinlich halte ich es durchaus - eingedenk seiner ständigen Besorgnis in geschlechtlichen Fragen einerseits, jener unanständigen, doch ganz und gar nicht zu bezähmenden Assoziationen andererseits, die einen bei dieser Verrichtung, so sie auf eine schöne junge Frau abzielt, einfach überkommen. Ich muß zugeben, daß ich ihnen vollends erlag.

Der größte Teil des Champagners landete auf Annas Rock und Jacke. Ich hatte auf das Gesicht gezielt, den Strahl jedoch in einem seltsamen Anflug von Befangenheit im letzten Moment tiefer gelenkt.

Anna sah zu, wie sich ihre Jacke vor der Brust dunkel färbte.

»Sie sind ein Idiot«, sagte sie ruhig. »Ihr Platz ist im Irrenhaus.«

»Das finden nicht nur Sie«, sagte ich und stellte die leere Flasche auf den Tisch zurück.

Beklemmende Stille trat ein. Sich in weiteren Wortwechseln zur Klärung unseres Verhältnisses zu ergehen schien wenig sinnvoll; einander schweigend gegenüberzusitzen war noch dümmer. Ich denke, Anna empfand ähnliches. Vermutlich wußte in diesem Restaurant nur die fette, schwarze Fliege, die unablässig gegen die staubige Fensterscheibe Sturm flog, was weiter zu tun war. Die Situation rettete einer der beiden Offiziere, die am Nachbartisch saßen (ihre Existenz war mir zu diesem Zeitpunkt vollkommen entfallen, obgleich auch sie wohl - in anderer Hinsicht - zu jenen gehörten, die nicht weiterwußten); es war der, der sich die Spritze gesetzt hatte.

»Gnädiger Herr«, hörte ich ihn mit pathetischer Stimme sagen, »gnädiger Herr, gestatten Sie eine Frage?«

»Aber bitte.«

Er hielt ein aufgeklapptes schwarzes Portemonnaie in den Händen und schaute beim Sprechen hinein, als steckte ein Spickzettel darin.

»Gestatten Sie, daß ich mich vorstelle: Stabshauptmann Gärtner. Es ergab sich, daß ich einen Teil Ihres Gespräches mit angehört habe. Selbstredend ganz ohne Absicht. Sie haben einfach laut gesprochen.«

»Ja, und?«

»Sind Sie wirklich der Meinung, daß die Frauen allesamt nur geträumt sind?«

»Wissen Sie«, sagte ich und versuchte mich so höflich wie möglich auszudrücken, »das ist ein sehr kompliziertes Thema. Sagen wir es kurz: Wenn Sie der Meinung sind, daß die ganze Welt ein Traum ist, so besteht kein Anlaß, die Frauen vermittels einer besonderen Kategorisierung davon auszunehmen.«

»Also doch. Nur geträumt«, sagte der Stabshauptmann niedergeschlagen. »Das dachte ich mir. Hier hab ich ein Foto. Sehen Sie.«

Er reichte mir eine Fotografie. Abgebildet war ein Mädchen mit ordinären Gesichtszügen, das neben einem Geranientopf saß. Ich bemerkte, daß Anna aus den Augenwinkeln gleichfalls auf das Foto schielte.

»Das ist Njura, meine Braut«, sagte der Stabshauptmann. »Genauer gesagt, das war sie. Keine Ahnung, wo sie jetzt steckt. Wenn ich an vergangene Tage zurückdenke, sehe ich alles noch ganz lebendig vor mir. Die Eisbahn auf den Patriarchenteichen, die Sommerferien auf dem Gut. In Wirklichkeit ist es aus, aus und vorbei, und hätte es das alles nie gegeben – was würde es ändern an dieser Welt? Verstehen Sie das Schreckliche daran? Es machte keinen Unterschied.«

»Verstehe«, sagte ich, »verstehe vollkommen, glauben Sie mir.«

»Sie ist also auch ein Traum?«

»Sieht ganz danach aus«, erwiderte ich.

»Aha«, sagte er zufrieden und schaute sich nach seinem Kumpanen um, der lächelnd dasaß und rauchte. »Darf ich Sie also in dem Sinne verstehen, gnädiger Herr, daß meine Braut Njura eine Schlampe ist?«

»Was?«

»Ja, was«, sagte Stabshauptmann Gärtner und sah sich schon wieder nach seinem Kumpanen um. »Sie haben vorhin selbst gesagt, daß ›Suki‹ die Verkleinerungsform von ›Sukkuben‹ ist. Nehmen wir an, Njura reizt mich als Frau, ist aber nur eine Täuschung – muß man daraus nicht notwendig den Schluß ziehen, daß sie eine Schlampe ist? Man muß es wohl. Und Sie wissen doch, gnädiger Herr, was solche Wörter, wenn sie in der Öffentlichkeit fallen, für Folgen haben?«

Ich sah mir mein Gegenüber aufmerksam an. Er schien um die Dreißig; blonder Oberlippenbart, hohe Stirn mit Geheimratsecken, blaue Augen – und in alledem ein provinzieller Dämonismus von solcher Konzentration, daß es schmerzte.

»Hören Sie«, sagte ich, wobei ich die Hand möglichst unauffällig in die Tasche gleiten ließ und nach dem Knauf der Pistole tastete, »ich finde das wirklich übertrieben. Ich habe nicht die Ehre, mit Ihrer Braut bekannt zu sein. Folglich kann ich mir keinerlei Meinung über sie erlauben.«

»Niemand darf es wagen, Schlüsse zu ziehen«, sagte der Stabshauptmann, »aus denen hervorgeht, daß meine Braut Njura eine Schlampe ist. Tut mir sehr leid, doch aus dieser Situation sehe ich nur einen Ausweg.«

Mich mit Blicken durchbohrend, legte er die Hand an sein Halfter und knöpfte es langsam auf. Ich dachte schon daran zu schießen, als mir einfiel, daß dort nur die Schachtel mit dem Spritzbesteck war. Das machte die Sache lustig.

»Wollen Sie mir eine Spritze geben?« fragte ich. »Besten Dank, aber ich kann Morphium nicht ausstehen. Ich finde, es macht dumm.«

Der Stabshauptmann zog die Hand vom Halfter zurück und sah sich neuerlich nach seinem Kumpanen um, einem dicklichen jungen Mann mit hochrotem Gesicht, der unser Gespräch gespannt verfolgt hatte.

»Mach Platz, George«, sagte er, kam schwerfällig hinter dem Tisch hervor und zog seinen Säbel, »diesem Herrn werde ich die Spritze verpassen.«

Mag der Himmel wissen, was weiter passiert wäre – vermutlich hätte ich kurze Zeit später geschossen, und dies mit um so weniger Mitgefühl, als die Gesichtsfarbe des jungen Mannes auf eine Neigung zur Apoplexie hindeutete, ihm also ohnehin kein langes Leben beschieden war. Doch hier geschah das Unerwartete.

Vom Eingang her ertönte ein lauter Ruf:

»Alles bleibt auf seinem Platz! Eine Bewegung, und ich schieße!«

Ich drehte mich um. Am Eingang stand ein großer, breitschultriger Mann in grauem Anzug mit himbeerfarbenem Russenhemd. Sein Gesicht wirkte energisch und stark – nur das kleine, fliehende Kinn paßte nicht dazu, das sich gut auf einem antiken Relief gemacht hätte. Er war kahlgeschoren und hielt in jeder Hand einen Revolver. Die beiden Offiziere erstarrten; der Kahlkopf kam schnell auf unseren Tisch zu und blieb davor stehen, die Revolver auf die Köpfe der beiden gerichtet. Die Augen des Stabshauptmanns zuckten.

»Stehenbleiben, sag ich«, drohte der Herr in Zivil. »Schön ruhig.«

Plötzlich verzerrte sich sein Gesicht zu einer wütenden Grimasse, und er drückte zweimal kurz hintereinander ab. Die Revolver klickten nur.

»Schon mal vom russischen Roulett gehört, meine Herren?« fragte er. »Ich frage Sie!«

»Ja«, sagte der Offizier mit dem puterroten Gesicht.

»Sie können sich momentan als Teilnehmer an diesem Spiel betrachten, und ich habe die Ehre, Ihr Croupier zu sein. Ganz im Vertrauen darf ich Ihnen mitteilen, daß jeder dieser Revolver im dritten Lager eine scharfe Patrone stecken hat. Falls Sie mich verstanden haben, tun Sie das bitte unverzüglich kund!«

»Wie denn?« fragte der Stabshauptmann.

»Heben Sie die Hände hoch!« befahl der Kahlkopf.

Die Offiziere hoben die Hände; der Klang des auf den Boden fallenden Säbels fuhr mir durch Mark und Bein.

»Raus hier«, sagte der Unbekannte, »und ich darf Sie sehr bitten, sich unterwegs nicht umzusehen. Das kann ich schlecht vertragen.«

Die Offiziere ließen sich das nicht zweimal sagen. Mit Beherrschung, wenn auch etwas überstürzt, den halb ausgetrunkenen Wein und die im Aschenbecher vor sich hin rauchende Papirossa im Stich lassend, traten sie den Rückzug an. Als sie draußen waren, legte der Herr seine Revolver auf unseren Tisch und verbeugte sich vor Anna, die von seinem Auftauchen entzückt schien.

»Anna«, sagte er und führte ihre Hand zu seinen Lippen, »welche Freude, Sie hier zu sehen.«

»Guten Tag, Grigori. Sind Sie schon lange in der Stadt?«

»Eben angekommen.«

»Sind das Ihre Traber da draußen?«

»Ja!«

»Und Sie werden mich bestimmt zu einer Ausfahrt einladen?«

Der Mann lächelte.

»Grigori«, sagte Anna, »ich liebe Sie.«

Nun drehte er sich um und hielt mir die Hand hin.

»Grigori Kotowski.«

»Pjotr Pustota«, antwortete ich und drückte sie.

»Ach, Tschapajews Kommissar? Den es bei Losowaja erwischt hat? Ich habe schon viel von Ihnen gehört. Es freut mich außerordentlich, Sie bei guter Gesundheit zu sehen.«

»Ganz gesund ist er noch nicht«, sagte Anna und warf mir einen kurzen Blick zu.

Kotowski setzte sich zu uns.

»Was hattet ihr denn mit diesen Herren für ein Geplänkel?«

»Wir stritten über die Metaphysik des Traumes«, sagte ich.

Kotowski lachte auf.

»Und solche Themen müssen Sie ausgerechnet in einer Provinzwirtschaft auftischen! Erinnere ich mich recht, daß die Geschichte in Losowaja auch mit einer Unterhaltung im Bahnhofsbüfett ihren Anfang nahm?«

Ich zuckte mit den Achseln.

»Er kann sich nicht daran erinnern«, sagte Anna. »Partieller Gedächtnisverlust. Kommt vor bei schweren Quetschungen.«

»Ich hoffe, Sie werden bald ganz von Ihrer Verwundung genesen«, sagte Kotowski und nahm einen der Revolver vom Tisch. Er schob die Trommel zur Seite, spannte einige Male den Hahn und ließ ihn wieder fahren, fluchte dabei leise und schüttelte ungläubig den Kopf. Auch ich nahm mit Staunen zur Kenntnis, daß die Trommel vollständig mit Patronen gefüllt war.

»Der Teufel soll diese Dinger aus Tula holen«, sagte er und blickte mich dabei an. »Nie kann man sich auf die verlassen. Einmal bin ich ihretwegen schon in einen Schlamassel geraten, ich kann Ihnen sagen.«

Er warf die Waffe zurück auf den Tisch und schüttelte heftig den Kopf, als wollte er die düsteren Gedanken verscheuchen.

»Wie geht's Tschapajew?«

Anna winkte ab.

»Er trinkt«, sagte sie. »Weiß der Teufel, was daraus noch werden soll, man kann es mit der Angst bekommen. Gestern ist er im bloßen Hemd auf die Straße gerannt, mit der Mauser in der Hand. Hat dreimal in die Luft geschossen, kurz überlegt, noch dreimal in die Erde geschossen und ist schlafen gegangen.«

»Allerhand, allerhand«, murmelte Kotowski. »Fürchten Sie nicht, daß er in dem Zustand einmal das tönerne Maschinengewehr in Gang setzen könnte?«

Anna sah schräg zu mir herüber. In dem Augenblick hatte ich

das Gefühl, an diesem Tisch absolut überflüssig zu sein. Meine Gesprächspartner schienen diese Ansicht zu teilen – die eingetretene Pause wurde unerträglich lang.

»Na, sagen Sie, Pjotr, was hielten die Herren denn von der Metaphysik des Traumes?« brach Kotowski schließlich das Schweigen.

»Ach«, antwortete ich, »Gefasel. Die sind nicht sehr gescheit. Sie werden entschuldigen, ich brauche frische Luft. Mir tut der Kopf weh.«

»Ja, Grigori«, sagte Anna, »laß uns Pjotr nach Hause bringen und dort entscheiden, was wir den Abend noch anstellen.«

»Vielen Dank«, sagte ich, »ich finde allein nach Hause. Es ist ja nicht weit, ich hab mir den Weg gemerkt.«

»Wir sehen uns später«, sagte Kotowski.

Anna sah mich nicht einmal an. Ich war noch nicht vom Tisch aufgestanden, als die beiden schon ins angeregteste Gepräch vertieft waren. An der Tür drehte ich mich um: Anna lachte schallend und tätschelte Kotowski die Hand, als bäte sie ihn darum, eine zum Totlachen komische Geschichte bloß nicht noch weiter zu erzählen.

Beim Verlassen des Restaurants sah ich eine leichte, gefederte Kalesche auf der Straße stehen, der zwei graue Traber vorgespannt waren – offenbar Kotowskis Gefährt. Ich bog um die Ecke und lief die Straße bergan, die ich vorhin mit Anna herabgekommen war.

Es war etwa drei Uhr nachmittags und unerträglich heiß. Ich dachte darüber nach, wieviel sich seit meinem Erwachen verändert hatte – von meiner gelassenen, friedfertigen Stimmung war nichts geblieben. Das Unangenehmste aber war, daß Kotowskis Pferde mir nicht aus dem Kopf gehen wollten. Lächerlich genug, daß solch eine Nebensächlichkeit derart deprimierend auf mich wirkte. Ich wollte mein seelisches Gleichgewicht zurückgewinnen und vermochte es nicht. Tatsächlich war ich abgrundtief verletzt.

Was natürlich nicht an Kotowski und seinen Pferden lag. Es lag an Anna, an ihrer unbeschreiblichen, unfaßbaren Schönheit, die mich im ersten Moment verleitet hatte, mir eine tief und sensibel empfindende Seele dazuzudenken. Der bloße Gedanke, daß irgendwelche Rassepferde ihren Besitzer in Annas Augen hätten attraktiv machen können, schien unmöglich. Und doch sah es ganz danach aus. Wie komme ich überhaupt darauf, fragte ich mich jetzt, daß es eine Frau nach anderem gelüstete? Wonach, bitteschön? Geistigen Werten womöglich?

Ich brach in lautes Lachen aus, so daß zwei vor mir auf der Bordsteinkante spazierende Hühner aufflatterten.

Das ist ja interessant, dachte ich weiter. Wenn ich mich nicht selbst belügen wollte, mußte ich einsehen: Es war so. Ich meinte tatsächlich, daß etwas an mir war, was diese Frau anziehender finden und unvergleichlich höher schätzen mußte als jeden Pferdebesitzer. Dabei barg schon der Vergleich eine böse Geschmacklosigkeit - indem ich ihn zuließ, setzte ich die Qualitäten, um derentwillen ich von ihr hochgeschätzt zu werden wünschte, selbst auf das Niveau eines Pferdegespanns herab. Wenn dies für mich vergleichbare Dinge waren - wie konnte ich von ihr erwarten, daß sie Unterschiede machte? Und weiter: Was war es überhaupt, was mich in ihren Augen erheben sollte? Meine Innenwelt? Das, was ich dachte und fühlte? Plötzlich war ich mir selbst so sehr zuwider, daß ich aufstöhnte. Schluß mit dem Selbstbetrug! dachte ich. Plagte mich nicht schon genügend Jahre hauptsächlich das Problem, wie ich all diesen Gedanken und Gefühlen entkommen und meine sogenannte Innenwelt auf irgendeiner Müllhalde zurücklassen konnte? Und selbst wenn man diesem Seelenzauber irgendeinen Wert zugestanden hätte - sagen wir, einen rein ästhetischen -, es änderte nichts. Denn alles Edle, was im Menschen sein kann, bleibt anderen verborgen - im Grunde ja auch dem, der es in sich trägt. Wer könnte denn in sich hineinsehen und sagen: Da! da ist es, da war es, da wird es sein?

Wer hätte darüber verfügen können, behaupten, es gehöre ihm? Wie konnte ich mithin den Vergleich wagen zwischen Kotowskis Trabern und etwas, das zu mir in keiner Beziehung steht, außer daß ich es in den besten Momenten meines Lebens vor mir gesehen habe? Und durfte ich es Anna vorwerfen, daß sie in mir nicht das sehen wollte, was ich dort selbst schon lange nicht mehr sah? Zu töricht. In jenen seltenen Momenten, da ich vielleicht auf den Kern stieß, wußte ich jedesmal, daß es nie und nimmer möglich sein würde, dem eine bleibende Form zu geben. Gut, es mag vorkommen, daß einer draußen die Sonne untergehen sieht und einen Satz dazu sagt, der es in sich hat. Was ich in Betrachtung von Sonnenauf- und -untergängen daherredete, reizte mich schon lange bis zur Weißglut. Nein, meine Seele ist wirklich nicht sonderlich schön, dachte ich. Es war umgekehrt: In Anna suchte ich nach dem, was in mir selber nie gewesen war. Wenn ich sie sah, blieb nichts weiter von mir übrig als eine saugende Leere, die allein ihre Anwesenheit zu füllen vermochte, ihre Stimme, ihr Antlitz. Was also konnte ich ihr bieten, anstelle einer Ausfahrt mit Kotowski und seinem Gespann? Mich selbst? Meine Hoffnung, in ihrer Nähe Antwort auf eine der verschwommenen, dunklen Fragen zu finden, die meine Seele quälten? Absurd. Besser wäre ich in Kotowskis Kutsche mitgefahren.

Ich blieb stehen und setzte mich auf einen verschlissenen Kilometerstein am Straßenrand. Es war unglaublich heiß. Ich fühlte mich mutlos und zerschlagen, konnte mich nicht entsinnen, je eine so große Abneigung gegen mich selbst empfunden zu haben. Der säuerliche Champagnergeruch, der meiner Mütze entströmte, schien mir in diesem Moment ein Aushängeschild meines Geistes zu sein. Um mich her war eherner, unerschütterlicher Sommer; Hunde blafften hie und da faul vor sich hin, und vom Himmel prasselte das Sperrfeuer der glühenden Sonne hernieder. Kaum war mir diese Metapher eingefallen, schon mußte ich daran denken, daß Anna sich eine

MG-Schützin nannte; Tränen traten mir in die Augen, und ich schlug die Hände vor das Gesicht.

Nach einigen Minuten stand ich auf und lief weiter bergan. Das Schlimmste war vorüber. Mehr noch: Von all den Gedanken, die mein Gemüt eben noch zu martern und mich in einen Abgrund zu stürzen schienen, ging plötzlich eine zarte Wonne aus. Die Melancholie, die mich ergriffen hatte, war unbeschreiblich süß. Und ich wußte, schon in einer Stunde würde ich mir dieses Gefühl sehnlichst zurückwünschen, doch es wäre unwiderruflich dahin.

Kurze Zeit später war ich wieder an dem Gutshaus angelangt. Ich sah, daß auf dem Hof einige Pferde angebunden standen, die zuvor nicht dort gewesen waren. Außerdem stieg aus dem Schornstein eines der Seitenflügel Rauch. Als ich das Portal erreicht hatte, blieb ich stehen. Die Straße ging weiter hinauf und verlor sich in einer von sattem Grün überwölbten Biegung; weiter oben gab es kein einziges Haus zu sehen, und es war vollkommen unklar, wohin die Straße führte. Ich hatte keine Lust, drinnen irgendwem in die Arme zu laufen; so begann ich, vom Hof aus gemächlichen Schrittes das Anwesen zu umrunden.

»Na los doch«, grölte eine Baßstimme aus dem ersten Stock, »halt dagegen, du Idiot!«

Dort oben saßen sie anscheinend beim Kartenspiel. Ich bog jetzt um die hintere Hausecke – und befand mich auf einem zweiten Hof. Es war ein unerwartet malerischer Anblick: In einigen Metern Abstand von der Mauer fiel das Gelände ab und bildete eine natürliche, von Bäumen überschattete Senke. Dort sprudelte ein kleiner Bach, man sah die Dächer von zwei oder drei Wirtschaftsgebäuden dahinterliegen, und noch um einiges weiter, auf einer kleinen Brache, stand ein großer Heuschober – haargenau von der Art, wie man sie von den bukolischen Idyllenbildchen in der »Niwa« kannte. Ich bekam ungeheure Lust, mich im Heu zu wälzen, und lief auf den Schober zu. Plötzlich aber, ich war nur noch etwa zehn Schritte von meinem Ziel entfernt, sprang ein Mann mit Gewehr hinter einem Baum hervor und stellte sich mir wortlos in den Weg.

Es war ebenjener Baschkire, der uns im Speiseabteil des Stabswaggons bedient und dann die Wagen mit den Webern vom Zug abgekoppelt hatte – nur daß jetzt ein schütterer schwarzer Backenbart sein Gesicht zierte.

»Na, hören Sie mal«, sprach ich ihn an, »wir kennen uns doch, oder? Ich will mich ein bißchen ins Heu schmeißen, weiter nichts. Und ich verspreche Ihnen, nicht zu rauchen.«

Der Baschkire reagierte nicht auf meine Worte; seine Augen starrten mich ausdruckslos an. Ich machte den Versuch, im Bogen um ihn herumzugehen, worauf er einen Schritt zurückwich, die Flinte hob und mir das Bajonett an den Hals setzte.

Ich machte kehrt und trollte mich. Das Benehmen dieses Baschkiren hatte mich zutiefst erschreckt. Als er das Bajonett auf mich richtete, hielt er seine Flinte wie einen Speer, so als wüßte er gar nicht, daß man daraus auch schießen konnte, und diese Bewegung mutete so zügellos und ungebärdig an, daß mir der in meiner Manteltasche ruhende Browning wie ein simples Kinderspielzeug vorkam. Wieder bei dem Bach angekommen, wandte ich mich um. Der Baschkire war verschwunden. Ich hockte mich nieder und wusch ausgiebig meine Mütze.

Auf einmal bekam ich mit, daß sich zum Plätschern des Bachs, wie zum Klang eines wunderlichen Instruments, eine leise, recht wohlklingende Stimme gesellte. Im nahegelegenen Schuppen (ein ehemaliges Dampfbad, wie sich an dem aus dem Dach ragenden Rohr erkennen ließ) sang jemand vor sich hin:

Weiß ist mein Hemd.
Still liegt das Feld, das ich quere.
Kraniche stehn
Reglos wie kupferne Kreuze ...

Etwas an diesen Worten rührte mich an, und ich beschloß nachzusehen, wer da sang. Ich preßte das Wasser aus der Mütze, steckte sie hinter den Gürtel, dann ging ich zu dem Schuppen und zog, ohne zu klopfen, die Tür auf.

Drinnen stand zwischen zwei Sitzbänken ein breiter Tisch aus frisch gehobelten Brettern. Auf dem Tisch eine riesige Flasche mit einer trüben Flüssigkeit, dazu ein Glas. Ein paar Zwiebeln lagen daneben. Auf der Bank nächst der Tür saß, mit dem Rücken zu mir, ein Mann im blütenweißen Hemd, das ihm über die Hose hing.

»Verzeihung«, sagte ich, »haben Sie in Ihrer Flasche da zufällig Wodka?«

»Nein«, sagte der Mann und wandte sich um, »das ist Selbstgebrannter.«

Es war Tschapajew.

Vor Überraschung zuckte ich zusammen.

»Wassili Iwanowitsch!«

»Grüß dich, Petka«, sagte der Mann mit breitem Grinsen. »Ich sehe, du bist wieder auf den Beinen.«

Ich konnte mich nicht erinnern, seit wann wir uns duzten. Es gab überhaupt wenig, woran ich mich erinnern konnte. Der Blick, mit dem Tschapajew mich ansah, wirkte ein bißchen verschlagen; eine verschwitzte Locke fiel ihm in die Stirn, das Hemd war bis zur Bauchmitte aufgeknöpft. Kurz, er bot einen feuchtfröhlichen Anblick und glich dem Bild von ihm, das ich im Gedächtnis trug, so wenig, daß ich einige Sekunden schwankte und mich fragte, ob ich mich nicht geirrt hatte.

»Setz dich, Petka, setz dich«, sagte Tschapajew und nickte zur zweiten Bank hin.

»Ich dachte, Sie wären verreist, Wassili Iwanowitsch?« sagte ich, während ich mich setzte.

»Vor 'ner Stunde bin ich eingetrudelt und gleich in die Sauna marschiert. Eins a bei der Hitze! Aber was erzähl ich dir von mir, sag doch mal du: Wie fühlst du dich?«

»Normal«, sagte ich.

»Aufgerappelt, die Mütze auf den Kopf und ab ins Städtchen! Markier mal lieber nicht den Helden, du. Es geht das Gerücht, dein Merks hätte was abgekriegt?«

»Das stimmt«, sagte ich und versuchte geflissentlich, den albern hervorgekehrten Gossenton zu überhören. »Wer hat Ihnen denn das so brühwarm erzählt?«

»Semjon natürlich, wer sonst. Dein Bursche. Kannst du dich wirklich an nichts erinnern?«

»Ich weiß nur noch, wie wir in den Zug nach Moskau gestiegen sind«, sagte ich. »Alles übrige ist wie weggewischt. Ich kann mich nicht einmal entsinnen, seit wann Sie mich duzen.«

Eine Weile fixierte Tschapajew mich mit zusammengekniffenen Augen, es war, als blickte er durch mich hindurch.

»Ja«, sagte er schließlich, »ich seh schon. Verzwickte Sache. Wobei ich mir denke, du spielst ein bißchen Verstecken, Petka.«

»Wieso Verstecken?«

»Laß nur, ist schon in Ordnung«, sprach Tschapajew weiter in Rätseln, »die Wunde ist ja noch frisch. Zum erstenmal geduzt haben wir uns übrigens auf der Bahnstation Losowaja, kurz vor der Schlacht.«

»Was war das für eine Schlacht?« fragte ich und runzelte die Stirn. »Davon höre ich jetzt zum x-tenmal, ich kann mich beim besten Willen nicht erinnern. Von dem Versuch kriege ich nur Kopfschmerzen.«

»Wenn es so ist, denk nicht weiter drüber nach. Du wolltest doch trinken? Komm!«

Tschapajew kantete die Flasche auf ein Glas, füllte es bis zum Rand und schob es mir hin.

»Ergebensten Dank!« sagte ich ironisch und trank. Trotz der abschreckend trüben Färbung war der Schnaps vorzüglich – er schien auf irgendwelchen Kräutern angesetzt zu sein.

»Zwiebel?«

»Einstweilen nicht. Ist aber nicht auszuschließen, daß ich

heute noch Zustände bekomme, in denen es mich gelüstet, Zwiebeln zum Schnaps zu essen.«

»Was ist dir über die Leber gelaufen?« fragte Tschapajew.

»Nichts Besondres. Trübe Gedanken.«

»Nanu? Was denn für Gedanken?«

»Es interessiert Sie doch nicht etwa wirklich, Wassili Iwanowitsch, was ich denke?«

»Wieso denn nicht. Natürlich interessiert mich das.«

»Ich denke darüber nach, daß die Liebe einer schönen Frau in Wirklichkeit immer Herablassung bedeutet. Weil es einfach unmöglich ist, einer solchen Liebe würdig zu sein.«

»Hä?« machte Tschapajew und legte die Stirn in Falten.

»Hören Sie doch auf, den Narren zu spielen. Ich meine es ernst.«

»Ach so?« fragte Tschapajew. »Na gut, dann paß auf. Herablassung geschieht immer von dem einen herab zu dem anderen hinunter. So wie das Seil aus dem ersten Stock da drüben zum Beispiel. Deine Herablassung geschieht von wo nach wo?«

Ich dachte nach. Es war klar, worauf er hinauswollte. Hätte ich von der Herablassung der Schönheit gegenüber dem Häßlichen, Leidenden zu reden behauptet, wäre sogleich die Frage gefolgt, ob denn diese Schönheit von sich weiß – und wenn ja, ob sie dann überhaupt noch schön sein kann. Auf diese Frage, die mich in langen Petersburger Nächten schier in den Wahnsinn getrieben hatte, wußte ich keine Antwort. Wenn ich hingegen eine Schönheit meinte, die sich ihrer nicht gewiß war – wie konnte in ihrem Fall von Herablassung die Rede sein? Tschapajew war entschieden nicht dumm.

»Sagen wir so, Wassili Iwanowitsch: keine Herablassung von und zu etwas, sondern der Akt der Herablassung an sich. Die ontologische Herablassung sozusagen.«

»Ont dö logösche Höroblossong göschöht wo?« fragte Tschapajew, während er sich zur Seite beugte und ein weiteres Glas unter dem Tisch hervorholte.

»Ich mag nicht in diesem Ton reden.«

»Dann trinken wir lieber«, sagte Tschapajew.

Wir tranken. Für einen Moment blickte ich zweifelnd auf die Zwiebel.

»Nein, sag doch mal«, sagte Tschapajew und wischte sich den Schnauzbart, »wo geschieht sie?«

»Wenn Sie zu einem ernsthaften Gespräch fähig sind, sage ich es Ihnen.«

»Nur zu.«

»Genaugenommen kann von Herablassung tatsächlich nicht die Rede sein. Es ist nur so, daß man diese Art von Liebe als Herablassung empfindet.«

»Wo empfindet man sie?«

»Im Bewußtsein, Wassili Iwanowitsch, im vollen Bewußtsein«, sagte ich sarkastisch.

»Also, mal simpel ausgedrückt, im Kopf, ja?«

»So ungefähr.«

»Und Liebe, wo passiert die?«

»Auch dort, Wassili Iwanowitsch. Mal simpel ausgedrückt.«

»Aha«, sagte Tschapajew mit Befriedigung in der Stimme. »Also: Du hattest gefragt, ob ... wie war das noch mal ... ob Liebe immer Herablassung bedeutet, war es so?«

»Ja.«

»Und Liebe passiert bei dir im Kopf?«

»Hm.«

»Und diese Herablassung auch?«

»Kann man so sehen. Was soll das heißen?«

»Schlimm muß es um dich stehen, Petka, daß ich, dein Kommandeur, mich von dir fragen lassen muß, ob das, was bei dir im Kopf passiert, immer das ist, was bei dir im Kopf passiert, oder nicht immer!«

»Sophistik«, sagte ich und trank mein Glas leer. »Sophistik reinsten Wassers. Und überhaupt, ich verstehe gar nicht, warum ich mich damit herumquäle. Das habe ich doch in Petersburg alles schon einmal erlebt: eine schöne Frau im bordeauxroten Samtkleid stellt ihr leeres Kristallglas auf den Tisch zurück, ich fingere nach dem Taschentuch, und ...«

Tschapajews Husten übertönte meine Stimme. Ich sprach leise zu Ende, ohne zu wissen, für wen:

»Was will ich denn von ihr? Als ob ich nicht wüßte, daß die Vergangenheit unwiederbringlich ist! Alle äußeren Umstände kann man noch so geschickt imitieren – den, der man einmal war, holt man nicht zurück.«

»Was du für Zinnober zusammenredest, Petka«, sagte Tschapajew und setzte ein selbstherrliches Grinsen auf. »Samtkleid und Kristallglas, alle Achtung.«

»Wohl wieder mal Tolstoi gelesen, Wassili Iwanowitsch?« fragte ich und rang um Beherrschung. »Die neue Schlichtheit ist angesagt?«

»Nach irgendwelchen Tolstois steht uns momentan nicht der Sinn«, entgegnete Tschapajew. »Und falls unsere Anka das Objekt deiner Begierde ist, dann laß dir gesagt sein, daß jedes Weib seinen besonderen Zugang braucht. Ist es die Anka, nach der du gierst, ja? Hab ich richtig geraten?«

Seine Augen wurden zu zwei schmalen, tückischen Schlitzen. Dann hieb er plötzlich die Faust auf den Tisch.

»Antworte gefälligst, wenn dein Divisionskommandeur dich was fragt!«

Er war in einer übermütigen Stimmung, gegen die ich nicht ankam.

»Ist doch egal«, sagte ich. »Trinken wir noch einen, Wassili Iwanowitsch.«

Tschapajew lachte in sich hinein und goß beide Gläser voll.

Die nächsten Stunden sind mir nur dunkel in Erinnerung geblieben. Ich betrank mich heftig. Das Gespräch drehte sich, wenn ich mich recht entsinne, um den Krieg – genauer gesagt, Tschapajew erzählte vom Ersten Weltkrieg. Was er erzählte, klang einigermaßen glaubwürdig: Er sprach von der deutschen

Kavallerie, von irgendwelchen Brückenköpfen, Giftgasattakken und Windmühlen mit MG-Nestern. An einer Stelle geriet er so in Wallung, daß er mit funkelnden Augen brüllte:

»Hach, Petka! Weißt du überhaupt, wie ich Krieg führe? Das kannst du gar nicht wissen! Es gibt drei Tschapajewsche Stoßrichtungen, klar?«

Ich nickte mechanisch, ohne richtig hinzuhören.

»Erstens: wo!«

Er hieb die Faust auf den Tisch, so daß die Flasche beinahe umkippte.

»Zweitens: wann!«

Wieder ging die Faust auf die Tischplatte nieder.

»Und drittens: wer!«

Bei anderer Gelegenheit hätte ich seine Inszenierung zu würdigen gewußt, doch die Hitze und der Selbstgebrannte hatten mich derart zermürbt, daß ich, ungeachtet des Gebrülls und der Fausthiebe, auf der Bank sitzend einschlief; als ich wieder erwachte, war es draußen schon dunkel, man hörte in der Ferne Schafe blöken.

Ich hob den Kopf von der Tischplatte, sah mich im Raum um und hatte das Gefühl, in einer Petersburger Kutscherkneipe zu sein. Auf dem Tisch stand jetzt eine Petroleumlampe. Tschapajew saß unverändert gegenüber, das Glas in der Hand, und sang, an die Wand starrend, vor sich hin. Seine Augen waren beinahe genauso trübe wie der Schnaps in der Flasche, die schon zur Hälfte leer war. Warum nicht auf seinen Ton eingehen? dachte ich und hieb mit aufgesetztem Mutwillen die Faust auf den Tisch.

»Hand aufs Herz, Wassili Iwanowitsch: Sind Sie ein Weißer oder ein Roter?«

»Ich?« fragte Tschapajew und versuchte mich anzusehen. »Willst du das wirklich wissen?«

Er nahm zwei Zwiebeln vom Tisch und begann sie wortlos zu schälen. Die eine schälte er ganz, von der anderen entfernte er nur die oberste Schale, so daß eine rötlich-violette Haut zum Vorschein kam.

»Schau her, Petka«, sagte er und legte die Zwiebeln vor sich auf den Tisch. »Da sind zwei Zwiebeln. Die eine ist weiß, die andere rot.«

»Das seh ich.«

»Guck dir die weiße an.«

»Gemacht.«

»Und jetzt die rote.«

»Na und?«

»Jetzt alle beide. Hast du?«

»Ja doch.«

»Dann sag, was bist'n selber für einer – Roter oder Weißer?«

»Ich? Als wie was?«

»Wirst du rot, wenn du auf die rote Zwiebel guckst?«

»Nein.«

»Oder wirst du vom Gucken auf die weiße blaß?«

»Kann ich nicht behaupten.«

»Gut. Nächste Frage. Landkarten kennst du. Nehmen wir mal an, der Tisch hier ist eine schematische Karte des Bewußtseins. Hier sind die Roten. Und hier die Weißen. Ändert sich durch die Anwesenheit von Rot und Weiß unsere Grundfarbe? Oder was ist es, was sich in uns färbt?«

»Jetzt rücken Sie endlich raus mit der Sprache, Wassili Iwanowitsch. Also nicht rot und nicht weiß. Was sind wir dann für welche?«

»Eh du komplizierte Fragen stellst, Petka, versuch mal mit den einfachen klarzukommen. ›Wir‹ ist noch viel komplizierter als ›ich‹, oder etwa nicht?«

»Doch«, bestätigte ich.

»Was meinst du, wenn du ›ich‹ sagst?«

»Mich selber, denk ich mal.«

»Und, kannst du mir sagen, wer du bist?«

»Pjotr Pustota.«

»Das ist dein Name. Wer ist der, der ihn trägt?«

»Na, zum Beispiel ließe sich sagen, das Ich ist die psychische Persönlichkeit. Die Summe von Gewohnheiten, Erfahrungen, Kenntnissen halt, und Geschmäckern.«

»Von wessen Gewohnheiten redest du, Petka?« fragte Tschapajew in eindringlichem Ton.

»Von meinen«, sagte ich achselzuckend.

»Aber du hast doch eben gesagt, daß du aus einer Summe von Gewohnheiten bestehst. Wenn das nun deine sind, dann sind es unterm Strich die Gewohnheiten einer Summe von Gewohnheiten, ja?«

»Klingt lustig«, sagte ich. »Ist aber wohl so.«

»Und Gewohnheiten haben was für Gewohnheiten?«

Meine Gereiztheit nahm zu.

»Unser Gespräch wird ein bißchen primitiv. Ausgegangen waren wir doch von der Frage, wer ich von Natur aus bin. Wenn Sie nichts dagegen haben, sehe ich mich als, sagen wir, als Monade. Im Leibnizschen Sinne.«

»Und der sich als Limonade sieht, ist dann wer?«

»Die Monade sieht sich so«, antwortete ich, eisern um Gelassenheit bemüht.

»Gut«, sagte Tschapajew und kniff listig die Augen zusammen, »auf das Wer kommen wir zurück. Laß uns jetzt erst mal übers Wo reden, mein Lieber. Wo ist die Limonade drin, sag mal?«

»In meinem Bewußtsein.«

»Und das Bewußtsein ist wo?«

»Hier drin«, sagte ich und tippte mir an den Kopf.

»Dein Kopf ist wo?«

»Auf den Schultern.«

»Die Schultern sind wo?«

»Im Zimmer.«

»Das Zimmer?«

»Im Haus.«

»Und das Haus?«

»In Rußland.«

»Rußland ist wo?«

»Im Eimer, Wassili Iwanowitsch.«

»Laß das!« fuhr er mich an. »Gewitzelt wird, wenn der Kommandeur es befiehlt. Antworte.«

»Wo schon. Auf der Erde.«

Wir stießen an und tranken.

»Wo ist die Erde?«

»Im All.«

»Und wo ist das All?«

Ich überlegte einen Moment.

»In sich.«

»Wo liegt dieses ›in sich‹?«

»In meinem Bewußtsein.«

»Daraus folgt, Petka, dein Bewußtsein steckt in deinem Bewußtsein.«

»Das folgt daraus, ja.«

»So«, sagte Tschapajew und strich sich den Schnurrbart glatt, »jetzt hör mir mal genau zu. An welchem Ort befindet es sich?«

»Ich verstehe nicht ganz, Wassili Iwanowitsch. Der Ortsbegriff ist auch eine Kategorie des Bewußtseins, so daß ...«

»Wo ist der Ort? An welchem Ort befindet sich der Ortsbegriff?«

»Sagen wir, an gar keinem Ort. Besser wäre zu sagen, die Reali...«

Ich sprach nicht zu Ende. So läuft der Hase! dachte ich. Gebrauchte ich das Wort »Realität«, würde er mir wieder mit meinen Gedanken kommen und mich fragen, wo sie sind. Und sagte ich dann, sie seien im Kopf ... Ein ewiges Pingpong. Man hätte sich natürlich in irgendwelchen Zitaten ergehen können. Doch wie ich jetzt mit Verwunderung feststellte, wurde diese logische Bresche von jedem der Systeme, auf die ich hätte verweisen können, umgangen oder mit einer Handvoll zweifelhafter Latinismen zugestopft. Ja, Tschapajew war ganz und gar nicht dumm. Freilich gibt es einen hundertprozentig sicheren Weg, wie man seinen Widersacher in jedem beliebigen Streit festnageln kann - man muß bloß verkünden, daß einem alles, was er anführt, bestens bekannt sei, und zwar unter der Schublade Soundso, und das menschliche Denken sei längst darüber hinweg- und fortgeschritten. Doch wäre es mir peinlich gewesen, wie ein aufgeblasener Erstsemestler zu wirken, der ein Strohfeuer ums andere entfacht und zwischendurch mal eben kurz im Philosophielehrbuch blättert. Und hatte ich nicht vor kurzem erst den Philosophen Berdjajew, als er im trunkenen Zustand über die griechischen Wurzeln des russischen Kommunismus referierte, mit der Bemerkung brüskiert, Philosophie solle besser Sophophilie heißen?

»Hm«, sagte Tschapajew, und dann fragte er:

»Wo kann das menschliche Denken denn hinschreiten?«

»Äh, wie?« fragte ich verstört.

»Ich meine, fortgeschritten, schön und gut. Wohin denn?«

Ich mußte meinen Gedanken versehentlich ausgesprochen haben.

»Lassen Sie uns über etwas Handfestes reden, Wassili Iwanowitsch. Ich bin ja kein Philosoph. Dann schon lieber weitertrinken.«

»Wärst du ein Philosoph«, sagte Tschapajew, »hättest du es bei mir nicht weitergebracht als bis zum Pferdestallausmisten. Aber du befehligst eine Schwadron. In Losowaja hattest du das alles schon mal richtig gut kapiert. Was ist bloß los mit dir? Macht das die Angst? Oder die Freude?«

»Ich kann mich an nichts erinnern«, sagte ich und hatte plötzlich das sonderbare Gefühl, als zögen sich in mir sämtliche Nervenfasern zusammen. »Alles weg.«

»Ach, Petka«, seufzte Tschapajew und goß den nächsten Schnaps ein. »Ich weiß gar nicht, was ich von dir halten soll. Versuch erst mal, mit dir selbst ins reine zu kommen.«

Und wir tranken. Mit einer mechanischen Bewegung griff ich mir eine Zwiebel vom Tisch und biß kräftig hinein.

»Wollen wir vorm Schlafen noch ein bißchen Luft schnappen?« schlug Tschapajew vor, während er sich eine Papirossa anzündete.

»Warum nicht«, sagte ich und legte die angebissene Zwiebel zurück auf den Tisch.

Während ich schlief, mußte es kurz geregnet haben, der kleine Hang zum Haus hinauf war feucht und schmierig. Wie sich herausstellte, war ich sturzbetrunken – fast oben angelangt, glitt ich aus und fiel ins nasse Gras. Mein Kopf kippte nach hinten, und ich sah den Himmel voller Sterne über mir. Das war so wunderschön, daß ich einige Augenblicke rücklings liegenblieb und schweigend hinaufschaute. Tschapajew hielt mir die Hand hin und half mir auf. Als wir endlich auf einer ebenen Stelle zu stehen kamen, blickte ich noch einmal nach oben. Plötzlich wurde mir klar, daß es eine Ewigkeit her war, seit ich den Sternenhimmel zum letztenmal gesehen hatte. Und dabei war er die ganze Zeit dort oben gewesen – man hätte nur den Kopf in den Nacken zu legen brauchen. Ich mußte lachen.

»Was hast du?« fragte Tschapajew.

»Nur so«, sagte ich und zeigte mit dem Finger hinauf. »Es ist schön.«

Tschapajew äugte nach oben und schwankte.

»Schön? Was heißt schön?« fragte er versonnen.

»Schönheit ist die vollkommene Objektivität des Willens auf der höchsten Stufe seiner Erkennbarkeit«, sagte ich. »Was dachten denn Sie.«

Tschapajew starrte noch eine Weile in den Himmel, senkte dann den Blick auf die große Pfütze direkt vor unseren Füßen und spuckte seine Kippe hinein. Im Universum, wie die makellose Oberfläche der Pfütze es spiegelte, ereignete sich eine

Katastrophe: Sämtliche Sternbilder bebten und verschmolzen für einen Moment zu einem einzigen blaßleuchtenden Fleck.

»Zwei Dinge haben mich schon immer gewundert«, sagte Tschapajew, »der Sternenhimmel unter unseren Füßen und Immanuel Kant in uns drin.«

»Und was ich absolut nicht begreife, ist, wie man einem, der Kant und Schopenhauer verwechselt, eine ganze Division anvertrauen kann.«

Tschapajew blickte mich schwerfällig an und wollte gewiß etwas erwidern, da klapperten Kutschenräder über das Pflaster der Straße, und Pferde wieherten. Jemand fuhr vor.

»Wahrscheinlich Kotowski und Anna«, sagte ich. »Für gesteifte Russenhemden scheint Ihre Scharfschützin etwas übrig zu haben, Wassili Iwanowitsch.«

»Was denn, Kotowski ist in der Stadt? Warum sagst du das nicht gleich?«

Er drehte sich um und ließ mich stehen. Ich schlenderte ihm nach, doch an der Hausecke verharrte ich. Kotowskis Kutsche stand vor der Einfahrt, Kotowski selbst war gerade dabei, Anna herauszuhelfen. Als er den nahenden Tschapajew bemerkte, salutierte er und machte einen Schritt auf ihn zu; die beiden umarmten sich. Es folgte der übermütige, von Schulterklopfen begleitete Wortwechsel zwischen zwei Männern, die einander zeigen möchten, daß jeder von ihnen immer noch forsch und unverzagt durch die Wüsten des Lebens zieht. Genauso forsch und unverzagt gingen sie zum Haus, während Anna sich noch bei der Kutsche aufhielt. Einer plötzlichen Eingebung folgend, lief ich auf sie zu – wobei ich auf halbem Wege über eine leere Munitionskiste stolperte und nahe daran war, ein weiteres Mal hinzuschlagen; dies war der Moment, wo mich mein schneller Entschluß schon fast wieder reute.

»Anna, bitte! Warten Sie doch!«

Sie, nun bereits auf dem Weg zum Haus, blieb stehen und

drehte den Kopf nach mir. Mein Gott, wie hübsch sie in diesem Augenblick war!

»Anna, glauben Sie mir«, begann ich zu stammeln und preßte dabei dämlich die Hände gegen die Brust, »glauben Sie mir, ich darf gar nicht daran denken, wie ich mich heute im Restaurant aufgeführt habe. Aber geben Sie zu, Sie haben es sich selbst zuzuschreiben. Diese ewige, um sich selbst kreisende Suffragetterie. Das kann nicht Ihr wahres Ich sein, das ist doch nur ein Nachbeten gewisser ästhetischer Formeln, und was daraus ...«

Ihre Hände stießen mich jäh zurück.

»Gehen Sie, Pjotr, bleiben Sie mir fern, um Gottes willen«, sagte sie und verzog das Gesicht. »Sie stinken nach Zwiebel. Und wenn ich alles verzeihen könnte – das nicht.«

Ich drehte auf dem Absatz um und stürzte ins Haus. Meine Wangen glühten, und den ganzen Weg bis in mein Zimmer (unklar, wie ich es in der Dunkelheit überhaupt fand) verfluchte ich Tschapajew, seinen Schnaps und seine Zwiebeln auf das Lästerlichste. Ich warf mich auf das Bett und verfiel in einen Zustand, der dem Koma – dem ich am Morgen erst entronnen war – wohl recht nahe kam.

Nach einer Weile klopfte es an die Tür.

»Petka«, rief Tschapajews Stimme von draußen, »wo bist du denn?«

»Nirgendwo!« gab ich brummend zur Antwort.

»Oho!« jubelte Tschapajew unvermittelt auf. »Er hat's begriffen! Dafür gibt es gleich morgen eine lobende Erwähnung vor versammelter Mannschaft. Du weißt also Bescheid! Wozu hast du dich den ganzen Abend dumm gestellt?«

»Ich weiß nicht, wovon Sie reden.«

»Denk doch mal nach! Was siehst du gerade?«

»Das Kopfkissen«, sagte ich. »In Umrissen. Und ich will jetzt nicht wieder erklärt bekommen, daß es in meinem Bewußtsein steckt.«

»Alles, was wir sehen, steckt in unserem Bewußtsein, Petka. Darum ist es verfehlt zu sagen, unser Bewußtsein befände sich irgendwo. Wir sind nirgendwo, weil es einen Ort, von dem sich sagen ließe, daß wir uns an ihm befänden, einfach nicht gibt. Weißt du's wieder?«

»Tschapajew, ich wäre jetzt lieber allein«, sagte ich.

»Wie du meinst. Hauptsache, du bist morgen putzmunter. Wir haben am Mittag einen Auftritt.«

Die Dielen knarrten, was wohl bedeutete, daß Tschapajew sich über den Flur entfernte.

Eine Zeitlang hing ich seinen Worten nach: zunächst diesem »Nirgendwo«, dann seiner ominösen Ankündigung eines Auftritts am nächsten Tag. Es wäre ein leichtes gewesen, aus dem Zimmer zu rennen und ihm zu verkünden, ich könne leider nicht auftreten, denn ich sei »nirgendwo«. Aber dazu hatte ich keine Lust – eine bleierne Schläfrigkeit hatte sich meiner bemächtigt, alles übrige schien lästig und ohne Belang. Ich schlummerte ein und träumte ausführlich von Annas schmalen Fingern, wie sie über den gerippten Lauf ihres Maschinengewehrs glitten.

Ein neuerliches Klopfen an die Tür holte mich aus dem Traum.

»Tschapajew, ich hatte darum gebeten, mich in Ruhe zu lassen! Warum rauben Sie einem vor dem Gefecht den Schlaf?«

»Hier ist nicht Tschapajew«, sagte eine Stimme. »Kotowski.«

Ich stützte mich auf die Ellbogen.

»Was wünschen Sie?«

»Ich muß unbedingt mit Ihnen reden.«

Ich zog die Pistole aus der Tasche, legte sie auf das Bett und zog die Decke darüber. Der Teufel mochte wissen, was er von mir wollte. Ich ahnte, daß es etwas mit Anna zu tun haben mußte.

»Bitte, treten Sie ein.«

Die Tür ging auf, Kotowski kam herein. Er sah vollkommen

anders aus als am Tage: Jetzt trug er einen Schlafrock mit Fransen, unter dem die gestreiften Beine eines Pyjamas hervorschauten. In der einen Hand hielt er einen Leuchter mit drei brennenden Kerzen, in der anderen eine Flasche Champagner und zwei Gläser. Der Anblick des Champagners bestärkte meine Vermutung, daß Anna sich bei ihm beschwert haben mochte.

»Nehmen Sie Platz.«

Ich wies auf einen Sessel.

Er stellte Leuchter und Champagner auf dem Tisch ab und setzte sich.

»Darf man bei Ihnen rauchen?«

»Bitte sehr.«

Nachdem die Zigarette entzündet war, machte Kotowski eine seltsame Handbewegung: Er fuhr sich mit gespreizten Fingern über den Schädel, als wollte er damit einige nicht vorhandene, in die Stirn gefallene Haarsträhnen zurückstreichen. Ich erinnerte mich, diese Geste schon einmal gesehen zu haben, und sogleich fiel mir ein, wo: in Tschapajews Panzerzug. Anna hatte damals ihre geschorenen Haare auf ganz ähnliche Art zu ordnen versucht. In mir blitzte der Gedanke auf, die beiden könnten zu einer obskuren, von Tschapajew angeführten Sekte gehören, und die Kahlköpfigkeit hinge mit gewissen Ritualen zusammen. Doch im nächsten Augenblick wurde mir klar, daß wir alle dieser Sekte angehörten – wir alle, die wir die über Rußland hereingebrochene Freiheit nebst der sie unausweichlich begleitenden Läuseinvasion ein neues Mal über uns ergehen lassen mußten. Ich lachte auf.

»Was ist?« fragte Kotowski und zog eine Braue nach oben.

»Ach, ich mache mir nur so meine Gedanken über das Leben heutzutage. Wir lassen uns kahlscheren, um nicht zu verlausen. Wer hätte das vor fünf Jahren für möglich gehalten? Es ist nicht zu fassen.«

»Merkwürdig«, sagte Kotowski, »ich habe auch gerade darüber nachgedacht. Was mit Rußland geschehen ist. Deshalb komme ich zu Ihnen. Es war so eine Eingebung. Ich muß mit jemandem darüber reden.«

»Über Rußland?«

»Exakt.«

»Was gibt es da zu reden«, sagte ich. »Ist doch alles sonnenklar.«

»Nein, ich meine: wer an alledem schuld hat.«

»Das kann ich nicht sagen. Was meinen denn Sie?«

»Die Intelligenzija. Wer sonst.«

Er reichte mir das gefüllte Sektglas.

»Der Intellektuelle«, sagte er, und sein Gesicht verfinsterte sich, »insbesondere der russische, der ja nie anders als auf fremde Kosten zu leben versteht, hat einen widerlichen, kindischen Zug. Er scheut sich nie, gegen das zu Felde zu ziehen, was ihm im Innersten recht und billig erscheint. So wie ein kleines Kind, dem es nichts ausmacht, seinen Eltern übel mitzuspielen, weil es weiß: Das Ärgste, was ihm passieren kann, ist, ein bißchen in der Ecke stehen zu müssen. Vor fremden Leuten hat es mehr Angst. Genauso verhält sich diese bescheuerte Klasse.«

»Ich kann Ihrem Gedanken nicht ganz folgen.«

»Der Intellektuelle kann die Grundfesten des Imperiums, das ihn hervorgebracht hat, noch so verhöhnen – daß darin eine Moral waltet, weiß er genau.«

»Ach ja? Wie das?«

»Wenn dieses moralische Gesetz nicht mehr gälte, wagte er es doch nie im Leben, diesen Brunnen zu besudeln. Ich habe erst neulich wieder Dostojewski gelesen. Wissen Sie, was ich dabei gedacht habe?«

Mir zuckte auf einmal die Wange.

»Was denn?«

»Das Gute ist seiner Natur nach unendlich gnädig. Überlegen Sie mal: Diese Scharfrichter von heute wären seinerzeit alle nach Sibirien geschickt worden, wo sie die frische Landluft atmen und den lieben langen Tag Hasen und Rebhühner hätten jagen dürfen. Nein, der Intellektuelle scheut sich nicht, Heiligtümer zu zertrampeln. Nur eines scheut er wie die Pest – das Böse und seine Wurzeln beim Namen zu nennen. Denn wenn er das täte, könnte es sein, daß man ihm umgehend einen Telegrafenmast in den Arsch rammt.«

»Deftiges Bild.«

»Was nicht etwa heißt, daß es ihm keinen Spaß macht, mit dem Bösen ein heimliches Spiel zu treiben«, fuhr Kotowski hitzig fort, »es ist ein Spiel ohne Risiko, und der Nutzen liegt auf der Hand. Von daher kommt dieses Freiwilligenheer von Spitzbuben, die absichtlich Oben und Unten und Links und Rechts umkehren, verstehen Sie? Alle diese gerissenen geistigen Zuhälter, diese windelweichen konstitutionellen Demokraten, verlotterten Anarchisten, mit Kokain vollgepumpten Sozialrevolutionäre, diese ...«

»Ich versteh schon.«

Kotowski nippte am Sekt.

»Übrigens, Pjotr«, sagte er lässig, »weil wir gerade dabei sind: Es heißt, Sie hätten Kokain?«

»Ah ja«, sagte ich, »stimmt. Wo unser Gespräch es sozusagen von selbst hervorgespült hat.«

Ich fuhr mit der Hand in mein Köfferchen, zog die Dose hervor und stellte sie auf den Tisch.

»Bedienen Sie sich.«

Kotowski ließ sich nicht lange bitten. Die zwei weißen Häufchen, die er auf die Tischplatte streute, glichen veritablen Gebirgskämmen. Als die nötigen Verrichtungen absolviert waren, lehnte er sich in den Sessel zurück. Der Höflichkeit halber wartete ich ein Weilchen, ehe ich meine Frage stellte:

»Denken Sie oft an Rußland?«

»Als ich noch in Odessa wohnte, mindestens dreimal täglich«, sagte Kotowski mit dumpfer Stimme. »Manchmal so sehr, daß mir das Blut aus der Nase spritzte. Ich habe es mir dann abgewöhnt. Ich mag keine Abhängigkeiten.«

»Und wieso jetzt wieder? Hat Dostojewski Sie rumgekriegt?«

»Nein, nein«, sagte er. »Innere Kämpfe.«

Mir kam ein abwegiger Gedanke.

»Sagen Sie, Grigori, wieviel sind Ihnen Ihre Traber wert?«

»Wieso diese Frage?«

»Ich schlage einen Tauschhandel vor. Das halbe Döschen da gegen Ihr Gespann.«

Mich traf ein stechender Blick. Dann nahm Kotowski das Behältnis vom Tisch, schaute hinein und sagte:

»Sie sind ein Verführer, fürwahr. Wozu brauchen Sie meine Pferde?«

»Zum Ausfahren. Was dachten Sie.«

»Na schön«, sagte Kotowski, »ich bin einverstanden. Zufällig hab ich eine Apothekerwaage im Gepäck.«

»Nehmen Sie ruhig reichlich«, sagte ich. »Es ist mir in den Schoß gefallen.«

Er entnahm seiner Rocktasche ein silbernes Zigarettenetui, kippte die Papirossy aus, holte ein Taschenmesser hervor und schaufelte mit der Klinge einen Teil des Pulvers um.

»Wird da nichts herausfallen?«

»Keine Bange, das Etui stammt noch aus Odessaer Zeiten. Spezialanfertigung. Die Traber gehören Ihnen.«

»Ich danke Ihnen.«

»Stoßen wir an auf das Geschäft?«

»Gern«, sagte ich und hob mein Glas.

Kotowski trank aus, erhob sich, versenkte das Etui in der Rocktasche und ergriff den Leuchter.

»Also dann, ich danke Ihnen für das Gespräch. Und, bei Gott, nehmen Sie mir die nächtliche Belagerung nicht übel!«

»Gute Nacht. Gestatten Sie noch eine Frage? Da Sie schon selbst davon sprachen: Was sind das für innere Kämpfe, gegen die Kokain etwas ausrichten kann?«

»Im Vergleich zu Rußlands Drama eine Lappalie«, sagte Kotowski und verließ mit einem soldatisch knappen Nicken den Raum.

Ich konnte lange nicht einschlafen. Erst dachte ich an Kotowski, der, so mußte ich mir gestehen, einen angenehmen Eindruck auf mich gemacht hatte. Man spürte, er hatte Stil. Dann schweiften meine Gedanken zurück zu dem Gespräch mit Tschapajew. Vor allem dieses »Nirgendwo« beschäftigte mich. Auf den ersten Blick war alles ganz einfach. Er hatte mir die Frage vorgelegt, ob ich der Welt meine Existenz verdankte oder sie die ihre mir. Alles lief natürlich auf eine banale Dialektik hinaus, und doch hatte die Sache eine nicht geheure Nuance, die er mit seinen für den Moment idiotisch erscheinenden Fragereien nach dem Ort des Geschehens kunstgerecht ins Licht gerückt hatte. Wenn die ganze Welt in mir ihren Platz hat, wo existiere dann ich? Und existiere ich in der Welt – wo in ihr, an welchem ihrer Orte befindet sich mein Bewußtsein? Man hätte freilich behaupten können, daß die Welt genausogut in mir existierte wie ich in ihr, und es wären dies die zwei Pole eines Magneten. Der Witz war nur der, daß sich kein Nagel fand, an dem dieser Magnet, diese dialektische Dyade aufzuhängen war.

Sie durfte nirgendwo sein!

Denn für ihre Existenz brauchte es einen, in dessen Bewußtsein sie keimen konnte. Der aber durfte auch nirgendwo sein, jedes Irgendwo entstand im Bewußtsein, für das es wiederum keinen anderen Ort gab als den von ihm selbst geschaffenen ... Wo aber war es, bevor es sich diesen Ort schuf? In sich? Ja freilich, aber wo?

Plötzlich fürchtete ich mich vor dem Alleinsein. Ich hängte den Uniformrock über die Schultern, ging hinaus auf den Korridor, erkannte im fahlblauen Licht des zum Fenster hereinscheinenden Mondes das Geländer der Treppe, die nach unten führte, und verließ das Haus.

Die ausgespannte Kutsche stand unweit des Portals. Ich lief

ein paarmal um sie herum und freute mich an der elegant geschwungenen Silhouette, die im Mondlicht noch zauberhafter wirkte. Plötzlich schnaubte ganz in der Nähe ein Pferd. Ich wandte mich um und sah es. Tschapajew stand daneben und bearbeitete ihm mit einem Striegel die Mähne. Ich trat näher und blieb vor ihm stehen. Er sah mich an. Was er wohl sagen würde, so mein erster Gedanke, wenn ich ihn fragte, wo sein Nirgendwo zu finden sei? Er hätte dieses Wort zwangsläufig aus sich selbst heraus definieren müssen und damit im gleichen Dilemma gesteckt wie vorhin ich.

»Kannst wohl nicht schlafen?« fragte Tschapajew.

»Stimmt«, sagte ich. »Bin etwas daneben.«

»Was ist? Hast wohl nie vorher ins schwarze Loch geguckt?«

Mit dem schwarzen Loch war vermutlich jenes Nirgendwo gemeint, das mir heute tatsächlich erstmals im Leben so recht vor Augen getreten war.

»Ja«, erwiderte ich. »Es war das erste Mal.«

»Wo hattest du denn früher deine Augen?« wollte Tschapajew wissen, es klang mitfühlend.

»Wechseln wir lieber das Thema«, sagte ich. »Wo sind meine Traber?«

»Im Stall«, sagte Tschapajew. »Seit wann sind es deine?«

»Seit einer Viertelstunde ungefähr.«

Tschapajew ließ ein Brummen hören.

»Sei mit Kotowski bloß vorsichtig«, sagte er dann. »Er ist nicht so einfach zu nehmen, wie es scheint.«

»Ich weiß schon«, antwortete ich. »Wassili Iwanowitsch, Ihre Worte von vorhin gehen mir nicht aus dem Sinn. Sie können einen ganz schön in die Enge treiben.«

»Stimmt«, sagte Tschapajew und zog den Striegel heftig durch das verzwirbelte Pferdehaar, »das kann ich gut. Und dann halt ich drauf, rattatata ...«

»Aber ich glaube, ich kann das auch«, sagte ich.

»Probier's.«

»Gut«, sagte ich. »Ich würde Ihnen auch gern ein paar Fragen stellen – zur Lage.«

»Mach nur, mach.«

»Dann also von vorn. Sie striegeln da gerade dieses Pferd. Wo befindet es sich?«

Mit großen Augen sah Tschapajew mich an.

»Was soll das, Petka, bist du jetzt ganz übergeschnappt?«

»Wieso?!«

»Da steht es doch.«

Einige Sekunden blieb ich stumm. Auf solch einen Konter war ich nicht gefaßt gewesen. Tschapajew schüttelte argwöhnisch den Kopf.

»Ich finde, Petka, du solltest schlafen gehen.«

Mit einem dümmlichen Lächeln zog ich mich zurück und ging ins Haus. Irgendwie fand ich bis zu meinem Bett, ließ mich hineinfallen und sackte Stück für Stück in den nächsten Alptraum, dessen Unausweichlichkeit mir schon im Treppenhaus bewußt geworden war.

Und er ließ nicht lange auf sich warten. Ich träumte von einem blauäugigen, blonden Mann, der mit Stricken an einen seltsamen Sessel gefesselt war, eine Art Zahnarztstuhl. Sein Name war mir im Traum bekannt, er hieß Serdjuk – und ich wußte, was ihm da geschah, stand demnächst auch mir bevor. Von Serdjuks Armen führten verschiedenfarbige Drähte zu einer auf dem Fußboden stehenden, bedrohlich wirkenden Maschine, die aussah wie ein Generator; irgendwie ließ der Traum die Ahnung zu, daß diese Maschine eine Ausgeburt meiner Phantasie war. Die Maschine besaß eine Kurbel, an der zwei Männer in weißen Kitteln drehten. Erst drehten sie vorsichtig, der Mann auf dem Stuhl zuckte nur ein wenig und biß sich auf die Lippen. Bald aber wirbelten sie geschwinder, und der Körper des Gefesselten wurde wellenweise von heftigen Krämpfen geschüttelt. Schließlich konnte er seine Zunge nicht mehr im Zaum halten.

»Aufhören!« bettelte er.

Doch seine Peiniger drehten die Kurbel nur noch schneller.

»Abschalten!« brüllte er aus Leibeskräften. »Den Dynamo abschalten, bitte! Den Dynamo! Dy-naaa-mooo!«

6

»Nächste Station: Dynamo«, sagte die Lautsprecherstimme.

Der gegenübersitzende Fahrgast, ein Mann von sehr seltsamem Äußeren – narbiges Mondgesicht, schmutziger Steppmantel, Turban mit Spuren von grüner Farbe – bemerkte den Blick Serdjuks, der ihn schon minutenlang ohne Grund anstarrte, kratzte sich am Ohr, legte zwei Finger an seinen Turban und sagte laut:

»Heil Hitler!«

»Gleichfalls«, erwiderte Serdjuk höflich und wandte den Blick ab.

Unbegreiflich, was das für ein Mann war und warum er mit der U-Bahn fuhr – mit dem Gesicht hätte er es längst zu einem BMW bringen müssen.

Direkt über dem Typen hing ein Werbeplakat, auf dem das Foto eines glücklichen jungen Milchtrinkers mit dem Slogan WACHSEN UND GEDEIHEN untertitelt war. Irgendwer hatte das A ausradiert und durch ein I ersetzt. Serdjuk seufzte teilnahmsvoll, schielte dann nach rechts und begann in dem Buch zu lesen, das seinem Banknachbarn auf den Knien lag. Es war eine in Zeitungspapier eingeschlagene Broschüre; auf der zerfledderten Hülle stand mit Kugelschreiber: »Der japanische Militarismus«. Dem Anschein nach ein Leitfaden mittlerer Geheimhaltungsstufe aus Sowjetzeiten. Das Papier war schon vergilbt, das Schriftbild eigentümlich: Im Text fand sich eine Vielzahl japanischer Wörter, großbuchstabig, in kyrillischer Umschrift.

»Soziale Verantwortung und natürliches Pflichtgefühl durchdringen einander«, las Serdjuk, »und erzeugen eine tiefe, dramatische Emotionalität. Solcherart Befindlichkeit drückt sich für die Japaner in den Begriffen *NAKE* und *DEI* aus, die noch längst nicht der Vergangenheit angehören. *NAKE* ist die bewußtgemachte ›Erkenntlichkeit‹ des Kindes gegenüber den Eltern, des Vasallen gegenüber dem Suzeränen, des Bürgers gegenüber dem Staat. *DEI* meint die ›Schuldigkeit‹, die jedermann dazu anhält, ein Leben gemäß seinem Stand und seiner Position in der Gesellschaft zu führen. Dies schließt eine Schuldigkeit sich selbst gegenüber ein: die Ehre und Würde der eignen Person, des eignen Namens zu wahren. Die Bereitschaft, sich für *NAKE* und *DEI* zu opfern, ist so etwas wie ein sozialer, professioneller und menschlicher Verhaltenskodex.«

Der Nebenmann hatte offenbar bemerkt, daß Serdjuk mitlas, er hob sein Buch knapp vor das Gesicht und deckte es noch dazu ab, so daß der Text nicht mehr einzusehen war. Serdjuk schloß die Augen.

Deshalb führen die ein normales Leben, dachte er, weil sie an ihre Pflicht denken. Und nicht in einem fort saufen und krakeelen wie unsereins.

Was innerhalb der nächsten Minuten in Serdjuks Kopf vor sich ging, weiß man nicht; als der Zug in die Station Puschkinskaja einfuhr, verspürte er jedenfalls das heftige Bedürfnis zu trinken – nein, nicht nur zu trinken, sondern zu saufen – und stieg aus. Zunächst war dieses Bedürfnis noch ganz unausgeformt und unbewußt vorhanden, äußerte sich nur als vage Sehnsucht nach etwas, das unerreichbar und verloren schien; Formen nahm das Ganze erst an, als Serdjuk der langen Batterie gepanzerter Kioske gegenüberstand, aus deren Sehschlitzen ausdruckslos die immergleichen kaukasischen Gesichter schauten und das feindliche Territorium observierten.

Sich auf ein konkretes Getränk festzulegen fiel schwer. Das Sortiment war groß, aber durchweg zweitklassig – wie bei politischen Wahlen. Serdjuk zögerte lange, bis er schließlich in einer der Buden eine Flasche Portwein mit Namen »Liwadija« entdeckte.

Sowie Serdjuk die Flasche sah, stand ihm ein lange vergessener Morgen seiner Jugend vor Augen. Ein Winkel des Institutshofes, von allerlei Kisten verstellt, Sonne auf dem herbstgelben Laub und die Clique grölender Kommilitonen, die eine Flasche dieses Portweins kreisen ließ (das Etikett allerdings etwas anders aussehend - noch ohne das ukrainische »i« mit dem Pünktchen darauf). Der Treffpunkt war von außen nicht einzusehen, um hinzugelangen, mußte man sich, wie Serdjuk noch genau wußte, zwischen rostigen Gitterstäben hindurchzwängen, an denen man sich die Jacke verdarb. Das Entscheidende aber war nicht der Portwein, nicht das Gitter - es waren die unüberschaubaren, von diesem umzäunten Hofwinkel aus in alle Himmelsrichtungen weisenden Wege und Möglichkeiten, die die Welt damals für einen bereithielt und die nun als Leuchtspur im Gedächtnis aufschienen und Trauer ins Herz pflanzten.

Auf die Erinnerungen folgte ein Gedanke, der am allerwenigsten auszuhalten war: daß nämlich die Welt sich gar nicht verändert haben mochte, daß nur der Blickwinkel, unter dem man sie damals spielend hatte sehen können, nicht wiederherzustellen war. Man konnte nicht mehr so einfach zwischen Gitterstäben hindurchschlüpfen. Und selbst wenn es noch gegangen wäre - das bißchen Luft dahinter war ein für allemal verbaut mit Zinksärgen voller Lebenserfahrung.

Den einen Trost gab es: Wenn es schon nicht mehr möglich war, die Welt unter jenem Blickwinkel zu sehen, dann doch wenigstens mit gleichviel Promille. Serdjuk schob sein Geld in die Schießscharte des Kiosks, fing die herausspringende grüne Granate auf, überquerte die Straße, balancierte zwischen Pfützen, in denen sich der nachmittägliche Frühlingshimmel spiegelte, setzte sich dem patinagrünen Puschkin gegenüber auf eine Bank und riß mit den Zähnen den Plastikkorken von der Flasche. Der Portwein schmeckte ganz genauso wie damals - was die These erhärtete, daß die Reformen nicht an die Fundamente des russischen Lebens gerührt hatten, nur als tosender kleiner Wirbelwind darüber hinweggegangen waren.

Serdjuk leerte die Flasche mit ein paar langen Zügen und warf sie gezielt in die Büsche hinter der granitenen Einfassung der Grünanlage. Sogleich setzte sich ein gewitztes altes Weiblein dorthin in Bewegung, das bis eben noch so getan hatte, als läse es Zeitung. Serdjuk lehnte sich zurück.

Der Rausch ist seinem Wesen nach gesichtslos und kosmopolitisch. Die Seligkeit, die sich nach einigen Minuten einstellte, enthielt nichts von dem, was das Etikett mit den Zypressen, antiken Bögen und leuchtenden Sternen am tiefblauen Himmel verhießen hatte. Man spürte nicht einmal, daß der Wein von der linksseitigen Krimküste stammte, ja, es regte sich im prickelnden Hirn eine Ahnung, daß die Welt um ihn her, gesetzt den Fall, der Wein wäre ein rechtsdrehender gewesen oder gar irgendein moldawischer, sich denselben Änderungen unterworfen hätte wie jetzt.

Und die Welt änderte sich sichtlich. Plötzlich war sie ohne Arg. Die Passanten verwandelten sich von Adepten des Weltbösen in dessen arme Opfer, die nicht einmal wußten, daß sie Opfer waren. Eine Minute später war etwas mit dem Weltbösen geschehen – es schien entweder verschwunden oder belanglos geworden zu sein. Die Seligkeit erreichte ihren herrlichen Zenit und verharrte dort einige Minuten, bis Serdjuk von der gewöhnlichen Last trunkener Gedanken wieder in die Wirklichkeit hinuntergezogen wurde.

Drei Schuljungen liefen an ihm vorbei; aus dem Tohuwabohu ihrer gebrochenen Stimmen stach wiederholt das energisch gezischte Wort »Zocken« hervor. Je weiter ihre Rücken sich entfernten, um so mehr schienen sie von einem am Straßenrand geparkten amphibischen Jeep japanischer Bauart angezogen zu werden, der eine große Seilwinde auf der Kühlerhaube trug. Genau auf gleicher Höhe prangte, zwei Zinnen einer unsichtbaren

Festungsmauer gleich, das McDonald's-Logo von der gegenüberliegenden Straßenseite. All dies zusammen – die Schülerrücken, der Jeep und das gelbe M auf rotem Grund – ließ Serdjuk an ein Bild des Malers Dejneka denken: die »Künftigen Piloten«. Er glaubte sogar zu wissen, woran dies lag – an der Bestimmtheit nämlich, mit der das Schicksal der handelnden Personen in beiden Fällen vorherzusehen war. Während die »künftigen Gangster« im Fußgängertunnel untertauchten, fiel Serdjuk zum selben Thema der amerikanische Film »To Kill The Dutchman« ein, in Moskau gedreht, doch im New York der dreißiger Jahre spielend. In der Wohnung eines der Gangster hatten die »Künftigen Piloten« an der Wand gehangen und dem Film eine düstere und beängstigende Vieldeutigkeit verliehen.

Über Politik mochte Serdjuk jetzt aber nicht weiter nachdenken. Die Gedanken kehrten von selbst zu dem zurück, was er in der U-Bahn beim Nachbarn gelesen hatte.

Die Japaner sind ein großartiges Volk! dachte er. Zwei Atombomben hat man ihnen draufgeschmissen, die Inseln abgeluchst, und sie – haben's prima überlebt ... Wieso gucken bei uns alle immer nur nach Amerika? Müßte uns dieses Amerika nicht eher schnuppe sein? Um Japan muß man sich kümmern – das sind doch unsere Nachbarn! Von Gott gewollt. Und die müssen mit uns genauso gut Freund sein, damit wir zusammen Amerika den Stuhl unterm Hintern anbrennen. Einen Denkzettel kriegen die Amerikaner von uns beiden, für die Atombombe und für die Bialowiezer Heide, wo sie unserem Vaterland den Todesstoß versetzt haben.«

Auf unerfindliche Weise und doch wie selbstverständlich mündeten diese Überlegungen in den Entschluß, sich noch einen zu genehmigen. Einige Zeit meditierte Serdjuk über die Frage, was für einen. Portwein war ihm über. Nach dem verspielten Ostküsten-Adagio schien nunmehr ein langes, ruhiges Andante das Passende zu sein – etwas Klares, Uferloses mußte her, etwas wie der Ozean aus dem Vorspann zur Sendung »Klub der Weltenbummler« oder das Weizenfeld auf der Aktie, die Serdjuk für seinen Privatisierungsscheck bekommen hatte. Nach einigen Minuten Bedenkzeit entschied er sich für hochprozentigen holländischen Korn und merkte erst auf dem Weg zum Kiosk, daß seine Wahl immer noch mit jenem Film zu tun hatte.

Das war freilich Nebensache. Er landete wieder auf derselben Bank, entkorkte zügig die Flasche, füllte den Plastikbecher zur Hälfte und trank ihn aus, dann riß er, während sein verbrannter Mund nach Luft schnappte, die Zeitung auseinander, in die der als Zubrot gekaufte Hamburger eingewickelt war. Ein merkwürdiges Emblem fiel ihm auf: eine rote Blume mit unsymmetrischen Blütenblättern im Oval. Darunter die Annonce:

Die Moskauer Niederlassung der japanischen Firma Taira Inc. schreibt mehrere Mitarbeiterstellen zur Bewerbung aus. Kenntnis der englischen Sprache und Computererfahrung erforderlich.

Serdjuk schüttelte heftig den Kopf. Für einen Moment war es ihm so vorgekommen, als hätte neben der Annonce noch eine weitere mit demselben Logo gestanden. Erst beim näheren Hinsehen bekam er mit, daß das zweite Emblem von einem Zwiebelring, einem aus dem trockenen Brötchen ragenden Ende gräulich-toten Fleisches mit Schnittmuster und einer blutigen Spur Ketchup gebildet wurde. Befriedigt nahm Serdjuk zur Kenntnis, daß sich die verschiedenen Wirklichkeitsebenen zu mischen begannen; er riß die Annonce sorgsam aus der Zeitung heraus, leckte einen Tropfen Ketchup ab, faltete sie zusammen und steckte sie in die Jackentasche.

Von da an das Übliche.

Geweckt wurde Serdjuk von Brechreiz und grauem Morgenlicht. Das Licht war am widerwärtigsten – wie immer hatte er das Gefühl, als wäre es zu Desinfektionszwecken mit Chlor versetzt worden. Serdjuk orientierte sich flüchtig und stellte fest, daß er bei sich zu Hause war; allem Anschein nach hatte er am Vortag Gäste gehabt (wer, fiel ihm nicht ein). Mit Mühe kam er vom Fußboden hoch, zog die Jacke aus, setzte die Mütze ab (beides starrte vor Dreck) und hängte sie im Flur an den Haken. Anschließend kam er auf die Idee, im Kühlschrank könnte Bier sein (es hatte mehrere solche Fälle in seinem Leben gegeben). Als ihn noch wenige Meter von der Kühlschranktür trennten, klingelte das Telefon. Serdjuk nahm ab und wollte »Hallo?« sagen, doch schon der Versuch ließ ihn so sehr leiden, daß statt dessen ein Stöhnen wie »Och he!« in den Hörer rutschte.

»Ohayô gozaimasu!« tönte es munter zurück. »Herr Serdjuk?«

»Ja«, sagte Serdjuk.

»Guten Tag. Ich bin Oda Nobunaga, wir hatten dieses nette Gespräch gestern abend. Besser gesagt, letzte Nacht. Sie waren so freundlich, mich anzurufen.«

»Ja«, sagte Serdjuk und faßte sich mit der freien Hand an den Kopf.

»Ich habe Ihren Vorschlag mit Herrn Yoshitsune Kawabata besprochen, und er ist bereit, Sie heute fünfzehn Uhr zum Bewerbungsgespräch zu empfangen.«

Die Stimme im Telefon war Serdjuk nicht bekannt. Klar war nur, daß es sich um einen Ausländer handelte – zwar sprach er völlig akzentfrei, ließ aber in seinen Sätzen Pausen, die den Eindruck erweckten, als müßte er zur Wahl der passenden Worte erst im Wörterbuch nachschlagen.

»Freut mich außerordentlich«, sagte Serdjuk. »Um welchen Vorschlag handelt es sich genau?«

»Den Sie mir gestern unterbreiteten. Genauer gesagt, heute.«

»Ah ja«, sagte Serdjuk, »ah, jaja!«

»Notieren Sie die Adresse!« empfahl Oda Nobunaga.

»Sofort«, sagte Serdjuk, »einen Moment. Ich hole den Stift.«

»Haben Sie denn Stift und Notizblock nicht neben dem Telefon liegen?« fragte Nobunaga mit deutlicher Gereiztheit in der Stimme. »Das sollten Sie als Geschäftsmann aber.«

»Ich höre.«

»Metrostation Nagornaja, linker Ausgang. Da ist ein Metallzaun. Dahinter das Haus. Eingang über den Hof. Die genaue Adresse ist Pjatichlebny pereulok, Nummer 5. Es gibt ein ... ein Schild.«

»Vielen Dank.«

»Das war es von meiner Seite. Sayônara, wie man bei uns sagt«, sagte Nobunaga und legte auf.

Bier war keines im Kühlschrank.

Kaum daß Serdjuk – lange vor der anberaumten Zeit – aus der Metrostation Nagornaja zutage gestiegen war, sah er den Zaun: von Dellen übersät, mit abgeblättertem Anstrich, so unansehnlich und schmutzig, daß Serdjuk nicht glauben mochte, es könnte der von Herrn Nobunaga gemeinte sein. Eine Zeitlang lief er die Umgebung ab und hielt die wenigen Passanten an, um sie nach der Pjatichlebny-Straße zu fragen. Keiner wußte es oder wollte es sagen; meistens geriet Serdjuk an alte, schwarzgekleidete, sich langsam dahinschleppende Frauen, die ohnehin nicht redeten.

Ringsum sah es wüst aus. Viel von Unkraut überwucherter Beton, wie die Reste eines vor Zeiten ausgebombten Industrieviertels. Hie und da ragte rostiges Eisen aus dem Grün, dazwischen war freier Raum, der Himmel weit; am Horizont ein dunkler Streifen Wald. All dies konnte wenig überraschen, und doch war an dem Gelände etwas nicht normal. Schaute man gen Westen, wo der verschlissene grüne Blechzaun stand, hatte man ein normales Stadtpanorama vor sich. Ostwärts hingegen bot sich dem Blick ein riesiges ödes Feld, überragt von einigen Bogenlampen, die Galgen hätten sein können – Serdjuk fühlte sich wie auf dem geheimen Grenzstreifen zwischen postindustriellem Rußland und mittelalterlichem Kiewer Reich.

Dies war entschieden nicht die Gegend, wo seriöse ausländische Agenturen ihre Büros zu eröffnen pflegten; Serdjuk schlußfolgerte, daß es sich um eine winzige Firma handeln mußte, in der eine Handvoll lebensfremder Japaner ihr Auskommen suchten (irgendwie kamen ihm gleich die Bauern aus den »Sieben Samurai« in den Sinn). Damit war auch klar, warum sein betrunkener Anruf so lebhaftes Interesse hervorgerufen hatte. Sogleich überströmte ihn eine Woge von Mitleid und Herzlichkeit gegenüber diesen Leidensgenossen, die es genauso wenig fertigbrachten wie er, sich ein halbwegs bequemes Leben zu organisieren. Gewissensbisse, sich nicht wenigstens rasiert zu haben, die ihn auf dem Weg hierher gequält hatten, waren nun natürlich überflüssig.

Herrn Nobunagas Formulierung »dahinter das Haus« hätte auf -zig Gebäude zutreffen können. Serdjuk entschied sich aus unklarem Grund sofort für einen grauen Achtgeschosser mit Lebensmittelgeschäft im Parterre, und nachdem er dort zwei, drei Minuten über den Hof geschlendert war, bemerkte er an einer Hauswand tatsächlich ein quadratisches gußeisernes Täfelchen: HANDELSHAUS TAIRA. Darunter gab es einen winzigen Klingelknopf, der zwischen den Mauerbuckeln kaum auffiel. Einen guten Meter weiter befand sich eine grobe, in wuchtige Angeln gehängte, grün gestrichene Stahltür. Bestürzt blickte Serdjuk an der Wand entlang. Falls das Schild sich nicht auf den Gullideckel im Asphalt bezog, blieb nur diese Tür. Serdjuk wartete noch, bis es auf seiner Uhr zwei Minuten vor drei war, und drückte auf den Knopf.

Die Tür öffnete sich beinahe sofort. Dahinter stand der übliche Hüne im Tarnanzug mit Gummiknüppel in der Hand. Serdjuk nickte höflich und setzte zum Sprechen an, um den Grund seines Besuchs zu erläutern, doch der Mund blieb ihm offenstehen.

Hinter der Tür lag ein kleiner Vorraum, wo Tisch (mit Telefon) und Stuhl standen. Ein großes Bild an der Wand fiel ins Auge, das einen in die Tiefe führenden Korridor zeigte. Erst auf den zweiten Blick sah Serdjuk, daß es kein Bild war, sondern ein wirklicher, hinter einer Glastür liegender Korridor von allerdings merkwürdiger Art: An den Wänden hingen Laternen mit Schirmen aus Reispapier und flackernden Flämmchen darin; der Fußboden war von einer dicken, gelben Sandschicht bedeckt, auf der, dicht an dicht, kleine Matten aus geschlissenem Bambus ausgelegt waren, die zusammen etwas wie einen Läufer ergaben. Die Laternenschirme trugen in leuchtendem Rot das Zeichen, das er aus der Zeitungsannonce kannte: eine Blume mit vier rhombischen Blütenblättern (die äußeren etwas länger), oval umrahmt. Der Korridor führte nicht, wie es erst schien, in endlose Tiefen, sondern im sanften Bogen nach rechts (so etwas war ihm in noch keinem Moskauer Haus begegnet), wodurch das Ende nicht einzusehen war.

»Worum geht's?« zerschnitt die Stimme des Wachmanns die Stille.

»Ich habe einen Termin bei Herrn Kawabata«, sagte Serdjuk, der die Fassung nur allmählich wiedergewann. »Um drei.«

»Ah. Dann kommen Sie rein, Mann. Die mögen es nicht, wenn die Tür lange aufbleibt.«

Serdjuk tat einen Schritt nach vorn, und der Wachmann zog die Tür hinter ihm zu, worauf er noch den Knauf eines massiven Schlosses herumdrehte, der aussah wie ein Dampfventil.

»Bitte die Schuhe ausziehen!« sagte er. »Dort sind die Geta.«

»Die was?« fragte Serdjuk.

»Die Geta. Na, die Hausschuhe von denen. Muß man hier anhaben. Vorschrift.«

Serdjuk sah etliche Paare Holzschuhe auf dem Boden stehen, die auf den ersten Blick sehr monströs und unbequem wirkten: je ein hoher Leisten mit Doppelschlaufe aus Hanf, der offenbar an den bloßen Fuß gehörte, da die Schlaufe zwischen zweitem und drittem Zeh einzufädeln war. Serdjuk rätselte noch, ob der Wachmann es ernst meinte, als sein Blick auf eine Reihe schwarzer Lackschuhe in der Ecke fiel, aus denen die Socken hervorschauten. Er ließ sich auf einem flachen Bänkchen nieder und zog die Schuhe aus. Als er fertig war, stand er auf und merkte, daß die Geta ihn gute zehn Zentimeter größer machten.

»Darf man jetzt?« fragte er.

»Ja. Nehmen Sie eine Laterne und immer den Korridor lang. Zimmer Nummer drei.«

»Wozu die Laterne?« fragte Serdjuk verwundert.

»Gehört sich so«, sagte der Wachmann, nahm eine der Laternen von der Wand und hielt sie ihm hin. »Den Schlips tragen Sie doch auch nicht wegen der Kälte.«

Serdjuk, der sich heute morgen zum erstenmal seit Jahren einen Schlips umgebunden hatte, fand das Argument überzeugend. Ohnehin interessierte ihn, ob die Flämmchen in den Laternen echt waren.

»Zimmer Nummer drei«, wiederholte der Wachmann. »Die Nummer ist japanisch gemalt. Drei Striche übereinander. Wie das Himmels-Trigramm aus dem I Ging, wenn Ihnen das was sagt.«

»Ah!« sagte Serdjuk. »Alles klar.«

»Und ja nicht anklopfen. Geben Sie nur zu verstehen, daß Sie da sind – husten Sie oder sagen Sie irgendwas. Man wird Ihnen antworten.«

Wie ein Kranich stelzte Serdjuk, die Laterne in der ausgestreckten Hand, durch den Korridor. Das Gehen fiel schwer, die Matten unter den Füßen knirschten ungehalten, und bei der Vorstellung, daß der Wachmann ihm gewiß nachblickte und sich ins Fäustchen lachte, fühlte Serdjuk, wie ihm die Röte ins Gesicht stieg. Hinter der eleganten Kurve lag ein halbdunkler Raum mit schwarzen Deckenbalken. Serdjuk konnte zunächst keine Türen erkennen, bis er sah, daß es sich bei den hohen Wandvertäfelungen um Schiebetüren handelte. An einer dieser Türen hing ein Zettel. Serdjuk hob die Laterne und erkannte die drei hingetuschten waagerechten Striche. Dies also war Zimmer Nummer drei.

Von drinnen tönte leise Musik. Es spielte ein Saiteninstrument, dessen Klang fremd und ungewöhnlich war, die Melodie wehmütig und langgezogen, basierend auf merkwürdigen, irgendwie altertümlich anmutenden Harmonien. Serdjuk hustete kurz. Es gab keine Reaktion. Er hustete erneut, diesmal lauter. Beim nächsten Husten, befürchtete er, würde es ihn würgen.

»Herein«, sagte eine Stimme von drinnen.

Serdjuk schob die Wand vor sich nach links und blickte in ein mit schlichten, dunklen Matten ausgelegtes Zimmer. In einer Ecke saß, die bloßen Füße untergeschlagen, ein Mann im schwarzen Anzug auf einem Lager aus bunten kleinen Kissen. Er war es, der auf dem seltsamen Instrument spielte: einer Art Laute mit langem Griffbrett und kleinem Resonanzkörper. Auf Serdjuks Eintreten reagierte er nicht. Seine Gesichtszüge konnte man schwerlich mongolid nennen, eher hatten sie etwas Südländisches. (Serdjuks Mutmaßungen folgten sogar einer ganz bestimmten Route – es hatte irgendwie mit seiner vorjährigen Reise nach Rostow am Don zu tun.) Eine kleine elektrische Kochplatte mit einem voluminösen Topf darauf und ein schwarzes, stromlinienförmiges Faxgerät standen nebeneinander auf dem Boden, von letzterem führten Leitungen zu einem Loch in der Wand. Serdjuk trat ein, stellte die Laterne auf den Boden und zog die Tür hinter sich zu.

Der Mann im Anzug zupfte eine letzte Saite und schaute auf, seine geröteten Augen schienen dem entschwebenden Ton das Geleit zu geben; dann legte er das Instrument vorsichtig ab. Seine Bewegungen waren äußerst akkurat und gemessen, so als fürchtete er einem im Raum Anwesenden, den Serdjuk nicht sehen konnte, mit einer schroffen, unbedachten Geste weh zu tun. Er zog jetzt ein Tuch aus der Brusttasche seines Anzugs, wischte sich die Tränen aus den Augen und wandte sich endlich zu Serdjuk um. Einige Zeit schauten sie einander an.

»Guten Tag. Mein Name ist Serdjuk.«

»Kawabata«, sagte der Mann.

Er sprang auf, kam Serdjuk rasch entgegen und nahm ihn bei der Hand. Die seine war kalt und trocken.

»Bitte, kommen Sie«, sagte er und zog Serdjuk buchstäblich

auf das Kissenlager. »Setzen Sie sich. Ich bitte Sie, nehmen Sie doch Platz.«

Serdjuk setzte sich nieder.

»Ich ...«, fing er an, doch Kawabata schnitt ihm das Wort ab:

»Ich möchte nichts hören. Bei uns in Japan ist es Tradition – eine sehr alte Tradition, die bis heute lebendig ist –, daß man einem Gast, der mit einer Laterne in der Hand und Geta an den Füßen ins Haus kommt, als erstes einen heißen Sake kredenzt, denn draußen ist dunkle Nacht und schlechtes Wetter.«

Mit diesen Worten ergriff Kawabata einen langen, aus dem Topf hängenden Faden und zog daran – eine gut verkorkte, bauchige Flasche mit kurzem Hals kam zum Vorschein. Urplötzlich standen auch zwei kleine, mit frivolen Zeichnungen geschmückte Porzellanbecherchen vor ihnen: Laszive Schönheiten mit unnatürlich hohen Brauen gaben sich ernsthaft dreinblickenden Herren mit kleinen blauen Mützchen hin. Kawabata füllte die Becher randvoll.

»Sehr zum Wohl«, sagte er und gab Serdjuk einen davon in die Hand.

Kurz entschlossen kippte Serdjuk den Inhalt in den Rachen. Die Flüssigkeit schmeckte wie mit Reisbrühe verdünnter Wodka, und sie war heiß – dies vor allem war wohl der Grund, weshalb sich Serdjuk im nächsten Moment auf die Fußmatten erbrach. Scham und Ekel bemächtigten sich seiner daraufhin so heftig, daß er nichts weiter tun konnte, als die Augen zu schließen.

»Oh«, sagte Kawabata höflich, »das muß ja ein Hundewetter sein.«

Er klatschte in die Hände.

Serdjuk blinzelte durch die Wimpern. Zwei Mädchen schwebten ins Zimmer, ähnlich ausstaffiert wie die auf den Bechern. Sogar ihre Augenbrauen bewegten sich auf gleicher Höhe, Serdjuk schaute näher hin und sah, daß sie künstlich auf die Stirn getuscht waren. Kurz, die Ähnlichkeit war so vollkommen, daß nur die vor Sekunden erlittene Schmach ein Abgleiten der Gedanken in gänzlich andere Richtung verhinderte. Flink klappten die Mädchen die besudelten Fußmatten zusammen, ersetzten sie durch neue und schwebten wieder hinaus - nicht durch die Tür, durch die Serdjuk gekommen war, sondern durch eine andere; augenscheinlich ließ sich noch eines dieser Wandpaneele zur Seite schieben.

»Bitte«, sagte Kawabata.

Der Japaner hielt ihm bereits einen neuen Becher Sake hin. Serdjuk lächelte kläglich und hob die Schultern.

»Diesmal«, sagte Kawabata, »wird alles gut.«

Serdjuk trank. Tatsächlich erging es ihm nun anders: Der Sake passierte die Kehle ohne Zwischenfälle und schickte einen wohltuenden Wärmeschauer durch den Körper.

»Sie müssen wissen, daß ich ...«, hob Serdjuk wieder an.

»Erst noch einen«, sagte Kawabata.

Das Faxgerät auf dem Fußboden klingelte, gleich darauf kroch ein dicht mit Hieroglyphen bedecktes Papier aus ihm hervor. Kawabata wartete, bis es zum Stillstand kam, riß das Blatt aus dem Gerät und vertiefte sich in das Schreiben, worüber er Serdjuk völlig zu vergessen schien.

Derweil blickte Serdjuk sich im Zimmer um. Die Holzverkleidung der Wände war einheitlich. Jetzt, wo der Sake die Folgen des Nostalgieschubs vom Vortag verscheucht hatte, schien jede dieser großen Tafeln eine Tür zu sein, die ins Ungewisse führte - mit Ausnahme von einer. Dort hing ein großes Bild.

Wie alles in Herrn Kawabatas Büro kam einem auch dieses Kunstwerk sonderbar vor. In der Mitte eines riesigen Bogens Papier war eine kleine Zeichnung. Flüchtig hingeworfene, nichtsdestoweniger exakte Striche ergaben mit der Zeit einen nackten Mann (die Figur stark stilisiert, nur das Geschlechtsteil in naturalistischer Ausführung), vor einem Abgrund stehend. In jeder Hand ein Schwert, am Hals ein paar schwere Gewichte verschiedenen Kalibers, die Augen mit einem weißen Lappen verbunden; unmittelbar vor seinen Füßen gähnte die Schlucht. Daneben gab es noch einige weitere Details: eine im Nebel versinkende Sonne, Vögel am Himmel und das Dach einer Pagode im Hintergrund; von diesen romantischen Zutaten abgesehen, rief das Bild beim Betrachter den Eindruck völliger Ausweglosigkeit hervor.

»Das ist unser Nationalkünstler Akechi Mitsuhide«, sagte Kawabata, »der, der sich kürzlich an einem Fugufisch vergiftet hat. Wie würden Sie denn das Thema dieses Blattes umreißen?«

Serdjuks Augen huschten über den dargestellten Mann, vom nackten Glied hinauf zu den vor der Brust hängenden Gewichten.

»Ja nun«, hörte er sich sagen. »Bye-bye, Nackedei!«

Etwas Klügeres fiel ihm nicht ein.

»Nake! Dei!« rief Kawabata, klatschte in die Hände und lachte.

»Noch einen Sake«, sagte er dann.

»Wissen Sie«, wandte Serdjuk ein, »ich hätte nichts dagegen, aber sollten wir nicht lieber erst das Bewerbungsgespräch .... Ich werd so schnell betrunken.«

»Das Gespräch ist gelaufen«, sagte Kawabata und goß ein. »Sehen Sie, unsere Firma existiert schon seit langer Zeit – wenn Sie wüßten, wie lange, Sie würden es nicht glauben. Das wichtigste für uns ist die Tradition. Wenn ich mich etwas bildhaft ausdrücken darf: Man gelangt zu uns nur durch eine sehr schmale Tür, und Sie haben sie soeben ganz furchtlos durchschritten. Gratuliere.«

»Was für eine Tür?« fragte Serdjuk.

Kawabata wies auf das Bild.

»Diese hier«, sagte er. »Die einzige, die zu Taira Incorporated führt.«

»Ich verstehe nicht ganz«, sagte Serdjuk. »Soviel ich weiß, treiben Sie Handel und haben da ...«

Kawabata hob die Hand.

»Oftmals bemerke ich mit Grausen«, sagte er, »daß halb Rußland sich von diesem widerwärtigen westlichen Pragmatismus schon hat anstecken lassen. Damit meine ich natürlich nicht Sie. Doch ansonsten gibt es allen Grund zu dieser Feststellung.«

»Was ist denn so schlecht am Pragmatismus?«

»In früheren Zeiten wurden die wichtigen Beamtenposten bei uns nach Prüfungen vergeben, zu denen die Bewerber poetische Abhandlungen über das Gute und Schöne zu verfassen hatten. Das war ein sehr weises Prinzip. Versteht einer etwas von Dingen, die unermeßlich weit über den banalen bürokratischen Verrichtungen liegen, dann wird er zweifellos auch mit letzteren zurechtkommen. Da Ihr Geist sich fähig zeigte, in Sekundenschnelle hinter das Geheimnis der in dieser Zeichnung verschlüsselten alten Allegorie zu kommen, werden Ihnen all die Preislisten und Frachtpapiere gewiß kein Kopfzerbrechen bereiten, hab ich recht? Und mehr noch: Nach dieser Ihrer Antwort ist es mir eine Ehre, auf Ihr Wohl trinken zu dürfen. Schlagen Sie es mir bitte nicht aus!«

Als Serdjuk den nächsten Becher geleert hatte, dämmerte ihm unvermutet, was am Vortag gewesen war. Von der Station Puschkinskaja war er offenbar nach Tschistye prudy gefahren. Wozu, wußte er nicht – nur das Gribojedow-Denkmal stand ihm vor Augen, allerdings in seltsamem Winkel, wie von unter einer Bank hervor gesehen.

»Ja«, sagte Kawabata nachdenklich, »dabei ist diese Zeichnung eigentlich ganz furchtbar. Von den Tieren unterscheiden uns nur die paar Regeln und Rituale, die wir untereinander vereinbart haben. Sie zu verletzen ist schlimmer als der Tod, denn sie allein trennen uns von dem Abgrund des Chaos, der sich vor unseren Füßen auftut – und den man natürlich nur sieht, wenn man die Binde von den Augen nimmt.«

Er wies auf die Zeichnung an der Wand.

»Aber es gibt bei uns in Japan noch eine andere Sitte: sich immer einmal wieder für Momente von aller Tradition zu lösen, Buddha und Mara abzuschwören, wie man bei uns sagt, um den unnachahmlichen Geschmack der Realität zu kosten. Und diese Momente bringen mitunter ganz erstaunliche Kunstwerke hervor.«

Kawabata sah noch einmal auf den Mann mit den Schwertern am Abgrund und seufzte.

»Ja, bei uns ist das Leben jetzt auch so, daß der Mensch sich von allem lossagt«, meinte Serdjuk. »Und die Traditionen. Na ja, manche rennen jetzt in alle möglichen Kirchen, aber meistenteils guckt der Mensch natürlich Fernsehen und denkt ans liebe Geld.«

Serdjuk merkte, daß er mit dem eben Gesagten das Niveau des Gesprächs in den Keller gefahren hatte; nun mußte er unbedingt etwas Gescheites von sich geben.

»Das rührt wahrscheinlich daher, daß der Russe von Natur aus keinerlei metaphysischen Drang verspürt«, fuhr er fort, während er Kawabata das leere Glas zurückgab. »Er begnügt sich mit einem Mix aus Atheismus und Alkoholismus, das ist, wenn man ehrlich sein will, unsere vorherrschende geistige Tradition.«

Kawabata goß Serdjuk und sich wieder ein.

»Sie erlauben, daß ich in diesem Punkt etwas anderer Meinung bin«, sagte er. »Und zwar aus folgendem Grund. Kürzlich erwarb ich für unsere Sammlung russischer religiöser Kunst ...«

»Sie sind ein Sammler?« fragte Serdjuk.

»Aber ja«, sagte Kawabata, stand auf und ging zu einem der Wandregale. »Auch dies gehört zu den Grundsätzen unserer Firma. Wir versuchen immer so tief wie möglich in die Seele jener Völker einzudringen, mit denen wir geschäftlich zu tun haben. Wobei es nicht etwa darum geht, einen zusätzlichen Profit aus dem Umstand zu schlagen, daß man die betreffende ... wie sagt man auf russisch? Mentalität?«

Serdjuk nickte.

»Dies ganz und gar nicht«, fuhr Kawabata fort, während er eine große Mappe aufschlug. »Dahinter steht vielmehr der Wunsch, jegliches Tun in den Rang der Kunst zu erheben – und mag es noch so weit von ihr entfernt scheinen. Sehen Sie, wenn Sie zum Beispiel, sagen wir, eine Partie Maschinengewehre einfach so ins Leere absetzen und mit ihr auf dubiose Weise Umsatz erzielen, spielen Sie sozusagen nur die Rolle einer Registrierkasse. Verkaufen Sie die gleiche Partie an Geschäftspartner, von denen Sie wissen, daß diese Leute immer, wenn sie einen Menschen ins Jenseits befördern, vor den drei Hypostasen des Schöpfers dieser Welt Reue zu bekunden haben, so verwandelt sich der profane kommerzielle Vorgang in einen künstlerischen Akt und gewinnt eine völlig andere Qualität. Nicht für die anderen natürlich, aber für Sie. Sie befinden sich im Einklang mit dem Universum, in dem Sie agieren, und Ihre Unterschrift unter dem Vertrag erlangt existentiellen Charakter wie ... Ist mein Russisch korrekt?«

Serdjuk nickte wieder.

»Also einen existentiellen Charakter wie, sagen wir, ein Sonnenaufgang, wie die Gezeiten des Meeres und das Schaukeln eines Grashalmes im Wind. Worauf wollte ich eigentlich hinaus?«

»Auf Ihre Sammlung.«

»Ach ja. Hier ist sie, wollen Sie nicht einen Blick darauf werfen?«

Er reichte Serdjuk ein großes, mit einem Bogen Transparentpapier abgedecktes Blatt.

»Ich darf Sie bitten, vorsichtig zu sein.«

Serdjuk nahm das Blatt in beide Hände. Es handelte sich um ein verstaubtes Stück gräulicher Pappe von offenbar erheblichem Alter. Darauf stand, mit Hilfe einer Schablone aufgetragen, in schrägen, schwarzen Buchstaben das Wort GOTT.

»Was ist das?«

»Das ist eine russische konzeptualistische Ikone vom Anfang des Jahrhunderts«, erklärte Kawabata. »Eine Arbeit von David Burljuk. Sagt Ihnen der Name etwas?«

»Könnte sein.«

»Er ist seltsamerweise in Rußland wenig bekannt. Aber das tut nichts zur Sache. Schauen Sie nur!«

Serdjuk blickte noch einmal auf den Karton. Die Lettern waren von weißen Linien geschnitten – offenbar an den Stellen, wo die Schablone mit Klebestreifen befestigt gewesen war. Das Ganze wirkte grob, fast wie ein Stiefelabdruck, und war mit Farbklecksen verunziert.

Serdjuk fing Kawabatas gespannten Blick auf und brummelte ein gedehntes »Jaah«.

»Wie viele Bedeutungen darin verborgen sind!« fuhr Kawabata fort. »Warten Sie, sagen Sie noch nichts – lassen Sie mich erst einmal erzählen, was ich sehe, und sollte ich etwas vergessen haben, ergänzen Sie es. In Ordnung?«

Serdjuk nickte.

»Also«, sagte Kawabata. »Da haben wir zunächst die Tatsache, daß das Wort ›GOTT‹ mit einer Schablone aufgetragen ist. So wie es zu Beginn eines Menschenlebens ins Bewußtsein dringt – schablonenhaft, bei Myriaden von Geistern in identischer Form. Wobei es hier schon sehr darauf ankommt, wo die Schablone aufliegt. Ist das Papier uneben und rauh, wird der Abdruck unscharf, und wenn da zuvor schon irgend etwas anderes gestanden hat, weiß man gleich gar nicht, was am Ende herauskommt. Deswegen sagt man ja: Jeder hat seinen eigenen Gott. Achten Sie des weiteren auf die herrliche Grobheit der Lettern – an den Ecken reißt sich der Blick regelrecht wund. Kaum zu glauben, daß einer auf die Idee kommen könnte, dieses vierbuchstabige Wort für den Ursprung ewiger Liebe und Barmherzigkeit zu halten, deren Abglanz das Leben auf dieser Welt halbwegs ermöglicht. Andererseits: Gleicht dieser Stempel nicht am ehesten einem Brandzeichen, mit dem man das Vieh markiert? Weil es das einzige ist, worauf der Mensch bis zum Ende hoffen kann?«

»Ja«, sagte Serdjuk.

»Wenn das aber schon alles wäre, hätte die Arbeit, die Sie in

Händen halten, nichts weiter Herausragendes an sich – diese Ideen kriegt man von A bis Z in jeder atheistischen Dorfklubveranstaltung vorgeführt. Nein, es gibt da noch ein winziges Detail, das diese Ikone wahrhaft genial macht, ja, ich scheue mich nicht zu sagen, es erhebt sie über die Rubljowsche ›Dreifaltigkeit‹. Sie ahnen gewiß, wovon ich rede, doch gönnen Sie mir das Vergnügen, es selbst in Worte zu kleiden.«

Kawabata machte eine feierliche Pause.

»Ich meine natürlich die vom Befestigen der Schablone herrührenden weißen Streifen. Es wäre kein Problem gewesen, sie nachträglich zu übermalen, doch dann wäre die Arbeit nicht das, was sie jetzt ist. Man schaut auf dieses Wort, gelangt vom anscheinenden Sinn zur offenkundigen Form und stößt plötzlich auf die unausgefüllten Zwischenräume – dort, in diesem Dazwischen, und nur dort, begegnet einem das, worauf die großen, häßlichen Buchstaben so eifrig hindeuten. Denn das Wort ›GOTT‹ verweist nun einmal auf etwas, worauf sich nicht mit Fingern zeigen läßt. Das ist beinahe Meister Eckart, das ist ... Na, egal. Nicht wenige haben sich bemüht, das in Worte zu fassen. Allen voran Lao-tse. Das mit den Rädern und den Speichen, wissen Sie noch? Oder das mit dem Gefäß, dessen Preis sich einzig nach dem Hohlraum darin richtet? Was, wenn ich sagte, daß jedes Wort ein solches Gefäß ist, und alles hängt davon ab, wieviel Leere es in sich zu bergen vermag? Würden Sie das anders sehen?«

»Nein«, sagte Serdjuk.

Kawabata wischte sich die Tropfen redlichen Schweißes von der Stirn.

»Und jetzt betrachten Sie noch einmal das Bild an der Wand«, sagte er.

»Ja«, sagte Serdjuk.

»Sehen Sie, wie es aufgebaut ist? Ein Segment der Wirklichkeit mit ›NAKE‹ und ›DEI‹ in der Mitte, darum herum Leere. Aus ihr kommt es, in sie geht es. Wir Japaner pflegen das Universum nicht mit unnötigen Fragen nach den Gründen seiner Existenz zu löchern. Gott bekommt von uns keinen Gottesbegriff aufgebürdet. Und doch ist der leere Raum auf dem Bild derselbe wie auf Burljuks Ikone. Ist das nicht eine bemerkenswerte Übereinstimmung?«

»Gewiß«, sagte Serdjuk und hielt Kawabata den leeren Becher hin.

»Sie werden diese leeren Räume in der westlichen religiösen Malerei nicht finden«, sagte Kawabata, während er nachgoß. »Dort ist alles mit Materie gefüllt – irgendwelchen Vorhängen, Faltenwürfen, Becken mit Blut und allem möglichen. Die besondere Sicht auf die Realität, wie sie in diesen beiden Kunstwerken zum Ausdruck kommt, verbindet nur euch und uns. Darum meine ich: Was Rußland wirklich braucht, ist die alchimistische Ehe mit dem Osten.«

»Ach«, sagte Serdjuk, »ehrlich, davon habe ich erst gestern ...«

»Und zwar nur mit dem Osten«, ließ Kawabata ihn nicht zu Wort kommen, »nicht etwa mit dem Westen. Verstehen Sie? In den Tiefen der russischen Seele gähnt dieselbe Leere wie in den Tiefen der japanischen. Und aus ebendieser Leere entsteht die Welt stündlich, sekündlich immer wieder neu. Auf Ihr Wohl.«

Erst trank Serdjuk, dann Kawabata, der nun die leere Flasche in der Hand drehte.

»So ist es«, sagte er, »der Wert des Gefäßes besteht in dem, was nicht darin ist. Dabei ist dieser Wert in den letzten paar Minuten ins Unermeßliche gewachsen, sehen Sie nur. Das Gleichgewicht zwischen Wert und Nicht-Wert ist gestört, und das darf nicht sein. Ein gestörtes Gleichgewicht ist das Schlimmste, was man sich denken kann.«

»Äh, ja«, sagte Serdjuk, »genau. Mehr ist wohl nicht da?«

»Wir könnten noch was holen«, sagte Kawabata und schaute zur Uhr. »Dann würden wir aber den Fußball verpassen.«

»Interessiert Sie das?«

»Na klar. Ich bin Dynamo-Fan!« sagte Kawabata und zwinkerte auf eigentümliche Weise.

In der abgerissenen Kapuzenjacke und den Gummistiefeln ließ Kawabata endgültig jede Ähnlichkeit mit einem Japaner vermissen. Dagegen schien er nun der perfekte Zuzügler aus Rostow am Don zu sein – und Serdjuk ahnte sogar, woran das lag. Diese Ahnungen waren allerdings eher betrüblich.

Serdjuk wußte nämlich längst, daß die meisten Ausländer, denen man auf Moskaus Straßen begegnete, gar keine Ausländer waren, sondern Kleinhandeltreibende, Marktsteher, die sich ein bißchen Geld zusammengehehlt und es anschließend im Kalinka-Stockman-Shop umgesetzt hatten. Echte Ausländer, von denen sich in Moskau Unmengen herumtrieben, kleideten sich aus Sicherheitsgründen schon seit Jahren so, daß sie sich von gewöhnlichen Passanten nicht unterschieden. Informationen darüber, wie ein gewöhnlicher Passant auf Moskauer Straßen aussah, bezogen sie logischerweise aus den Sendungen von CNN. Die wiederum – immer auf der Jagd nach Moskauern, die, der Fata Morgana der Demokratie folgend, durch die ausgedörrten Reformwüsten irrten – verwendeten für ihre Nahaufnahmen in neunzig Prozent der Fälle als Moskauer verkleidete Angehörige der amerikanischen Botschaft, da diese bei weitem echter wirkten als die zu Ausländern herausgeputzten Moskauer. So daß dieser Kawabata, obwohl (oder besser gesagt: weil) er mit einem zugezogenen Rostower zu verwechseln war und zumal er kein sehr japanisches Gesicht hatte, hundertprozentig ein reinrassiger Japaner war, einer, der eben für einen Moment aus seinem Büro hervorgekrochen war und in das Moskauer Halbdunkel abtauchte.

Dazu kam, daß Kawabata Serdjuk einen jener Wege entlangschleuste, die kein Einheimischer benutzte. Er durchquerte so viele dunkle Hinterhöfe, zugige Hausflure und Löcher in Drahtzäunen, daß Serdjuk nach wenigen Minuten völlig die Orientierung verloren hatte und seinem zielstrebigen Weggenossen blindlings folgen mußte. Schließlich kamen sie in einer dunklen, verwinkelten Gasse heraus, wo ein paar Buden standen; Serdjuk verstand, daß sie am Ziel waren.

»Was nehmen wir?« fragte er.

»Ich denke, am besten einen Liter Sake«, sagte Kawabata. »Das ist jetzt das richtige. Und was zu essen.«

»Sake?« fragte Serdjuk verwundert. »Sagen Sie bloß, hier gibt es Sake?«

»Hier ja«, sagte Kawabata. »Normalen Sake bekommt man in Moskau an insgesamt drei Stellen. Was dachten Sie, wozu wir hier ein Büro eingerichtet haben?«

Das soll ein Witz sein! dachte Serdjuk und besah sich die Auslage. Das Sortiment war das übliche – mit Ausnahme einiger in die Batterie eingereihter, undefinierbarer Literflaschen mit Etiketten voller Hieroglyphen.

»Schwarzen Sake«, gab Kawabata durch den Schlitz in den Kiosk durch. »Zwei. Ja.«

Serdjuk bekam eine Flasche ausgehändigt, die er sich in die Jackentasche steckte. Die andere behielt Kawabata.

»Ich hätte noch etwas zu erledigen«, sagte Kawabata. »Geht ganz schnell.«

Sie liefen die Front der Kioske ab und standen gleich darauf vor einer kleinen Blechbude, deren Tür aussah wie ein Sieb – ob die Löcher von Kugeln oder Nägeln oder, wie zumeist, von beidem herrührten, war schwer zu sagen. Vor den zwei Fenstern waren die unvermeidlichen dekorativen Gitter angebracht – ein zum Viertelkreis gebogener Rundstahl in der unteren Ecke und ein Bündel von ihm wegstrebender rostiger Strahlen. Über der Tür hing ein Schild mit der Aufschrift »Für Haus und Garten«.

Das Innere der Bude unterschied sich nicht von anderen dieser Art: Büchsen mit Emaillefarbe und Ölfirnis auf den Regalen, Fliesenmuster an der Wand, eine extra Auslage voller blitzender Safeschlösser verschiedener Fabrikate. Nur in einer Ecke, auf einer umgestülpten Plastikwanne, stand etwas, was Serdjuk nie zuvor gesehen hatte.

Es handelte sich um einen schwarzglänzenden Brustpanzer mit kleinen goldenen Inkrustationen. Daneben ein gehörnter Helm, der nach unten hin in einen Fächer von Halsschutzplatten auslief, auch er schwarz lackiert. Von der Stirn des Helms blitzte ein silberner fünfzackiger Stern.

Hinter dem Harnisch hingen einige verschieden lange Schwerter sowie ein großer unsymmetrischer Bogen an der Wand.

Während Serdjuk dieses Arsenal betrachtete, war Kawabata in ein leises Gespräch mit dem Verkäufer vertieft. Von irgendwelchen Pfeilen schien die Rede zu sein. Dann bat Kawabata ihn, ein langes Schwert von der Wand zu nehmen, dessen Scheide mit weißen Rhomben geschmückt war. Er zog das Schwert halb heraus, prüfte mit dem Fingernagel den Anschliff (wobei Serdjuk auffiel, wie vorsichtig Kawabata mit der Waffe umging und es vermied, die Klinge mit den Fingerkuppen zu berühren). Serdjuk schien es, als hätte Kawabata seine Anwesenheit völlig vergessen; er beschloß, sich in Erinnerung zu bringen.

»Sagen Sie«, sprach er Kawabata von der Seite an, »was könnte denn dieser Stern auf dem Helm bedeuten? Sicher irgendein Symbol?«

»Oh, ja«, sagte Kawabata, »ein Symbol, und zwar ein uraltes. Es ist eines der Embleme des Oktoberstern-Ordens.«

»Hm«, machte Serdjuk. »Was ist denn das für ein Orden? Haben den die Steinzeitmelkerinnen bekommen?«

Kawabata sah ihn lange an, dann verzog sich sein Mund zu einem verstehenden Lächeln.

»Nein«, sagte er. »Das war kein Orden, den einer irgendwann verliehen bekam. Manche Leute wußten plötzlich, daß sie ihn nun tragen durften. Besser gesagt, daß sie ihn schon immer hätten tragen dürfen. Das war alles.«

»Und was bezweckt er?«

»Es gibt nichts, was er bezwecken könnte.«

»Idioten gibt's«, sagte Serdjuk voller Mitgefühl.

Harsch ließ Kawabata das Schwert in die Scheide rasseln. Peinlichkeit breitete sich aus.

»Sie sind wirklich ein Scherzbold«, sagte Serdjuk, der instinktiv spürte, daß es etwas zu bereinigen gab. »Da könnte einer ja gleich mit dem Rotbannerorden kommen.«

»Von einem solchen Orden habe ich noch nichts gehört«, versetzte Kawabata. »Einen Orden der gelben Flagge gibt es tatsächlich, aber das ist etwas ganz anderes. Und wieso meinen Sie, daß ich ein Scherzbold bin? Ich scherze selten. Und wenn, dann pflege ich es mit einem lautlosen Lachen anzukündigen.«

»Entschuldigen Sie, wenn ich etwas Falsches gesagt habe«, sagte Serdjuk. »Ich bin einfach betrunken.«

Kawabata zuckte die Achseln und gab dem Verkäufer das Schwert zurück.

»Wollen Sie es haben?« fragte der Verkäufer.

»Nicht dieses«, sagte Kawabata. »Packen Sie mir das dort ein, das kleine.«

Während Kawabata noch am Bezahlen war, trat Serdjuk hinaus auf die Straße. Er hatte das schale Gefühl, eine nicht wiedergutzumachende Dummheit begangen zu haben; ein Blick hinauf zum Himmel, an dem schon die taufrischen Frühlingssterne standen, beschwichtigte ihn jedoch ein wenig. Noch einmal fielen ihm die steifen Gittersonnenstrahlen vor den Budenfenstern ins Auge. Eigentlich, dachte er deprimiert, ist Rußland auch ein Land der aufgehenden Sonne – schon deshalb, weil sie es hier noch nie so richtig bis zum Zenit geschafft hat. Er beschloß, daß diese Beobachtung es wert war, Kawabata mitgeteilt zu werden. Als der jedoch mit dem langen, schmalen Bündel unterm Arm aus dem Laden kam, war der Gedanke bereits wieder verflogen und an seine Stelle jener Mordsdurst getreten, dem keine andere Regung gewachsen war.

Kawabata schien die Sachlage schnell erfaßt zu haben. Kaum daß sie sich ein paar Meter von der Bude entfernt hatten, legte er sein Bündel unter einen nassen, schwarzen, aus einem Loch im Asphalt wachsenden Baum und sagte:

»Wie Sie sicher wissen, trinken wir Japaner unseren Sake heiß. Erst recht wird ihn keiner direkt aus der Flasche zu sich nehmen – das widerspricht zutiefst den Ritualen. Und auf der Straße zu trinken ist nun wirklich das Letzte. Eine alte Sitte gibt es allerdings, die erlaubt, es dennoch zu tun, ohne das Gesicht zu verlieren. Man nennt sie ›Reiter auf dem Rastplatz‹ oder anders übersetzt: ›Müder Reiter‹.«

Kawabata ließ kein Auge von Serdjuk, während er die Flasche aus der Manteltasche zog.

»Der Überlieferung zufolge ist der große Dichter Ariwara Narichira vorzeiten einmal als Jagdbote in die Provinz Ise entsandt worden. Der Weg dorthin war weit, man ritt zu Pferde und brauchte viele Tage. Es war Sommer. Narichira ritt in Gesellschaft von Freunden, und seine edle Seele war von Gram und Liebe voll. Als die Reiter müde wurden, saßen sie ab, um sich mit einem schlichten Mahl und einigen Schlucken Sake zu stärken. Da sie keine Räuber anlocken wollten, mieden sie es, ein Feuer zu entzünden, und tranken ihn deshalb kalt. Sie deklamierten einander wunderbare Verse, die davon handelten, was sie unterwegs gesehen hatten, und davon, was ihnen am Herzen lag. Daraufhin setzten sie ihre Reise fort.«

Kawabata entfernte den Schraubverschluß.

»Soweit die Geschichte, auf die die alte Sitte zurückgeht. Trinkt man den Sake auf diese Weise, geziemt es sich, an die Männer jener hohen Zeit zu denken, und allmählich sollen unsere Gedanken hineinfinden in eine lichte Melancholie, wie sie sich in unseren Herzen regt, wenn wir uns der Haltlosigkeit dieser Welt bewußt werden und zugleich von ihrer Schönheit gefangen sind. Lassen Sie uns miteinander ...«

»Gerne«, sagte Serdjuk und griff nach der Flasche.

»Nicht so hastig«, sagte Kawabata und entzog sie ihm wieder. »Da Sie erstmals an diesem Ritual teilnehmen, darf ich erst einmal die Abfolge der einzelnen Handlungen sowie deren Bedeutung erläutern. Tun Sie mir alles nach, und ich werde Ihnen den symbolischen Sinn dessen, was sich vollzieht, auseinandersetzen.«

Kawabata stellte die Flasche neben dem Bündel ab.

»Als erstes müssen die Pferde angebunden werden«, sagte er.

Er zog einen der unteren Äste des Baumes zu sich herab, prüfte, ob er fest genug war, und ließ dann den Arm um ihn kreisen, so als wickelte er ein Seil darum. Serdjuk begriff, daß er es ihm nachtun mußte. Er hob die Arme zum nächsthöheren Ast und ahmte die Gesten ungefähr nach. Kawabata sah ihm aufmerksam dabei zu.

»Nein«, sagte er. »So ist es ihm unbequem.«

»Wem?« fragte Serdjuk.

»Ihrem Pferd. Sie haben es zu hoch angebunden. Wie soll es da grasen? Nicht nur Sie sollen sich erholen, sondern auch Ihr treuer Gefährte.«

Auf Serdjuks Gesicht spiegelte sich Verständnislosigkeit, und Kawabata seufzte.

»Verstehen Sie doch, um dieses Ritual zu vollziehen, müssen wir uns in die Heian-Zeit zurückversetzen«, erklärte er geduldig. »Wir durchreiten gerade die Provinz Ise, zur schönsten Sommerszeit. Ich bitte Sie inständig, binden Sie die Zügel woanders an.«

Serdjuk sah ein, daß es klüger war, nicht zu streiten. Erst beschrieb er mit den Armen einen Kreis um den oberen Ast, dann noch einen um den unteren.

»Das sieht schon besser aus«, sagte Kawabata. »Als nächstes haben Sie in einigen Versen festzuhalten, was Sie in Ihrer Umgebung sehen.«

Er schloß die Augen, blieb eine Weile still und stieß dann einen langen Schwall kehliger Laute hervor, an dem Serdjuk weder Reim, noch Rhythmus erkennen konnte.

»Es ging ungefähr um das, was wir bereits besprachen«, erklärte er anschließend. »Daß unsichtbare Pferde unsichtbares

Gras zupfen und daß dies doch weit wahrhaftiger ist als beispielsweise der Asphalt hier, den es im Grunde ja nicht gibt. Das Ganze auf Wortspielen fußend. Jetzt sind Sie an der Reihe.«

Serdjuk fühlte sich in der Klemme.

»Was soll ich sagen. Dichten bin ich nicht gewöhnt. Ist nicht so mein Fall. Wozu denn auch Gedichte. Da oben stehn die Sterne!«

»Oho!« rief Kawabata aus. »Prächtig! Ganz großartig! Und wie recht Sie damit haben! Einunddreißig Silben, die soviel wert sind wie ein ganzes Buch!«

Er trat einen Schritt zurück und verbeugte sich zweimal.

»Bloß gut, daß ich als erster gesprochen habe!« sagte er. »Nach Ihnen hätte ich mich nicht mehr getraut! Wo haben Sie denn das Tankadichten gelernt?«

»Einfach so«, gab Serdjuk ausweichend zur Antwort.

Kawabata hielt ihm die Flasche hin. Serdjuk tat ein paar kräftige Schlucke und reichte sie dem Japaner zurück. Der setzte an, trank in winzigen Schlückchen, die freie Hand auf dem Rücken – darin ließ sich gleichfalls eine sakrale Bedeutung vermuten, er fragte lieber nicht danach. Während Kawabata trank, steckte Serdjuk sich eine Zigarette an. Nach zwei, drei tiefen Zügen kehrte sein Selbstvertrauen zurück, die eben noch gezeigte Verlegenheit war ihm fast schon wieder peinlich.

»Übrigens, was das Pferd angeht«, sagte er, »das fand ich gar nicht zu hoch angebunden. Es ist nur so, daß ich in letzter Zeit immer sehr müde bin und drei Tage hintereinander Rast mache. Deswegen hat mein Pferd lange Zügel. Damit es nicht schon nach einem Tag alles abgeweidet hat.«

Kawabatas Gesichtsausdruck veränderte sich jäh. Nach einer nochmaligen Verbeugung trat er zur Seite und begann sich am Bauch die Jacke aufzuknöpfen.

»Was haben Sie vor?« fragte Serdjuk.

»Ich schäme mich sehr«, sagte Kawabata. »Nach einer solchen Schande kann ich nicht weiterleben.«

Er setzte sich auf den Asphalt, schnürte das Bündel auf und zog das hervorgeholte Schwert blank; ein lila Reflex von der über ihren Köpfen brennenden Neonlaterne huschte die Klinge entlang. Als Serdjuk endlich begriff, was Kawabata zu tun vorhatte, konnte er ihn gerade noch rechtzeitig bei den Armen packen.

»Lassen Sie das bitte«, sagte er mit aufrichtigem Entsetzen. »Wer wird denn diese Lappalien so ernst nehmen!«

»Sie könnten mir verzeihen?« fragte Kawabata mit Rührung in der Stimme und stand auf.

»Ich bitte Sie, vergessen wir das. Ein blödes Mißverständnis. Und außerdem ist Tierliebe doch nichts Schimpfliches, im Gegenteil. Dafür muß man sich nicht schämen!«

Kawabata dachte einen Moment lang nach, und die Falten auf seiner Stirn glätteten sich.

»Sie haben recht«, sagte er. »Es war nicht Besserwisserei, die mich so handeln ließ, sondern Mitgefühl mit der erschöpften Kreatur. Daran ist wirklich nichts Schändliches. Vielleicht habe ich dummes Zeug geredet, aber das Gesicht verloren habe ich deswegen nicht.«

Er steckte das Schwert zurück in die Scheide und griff nach der Flasche, wobei er leicht ins Schwanken geriet.

»Mag es zwischen zwei ehrbaren Männern auch hin und wieder zu kleinen Mißverständnissen kommen – all dies zerfällt zu Staub, sowie sie die scharfen Klingen ihres Verstandes darauf richten. Ist es nicht so?« fragte er, während er die Flasche an Serdjuk weitergab.

Serdjuk trank den Rest aus.

»Klar zerfällt das«, sagte er. »Und wie.«

Kawabata hob den Kopf und schaute sinnend zum Himmel.

»Wozu denn auch Gedichte. Da oben stehn die Sterne!« deklamierte er. »Ach, wie schön. Wissen Sie was, ich möchte diesen wunderbaren Moment am liebsten mit einer symbolischen Geste würdigen. Wollen wir unsere Pferde nicht einfach freilassen? Sollen Sie auf diesen herrlichen Wiesen nach Herzenslust weiden und in den Nächten zu Berge ziehen. Haben sie sich das nicht redlich verdient?«

»Sie sind ein herzensguter Mensch«, sagte Serdjuk.

Unsicheren Schrittes ging Kawabata zum Baum, zog das Schwert und hieb so schnell, daß man es fast nicht sah, gegen den unteren Ast. Er fiel herab auf den Asphalt. Kawabata fuchtelte mit den Armen und brüllte wirres Zeug - Serdjuk verstand, die Pferde sollten verschwinden. Dann kam Kawabata zurück, hob die Flasche, kippte sie um und sah enttäuscht zu, wie die letzten darin verbliebenen Tropfen zu Boden fielen.

»Es wird langsam kalt«, bemerkte Serdjuk, dem ein Blick in die Runde genügte, um zu ahnen, daß es nicht mehr lange dauern konnte, bis sich eine Polizeipatrouille aus der feuchten Moskauer Nachtluft herausschälte. »Wollen wir nicht lieber zurück ins Büro?«

»Klar doch«, sagte Kawabata. »Da stecken wir uns was zwischen die Kiemen.«

Der Rückweg fehlte in Serdjuks Gedächtnis ganz und gar. Erst in dem Raum, von wo sie zu ihrem Ausflug aufgebrochen waren, kam er wieder zur Besinnung. Kawabata und er saßen nebeneinander auf dem Boden und aßen Nudeln aus tiefen Schalen. Obwohl die nächste Flasche schon wieder halb leer war, fühlte Serdjuk sich bemerkenswert nüchtern und in angeregter geistiger Verfassung. Auch Kawabata schien guter Stimmung zu sein, denn er sang leise vor sich hin:

»Da bringen sie ihn, den ju-hungen Recken, mit einge-heschla-genem Schäde-heldach.«

Dabei schwang er die Eßstäbchen im Takt, so daß die kleinen, dünnen Nudelschlangen in alle Richtungen davonsegelten. Einige landeten auf Serdjuk, doch es schien nicht böse gemeint zu sein.

Als Kawabata seine Schüssel geleert hatte, schob er sie beiseite und wandte sich an Serdjuk.

»Was meinen Sie«, fing er an, »wenn der Mensch von gefahrvoller Reise nach Hause zurückgekehrt ist, Durst und Hunger gestillt sind – wonach gelüstet es ihn dann?«

»Keine Ahnung«, sagte Serdjuk. »Bei uns wird dann meistens der Fernseher eingeschaltet.«

»Bäh!« machte Kawabata. »Wir in Japan produzieren die besten Fernseher der Welt, aber das hindert uns nicht zu erkennen, daß der Fernseher nur ein kleines Guckloch in einen riesigen geistigen Müllschlucker ist. Nein, ich dachte jetzt nicht an die Unglücklichen, die ihr Leben lang hypnotisiert auf diesen endlosen Müllstrom starren und darauf warten, daß sie eine bekannte Konservendose entdecken, und das macht sie glücklich. Ich spreche von Menschen, die es wert sind, in einem Gespräch wie dem unseren erwähnt zu werden.«

Serdjuk hob die Schultern.

»Da fällt mir nichts ein«, sagte er.

Kawabatas Augen wurden schmal, er rückte näher an Serdjuk heran, lächelte und sah für einen Moment tatsächlich einem verschlagenen Japaner ähnlich.

»Wissen Sie denn nicht mehr, vorhin, als wir die Pferde freigelassen hatten und über den Tendsin-Fluß zu den Rashomon-Toren schlenderten und Sie davon sprachen, wie schön es ist, wenn ein anderer, warmer Körper neben einem liegt? Ist es nicht das, wonach Ihre Seele in einem solchen Moment verlangt?«

Serdjuk zuckte zusammen.

Ein Schwuler! dachte er. Wieso habe ich das nicht gleich gemerkt?

Kawabata rückte noch näher.

»Dies ist doch eines der wenigen natürlichen Gefühle, die der Mensch heutzutage noch haben kann. Na, und außerdem waren wir doch beide einer Meinung, daß Rußland die alchimistische Ehe mit dem Osten braucht, stimmt's? Hab ich recht, he?«

»Unbedingt«, sagte Serdjuk, der innerlich verkrampfte. »Klar. Ich hab erst gestern wieder dran denken müssen.«

»Das ist gut«, sagte Kawabata. »Nun ist es aber so, daß das, was ganzen Völkern und Ländern widerfährt, im Leben jedes einzelnen, der dort lebt und dazugehört, symbolisch wiederauftauchen muß. Rußland, das sind ja auch Sie. Und wenn Ihre Worte aufrichtig sind, woran ich selbstverständlich nicht zweifle, dann lassen Sie uns dieses Ritual unverzüglich vollziehen. Bestärken wir sozusagen unsere Worte und Gedanken durch die symbolische Verschmelzung unserer Prinzipien.«

Kawabata verbeugte sich und zwinkerte ihm zu.

»Außerdem steht uns ja viel Arbeit miteinander bevor, und nichts schmiedet Männer so sehr zusammen wie ...«

Wieder dasselbe Zwinkern und Lachen. Serdjuk grinste automatisch zurück, während ihm auffiel, daß in Kawabatas Mund ein Zahn fehlte. Das beunruhigte ihn jetzt allerdings kaum, zwei Probleme schienen ihm gravierender: Die AIDS-Gefahr war das eine. Daß er keine sehr frische Unterwäsche anhatte, das andere. Kawabata war aufgestanden und zum Schrank gegangen, kramte darin herum und warf Serdjuk irgendein Stück Stoff zu. Es war ein blaues Mützchen von der Art, wie die Männer auf den kleinen Sakebechern sie trugen. Kawabata holte ein zweites Mützchen hervor, mit dem er den eigenen Kopf bedeckte, bedeutete Serdjuk, er solle seines ebenfalls aufsetzen, und klatschte in die Hände.

Sogleich schob sich eine der Wandverkleidungen zur Seite, und eine wilde Musik drang zu ihnen herein. Hinter der Wand kam ein kleiner Raum zum Vorschein, eher eine Kammer, in der vier oder fünf Mädchen in langen, bunten Kimonos, mit Musikinstrumenten in der Hand bereitstanden. Erst kam Serdjuk der Gedanke, daß es gar keine Kimonos waren, sondern irgendwelche langen, schlechtsitzenden Kittel mit um die Taille geschlungenen Handtüchern, durch die die Kittel gerafft wurden und wie Kimonos aussahen – aber dann entschied er, daß solche Kittel eben Kimono hießen. Lächelnd, die Köpfe unentwegt von einer Seite zur anderen schiebend, spielten die Mädchen ihre Musik –

eine hatte eine Balalaika, eine andere schlug mit buntlackierten russischen Holzlöffeln aus der Palecher Werkstatt den Takt, und die beiden übrigen spielten auf kleinen Plastikharmonikas, die gräßliche, durch Mark und Bein gehende Töne von sich gaben – was vollkommen normal war, denn diese Harmonikas wurden nicht dazu hergestellt, daß jemand auf ihnen spielte, sondern ausschließlich zu dem Zweck, daß Kindergartengruppen auf sonntäglichen Schauvorführungen Glück und Geborgenheit demonstrieren konnten.

Das Lächeln der Mädchen schien etwas gequält und das Rouge auf ihren Wangen zu dick aufgetragen. Ihre Gesichtszüge waren auch nicht sehr japanisch – normale russische Gesichter, nicht einmal besonders schön. Eines der Mädchen war Serdjuks ehemaliger Mitstudentin Mascha wie aus dem Gesicht geschnitten.

»Die Frau, mein lieber Semjon«, sagte Kawabata versonnen, »ist durchaus nicht geschaffen, um uns zu verderben. In jenem göttlichen Augenblick, da uns ihr Leib umschließt, werden wir gleichsam in jenes selige Land entführt, aus dem wir einmal kamen und in das wir nach dem Tode wieder abtreten werden. Ich liebe die Frauen und schäme mich nicht, es zuzugeben. Und jedesmal, wenn ich mit einer von ihnen verschmelze, ist es mir ...«

Der Satz war noch nicht zu Ende gesprochen, als Kawabata erneut in die Hände klatschte – und die Mädchen kamen, tänzelnd und mit starren Blicken, in geschlossener Formation auf Serdjuk zu.

»... die sechste Linie, die fünfte Linie, die vierte Linie, und schon wenden sich unsere Pferde nach links, und aus dem Nebel steigt der ersehnte Sudsaku-Palast«, sagte Kawabata, während er sich die Hosen zuknöpfte und ihn aufmerksam ansah.

Serdjuk hob den Kopf vom Kissen. Anscheinend hatte er ein paar Minuten geschlafen, Kawabata war mitten in einer Geschichte, an deren Anfang sich Serdjuk nicht erinnern konnte.

Er sah an sich herunter. Außer dem alten, verwaschenen Shirt mit den olympischen Ringen hatte er nichts am Leib; die restlichen Kleidungsstücke lagen verstreut im Raum. Die Mädchen, halbnackt und etwas aus der Fasson, lungerten träge in einer Ecke herum, wo der Wasserkocher vor sich hin brodelte. Serdjuk sprang auf und zog sich hastig an.

»Dann, schon am linken Palastflügel, halten wir uns rechts«, fuhr Kawabata fort, »und endlich kommen die großen Tore auf uns zu, die Lichtspendenden ... An der Stelle nun hängt alles davon ab, welcher poetischen Stimmung Ihre Seele in diesem Moment am meisten zuneigt. Ist Ihre Gemütslage schlicht und heiter, reiten Sie geradeaus. Sind Ihre Gedanken allem Irdischen abhold, halten Sie sich nach links, und vor Ihnen liegt das Tor zum Ewigen Frieden. Sind Sie aber jung, verwegen, und Ihre Seele will genießen, wenden Sie sich nach rechts und passieren das Tor zu den Anhaltenden Freuden.«

Serdjuk fröstelte unter Kawabatas unverwandtem Blick; er fuhr in Hose, Hemd und Jackett, wollte sich auch den Schlips um den Hals binden, kam mit dem Knoten nicht zurecht, ließ es sein, stopfte sich den Schlips in die Tasche.

»Dann aber«, Kawabata hob triumphierend den Zeigefinger (und war so von seiner eigenen Rede mitgerissen, daß es, wie Serdjuk merkte, keinen Grund gab, sich zu schämen oder übermäßig zu beeilen), »stehen Sie, gleich durch welches Tor Sie in den Kaiserpalast eingeritten sind, allemal auf demselben großen Hof! Denken Sie nur, welch Offenbarung darin liegt für den, der die Sprache der Gleichnisse zu lesen weiß! Welchen Weg Ihr Herz auch einschlug, welchen Kurs Ihre Seele nahm, immer kommen Sie am Ende zum gleichen Punkt. Erinnern Sie sich, wie es heißt? Alle Dinge kehren sich zum selben, und dasselbe kehrt – na? Wohin?«

Serdjuk riß den Blick vom Fußboden los.

»Sagen Sie doch, wohin kehrt dasselbe?« fragte Kawabata noch einmal, und seine Augen verzogen sich zu Schlitzen.

»Nach Hause«, erwiderte Serdjuk matt.

»Oh«, freute sich Kawabata, »geistreich und präzise wie immer. Und für die wenigen Reiter, die zum Verständnis dieser Wahrheit vorzudringen wußten, blühen auf dem ersten Hof des Kaiserpalastes Pomeranze und ... Womit würden Sie die Pomeranze in einen Topf pflanzen?«

Serdjuk stöhnte. An japanischen Pflanzen kannte er nur eine einzige.

»Wie hieß das Ding noch mal? Sakura«, sagte er. »Die Sakurablüte.«

Kawabata tat einen Schritt zurück und verbeugte sich zum wer weiß wievielten Mal an diesem Abend. Und es sah so aus, als blinkten ihm schon wieder Tränen in den Augen.

»Jawohl«, sagte er, »ganz genau. Kirsche und Pomeranze auf dem ersten Hof, dahinter, bei den Gemächern der Fleuchenden Aromen, Glyzinien, bei den Gemächern der Erstorbenen Blüten die Pflaume und bei den Gemächern des Gespiegelten Lichts die Birne. Wie peinlich, daß ich Sie dieser demütigenden Befragung unterziehen mußte! Doch glauben Sie mir, ich kann nichts dafür. So sehen es nun einmal ...«

Er blickte sich nach den Mädchen um, die noch beim Wasserkocher saßen, und klatschte zweimal in die Hände. Die Mädchen sprangen auf und verschwanden mitsamt dem Kocher und ihren hurtig eingesammelten Kleidern in der Kammer, aus der sie gekommen waren, die Trennwand schloß sich hinter ihnen, und nichts, außer vielleicht ein paar sämigen Tröpfchen auf dem Faxgerät, erinnerte mehr an die schäumende Orgie der Leidenschaft, die noch vor Minuten in diesem Raum stattgefunden hatte.

»So sehen es nun einmal die Regeln unserer Firma vor«, sprach Kawabata weiter. »Daß das Wort ›Firma‹ nicht die genaueste Übersetzung ist, sagte ich schon. Eigentlich wäre es zutreffender, von einem Clan zu sprechen. Doch könnte dieser Terminus, gebrauchte man ihn einfach so, Angst und Mißtrauen wecken. Darum schauen wir immer erst einmal, wen wir vor uns haben, und gehen anschließend ins Detail. Und obwohl ich mir der Antwort in Ihrem Fall schon von dem Moment an sicher war, da Sie jenes zauberhafte Gedicht vortrugen.«

Kawabata hielt inne, schloß die Augen und bewegte die Lippen – es stand zu vermuten, daß er jenen Satz von den Sternen vor sich hin sprach, der Serdjuk schon so gut wie entfallen war.

»Bemerkenswerte Worte. Also, von da an war mir alles sonnenklar. Doch es gibt ein Reglement, ein strenges Reglement, und ich war verpflichtet, Ihnen die üblichen Fragen zu stellen. Was ich Ihnen jetzt zu sagen habe, ist folgendes. Unsere Firma funktioniert, ich sagte es schon, eher wie ein Clan, und so sind unsere Mitarbeiter eigentlich eher Clansbrüder. Die Pflichten, die sie auf sich nehmen, unterscheiden sich demzufolge von denen eines gewöhnlichen Gehaltsempfängers. Kurz und gut, wir wollen Sie in die Reihen unseres Clans aufnehmen, der einer der ältesten in ganz Japan ist. Der freie Posten, den Sie übernehmen werden, nennt sich ›Management-Mitarbeiter im Bereich Nordbarbaren‹. Es könnte natürlich sein, daß Ihnen diese Bezeichnung wie eine Beleidigung vorkommt, doch so ist nun einmal die Tradition, die älter an Jahren ist als die Stadt Moskau. Eine schöne Stadt übrigens, besonders im Sommer. Es handelt sich um das Amt eines Samurai, und dafür nehmen wir nicht jeden Plebs. Wenn Sie also bereit sind, dieses Amt zu übernehmen, werde ich Sie zum Samurai schlagen.«

»Und worin besteht diese Arbeit?«

»Oh, nichts Besonderes«, sagte Kawabata. »Papierkram, Kundenbetreuung. Äußerlich ist alles wie in anderen Firmen – nur daß Ihr inneres Verhältnis zu den betrieblichen Vorgängen der kosmischen Harmonie zu genügen hat.«

»Und wieviel zahlen Sie dafür?« fragte Serdjuk.

»Sie erhalten zweihundertfünfzig Koku Reis jährlich«, sagte Kawabata und runzelte für einen Moment die Stirn, er schien zu rechnen. »Das sind in Ihrer Währung so um die vierzigtausend Dollar.«

»Auszahlung in Dollar?«

»Wie Sie wünschen«, sagte Kawabata achselzuckend.

»Ich bin einverstanden«, sagte Serdjuk.

»Das habe ich nicht anders erwartet. Dann sagen Sie mir also: Sind Sie bereit, sich als Samurai des Taira-Clans zu bekennen?«

»Aber sicher.«

»Sich mit unserem Clan auf Leben und Tod zu verbünden?«

Immerzu diese Rituale! dachte Serdjuk. Wann kommen die eigentlich dazu, ihre Fernseher zu bauen?

»Ich bin bereit.«

»Sind Sie bereit, als ein echter Mann die ephemere Blüte dieses Lebens über den Rand des Abgrunds zu werfen, wenn Ihr Dei Sie dazu auffordert?« fragte Kawabata und deutete auf das Bild an der Wand.

Serdjuk warf noch einen Blick darauf.

»Ja doch«, sagte er. »Ich bin bereit. Eine Blüte in den Abgrund, was soll dabei sein.«

»Sie schwören?«

»Ich schwöre.«

»Ausgezeichnet«, sagte Kawabata, »ganz wunderbar. Jetzt bleibt nur noch eine winzige Formalität zu erledigen, dann sind wir fertig. Wir brauchen die Bestätigung aus Japan. Das wird uns nur einige Minuten kosten.«

Er setzte sich vor das Fax, wühlte aus einem Papierstapel ein weißes Blatt hervor und hatte auf einmal einen kleinen Pinsel in der Hand.

Serdjuk setzte sich um. Vom langen Hocken auf dem Fußboden waren ihm die Füße eingeschlafen; vielleicht, dachte er, ließ sich mit Kawabata besprechen, ob er nicht wenigstens einen klitzekleinen Schemel mit auf Arbeit bringen durfte. Dann schweifte sein Blick durch den Raum, um nach den letzten Sake-Resten zu fahnden, doch die Flasche, in der noch eine Neige verblieben sein mußte, war verschwunden. Serdjuk hütete sich, Kawabata, der über seinem Blatt hing, nach ihr zu fragen – man konnte ja nie wissen, ob man damit nicht wieder irgendein Ritual verletzte. Der eben geleistete blumige Schwur fiel ihm ein. Meine Herren, was hatte er im Leben nicht schon alles geschworen! Zum Beispiel für die Sache der kommunistischen Partei zu kämpfen – fünfmal bestimmt, wenn er die Schulzeit mitrechnete. Oder daß er Mascha heiraten würde. Und gestern erst wieder, wie es ihn nach Tschistye prudy verschlagen hatte und er mit diesen Idioten soff – hatte er denen nicht versprochen, daß die nächste Flasche auf seine Rechnung ging? Nun das hier. Blüte in den Abgrund.

Kawabata hatte unterdessen den letzten Pinselschwung über sein Blatt geführt. Er blies darauf und präsentierte es Serdjuk. Eine große Chrysantheme war mit schwarzer Tusche auf das Papier gemalt.

»Was ist das?« fragte Serdjuk.

»Oh«, sagte Kawabata, »das ist eine Chrysantheme. Wissen Sie, wenn unsere Familie Zuwachs bekommt, ist das für den ganzen Taira-Clan ein so freudiger Tag, daß es sich nicht schickt, mit schnöden Schriftzeichen davon zu künden. In solchen Fällen malen wir, um die Führung in Kenntnis zu setzen, eine Blume aufs Papier. Es ist übrigens die gleiche, von der wir vorhin sprachen. Sie symbolisiert Ihr Leben, das jetzt dem Taira-Clan gehört, und bezeugt außerdem, daß Sie sich seiner hochgradigen Ephemerizität nun in vollem Maße bewußt sind.«

»Schon klar«, sagte Serdjuk.

Kawabata blies noch einmal auf das Blatt, schob es dann in den Spalt des Faxgeräts und tippte eine außerordentlich lange Nummer ein.

Es klappte beim dritten Versuch. Das Fax begann zu summen, das grüne Lämpchen in der oberen Ecke blinkte, und das Papier kroch langsam in den schwarzen Spalt hinein.

Konzentriert und ohne sich ein einziges Mal zu rühren, schaute Kawabata weiter auf den Apparat. Einige quälend lange Minuten verstrichen, dann summte das Fax erneut und entließ, irgendwo am schwarzen Bauch, ein anderes Blatt Papier. Serdjuk begriff sofort: Das mußte die Antwort sein.

Kawabata wartete ab, bis das Blatt in voller Länge hervorgekrochen war, riß es aus der Maschine, sah es sich an und wandte den Blick dann langsam zu Serdjuk herüber.

»Ich gratuliere«, sagte er. »Meinen herzlichen Glückwunsch! Die Antwort könnte nicht günstiger sein.«

Er reichte Serdjuk das Blatt. Darauf gab es wieder eine Zeichnung zu sehen: diesmal einen langen, leicht gekrümmten und irgendwie gemusterten Stock mit zwei Buckeln am einen Ende.

»Was ist das?« fragte er.

»Das ist ein Schwert«, sagte Kawabata feierlich. »Das Symbol für Ihr neues Lebensniveau. Und da ich nie am positiven Ausgang unserer Verhandlungen zweifelte, darf ich Ihnen nun sozusagen Ihren Mitgliedsausweis überreichen.«

Mit diesen Worten hielt Kawabata Serdjuk das Kurzschwert hin, das er in der Blechbude erstanden hatte.

Ob es an Kawabatas bohrendem Blick lag oder an einer chemischen Reaktion des alkoholübersättigten Organismus – Serdjuk kam plötzlich die ganze Tragweite und Erhabenheit des Augenblicks zu Bewußtsein. Er wollte schon auf die Knie sinken, als ihm gerade noch einfiel, daß dies nicht die Japaner, sondern die europäischen Ritter des Mittelalters getan hatten – und genaugenommen nicht einmal die, sondern irgendwelche Darsteller in dämlichen Filmen aus der Sowjetzeit. Also streckte er lediglich die Hände aus und empfing behutsam den kühlen, todbringenden Stahl. Auf der Scheide des Schwerts war eine Zeichnung, die er zuvor nicht bemerkt hatte: drei fliegende Kraniche, aus Golddraht gebogen und in den schwarzen Lack eingelassen, deren schnittige, schwebende Konturen von erlesener Schönheit waren.

»In dieser Hülle steckt Ihre Seele«, sagte Kawabata, der immer noch kein Auge von ihm ließ.

»Was für ein schönes Bild«, sagte Serdjuk. »Dazu fällt mir ein

Lied ein, wo Kraniche vorkommen, wie ging das noch mal? ›In ihrem Keil ist noch ein kleiner Zwischenraum – vielleicht ist er für mich gelassen ...‹«

»Jaja«, stimmt Kawabata zu, »mehr als so einen kleinen Zwischenraum braucht es ja gar nicht! Beim Gott Shâkyamuni, die ganze Welt mit all ihren Problemen ließe sich locker zwischen zwei Kranichen unterbringen, was sage ich, sie paßte zwischen die Schwungfedern eines einzigen ... Welch poetischer Abend! Wollen wir nicht noch ein Becherchen leeren? Auf den Platz im Kranichkeil, der Ihnen nun endlich sicher ist?«

Von diesen Worten ging etwas Düsteres aus, doch Serdjuk gab darauf nicht viel. Woher sollte Kawabata denn wissen, daß das Lied von den Seelen toter Soldaten handelte.

»Mit Vergnügen«, sagte Serdjuk, »nur vielleicht ein bißchen später. Ich ...«

Da pochte es laut gegen die Tür. Kawabata drehte sich um und rief etwas Japanisches, die Schiebetür flog auf, und im Spalt erschien das Gesicht eines Mannes – gleichfalls von südlichem Einschlag. Es sagte etwas, und Kawabata nickte.

»Ich muß Sie ein Weilchen allein lassen«, sagte er zu Serdjuk. »Es gibt anscheinend wichtige Neuigkeiten. Wenn Sie mögen, schauen Sie sich derweil ein paar von den Kunstbänden an«, er deutete mit dem Kopf zum Regal, »oder gehen Sie einfach in sich.«

Serdjuk nickte. Kawabata verließ eilig den Raum und zog die Tür hinter sich zu. Serdjuk trat an das Regal und besah sich die lange Reihe bunter Buchrücken, dann ging er zurück in die Ecke und setzte sich auf ein Kissen, den Kopf gegen die Wand gelehnt. Diese ganzen Kupferstiche interessierten ihn jetzt überhaupt nicht mehr.

Im Haus war es still. Allerdings hörte man von irgendwoher Hammerklopfen – vermutlich wurde eine Stahltür eingesetzt. Nebenan hörte man die Mädchen in gedämpftem Ton miteinander zanken, sie waren gleich hinter der Wand, doch kaum einer ihrer Flüche ließ sich verstehen, und die unterdrückten, übereinanderliegenden Stimmen verschmolzen zu einem leisen Rauschen, das beruhigend wirkte, so als wäre da drüben ein Garten, wo der Wind in den blühenden Kirschbaumzweigen spielte.

Serdjuk erwachte von einem schwachen Maunzen. Wie lange er geschlafen hatte, war nicht klar, doch es mußte etliche Zeit vergangen sein – Kawabata, der in der Mitte des Zimmers saß, hatte sich inzwischen umgezogen und rasiert. Er trug jetzt ein weißes Hemd, und die vordem verfilzten Haare waren streng nach hinten gekämmt. Die Töne, die Serdjuk geweckt hatten, kamen von ihm – es war ein schwermütiger Singsang, beinahe wie ein langgezogenes Stöhnen. In den Händen hielt Kawabata ein langes Schwert, das er mit einem weißen Läppchen abrieb. Serdjuk fiel auf, daß Kawabatas Hemd nicht zugeknöpft war, man konnte die unbehaarte Brust und den Bauch sehen.

Als Kawabata mitbekam, daß Serdjuk wach war, drehte er den Kopf zu ihm und zeigte sein breites Lächeln.

»Gut geschlafen?« fragte er.

»Ich hab gar nicht richtig geschlafen«, sagte Serdjuk, »nur mehr so ...«

»Geschlummert«, kam Kawabata zu Hilfe, »na klar. Wir schlummern uns alle so durchs Leben. Und aufwachen tun wir erst ganz zuletzt. Wissen Sie noch, wie wir heute auf dem Rückweg zum Büro den Bach überquerten?«

»Stimmt«, sagte Serdjuk, »da kommt so ein Rinnsal aus dem Rohr.«

»Aus dem Rohr? Kann sein. Können Sie sich an die Blasen auf dem Wasser erinnern?«

»Ja. Richtig große.«

»In Wirklichkeit«, sagte Kawabata und hob die Schwertklinge in Augenhöhe, um aufmerksam darüberhin zu spähen, »in Wirklichkeit ist die ganze Welt wie Blasen auf dem Wasser. Oder etwa nicht?«

Serdjuk fand, daß Kawabata recht hatte, und er mochte dem Japaner in diesem Moment gern etwas sagen, was ihn dieses weitgehende Einverständnis, diesen Gleichklang der Gefühle spüren lassen würde.

»Das ist noch gar nichts«, sagte er und stützte sich auf den Ellbogen. »Die Welt ist wie, na, wie, hach, wie ein Foto von diesen Blasen, das hinter die Kommode gerutscht und von Ratten angefressen worden ist.«

Kawabata lächelte wieder.

»Sie sind ein Dichter«, sagte er. »Daran gibt es für mich keinen Zweifel.«

»Wobei es sein kann«, steigerte sich Serdjuk in seinen Gedanken hinein, »daß die Ratten das Foto schon angefressen haben, als es noch gar nicht entwickelt war.«

»Vortrefflich«, sagte Kawabata, »ganz exzellent. Aber es gibt eine Poesie der Worte, und es gibt eine Poesie der Tat. Ich wünschte, Ihr allerletztes Gedicht könnte denen, mit denen Sie mich schon den ganzen Tag erfreuen, das Wasser reichen. Und zwar ohne alle Worte.«

»Wie meinen Sie das?« fragte Serdjuk.

Kawabata legte das Schwert behutsam auf die Matten.

»Das Leben ist wechselhaft«, sagte er nachdenklich. »Es läßt sich am frühen Morgen nie sagen, was einen am Abend erwartet.«

»Ist irgendwas passiert?«

»Oh, ja. Sie wissen doch, Busineß ist Krieg. Der Taira-Clan hat einen Feind, einen mächtigen Feind. Minamoto.«

»Minamoto?« fragte Serdjuk, und er fror. »Was ist damit?«

»Heute kam die Nachricht, daß die Minamoto Group aufgrund eines heimtückischen Verrats an der Tokioter Effektenbörse das gesamte Kontrollaktienpaket der Taira Incorporated aufgekauft hat. Da mischt noch eine englische Bank mit und auch die Singapur-Mafia, aber das ist egal. Wir sind am Boden zerstört. Und der Feind triumphiert.«

Serdjuk schwieg eine Weile, um sich zu fragen, was das Gesagte bedeutete. Nichts Gutes – soviel war ihm klar.

»Wir aber«, sagte Kawabata, »Sie und ich, zwei Samurai des Taira-Clans, werden selbstverständlich nicht zulassen, daß all diese nichtswürdigen Existenzblasen uns mit ihren flatterhaften Schatten den Geist verfinstern, nicht wahr?«

»N-nein«, sagte Serdjuk.

Kawabata lachte schrill, und seine Augen funkelten.

»Nein«, sagte er, »Minamoto wird uns nicht erniedrigt und am Boden liegend sehen. Wie weiße Kraniche hinter einer Wolke verschwinden, so muß man aus dem Leben gehen. Und kein Bodensatz kleinlicher Gefühle soll sich in dieser herrlichen Minute in unserem Herzen finden.«

Ruckartig drehte er sich mitsamt der Matte, auf der er saß, zu Serdjuk um und verneigte sich vor ihm.

»Ich bitte Sie um eines«, sagte er. »Schlagen Sie mir den Kopf ab, wenn ich mir den Bauch aufgeschlitzt habe!«

»Was?«

»Den Kopf abschlagen, bitte! Der letzte Dienst, wie es bei uns heißt. Ein Samurai, den man darum bittet, darf ihn nicht verweigern, sonst würde er sich mit Schande bedecken.«

»Aber ich hab noch nie ... Ich meine, von früher her.«

»Es ist ganz einfach. Zack und ab. Schschscht!«

Kawabata hieb die Arme durch die Luft.

»Ich fürchte, das krieg ich nicht hin«, sagte Serdjuk. »Auf dem Gebiet hab ich null Erfahrung.«

Kawabata überlegte. Sein Gesicht verfinsterte sich plötzlich, so als wäre ihm etwas ganz Schreckliches eingefallen. Dann schlug er mit der flachen Hand auf die Tatami-Matte unter sich.

»Bloß gut, daß ich bald aus dem Leben scheide«, sagte er und blickte Serdjuk reumütig an. »Was bin ich für ein grober und unhöflicher Mensch!«

Er schlug sich die Hände vor das Gesicht und begann seinen Körper hin- und herzuschwingen.

Serdjuk erhob sich leise, ging auf Zehenspitzen zur Tür, schob sie geräuschlos auf und trat auf den Gang hinaus. Der Beton unter den nackten Füßen war unangenehm kalt. Plötzlich dachte Serdjuk mit Entsetzen daran, daß seine Schuhe und Strümpfe die ganze Zeit, während er mit Kawabata auf Sakesuche gewesen und durch diese dunklen, unsicheren Gassen getigert war, dort vorn auf dem Gang neben dem Eingang gestanden haben mußten. Was er derweil an den Füßen getragen hatte, war absolut rätselhaft; er konnte sich ja nicht einmal entsinnen, wie sie losgegangen und wie sie zurückgekommen waren.

Nur weg, nichts wie weg von hier! dachte er, während er um die Ecke bog. Hauptsache verschwinden, drüber nachdenken können wir hinterher immer noch.

Der Wachmann an der Tür erhob sich von seinem Schemel, als er Serdjuk kommen sah.

»Nanu, wohin um die Zeit?« fragte er gähnend. »Viertel nach drei!«

»War Sitzung«, sagte Serdjuk. »Hat gedauert.«

»Von mir aus«, sagte der Wachmann. »Passierschein?«

»Wieso?«

»Was, wieso. Den Passierschein.«

»Ich bin doch ohne reingekommen.«

»Stimmt«, sagte der Wachmann. »Und um wieder rauszukommen, braucht man einen Passierschein.«

Die Lampe auf dem kleinen Tisch warf ein trübes Licht auf Serdjuks Schuhe, die an der Wand standen. Einen Meter weiter war die Tür, dahinter die Freiheit. Serdjuk tat einen kleinen Schritt auf seine Schuhe zu, dann noch einen. Der Wachmann blickte gleichmütig auf Serdjuks nackte Füße.

»Und überhaupt«, sagte er, mit seinem Gummiknüppel spielend, »das Sicherheitssystem ist eingeschaltet. Bis acht bleibt die Tür zu. Wenn einer sie aufmacht, kommen die Bullen. Dann gibt's Theater – Protokoll und so weiter. Deswegen darf ich gar nicht aufschließen. Nur bei Feuer. Oder Wasser.«

»Eben«, sagte Serdjuk in verschwörerischem Ton. »Die ganze Welt ... wie Blasen auf dem Wasser.«

Der Wachmann grinste und nickte.

»Dagegen läßt sich nichts sagen. Wir kennen ja unsere Arbeitgeber. Aber versteh mich nicht falsch. Manchmal kommt mit der Blase eine Anweisung geschwommen. Da guckst du und liest: Tür zu um elf, auf ab acht, und basta.«

Serdjuk meinte aus der Stimme des Wachmanns eine gewisse Unschlüssigkeit herauszuhören und versuchte noch einmal in dieselbe Kerbe zu hauen.

»Ich schätze, Herr Kawabata wird sich über Ihr Verhalten wundern. Als ob man dem Wachmann einer seriösen Firma solche simplen Dinge erklären müßte. Wenn alles ringsum nur eine Fata Morgana ist ...«

»Fata, Fata ...«, sagte der Wachmann nachdenklich und schaute auf einen deutlich jenseits der Wände befindlichen Punkt. »Weiß ich doch. Ich steh ja hier nicht erst seit gestern. Wir haben jede Woche Schulung. Ich sag doch gar nicht, daß die Tür real ist. Soll ich sagen, was ich von ihr denke?«

»Sag schon.«

»Ich denke, es gibt keine substantielle Tür, sondern nur ein Gefüge leerzeichenhafter Wahrnehmungselemente.«

»Na also!« sagte Serdjuk erfreut und tat noch ein Schrittchen auf seine Schuhe zu.

»Aber vor acht sperr ich das Gefüge nicht auf«, sagte der Wachmann und schlug sich den Gummiknüppel in die Hand.

»Und warum nicht?«

Der Wachmann zuckte die Achseln.

»Dein Karma«, sagte er, »ist mein Dharma. Alles eine Schoße. Nichts als leeres Stroh.«

»Hm-mhm«, sagte Serdjuk. »Das sind ja knallharte Instruktionen.«

»Was dachtest du. Die kommen vom japanischen Sicherheitsdienst.«

»Und was mach ich jetzt?« fragte Serdjuk.

»Was schon. Warten, bis es acht ist. Und laß dir einen Passierschein ausstellen.«

Serdjuk warf einen letzten Blick auf die Schultermuskelpolster des Wachmanns, den Knüppel in seinen Händen, wandte sich langsam um und lief wieder in den Gang hinein. Er hatte das dumme Gefühl, daß es irgendeinen Spruch gab, der den Wachmann dazu veranlaßt hätte, die Tür zu öffnen – er kam nur nicht darauf. Ich tät den Skat nehmen, wenn ich wüßte, was drinliegt! dachte er mißmutig.

»Und hör mal«, rief der Wachmann ihm nach, »lauf hier nicht ohne Geta rum. Das ist Beton, du holst dir was an die Nieren.«

Wieder in Kawabatas Kabinett, zog Serdjuk leise die Tür hinter sich zu. Es roch streng – nach halbverdautem Fusel und Frauenschweiß. Kawabata kauerte immer noch am Boden, die Hände vor dem Gesicht, und wiegte sich von einer Seite auf die andere. Daß Serdjuk draußen gewesen war, schien er gar nicht bemerkt zu haben.

»Herr Kawabata«, rief Serdjuk ihn leise an.

Kawabata ließ die Hände sinken.

»Geht es Ihnen nicht gut?«

»Mir geht es nicht gut«, sagte Kawabata. »Mir geht es hundsmiserabel. Und hätte ich hundert Bäuche, ich würde sie alle aufschlitzen, ohne zu zögern. Nie im Leben habe ich mich so geschämt.«

»Was ist denn los?« fragte Serdjuk mitfühlend und ging vor dem Japaner auf die Knie.

»Ich habe mich erdreistet, Sie um den letzten Dienst zu bitten. Daß keiner mehr da ist, der Ihnen für den gleichen Dienst zur Verfügung steht, wenn ich das Seppuku als erster begehe, daran habe ich überhaupt nicht gedacht. Eine ungeheure Schande.«

»Mir?« fragte Serdjuk und stand auf. »Wieso mir??«

»Na ja«, sagte Kawabata, der gleichfalls aufstand und Serdjuk glühend in die Augen sah. »Wer soll Ihnen denn den Kopf abschlagen? Grigori oder wer?«

»Welcher Grigori?«

»Der Wachmann. Sie haben doch eben mit ihm gesprochen. Der könnte Ihnen mit seinem Gummiknüppel den Schädel einschlagen, mehr nicht. Dabei muß der Kopf abgetrennt werden, und zwar kunstgerecht, nicht einfach so. Er muß zum Schluß noch an einem Faden hängen. Stellen Sie sich vor, er würde davonrollen, wie häßlich! Aber setzen Sie sich doch, ich bitte Sie.«

Unter Kawabatas hypnotischem Blick sank Serdjuk kraftlos auf die Matte nieder – er vermochte gerade noch die Augen von Kawabatas Gesicht loszureißen, zu mehr war er nicht in der Lage.

»Kann es sein, daß Sie gar nicht so richtig wissen, was die Lehre von der furchtlosen, geradlinigen Rückkehr in die Ewigkeit über das Seppuku sagt?« fragte Kawabata.

»Was, was?«

»Wie man sich den Bauch aufschlitzt – haben Sie davon eine Ahnung?«

»Nein«, sagte Serdjuk und glotzte wie betäubt an die Wand.

»Es gibt verschiedene Möglichkeiten. Die einfachste ist ein horizontaler Schnitt. Das wäre so lala. Fünf Minuten Peinlichkeit und ›Guten Tag, Buddha Amida‹, wie man bei uns sagt. Das ist wie mit dem Saporoshez ins Gelobte Land fahren. Ein vertikaler Schnitt macht sich schon besser, ist aber auch bloß Lower-middle-class-Stil und noch dazu provinziell. Zu guter Letzt darf es doch wohl ein bißchen exklusiver sein. Da kämen zwei Über-Kreuz-Varianten in Frage: lotrecht-waagerecht oder diagonal. Würde ich beides nicht empfehlen: Einmal rauf, einmal runter und dann noch hin und her, das wäre als Anspielung aufs Christentum mißzuverstehen, und bei der schrägen Variante könnte genausogut jemand an die Andreaskreuzfahne denken und glauben, Sie hätten sich wegen des Ausverkaufs der Schwarzmeerflotte ... Dabei sind Sie doch kein Marineoffizier, oder?«

»Nein«, bestätigte Serdjuk teilnahmslos.

»Sag ich doch – bringt nicht viel. Vor ein paar Jahren war es groß in Mode, zwei Schnitte parallel zu führen, aber das ist heikel. So daß ich Ihnen also zu einem großen, schrägen Schnitt raten würde, von links unten nach rechts oben und zum Schluß wieder ein bißchen zur Mitte hin. Da kann man, rein ästhetisch gesehen, nichts falsch machen, und ich werde es Ihnen wahrscheinlich ebenso nachtun.«

Serdjuk machte den Versuch aufzustehen, doch Kawabata legte ihm die Hand auf die Schulter und brachte ihn wieder zum Sitzen.

»Bedauerlicherweise muß alles schnell-schnell gehen«, sagte er seufzend. »Ganz ohne weiße Paravents und Pfeiferauchen und so weiter. Krieger, die mit blankgezogener Waffe am Rande des Schauplatzes bereitstünden, haben wir auch keine vorrätig ... Außer Grigori, na, was ist der schon für ein Krieger. Im Grunde sind die ja auch überflüssig. Man bräuchte sie nur für den Fall, daß ein Samurai seinen Eid bricht und das Seppuku verweigert, der würde dann abgestochen wie ein Hund. Meines Wissens hat es einen solchen Fall noch nie gegeben. Aber es sieht natürlich schön aus: rings um das abgesteckte Quadrat diese jungen Männer, deren blanke Schwerter in der Sonne blitzen. Ach, eigentlich könnten wir doch ... Wollen Sie, daß ich Grigori hole? Und vielleicht noch von oben den Semjon? Damit es dem traditionellen Ritual mehr entspricht?«

»Nicht nötig«, sagte Serdjuk.

»Recht so«, sagte Kawabata, »nur recht so. Sie wissen natürlich, daß es bei einem Ritual weniger auf Äußerlichkeiten ankommt als auf den inneren Gehalt.«

»Weiß ich, weiß ich. Alles weiß ich«, sagte Serdjuk und sah Kawabata haßerfüllt an.

»Weshalb ich felsenfest davon überzeugt bin, daß alles wunderbar klappen wird.«

Kawabata nahm das in der Blechbude erworbene Kurzschwert vom Boden auf, zog es aus der Scheide und schwang es ein paarmal durch die Luft.

»Genügt vollkommen«, sagte er. »Jetzt folgendes. Auf zwei Dinge muß man achten. Erstens: sich nach dem Schnitt nicht auf den Rücken fallen lassen, das sieht sehr unschön aus. Aber dabei werde ich Ihnen Hilfestellung geben. Und zweitens: nicht an die Wirbelsäule kommen. Die Klinge darf nicht zu tief eindringen. Am besten machen wir es so.«

Er nahm ein paar Faxbögen (Serdjuk sah, daß das Blatt mit der schwarzen Chrysantheme dabei war) und stieß sie zu einem ordentlichen kleinen Stapel zusammen, den er einmal faltete und vorsichtig um die Klinge des Schwerts legte, so daß die Spitze sieben, acht Zentimeter hervorschaute.

»Fertig. Also, den Griff in die Rechte und mit der Linken hier anfassen. Nicht zu kräftig drücken, sonst verklemmt es sich leicht. Und dann rauf und gleichzeitig nach rechts. So, jetzt wollen Sie sich bestimmt noch ein bißchen sammeln. Wir haben es zwar eilig, aber so viel Zeit muß sein.«

Serdjuk saß in einer Art Starre und glotzte immer noch gegen die Wand. Ein paar einzelne, träge Gedanken wälzten sich durch seinen Kopf: Ja, er mußte Kawabata wegstoßen, auf den Gang rennen und ... Die Tür dort war zu, und dieser Grigori mit dem Knüppel stand davor. Und angeblich gab es noch einen Semjon im ersten Stock. Theoretisch hätte man die Polizei rufen können, aber da war Kawabata mit seinem Schwert. Und um die Zeit kam sowieso keine Polizei. Es gab aber noch etwas anderes, und vielleicht war das das Unangenehmste: Was immer er jetzt unternahm, es hätte früher oder später dazu geführt, daß Verwunderung auf Kawabatas Gesicht getreten wäre, abgelöst von einer Grimasse der Verachtung. Und man konnte sagen, was man wollte – etwas hatte der heutige Abend an sich gehabt, was

Serdjuk jetzt nicht preisgeben mochte. Er wußte sogar, was es war: jener Moment, da sie einander nach dem Anbinden der Pferde Verse vorgetragen hatten. Selbst wenn es, aus jetziger Sicht, Pferde und Verse nicht wirklich gegeben hatte, dieser Moment war echt, und der Wind, der von Süden wehte und den nahenden Sommer verhieß, und die Sterne am Himmel - all dies war so echt, wie es sich gehörte. Und verglichen mit jener Welt draußen vor der Tür, die einem ab acht Uhr morgens offenstand ...

In Serdjuks Gedankenstrom war eine kurze Lücke entstanden, durch die er sogleich die leisen Geräusche wahrnahm, die von allen Seiten zu ihm drangen. Im Bauch Kawabatas, der mit geschlossenen Augen neben dem Fax saß, rumorte es. Serdjuk war sich sicher, daß Kawabata die ganze Prozedur mit Glanz und Eleganz hinter sich bringen würde. Dabei schien die Welt, die der Japaner zu verlassen sich anschickte - verstand man darunter all das, was einem an Gefühlen und Erfahrungen im Leben beschieden ist -, bei weitem attraktiver als die stinkenden Moskauer Straßen, die auf Serdjuk jeden Morgen einstürmten, wenn Filipp Kirkorow im Radio dazu sang.

Gleich darauf wußte Serdjuk, wie er so plötzlich auf Kirkorow kam - hinter der Wand, wo die Mädchen saßen, erklang eines seiner munteren Liedchen. Es gab nebenan einen kurzen Wortwechsel, unterdrücktes Schluchzen, und die Programmwahltaste klickte. Nun strahlte der unsichtbare Fernseher Nachrichten aus, und Serdjuk gewann den Eindruck, als wäre dies gar kein anderer Sender, Kirkorow hätte nur aufgehört zu singen und statt dessen zu reden begonnen. Er hörte eines der Mädchen aufgeregt wispern:

»Guck doch! Wieder besoffen! Wie er den Kohl umarmt! Ich sag dir, der ist sternhagelvoll!«

Serdjuk überlegte einen letzten Moment.

»Soll mir alles den Buckel runterrutschen«, sagte er. »Schwert her!«

Kawabata kam geeilt, kniete auf ein Bein nieder und reichte ihm, den Griff voran, das Schwert.

»Warte«, sagte Serdjuk und knöpfte sich das Hemd unter dem Jackett auf. »Durchs T-Shirt durch – geht das?«

Kawabata überlegte.

»Doch, es hat solche Fälle gegeben. Vierzehnhundertvierundfünfzig schlitzte sich Takeda Katsuyori, als die Schlacht bei Okehazama verloren war, direkt durch das Jagdwams den Bauch auf. Also kein Problem.«

Serdjuk nahm das Schwert in die Hand.

»Nein, nicht so«, sagte Kawabata. »Ich sagte doch: die Rechte an den Griff, und die Linke dorthin, wo das Papier ist. Genau.«

»Jetzt einfach so rein?«

»Moment, Sekündchen.«

Kawabata rannte quer durch das Zimmer, ergriff sein großes Schwert, kam zurück und baute sich hinter Serdjuks Rücken auf.

»Muß nicht tief sein. Bei mir ist es was anderes, ich hab ja keinen Sekundanten. Sie Glückspilz! Wahrscheinlich haben Sie Ihr Leben gut gelebt.«

Serdjuk lächelte schwach.

»Eher normal«, sagte er. »Wie alle.«

»Dafür sterben Sie wie ein Krieger«, sagte Kawabata. »Wollen wir? Ich bin bereit. Soll ich bis drei zählen?«

»Gut«, sagte Serdjuk.

»Tief einatmen«, befahl Kawabata. »Und: eins ... zwei ...«

Plötzlich fiel Serdjuk ein, daß er nicht nachgesehen hatte, ob die Flämmchen in den Laternen beim Eingang echt waren – jetzt war es dafür natürlich zu spät.

»Zwoeinhalb ... Und drrrei!«

Serdjuk rammte sich das Schwert in den Bauch.

Der Rand des Papiers rutschte bis an das Shirt. Es tat nicht sehr weh, nur die Kälte der Klinge verspürte er deutlich.

Auf dem Boden klingelte das Faxgerät.

»Jawohl«, sagte Kawabata. »Und jetzt rauf und nach rechts. Mehr, noch mehr ... So ist es gut.«

Serdjuks Beine zuckten.

»Jetzt schnell zur Mitte hin drehen. Und drücken, mit beiden Händen! Ja, sehr schön. Genau so. Vielleicht noch ein, zwei Zentimeterchen.«

»Ich kann nicht mehr«, röchelte Serdjuk, »es brennt so.«

»Was dachtest denn du!« sagte Kawabata. »Wart einen Moment.«

Er sprang zum Faxgerät und nahm den Hörer ab.

»Hallo! Ja! Richtig. Ein Null-Neuner. Zweitausend gefahren.«

Serdjuk ließ das Schwert fallen und preßte die Hände gegen den blutenden Bauch.

»Schnell«, röchelte er, »schnell!«

Kawabata runzelte die Stirn und bedeutete Serdjuk mit einer Geste zu warten.

»Was?« brüllte er in den Hörer. »Wieso zu teuer? Dreieinhalb! Ich hab fünftausend dafür hingelegt vor einem Jahr!«

Langsam, wie zu Beginn einer Kinovorführung, erlosch in Serdjuks Augen das Licht. Für kurze Zeit saß er noch da, dann kippte er allmählich zur Seite. Noch bevor seine rechte Schulter den Boden berührte, hatte er jedes Körpergefühl verloren; nichts blieb als der rasende Schmerz.

»Was denn angeschlagen? Wo denn angeschlagen!« drang es aus der rotglühenden, pulsierenden Tiefe zu ihm herauf. »Zwei Kratzer an der Stoßstange, das nennst du angeschlagen? Was, was? Selber! Idiot! Drecksstück! Hä? Ach, leck mich doch am A...«

Der Hörer knallte auf die Gabel, worauf das Faxgerät sofort wieder zu klingeln begann.

Serdjuk nahm wahr, daß der Raum, aus dem die Telefonanrufe und Kawabatas Flüche und überhaupt alles übrige zu ihm drangen, weit weg von ihm war – ein so sehr geschrumpftes Segment der Wirklichkeit, daß man sich heftig zusammenreißen mußte, um zu verfolgen, was dort geschah. Sich so zusammenreißen zu müssen war sinnlos (auch wenn Serdjuk inzwischen wußte, daß diese Art des Zusammenreißens das Leben war). Dieses ganze langwierige, mit Sehnsucht, Hoffnung und Furcht gefüllte menschliche Dasein rückte von ihm ab – ein flüchtiger Gedanke, der seine Aufmerksamkeit für kurze Zeit abgelenkt hatte. Serdjuk (der in Wirklichkeit kein Serdjuk war) schwebte im leeren Raum, einem Raum ohne Eigenschaften, jenseits von Gut und Böse, schwamm spürbar auf etwas zu, das riesengroß war und eine unerträgliche Hitze ausstrahlte. Das Schrecklichste war, daß er rücklings auf dieses große, feuerspuckende Etwas zuschwamm und es deswegen nicht sehen konnte. Es war einfach nicht auszuhalten. Fieberhaft begann Serdjuk nach jenem Punkt zu suchen, wo die alte, vertraute Welt geblieben war. Und, o Wunder! es gelang. Wie eine Glocke dröhnte Kawabatas Stimme in seinem Kopf:

»Zu Hause in Japan war man ja skeptisch, ob Sie es schaffen. Aber ich wußte es. Erlauben Sie nun, daß ich Ihnen den letzten Dienst erweise. Osch-h-h!«

Danach war lange Zeit nichts. So lange, daß Zeit nicht mehr zu existieren schien. Schließlich hörte man es husten, Dielen knarrten, und die Stimme des Professors sagte:

»Tja, Senja. So haben sie dich dann auf dem Lüftungsschacht gefunden. Eine Rose in der Hand. Mit wem hattest du denn an dem Tag gesoffen, weißt du das noch?«

Die Antwort blieb aus.

»Tatjana Pawlowna«, sagte der Professor, »zwei Kubik, bitte. Ja.«

»Aber, Herr Professor«, kam überraschend Wolodins Stimme aus der Ecke, »das waren doch die Geister.«

»Ach so? Was denn für Geister?« erkundigte sich Professor Kanaschnikow höflich.

»Die aus dem Hause Taira. Jede Wette! Und wie er mit ihnen

umgegangen ist, läßt vermuten, daß er den Tod gewollt hat. Jawohl, so wird es gewesen sein.«

»Wieso ist er dann am Leben geblieben?« fragte der Professor.

»Er hatte das Olympia-T-Shirt an. Das von der Moskauer Olympiade, mit den vielen kleinen olympischen Ringen, wissen Sie noch? Er ist mit dem Schwert durch das T-Shirt gegangen.«

»Na und?«

»Das hat gewirkt wie magische Hieroglyphen. Ich hab gelesen, es gab im alten Japan so einen Fall, daß sie einen Mönch am ganzen Körper mit Abwehrzeichen vollgepinselt haben, nur die Ohren haben sie vergessen. Und als die Taira-Geister kamen, haben sie die Ohren mitgenommen, alles übrige war für sie einfach unsichtbar.«

»Und warum haben sie ihn heimgesucht? Den Mönch damals, meine ich?«

»Er konnte gut Flöte spielen.«

»Flöte, aha. Das ist allerdings logisch«, sagte der Professor. »Und daß die Geister Dynamo-Fans waren, hat Sie das gewundert?«

»Nein, wieso«, sagte Wolodin. »Manche stehen auf Spartak, manche auf den Armeesportklub, warum soll es nicht auch welche geben, die zu Dynamo halten?«

7

»Dynamo! Dynamo! Wirst du wohl herkommen, Biest!«

Ich sprang vom Bett. Irgendein junger Kerl, der einen abgerissenen schwarzen Überzieher auf dem nackten Oberkörper trug, rannte auf dem Hof brüllend hinter seinem Pferd her.

»Dynamo! Bleib stehen, dumme Trine! Wo willst du denn hin!«

Unter meinem Fenster schnaubten noch mehr Pferde, umringt von einer großen Menge rotgardistischer Soldaten, die es gestern hier noch nicht gegeben hatte. Daß es rote Truppenteile waren, ließ sich eigentlich nur an ihrem losen Aufzug erkennen – bunt zusammengewürfelt, überwiegend Zivil, woraus man schließen durfte, daß die Kleiderkammern vorzugsweise bei Plünderungen aufgefüllt worden waren. Ein Mann mit Budjonnymütze (der rote Stern schief angeheftet) stand inmitten des Haufens und gab, mit den Armen rudernd, irgendwelche Anweisungen. Von der großen roten Säbelschramme quer über die Wange einmal abgesehen, erinnerte er mich verblüffend an jenen Furmanow, Kommissar des Weberbataillons aus Iwanowo, den ich auf dem Meeting vor dem Jaroslawler Bahnhof kennengelernt hatte.

Meine Aufmerksamkeit wurde bald von dem bunten Haufen abgelenkt, denn mitten auf dem Hof sah ich eine Kalesche stehen. Vier Rappen wurden gerade angespannt. Es war ein langer, offener Landauer mit Pneureifen und Stahlfederung, die Sitzbänke aus kostbarem Holz und mit weichem Leder bezogen, Reste einer Vergoldung waren erkennbar. Dieses edle Gefährt weckte eine unaussprechliche Nostalgie in mir – Splitter einer auf ewig dahingegangenen Welt, deren Bewohner der naiven Hoffnung angehangen hatten, sich mit solchen Transportmitteln in die Zukunft retten zu können. Nun hatte es sich so ergeben, daß die Transportmittel den Marsch in die Zukunft allein angetreten hatten, und dies um den Preis ihrer Verwandlung in hunnische Streitwagen. Jedenfalls kamen einem solche Assoziationen, wenn man die drei »Lewis«-MGs auf einer Stange am Heck des Landauers sah.

Ich trat vom Fenster zurück, setzte mich auf das Bett. Mir fiel ein, daß diese MG-Wagen bei den russischen Militärs »Tatschanka« hießen. Die Herkunft dieses Wortes war rätselhaft – beim Anziehen der Stiefel wälzte ich alle möglichen etymologischen Varianten und fand nichts Passendes. Nur ein blöder Kalauer fiel mir ein: Tatschanka – *touch Anka*. Nach dem gestrigen Geplänkel mit der schönen Frau (allein die Erinnerung trieb mir das Blut ins Gesicht und die Falten auf die Stirn) mußte ich ihn wohl oder übel für mich behalten.

Mit derlei Gedanken im Kopf lief ich die Treppe hinab und auf den Hof hinaus. Jemand sagte mir, daß Kotowski mich in der Stabsscheune erwartete, und ich begab mich, ohne zu zögern, dorthin. Am Eingang hielten zwei Soldaten in schwarzen Uniformen Wache – als ich an ihnen vorüberging, standen sie stramm und salutierten. Ihren gespannten Gesichtern sah man an, daß sie sehr gut wußten, wer ich war – leider hatte die Verletzung auch ihre Namen aus meinem Gedächtnis radiert.

Kotowski saß in einem sandgelben, bis oben hin zugeknöpften Uniformrock auf dem Tisch. Er war allein im Raum. Als erstes bemerkte ich die Totenblässe in seinem Gesicht – es sah aus wie dick gepudert. Augenscheinlich hatte er schon am Morgen heftig dem Kokain zugesprochen. Neben ihm auf dem Tisch stand ein schlanker Glaszylinder, in dem sich Wölkchen einer geschmeidigen weißen Substanz langsam auf und nieder bewegten. Es war eine Spirituslampe, wie sie noch vor Jahren in

Petersburg große Mode gewesen war: Wachsklümpchen schwebten im gefärbten Glyzerin.

Kotowski streckte mir die Hand entgegen. Ich bemerkte ein leichtes Zittern.

»Ich weiß nicht, warum«, sagte er und hob seine klaren Augen, »seit dem frühen Morgen bewegt mich die Frage, was uns erwartet, wenn wir in die Grube fahren.«

»Sie meinen, da wartet wer?« fragte ich.

»Vielleicht habe ich mich ungeschickt ausgedrückt«, sagte Kotowski. »Deutlicher gesagt: Ich denke über den Tod und die Unsterblichkeit nach.«

»Wie sind Sie denn in diese Stimmung geraten?«

»Ach«, Kotowski zeigte ein kaltes Lächeln, »das ist im Grunde ein Dauerzustand, seit jener denkwürdigen Begebenheit in Odessa. Na ja, unwichtig.«

Er schob die Finger vor der Brust ineinander und wies mit dem Kinn auf die Lampe neben sich.

»Sehen Sie sich diese Wachstropfen an. Schauen Sie, was mit ihnen passiert. Erst werden sie vom Brenner erhitzt und nehmen die wunderlichsten Formen dabei an, dann steigen sie auf. Währenddessen kühlen sie wieder ab; je höher sie gelangen, desto träger sind ihre Bewegungen. In irgendeinem Punkt bleiben sie schließlich hängen, und dann, meistens bevor sie es bis ganz hinauf geschafft haben, beginnt der Abstieg. Dorthin, von wo sie gekommen sind.«

»Jaja, darin liegt eine gewisse platonische Tragik«, äußerte ich gedankenvoll.

»Mag sein. Ich meine etwas anderes. Stellen Sie sich vor, die den Zylinder emporsteigenden Tropfen hätten ein Bewußtsein. Dann hätten sie augenblicklich auch ein Problem. Ein Identitätsproblem.«

»Das ist wohl wahr.«

»Und da sind wir nah am springenden Punkt. Wenn eines dieser Wachsbröckchen nämlich meinte, es bestünde aus der

Form, die es hat, so wäre es dem Tod geweiht, denn diese Form wird sehr schnell zerstört. Käme es aber dahinter, daß es Wachs ist, was passierte ihm dann?«

»Dann kann ihm gar nichts passieren«, sagte ich.

»Eben«, sagte Kotowski. »Dann ist es unsterblich. Der Witz ist nur der, daß es dem Wachs nicht so leicht fällt zu begreifen, daß es Wachs ist. Sich die eigene Urnatur zu vergegenwärtigen ist praktisch unmöglich. Wie soll man wahrnehmen, was einem von allem Anfang an vor Augen steht? Was auch schon da war, als die Augen noch fehlten? So ist das einzige, was ein Wachs sich vor Augen führen kann, seine vorübergehende Form. Und es glaubt, diese Form machte es aus, verstehen Sie? Dabei ist die Form willkürlich – jedesmal sind Tausende und Abertausende von Zufällen an ihrem Zustandekommen beteiligt.«

»Eine blitzsaubere Allegorie. Aber was folgt aus ihr?« fragte ich, da mir das Gespräch vom letzten Abend noch gegenwärtig war und ich daran denken mußte, wie leichtfertig er bei dieser Gelegenheit Rußlands Schicksal gegen eine Portion Kokain eingetauscht hatte. Es konnte durchaus sein, daß er den Rest des Pulvers auch noch haben wollte und das Gespräch darauf zu bringen beabsichtigte.

»Es folgt daraus, daß der einzige Weg zur Unsterblichkeit für ein Tröpfchen Wachs darin besteht, die Vorstellung vom Tröpfchen aufzugeben und statt dessen zu begreifen: Ich bin das Wachs. Weil unser Tröpfchen aber nun einmal nichts weiter erkennen kann als die Form, betet es ein ganzes kurzes Leben lang zu seinem Wachsgott, er möge doch diese Form retten – obwohl es mit ihr im Grunde nichts zu schaffen hat. Wobei alles Wachs auf Erden zusammengenommen auch keine anderen Qualitäten hat, als jeder einzelne Wachstropfen schon in sich birgt. Verstehen Sie? Ein Tröpfchen aus dem gigantischen Ozean allen Seins *ist* dieser Ozean – in Tropfengröße. Aber wie soll man das einem Wachstropfen erklären, dem um nichts so bange ist wie um seine vergängliche Form? Wie diesen Gedanken in ihn hineinpflanzen? Denn es sind die Gedanken, die einen zur Erlösung führen oder ins Verderben reiten – Erlösung und Verderben sind ja auch nur Gedanken. In den ›Upanischaden‹ steht, glaube ich, der Geist sei das vor die Karre des Körpers gespannte Pferd ...«

Hier schnipste er mit den Fingern, als sei ihm plötzlich ein Gedanke gekommen, und mich traf ein Blick aus kalten Augen:

»Weil wir gerade bei Gespannen sind: Finden Sie nicht, daß ein halbes Döschen Kokain für ein Paar Orjoler Traber ...«

Ein ohrenbetäubender Donnerschlag ließ mich zur Seite taumeln. Die neben Kotowski stehende Spirituslampe explodierte, Tisch und Generalstabskarte wurden von einer Glyzerinflut überschwemmt. Kotowski sprang von der Tischplatte. Plötzlich steckte, wie aus dem Nichts hervorgezaubert, ein Revolver in seiner Faust.

In der Tür stand Tschapajew: grauer Uniformrock, gegürtet mit einem Portepee, Pelzmütze mit schrägem Moiréband, schwarze Reithosen mit Lederbesatz und dreifacher Biese, die vernickelte Mauserpistole im Anschlag. Von seiner Brust blitzte das silberne Pentagramm (er hatte es einmal als Oktoberstern-Orden bezeichnet, das wußte ich noch), daneben baumelte ein kleiner Feldstecher.

»Gut gesprochen, Grigori – das mit dem Wachströpfchen, meine ich«, sagte er mit heiserer Tenorstimme. »Aber was sagst du nun? Wo ist jetzt dein Ozean allen Seins?«

Bestürzt schaute Kotowski zu der Stelle, wo eben noch die Lampe gestanden hatte. Auf der Karte breitete sich ein Riesenfettfleck aus. Zum Glück war der Lampendocht bei der Detonation erloschen – sonst hätten wir nun den schönsten Zimmerbrand gehabt.

»Die Form, das Wachs – wer hat das alles hervorgebracht?« fragte Tschapajew düster. »Antworte!«

»Der Geist«, erwiderte Kotowski.

»Und wo steckt der? Zeig ihn mir.«

»Der Geist steckt in der Lampe«, sagte Kotowski. »Hat da gesteckt. Bis eben.«

»Und was macht er nun, wo die Lampe kaputt ist?«

»Wozu ist er ein Geist?« gab Kotowski konsterniert zurück.

Tschapajew schoß noch einmal. Die Kugel verwandelte das auf dem Tisch stehende Tintenfaß in einen blauen Zimmerspringbrunnen.

Für einen Moment wurde mir schwindlig.

Auf Kotowskis fahlen Wangenknochen zeichneten sich zwei tiefrote Flecken ab.

»Gut«, sagte er, »ich habe verstanden. Die Lektion ist angekommen, Wassili Iwanowitsch. Sie hat gesessen.«

»Ach, Grigori«, sagte Tschapajew in traurigem Ton, »was machst du nur für Sachen? Du darfst dir jetzt keinen Fehler mehr erlauben, das weißt du doch. Auf gar keinen Fall. Wo du hingehst, wird dir keiner mehr Lektionen erteilen. Da wird alles so sein, wie du es sagst.«

Ohne aufzublicken, drehte Kotowski sich um und rannte aus der Scheune.

»Wir rücken aus«, sagte Tschapajew und steckte die rauchende Mauser ins Halfter zurück. »Wollen wir nicht zu zweit die Kalesche nehmen, die du Grigori gestern abgeluchst hast? Dann haben wir noch ein bißchen Zeit zu reden.«

»Gern«, antwortete ich.

»Ich habe schon anspannen lassen«, sagte Tschapajew. »Grigori und Anka fahren auf der Tatschanka.«

Mein Gesicht mußte sich verdüstert haben, denn Tschapajew lachte laut auf und hieb mir mit aller Wucht die Hand auf den Rücken.

Wir gingen hinaus auf den Hof und drängten uns durch die Menge der Soldaten bis zu den Pferdeställen. Dort herrschte die lärmende Geschäftigkeit, die für den Auszug eines Bataillons in den Kampf typisch ist und das Herz eines jeden Kavalleristen höher schlagen läßt. Die Soldaten zurrten die Sättel fest, prüften die Hufe und führten dabei muntere Gespräche – hinter dieser Munterkeit aber spürte man nüchterne Konzentration, alle Saiten in ihnen waren bis zum Äußersten gespannt. Selbst die Pferde schienen von der seelischen Verfassung ihrer Reiter angesteckt, sie tänzelten von einem Bein aufs andere, wieherten, versuchten immer wieder, die Kandare auszuspucken, und äugten mit dunklen, magnetischen Augen, in deren Winkeln eine wahnwitzige Freude zu sitzen schien, zur Seite.

Ich spürte, wie die hypnotische Wirkung der nahenden Gefahr auch auf mich übergriff. Während Tschapajew zwei Soldaten etwas erklärte, trat ich zum nächststehenden Pferd, dessen Zügel an einem in die Wand eingeschlagenen Ring hingen, und fuhr mit den Fingern durch seine Mähne. Diese Sekunde hat sich mir eingeprägt: die dichte Haarpracht unter meinen Fingern, der säuerliche Geruch des neuen Ledersattels, der Sonnenfleck vor mir an der Wand und dazu das umwerfende, mit nichts zu vergleichende Empfinden eines vollendeten, sich selbst genügenden Augenblicks von Wirklichkeit. Dies mußte gemeint sein, wenn einer davon sprach, »aus voller Brust zu atmen« und »das Leben ganz zu leben«. Zwar hielt es nur einen kurzen Moment vor – genug jedoch, um zu begreifen, daß das wahre, das echte Leben seiner Natur nach gar nicht länger währen konnte.

»Petka«, rief Tschapajew hinter mir, »komm jetzt!«

Ich tätschelte dem Pferd ein letztes Mal den Hals und ging zum Wagen – nicht ohne einen schrägen Blick zur Tatschanka hinüber, in der Anna und Kotowski bereits saßen. Anna trug eine weiße Schirmmütze mit roter Borte, dazu eine schlichte Uniformbluse, am dünnen Riemen saß ein kleines, wildledernes Halfter; blaue Reithosen mit schmaler roter Biese steckten in hohen Schnürstiefeln. Diese Montur ließ sie ungehörig jung erscheinen, sie sah aus wie ein Gymnasiast. Meinen Blick bemerkend, wandte sie sich ab.

Tschapajew saß auch schon im Wagen. Auf dem Bock hockte

wieder der schweigsame Baschkire mit Spitznamen Batu, der vor langer Zeit einmal Champagner im Zug ausgeschenkt und mich neulich auf seinem sinnlosen Wachposten vor dem Heuschober beinahe auf sein Bajonett gespießt hatte. Kaum saß ich neben Tschapajew, als der Baschkire die Zügel anzog, laut mit den Lippen schmatzte und wir durch das Tor rollten.

Dicht hinter uns fuhr der Wagen mit Kotowski, Anna und den Maschinengewehren, dahinter folgten die Reiter. Wir bogen nach rechts in die Straße ein. Eigentlich war es hier keine Straße mehr, sondern ein Feldweg; unser Quartier war stadtauswärts das letzte Anwesen. Der Weg führte steil bergan und stieß bald, mit einer leichten Biegung nach rechts, auf eine Wand aus dichtem Grün.

Wir fuhren wie in einen Tunnel. Die Bäume zu beiden Seiten, deren Äste sich über dem Weg ineinander verflochten, wirkten sonderbar, wie überdimensionale Büsche. Der Tunnel wollte kein Ende nehmen, zumindest schien es mir so – wir fuhren nicht sehr schnell. Durch das Laubwerk blinzelte die Sonne, ihr Licht brach sich in den letzten Tropfen des Morgentaus; das Grün war so grell und blendend, daß ich für einen Moment jede Orientierung verlor, mir kam es so vor, als sackten wir in einen endlos tiefen grünen Brunnen. Ich mußte die Augen zu Schlitzen verengen, damit der Eindruck verging.

Die seltsame Allee hörte so abrupt auf, wie sie begonnen hatte. Der unbefestigte Weg stieg wieder an; zur Linken hin war das Gelände sanft abschüssig, rechts erhob sich eine schroffe Felswand, wunderschön in ihrer blaßlila Färbung; kleine, schüttere Bäume wuchsen aus den Ritzen. Eine Viertelstunde ungefähr fuhren wir so bergan.

Tschapajew saß mit geschlossenen Augen neben mir, die Hände ruhten auf dem Griff seines gegen den Boden gestemmten Säbels. Er schien in Gedanken versunken oder schlummernd. Plötzlich schlug er die Augen auf und drehte sich zu mir.

»Hast du eigentlich noch die Alpträume, über die du früher klagtest?«

»Nach wie vor, Wassili Iwanowitsch«, antwortete ich.

»Und spielen sie immer noch in dieser Klinik?«

»Wenn es so wäre!« sagte ich. »Träume ändern ihre Schauplätze so rasend schnell, wissen Sie. Heute nacht ging es zum Beispiel um Japan. Gestern war's wieder die Klinik. Und was das Schönste war: Dieser Folterknecht, der da immer den Chef markiert, der wollte, daß ich ausführlich zu Papier bringe, was mir hier passiert. Er bräuchte das für seine Arbeit, hat er gesagt. Können Sie sich das vorstellen?«

»Klar. Warum willst du nicht auf ihn hören?«

Verblüfft sah ich Tschapajew an.

»Ist das Ihr Ernst?«

Er nickte.

»Aber wozu soll das gut sein?«

»Du hast dich doch eben beschwert, daß sich in deinen Träumen immer alles viel zu schnell ändert. Jede einförmige Tätigkeit, die du auf dich nimmst, kann da einen Festpunkt schaffen. So kriegt der Traum mehr Boden unter die Füße. Eine beßre Idee, als sich im Traum Notizen zu machen, kann man gar nicht haben.«

Ich überlegte.

»Aber wozu braucht mein Alptraum einen Festpunkt, wenn ich mir nichts sehnlicher wünsche, als aus ihm rauszukommen?«

»Darum geht es. Rauskommen kann man nur aus etwas Handfestem.«

»Na schön. Darf ich denn alles, was mir hier widerfährt, aufschreiben?«

»Selbstverständlich.«

»Und wie darf ich Sie in meinen Aufzeichnungen nennen?«

Tschapajew lachte.

»Petka, sag mal, du träumst wohl nicht umsonst von der

Klapsmühle. Denkst du, mir macht es einen Unterschied, wie ich in deinen Träumen heiße?«

»Natürlich nicht«, sagte ich und fühlte mich wie ein Idiot. »Ich hatte nur die Befürchtung, daß ... Nein, irgendwas stimmt noch nicht mit meinem Kopf.«

»Nenn mich, wie du magst«, sagte Tschapajew. »Von mir aus Tschapajew.«

»Ach ja?«

»Warum nicht? Und dann schreibst du«, sagte er mit tückischem Grinsen, »daß ich einen Schnurrbart habe. Nach diesen Worten strich ich darüber hin.«

Worauf er sich mit sorgfältiger Geste über den Schnurrbart strich.

»Ich finde aber«, fuhr er fort, »du solltest diesen Ratschlag vor allem in der Realität beherzigen. Schreib in Zukunft einfach deine Träume auf – möglichst gleich, solange du dich noch an alle Einzelheiten erinnerst.«

»Die vergißt man nicht«, erwiderte ich. »Bis du zu dir kommst und merkst, daß es ein böser Traum war, erlebst du Sachen ... Manchmal weiß man gar nicht mehr, was Wirklichkeit ist: die Kutsche, in der wir hier fahren, oder diese geflieste Hölle, wo einen des Nachts die Dämonen in ihren weißen Kitteln quälen.«

»Was Wirklichkeit ist!« echote Tschapajew und schloß dabei wieder die Augen. »Das wird man schwerlich entscheiden können. In Wirklichkeit gibt es keine Wirklichkeit.«

»Wie meinen Sie das?«

»Ach, Petka. Ich kannte mal einen chinesischen Kommunisten namens Tschuang-tse. Der träumte immer wieder, er sei ein über die Wiese gaukelnder roter Schmetterling. Und wenn er erwachte, wußte er nie, träumt jetzt der Schmetterling von revolutionärer Arbeit, oder träumt der Untergrundkämpfer, zwischen Blüten umherzufliegen. Als dieser Tschuang-tse in der Mongolei wegen Sabotage verhaftet wurde, hat er auf dem

Verhör zu Protokoll gegeben, er sei ja in Wirklichkeit ein träumender Schmetterling. Da aber nun Baron Jungern persönlich das Verhör führte, ein sehr verständiger Mann, konterte er mit der Frage, warum denn der Schmetterling zu den Kommunisten halte. Das tut er doch gar nicht, erwiderte der Kommunist. Was hätte ein Schmetterling sonst für einen Grund, Schädlingsarbeit zu leisten, wurde gefragt. ›Ach, wissen Sie‹, kam die Antwort, ›alles menschliche Treiben ist so abstoßend und gemein, daß es keinen Unterschied macht, auf wessen Seite man ist‹.«

»Und, was geschah mit ihm?«

»Nichts. Er wurde an die Wand gestellt und geweckt.«

»Und dann?«

Tschapajew zuckte mit den Achseln.

»Ist er weitergeflogen, nehme ich an.«

»Alles klar, Wassili Iwanowitsch«, sagte ich gedankenverloren.

Der Weg nahm noch eine Serpentine, dann öffnete sich linker Hand ein überwältigender Blick auf die Stadt. Unser Gutshaus war nur noch als gelbes Pünktchen zu entdecken, davor lag der Streifen kräftiges Grün, durch den wir vorhin so lange gefahren waren. Die Berghänge, die die Stadt von allen Seiten umschlossen, bildeten eine Mulde, eine Art Kelch, auf dessen Boden Altai-Widnjansk lag.

Diese sanft und ebenmäßig zueinanderfindenden Hänge waren das eigentlich Beeindruckende an dem Panorama – weniger die Stadt, die recht unansehnlich wirkte, wie ein vom strömenden Regen in die Mulde gespülter Haufen Kehricht. Menschen waren keine zu sehen; über den Häusern hing noch ein Rest Morgendunst. Mir aber dämmerte in diesem Augenblick die überraschende Erkenntnis, daß die ganze Welt, zu der ich gehörte, am Grund solch einer gigantischen Senkgrube lag, wo irgendein obskurer Bürgerkrieg im Gang war, wo man sich gierig um diese winzigen, krüppeligen Häuschen schlug, die schräg geschnipselten Gärten, die Leinen mit bunter Wäsche, und alles nur, um sich noch fester in diesen buchstäblichen Grund des Daseins zu verkrallen. Ich dachte an den chinesischen Träumer, von dem Tschapajew erzählt hatte, und warf noch einen letzten Blick ins Tal. Im Angesicht der Welt, die da so reglos vor mir ausgebreitet lag, und des ungerührt auf sie herunterschauenden Himmels fiel es mir wie Schuppen von den Augen: Das Städtchen in der Grube dort unten glich den übrigen Städten dieser Erde aufs Haar. Sie alle, dachte ich, hocken in ebensolchen Gruben, die man nur nicht immer mit bloßem Auge erkennt. Alle schmoren sie in großen Kesseln über dem Höllenfeuer, das angeblich im Mittelpunkt der Erde lodern soll. Und alle sind sie nur Varianten des immergleichen Alptraums, der in keiner Weise zu beschönigen ist. Aus dem es nur ein Erwachen geben kann.

»Und sollte es so weit kommen, daß sie dich auf die gleiche unsanfte Art aus deinen Alpträumen holen wie diesen Chinesen, Petka«, sagte Tschapajew, ohne die Augen aufzuschlagen, »wechselst du ja nur von einem Traum in den anderen. Wie du es schon eine Ewigkeit tust. In dem Moment aber, wo du begreifst, daß alles, wirklich alles, was dir geschieht, ein Traum ist, werden die Inhalte nebensächlich. Wenn du dann erwachst, erwachst du richtig. Und ein für allemal. Vorausgesetzt, du willst es.«

»Aber warum soll alles, was mir geschieht, ein Traum sein?«

»Weil«, sagte Tschapajew bedeutungsvoll, »weil da nun mal nichts weiter ist.«

Die Steigung hörte auf, wir erreichten ein weitläufiges Plateau. Am Horizont, noch hinter einer Flucht von sanften Hügeln, zeichneten sich blaue, fliederfarbene und violette Bergkuppen ab, davor aber lag ein unermeßlich weites, von Gras und Blumen bewachsenes Gelände. Die Blüten wirkten eher unscheinbar und schon etwas ausgeblichen, doch waren es ihrer so viele, daß die ganze Steppe davon gelb schien, mit einem

Stich ins Rötliche. Und das war so schön, daß ich Tschapajews Worte und alles übrige auf dieser Welt für eine Weile vergaß.

Nur jenen Chinesen seltsamerweise nicht.

Ich sah die vielen blassen Blütenpünktchen vorbeischwimmen und stellte mir diesen Schmetterling vor, wie er dort umherfliegt und sich immer wieder dabei ertappt, aus alter Gewohnheit ein regierungsfeindliches Flugblatt ans Ephedrastämmchen kleben zu wollen, und jedesmal zuckt er zusammen, wenn ihm einfällt, daß das mit den Flugblättern lange vorbei ist. Abgesehen davon, daß sie hier sowieso keiner läse.

Kurz darauf hatte der Sinnentaumel ein jähes Ende.

Tschapajew mußte unserem Fuhrmann irgendein Zeichen gegeben haben. Wir begannen zu rasen, und die ganze Umgebung verwischte zu bunten Streifen. Der Baschkire stand halb auf dem Bock, peitschte die Pferde erbarmungslos und stieß dabei kehlige Rufe in einer fremden Sprache hervor.

Der Weg, den wir entlangfuhren, schien nur symbolisch zu existieren. Vielleicht wuchsen dort etwas weniger Blumen, womöglich gab es in der Mitte auch noch ein paar vage, alte Spurrinnen – insgesamt ließ er sich kaum ahnen. Dennoch rüttelte der Wagen so gut wie nicht, das Gelände war vollkommen plan. Die schwarzgekleideten Reiter am Ende unserer kleinen Kolonne scherten aus, schlossen zum Wagen auf und bildeten zwei Grüppchen zu unseren Seiten. Auf gleicher Höhe mit uns fegten sie durch die Prärie, so daß ein weiter Bogen entstand – als wären unserer Kutsche unverhofft zwei schlanke, schwarze Flügel gewachsen.

Der Landauer mit den Geschützen, in dem Anna und Kotowski saßen, hatte gleichfalls an Tempo zugelegt und uns beinahe eingeholt. Ich sah, wie Kotowski seinen Fuhrmann von hinten mit der Gerte antippte und dann auf unseren Wagen deutete. Augenscheinlich zettelte er gerade eine Wettfahrt an. Schon bald hatten sie aufgeschlossen und tauchten in wenigen Metern Abstand neben uns auf. An ihrer Bordwand entdeckte ich ein Emblem: ein von einer Wellenlinie durchschnittener Kreis, die eine Hälfte schwarz, die andere weiß, und in beiden wiederum ein kleiner Punkt der jeweils anderen Farbe. Ich meinte darin ein fernöstliches Symbol zu erkennen. Daneben stand, grob mit weißer Farbe hingepinselt:

SCHWARZ ODER WEISS – ALLES EIN SCHEISS

Unser Baschkire schlug auf die Pferde ein, die Tatschanka fiel zurück. Mir schien es unbegreiflich, daß Anna eingewilligt hatte, in einem Wagen mit so unflätiger Schmiererei zu reisen – bis mir der Gedanke kam, daß sie selbst die Losung an die Bordwand des Landauers geschrieben haben konnte. Im nächsten Moment war ich mir dessen fast sicher. Wie wenig wußte ich doch im Grunde von dieser Frau!

Vom wilden Pfeifen und Johlen der Reiter begleitet, flog unser Trupp über die Steppe dahin. Fünf, sechs Werst legten wir auf diese Weise zurück – die Hügelkette vor dem Horizont war schon so nah herangerückt, daß einzelne, hervorstehende Felsen und auf ihnen wachsende Bäume deutlich auszumachen waren. Das Gelände war längst nicht mehr so eben wie zu Beginn der wilden Fahrt. Manchmal wurden wir mitsamt dem Wagen hoch in die Luft geschleudert, so daß ich schon bangte, die Reise könnte für einen von uns mit einem gebrochenen Genick enden. Da endlich zog Tschapajew die Mauser aus dem Halfter und schoß in die Luft.

»Genug!« brüllte er. »Im Schritt!«

Unser Wagen bremste ab. Auch die Reiter – als fürchteten sie, eine durch unsere Hinterachse gehende unsichtbare Linie zu überschreiten – zügelten scharf ihre Pferde und verschwanden einer nach dem anderen hinter unserem Rücken. Der Landauer mit Anna und Kotowski fiel gleichfalls zurück, und nach wenigen Minuten waren wir den anderen so weit voraus wie zu Beginn des Wegs.

Ich bemerkte eine senkrechte Rauchfahne über den Hügeln: dick und weiß, so wie sie entsteht, wenn man haufenweise Gras und feuchtes Laub ins Feuer wirft. Seltsam war nur, daß sie sich nach oben hin kaum verbreiterte, es sah aus wie eine große, weiße als Himmelsstütze dienende Säule. Weiter als ein Werst konnte es bis dorthin nicht sein; das Feuer selbst schien von einer Anhöhe verdeckt. Wir fuhren gemächlich noch etwas weiter und blieben dann stehen.

Der Weg stieß hier auf zwei markante kleine Höcker, zwischen denen es nur eine schmale Rinne gab, so daß sie ein natürliches Portal bildeten – und dies derart symmetrisch, daß man sie für zwei alte, vorzeiten halb in die Erde versunkene Türme halten konnte. In der Tat schienen sie eine Art Grenze zu markieren, hinter der sich das Relief der Landschaft änderte – dort begannen die Hügel, die am Horizont ins Gebirge übergingen. Augenscheinlich aber änderte sich hinter dieser Grenze mehr als nur das Relief: Ich spürte eine frische Brise Wind im Gesicht und starrte befremdet auf die nach wie vor in der idealen Senkrechten stehende Rauchsäule, deren unsichtbare Quelle sich ganz in der Nähe befinden mußte.

»Warum stehen wir?« fragte ich Tschapajew.

»Wir warten.«

»Worauf denn? Auf den Feind?«

Tschapajew schwieg. Erst jetzt merkte ich, daß ich den Säbel zu Hause gelassen hatte, nur den Browning bei mir trug; bei einer Konfrontation mit berittenen Truppen hätte ich mich also in peinlicher Lage befunden. Danach zu urteilen, wie gelassen Tschapajew im Wagen sitzen blieb, schien uns jedoch fürs erste keine Gefahr zu drohen. Ich blickte mich um. Der Landauer stand neben uns. Ich sah Kotowskis bleiches Gesicht – die Hände vor der Brust gefaltet, saß er reglos auf der Hinterbank. Er hatte etwas von einem Opernsänger kurz vor dem Auftritt. Anna, die ich nur von hinten sah, machte sich an den Geschützen zu schaffen – wie mir schien, tat sie das nicht zur Vorbereitung eines Gefechts, sondern um nicht neben dem sich übertrieben pathetisch gebärdenden Kotowski sitzen zu müssen. Die Reiter, die uns eskortierten, hatten in einiger Entfernung haltgemacht, so als fürchteten sie, dem Torwall zu nahe zu kommen; ich sah nur ihre dunklen Silhouetten.

»Auf wen warten wir denn nun?« erneuerte ich meine Frage.

»Wir sind mit dem Schwarzen Baron verabredet«, antwortete Tschapajew. »Ich sage Ihnen, Petka, an diese Begegnung werden Sie noch lange denken.«

»Was ist das für ein seltsamer Spitzname? Ich nehme an, er hat auch einen richtigen?«

»Ja. Sein richtiger Name ist Jungern von Sternberg.«

»Jungern? Jungern. Irgendwo hab ich das schon gehört. Mit der Psychiatrie hat er nicht zufällig etwas zu tun? Symboldeutung und so weiter?«

Mich traf ein erstaunter Blick.

»Nein. Soweit ich weiß, verachtet er Symbole. Gleich welcher Art.«

»Ach, jetzt fällt's mir ein. Das war doch der, der Ihren Chinesen erschossen hat.«

»Stimmt«, sagte Tschapajew. »Er ist der Beschützer der Inneren Mongolei. Man sagt von ihm, er sei die Inkarnation eines Kriegsgottes. Früher befehligte er die Asiatische Reiterdivision, neuerdings das Sonderregiment der Tibetkosaken.«

»Nie gehört«, sagte ich. »Und warum nennt man ihn den Schwarzen Baron?«

Tschapajew dachte nach.

»Gute Frage«, sagte er. »Das weiß ich gar nicht. Aber warum fragen Sie ihn nicht selbst? Da ist er schon.«

Überrascht wandte ich den Kopf.

In der schmalen Passage zwischen den beiden Hügeln war ein seltsames Etwas aufgetaucht. Bei näherem Hinsehen erkannte ich eine jener altertümlichen und einigermaßen skurrilen Sänften mit gewölbter Überdachung und vier langen Tragestangen, die man Palankin nennt. Dach und Stangen waren offenbar aus Bronze, grünlich gefärbt von den Jahren, und dem Anschein nach mit einer Vielzahl winziger Jadeplättchen besetzt, die ein geheimnisvolles Glänzen hervorriefen – wie Katzenaugen in der Dunkelheit. Ringsum war niemand zu sehen, der die Sänfte bis an diese Stelle hätte getragen haben können; man mußte annehmen, daß die unbekannten Träger, von deren Händen die Stangen wie poliert schienen, sich hinter den Hügeln versteckt hielten.

Der Palankin stand auf gebogenen Stummelfüßchen, die an ein Opfergefäß denken ließen oder ein Pagödchen auf vier winzigen Pfählen. Letzterer Vergleich war naheliegender – schon wegen der Vorhänge aus hauchdünnem, grünem Tüll. Dahinter konnte man die Umrisse eines reglos sitzenden Menschen erkennen.

Tschapajew sprang aus dem Wagen und näherte sich der Sänfte.

»Guten Tag, Baron«, sagte er.

»Guten Tag«, ertönte eine tiefe Stimme hinter der Gardine.

»Ich komme mal wieder mit einem Anliegen«, sagte Tschapajew.

»Auch diesmal nicht aus Eigennutz, nehme ich an.«

»Das ist wahr. Sie erinnern sich an Grigori Kotowski?«

»Ja. Was ist mit ihm?«

»Ich kann ihm einfach nicht begreiflich machen, was Geist ist. Heute morgen brachte er mich so weit, daß ich zur Pistole griff. Alles, was es dazu zu sagen gibt, habe ich ihm Dutzende Male gesagt. Baron, es braucht eine Demonstration, die man nicht vom Tisch wischen kann.«

»Ihre Probleme, lieber Tschapajew, sind recht eintöniger Art. Wo steckt denn Ihr Protegé?«

Tschapajew drehte sich zu dem Wagen um, in dem Kotowski saß, und winkte ihm.

Der Vorhang des Palankins schob sich zur Seite, und ich sah

einen Mann um die Vierzig, blond, mit hoher Stirn und kalten, farblosen Augen. Ungeachtet des tatarischen Hängeschnauzers unter der Nase und des Dreitagebarts auf den Wangen erschien sein Gesicht außerordentlich intelligent. Gekleidet war er in einen schwarzen Umhang, halb Robe, halb Uniformmantel, der nach Art gewisser Mongolenkittel mit weitem, halbrundem Ausschnitt versehen war. Auf den Vergleich mit einem Uniformmantel kam man überhaupt nur wegen der Schulterklappen mit Generalsrunen. Er hatte haargenau den gleichen Säbel an der Seite, wie Tschapajew ihn trug, nur war die Quaste am Griff nicht lila, sondern schwarz. An der Brust des Barons prangten gleich drei jener Silbersterne nebeneinander. Flink kletterte er aus dem Palankin (wie sich nun zeigte, war er einen ganzen Kopf größer als ich) und maß mich mit einem langen Blick.

»Wer ist das?«

»Das ist Pjotr Pustota, mein Kommissar«, gab Tschapajew Auskunft. »Hat sich in der Schlacht bei Losowaja verdient gemacht.«

»Ich hörte davon«, sagte der Baron. »Kommt er in gleicher Angelegenheit?«

Tschapajew nickte. Jungern reichte mir die Hand.

»Angenehm, Sie kennenzulernen, Pjotr.«

»Ganz meinerseits, Herr General«, antwortete ich und drückte seine kräftige, trockene Hand.

»Nennen Sie mich einfach Baron«, sagte Jungern, sah Kotowski herankommen und wandte sich ihm zu:

»Grigori! Wie lange ist es her.«

»Guten Tag, Baron. Freut mich von Herzen, Sie zu sehen«, erwiderte Kotowski.

»Ihrer Blässe nach zu urteilen, ist die Freude so riesig, daß alles Blut zum Herzen strömt.«

»Das nicht, Baron. Es ist die Sorge um Rußland.«

»Ach, die alte Leier. Kann ich nicht gutheißen. Aber lassen Sie uns keine Zeit verlieren. Gehen wir ein bißchen spazieren?«

Jungern wies mit dem Kopf in Richtung Erdhügel. Kotowski schluckte.

»Ist mir eine Ehre, Baron«, gab er zur Antwort.

Jungern warf Tschapajew einen fragenden Blick zu. Der reichte ihm einen kleines Paket.

»Für zwei?«

Tschapajew bejahte.

Jungern versenkte das Bündel in der geräumigen Tasche seines Gewandes, legte Kotowski den Arm um die Schulter und zog ihn förmlich zu der Pforte; gleich darauf waren sie dahinter verschwunden.

»Was ist dort?« wollte ich von Tschapajew wissen.

Der schmunzelte.

»Ich möchte Ihnen nicht die Frische des Eindrucks verderben.«

Hinter den Hügeln krachte dumpf ein Revolverschuß. Eine Sekunde später erschien die hohe Gestalt des Barons in der Pforte, allein.

»Und jetzt Sie, Pjotr.«

Zögernd sah ich Tschapajew an. Er kniff die Augen zusammen und nickte ermunternd, wobei die Geste so heftig ausfiel, als versuchte er, sich mit dem Kinn einen Nagel in die Brust zu schlagen.

Langsam ging ich auf den Baron zu.

Ich gebe zu, mir war nicht wohl dabei. Nicht, daß ich mich unmittelbar bedroht gefühlt hätte. Oder nein, das Gefühl der Bedrohung war vorhanden, aber nicht so wie vor einem Duell oder einer Schlacht, wo man genau weiß, daß, falls die Dinge sich ungünstig entwickeln, man selbst der Leidtragende ist. Hier hatte ich das Gefühl, als drohte nicht mir Gefahr, sondern dem Bild, das ich von mir hatte. Ich schwebte nicht in Ängsten, sah mich aber schweben – einen Seiltänzer über dem Abgrund, der soeben der ersten Anzeichen eines auffrischenden Windes gewahr wurde.

»Ich möchte Ihnen unser Feldlager zeigen«, sagte der Baron, als ich vor ihm stand.

»Hören Sie, Baron, falls Sie vorhaben, mich aufzuwecken wie diesen Chinesen, dann ...«

»Ja, sagen Sie mal!« Der Baron lächelte. »Ihnen hat Tschapajew wohl ein paar Schauermärchen zuviel erzählt? Da schätzen Sie mich falsch ein ...«

Er faßte meinen Arm und drehte mich in Richtung Pforte.

»Lassen Sie uns ein bißchen zwischen den Feuern spazierengehen«, schlug er vor, »sehen, was unsere Leute so machen.«

»Ich sehe keine Feuer«, sagte ich.

»Nicht? Schauen Sie genauer hin!«

Gehorsam blickte ich noch einmal auf den Zwischenraum zwischen den beiden unscharf umrissenen Hügeln. Da gab mir der Baron überraschend einen Stoß in den Rücken. Ich flog nach vorn und stürzte zu Boden. Der Stoß war außerordentlich rüde, ich kam mir vor wie eine aus den Angeln getretene Tür. Im nächsten Moment geschah etwas mit meinen Augen, es blitzte mehrmals, ich preßte die Lider zusammen, und in dem Dunkel dahinter glühten helle Flecke, wie sie nach heftigen Kopfbewegungen auftreten oder wenn man die Finger eine Weile fest gegen die Augäpfel preßt. Diese Leuchtflecke blieben, als ich die Augen wieder öffnete und mich vom Boden erhob.

Ich wußte nicht mehr, wo wir uns befanden. Die Hügel, der Sommerabend – alles war weg. Ringsum war tiefe Nacht, und überall, so weit das Auge reichte, flackerten Lagerfeuer, angeordnet in unnatürlich strenger Regelmäßigkeit, wie in den Knotenpunkten eines nicht sichtbaren Gitters, das die Welt in zahllose Quadrate aufteilte. Die Entfernung zwischen zwei Feuern betrug an die fünfzig Schritt, so daß man vom einen Feuer aus nicht sehen konnte, wer am nächsten saß; man sah allenfalls verschwommene Umrisse, ohne mit Bestimmtheit sagen zu können, wie viele Menschen es waren – und ob überhaupt Menschen. Am seltsamsten war, daß sich auch der Boden unter unseren Füßen verwandelt hatte. Wir befanden uns dem Anschein nach auf einer von kurzem, dürrem Gras bewachsenen Ebene, die flach war wie ein Brett, mit keinem Höcker und keiner Senke dazwischen – sonst hätte der Eindruck dieses gleichmäßigen, makellos gewobenen Netzes aus Lagerfeuern nicht entstehen können.

»Was ist denn das?« fragte ich verwirrt.

»Aha«, sagte der Baron, »nun sehen Sie's also.«

»Ich sehe etwas.«

»Das ist eine unserer Jenseits-Filialen«, sagte Jungern, »die, in der ich das Sagen habe. Hierher kommen vorwiegend Leute, die zu Lebzeiten Krieger waren. Schon mal was vom Walhall gehört?«

»Ja«, sagte ich, während in mir der sonderbare, kindliche Wunsch wach wurde, mich an des Barons Robe anzuklammern.

»Das haben Sie vor sich. Bedauerlicherweise landen hier nicht nur wackere Soldaten, sondern auch allerlei Dreckskerle, die sich durchs Leben geballert haben: Banditen, Mörder – man glaubt nicht, was es für Abschaum gibt. Deshalb muß man auch von Zeit zu Zeit nach dem Rechten sehen. Manchmal komme ich mir hier vor wie ein Waldhüter.«

Der Baron seufzte.

»Obwohl, wenn ich mich recht entsinne«, fuhr er mit leiser Melancholie in der Stimme fort, »wollte ich als Kind ja Förster werden ... Kommen Sie, Pjotr, fassen Sie mich ruhig am Ärmel. Man kommt hier sonst nicht so leicht vom Fleck.«

»Das verstehe ich nicht ganz. Aber wenn Sie meinen«, sagte ich voller Erleichterung.

Ich krallte meine Hand in den Stoff seines Ärmels, und wir gingen los. Sehr bald fiel mir auf, was das Merkwürdige war: Der Baron lief nicht sonderlich schnell, jedenfalls nicht schneller als vor jenem skurrilen Weltumschwung, die Lagerfeuer aber schienen geradezu an uns vorbeizurasen. Es war, als schritten wir auf einer Plattform, die ihrerseits von einer unsichtbaren, mit höllischem Tempo fahrenden Lokomotive gezogen wurde, und der Baron bestimmte jeweils mit einer Drehung seines Körpers, in welche Richtung der Zug fuhr. Kaum war das nächste Feuer pünktchengroß vor uns aufgetaucht, kam es auch schon herangeschossen und stoppte vor unseren Füßen, sowie der Baron stehenblieb.

An dem Feuer saßen zwei Männer. Wie alte Römer sahen sie aus: halbnackt, nur mit kurzen, um die Hüften geschlungenen Laken bekleidet, und naß. Beide waren bewaffnet – der eine mit einem kurzen Revolver, der andere mit einer doppelläufigen Flinte. Ihre Körper waren über und über mit gräßlichen, schartigen kleinen Einschußlöchern bedeckt. Als sie des Barons ansichtig wurden, fielen sie einfach um – ein Grauen schüttelte sie, das sich einem fast körperlich mitteilte.

»Wer seid ihr?« fragte der Baron mit tiefer Stimme.

»Aus der Truppe von Serjosha Mongoli«, sagte der eine, ohne sich zu erheben.

»Was habt ihr hier zu suchen?«

»Aus Versehen umgelegt, Kommandeur.«

»Ich bin nicht euer Kommandeur«, sagte der Baron. »Und aus Versehen wird niemand umgelegt.«

»Doch, echt aus Versehen«, sagte der andere mit kläglicher Stimme. »In der Sauna. Die dachten, daß Mongoli dort den Vertrag unterschreibt.«

»Welchen Vertrag denn?« fragte Jungern befremdet.

»Wir hatten einen Kredit offen. Die ›Slav-East Oil‹ hat die Knete als Pfandbrief hinterlegt, und die Frachtpapiere sind aufgeflogen. Deswegen sind zwei Guardies von ›Ultima Thule‹ gekommen und ...«

»Pfandbrief und Ultima Thule. Alles klar«, schnitt der Baron ihm das Wort ab.

Er bückte sich und blies ins Feuer, worauf dieses sich sofort um ein mehrfaches verkleinerte – aus der lohenden Fackel wurde ein zentimetergroßes Flämmchen. Bei den zwei Männern, die davorlagen, trat eine verblüffende Wirkung ein: Sie erstarrten wie zu Eis; augenblicklich bildete sich Rauhreif auf ihren nackten Rücken.

»Tolle Kämpen, nicht wahr?« sagte der Baron. »Unglaublich, was sich in meinem Walhall in letzter Zeit ansammelt. Serjosha Mongoli. Und alles wegen dieser idiotischen Schwertregel: Wer mit einer Waffe in der Hand stirbt, muß aufgenommen werden.«

»Was ist jetzt mit denen?« fragte ich.

»Die kriegen, was ihnen zusteht«, sagte der Baron. »Ich weiß nicht. Wir können nachsehen.«

Er blies noch einmal in das kaum mehr sichtbare fahlblaue Flämmchen, so daß die Flamme kurz zur alten Größe heranwuchs. Konzentriert, mit zusammengekniffenen Augen schaute der Baron ein paar Sekunden hinein.

»Sieht so aus, als stünde ihnen ein Leben als Zuchtbullen im Fleischkombinat bevor. Solche Gnadenfälle geschehen jetzt öfters. Das liegt an der unendlichen Barmherzigkeit des Großen Buddha, und außerdem ist in Rußland das Fleisch immerzu knapp.«

Erst jetzt fiel mir ein, das Feuer eingehender zu betrachten; ich war fasziniert. Mit einem Lagerfeuer der üblichen Art hatte es wenig zu tun. Kein Holz, kein Reisig war darin zu entdecken – die Flammen kamen aus einer Öffnung in der Erde, deren ausgeglühte Ränder einen Stern mit fünf gleichmäßig schlanken Zacken bildeten.

»Sagen Sie, Baron, wieso brennt das Feuer über einem Pentagramm?«

»Welche Frage! Das ist das ewige Feuer der Barmherzigkeit Buddhas. Und was Sie Pentagramm nennen, ist das Emblem des Oktoberstern-Ordens. Wo sollte das ewige Feuer der Barmherzigkeit brennen, wenn nicht über diesem Emblem?«

»Was ist das für ein Orden?« fragte ich mit einem verstohlenen Blick auf Jungerns Brust. »Der Name ist mir zu verschiedensten Gelegenheiten begegnet, aber keiner, der das Wort gebrauchte, war so freundlich zu erklären, worum es sich handelt.«

»Der Oktoberstern? Ganz einfach. Es ist das gleiche wie mit Weihnachten, wissen Sie. Die Katholiken feiern es im Dezember, die Orthodoxen im Januar – und beide beziehen sich auf denselben Tag der Geburt. Hier liegt der Fall genauso. Diverse Kalenderreformen, Fehler in der Überlieferung und so weiter – es heißt zwar, das Ganze habe im Januar stattgefunden, in Wirklichkeit aber war es im Oktober.«

»Was war im Oktober?«

»Sie setzen mich in Erstaunen, Pjotr. Das ist doch eine der berühmtesten Legenden der Welt. Es gab einmal einen Mann, der nicht so leben konnte wie alle. Er wollte herausfinden, was da eigentlich tagaus, tagein mit ihm passierte und wer er – der, dem es passierte – selber für einer war. Und eines Nachts im Oktober, als er unter der Krone eines Baumes saß, schaute er hinauf zum Himmel und sah dort einen hellen Stern. In dem Moment begriff er, und er begriff das alles so sehr, daß ein Echo jener weit zurückliegenden Sekunde bis heute ...«

Der Baron verstummte, schien nach Worten zu suchen, fand aber offenbar nichts Passendes.

»Besprechen Sie das lieber mit Tschapajew. Der liebt es, davon zu erzählen. Worauf es ankommt, ist, daß dieses Feuer der Barmherzigkeit zu allen lebendigen Wesen seither brennt – und man darf es nie ganz ausgehen lassen, nicht einmal aus technischen Gründen.«

Ich blickte in die Runde. Das Panorama war in der Tat grandios. Plötzlich hatte ich das Gefühl, eines der frühesten Bilder auf Erden vor mir zu sehen: die große, wilde Horde an ihrem nächtlichen Lagerplatz, Feuer entfachend, um die herum die Krieger sitzen und in die Flammen starren, deren Züngeln ihnen begehrliche Träume vorgaukelt: Gold und Vieh und Frauen, die in den unendlichen Weiten auf sie warten. Wohin aber war die Horde unterwegs, zwischen deren Feuern ich mit Jungern spazierenging? Und wonach mochte den Leuten, die an diesen Feuern saßen, der Sinn stehen? Ich wandte mich an meinen Begleiter.

»Können Sie mir sagen, Baron, warum diese Männer alle so einzeln und getrennt an den Feuern sitzen, und keiner besucht den anderen?«

»Versuchen Sie doch mal, jemanden zu besuchen!« schlug Jungern vor.

Bis zum nächsten Feuer waren es höchstens fünfzig Schritt. Fünf oder sechs Mann schienen darum versammelt. Fragend schaute ich Jungern an.

»Gehen Sie!« redete er mir zu.

Achselzuckend machte ich mich auf den Weg. Einstweilen geschah nichts Irritierendes. Erst als ich ein, zwei Minuten gelaufen war, merkte ich, daß der leuchtende Punkt, auf den ich mich zubewegte, nicht im geringsten näher rückte. Ich sah mich um. Jungern stand am Feuer, drei, vier Schritt hinter mir, und schaute belustigt zu.

»Was dieser Ort gemein zu haben scheint mit der Welt, die Sie kennen, darf Sie nicht zu der Annahme verleiten, daß er zu ihr gehört«, sagte er.

Ich sah, daß die beiden zu Eis erstarrten Gestalten am Feuer nicht mehr da waren – auf der Erde zeichneten sich zwei dunkle, längliche Flecken ab, das war alles.

»Lassen Sie uns weitergehen«, sagte Jungern. »Wir wollten doch meine Leute besuchen.«

Ich klammerte mich an seinen Ärmel, und die Feuer begannen erneut an uns vorüberzuziehen – mit einer Geschwindigkeit, die Zickzack- und Strichellinien aus ihnen machte. Im übrigen war ich mir beinahe sicher, einer Illusion aufzusitzen, denn von einem Gegenwind – bei diesem Tempo unvermeidlich – war nichts zu spüren. Seit der Baron losgegangen war, schienen nicht wir, sondern die Dinge um uns in Bewegung geraten zu sein. Ich hatte jegliche Orientierung verloren und wußte nicht, wohin es uns zog. Hin und wieder stoppten wir für Sekunden, dann konnte ich sehen, wer am nächstliegenden Feuer saß. Zumeist waren es Männer mit struppigen Bärten und Gewehren, die einander glichen wie ein Ei dem anderen – und immer, wenn wir uns ihnen näherten, kippten sie um. Einmal meinte ich keine Flinten, sondern Speere in ihren Händen zu sehen; um es mit Bestimmtheit sagen zu können, war unser Halt viel zu kurz. Und ich wußte nun, woran mich unsere Fortbewegung erinnerte – genau so aberwitzig und im unbegreiflichen Zickzack fegen Fledermäuse durch die Nacht.

»Ich hoffe, Ihnen ist klar, Pjotr«, dröhnte Jungerns Baßstimme an meinem Ohr, »daß dies nicht der Ort ist, wo man Lügen auftischt oder auch nur ein bißchen flunkert?«

»Das kann ich mir denken«, sagte ich und spürte, wie mir vom Flirren der hellgelben Streifen und Strichlinien schwindlig wurde.

»Beantworten Sie mir eine Frage«, hörte ich den Baron. »Was ist Ihr sehnlichster Wunsch im Leben?«

»Mein sehnlichster Wunsch?« fragte ich zurück und überlegte.

Die Frage war, wenn man nicht flunkern wollte, schwer zu beantworten. Ich überlegte lange, was ich sagen sollte, und wagte mich nicht zu entscheiden, bis die Antwort auf einmal wie von selbst kam.

»Ich möchte mein *goldenes Los* finden«, sagte ich.

Der Baron lachte laut auf.

»Na prima«, versetzte er. »Fragt sich nur, was das für Sie ist, das goldene Los?«

»Das *goldene Los* ist, wenn der *freie Gedankenflug* einem die Möglichkeit verschafft, die *Schönheit des Lebens* zu sehen. Drücke ich mich verständlich aus?«

»O ja«, sagte der Baron. »Wenn sich alle so plastisch und konkret auszudrücken vermöchten! Wie kommen Sie bloß auf derart ausgefeilte Formulierungen?«

»Das ist aus einem Traum«, erwiderte ich, »genauer gesagt, einem Alptraum. Die seltsame Wendung habe ich mir genau gemerkt. Sie stand in einem großen Heft, einer Irrenhausakte, worin ich im Traum geblättert habe – das tat ich, weil dort etwas sehr Wichtiges über mich vermerkt sein sollte.«

»Gut, daß Sie von selbst darauf zu sprechen kommen«, sagte der Baron und bog nach rechts ab, wodurch das Feuerkarussell um uns her eine Art Längssalto vollführte. »Tschapajew bat mich, Ihnen etwas zu erklären, darum sind Sie hier. Wobei die erbetene Erklärung im Grunde nicht so außergewöhnlich ist, daß er sie nicht auch selbst hätte liefern können. Er hat Ihnen das alles schon etliche Male erzählt – zuletzt auf dem Weg hierher. Trotzdem sind Sie aus irgendeinem Grund immer noch der Meinung, daß die Welt Ihrer Träume weniger real ist als die Badestube, in der Sie mit Tschapajew einen draufmachen.«

»Da mögen Sie recht haben«, sagte ich.

Der Baron blieb plötzlich stehen, wodurch die Feuer ringsum zu tanzen aufhörten. Ich bemerkte, daß die Flammen einen alarmierend rötlichen Ton angenommen hatten.

»Wie kommen Sie nur darauf?« fragte der Baron.

»Schon weil ich wohl oder übel jedesmal in die reale Welt zurückkehre«, erwiderte ich. »In die Badestube, wo ich, wie Sie sagen, mit Tschapajew einen draufmache. Nein, intellektuell kann ich gut verstehen, was Sie meinen. Mir ist ja selber oft genug aufgefallen, daß der Alptraum in dem Moment, wo ich ihn träume, so sehr real ist, daß keine Chance besteht, ihn als Traum zu begreifen. Man kann die Dinge berühren, man kann sich kneifen.«

»Wie wollen Sie dann noch den Traum vom Wachsein unterscheiden?« fragte der Baron.

»Wenn ich wach bin, habe ich ein klares, unmißverständliches Realitätsempfinden. So wie jetzt.«

»Ach, jetzt gerade haben Sie es?« fragte der Baron.

»Eigentlich schon«, sagte ich, plötzlich etwas unsicher. »Wobei ich zugeben muß, daß die Situation ungewöhnlich ist.«

»Tschapajew bat mich, Sie mitzunehmen, damit Sie wenigstens einmal an einem Ort sind, der weder mit Ihren Irrenhausalpdrücken noch mit Ihren Tschapajewträumen irgend etwas zu tun hat. Schauen Sie sich ordentlich um! Ihre beiden fixen Ideen erscheinen hier gleichermaßen illusorisch. Ich bräuchte Sie nur einmal an einem dieser Feuer allein zu lassen, und Sie wüßten, wovon ich rede.«

Der Baron verstummte, wie um mir Zeit zu geben, die beängstigende Perspektive auf mich wirken zu lassen. Ich ließ den Blick über die vielen unerreichbaren Leuchtpünktchen im schwarzen Raum schweifen. Der Mann hatte recht. Wo waren Tschapajew und Anna? Wo war jene fragile Höllenwelt mit den Kachelwänden und der zerbröselnden Aristoteles-Büste? Sie waren nirgends, zumindest jetzt, und ich war nun sogar felsenfest überzeugt, daß sich kein Ort denken ließ, an dem sie hätten sein können, weil ich, der ich neben diesem merkwürdigen Menschen (Menschen?) stand, ich und kein anderer das Nadelöhr verkörperte, den einzigen Weg, auf dem all jene Irrenhäuser, Bürgerkriege et cetera in die Welt zu treten vermochten. Gleiches betraf den finsteren Limbus, wo ich gerade weilte, seine verschreckten Insassen und seinen großen, grimmigen Wächter – dies alles existierte nur, weil ich existierte.

»Mir scheint, ich kapiere«, sagte ich.

Jungern sah mich zweifelnd an.

»Was genau kapieren Sie?«

Im selben Augenblick ertönte hinter uns ein wüstes Geschrei:

»Ich! Ich! Ich! Ich!«

Wir fuhren beide herum.

Nicht weit von uns – es hätte dreißig, vierzig Meter entfernt sein können – brannte ein Feuer, das sich deutlich von den übrigen unterschied. Zum einen hatten die Flammen eine andere, fahlere Färbung und rauchten. Zum anderen prasselte es darin, Funken stoben nach allen Seiten. Und schließlich befand sich das Feuer an ungebührlicher Stelle, fiel aus der strengen Anordnung der anderen heraus.

»Dann wollen wir mal schauen«, murmelte Jungern und zerrte mich am Ärmel.

Die Leute, die an dem Feuer hockten, waren von sichtlich anderem Schlag als des Barons sonstige Schützlinge. Sie waren zu viert. Der Lebendigste von ihnen, ein dicker Kerl im giftrosa Jackett und mit kastanienbraunem Igelschnitt auf dem kleinen, kanonenkugelförmigen Kopf, saß da und hielt sich mit beiden Armen umschlungen, man konnte meinen, der eigene Körper stachelte ihn zu unkeuschen Leidenschaften an. Dazu ein unentwegtes Jaulen:

»Ich! Ich! Ich!«

Der Tonfall dieses Geheuls änderte sich jedoch mit der Zeit – als wir darauf aufmerksam geworden waren, hatte es noch etwas triumphierend Animalisches gehabt, beim Näherkommen wurde es irgendwie zweifelnder. Neben dem Schreihals kauerte ein magerer Typ mit krausem Haarschopf, der eine Art Matrosenjacke trug und wie paralysiert ins Feuer starrte – hätten sich nicht von Zeit zu Zeit seine Lippen bewegt, hätte man sich fragen müssen, ob er bei Bewußtsein war. Nur der dritte, ein kahlrasierter Dicker mit akkurat gestutztem Kinnbart, schien zu wissen, was er tat – er rüttelte und schüttelte seine Gefährten nach Kräften, um sie zur Räson zu bringen. Halb schien ihm das zu gelingen: In den spillrigen Blonden mit der Tolle kam Bewegung, er begann zu lamentieren und sich zu wiegen wie im Gebet. Gerade wollte der Kahlkopf den dritten in die Seite puffen, als sein Blick auf uns fiel. Entsetzen malte sich auf seinem Gesicht – er brüllte den anderen etwas zu und sprang auf.

Der Baron fluchte leise. Er hielt plötzlich eine Handgranate in der Hand, zog den Ring und warf sie in Richtung Feuer; keine fünf Meter von uns entfernt klatschte sie auf. Instinktiv hatte ich mich zu Boden geworfen und die Hände über den Kopf gelegt; einige Sekunden verstrichen, die Detonation blieb aus.

»Stehen Sie auf«, sagte Jungern.

Ich öffnete die Augen und sah den Baron in verzerrter Perspektive über mich gebeugt: die Hand, die er mir entgegenstreckte, direkt vor meinem Gesicht, die aufmerksam auf mich herunterblickenden Augen, in denen der Widerschein zahlloser Feuer ineinander verschmolz, wie zwei einsame Sterne am Firmament.

»Danke. Ich kann schon selber«, sagte ich, während ich mich erhob. »War wohl ein Blindgänger?«

»Wieso?« fragte der Baron. »Ganz im Gegenteil.«

Ich sah zu der Stelle hin, wo eben noch das Feuer gewesen war, und mußte verblüfft feststellen, daß es ebenso verschwunden war wie die darum sitzenden Menschen; nicht einmal ein Stückchen verbrannte Erde konnte ich entdecken.

»Was war das?« fragte ich.

»Ach«, sagte der Baron, »nur ein paar Hooligans. Zuviel Zauberpilze gefressen. Die wußten selbst nicht, wo sie gelandet waren.«

»Haben Sie sie ...«

»Nicht doch. Was glauben denn Sie. Ich habe sie nur zur Besinnung gebracht.«

»Ich bin mir beinahe sicher, den Dicken mit dem Bart schon gesehen zu haben. Nein, nicht nur beinahe - ich bin mir absolut sicher.«

»Im Traum vielleicht?«

»Könnte sein«, sagte ich, und mir schien, daß er recht hatte: Jener Kahlkopf verband sich in meiner Erinnerung eindeutig mit weißen Kachelwänden und kalten Nadeln auf der Haut, was ja zur Grundausstattung meiner Träume gehörte. Für kurze Zeit war mir, als müßte ich sogar auf seinen Namen kommen, dann wurde ich von anderweitigen Überlegungen abgelenkt. Jungern stand schweigend neben mir; offenbar wägte er die Worte, die er gleich aussprechen würde.

»Sagen Sie, Pjotr«, begann er schließlich, »wie sind Sie eigentlich politisch einzuordnen? Monarchist?«

»Was dachten denn Sie! Habe ich daran irgendwelche Zweifel gelassen?«

»Nein, nein. Ich suche nur gerade nach einem Beispiel, das Ihnen einleuchten könnte. Stellen Sie sich einen schlecht gelüfteten Raum vor, in dem furchtbar viel Leute zusammenhocken. Alle sitzen sie auf klapprigen Schemeln und wackligen Stühlen, irgendwelchen Bündeln und was sich sonst gerade fand. Wer geschickt ist, hat es sich auf zwei Stühlen gleichzeitig bequem gemacht oder jemanden aufgescheucht, um sich selbst niederzulassen. Das ist die Welt, in der Sie leben. Zugleich jedoch hat jeder einzelne dieser Menschen seinen eigenen Thron: ein großes, glänzendes Möbel, weit über seine Welt hinausragend und alle übrigen Welten ebenso. Ein wahrer Zarenthron, es gibt nichts, was nicht in der Macht desjenigen stünde, der auf ihm zu sitzen kommt. Und was die Hauptsache ist: Dieser Thron ist absolut legitim, jedem Menschen von Rechts wegen zustehend. Nur ihn zu besteigen ist schier unmöglich. Verstehen Sie? Er steht nämlich nirgendwo.«

»Ja ...«, sagte ich nachdenklich. »Dieses Wort ist mir erst gestern durch den Kopf gegangen, Herr Baron. Ich weiß, was es heißt.«

»Dann überlegen Sie mal weiter«, sagte der Baron. »Ihre beiden Zwangsvorstellungen – mit Tschapajew und ohne – sind hier, ich sagte es schon, gleichermaßen illusorisch. Um ins Nirgendwo zu gelangen, auf besagten Thron und zu Freiheit und Glück ohne Ende, muß man nur noch den einen verbliebenen Raum beiseite schaffen – den, in dem Sie mich und sich sehen. Das ist es, was alle meine Pappenheimer hier versuchen. Aber die Chancen für sie stehen schlecht, und sie werden wohl oder übel nach einiger Zeit einen weiteren dieser deprimierenden irdischen Existenzkreise absolvieren. Warum aber sollte es Ihnen nicht gelingen, zu Lebzeiten ins Nirgendwo zu gelangen? Ich schwöre Ihnen, das ist das Beste, was man in dieser Zeit tun kann. Ich denke, Sie mögen Metaphern, darum sage ich Ihnen: Es ist wie eine unverhoffte Entlassung aus dem Irrenhaus.«

»Glauben Sie mir«, begann ich emphatisch, die Hand an die Brust gelegt, doch der Baron ließ mich nicht zu Wort kommen.

»Es muß aber geschehen, bevor Tschapajew sein tönernes Maschinengewehr betätigt. Denn hinterher bleibt, wie Sie wissen, gar nichts übrig, nicht einmal ein Nirgendwo.«

»Tönernes Maschinengewehr? Was soll denn das sein?«

»Tschapajew hat Ihnen nichts davon erzählt?«

»Nein.«

Jungern zog die Stirn kraus.

»Dann wollen wir dieses Thema besser nicht vertiefen. Bleiben wir bei unserer Metapher, die können Sie sich merken: die Entlassung aus dem Irrenhaus. Und vielleicht träumen Sie wieder mal einen Traum, in dem Sie sich an unser Gespräch erinnern werden. Jetzt müssen wir weiter. Die Jungs werden warten.«

Der Baron packte meinen Ärmel, und die zackigen Leuchtstreifen flirrten aufs neue an uns vorbei. An diesen phantastischen Anblick hatte ich mich inzwischen so weit gewöhnt, daß mir der Kopf nicht mehr schwirrte. Der Baron ging voran, die Augen konzentriert in die Finsternis gerichtet; ich betrachtete sein fliehendes Kinn, den rötlichen Schnauzer, die bittere Falte im Mundwinkel, und ich kam zu dem Schluß, daß sein Äußeres durchaus nichts Furchteinflößendes hatte.

»Sagen Sie, Baron, wieso haben die Leute hier alle so viel Angst vor Ihnen?« traute ich mich zu fragen. »Ich will Ihnen nicht zu nahe treten, aber Sie sehen mir nicht so aus, als müßte man vor Ihnen erschrecken.«

»Nicht alle sehen das, was Sie sehen«, erwiderte der Baron. »Meinen Freunden zeige ich mich für gewöhnlich als der Petersburger Intellektuelle, der ich früher einmal war. Aber daraus muß man nicht schließen, daß ich tatsächlich so aussehe.«

»Was sehen denn die anderen?«

»Ich möchte Ihnen lästige Details ersparen. Vielleicht reicht es, wenn ich sage, daß jede meiner sechs Hände einen scharfen Säbel gezückt hält.«

»Und welcher Anblick ist der echte?«

»Einen echten habe ich leider nicht.«

Die Worte des Barons machten durchaus Eindruck auf mich. Mit einiger Überlegung hätte ich freilich auch selbst auf alles das kommen können.

»Wir sind gleich da«, sagte der Baron im Ton eines Sonntagsspaziergängers.

Ich sah ihn von der Seite an und stellte eine neue Frage: »Vielleicht verraten Sie mir noch, warum man Sie den Schwarzen Baron nennt?«

Jungern lächelte.

»Ach ... Das hat wahrscheinlich damit zu tun, daß der leibhaftige Buddha Bogdo-Gegen-Tutuchtu mir damals, als wir in der Mongolei standen, den schwarzen Palankin zugesprochen hat.«

»Und wieso benutzen Sie dann einen grünen?«

»Weil man mir den auf gleiche Weise zugesprochen hat.«

»Dann könnten Sie also genausogut Grüner Baron heißen?«

Jungerns Gesicht verfinsterte sich.

»Ein bißchen viel Fragen auf einmal, finden Sie nicht? Sie sollten lieber die Gegend studieren und sich alles gut einprägen. Das sehen Sie nicht noch einmal. Theoretisch bestünde natürlich die Möglichkeit, doch wünsche ich Ihnen von Herzen, daß es nicht so weit kommt.«

Ich befolgte den Ratschlag des Barons.

Weit vorn war ein Feuer aufgetaucht, das die anderen an Größe zu übertreffen schien. Es kam nicht so geschwind auf uns zugerast, rückte allmählich, unserem Schritt angemessen, näher. Ich ahnte, daß dies das Ziel unseres Ausflugs war.

»Sind das Ihre Freunde an dem großen Feuer dort?« fragte ich.

»Ja. Aber Freunde würde ich sie nicht nennen. Frühere Regimentskameraden. Ich war einmal ihr Kommandeur.«

»Und Sie waren gemeinsam im Feld?«

»Das auch«, antwortete der Baron. »Entscheidender ist, daß wir damals in Irkutsk zusammen erschossen worden sind. Nicht, daß es meine Schuld war, aber trotzdem. Ich fühle für sie eine besondere Verantwortung.«

»Das kann man verstehen. Wenn es mich an einen öden und düsteren Ort wie diesen verschlüge, wünschte ich bestimmt auch, daß mir jemand zur Seite steht.«

»Nun ja«, sagte der Baron, »vergessen Sie nicht, daß Sie noch am Leben sind. Diese ganze Düsternis und Öde um uns herum ist in Wahrheit das hellste Licht, das es gibt. Warten Sie doch mal!«

Ich blieb automatisch stehen, und bevor ich mir ausmalen konnte, was er vorhatte, stieß mich der Baron kräftig in den Rücken.

Dennoch wurde ich dieses Mal nicht ganz so kalt erwischt. Im Fallen schaffte ich es sozusagen noch, mich des winzigen Moments der Rückkehr, des Zurückspringens in die normale Welt zu vergewissern – und wenn da eigentlich nichts war, dessen man sich vergewissern konnte, so verstand ich zumindest, worin diese Rückkehr bestand. Ich weiß nicht, wie ich es beschreiben soll. Es war, als hätte man eine Kulisse weggerissen, bevor die neue am Platz war, so daß ich eine Sekunde lang in den Zwischenraum schauen konnte. Diese Sekunde genügte, um hinter dem, was ich bislang für Realität gehalten, die Täuschung zu erkennen, das ganze simple, biedere Gerüst des Weltalls, das zu erblicken nichts als Bestürzung, Enttäuschung und eine gewisse Scham hinterließ.

Der Stoß vom Baron war so heftig, daß ich nicht mehr dazu kam, die Hände rechtzeitig nach vorn zu strecken, und mit der Stirn aufschlug.

Als ich den Kopf hob, sah ich mich von der Welt umgeben, die ich kannte: Steppe, Abendhimmel, die nahegelegene Hügelkette. Vor mir der schaukelnde Rücken des Barons – er lief auf das einzige Lagerfeuer zu, das weit und breit zu sehen war. Eine senkrechte, weiße Rauchsäule stand darüber.

Ich sprang auf, klopfte mir den Schmutz von den Knien. Dem Baron nachzufolgen, konnte ich mich nicht entschließen. Er war inzwischen fast bei dem Feuer angelangt; bärtige Gestalten in Tarnanzügen und zottigen gelben Pelzmützen liefen ihm entgegen.

»Hallo, Jungs!« hörte ich Jungern im deftigen Kommandeursbaß brüllen. »Wie läuft's?«

»Man tut, was man kann, Euer Hochwohlgeboren! Lebt sich so hin! Gott sei's gedankt!« tönten die munteren Antworten. Der Baron wurde so dicht umringt, daß ich ihn nicht mehr sehen konnte. Es war offenkundig, daß seine Kämpen ihn liebten.

Ich sah nun, wie einer der gelb bemützten Kosaken sich vom Lagerfeuer löste und auf mich zukam. Sein Gesicht war so tierisch wild, daß ich im ersten Moment erschrak; der Anblick des geschliffenen blaugrünen Trinkglases in seiner Hand beruhigte mich.

»Na, mein Herr«, sagte er grinsend, als er heran war, »bißchen Angst vorm schwarzen Mann?«

»Da ist was dran«, sagte ich.

»Dann stärk dich«, sagte der Kosake und reichte mir das Glas.

Ich trank. Es war Wodka. Beinahe augenblicklich wurde mir leichter ums Herz.

»Danke. Kommt sehr gelegen.«

»Und?« fragte der Kosake, während er das leere Glas entgegennahm, »seid Ihr mit dem Herrn Baron befreundet?«

»Na ja«, antwortete ich ausweichend, »man kennt sich.«

»Er ist streng«, führte der Kosake aus. »Alles nach Plan. Erst wird gesungen, und dann kommen die Fragen. Das heißt, gefragt werden die anderen. Ich bin schon auf dem Sprung. Heute reise ich ab. Für immer.«

Als ich mir den Mann näher ansah, schien sein Gesicht gar nicht mehr so tierisch – nur grob geschnitten, verwittert und von der Gebirgssonne verbrannt. Hinter dieser Grobheit ließ sich sogar ein nachdenklicher, wenn nicht träumerischer Ausdruck erkennen.

»Wie heißt du?« fragte ich den Kosaken.

»Ignat. Und du bist Pjotr?«

»Stimmt. Woher weißt du?«

Ein Lächeln spielte um seinen Mund.

»Ich bin vom Don. Du aus der Hauptstadt, nicht wahr?«

»Echter Petersburger.«

»Ja, Pjotr, ich tät dir raten, dem Feuer erst mal fernzubleiben. Der Herr Baron läßt sich beim Singen nicht gern stören. Wir können ja von hier aus zuhören. Was du nicht verstehst, erkläre ich dir.«

Ich hatte nichts dagegen und ließ mich, wo ich gerade stand, im Schneidersitz nieder.

Tatsächlich ging beim Lagerfeuer drüben Seltsames vor sich. Die Kosaken in ihren gelben Mützen scharten sich im Halbkreis um den Baron, der, ganz Chorregent, vor ihnen stand, die Hände hob, und schon tönte der Gesang wackerer Männerstimmen:

> Hoi, was war das ein böser Abend,
> Lang lag ich wach, fand keinen Schlaf ...

»Ach, ›Stepan Rasins Traum‹. Wie ich dieses Lied liebe«, sagte ich.

»Was denn, Herr, du liebst das Lied, ohne es je zuvor gehört zu haben?« fragte Ignat, der sich neben mich setzte.

»Wieso soll ich es nicht gehört haben? Ist doch ein altes Kosakenlied.«

»Nein, das verwechselst du. Das Lied hat der Herr Baron extra für uns geschrieben, damit wir was zum Singen und drüber Nachdenken haben. Und damit es sich leichter merkt, ist der Text derselbe wie bei dem Lied, das du meinst. Die Musik übrigens auch.«

»Was ist denn dann sein Anteil an dem Lied?« fragte ich. »Ich meine, wie läßt sich das frühere Lied von dem unterscheiden, das der Herr Baron geschrieben hat, wenn Text und Melodie gleich sind?«

»Bei dem Lied vom Herrn Baron ist der Sinn ein ganz anderer. Paß auf, ich erklär's dir.

Lang lag ich wach, fand keinen Schlaf,
Zählte im Traum so manches Schaf

– hast du gehört? Verstehst du, wie's gemeint ist? Schlafen hast du nicht gekonnt, geträumt anscheinend trotzdem und im Traum die Schafe gezählt. Macht also keinen Unterschied, ob du schläfst oder nicht, geträumt wird immer.«

»Alles klar. Und weiter?«

Ignat wartete die nächste Strophe ab.

»Da, hörst du:

Als ich im Traum beim Schafezählen war,
flog eine Krähe dicht vorbei.
Schreckte mein Pferd, das mit mir durchging.
Los ging die wilde Raserei!

Das ist ja nun eine ganz tiefe Weisheit. Du bist ein gebildeter Mann, da weißt du wahrscheinlich, daß es in Indien mal so ein altes Buch gab: ›Uups-kann-nich-schaden‹ oder so.«

»Ich weiß«, antwortete ich, wobei mir sofort das letzte Gespräch mit Kotowski wieder einfiel.

»Da steht geschrieben, daß es mit dem Geist vom Menschen ist wie beim Kosaken mit dem Pferd. Er bringt uns vom Fleck.

Aber der Herr Baron sagt, daß es heutzutage bei den Menschen anders langgeht. Keiner versteht mehr sein Pferd zu führen, drum sticht es sozusagen der Hafer, und der Reiter hat es nicht mehr an der Kandare, es reitet, wohin es will. Und der Reiter hat schon vergessen, daß er mal ein anderes Ziel gehabt hat. Wohin's dem Pferd einfällt, dorthin geht die wilde Jagd. Der Herr Baron hat uns versprochen, daß er ein spezielles Buch zu dem Thema mitbringen will, es heißt ›Reiter ohne Kopf‹ – da soll's anhand von einem Beispiel darum gehen. Er vergißt es bloß immer. Man hat so schrecklich viel im Kopf. Da kann einer schon froh sein, wenn ...«

»Was ist mit dem Rest?« fiel ich ihm ins Wort.

»Dem Rest? Ach, dem Rest ...

Rittmeister Ungarn ist ein kluger Mann.
Hat mir den Traum sogleich erklärt.
Bald wirst, Kosak du, deinen Kopf verliern.
Und ohne Reiter bleibt dein Pferd.

Das mit dem Rittmeister ist natürlich klar, da hat der Herr Baron sich selber gemeint, der ist ja auch wirklich gescheit. Und was den Kopf angeht, das steht so in Uups-kann-nich-schaden. Wenn der Verstand mit einem durchgeht, ohne zu wissen, wohin, dann geht er natürlich verloren, soviel ist mal klar. Aber da gibt es noch eine andre feine Deutung, die hat mir neulich der Herr Baron höchstpersönlich ins Ohr geflüstert. Die geht so, daß man im Grunde die ganze Menschenweisheit hernehmen und vergessen kann, einfach hinter sich lassen. Ohne mit der Wimper zu zucken, hat der Herr Baron gesagt, alles nicht die Bohne wert und an der Hauptsache vorbei. Und deswegen heißt es in dem Lied nicht, daß man selber verlorengeht, sondern bloß der Kopf, und der ist sowieso hinüber.«

Ignat stemmte nachdenklich die Hand unter das Kinn und vertiefte sich schweigend in den Schluß des Gesangs.

Hoi, wie die bösen, bösen Winde wehn
Sturm bläst vom Osten in das Land
Reißt mir die Mütze von den Haaren
Ich halt den Kopf in meiner Hand.

Eine Weile wartete ich auf einen Kommentar, doch vergeblich. Da brach ich selbst das Schweigen.

»Sturm vom Osten, das verstehe ich noch«, sagte ich. »*Ex oriente lux*, wie es so schön heißt. Aber was soll das mit der Mütze?«

»Keine überflüssigen Anhängsel mehr.«

»Apropos, wieso sind eure Mützen eigentlich gelb?«

»Wir gehören doch zu den Gelug-pa, die haben gelbe Mützen. Die Karma-pa haben rote. Und die Bon-po schwarze, die sind am Don. Aber darum geht es gar nicht. Wenn man sowieso den Kopf verliert, ist es egal, welche Mütze vorher draufgesessen hat, nicht wahr? Oder andersrum gesehen: Die Freiheit fängt da an, wo Farben keine Rolle mehr spielen.«

»Na, das hat euch der Herr Baron nicht übel erklärt. Ich versteh bloß eins noch nicht: Was ist denn diese Hauptsache, die losgeht, wenn der Kopf ab ist?«

Ignat seufzte tief.

»Genau da liegt der Hase im Pfeffer«, sagte er. »Das will der Herr Baron jeden Abend von uns wissen. Aber keiner kommt drauf, obwohl sich alle Mühe geben. Weißt du, was wird, wenn einer von den Jungs die richtige Antwort weiß?«

»Wie sollte ich.«

»Der Herr Baron holt ihn vom Fleck weg ins Sonderregiment der Tibetkosaken. Das ist eine Truppe der Extraklasse. Stolz und Zierde der gesamten Asiatischen Reiterei sozusagen. Obwohl so ein Regiment strenggenommen gar nicht zur Kavallerie gehört, weil die dort nicht zu Pferde reiten, sondern auf Elefanten.«

Mir schien nun, daß ich einen jener begnadeten Schwindelhuber vor mir hatte, die einem mir nichts, dir nichts die abstruseste Geschichte hererzählen und mit einer solchen Fülle überzeugender Details ausstatten können, daß man für den Moment geneigt ist, ihnen Glauben zu schenken.

»Wie soll einer denn vom Elefanten runter mit dem Säbel hantieren?« wandte ich ein. »Das muß doch anstrengen.«

»Klar strengt das an, aber es ist unser Ding«, sagte Ignat mit leisem Lächeln und sah mich an. »Du glaubst mir wohl nicht, Herr? Mußt du wissen. Bis ich für den Herrn Baron die richtige Antwort gefunden hatte, wollte ich das alles auch nie glauben. Aber jetzt geht's nicht mehr ums Glauben, ich weiß einfach Bescheid.«

»Du hast also die richtige Antwort gefunden?«

Ignat nickte stolz.

»Deshalb kann ich mich nun als freier Mann im Feld bewegen und muß mich nicht ums Feuer drücken.«

»Und was hast du dem Baron gesagt?«

»Was ich gesagt habe, tät dir nichts nützen«, antwortete Ignat. »Es kommt nicht drauf an, was man über die Lippen bringt. Was einem durch den Kopf geht, schon gar nicht.«

Eine Zeitlang schwiegen wir; Ignat schien nachzudenken. Plötzlich hob er den Kopf.

»Da kommt der Herr Baron. Wir müssen uns, glaub ich, auf Wiedersehen sagen.«

Ich blickte mich um und sah die hagere Gestalt des Barons auf uns zukommen. Ignat erhob sich; vorsichtshalber tat ich es ihm nach.

»Was ist«, fragte der Baron, als er heran war, »bist du soweit?«

»Zu Befehl«, antwortete Ignat, »ich bin bereit.«

Der Baron steckte zwei Finger in den Mund und ließ einen echten Ganovenpfiff erschallen. Danach geschah etwas absolut Überraschendes und Unglaubliches.

Der schmale Streifen aus nicht sehr hohem Buschwerk, der sich hinter unseren Rücken hinzog, entließ einen riesigen weißen Elefanten. »Entließ« ist das richtige Wort, obwohl der

Elefant zehnmal höher war als jeder dort befindliche Busch, und ich vermag nicht zu erklären, wie das ging. Nicht, daß er im Moment des Hervortretens klein gewesen und erst näherkommend zum Vielfachen dieser Größe angewachsen wäre. Nicht, daß man dort, wo die Büsche standen, eine unsichtbare Wand hätte vermuten können. Der Elefant trat so groß aus den Büschen, wie er war, und er trat aus den Büschen, diesem winzigen Streifen, hinter dem nicht einmal ein Schaf sich hätte verstecken können.

Mir widerfuhr noch einmal das gleiche wie einige Minuten zuvor, jenes Gefühl stellte sich ein, das einem suggeriert, man würde im nächsten Moment etwas überaus Bedeutsames gezeigt bekommen – die unter dem Deckmantel der Realität verborgenen Hebel und Bowdenzüge, die alles in Bewegung halten. Doch das Gefühl verging, und der weiße Elefant blieb da; mächtig stand er vor uns.

Er hatte sechs Stoßzähne, drei zu jeder Seite. Ich vermutete eine Halluzination. Doch mußte ich mir eingestehen, daß die Halluzination, wenn es denn eine war, sich ausnehmend gut in ihre Umgebung einpaßte.

Ignat ging zu dem Elefanten und erklomm ihn, wobei er die übereinanderstehenden Stoßzähne als Leitersprossen nutzte. Es wirkte behend – wie wenn er zeit seines Lebens nichts anderes getan hätte, als weiße Elefanten mit sechs Stoßzähnen auf ersponnenen Hochplateaus einzureiten. Einmal noch wandte er sich nach dem Feuer um, wo die schweigenden Kosaken in den Khakianzügen und mit den gelben Mützen saßen, winkte ihnen, drehte sich dann endgültig nach vorn und gab seinem Elefanten die Sporen. Das Tier lief los, doch nach wenigen Schritten gab es einen heftigen Lichtblitz, worauf der Elefant vom Erdboden verschwunden war. Der Blitz war so grell, daß ich beinahe eine ganze Minute lang nichts anderes sah als den gelb-violetten Brandfleck, den er auf der Netzhaut hinterlassen hatte.

»Ich vergaß, Sie vor dem Blitz zu warnen«, sagte Jungern. »Gift für die Augen. Bei uns in der Asiatischen Reiterdivision war es in solchen Fällen üblich, sich mit einer schwarzen Binde zu schützen.«

»Hat es solche Fälle denn häufig gegeben?«

»Früher ja. Manchmal sogar mehrmals täglich. Eine Häufigkeit, die zum Erblinden hätte führen können. Aber inzwischen ist es anders, die Leute haben sich verkrümelt. Wie ist es, können Sie wieder sehen?«

»Ja.«

Tatsächlich begannen sich die Dinge für mich langsam wieder von ihrer Umgebung abzuheben.

»Möchten Sie, daß ich Ihnen zeige, wie es früher einmal war?«

»Wie soll das gehen?«

Anstelle einer Antwort zog der Baron seinen Säbel aus der Scheide.

»Schauen Sie auf die Klinge.«

Ich tat, wie mir geheißen, und sah im nächsten Augenblick auf einem Streifen grellweißen Lichtes, wie auf einer Kinoleinwand, bewegte Bilder flimmern. Zu sehen gab es eine Wanderdüne, inmitten deren eine ungefähr zehnköpfige Gruppe von Offizieren stand: einige normal uniformiert, zwei, drei mit Pelzmützen und Kosakenkitteln in Tarnfarben; da, wo die Brusttaschen hingehörten, saßen Patronenfutterale oder etwas in der Art. Alle trugen sie schwarze Binden vor den Augen, die Köpfe hielten sie in eine Richtung. Plötzlich entdeckte ich Tschapajew in der Gruppe – trotz der Augenbinde leicht zu erkennen. Er sah sehr viel jünger aus, die Schläfen waren noch nicht grau. Mit der einen Hand preßte er sich den Feldstecher vor die verbundenen Augen, die andere klopfte mit der Reitgerte gegen den Stiefel. Der Mann im Kosakengewand neben Tschapajew mochte Baron Jungern sein, doch war ich mir dessen noch nicht sicher, als die Klinge sich drehte und die auf der

Düne stehenden Männer verschwanden. Dafür gab es nun Einblick in die endlose Weite einer Wüste. Ganz in der Ferne vor dem tiefblauen Himmel zwei Schemen. Den Umrissen nach konnten es zwei Elefanten sein. Sie waren zu weit entfernt, als daß man hätte erkennen können, wer auf ihnen ritt – nichts als winzige Buckel auf den großen Rücken. Plötzlich wurde der Horizont in schmerzend helles Licht getaucht, und als es vorüber war, lief da nur noch ein Elefant. Von der Düne her klang Applaus. Gleich darauf der zweite Blitz.

»Wenn das so weitergeht, kann ich meine Augen vergessen, Baron«, sagte ich und löste den Blick von der Klinge des Säbels.

Jungern schob ihn in die Scheide zurück.

»Liegt dort vorn etwas Gelbes im Gras?« fragte ich. »Oder habe ich noch Flecke vor den Augen?«

»Nein, nein. Das ist die Mütze von Ignat.«

»Ach, die bösen, bösen Winde aus dem Osten?«

»Mit Ihnen konversiert es sich ausgesprochen angenehm, Pjotr«, sagte der Baron. »Sie verstehen schnell. Wollen Sie sie zum Andenken?«

Ich bückte mich und hob die Mütze auf. Sie paßte hervorragend. Ich überlegte kurz, was ich mit meiner alten anstellen sollte; mir fiel nichts Besseres ein, als sie einfach wegzuwerfen.

»In Wirklichkeit verstehe ich längst nicht alles«, sagte ich dann. »Mir ist zum Beispiel ein Rätsel, wo Sie in dieser Einöde den Elefanten aufgetrieben haben.«

»Mein lieber Pjotr«, entgegnete der Baron. »Die Welt um uns ist voll von unsichtbaren Elefanten, das können Sie mir glauben. Rußland hat mehr Elefanten als Krähen. Doch lassen Sie uns das Thema wechseln. Es wird langsam Zeit, daß Sie zurückkehren, und eines würde ich Ihnen zu guter Letzt gern noch mit auf den Weg geben. Vielleicht das Wichtigste überhaupt.«

»Und das wäre?«

»Wohin es den verschlägt, der den Thron im Nirgendwo endlich bestiegen hat. Wir nennen diesen Ort die Innere Mongolei.«

»Wer ist wir?«

»Sagen wir mal, Tschapajew und ich«, erwiderte der Baron mit einem Lächeln. »Wiewohl ich hoffe, daß auch Sie mit der Zeit noch dazustoßen werden.«

»Und wo liegt er, dieser Ort?«

»Das ist es ja. Eben nirgendwo. Im geographischen Sinne läßt er sich an keiner Stelle festmachen. Jedenfalls heißt die Innere Mongolei nicht deshalb so, weil sie sich im Inneren der Mongolei befände. Sie liegt im Innern desjenigen, der das Nichts erschaut. Wobei der Ausdruck ›im Innern‹ hier nicht recht paßt. Und um die Mongolei geht es schon gar nicht, das ist nur so ein Name dafür. Mit Worten beschreiben zu wollen, was es mit diesem Ort auf sich hat, wäre Blödsinn. Aber glauben Sie mir das eine: Es lohnt, ihn verbindlich im Auge zu behalten. Und es gibt im Leben nichts Beßres, als dort angekommen zu sein.«

»Und wie erschaut man das Nichts?«

»Augen zu und durch!« sagte der Baron. »Pardon. Ich wollte nicht kalauern.«

Ich zögerte einen Moment.

»Darf ich ehrlich sein?«

»Gewiß doch«, sagte der Baron.

»Der Ort, wo wir eben waren – diese schwarze Steppe mit den Feuern, meine ich – kam mir doch recht trostlos vor. Sollte die Innere Mongolei, von der Sie reden, ähnlich geartet sein, legte ich keinen Wert darauf, dort zu landen.«

Jungern zeigte sein Grienen.

»Sehen Sie, Pjotr, wenn es Ihnen einfällt, in einem Varieté wie der ›Spieldose‹ einen Skandal zu provozieren, dann rechnen Sie damit, daß alle übrigen Anwesenden die Situation mehr oder weniger genauso erleben wie Sie. Und selbst das wäre zu bezweifeln. Da, wo wir gewesen sind, geht es hingegen sehr individuell zu. Dort gibt es nichts, was, wie man gemeinhin sagt, wirklich existiert. Alles hängt davon ab, wer hinschaut. Für mich zum Beispiel ist dort alles mit einem blendenden Licht übergossen. Aber was meine Männer betrifft«, Jungern deutete auf die am Feuer wuselnden kleinen Gestalten in den gelben Mützen, »die sehen dasselbe wie Sie. Beziehungsweise umgekehrt: Sie, Pjotr, haben vor sich genau das, was die Männer sehen.«

»Wieso?«

»Sagt Ihnen das Wort Visualisierung etwas? Dadurch, daß viele Gläubige gemeinsam einen bestimmten Gott anbeten, entsteht dieser Gott tatsächlich, und zwar exakt in der Form, in der sie ihn sich vorstellen.«

»Das kenne ich.«

»So läuft es auch mit allem übrigen. Die Welt, in der wir leben, ist schlicht eine kollektive Visualisierung, die anzustellen wir von Geburt an gelernt haben. Es ist im Grunde das einzige, was von Generation zu Generation überliefert wird. Wenn nur genügend Leute diese Steppe vor sich sehen, Gras, Sommerabend und so weiter, verschafft uns das die Möglichkeit, an dem Anblick teilzuhaben. Bloß, die Vergangenheit mag uns noch so viele schöne Formen vorschreiben – am Ende sieht jeder von uns im Leben doch nur ein Spiegelbild seines Geistes. Und wenn Sie rings um sich her nichts als undurchdringliche Finsternis entdecken, heißt das, Ihr eigener Innenraum ist schwarz wie die Nacht. Sie können übrigens von Glück reden, daß Sie Agnostiker sind. Was meinen Sie, wie viele Götter und Dämonen sonst Ihre Finsternis bevölkerten!«

»Herr Baron ...«, begann ich, doch Jungern unterbrach mich sogleich.

»Sie müssen nicht denken, daß in dieser Situation für Sie etwas Erniedrigendes läge. Kaum jemand möchte zugeben, daß er aus dem gleichen Holz geschnitzt ist wie alle anderen Leute auch. Und es ist ja nun mal die übliche Befindlichkeit des Menschen: in pechschwarzer Nacht an einem Feuer zu hocken, welches von barmherziger Hand unterhalten wird, und zu warten, daß Hilfe kommt.«

»Mag sein, daß Sie recht haben«, sagte ich. »Was ist dann aber die Innere Mongolei?«

»Das ist der Ort, von wo Hilfe unterwegs ist.«

»Ach so. Sagen Sie bloß, da waren Sie schon?«

»Ja«, bestätigte der Baron.

»Und sind zurückgekehrt? Wieso das denn?«

Der Baron nickte vielsagend zu seinen Kosaken am Feuer hin.

»Außerdem bin ich nicht wirklich zurückgekehrt. Ich bin gewissermaßen auch jetzt noch dort. Aber Sie, Pjotr, müßten nun langsam an die Rückkehr denken.«

Ich blickte mich um.

»Wohin, wenn ich fragen darf?«

»Ich zeige es Ihnen.«

Ich sah die schwere, brünierte Pistole in Jungerns Hand und zuckte unwillkürlich zusammen. Der Baron lachte.

»Also wirklich, Pjotr, was haben Sie nur? Ein wenig mehr Vertrauen zu den Menschen wäre ganz angebracht!«

Er fuhr mit der anderen Hand in die Kitteltasche und zog das Bündel hervor, das Tschapajew ihm gegeben hatte, wickelte es auf und zeigte mir das profane Tintenfaß mit schwarzem Deckel, das darin war.

»Schauen Sie aufmerksam hin«, sagte er. »Den Blick nicht abwenden, bitte.«

Mit diesen Worten schleuderte er das Fäßchen in die Luft. Als es an die zwei Meter weit geflogen war, schoß er.

Das Tintenfaß verwandelte sich in eine tiefblau sprudelnde Wolke mit blitzenden Splittern darin, die kurz in der Luft hing und dann auf den Tisch herabregnete.

Ich taumelte und mußte mich an der Wand abstützen, so schwindlig war mir mit einemmal. Vor mir der Tisch, darauf ausgebreitet die nunmehr hoffnungslos verdorbene Karte. Kotowski stand mit offenem Mund daneben. Vom Tisch auf den Fußboden tropfte das aus der geplatzten Lampe auslaufende Glyzerin.

»Was ist, Grigori: Haben wir den Geist jetzt durchschaut?« fragte Tschapajew und spielte mit der noch rauchenden Mauserpistole.

Kotowski, beide Hände vor das Gesicht geschlagen, rannte aus dem Zimmer. Er war sichtlich mitgenommen. Was man wohl auch von mir sagen konnte.

Tschapajew wandte sich zu mir um und schaute mich eine Zeitlang forschend an. Dann verzog er heftig das Gesicht.

»Hauch mich an!«

Ich gehorchte.

»So ist das also. Ehe man sich versieht, gießt er sich einen auf die Lampe. Und was soll die gelbe Mütze? Wieso hast du eine gelbe Mütze auf? Willst du Hundesohn, daß ich dich vors Tribunal zerre?«

»Ich hab nur ein einziges Glas.«

»Halt den Mund! Mund halten, sag ich! Das Weberregiment ist eingetroffen, die Leute müssen versorgt werden, willst du so besoffen vor die hintreten? Was soll Furmanow für einen Eindruck kriegen? Geh und penn dich aus! Kommt das noch ein einziges Mal vor, stehst du bei mir vorm Tribunal. Möchtest du wissen, wie bei mir das Tribunal aussieht, ja?«

»Nein, Wassili Iwanowitsch«, sagte ich, »das möchte ich nicht.«

»Zum Schlafen abtreten! Und daß du mir bloß keinen anbläst auf dem Weg in die Koje.«

Ich machte auf dem Absatz kehrt und ging zur Tür. Als ich sie erreicht hatte, drehte ich mich noch einmal um. Tschapajew saß am Tisch und schaute mir finster nach.

»Eine Frage hätte ich noch«, sagte ich.

»Nämlich?«

»Die Sache ist ... Der einzig real existierende Zeitpunkt ist das Jetzt, das weiß ich nicht erst seit gestern. Unbegreiflich ist mir nur, wie sich darin eine so ellenlange Abfolge von Wahrnehmungen unterbringen läßt. Heißt das, man kann den Moment, wenn man strikt darin verweilt und weder in die Vergangenheit noch in die Zukunft abgleitet, in einem Maße ausdehnen, daß Phänomene, wie ich sie eben erlebt habe, darin Platz finden?«

»Ausdehnen? Wohin denn ausdehnen?«

»Ich habe mich unkorrekt ausgedrückt. Ich meine, dieser Moment, als Scheide zwischen Vergangenheit und Zukunft, könnte der sozusagen das Tor zur Ewigkeit sein?«

Tschapajews Hand am Pistolenlauf zuckte, und ich war lieber still. Mich traf ein langer, argwöhnisch zu nennender Blick.

»Dieser Moment, Petka, *ist* die Ewigkeit und nicht ihr Tor«, sagte er dann. »So daß man schwerlich behaupten kann, er würde irgendwann eintreten. Und wenn du erst einmal zu dir gekommen bist ...«

»Niemals«, erwiderte ich.

Tschapajews Augen wurden groß vor Verwunderung.

»Guck an, der Petka«, sagte er. »Hat er's endlich geschnallt?«

Wieder in meinem Zimmer, begann ich zu überlegen, womit ich mich ablenken konnte, um zur Ruhe zu kommen. Tschapajews Ratschlag fiel mir ein, die eigenen Träume zu Papier zu bringen, und so versuchte ich mir meinen Japantraum von neulich zu vergegenwärtigen. Soviel Verworrenes und Unbegreifliches darin war, entsann ich mich doch bis ins kleinste. Begonnen hatte er damit, daß in einer seltsamen Art Untergrundbahn die nächste Station ausgerufen wurde. Den Namen wußte ich noch und konnte mir sogar denken, wo er herrührte: Sehr wahrscheinlich hatte ihn mein Bewußtsein, den schwierigen Gesetzen der Traumwelt unterworfen, einen kurzen Moment vor dem Erwachen aus dem Namen eines Pferdes bezogen, das von irgendeinem Soldaten unter meinem Fenster gerufen worden war, und dieser Ruf war sogleich in einen doppelten Spiegel geraten, denn außer der U-Bahn-Station hieß auch die Fußballmannschaft so, von der in dem Gespräch ganz zu Ende des Traums die Rede war. Das hieß, der Traum, so lang und ausführlich er einem erschienen war, hatte nicht länger als eine Sekunde gedauert; jetzt, nach meiner Begegnung mit dem Baron Jungern und dem letzten Gespräch mit Tschapajew, wunderte mich das nicht mehr. Ich setzte mich an den Tisch, rückte mir einen Stapel Papier zurecht, tauchte die Feder ins Tintenfaß und schrieb auf die obere Hälfte des ersten Blattes mit Großbuchstaben:

»ZURÜCKBLEIBEN BITTE!
TÜREN SCHLIESSEN SELBSTTÄTIG.
NÄCHSTE STATION: DYNAMO!«

Ich arbeitete lange, mehrere Stunden, und schaffte es doch nicht, auch nur die Hälfte von dem zu notieren, was mir einfiel. Dem Punkt, wo meine Feder das Papier berührte, entflossen Details von so schillernder Dekadenz, daß ich am Ende nicht mehr unterscheiden konnte, ob ich noch den Traum niederschrieb oder schon dabei war, über ihn zu improvisieren. Zwischendurch bekam ich Lust zu rauchen, nahm die Papirossy vom Tisch und ging hinunter auf den Hof.

Dort herrschte ein emsiges Treiben. Ein Teil der angekommenen Soldaten formierte sich gerade; es roch streng, eine Mischung aus Stiefelwichse und Pferdeschweiß. Ich entdeckte ein kleines Militärorchester, das den Schluß des Zuges bildete: ein paar verbeulte Hörner sowie eine Riesenpauke, von einem langaufgeschossenen Jungen am Riemen gehalten, der aussah wie Peter der Große ohne Schnurrbart. Ich weiß nicht, wie es kam – der Anblick des Orchesters ließ mich unsäglich melancholisch werden.

Das Kommando über die ganze Formation führte jener Mann mit dem Säbelschmiß im Gesicht, den ich schon vom Fenster aus gesehen hatte. Vor meinem geistigen Auge erschien der verschneite Bahnhofsvorplatz, die rotbespannte Tribüne, Tschapajew, der die Luft mit seinem gelben Stulpenhandschuh zerschnitt, und dieser Mann hier, wie er an der Brüstung stand und die monströsen, sinnlosen Phrasen, die Tschapajew auf das Karree der vollgeschneiten Frontkämpfer niederprasseln ließ, mit beifälligem Nicken quittierte. Es war Furmanow, keine Frage. Als er das Gesicht in meine Richtung drehte, tauchte ich, bevor er mich noch erkennen konnte, im Portal des Gutshauses unter.

Ich ging zurück auf mein Zimmer, legte mich auf das Bett und starrte zur Decke. Der kahlgeschorene, bärtige Dicke am jenseitigen Lagerfeuer kam mir in den Sinn, der, wie ich plötzlich wußte, Wolodin geheißen hatte. Ein gekachelter Raum mit am Boden festgeschraubten Badewannen tauchte aus den Tiefen meines Gedächtnisses hervor, dazu dieser Wolodin, nackig und naß, wie ein Frosch neben einer der Wannen kauernd. Gerade hatte ich das Gefühl, als müßte mir noch mehr dazu einfallen, als unten auf dem Hof die Hörner zu blasen begannen. Dumpf dröhnte die Regimentspauke, und der Chor der Weber, mir noch gewärtig von der langen nächtlichen Zugfahrt, schmetterte sein Lied:

Die weiße Armee und der Schwarze Baron
zerren uns wieder zum Zarenthron.
Doch von der Taiga bis nach Calais
geht ihren Weg die Rote Armee!!!

»Diese Idioten«, flüsterte ich, drehte mich zur Wand und spürte, wie Tränen hilfloser Wut und ohnmächtiger Haß auf diese Welt mich übermannten. »Gott, was sind das für Idioten! Ach, man möchte sie nicht einmal Idioten nennen, sie sind Schatten ihrer selbst. Schatten im Nebel«

8

»Wie kamen Sie eigentlich ausgerechnet auf Schatten?« fragte Professor Kanaschnikow.

Wolodin zerrte nervös an den Riemen, die seine Arme und Beine an die Garrotte banden und nicht nachgaben. Große Schweißperlen glänzten auf seiner Stirn.

»Weiß ich nicht«, sagte er. »Sie wollten doch hören, was ich in dem Moment gedacht hab. Gedacht hab ich, wenn irgendein außenstehender Beobachter dazugekommen wäre, daß der bestimmt gedacht hätte, es gäb uns nicht wirklich, und wir wären bloß ein Schattenspiel, eine Täuschung im Geflacker vom Feuer, weiter nichts. Da war ein Feuer, sagte ich ja. Obwohl na ja, ich glaub, Professor, es käm auf den Beobachter an.«

Das Feuer auf der Wiese begann gerade erst richtig zu brennen und gab noch nicht genügend Licht, um den Nebel zu zerstreuen und die darumsitzenden Leute sichtbar werden zu lassen. Sie erschienen als gespenstische Schatten von Erdbrocken und angekohlten Stubben, wie sie in der Nähe des Feuers lagen – auf eine unsichtbare Leinwand projiziert. Was ja, von einer gewissen, höheren Warte gesehen, stimmte. Da aber auch der letzte Neuplatoniker der Region lange vor dem XX. Parteitag aufgehört hatte, sich seines Körpers zu schämen, war im Umkreis von hundert Kilometern niemand, der zu einem solchen Schluß hätte gelangen können.

Sagen wir es also lieber einfach: Im Halbdunkel rings um das Feuer saßen drei Dumpfbacken. Und zwar sichtlich von der Art, daß unser Neuplatoniker, einmal angenommen, er hätte den

XX. Parteitag nebst all seinen weitreichenden Prophezeiungen überlebt und nunmehr den Wald verlassen, um mit Durchreisenden am Feuer zu sitzen und über den Neuplatonismus zu sprechen, dieses Ansinnen mit schweren körperlichen Schäden bezahlt hätte, kaum daß das Wort Neuplatonismus in die Stille der Nacht geplatzt wäre. Zumindest gab es eine Reihe von Anzeichen, die einen solchen Lauf der Dinge hätten erwarten lassen.

Da war vor allem der unweit des Feuers geparkte teure japanische Amphibien-Jeep der Marke »Harbour Pearl«. Ferner die riesige, an seinem Bug befindliche Seilwinde - ein Gegenstand ohne jeden praktischen Nutzen und nichtsdestoweniger auf Gangsterschlitten des öfteren zu finden. (Manche mit der Erforschung der »neuen Russen« befaßte Anthropologen sind der Auffassung, daß derlei Winden als Rammsporn Verwendung finden, andere sehen im gehäuften Vorkommen solcher Aufbauten gar einen indirekten Beweis für die langerhoffte Renaissance des russischen Nationalcharakters - ihrer Ansicht nach erfüllen die Winden die mystische Funktion von Galionsfiguren, wie sie einstmals die Fregatten der alten Slawen zierten.) Man sah also, daß die mit dem Jeep eingetroffenen Männer etwas in die Waagschale zu werfen hatten. Da überlegte man es sich gut, ehe man ein überflüssiges Wort äußerte.

Die Männer waren in ein leises Gespräch vertieft.

»Wieviel davon muß man einwerfen, Wolodin?« fragte einer.

»Je nachdem«, erwiderte Wolodin, der ein Bündel auf den Knien hielt und auswickelte. »Ich zum Beispiel eß schon an die hundert aufs Mal. Dir rat ich, bei dreißig einzusteigen.«

»Das soll langen?«

»Das langt dick, mein lieber Schurik«, sagte Wolodin und war schon dabei, den Inhalt des Bündels, einen kleinen Berg trockener, mürber Materie, in drei ungleiche Häufchen zu teilen. »Genug, damit du vor lauter Bäumen durch den Wald rennst und nicht weißt, wo dich verstecken. Du genauso, Kolja.«

»Ich?« fragte der dritte mit tiefer Stimme. »Vor wem soll ich wegrennen, sagst du?«

»Vor dir selber, Kolja. Nur vor dir selber.«

»Ich bin in meinem Leben noch nie weggerannt«, sagte Kolja, während er seine Portion entgegennahm – sie paßte in die hohle Hand, die dabei aussah wie die Schaufel eines Spielzeugbaggers. »Gib acht, was du sagst. Ich vor mir selber wegrennen? Wie soll das gehen?«

»Das ließe sich nur an einem Beispiel erklären«, sagte Wolodin.

»Dann erklär's mir an einem Beispiel.«

Wolodin dachte kurz nach.

»Na, stell dir vor, zu dir ins Office kommt irgend so ein Stinker, fächert auf Gangsterart mit den Fingern vor dir rum und meint, du solltest mit ihm halbe-halbe machen. Was tust du?«

»Ich hau ihn weg«, sagte Kolja.

»Ach so? Gleich im Office haust du ihn weg?«

»Daß er nicht mehr zuckt. Vor mir fächert keiner ungestraft rum.«

Schurik klopfte Kolja auf die Schulter, drehte sich dann zu Wolodin um und sagte begütigend:

»Nicht im Office natürlich. Ein kleines Scharmützel wird anberaumt.«

»Gut«, sagte Wolodin. »Ein kleines Scharmützel also. Und weiter? Kolja soll sagen.«

»Na wie«, ließ Kolja hören. »Wir fahren da halt hin. Wenn der Dämlack auftaucht, sag ich, na was, Alter, spuck aus. Der fängt zu labern an, ich wart ein Minütchen, dann nick ich einmal kurz und putz ihn weg. Danach die anderen.«

Er sah auf das Häuflein schwarzes Gebrösel in seiner Hand und fragte:

»Wie jetzt? Einfach so runterschlucken?«

»Erst kauen«, sagte Wolodin.

Kolja beförderte, was er in der Hand hatte, in den Mund.

»Riecht nach Pilzsuppe«, teilte er mit.

»Schluck's runter«, sagte Schurik. »Ich hab schon. Schmeckt nicht übel.«

»Du putzt ihn also weg«, sinnierte Wolodin. »Und wenn die euch selber auflaufen lassen?«

Kolja brauchte einige Sekunden, um zu überlegen, saß da mit mahlenden Kiefern; dann schluckte er und sagte überzeugt:

»Tun die nicht.«

»Na schön«, sagte Wolodin, »wie tätst du ihn denn umlegen: gleich im Auto, aus der Entfernung, oder läßt du ihn erst rauskommen?«

»Ich laß ihn raus. Im Auto killen, das tun Hosenscheißer. Außerdem gibt's Löcher, Blut und so. Wozu die schöne Hütte versauen. Die coolste Variante wäre, wenn er auf unser Auto zugelaufen käme.«

»Gut. Nehmen wir die coolste Variante. Stell dir vor, er steigt aus seinem Auto aus, kommt rüber zu deinem, du willst ihn grad wegputzen und siehst ...«

Wolodin machte eine Kunstpause.

»Du siehst, das ist gar nicht er, das bist du! Und da sollst du jetzt draufhalten. Sag mal, fliegt einem da nicht das Blech weg?«

»Aber hallo.«

»Wenn's so weit kommt, verkühlt man sich doch lieber nicht den Arsch und schiebt ab – wär doch erlaubt, oder nicht?«

»Wär erlaubt, in dem Fall.«

»Also Rückwärtsgang und ab?«

»In dem Fall wär's besser.«

»Und schon bist du vor dir selber am Wegrennen! Kapiert?«

»Nö«, sagte Kolja nach einer Pause. »Kapier ich nicht. Wenn das nicht der andere war, sondern ich selber, wo bin ich denn dann?«

»Du bist er.«

»Und er?«

»Ist du.«

»Seh ich nicht ein«, sagte Kolja.

»Hör zu«, sagte Wolodin. »Kannst du dir vorstellen, daß alles rings um dich her verschwindet – nur du bist da, überall nur du?«

»Kann ich mir gut vorstellen. Auf dem Trip war ich paarmal vom Schwarzen. Oder von der Strohsuppe, weiß nicht mehr.«

»Wie willst du in dem Zustand irgendwen wegputzen, wenn der einzige, der dir in die Quere kommt, immer nur du selber bist? Unter jeder Mütze, wo du draufhaust, guckt dich die eigne Visage an. Wenn einem da nicht das Blech wegfliegt! Anstatt den andern wegzuputzen, gehst du krachen. Und jetzt überleg mal, was am Ende bei rauskommt. Am Ende kommt bei raus, daß du vor dir selber wegläufst, so sieht's aus.«

Kolja dachte lange nach.

»Dann tät Schurik das übernehmen«, entschied er.

»Und knallt dich übern Haufen! Weil da bist ja nur du.«

»Wieso?« mischte Schurik sich ein. »Mir ist das Blech doch nicht weggeflogen. Ich schieß, auf wen ich will.«

Diesmal war es Wolodin, der Zeit zum Nachdenken brauchte.

»Nein«, sagte er dann, »so kann man das nicht erklären. War ein schlechtes Beispiel. Laß die Pilze kommen, dann reden wir noch mal drüber.«

Die nächsten Minuten verstrichen, ohne daß ein Ton gesprochen wurde. Die Männer am Feuer öffneten Konservendosen, schnitten Wurst auf und tranken Wodka. All dies wurde schweigend verrichtet – so als wären die Worte, die bei solcher Gelegenheit gern gesagt werden, nichtig und unangebracht, weil da etwas im Raum stand, dunkel und unausgesprochen, etwas, das alle gemeinsam betraf.

Nach dem Wodka rauchte jeder, immer noch wortlos, eine Zigarette.

»Wie sind wir überhaupt auf diesen Quatsch gekommen?« brach Schurik endlich das Schweigen. »Das mit dem Scharmützel und dem Blech, meine ich?«

»Wolodin hat behauptet, wir würden in den Wald rennen und die Bäume nicht sehen, wenn die Pilze kommen.«

»Ach ja. Sag mal, wieso heißt es eigentlich ›die Pilze kommen‹? Wo sollen die denn herkommen?«

»Fragst du mich das?« fragte Wolodin.

»Mal angenommen.«

»Ich tät sagen, die kommen von innen«, sagte Wolodin.

»Dann müßten die da schon länger hocken?«

»Irgendwie ja. Kann man so sehen. Und da sind sie nicht die einzigen. Den ganzen Spaß der Welt hast du sozusagen schon stecken. Wenn du schluckst oder fixt, machst du bloß was in dir locker. In der Droge steckt der Spaß nicht drin, das ist bloß Pulver oder, wie das hier, ein Pilz. Wie der Schlüssel zum Safe, verstehst du?«

»Wahnsinn«, sagte Schurik etwas abwesend; ihm hatte sich der Kopf in Uhrzeigerrichtung zu drehen begonnen.

»Absoluter Wahnsinn«, bestätigte Kolja, worauf das Gespräch wieder für einige Minuten versiegte.

»Sag mal«, meldete sich erneut Schurik als erster, »gibt's da drinnen viel von dem Spaß?«

»Jede Menge«, sagte Wolodin kategorisch. »Die unglaublichsten Sorten. Da sind Sachen dabei, die hast du noch nie probiert.«

»O Mann. So 'ne Art Safe, sagst du, wo drin der Spaß ist?«

»Vereinfacht gesagt, ja.«

»Und könnte man den Safe nicht stemmen? Daß bißchen was von dem Spaß, der da drinsteckt, rüberwächst?«

»Ließe sich machen.«

»Wie denn?«

»Dem muß man sein ganzes Leben widmen. Was glaubst du, wofür die Leute ins Kloster gehen? Um dem Abt die Füße zu küssen? Die holen sich dort einen Rausch, kannst du wissen, wie du für tausend Georgies keinen kriegst. Und das auf Dauer, verstehst du. Früh, mittags und abends. Manche sogar im Schlaf.«

»Und wie heißt das, wovon die den Rausch kriegen?«

»Ganz verschieden. Meistens so was mit Barmherzigkeit. Liebe.«

»Was für Liebe?«

»Einfach Liebe. Die wo du nicht drüber nachdenkst, was für welche und von und zu wem. Du denkst überhaupt nicht mehr.«

»Hattest du das schon mal?«

»Ja«, sagte Wolodin. »Hatte ich mal.«

»Und, wie war's? Läßt sich das mit was vergleichen?«

»Schwer zu sagen.«

»Sag so ungefähr. Wie Schwarzer vielleicht?«

»Ach wo!« Wolodin verzog das Gesicht. »Dagegen ist Schwarzer einfach Scheiße.«

»Oder so was wie Heroin? Speed?«

»Nicht doch, Schurik, nein. Wirklich kein Vergleich. Stell dir vor, du hast dich mit Speed vollgepumpt und bist drauf. Sagen wir, vierundzwanzig Stunden am Stück. Kriegst Lust auf 'ne Frau und alles so was.«

Schurik kicherte.

»Und hinterher zieht's dich runter, und zwar so heftig, daß du denkst, na, hat's das überhaupt gebracht ...«

»Soll vorkommen«, sagte Schurik.

»Dagegen das hier, da kommst du drauf und nie wieder runter. Jede Frau kann dir gestohlen bleiben, und kein Fraß kann dich locken. Du hast keinen Hänger und keinen Abriß und nix sonst. Alles, was du tust, ist beten und immer nur beten, daß es nicht aufhört. Kapito?«

»Heftiger als wie Schwarzer?«

»Viel heftiger.«

Wolodin beugte sich nach vorn und stocherte in den brennenden Ästen herum. Das Feuer loderte auf, als hätte man Benzin hineingegossen. Die Flamme war sonderbar: Ungewöhnlich schöne, bunte Funken flogen, und das Licht, das auf die Gesichter der Umsitzenden fiel, war auch nicht normal – es war weich, schillernd und so intensiv, daß man nur staunen konnte.

Nun waren die am Feuer sitzenden Männer gut zu sehen. Wolodin war um die Vierzig, korpulent, mit geschorenem Kopf und Stutzbärtchen. Insgesamt machte er den Eindruck eines zivilisierten mittelasiatischen Freischärlers. Schurik war ein hagerer Blondschopf, der nicht stillhalten konnte, pausenlos und ohne Sinn herumfuhrwerkte. Er schien nicht sehr kräftig, doch hatte seine fortwährende nervöse Zappelei etwas derart Aggressives, daß der wie aufgepumpt dasitzende Kolja neben ihm wie ein großer Wolfshundwelpe wirkte. Kurz, wenn Schurik den gehobenen Petersburger Banditen verkörperte, so war Kolja der typische Moskauer Stahlschrank, dessen Erscheinen die Futuristen zu Beginn des Jahrhunderts so genial vorausgesehen hatten: Er bestand gewissermaßen aus einem Satz einfacher geometrischer Körper: Kugeln, Würfeln und Pyramiden – und in dem kleinen, flachgezogenen Kopf erkannte man jenen Stein, den, wie es beim Evangelisten so schön heißt, die Bauleute einst verwarfen, um ihn später zum Eckstein in Rußlands neuem Staatsgebäude zu erküren.

»Langsam kommen sie, die Pilzlein«, sagte Wolodin.

»Kannst du laut sagen«, bestätigte Kolja. »Ich bin außen rum schon ganz blau.«

»Ja«, sagte auch Schurik, »das haut rein. Aber sag noch mal, Wolodin, war das dein Ernst?«

»Was, das?«

»Na eben, daß man sich einen lebenslangen Kick beschaffen könnte. Der die ganze Zeit anhält.«

»Lebenslang hab ich nicht gesagt. Die haben dort andere Wörter dafür.«

»Man ist auf Dauer drauf, hast du vorhin gesagt.«

»Hab ich auch nicht gesagt.«

»Kolja, hat er das gesagt oder nicht?«

»Weiß ich nicht mehr«, brummte Kolja. Er hatte sich allem

Anschein nach aus dem Gespräch verabschiedet und war anderweitig in Anspruch genommen.

»Und was hast du gesagt?« fragte Schurik.

»Von ›ganzer Zeit‹ war jedenfalls keine Rede. ›Immer‹, hab ich gesagt. Mußt genauer zuhören.«

»Wo ist da der Unterschied?«

»Der Unterschied ist, daß es da, wo der ganze Spaß seinen Anfang nimmt, keine Zeit gibt.«

»Was denn dann?«

»Seligkeit.«

»Und sonst?«

»Nichts.«

»Soll einer draus schlau werden«, sagte Schurik. »Hängt sozusagen in der Luft, die Seligkeit, oder was?«

»Luft gibt's dort auch nicht.«

»Ja, was denn?«

»Seligkeit, sagte ich doch.«

»Tut mir leid, kapier ich nicht.«

»Mach dir nichts draus«, sagte Wolodin. »Wenn es so einfach zu kapieren wäre, tät halb Moskau sich davon gratis einen abschneiden. Denk doch mal, zwei Hunderter legst du hin fürs Gramm Kokain, und das hier ist für Nasse.«

»Zweihundertfünfzig«, korrigierte Schurik. »Irgend'nen Haken hat die Sache. Auch wenn's schwer ist dahinterzusteigen, jemand wär längst drauf gekommen. Die Leute lassen sich was einfallen. Aus Nasentropfen haben sie schon Speed gemacht.«

»Knips deinen Verstand an, Schurik«, sagte Wolodin. »Nehmen wir mal an, du dealst mit Koks, ja? Das Gramm zwohundertfünfzig, davon zehn für dich. Und im Monat setzt du, sagen wir, fünfhundert Gramm ab. Macht wieviel?«

»Fünfzig Franklins.«

»Gut. Und jetzt stell dir vor, da kommt so ein Arschloch und macht, daß du anstatt fünfhundert nur noch fünf verkaufst. Was hast du da unterm Strich?«

Schurik bewegte die Lippen, wälzte unhörbar Zahlen hin und her.

»Den blanken Anschiß, tät ich sagen«, antwortete er dann.

»Genau. Gerade genug, um 'ne Hure ins McDonald's auszuführen. Reicht nicht mal für den Eigenbedarf. Was würdest du mit einem Arschloch machen, das dir so mitspielt?«

»Das tät ich platt machen«, sagte Schurik. »Keine Frage.«

»Ist dir jetzt klar, warum keiner von der Sache Wind hat?«

»Du meinst, die Dealerszene hält den Daumen drauf?«

»Da geht's nicht mal nur um Drogen«, erläuterte Wolodin. »Da werden noch ganz andere Connections aufgemischt. Wenn du den Durchbruch zur ewigen Seligkeit schaffst, kann dir nämlich alles den Buckel runterrutschen: Autos, Sprit, Reklame, Pornos, Nachrichten, der ganze Scheiß. Und deinem lieben Nachbarn auch. Was dann?«

»Dann bricht's zusammen«, sagte Schurik und sah sich unruhig um. »Das ist der Untergang der Kultur. Das Ende der Zivilisation. Klarer Fall.«

»Darum darf kein Schwein was wissen vom ewigen Kick.«

»Und wer hält die Fäden in der Hand?« fragte Schurik nach kurzem Nachdenken.

»Ergibt sich automatisch. Tut der Markt.«

»Hör mir bloß auf mit dem Markt«, sagte Schurik stirnrunzelnd. »Das kenn ich schon. Von wegen automatisch. Automatisch oder Einzelfeuer, wie sich's anbietet. Und wenn man den Bügel ganz nach hinten zieht, rastet die Sicherung ein. Einer hat immer den Hut auf, wetten? Man weiß bloß nicht, wer. Das erfährt man frühestens vierzig Jahre später.«

»Oder auch nie«, ließ Kolja sich hören, ohne die Augen zu öffnen. »Was dachtest denn du! Braucht einer bloß einen großen Schein in der Tasche haben, schon hält er still und rührt sich nicht, und wer ihn anpinkelt, wird kaltgemacht. Und erst mal die, die den Hut aufhaben, oder die von ganz, ganz oben, da geht's noch anders zur Sache! Dagegen sind wir doch kleine Fische. Irgendeinen Drecksack verprügeln oder mal ein Office abfackeln, das war's auch schon. Wir sind im großen Dschungel die kleine Gesundheitspolizei. Die dagegen, die können Panzer auffahren, wenn's drauf ankommt. Und wenn das nicht reicht, Flugzeuge. Oder gleich die Atombombe. Habt ihr gecheckt, wie sie auf den Dudajew losgegangen sind, als er nicht mehr blechen wollte? Wenn die nicht im letzten Moment über die eignen Füße gestolpert wären, hätte er alt ausgesehen. Oder denk ans Weiße Haus. Meinst du, wir könnten es uns leisten, einfach so auf die Bosse von Slav-East Oil einzudreschen?«

»Was nervst du uns hier mit deinem Weißen Haus«, fuhr Schurik ihn an. »Guten Morgen auch. Die Politik laß gefälligst aus dem Spiel. Hier geht's um den ewigen Kick ... Obwohl, da fällt mir ein ... In der Kiste haben sie erzählt, der Chasbulatow würde in einem fort bekifft durch die Gegend laufen. Vielleicht wissen die was vom ewigen Kick, er und Ruzkoi? Und wollten's dem Volk im Fernsehen erzählen und deswegen Ostankino stürmen, und die Kokainmafia hat sie nicht rangelassen. Da schnallst du ab.«

Schurik faßte sich mit beiden Händen an den Kopf und verstummte.

Der Wald ringsumher lag in des Feuers unerklärlichem, rhythmisch flackerndem, regenbogenfarbenem Widerschein, und am Himmel über der Wiese flammten immer wieder neue Mosaikbilder auf, unglaublich schön und mit nichts zu vergleichen, was einem im schnöden Alltag begegnete. Die Welt hatte sich von Grund auf verändert, sie schien von Geist und Seele durchdrungen wie nie zuvor – als wäre nun endlich klar, wozu auf der Wiese das Gras wächst, wozu der Wind weht und die Sterne am Himmel stehen.

Indes war nicht nur mit der Welt, sondern auch mit den Männern am Feuer etwas geschehen. Kolja schien sich ganz in sich selbst zurückgezogen zu haben, die Augen hielt er geschlossen. Sein kleines, quadratisches Gesicht, das für gewöhnlich eine finstere Verdrossenheit zur Schau trug, zeigte keinerlei Gefühlsregung mehr, war wie ein nicht mehr ganz frischer, leicht aufgedunsener Batzen Fleisch. Auch der kastanienbraune Nullachtfünfzehnigel auf seinem Kopf ließ irgendwie die Borsten hängen, glich einem lächerlichen, fransigen Pelzmützchen. Und wenn der himbeerfarbene Zweireiher im Flackerlicht des Feuers den Eindruck einer alttatarischen Kriegstracht machte, dann vor allem der Goldknöpfe wegen, die den Blechplättchen, wie man sie in Hünengräbern findet, zum Verwechseln ähnlich sahen.

Schurik wiederum kam einem noch dürrer, noch zappeliger und furchterregender vor als sonst. Etwas wie ein Gestell, zusammengeschustert aus morschen Brettern, woran vorzeiten irgendwer irgendwelche Lappen zum Trocknen aufgehängt und dann vergessen hatte, und in diesen Lappen begann sich auf wundersame Weise Leben zu regen und machte sich alsbald so sehr breit, daß mancher im Umkreis es mit der Angst bekam. An ein Lebewesen von Fleisch und Blut mochte man nicht glauben, eher an einen ausgestopften und elektrifizierten Matrosen im Kaschmirkittel.

Wolodin dagegen hatte sich nicht sonderlich verändert. Höchstens hatte ein unsichtbarer Meißel die Kanten und Unebenheiten seiner materiellen Hülle geglättet und durchgehend weiche, geschwungene, ineinanderfließende Linien geschaffen. Sein Gesicht war noch etwas blasser geworden, in den Brillengläsern blitzten mehr Funken auf, als das Feuer zaubern konnte. Auch seine Bewegungen hatten an Eleganz und Zielstrebigkeit gewonnen – mit einem Wort, man sah, daß dieser Mensch nicht zum erstenmal Pilze aß.

»Och, Mann«, platzte Schurik in die Stille, »och, Mannomann! Kolja, wie geht's dir?«

»Geht so«, sagte Kolja, ohne die verklebten Augen zu öffnen, »ich seh irgendwelche Feuerchen.«

Schurik fuhr zu Wolodin herum. Seine ruckartige Bewegung schlug Wellen im Äther, die erst verebben mußten, bevor er sprechen konnte:

»Du, Wolodin ... Du wirst es doch wissen, wie man sich den ewigen Kick verschafft, oder?«

Wolodin sagte nichts.

»Ich hab schon verstanden, also, ich meine, wieso niemand davon weiß und keiner darüber reden darf«, fuhr Schurik fort. »Aber mir kannst du's doch sagen, he? Ich bin doch keiner von diesen Freaks. Ich tät mit dem Kick still in meiner Laube sitzen, und fertig.«

»Vergiß es«, sagte Wolodin.

»Ja, Himmel noch mal, hast du wirklich gar kein Vertrauen zu mir? Glaubst du, da gäb's Probleme?«

»Nein, nein«, sagte Wolodin, »das glaub ich nicht. Nur käm bestimmt nichts Gutes bei raus.«

»Ach, komm«, sagte Schurik. »Mach halblang!«

Wolodin nahm die Brille ab, wischte sorgfältig mit dem Hemdzipfel die Gläser und setzte sie wieder auf.

»Entweder man steigt dahinter oder nicht«, verkündete er. »Ich weiß nicht, wie ich's erklären soll ... O. k. Du erinnerst dich, daß wir mal vom inneren Staatsanwalt gesprochen haben?«

»Ja. Der einen für die Ewigkeit einbuchten kann. Wie den Raskolnikow, der die Alte um die Ecke gebracht hat. Er dachte, sein innerer Verteidiger haut ihn raus, war aber nicht.«

»Exakt. Was meinst du, wer dieser innere Staatsanwalt eigentlich ist?«

Schurik überlegte.

»Weiß nicht ... Wahrscheinlich bin ich's selber. Irgendein Teil von mir. Wer soll's sonst sein.«

»Und der Verteidiger, der dich da raushaut?«

»Bestimmt auch ich. Was natürlich irgendwie komisch ist – daß ich mir selber die Anklage bastle und mich anschließend raushaue.«

»Das ist nicht komisch. Das ist der Lauf der Dinge. Jetzt stell dir vor, dieser innere Staatsanwalt hat dich vor Gericht gezerrt, alle deine inneren Anwälte sind verarscht worden, und du bist in dein eignes Kittchen eingefahren. Und da gibt es nun, mal angenommen, noch 'nen vierten Mann: Der ist nicht der Staatsanwalt, nicht der, dem er ans Leder will, und nicht der Verteidiger. Einer, der überhaupt nie irgendwelchen Geschäften nachgeht – kein schwerer Junge und kein Drahtzieher und kein Bulle und kein Nix.«

»Bin im Bild.«

»Dieser vierte hat den ewigen Kick. Und der muß ihn nicht erst erklärt kriegen, verstehst du?«

»Wer ist denn dieser vierte Mann?«

»Niemand.«

»Aber sehen kann man ihn doch?«

»Nein.«

»Oder wenigstens fühlen, daß er da ist?«

»Auch nicht.«

»Also gibt's ihn in Wirklichkeit gar nicht?«

»In Wirklichkeit, wenn du's genau wissen willst«, sagte Wolodin, »gibt's die Anwälte nicht. Und dich selber auch nicht. Wenn's in Wirklichkeit überhaupt wen gibt, dann ihn.«

»Tut mir leid, da komm ich nicht mit. Erzähl mir lieber, was ich tun muß, daß ich den ewigen Kick kriege.«

»Nichts«, sagte Wolodin. »Tun mußt du gar nichts, das ist es ja. Kaum fängst du an, was zu unternehmen, schon ist die Kiste verfahren. So ist es doch, oder?«

»Kann man so sagen.«

»Siehst du. Und was ein Verfahren ist, weiß man ja: Anklage, Verteidigung, Pipapo.«

Schurik blieb nun stumm und rührte sich nicht mehr; seine ganze Bewegungsenergie schien auf Kolja übergesprungen, der urplötzlich wie aus einem Tiefschlaf erwachte, die Augen aufschlug, Wolodin einen langen, grimmigen Blick zuwarf und die Zähne fletschte. Eine Palladiumkrone blitzte.

»Was den inneren Staatsanwalt angeht, da hast du uns sowieso kräftig angeschissen, Wolodin«, sagte er.

»Wieso denn?« fragte Wolodin verwundert zurück.

»Wieso, wieso. Wowtschik, der Abgehackte, hat mir hinterher ein Buch gegeben, wo das alles breitgetreten war. Und lebensnah, wie sich's gehört. Nietzsche heißt der Typ, der's geschrieben hat. Alles in so verrenkten Formulierungen, daß kein normaler Mensch dahintersteigt, aber clever. Wowtschik hat extra so einen Hungerleider angeheuert, einen Professor, und dazu einen von unseren Knaben, der Zaches redet. Zu zweit haben sie's in einem Monat so hingekrempelt, daß es Hand und Fuß hatte, und der ganze Klub hat's lesen gekonnt. In normale Sprache übersetzt. Jedenfalls, es läuft drauf hinaus, daß man den inneren Bullen schlachten muß. Dann kommt keiner mehr und will was von dir, verstehst du?«

»Mensch, Kolja, was redest du da?« Wolodins Stimme klang sanft und fast ein bißchen mitleidig. »Weißt du, wieviel sie dir für 'nen Bullen aufbrummen?«

Kolja lachte höhnisch.

»Wer soll das denn tun? Vielleicht die inneren Oberbullen? Darum geht's ja, die schlachten wir hübsch alle nacheinander!«

»Na schön«, sagte Wolodin, »nehmen wir an, die inneren Bullen hast du erledigt. Dann übernimmt die innere Eingreiftruppe.«

»Red ruhig weiter, die Tour kenn ich aus dem Effeff. Erst kommt die innere Stasi, dann die Elitetruppe ›Alpha‹, dann ›Omon‹ und so weiter und so fort. Und ich sag dir: Die werden geschlachtet, und am Ende bist du dein eigner innerer Präsident.«

»Wenn du meinst«, sagte Wolodin. »Dann bist du also dein eigner innerer Präsident. Und plötzlich kommen dir irgendwelche Zweifel. Was machst du dann?«

»Kein Problem«, sagte Kolja. »Wegdrücken und weitermachen.«

»Aber zum Wegdrücken brauchst du doch deine inneren Bullen, oder etwa nicht? Und wenn's hart kommt, die innere Eingreiftruppe?«

»Aber das sind ja dann meine Leute. Ich bin ihr vorgesetzter innerer Präsident. Muß ich nur mit dem Finger schnipsen.«

»Gut hat dich dein kleiner Wowtschik instruiert, alle Achtung. Also, wir waren beim inneren Präsidenten, der bist du. Da hast du deine eignen Bullen an der Hand und noch dazu einen Riiiiesensicherheitsdienst, inklusive tibetanische Astrologen und so weiter ...«

»Na, genau. Da traut sich keiner mehr in die Nähe.«

»Und, was machst du dann so den lieben langen Tag?«

»Was ich will.«

»Zum Beispiel?«

»Na, zum Beispiel krall' ich mir 'ne Schickse und düs' mit ihr auf die Kanaren.«

»Und was machst du dort?«

»Ich mach, was mir grad einfällt. Baden gehen oder vögeln oder koksen – was ich will.«

»Aha«, sagte Wolodin, und in seinen Brillengläsern blitzte es feuerrot, »koksen also auch. Da kommt man auf schöne Gedanken, nicht wahr?«

»Aber hallo.«

»Und so als sein eigner Präsident, da muß man doch bestimmt irgendwelche staatstragenden Meinungen vertreten?«

»Vermutlich.«

»Dann will ich dir mal sagen, was passiert. Beim erstenmal Koksen haut es dir so rein, daß du deinem inneren Präsidenten vor lauter schöner Gedanken die Freundschaft kündigst. Impeachment nennt sich das.«

»Das kratzt mich gar nicht. Da fahr ich die inneren Panzer auf.«

»Gegen wen denn? Gegen dich selber? Vergiß nicht, du hast gegen deinen inneren Präsidenten geputscht. Wer also fährt die Panzer auf?«

Kolja schwieg.

»Im Nu haben wir einen neuen Präsidenten«, führte Wolodin

aus. »Was das Innenministerium mit dem alten anstellt, damit er dem neuen in den Arsch kriecht, das wollen wir uns mal lieber nicht ausmalen.«

Kolja dachte nach.

»Na und«, sagte er unschlüssig. »Haben wir halt einen neuen Präsidenten.«

»Aber du warst der vorige, nicht wahr? Wem also schlagen sie in der inneren Lubjanka mit dem Schlauch die Nieren kaputt? Willst du nicht sagen, wem? Dir natürlich. Überleg mal, was besser ist: sich von den inneren Bullen wegen 'ner gekillten Oma abführen zu lassen oder als Ex-Präsident in die Fänge der inneren Stasi zu geraten?«

Koljas Gesicht verdüsterte sich, er drehte und spreizte die Finger der ausgestreckten Hand, schien damit etwas sagen zu wollen, doch irgendein unangenehmer Gedanke kam ihm offenbar in die Quere, plötzlich ließ er den Kopf hängen.

»Shit ... Ist wahrscheinlich wirklich besser, sich da nicht reinzuhängen. Alles nicht so einfach ...«

»Da haben dich deine inneren Bullen ganz schön reingeritten«, stellte Wolodin fest. »Und du kommst mir mit Nietzsche. Nietzsche! Wenn du wüßtest, wie's dem ergangen ist!«

Kolja räusperte sich den Hals frei. Ein Fladen Rotz riß sich wie ein winziger Bullterrier von seinen Lippen los und klatschte ins Feuer.

»Wolodin, du bist ein verdammtes Ekel«, stellte er fest. »Daß du einem immer alles vermasseln mußt. Letztens hab ich mir ein Video reingezogen, ›Pulp fiction‹, über die amerikanischen Gangs. Da ging's mir hinterher richtig gut! Mir war, als hätt ich begriffen, wie man leben muß. Mit dir braucht man bloß 'ne Weile zu reden, schon fällt man ins schwarze Loch. Ich will dir mal was sagen: Deinen inneren Bullen bin ich noch kein einziges Mal begegnet. Und falls es dazu kommt, hau ich die entweder um, oder ich markier den dummen August.«

»Wozu denn umhauen?« ließ Schurik sich wieder einmal hören. »Wär doch viel einfacher, die zu bestechen!«

»Sag bloß, die machen da mit?« erkundigte sich Kolja.

»Aber ja doch. Hast du den ›Paten III‹ gesehen? Dieser Don Corleone, weißt du nicht mehr? Seine inneren Bullen zu beschwichtigen, hat er sechshundert Mille an den Vatikan überwiesen und ist mitsamt dem Dreck am Stecken im inneren Geheimquartier untergetaucht. Oder willst du behaupten, die inneren Bullen wären nicht korrupt?« wandte er sich an Wolodin.

»Korrupt oder nicht, das tut nichts zur Sache«, erwiderte der.

»Stimmt, darum ging's gar nicht. Kolja hat angefangen mit Bullenverdreschen und so. Worum ging's denn? Gleich fällt's mir wieder ein. Es ging um den ewigen Kick. Jawohl. Da war was mit 'nem vierten Mann, der permanent drauf ist, während unsereiner sich mit den inneren Links- und Rechtsanwälten rumschlägt, stimmt's?«

»So ist es. Die Frage ist nicht, wie du dich mit den inneren Bullen einigst: ob du ihnen eins drüberziehst oder sie schmierst oder mit 'nem Geständnis antanzt. Der Bulle und der, der ihn anzapft, und der reuige Sünder, die existieren ja alle nicht wirklich, soweit waren wir schon. Du bist derjenige, der abwechselnd mal den einen und mal den anderen markiert. Das hattest du geschnallt, denk ich.«

»Ehrlich gesagt, nicht ganz.«

»Dann erinnere dich mal, wie ihr vorm Kaufhaus am Roten Platz gearbeitet habt, Kolja und du, bevor die Demokratie kam. Er hat Devisen verkauft, und du bist mit gefälschtem Polizeiausweis hingegangen und hast die beiden hochgenommen, weißt du nicht mehr? Wenn man nicht vorübergehend selber dran glaubt, daß man 'n Bulle ist, glaubt's der Kunde auch nicht und sträubt sich, hast du damals gesagt. Also hast du dich als Bulle gefühlt, stimmt's?«

»Klar doch.«

»Vielleicht warst du ja wirklich einer?«

»Wolodin, ich bitte dich«, sagte Schurik, »wir sind Freunde, aber überleg dir trotzdem, was du sagst.«

»Das tue ich, keine Bange, hör nur zu. Begreifst du die Situation? Man kann selber für 'ne Weile glauben, Bulle zu sein. Und jetzt stell dir mal vor, das wär dein Job fürs Leben – nur daß es keine fremde Kundschaft ist, die du anschmierst, du bist es selber und merkst es nicht. Mal bist du der Bulle und mal der Angeschmierte. Mal der Kläger, mal der Anwalt. Was glaubst du, weshalb ich sage, daß es die beiden in Wirklichkeit nicht gibt? Weil, wenn du grad Staatsanwalt bist, gibt es keinen Verteidiger. Und wenn du Verteidiger spielst, ist der Staatsanwalt weg. Einfach nicht da. So daß man meint, man hätte ihn bloß geträumt, verstehst du?«

»Hm.«

»Außer diesen Bullen gibt's da noch 'ne Latte anderer Typen, die alle mal an die Reihe kommen wollen: Arschkriecher, Schwanzlutscher, Spitzel, und und und. Bis du die alle durch hast, ist das Leben vorbei. Die stehen bei dir drinnen Schlange, das gab's nicht mal unter den Kommunisten am Wurststand. Und wenn du den ewigen Kick abkriegen willst, mußt du als erstes diese Schlange auseinandertreiben. Sich in keinen von denen reinversetzen, basta. Das ganze Anwaltspack in die Wüste schicken.«

»Und wie stellt man das an?«

»Ich sagte doch: Man stellt nicht an. Etwas anzustellen heißt, entweder Staatsanwalt oder Verteidiger zu sein. Alle fünfe grade sein lassen, das ist es.«

Schurik versank ins Grübeln.

»Scheiß drauf«, sagte er schließlich. »Da nehm ich doch lieber fünf Gramm Kokain, ehe ich überschnappe. Vielleicht verfängt der ewige Kick bei mir gar nicht. Gegen Hasch bin ich ja auch immun.«

»Siehst du, darum weiß keiner was vom ewigen Kick«, sagte Wolodin. »Genau deswegen.«

Wieder trat Stille ein – diesmal für lange. Wolodin fing an, Äste zu zerbrechen und ins Feuer zu werfen. Schurik zog einen metallenen Flachmann aus der Tasche, in den die Silhouette der Freiheitsstatue eingeprägt war, tat ein paar große Schlucke und reichte ihn an Kolja weiter. Der trank seinen Teil, gab Schurik die Flasche zurück und war von da an damit beschäftigt, in regelmäßigen Abständen in die Glut zu spucken.

Das Knallen der Äste im Feuer klang wie Schüsse – mal einzeln, mal in kurzen Salven, man konnte sich dieses Feuer als eine kleine Welt für sich vorstellen, und irgendwelche Winzlinge, deren kaum zu bemerkende Schatten zwischen den Flammen hin und her huschten, kämpften um einen Platz an den ins Feuer niederfallenden Spuckefladen, die die unerträgliche Hitze zumindest für Augenblicke zu lindern versprachen. Gar traurig war das Los dieser kleinen Wesen! Denn selbst wenn einer ihre Lemurenexistenz ahnte, wie hätte er ihnen erklären sollen, daß sie doch gar nicht in das Feuer, sondern in die nächtliche Kühle des Waldes gehörten und daß es genügt hätte, die Hatz nach der Blasen schlagenden Spucke einzustellen, damit alles Leid ein Ende hatte. Das heißt, vielleicht gab es jemanden, der dies vermocht hätte. Am ehesten wäre wohl jener Neuplatoniker dazu in der Lage gewesen, der irgendwann ganz in der Nähe gelebt, doch – o weh! – inzwischen das Zeitliche gesegnet hatte, ohne den XX. Parteitag zu erleben.

»Nein, wirklich, die Welt gleicht einem brennenden Haus«, gab Wolodin voll Trauer kund.

»Einem brennenden Haus, na, ich weiß nicht«, versetzte Schurik beflissen. »Vielleicht einem sinkenden Schiff?«

»Was soll's? Das Leben geht weiter«, gab Kolja das Seine hinzu. »Oder sag mal, Wolodin, glaubst du eigentlich an den Weltuntergang?«

»Kommt ganz auf den individuellen Standpunkt an. Wenn zum Beispiel grad ein Tschetschene auf dich anlegt, dann steht der Weltuntergang kurz bevor.«

»Das wolln wir doch mal sehen, wer auf wen als erster anlegt«, sagte Kolja. »Aber ob es wirklich stimmt, daß alle Orthodoxen Amnestie kriegen?«

»Wo?«

»Na, beim Jüngsten Gericht«, sagte Kolja schnell und leise.

»Sag bloß, du glaubst an diesen Tinnef?« fragte Schurik mißtrauisch.

»Ich bin mir nicht sicher, ob ich dran glaube«, sagte Kolja. »Einmal, wie ich mir grad wieder die Hände schmutzig gemacht hatte, kriegte ich plötzlich einen seelischen Hänger, Gewissensbisse und so weiter. Und da komm ich an so 'ner Bude mit Ikonen und Broschüren und so was vorbei. Hab ich gleich eine gekauft, ›Leben im Jenseits‹ hieß die. Da konnte man lesen, wie's nach dem Tod weitergeht. Und das waren an sich lauter bekannte Dinge, man wußte gleich Bescheid: U-Haft, Verhandlung, Paragraphen, Strafe, Amnestie und so weiter. Abkratzen ist wie aus dem Knast ins Lager überführt werden. Die Seelenüberführung geschieht mit einer Art Sondertransport zum Himmel, Fegefeuer nennt sich das. Eingerichtet mit allem Drum und Dran, unten die Dunkelzelle, oben die normale, zwei Begleitwachen. Und auf dem Transport versuchen sie dir eben alles mögliche anzuhängen – deine Paragraphen und noch ganz andere, da mußt du sehen, wie du dich rauswindest. Die Regeln zu kennen ist das wichtigste. Aber wenn der Pate es will, läßt er dich trotzdem in die Dunkelzelle einfahren. Die Regeln sind nämlich so, daß du schon dadurch, daß du überhaupt geboren bist, die Hälfte der Paragraphen gegen dich hast. Einer davon heißt zum Beispiel: für sein Wort einstehen. Da geht's nicht drum, daß man sich mal verquatscht hat, nein, du büßt für jedes einzelne Wort, das du im Leben gesprochen hast. Verstehst du? Da kannst du noch so 'nen Eiertanz veranstalten, die kriegen dich doch am Arsch. Seele gleich Fegefeuer. Der Pate kann dir die Strafe allerdings erlassen. Wenn du dich oft genug ein Stück Scheiße genannt hast, tut er's vielleicht. Das hört er nämlich gerne. Und außerdem findet er's cool, wenn einer Angst vor ihm hat. Angst hat und sich so fühlt wie das letzte Stück Scheiße. Außerdem hat er so 'nen Riesenheiligenschein um sich rum und Flügel und 'ne Leibgarde – alles, wie sich's gehört. Und guckt so von oben auf dich runter als wie: ein Stück Scheiße, was denn sonst. Verstehst du? Ich hab das gelesen, und mir ist eingefallen, daß so was Ähnliches schon mal im ›Ogonjok‹ gestanden hat, damals in Perestrojka-Zeiten, als ich noch an der Gewichtheberschule war. Mir ist der Schweiß ausgebrochen, wie ich mich dran erinnert hab. Das muß man sich mal vorstellen: Die Leute haben unter Stalin so gelebt wie jetzt nach dem Tod!«

»Nix verstehen«, sagte Schurik.

»Paß auf. Unter Stalin gab's nach dem Tod den Atheismus. Jetzt haben wir wieder die Religion. Und trotzdem ist alles wie unter Stalin. Denk doch mal dran, wie's damals war. Alle wußten, im Kreml brennt noch Licht, und da sitzt Er. Und er liebt dich wie einen leiblichen Sohn, du hast einen Heidenschiß vor ihm und sollst ihn trotzdem von Herzen zurücklieben. Genau wie in der Religion. Das war's, weshalb ich gleich an Stalin denken mußte. Wie geht das zusammen, hab ich gedacht: Heidenschiß und heiße Liebe.«

»Und wenn die liebe Seele keinen Schiß hast?« fragte Schurik.

»Dann fehlt ihr die Gottesfurcht. Dafür gibt's die Dunkelkammer.«

»Was denn für 'ne Dunkelkammer?«

»Was genau für eine, darüber stand da wenig. Heulen und Zähneklappern, darum ging's im wesentlichen. Wie ich das gelesen hab, hatte ich 'ne halbe Stunde zu tun, mir vorzustellen, was die Seele für Zähne hat, davon ist mir beinahe das Blech weggeflogen. Aber dann hab ich doch weitergelesen. Begriffen hab ich es so, daß, wenn du beizeiten lernst, dich als ein Stück Scheiße zu sehen, und sagst es nicht nur, sondern meinst es auch so, dann hast du die besten Chancen, Amnestie zu kriegen, und darfst zu ihm ins Paradies. Die größte Wonne scheint dort zu sein, dem Paten zuzugucken, wie er auf der Tribüne die Parade abnimmt. Mehr wollen die gar nicht, und mehr findet auch nicht statt: Pategucken vor der Tribüne oder Zähneklappern vorm Tor. Und die Hauptsache, Mann, die Hauptsache ist, daß es nur ein Entweder-Oder gibt: entweder rauf auf die oberste Pritsche, oder ab in die Dunkelzelle. Mit einem Wort: die ganze große Knastmaschine, wie man sie kennt. Ich hab nur nicht rausgekriegt, wer sich das alles so schlau ausgedacht hat. Hast du 'ne Ahnung, Wolodin?«

»Kannst du dich an Globus entsinnen?« fragte Wolodin zurück.

»Der zuletzt Banker war? Aber klar!« erwiderte Kolja.

»Kenn ich auch noch«, sagte Schurik, der gerade wieder von der entfesselnden Flüssigkeit in seiner Reliefflasche nippte. »Der hat's doch kurz vor seinem Ende noch zu was gebracht. Hat 'nen Porsche gefahren und ist mit Goldkettchen rumgelaufen, fünf Mille das Stück. Den haben sie sogar im Fernsehen gezeigt, als Sponsor und sonstwas, kriegst die Motten.«

»Tja«, meinte Wolodin. »Wie der nach Paris gefahren ist wegen 'nem Kredit, weißt du, was er da gemacht hat? Er ist mit dem Banker von den Franzosen ins Restaurant gegangen, mal in Ruhe reden, unter Männern. Hat sich besoffen wie zu Hause im ›Slawischen Eck‹ und brüllt auf einmal: ›Herr Ober, zwei Stricher und 'nen Eimer dicken schwarzen Tee!‹ Der war nicht etwa schwul, der war's bloß so gewöhnt aus dem Lager ...«

»Mußt du mir nicht erklären. Wie weiter?«

»Ganz normal. Sie haben's ihm gebracht, beides. Freie Marktwirtschaft.«

»Und den Kredit hat er gekriegt?«

»Ist doch egal. Man muß sich das mal überlegen: Wenn er bis ans Ende seiner Tage in solchen Welten gelebt hat, dann hat er das Lager eigentlich nie verlassen. Er hat's allenfalls geschafft, daß er sozusagen mit dem Porsche im Lager rumfahren und Interviews geben durfte, und zu guter Letzt hat er dort auch noch sein Paris gefunden. Was meinst du, wenn dieser Globus mit seinem schwarzen Tee und seinen Pupjungen sich das Jenseits ausgemalt hätte, was da rausgekommen wäre?«

»Auf die Idee wird er gar nicht gekommen sein.«

»Gesetzt den Fall, er wäre. Wenn er außer dem Lager nichts kennt und strebt doch wie jeder Mensch nach Höherem, nach dem Licht, was tät er sich drunter vorstellen?«

»Mir ist nicht klar, wo du drauf rauswillst. Was für höheres Licht? Budenzauber mit Lightshow? Höheres Licht hat den garantiert überhaupt nicht gelockt. Die Lampe auf dem Wachturm war immer an.«

»Ich weiß, was du meinst«, sagte Schurik. »Hätte Globus sich ein Bild vom Jenseits gemacht, dann wär er exakt auf das gekommen, was in Koljas Broschüre steht. Und jeder andere auch. Kolja, überleg doch mal, unser Land ist immer ein großer GULAG gewesen, und das wird so bleiben. Und der liebe Gott sieht dementsprechend aus, mit Suchscheinwerfern und Rundumleuchte. Wer glaubt hierzulande an einen anderen?«

»Was willst du, gefällt dir unser Land etwa nicht?« fragte Kolja streng.

»Doch, doch, wieso nicht. Stellenweise ganz hübsch.«

Kolja wandte sich Wolodin zu.

»Nun sag doch mal, hat der Globus damals in Paris den Kredit gekriegt oder nicht?«

»Ich denke schon. Dem Banker hat das alles sehr gefallen. Mit den Homos hatten die's ja schon immer, aber den Teesud hat er zum erstenmal probiert. Das ist dort hinterher richtig in Mode gekommen: ›thé à la russe nouveau‹.«

»Weißt du was«, kam es plötzlich von Schuriks Seite. »Ich denk mir ... Hoho ... Starkes Stück.«

»Was hast du?« fragte Kolja.

»Wenn's nun in Wirklichkeit alles ganz anders wäre? Der liebe Gott ist nicht deswegen eine Art Gangsterboß mit Suchscheinwerfern, weil wir lebenslang nicht aus dem GULAG rausgekommen sind, sondern umgekehrt: Weil wir uns einen

Gefängnisdirektor mit Alarmsirene als lieben Gott ausgesucht haben, sind wir in der Zone gelandet? Diesen ganzen Firlefanz mit klappernden Seelenzähnen, Hochsicherheitshimmel und Kessel zum Kommunistenschmoren haben die sich doch schon vor Ewigkeiten ausgedacht! Zu unserer Zeit hatten sie einen anderen Flitz und wollten das Paradies auf Erden bauen. Haben sie ja dann auch. Streng nach Zeichnung! Und wie sie mitten dabei waren, haben sie gemerkt: Paradies ohne Hölle geht nicht. Wär bloß Wischiwaschi und kein ordentliches Paradies. Also, man möchte das gar nicht zu Ende denken, so ätzend ist das.«

»Vielleicht ist dort, wo die Leute weniger Scheiße bauen, auch der liebe Gott netter. In den Staaten meinetwegen oder unten in Japan«, schlug Kolja vor.

»Was meinst du, Wolodin?« fragte Schurik.

»Was ich meine? Rum wie num, num wie rum. Steht alles kopf. Von wegen oben und unten. Alles abgeschafft. Nachts ist jeder Spalt 'ne Frau, wie der alte Russe sagt.«

»Holla, der ist ja gut drauf«, wunderte sich Kolja. »Könnte man glatt neidisch werden. Wieviel hast du denn von dem Zeug gefressen, Mann?«

»Du willst doch nicht behaupten, daß du gar nichts merkst?« warf Schurik ein. »Grad eben bist du noch quer durchs Jenseits spaziert und wolltest uns unbedingt mitschleifen. Du hast mehr als nur 'nen Staatsanwalt und 'nen Bullen in petto, da steckt 'ne ganze Synode drin, das sag ich dir.«

Kolja streckte eine Hand aus und besah sie sich gründlich.

»Da«, sagte er, »schon wieder blau. Wieso werd ich von diesem Pilzzeug so blau?«

»Liegt am Verfallsdatum«, sagte Schurik und wandte sich wieder Wolodin zu. »Ja nun, da kannst du mal sehen. Wenn einem das Blech wegfliegt, kommt man vom Hundertsten ins Tausendste. Vom ewigen Kick wollten wir reden, und nun sind wir wieder völlig vom Thema abgekommen.«

»Wieso abgekommen? Wir sitzen, wo wir sitzen. Das Feuer brennt schön, die Hähne krähen schön.«

»Was für Hähne? Das ist der Piepser von Kolja.«

»Ach so. Na macht nichts, die krähen schon noch.«

Schurik grinste und nahm einen Schluck aus der Flasche.

»Wolodin, ich tät wirklich gern wissen, wer der vierte Mann ist.«

»Wer?«

»Der vierte Mann. Hast du schon wieder vergessen? Darum ging's vorhin: daß es einen inneren Staatsanwalt gibt, einen inneren Verteidiger und einen, der den großen Kick hat. Aber wieso ist das der vierte Mann? Er wär ja erst die Nummer drei.«

»Hast du den Angeklagten vergessen?« fragte Wolodin. »Den sie verknacken wollen? So mir nichts, dir nichts vom Kläger zum Verteidiger werden, Bäumchen wechsle dich, das geht nicht. Für ein Minütchen mußt du wenigstens auf die Anklagebank. Das ist der dritte. Während der vierte von dem ganzen Spiel keinen blassen Schimmer hat. Er braucht nichts weiter als den ewigen Kick.«

»Und woher kennt er den?«

»Wer sagt denn, daß er ihn kennt?«

»Du selber.«

»Das wüßte ich aber. Ich hab bloß gesagt: Ihm muß man die Sache mit dem Kick nicht erklären. Das heißt nicht, daß er was davon weiß. Wenn er nämlich wüßte.« – Wolodin dehnte das Wort bedeutungsvoll –, »müßte er in deiner Angelegenheit als Zeuge auftreten.«

»Ach, Zeugen gibt's auch noch? Erzähl mal.«

»Na, stell dir vor, du hast Scheiße gebaut. Der innere Staatsanwalt verkündet, du wärst ein mieses Schwein, der Angeklagte glotzt an die Wand, und der innere Verteidiger schwafelt was von schwerer Kindheit und so.«

»Ja, und?«

»Damit die Verhandlung in Gang kommen kann, mußt du

dich an die Scheiße, die du gebaut hast, erst mal erinnern, nicht wahr.«

»Wär ganz günstig.«

»Und indem du das tust, wirst du zum Zeugen in eigener Sache.«

»Wenn man dich so reden hört, könnte man denken, ich hätte 'nen kompletten Gerichtssaal intus.«

»Was dachtest denn du?«

Schurik war eine Weile still, dann klatschte er sich plötzlich auf die Schenkel.

»Ha!« stieß er schrill hervor. »Ich hab's! Ich weiß, wie man den ewigen Kick kriegt! Man wird vierter Mann, stimmt's? Wie Kläger und Verteidiger, so als neue Legende.«

»Stimmt. Die Frage ist nur, wie.«

»Tja. Wahrscheinlich muß man es einfach wollen.«

»Wenn du dir ein Bein ausreißt, vierter Mann zu werden, wird's nie was. Du bleibst immer der, der sich ein Bein ausreißt. Das ist ein gewaltiger Unterschied. Staatsanwalt wirst du auch nicht davon, daß du's werden willst, sondern weil du dir im stillen sagst: ›Mann, Schurik, was bist du bloß für'n Stück Scheiße.‹ So merkt dein innerer Verteidiger, daß er eben noch Staatsanwalt war.«

»O. k. Dann sag mir, wie man vierter Mann wird, wenn man's nicht will.«

»Wollen oder nicht wollen, darum geht's nicht. Wenn du was erreichen willst, bist du jedenfalls am längsten vierter Mann gewesen. Der vierte Mann will nicht. Wozu soll er was wollen, wenn er doch den ewigen Kick hat.«

»Sag mal, wieso redest du immerzu um den heißen Brei? Kannst du nicht normal und ohne Zickerei sagen, was es mit dem vierten Mann auf sich hat?«

»Sagen kann ich alles mögliche. Das bringt's nicht.«

»Probier's trotzdem.«

»Ich könnte zum Beispiel sagen, es ist der Sohn Gottes.«

Die letzten Worte waren noch nicht verhallt, da hörten die am Feuer sitzenden Männer plötzlich von allen Seiten die Hähne krähen. Ein durchaus sonderbarer Umstand, wenn man bedenkt, daß in der Gegend schon lange keine Hühner mehr gehalten wurden, schon seit dem XX. Parteitag nicht mehr. Trotzdem wurden die Hähne nicht müde zu krähen, und ihr altmodisches Krakeelen ließ an nichts Gutes denken, höchstens an Hexerei und Teufelsspuk oder auch an Dudajews gegen Moskau reitende Kavalleriegeschwader, die mit gefällten ›Stingers‹ die Steppe durchquerten und mit schreienden Hähnen, um die feindliche Aufklärung auf eine falsche Fährte zu locken. Letztere Befürchtung wurde durch den Umstand erhärtet, daß immer drei dieser Schreie gleichzeitig ertönten, woraufhin jedesmal eine kurze Pause eintrat. Das war mysteriös, höchst mysteriös. Eine Zeitlang lauschten alle wie gebannt dieser vergessenen Musik, bis sie verklungen oder aber so mit dem übrigen Geräuschteppich verschmolzen war, daß man nicht mehr darauf achtgab. Was man nicht alles hört auf so einem Pilztrip! dürften die Männer am Feuer gedacht haben. Das Gespräch kam wieder in Gang.

»Du verklebst mir alle Hirnwindungen mit deinem Geschwafel«, sagte Schurik. »Kannst du nicht klipp und klar sagen, wie man's wird?«

»Wie oft soll ich dir das denn noch erklären? Wenn's so einfach wäre, hätten sich längst alle den Spaß gemacht. Es gibt nur einen einzigen Weg: Um vierter Mann zu werden, darf man kein anderer mehr sein.«

»Keine neuen Legenden mehr?«

»Keine neuen und keine alten. Man darf keiner werden und keiner sein, verstehst du. Wenn du das hinkriegst, geht's los. Du kommst kaum dazu, boah! zu sagen, schon bist du drauf und bleibst es.«

»Boah!« sagte Kolja leise. Schurik schielte zu ihm hinüber. Wie versteinert saß er da, der Mund ein dreieckiges Loch, die Augen scheinbar nach innen gekehrt.

»Na, der dreht dir vielleicht ab«, sagte Schurik. »Gleich fliegt ihm das Blech weg.«

»Das macht nichts«, sagte Wolodin zärtlich. »Braucht doch eh keiner mehr.«

»He, das würd ich nicht sagen«, sagte Schurik. »Wenn uns erst mal das Blech wegfliegt, hältst du deins auch nicht mehr fest.«

»Wie kommst du darauf?«

»Na, was denkst du, wer dir das Blech hält? Kolja und ich, wer sonst! Stimmt's, Kolja?«

Kolja gab keine Antwort.

»He! Kolja!«

Kolja reagierte nicht. Mit steifem Rücken und starrem Blick saß er am Feuer. Der Blick ging durch Schurik und Wolodin glatt hindurch auf etwas zu, das im Nirgendwo lag. Das eigentlich Interessante aber war, daß über seinem Kopf eine senkrechte Lichtsäule stand, die bis in den Himmel hinaufging.

Anfangs erschien die Säule fadendünn; kaum aber war sie den beiden Männern aufgefallen, nahm sie an Umfang zu und wurde immer greller, ohne die Umgebung im geringsten zu erhellen. Nach kurzer Zeit war sie so dick wie Koljas Kopf, dann geriet das ganze Feuer mitsamt den vier Männern hinein, und schließlich war da nur Licht und nichts sonst.

»Holla!« kam Schuriks Stimme von allen Seiten geflogen.

Seiten waren zu diesem Zeitpunkt genaugenommen nicht mehr zu unterscheiden, Stimmen ebensowenig, sagen wir es so: Man spürte eine sich auf andere Weise artikulierende Präsenz, die erkennen ließ, daß Schurik dahintersteckte. Und dieser Äußerung entsprach sinngemäß, was das Wort »holla« ausdrückt.

»Holladibolla! Wolodin, hörst du mich?«

»Ich höre«, antwortete Wolodin von überall her.

»Ist das der ewige Kick?«

»Was fragst du mich das? Sieh selber hin. Du siehst und weißt alles.«

»Ja. Aber das ganze Drumrum, was ist das? Ah ja, freilich. Wo ist denn das andere alles hin?«

»Nirgendwohin. Alles an Ort und Stelle. Mach die Augen auf!«

»Ach so. Kolja, wo bist du? Wie geht's dir?«

»Ich!« tönte es aus dem schillernden Nichts. »Ich!«

»He, Kolja! Sag was!!«

»Ich!!! Ich!!!«

»Mensch, wie sich das alles in Wirklichkeit anfühlt, was? Wer hätte das gedacht?« Schurik, erregt und glücklich, redete drauflos. »Nie hätte ich das gedacht, hörst du, Wolodin? Du mußt nichts sagen, ich versteh auch so. Wer hätte das gedacht! Gleich sag ich dir was. So was läßt sich gar nicht ausdenken! Das denkt man nicht, das denkt man nicht!«

»Ich!!!« gab Kolja von sich.

»Und siehe da, die Welt ist gar nicht so schrecklich«, fuhr Schurik fort. »Kein Stück! Ich weiß alles, ich seh alles. Ich sehe was, was du nicht siehst. Was du sehen willst, kann ich verstehen. Und wenn es ... Eieiei. So was! Kolja, hörst du, den Schieler haben wir damals ganz für umsonst umgehauen! Der hat die Knete in Wirklichkeit gar nicht genommen. Das war ... Ach. Das warst ja du, Kolja!«

»Ich!!! Ich!!! Ich!!! Ich!!!«

»Hör auf zu schwätzen!« mischte Wolodin sich ein. »Sonst furzt der uns noch allen ins Hemd.«

»Hat er doch schon! Der Hund!« brüllte Schurik.

»Hör auf, sag ich! Das paßt nicht hierher. Guck dich lieber selber an.«

»Wen noch mal?«

»Dich. Den, der in einem fort Stuß redet. Den guck dir an.«

»Den? Als wie mich? Ach, du liebes ... Ojojoi!«

»Da siehst du mal. Die Welt ist nicht schrecklich, sagst du?«

»Ja. Ist doch wahr. O Schei... Wolodin, weißt du was? Sie ist eigentlich doch ziemlich schrecklich. Und wie! Wolodin, wo ist denn das ganze Licht hin? Wolodin? Wie schrecklich!«

»Die Welt ist gar nicht schrecklich, haha«, sagte Wolodin, hob den Kopf und starrte mit geweiteten Augen ins Leere, so als gäbe es dort etwas zu sehen.

»Na gut«, sagte er mit veränderter Stimme und rüttelte die beiden anderen. »Wir verduften. Schnell!«

»Wolodin! Ich kann dich fast nicht hören«, jammerte Schurik und wiegte sich von einer Seite zur anderen. »Ganz schrecklich, Wolodin! He, Kolja! Kolja, sag was!«

»Ich. Ich. Ich.«

»He, Kolja! Kannst du mich sehen? Guck dich bloß nicht an, sonst wird's finster. Kannst du mich sehen?«

»Ich? Ich?«

»Los, in den Wald! Hurtig!« befahl Wolodin wieder und sprang auf.

»Welchen Wald? Es gibt doch gar keinen Wald.«

»Lauf nur, dann kommt der Wald von alleine. Mach hin! Du auch, Kolja, hopp, hopp! Die Karawane zieht weiter.«

»Ich? Ich? Ich?«

»Ich und du, Blindekuh. In den Wald, sag ich! Wir brennen sonst an!«

Selbst wenn man der Vermutung erlegen gewesen war, daß das Lagerfeuer, das noch vor Stunden auf dieser Wiese gebrannt hatte, ein kleiner Kosmos für sich gewesen wäre – jetzt hatte dieser Kosmos seine Existenz aufgegeben, und all die Leiden seiner Bewohner waren mit ihm erloschen. Die Wiese war dunkel, von der kalten Holzkohle ging nur noch ein schwacher Brandgeruch aus.

Im Jeep klingelte das Funktelefon, worauf ein kleines Federvieh im Gebüsch nebenan erschrocken davonraschelte. Das Telefon klingelte lange, und erst beim ungefähr zwanzigstenmal wurde seine Penetranz belohnt. Im nahen Wald knackten Äste,

Schritte näherten sich rasch, ein vager Schatten wischte durch das Gras hin zum Auto, und endlich tönte eine Stimme:

»Hallo! Aktiengesellschaft Ultima Thule! Klar weiß ich das. Schon lange. Ja! Ja! Nein! Sag Serjosha Mongoli, er soll mich bloß nicht reizen. Keine Überweisungen. Cash und ohne MWS, und den Vertrag kann er sich in den Arsch ... Morgen um zehn im Büro. Nein, nicht um zehn, um zwölf. Mein letztes Wort.«

Es war Wolodin. Nachdem er eingehängt hatte, klappte er den Kofferraum auf, wühlte einen Kanister hervor und schwappte etwas Flüssigkeit daraus auf die Feuerstelle. Nichts geschah – die Glut schien restlos erloschen zu sein. Wolodin rieb ein Streichholz an und warf es hin, worauf sich ein greller rotgoldner Feuerball erhob.

Wolodin stellte den Kanister zurück in den Kofferraum, suchte einige Minuten lang trockenes Geäst auf der Wiese zusammen und warf es ins Feuer, so daß es bereits wieder ordentlich brannte und Funken warf, als Schurik und Kolja aus dem Wald geschlendert kamen.

Sie kamen einer nach dem anderen. Erst Kolja, der, bevor er die Wiese betrat, seltsamerweise eine ganze Weile im Gebüsch gehockt und durch die Hände hindurch auf die Flammen gestarrt hatte. Schließlich raffte er sich auf, kam zum Feuer und ließ sich wortlos auf seinem alten Platz nieder. Zehn Minuten später folgte Schurik; eine TT mit verlängertem Schalldämpfer in der Hand, trollte er sich auf die Wiese und schob die Waffe nach einem Blick auf die beiden Männer unter seine Kaschmirjacke.

»Den Dreck steck ich mir im Leben nicht noch mal zwischen die Kiemen«, sagte er mit dumpfer Stimme, »da kannst du mir sonstwas bieten. Zwei Magazine hab ich verschossen und weiß nicht mal, auf wen.«

»Hat's dir nicht gefallen?« fragte Wolodin.

»Ach, am Anfang war's ganz nett«, entgegnete Schurik, »aber dann. Wovon haben wir vor der Explosion eigentlich geredet?«

»Was für eine Explosion?« fragte Wolodin verwundert.

»Na dieses ... Wie soll man das sonst nennen?«

Schurik schaute Wolodin an, als müßte er ihm mit dem passenden Wort aushelfen, doch da kam nichts.

»Na ja«, sagte Schurik, »am Anfang haben wir vom ewigen Kick gesprochen, das weiß ich noch. Dann sind wir ruck, zuck auf was andres gekommen, und plötzlich hat es einem die Augen verblitzt. Du hast noch gebrüllt, daß wir in den Wald verduften sollten. Als ich wieder zu mir kam, hab ich erst gedacht, das Auto wäre in die Luft geflogen, daß die Typen von Slav-East Oil 'ne Bombe versteckt hätten oder so. Aber dann hab ich gemerkt, das war's nicht. Gebrannt hat's, aber es roch nicht nach Benzin. Psycho.«

»Psycho«, bestätigte Wolodin. »Das kannst du laut sagen.«

»Soll das etwa dein ewiger Kick gewesen sein?« fragte Schurik.

»Davon kannst du mal ausgehen«, entgegnete Wolodin.

»Und wie kam's, daß wir ihn alle zusammen hatten?«

»Dafür kann ich nichts. Das lag an Kolja, der hat uns da reingerissen.«

Schurik sah zu Kolja hinüber. Der zuckte dümmlich mit den Achseln.

»Tja, so ist das«, sagte Wolodin, während er diverse um das Feuer verstreute Utensilien einsammelte und durch die offene Autotür ins Wageninnere warf. »Guck dir deinen Kumpel bloß mal an. Sieht aus, als könnte er kein Wässerchen trüben, und kommt dermaßen auf Tour. Selig sind die, die arm im Geist sind – scheint was dran zu sein an dem Spruch.«

»Willst du etwa schon los?« fragte Schurik.

»Höchste Zeit. Um zwölf ist Showdown mit Slav-East Oil. Bis wir dort sind und ...«

»Alles in allem hab ich den totalen Filmriß«, sagte Schurik. »Nur so ein komisches Gefühl ist noch übrig. Das kenn ich überhaupt nicht von mir. Als müßte ich jetzt irgendwem was Gutes tun. Helfen und so. Oder erlösen von allem Leid. Am liebsten gleich die ganze Welt.«

Für einen Moment legte er den Kopf in den Nacken, und sein Gesicht, zum Sternenhimmel gewandt, nahm einen entrückten, verzückten Ausdruck an; er seufzte leise. Doch dann hatte er sich augenscheinlich wieder in der Gewalt, schritt zum Feuer, drehte seinen zwei Gefährten den Rücken zu, nestelte am Gürtel, und ein Schaumstrahl prasselte in die züngelnden Flammen, der sie beinahe augenblicklich zum Erlöschen brachte.

Einige Minuten später fuhr das Auto die Chaussee entlang, die eher einem in den Wald hineingetriebenen Schützengraben glich. Kolja schnarchte auf dem Rücksitz, Wolodin saß hinterm Lenkrad und starrte in die von den Scheinwerferkegeln durchschnittene Finsternis, Schurik, nervös an der Unterlippe kauend, in Gedanken versunken neben ihm.

»Hör mal, eins ist mir noch unklar«, sagte er schließlich. »Hattest du nicht gesagt, wenn man einmal drauf ist auf dem ewigen Trip, daß man dann nie wieder runterkommt?«

»Genauso ist es«, gab Wolodin zur Antwort, während er, die Stirn in Falten, das Steuer heftig herumriß. »Allerdings nur, wenn du auf normalem Weg einsteigst, durch die Tür sozusagen. Wir sind, wenn du so willst, durch den Lüftungsschacht gekrochen gekommen. Da ist die Alarmanlage angesprungen.«

»Verschärfte Alarmanlage«, sagte Schurik.

»Und ob«, sagte Wolodin. »Um ein Haar hätten sie uns am Arsch gehabt. Solche Fälle hat's gegeben. Diesem Nietzsche, von dem Kolja geredet hat, dem ist das mal passiert.«

»Und wenn sie einen kriegen, was dann?« fragte Schurik mit seltsamer Ehrfurcht im Ton.

»Rein physisch gesehen, landest du in der Klapsmühle. Aber im Kopf passieren da noch ganz andere Sachen, da blickt man nicht durch. Ziemlich rätselhaft.«

»Und du selber gehst dort einfach so ein und aus, oder was? Wie du grad lustig bist?«

»Nein. Ich ... Wie soll ich das erklären. Für mich ist da kein einfaches Reinkommen. Ich hab mir zuviel geistige Werte im Leben aufgelesen. Die wieder loszuwerden ist schwieriger, als Hundescheiße aus 'ner Reliefsohle zu kratzen. Also schick ich in der Regel einen Minderbemittelten vor, daß er sozusagen durchs Schlüsselloch schlüpft und die Tür von innen aufsperrt. So wie vorhin. Wer konnte ahnen, daß man, wenn gleich zwei Schwachköpfe zusammenkommen, vor lauter Dämlichkeit anbrennen kann.«

»Was meinst du mit anbrennen?«

Wolodin antwortete nicht – er hatte mit einem besonders schwierigen Straßenabschnitt zu kämpfen. Der Wagen rüttelte heftig, einmal und noch einmal. Der Motor jaulte auf, es ging steil hinauf, dann um eine Kurve, schließlich waren sie auf Asphalt und gewannen rasch an Tempo. Ein paar alte Shiguli kamen ihnen entgegen, eine Kolonne von Militärlastern folgte. Wolodin stellte das Radio an, und bald darauf hatte die alte, vertraute und bis in alle Einzelheiten durchschaubare Welt die vier Männer im Auto wieder.

»Wie denn anbrennen?« wiederholte Schurik seine Frage.

»Laß mal«, sagte Wolodin, »das bereden wir später. Das kriegst du als Hausaufgabe auf. Wir sollten lieber überlegen, wie wir den Typen von Slav-East Oil entkommen.«

»Dann überleg mal«, sagte Schurik. »Du bist der Kopf. Wir halten dir bloß das Blech.«

Eine Weile sagte er nichts, und dann:

»Wenn ich bloß wüßte, wer dieser vierte Mann ist.«

9

Tatsächlich: Wer war dieser vierte Mann? Das kann keiner wissen. Vielleicht war es der Teufel, der heraufgekommen war aus dem Reich der Finsternis, um mit einem Schwung gestrauchelter Seelen wieder von dannen zu ziehen. Vielleicht war es der liebe Gott, der, wie man hört, aufgrund gewisser Vorfälle lieber inkognito, möglichst unbemerkt von den Anwesenden auf Erden erscheint und sowieso in aller Regel nur mit Zöllnern und armen Sündern kommuniziert. Oder es war noch ein ganz anderer – dies am allerwahrscheinlichsten. Einer, der weit leibhaftiger ist als alle, die hier am Feuer saßen. Denn wenn sich auch keine Hand in dieses Feuer legen läßt, daß ein Wolodin, ein Kolja, ein Schurik, daß alle diese Hähne, Götter, Teufel, Neuplatoniker und XX. Parteitage je existierten, so gibt es doch immer noch dich, der du eben noch selbst an diesem Feuer gesessen, und deine Existenz läßt sich ja nun wirklich nicht leugnen, und ist es nicht das erste überhaupt, was existiert und irgendwann in dieser Welt gewesen ist?

Tschapajew legte das Manuskript zurück auf die Klappe des Sekretärs und schaute eine Zeitlang durch das halbrunde Fenster seines Arbeitszimmers nach draußen.

»Mich dünkt, Petka, der Literat in dir macht sich immer noch mächtig breit«, sagte er schließlich. »Die direkte Ansprache eines in Wirklichkeit nicht vorhandenen Lesers ist ein recht billiges Manöver. Selbst wenn man einmal annähme, daß nach mir noch ein anderer diese abstruse Geschichte in die Hände bekäme, er verschwendete keinen Gedanken an die augenscheinliche Tatsache seiner eigenen Existenz, das versichere ich dir. Viel mehr läge ihm daran, *dich* zu fassen, den Urheber dieser Zeilen. Und da, fürchte ich ...«

»Ich hingegen fürchte gar nichts«, fiel ich ihm nervös ins Wort, während ich mir eine Zigarette anzuzünden versuchte. »Das juckt mich alles schon lange nicht mehr. Ich habe meinen letzten Traum aufgeschrieben. So gut ich konnte. Mehr nicht. Und dieser letzte Absatz, wie soll ich sagen, hat sich so ergeben. Aus alter Gewohnheit. Nachdem ich mit dem Herrn Baron gesprochen hatte.«

»Ach ja, was hat der Baron dir eigentlich erzählt?« fragte Tschapajew. »Danach zu urteilen, daß du dich mit gelber Mütze zurückgemeldet hast, muß euer Gespräch ziemlich emotional verlaufen sein.«

»Das kann man wohl sagen. Es lief im Grunde auf den Ratschlag hinaus, ich solle meine Entlassung aus der Psychiatrie anstrengen. Diese mit Sorgen und Leidenschaften bis oben hin beladene Welt, den Wust an belanglosen Gedanken, die Hatz ins Nirgendwo hat er mit einem Irrenhaus verglichen. Worauf er mir, wenn ich nicht ganz falschliege, zu verstehen gab, daß dieses Irrenhaus und er selbst und auch Sie, mein lieber Tschapajew, der reine Spuk sind. Es gibt nur mich.«

Tschapajew räusperte sich.

»Sieh an, so hast du ihn verstanden. Ist ja interessant. Wir werden darauf zurückkommen, sei unbesorgt. Was diese Entlassung betrifft, so ist es der trefflichste Ratschlag, den man sich vorstellen kann. Darauf hätte ich eigentlich selber kommen müssen. Richtig! Anstatt sich von jedem neuen Nachtgespenst, das dein überreiztes Bewußtsein produziert, in Angst und Schrecken versetzen zu lassen.«

»Wie denn nun«, unterbrach ich ihn erneut, »produziert mein überreiztes Bewußtsein Gespenster, oder ist es selbst ein Gespenst?«

»Ist doch dasselbe!« Tschapajew winkte ab. »Diese Konstruktionen sind dazu da, daß man sich ihrer ein für allemal entledigt. Leb in der Welt, in der du dich gerade befindest, richte dich nach ihren Gesetzen, und benutze sie, um dich über sie zu erheben. Die Entlassung, Petka, das ist es.«

»Ich glaube, die Metapher leuchtet mir ein«, sagte ich. »Aber was kommt dann? Werden wir uns wiedersehen?«

Lächelnd verschränkte Tschapajew die Arme vor der Brust.

»Das kann ich dir versprechen.«

Plötzlich klirrte es, und die obere Fensterscheibe fiel prasselnd ins Zimmer. Der Stein, der sie durchschlagen hatte, prallte gegen die Wand, ging dann neben dem Schreibtisch nieder. Tschapajew trat zum Fenster und spähte vorsichtig auf den Hof.

»Die Weber?« fragte ich.

Tschapajew nickte.

»Die sind sternhagelvoll«, sagte er.

»Warum stellen Sie Furmanow nicht zur Rede?«

»Der! Der hat sie doch nicht im Griff«, antwortete Tschapajew. »Furmanow ist nur deswegen noch Kommandeur, weil er ihnen genau die Befehle erteilt, die sie hören wollen. Der braucht nur ein einziges Mal danebenzuliegen, und sie suchen sich einen neuen Natschalnik.«

»Wenn ich an die Leute da unten denke, wird mir, ehrlich gesagt, mulmig«, sagte ich. »Die Situation ist völlig außer Kontrolle geraten, möchte ich behaupten. Denken Sie nur nicht, daß ich zur Panikmache neige, aber der Moment dürfte nicht fern sein, da wir ... Bedenken Sie, was sich seit Tagen hier abspielt.«

»Heute abend wird sich alles entscheiden«, sagte Tschapajew und sah mich durchdringend an. »Aber wenn dich diese Situation so beunruhigt – wie wäre es, wenn du die Sache selbst in die Hand nähmst? Biete doch den Leuten ein bißchen Unterhaltung. Es kann nicht schaden, den Anschein zu erwecken, als ließen wir uns mit Freuden in diese Orgie hineinziehen. Sie sollen glauben, daß alle im selben Boot sitzen.«

»Und wie soll das gehen?«

»Nachher wird hier eine Art Konzert veranstaltet – die Soldaten führen einander vor, was sie ... na, alle möglichen Kunststückchen eben. Da könntest du ihnen gut etwas Revolutionäres zum besten geben, so wie damals in der ›Spieldose‹.«

Der Vorschlag ärgerte mich.

»Ob ich mich dem Niveau einer solchen Veranstaltung anpassen kann, erscheint mir fraglich. Ich fürchte ...«

»Du fürchtest? Eben sagtest du noch, du fürchtest gar nichts«, fiel Tschapajew mir ins Wort. »Sieh die Sache nicht so eng. Letzten Endes gehörst du genausogut zu meiner Mannschaft wie die da draußen. Ist es zuviel verlangt, denen mal zu zeigen, was du so draufhast?«

Für einen Augenblick meinte ich aus Tschapajews Worten reichlich Spott herauszuhören, womöglich sogar eine Anspielung auf den Text, den ich ihm eben zu lesen gegeben hatte. Vielleicht aber, dämmerte mir sodann, wollte er mir etwas anderes zeigen. Betrachtet man nämlich das, was Leute tun, aus nüchterner Perspektive, so verliert sich beizeiten jede Hierarchie – und zwischen einer Petersburger Dichterkoryphäe und der Stimmungskanone eines Kavallerieregiments ist kein gravierender Unterschied mehr zu registrieren.

»Schön«, sagte ich. »Ich werd's probieren.«

»Freut mich«, erwiderte Tschapajew. »Dann bis heute abend.«

Er drehte sich zum Sekretär um und vertiefte sich in die dort ausgebreiteten Feldkarten. Auf eine von ihnen war ein Stapel Papier gerutscht, darunter ein paar Telegramme und zwei, drei rotversiegelte Päckchen. Ich knallte die Hacken zusammen (Tschapajew schien den Sarkasmus dieser Geste geflissentlich zu übersehen) und verließ den Raum, rannte die Treppe hinunter und prallte in der Tür mit Anna zusammen, die eben vom Hof hereinkam. Sie trug ein hochgeschlossenes, fast bis zum Boden reichendes Kleid aus schwarzem Samt; es stand ihr besser als alles, was sie zuvor getragen hatte.

Daß ich mit ihr zusammenprallte, ist wörtlich zu verstehen; für einen Moment hielt ich sie in meinen instinktiv ausgestreckten Armen – unbeabsichtigt, ungeschickt und deshalb nicht minder erregend. Im nächsten Moment taumelte ich, wie von einem Stromstoß getroffen, zurück, stolperte über die unterste Treppenstufe und fiel auf den Rücken; es muß unglaublich blöd ausgesehen haben. Anna indes lachte nicht, im Gegenteil – Bestürzung spiegelte sich in ihrem Gesicht.

»Hat es den Kopf getroffen?« fragte sie, besorgt über mich gebeugt, und reichte mir die Hand. Ich griff danach und erhob mich.

»Nein«, sagte ich. »Danke.«

Sie zog, als ich stand, ihre Hand nicht gleich zurück, und nach einer kleinen Pause der Verlegenheit sagte ich, für mich selbst überraschend:

»Daß ich nicht so bin, wie ich Ihnen erscheine, wissen Sie hoffentlich? Sie, nur Sie, Anna, machen mich zum komischsten Geschöpf auf Erden!«

»Ich? Wie denn das?«

»Ja, sehen Sie denn nicht ... Gott mag Sie gesandt haben, mich zu strafen. Oder der Satan. Bevor ich Ihnen zum erstenmal begegnete, hatte ich keine Ahnung, wie häßlich ich bin! Ich meine, gemessen an dem erhabenen, unerreichbaren Ideal von Schönheit, das sich in Ihrer Person verkörpert. Sie waren gewissermaßen der Spiegel, worin ich plötzlich sah, welch unüberbrückbarer Abgrund mich trennt von allem, was mir auf dieser Welt lieb und teuer ist, was nur irgendwie Sinn und Bedeutung für mich hat. Und nur Sie, hören Sie, Anna, nur Sie allein können wieder Licht und Luft in mein Leben bringen, etwas, das es dort nicht mehr gibt, seit ich Sie in jener Eisenbahn zum erstenmal sah. Sie allein können mich erlösen.«

All dies stieß ich in einem Atemzug hervor.

Es war natürlich eine Lüge. Seit Annas Eintritt in mein Leben gab es dort so wenig Licht und Luft wie zuvor, also keine

Änderung zu beklagen. Doch in dem Moment, da ich die Worte aussprach, schienen sie mir die reinste Wahrheit zu sein. Anna hörte mich schweigend an, eine Mischung aus Unglauben und Argwohn im Gesicht – derartiges schien sie von mir am allerwenigsten erwartet zu haben.

»Wie um alles in der Welt soll ich Sie denn erlösen?« fragte sie und zog die Brauen zusammen. »Wenn ich das wüßte, täte ich es mit dem größten Vergnügen, glauben Sie mir.«

Während ihre Hand immer noch in meiner lag, schien eine heiße Woge törichter Zuversicht meinen Brustkorb zu fluten.

»Ich habe eine Idee, Anna«, beeilte ich mich zu sagen, »Sie mögen es doch, mit der Kutsche auszufahren, nicht wahr? Kotowskis Traber sind mir zugefallen. Hier auf dem Gut ist es blöd – lassen Sie uns einfach heute bei Einbruch der Dunkelheit eine Landpartie machen!«

»Wie?« fragte sie. »Wozu?«

»Was heißt wozu? Ich dachte ...«

Ihr Gesicht nahm einen verdrossenen, gelangweilten Ausdruck an.

»Mein Gott«, sagte sie und entzog mir ihre Hand, »ist das geschmacklos! Dann lieber den Zwiebelgestank vom letztenmal.«

Sie ging an mir vorbei, eilte die Treppe hinauf und betrat, ohne anzuklopfen, Tschapajews Arbeitszimmer. Eine Weile rührte ich mich nicht vom Fleck; erst als ich meine Gesichtsmuskeln wieder unter Kontrolle hatte, lief ich hinaus auf den Hof. Furmanow mußte ich nicht lange suchen; er war in der Stabsbaracke, wo er sich offenbar eingerichtet hatte. Auf dem Tisch, gleich neben dem großen Tintenfleck, stand nun ein Samowar – mit einem albernen Operettenstiefel auf dem Rohr, der den Leuten anscheinend als Blasebalg für die Glut unter dem Kessel diente. Daneben lag ein gesalzener Hering auf irgendwelchen Lappen. Nachdem ich Furmanow mitgeteilt hatte, daß ich auf der Abendveranstaltung mit revolutionären Versen aufzutreten gedachte, ließ ich ihn weiter in Gesellschaft zweier Weber seinen Tee trinken (daß die Wodkaflasche unter dem Tisch stand, war mir klar), trat durch das Hoftor und lief langsam zum Wald hinauf.

Seltsam: Das letzte Gespräch mit Anna bewegte mich wenig. Es reute mich nicht einmal sonderlich. Zwar mußte ich einsehen, daß diese Frau mir ein um das andere Mal die Möglichkeit zur Versöhnung vorzugaukeln schien, um mich dann regelmäßig, wenn ich nach dem Lockvogel griff, in denkbar dämlicher Pose stehenzulassen – doch auch ein solcher Gedanke verflog wie von selbst.

Ich lief ein Stück die Chaussee entlang, einfach so vor mich hin, und schaute ziellos in die Gegend. Das Pflaster endete bald; nach wenigen Schritten bog ich ab, kletterte die Böschung hinunter, ließ mich an einem Baum nieder und blieb, mit dem Rücken gegen den Stamm gelehnt, längere Zeit so sitzen.

Einen gefalteten Bogen Papier auf dem Knie, schrieb ich das Gedicht für den Wettstreit der Weber, was recht flott von der Hand ging. Es wurde, wie Tschapajew es sich vorgestellt hatte, ein Sonett im »Spieldosen-Stil«, mit markigem, gleichsam mit dem Säbel gehacktem Rhythmus und sperrigen Reimen. Als ich damit fast schon zu Rande war, ging mir auf, daß jegliche revolutionäre Symbolik fehlte, so daß ich die letzten Verse umzuschreiben beschloß. Schließlich war alles fertig. Ich steckte das beschriebene Blatt in die Jackentasche und wollte mich auf den Rückweg machen, als ich plötzlich spürte, daß durch das bißchen Mühe, welches ich auf das kleine Webergedicht verwandt hatte, die seit Ewigkeiten in mir schlafende Dichtermuse wachgeküßt war; ein unsichtbarer Flügel breitete sich über mich, alles ringsumher wurde unwichtig. Ich dachte an den Tod des Zaren (Furmanow hatte die üble Nachricht mitgebracht), und der verbliebene weiße Raum auf dem Papier füllte sich wie von selbst mit blitzsauberen, von flüssigen Reimen durchsetzten Anapästen, die mir vorkamen wie ein unglaubliches Echo vergangener Zeiten:

Zwei Matrosen im Wald
Stiefeln gegen den Wind und die Dämmerung.
Breit das lederne Kreuz,
Achtlos schändend den grünenden Ast.
Ihre Herzen versenkt
Unter Packen und Gurten mit Munition,
Und die Beine gerammt
Palisadengleich in den Morast.
Müde schleppt sich der Zar,
Da der Marsch aus dem Wald hin zur düstren Stadt
In die Länge sich zieht,
Und die Püffe der Büttel sind rüd.
Pöbel säumt seinen Weg,
Sanitäter bespucken ihn ungeniert:
Nur ein weitres Indiz,
Daß die russische Seele verblüht.
Doch er hört sie nicht mehr,
Ihre Flüche und falschen Belehrungen,
Nicht das »Fick dich ins Knie!«
Noch das Kolbengeklapper auf Stein.
Denn der Zar geht dahin,
Sieht den Wald und die Sonne zum letztenmal,
Und es juckt ihn nicht mehr,
Wie sie Gift spritzen, ihm hinterdrein.
Auf dem Stubben er sinnt:
»In the midst of this stillness and sorrow,
In these days of distrust
May be all can be changed – who can tell?
Who can tell what will come
To replace our visions tomorrow
And to judge our past? –
So, jetzt habt ihr's von mir offiziell.«

Daß der Zar englisch redete, wunderte mich überhaupt nicht. Warum sollte er sich nicht im Angesicht des Todes (oder doch von etwas anderem – ich wußte es selbst nicht) auf eine vom Rat der Volkskommissare per Dekret verunglimpfte Sprache zurückziehen. Weit mehr in Erstaunen setzten mich die Sanitäter – was sie hier zu suchen hatten, war mir vollkommen unklar. Im übrigen hatte ich mich nie groß darum geschert, wie meine Gedichte zu verstehen waren, spürte ich doch seit langem, welch zweifelhaftes Handwerk das Schreiben war. Hatte man einmal die Feder in die Hand genommen und sich übers Blatt gebeugt, blieb nichts weiter zu tun, als die vielen, über die Seele verteilten Schlüssellöcher so hintereinanderzustellen, daß durch sie hindurch urplötzlich ein Sonnenstrahl auf das Papier fiel.

Als ich auf den Gutshof zurückkehrte, war die Vorstellung bereits in vollem Gange. In einer Ecke des Hofes gab es eine improvisierte, von den Webern aus Brettern eines abgerissenen Zauns schnell zusammengenagelte Bühne. Auf Stühlen und Bänken, die man von überall herangetragen hatte, saßen die Soldaten und verfolgten das Geschehen. Ich kam just hinzu, wie unter lautem Hallo und Gelächter der Anwesenden ein Pferd von der Bühne gezerrt wurde – das arme Tier hatte wohl das Pech, über irgendein Talent zu verfügen, welches es soeben hatte demonstrieren müssen. Nun erklomm ein dürrer Mann mit Säbel an der Hüfte den Bühnenrand, der aussah wie ein Dorfklubleiter und hier offenbar den Conférencier mimte. Er wartete, bis der Lärm abgeklungen war, und verkündete feierlich:

»Ein Pferd mit zwei Schwänzen, das ist mal was. Aber nun kommt der Soldat Straminski dran, der mit dem Arsch reden kann, und zwar auf gut russisch, und vor der Volksbefreiung hat er als Artist im Zirkus gearbeitet. Er redet leise, also bitte schön still sein und nicht so laut wiehern.«

Ein kahlköpfiger, bebrillter junger Mann betrat die Bühne. Im Unterschied zu den meisten aus Furmanows Truppe machten seine Gesichtszüge einen erstaunlich intelligenten, mitnichten vertierten Eindruck. Es war der Typ »Spaßvogel vom Dienst«, wie man ihn häufig antrifft, mit einem Gesicht, das von den immerzu aufgesetzten Grimassen Runzeln trug. Er ließ sich einen Schemel reichen, stützte sich, seitlich zum Publikum, mit den Händen darauf, und hielt das Gesicht den Leuten zugewandt.

»Sag, Großer Nostradamus«, begann er, »wird die bluttriefende feindliche Hydra noch lange unserer Roten Armee Widerstand leisten?«

Nostradamus, der Unsichtbare, antwortete:

»Nicht mehr lange.«

»Und warum weicht sie noch nicht, die bluttriefende feindliche Hydra?«

»Entente«, kam die bündige Antwort.

Bei den Antworten blieben die Lippen des Mannes völlig unbeweglich, dafür zappelte der hervorgereckte Hintern um so heftiger. Die nachfolgenden Fragen drehten sich um Politik, um die Gesundheit der führenden Genossen (es ging das Gerücht, daß Lenin mit einem neuen Hirnschlag nach Gorki gebracht worden war und nur die Chefs der Leibwachen zu ihm vorgelassen wurden). Das Publikum hielt gebannt den Atem an.

Ich wußte sofort, was hier gespielt wurde. Vorzeiten hatte ich in Florenz einen Bauchredner auf der Straße erlebt, der Dantes Geist beschwor. Der Mann hier tat ähnliches, freilich mit dem Unterschied, daß die Antworten, die der »Geist« gab, ihn zum größten Marxisten von ganz Europa qualifizierten. Daran, daß der Mann ein Bauchredner war, ließ der eigentümlich tiefe, nicht eben klare, eher gurrende Klang der Stimme keinen Zweifel. Fragen mußte man sich bloß, warum der Künstler den Webern weiszumachen suchte, daß er die Laute mit dem Hintern fabrizierte.

Dies war in der Tat eine sehr interessante Frage.

Mein erster Gedanke war, es hätte damit zu tun, daß man roten Webern nicht so einfach mit Geistern kommen durfte, weil es ihrer Ansicht nach keine Geister gab. Dann aber kam mir die Vermutung, daß es um etwas ganz anderes ging. Wie dieser Straminski dort oben instinktiv begriffen zu haben schien, bedurfte es eines Mindestmaßes an Obszönität, um das hier anwesende Publikum bei der Stange zu halten. Und da des Künstlers Talente diesbezüglich eher neutraler Natur waren (soweit ich weiß, reden Bauchredner nicht einmal richtig mit dem Bauch, sie können einfach sprechen, ohne den Mund zu bewegen), mußte er sie bewußt unter die Gürtellinie ziehen.

Oh, wie bedauerte ich es in diesem Augenblick, keinen von den Symbolisten an meiner Seite zu haben! Sologub zum Beispiel! Oder besser noch Mereshkowski! Ließ sich ein eindringlicheres Symbol finden, ein umfassenderes? So also, dachte ich voller Bitterkeit, sah das Schicksal der schönen Künste in dem Tunnel aus, in den uns die Lokomotive der Geschichte gerade hineinzog und aus dem es keinen Ausgang gab. Wenn selbst ein Schaubudenbauchredner sich gezwungen sah, auf derlei Kinkerlitzchen zurückzugreifen, was hatte dann die hohe Dichtkunst zu erwarten? Ihr war in der neuen Welt kein Platz mehr beschieden – es sei denn, der Autor wäre mit zwei Schwänzen oder doch immerhin der Fähigkeit begabt gewesen, seine Verse mit dem Arsch zu rezitieren. Wie kommt das bloß? fragte ich mich: Jede soziale Verwerfung irgendwo in der Welt führt am Ende dazu, daß dieser trübe Schaum oben schwimmt und alle anderen dazu zwingt, nach seinem schuftigen Klüngelkodex zu leben.

Unterdessen hatte der Bauchredner den baldigen Untergang der Macht des Kapitals geweissagt, noch einen abgedroschenen Witz erzählt, den unten niemand verstand, und zu guter Letzt ein paar gedehnte Laute grob physiologischer Natur von sich gegeben, die das Auditorium mit dankbarem Gelächter entgegennahm.

Der Conférencier erschien wieder und kündigte meinen Auftritt an. Über ein paar durchhängende Planken bestieg ich das

Podium, postierte mich am vorderen Rand und betrachtete schweigend das Publikum. Es war, muß ich sagen, kein sehr erfreulicher Anblick. Man kennt die Art Ausdruck in den Glasaugen eines ausgestopften Wildschweins oder Elchs – besser gesagt, die Gefühlslage, die der Betrachter, wüßte er nicht, daß die Augen tot sind und aus Glas, diesem Ausdruck entnähme. Was ich sah, entsprach dem, nur umgekehrt: Zwar schienen die meisten der auf mich blickenden Augen zu leben und ein Gefühl zu vermitteln, das ich durchaus kannte, doch wußte ich, diese Leute empfanden nicht das, was ich zu sehen meinte, und in Wirklichkeit würde ich niemals entschlüsseln können, was in ihren Köpfen dräute. Wahrscheinlich hätte es die Mühe auch nicht gelohnt.

Nicht alle blickten zu mir herauf. Furmanow war betrunken und schwätzte mit seinen zwei Adjutanten; in einer der hinteren Reihen entdeckte ich Anna, die mit verächtlichem Lächeln auf einem Strohhalm kaute. Das Lächeln galt wohl nicht mir – ihr Blick ging sonstwohin. Sie trug noch das gleiche schwarze Samtkleid wie vor Stunden.

Ich stellte einen Fuß nach vorn, kreuzte die Arme vor der Brust, sagte aber immer noch keinen Ton und starrte nach unten in den Gang zwischen den Reihen. Alsbald setzte Murmeln ein und verstärkte sich binnen weniger Sekunden zu kräftigem Getöse; Pfiffe und ein paar hämische Rufe waren gut herauszuhören. In diesem Moment begann ich mit betont leiser Stimme zu sprechen.

»Meine Herren, leider muß ich mich darauf beschränken, mit dem Mund zu euch zu sprechen, da es mir an Zeit und Gelegenheit fehlte, die hier gängigen Umgangsformen einzuüben.«

Die ersten Worte meiner Ansprache gingen vollkommen unter. Doch schon gegen Ende des einleitenden Satzes war der Lärm so weit verebbt, daß man die Fliegen summen hörte, die in Schwärmen über der Hörerschaft kreisten.

»Genosse Furmanow hat mich gebeten, euch ein paar Verse zu rezitieren; etwas Revolutionäres soll es sein. Dem möchte ich, in meiner Eigenschaft als Kommissar, eine Anmerkung vorausschicken. Genosse Lenin hat uns vor allzuviel formalen Experimenten gewarnt, und der Genosse, der vor mir hier aufgetreten ist, der mit dem Hintern redet, ja, Sie meine ich, Genosse, nehmen Sie es mir nicht übel: Lenin hat uns gelehrt, daß revolutionäre Kunst nicht durch äußerliche Extravaganzen entsteht; entscheidend ist die tiefe Durchdrungenheit von der proletarischen Idee. Zur Illustration möchte ich euch ein Gedicht vortragen, das von irgendwelchen Fürsten und Grafen handelt und doch zugleich ein Musterbeispiel ist für proletarische Poesie.«

Nun war das Publikum endgültig mucksmäuschenstill. Ich hob, wie in Ehrerbietung vor einem unsichtbaren Cäsaren, die Hand und rezitierte in meiner üblichen Manier, also ohne Intonation, nur mit kurzen Pausen zwischen den Quartetten:

Fürstin Meschtscherskaja besaß ein erlesenes Fetzchen,
Samtschwarz und schwül wie die spanische Nacht.
Darin erschien sie dem Hausfreund, dem goldigen Schätzchen,
Doch der, schreckensbleich, hat die Fliege gemacht.

O Wonne! O Schmerz! Amoroso al fine!
Sprach die Fürstin, und ihr stand der Sinn jetzt nach Brahms.
Und dem Hausfreund stand er hinter der Gardine
Samt schwarzem Überzieher, und ihm kam's

Schon beinah. Ach, Kinder, denkt nicht, das wäre gelogen!
So war sie, die imperialistische Brut.
Wüstlinge, die dem Volk das Blut aus den Adern sogen!
Die gibt's heute nicht mehr, und das ist gut.

Heut' weht ein andrer Wind, und jeder Arbeiter darf
Den Überzieher tragen wie ein Fürst oder Graf!

Für einige Augenblicke herrschte Stille, und dann brach ein Beifall los, wie ich ihn selbst in besten Zeiten den Petersburger Bohemiens im »Streunenden Hund« nicht abzuringen vermocht hatte. Aus den Augenwinkeln konnte ich sehen, wie Anna aufstand und sich entfernte, doch das scherte mich im Moment wenig; ich fühlte mich zugegebenermaßen geschmeichelt, und aller Sarkasmus bezüglich dieses Publikums war erst einmal vergessen. Einem eingebildeten Feind mit der Faust drohend, zog ich den Browning aus der Tasche und schoß zweimal in die Luft. Augenblicklich wuchs eine Palisade von Flinten- und Pistolenläufen aus den Reihen hervor, und ein Salut, begleitet von einem Mordsgebrüll, war die Antwort. Mit einer knappen Verbeugung trat ich ab und lief im Bogen um den Pulk immer noch applaudierender Weber seitlich der Bühne geschwind ins Haus.

Der Erfolg berauschte mich doch einigermaßen. Wahre Kunst unterscheidet sich von dem, was Kunst zu sein vorgibt, darin, daß sie den Weg zum hartgesottensten Herzen findet und imstande ist, noch das kläglichste, dem Trance der infernalischen Weltrevolte verfallene Opfer für einen Moment in den Himmel zu heben, in eine Welt der völligen und uneingeschränkten Freiheit – so etwa gingen meine Gedanken. Indes setzte alsbald Ernüchterung ein, und mich beschlich die (meine Eitelkeit durchaus kränkende) Ahnung, daß mir vielleicht nur deshalb so viel Beifall gezollt worden war, weil man in meinen Versen eine Art Mandat zu sehen meinte, welches der um sich greifenden Gesetzlosigkeit zusätzliche Räume öffnete: Zu Lenins Aufforderung »Fleddert die Raffkes!« kam nun noch ein obskurer Freibrief, den Gebrauch von Überziehern betreffend.

Zurück in meinem Zimmer, legte ich mich auf das Bett und starrte, die Hände unterm Kopf gefaltet, zur Decke. Wenn ich überdachte, was mir in den letzten zwei, drei Stunden widerfahren war, so schien damit dem russischen Intellektuellen in seinem ewigen, unabänderlichen Schicksal der Spiegel vorgehalten. Heimlich Rotbannerverse schmiedend und sich mit

Lobliedern auf den Schutzheiligen des örtlichen Polizeipräsidenten sein Brot verdienend. Oder umgekehrt den letzten Gang Seiner Majestät des Zaren vor dem inneren Auge erschauend und öffentlich der Anbringung gräflicher Präservative auf den schwieligen Genitalien des Proletariats das Wort redend - so war es immer, dachte ich, und so wird es bleiben. Selbst wenn man vermutete, daß die Macht in diesem schrecklichen Lande von keiner der Cliquen übernommen werden würde, die sich im Moment darum rissen, sondern Gaunern und Spitzbuben in die Hände fiele, wie sie in den »Musikalischen Spieldosen« herumsaßen - auch ihnen würde sich der russische Intellektuelle andienen wie der letzte Hundefrisör.

Während mir all das durch den Kopf ging, schlief ich schon halb. Ein plötzliches Klopfen an die Tür riß mich in die Wirklichkeit zurück.

»Ja?« rief ich, ohne mir die Mühe zu machen, mich vom Bett zu erheben. »Herein!«

Die Tür ging auf, doch niemand trat ein. Ich wartete einige Sekunden, dann hielt ich die Spannung nicht mehr aus und hob den Kopf. Anna stand in der Tür, im selben hochgeschlossenen Schwarzen.

»Darf ich?«

»Aber ja«, sagte ich und sprang auf, »bitte schön. Nehmen Sie Platz.«

Anna ließ sich im Sessel nieder - die Sekunde, die sie mir den Rücken zukehrte, nutzte ich, um den auf dem Boden liegenden löchrigen Fußlappen mit einem Kick unter das Bett zu befördern.

Die Hände auf den Knien, saß Anna nun in meinem Sessel und maß mich mit einem langen Blick; dabei schien sie einen noch unausgegorenen Gedanken reifen zu lassen.

»Möchten Sie rauchen?« fragte ich.

Sie nickte. Ich zog die Papirossy hervor, legte sie vor sie hin auf den Tisch, stellte die Untertasse daneben, die mir als Aschenbecher diente, und rieb ein Streichholz an.

»Danke«, sagte sie und blies einen dünnen Strahl Rauch zur Decke. Darauf sank sie in die vorherige Starre zurück. Man sah, in ihr ging ein Kampf vonstatten. Mir lag irgendeine Banalität auf der Zunge, wie man sie gebraucht, um ein Gespräch in Gang zu bringen, als mir gerade noch rechtzeitig einfiel, womit solches bislang stets geendet hatte; so verkniff ich es mir. Auf einmal fing Anna selbst an zu reden.

»Daß mir Ihre Gräfinnenverse sehr zugesagt hätten, kann ich nicht behaupten. Aber gemessen an den übrigen Nummern des Abends haben Sie eine ganz ordentliche Figur gemacht.«

»Danke.«

»Ich habe übrigens schon den ganzen Abend mit Ihren Gedichten zugebracht. In der Garnisonsbibliothek fand sich ein Bändchen.«

»Welches denn?«

»Weiß ich nicht. Die ersten Seiten fehlten. Da hat sich jemand Zigaretten gedreht, nehme ich an.«

»Woher wollen Sie dann wissen, daß es meine Gedichte waren?«

»Ist das wichtig? Ich hab den Bibliothekar gefragt, ganz einfach. Also jedenfalls gibt es da diese Anlehnung an Puschkin, wo es drum geht, daß einer die Augen aufschlägt, und ringsum ist nichts als Schneewüste und Nebel – und dann, dann kommt eine sehr gute Stelle. Warten Sie, wie ging das doch gleich ... Ah ja.

Doch in uns glüht ein Rest Verlangen
Züge verkehrn bis Ultimo
Der Geist, er flattert unbefangen
Vom Niemandsland ins Nirgendwo.«

»Ach, ich weiß. ›Gesänge vom Königreich Ich‹ heißt das Buch.«

»Merkwürdiger Titel. Klingt irgendwie selbstgefällig. Tschapajew würde sicher gleich fragen, wen Sie meinen, wenn Sie ›Ich‹ sagen.«

»Das hat er schon. Was dieses Buch betrifft – übrigens eines meiner schwächsten, bei Gelegenheit zeige ich Ihnen die anderen –, da gibt es eine einfache Erklärung. Ich bin früher viel in der Welt herumgereist, bis ich eines Tages begriff, daß ich mich eigentlich immer nur im selben Raum bewegte, und dieser Raum war ich selbst. Dem gab ich damals den Namen ›Ich‹, er hätte auch ›Du‹ oder ›Müllers Kuh‹ heißen können, egal.«

»Und was ist mit den anderen?« fragte Anna.

»Welchen anderen?«

»Na ja. Sie schreiben doch viel über andere. Zum Beispiel ...«

Sie runzelte ein wenig die Stirn, suchte sich offenbar einer Stelle zu entsinnen.

»Ich hab's:

Im Göpel schwitzten sie und tropften.
Sie machten Staat. Und sponnen Zwirn.
Um Jahr und Tag zu zählen, klopften
gegen die Wand sie mit der Stirn ...
Ihr Anblick war mir so zuwider,
daß es mich doch zu ihnen zog.
Mehr reizt ihr Gleichschritt, je morbider
die Welt sich neigt zum Nekrolog.
So faßte ich ...«

»Es reicht«, unterbrach ich sie, »ich entsinne mich. Das ist nun wirklich kein besonders schönes Gedicht.«

»Wieso? Mir gefällt das. Überhaupt hat mir Ihr Buch ungeheuer imponiert, Pjotr. Aber Sie haben meine Frage noch nicht beantwortet: Was ist mit den anderen?«

»Ich weiß nicht recht, worauf Sie hinauswollen.«

»Wenn alles, was Sie zu sehen, zu fühlen und zu verstehen meinen, sich in Ihnen selbst, in Ihrem Königreich ›Ich‹ befindet, dann bedeutet das, andere sind für Sie einfach irreal, oder nicht? Meine Wenigkeit zum Beispiel?«

»Ach, Anna, glauben Sie mir«, beteuerte ich leidenschaftlich, »wenn für mich irgend etwas auf dieser Welt real ist, dann sind Sie es. Sie ahnen nicht, wie sehr ich darunter leide, daß wir beide uns so, wie soll ich sagen, so mißverstehen.«

»Das liegt an mir«, sagte Anna. »Ich habe einen wirklich fiesen Charakter.«

»Was sagen Sie da! Alles ist meine Schuld. Mit Engelsgeduld haben Sie ertragen, wie täppisch ich mich ...«

»Wir sollten einander nicht in Höflichkeitsbekundungen übertrumpfen. Sagen Sie ehrlich: Bedeute ich Ihnen wirklich so viel, wie einige Ihrer Bemerkungen glauben machten?«

»Sie bedeuten mir alles«, sagte ich, und es war ehrlich.

»Also gut«, sagte Anna. »Sie hatten eine Kutschpartie vorgeschlagen? Über Land? Fahren wir.«

»Wie, jetzt gleich?«

»Warum nicht?«

Ich trat dicht vor sie hin.

»Anna, Sie können sich nicht vorstellen ...«

»Bitte«, wehrte sie ab. »Nicht hier.«

Wir fuhren zum Tor hinaus, dann lenkte ich den Wagen nach links. Anna saß neben mir, mit einer leichten Röte auf den Wangen, und vermied es, mich anzusehen; anscheinend bereute sie schon, was wir taten. Bis zum Waldrand fuhren wir schweigend. Kaum aber hatten sich die Bögen des Laubwerks über uns geschlossen, so daß kein lüsterner Blick uns aufspüren konnte, brachte ich die Pferde zum Stehen.

»Hören Sie, Anna«, sagte ich, »Ihre Eingebung in allen Ehren, aber ich möchte nicht, daß Sie bereuen, was ...«

Sie ließ mich nicht ausreden. Ihre Hände griffen in meinen Nacken, ihre Lippen verschlossen meinen Mund. Das geschah so schnell, daß ich noch redete, während sie mich schon küßte. Und mir war durchaus nicht so viel an meinem Satz gelegen, daß ich sie in ihrem Tun hätte bremsen wollen.

Ich habe den Kuß immer als eine äußerst merkwürdige Form des zwischenmenschlichen Kontakts empfunden. Soweit ich weiß, zählt er zu den Dingen, die erst mit der Zivilisation Einzug hielten - von den auf den Südseeinseln lebenden Wilden wie auch von den Einwohnern Afrikas (soweit sie noch nicht die Schwelle überschritten haben, hinter der das dem Menschen einst verheißene Paradies endgültig passé ist) weiß man zum Beispiel, daß sie sich niemals küssen. Ihre Liebe ist einfach und geradezu; vielleicht ist das Wort Liebe nicht einmal ganz passend für das, was zwischen ihnen abgeht. Im Grunde ist es die Einsamkeit, die Liebe gebiert - wenn das Objekt nämlich fehlt. Ausgerichtet ist sie nicht so sehr auf ihn oder sie wie auf ein im Geiste entworfenes Bild, das mit dem Original wenig gemein hat. Damit etwas entstehen kann, was den Namen Liebe verdient, braucht es die Fähigkeit, Schimären aufzuziehen. Jener, den Anna da gerade küßte, war durchaus nicht existent - es war der, den sie hinter den enthusiastisch aufgenommenen Versen zu sehen glaubte; wie sollte sie wissen, daß auch ich damals, als ich jenes Buch schrieb, verzweifelt auf der Suche nach ihm war. Doch mit jedem neuen Gedicht war die Überzeugung gewachsen, daß ich ihn nie finden würde, es gab ihn einfach nicht, die Worte, die er angeblich hinterlassen hatte, waren eine Fälschung, so wie die Andeutungen von Stufen, die die Babylonier einst von Sklaven in den Granit hauen ließen, um damit nachträglich die Herabkunft einer alten Gottheit zu beweisen. Nun ja: Ist dies nicht im Grunde tatsächlich der Weg, auf dem die Götter zu uns herabsteigen?

Die letzte Frage ging Anna unmittelbar an. Ich spürte das Tasten ihrer bebenden Zungenspitze; ihre Augen hinter dem halb heruntergelassenen Wimpernvorhang waren so dicht vor mir, daß ich mir vorstellen konnte, in ihren feuchten Glanz abzutauchen und für immer darin aufzugehen. Schließlich wurde die Luft knapp, und unser erster Kuß ging zu Ende. Ihr Gesicht drehte sich zur Seite, so daß ich es nun im Profil sah; sie schloß die Augen, fuhr sich mit der Zunge über die Lippen, wie um sie zu befeuchten – all diese kleinen mimischen Bewegungen, die bei anderer Gelegenheit nicht von Belang gewesen wären, rührten mich zutiefst. Ich spürte plötzlich, daß nichts mehr zwischen uns stand, daß alles nun möglich war, und meine Hand rutschte von ihrer Schulter – die einfach so zu berühren noch vor einer Minute einer Schandtat nahegekommen wäre – ebenso selbstverständlich auf ihre Brust. Anna wand sich in meinen Armen ein bißchen, jedoch, wie ich sofort spürte, nur zu dem Zweck, daß meine Hand auf ihrem Weg keinem Hindernis begegnete.

»Woran denken Sie gerade?« fragte sie. »Bitte ohne Umschweife.«

»Woran ich denke?« fragte ich zurück und ließ meine Hände nun in ihren Nacken gleiten. »Daran, daß der Weg zum Gipfel der Erfüllung buchstäblich eine Art Bergsteigen ist.«

»Nicht doch. Sie reißen ja den Haken ab. Nein, lassen Sie mich das machen. Pardon, ich habe Sie unterbrochen.«

»Ja, eine riskante und komplizierte Bergsteigerei. Solange das ersehnte Ziel noch nicht erreicht ist, sind alle Gefühle vom Aufstieg in Anspruch genommen. Der Stein, worauf der Fuß als nächstes zu treten hat, der Strauch, in den die Hand sich krallen kann. Wie wunderschön Sie sind, Anna. Wo war ich? Ja, das Ziel verleiht alledem den letzten Sinn, doch an den einzelnen Punkten dieses Weges verliert man es ganz aus den Augen. Die Annäherung an das Ziel ist selbigem im Grunde genommen überlegen. Hat das nicht irgendeiner von diesen deutschen Opportunisten, Bärstein oder so ähnlich, gesagt: Bewegung ist alles, das Ziel ist nichts?«

»Bernstein. Wie zum Teufel kriegt man das bei Ihnen auf? Mann, wo haben Sie bloß diesen Riemen her?«

»Anna, o mein Gott, wollen Sie, daß ich den Verstand verliere?«

»Reden Sie ruhig weiter«, sagte sie und schaute einen Moment herauf, »aber sehen Sie es mir nach, wenn ich ein Weilchen den Mund halte.«

»Ja also«, fuhr ich fort, nachdem ich den Kopf in den Nacken gelegt und die Augen geschlossen hatte, »der springende Punkt ist, daß einem das Ziel in dem Moment, wo man den Gipfel erreicht hat, abhanden kommt. Wie alle Evokationen des Geistes bekommt man es nicht zu fassen. Gewiß können Sie sich vorstellen, Anna, wie es ist, von der schönsten aller Frauen zu träumen, die Einbildung weiß sie in ihrer ganzen Vollkommenheit zu vergegenwärtigen, doch liegt man in ihren Armen, ist die Vorstellung dahin. Was einem bleibt, ist eine beschränkte Anzahl simpler, oftmals recht grobkörniger Gefühle, die noch dazu im Dunklen ... O-ooh. So sehr sie das Blut auch in Wallung bringen mögen, die Schönheit, die einen noch vor kurzem lockte, ist vergangen – an ihre Stelle ist etwas getreten, dem hinterherzulaufen geradezu lächerlich wäre. Mit anderen Worten, Schönheit ist unerreichbar. Das heißt, erreichbar ist sie, trivial gesehen, schon, nur das, was der von Leidenschaft berauschte Verstand hinter ihr zu finden hoffte, existiert nicht. An sich ist Schönheit sogar ... Puh, ich glaube, ich kann nicht mehr lange. Kommen Sie her. Ja, so ... Ja. Ja! Ist es so gut? O mein Gott. Wie hieß noch mal richtig der Mann, der das mit der Bewegung und dem Ziel gesagt hat?«

»Bernstein«, wisperte Anna mir ins Ohr.

»Finden Sie nicht, daß der Gedanke genausogut auf die Liebe anzuwenden ist?«

»Ja«, flüsterte sie und biß mich sanft ins Ohrläppchen. »Das Ziel ist nichts, Bewegung ist alles.«

»Ja, dann bewegen Sie sich doch, um Himmels willen!«

»Wenn Sie bitte weiterreden würden.«

»Worüber denn?«

»Egal. Hauptsache, Sie reden. Ich möchte Ihre Stimme hören, wenn es mir kommt.«

»Ihr gehorsamster Diener. Wenn ich den Gedanken fortspinnen darf. Lassen Sie uns einmal all das, was eine schöne Frau dem Manne zu geben vermag, mit hundert Prozent ansetzen.«

»Sie Buchhalter!«

»Hundert Komma null. Neunzig Prozent davon schenkt sie ihm in dem Moment, da er sie zum erstenmal sieht. Und die ganze, seit Tausenden von Jahren anhaltende Tortur geschieht um des schnöden Restes willen. Die ersten neunzig Prozent lassen sich nicht weiter auseinanderklamüsern, Schönheit ist unteilbar und undefinierbar, da kann dieser Schopenhauer erzählen, was er will. Was aber die restlichen zehn Prozent angeht, das sind bloß ein paar Nervensignale, die man vergessen könnte, wenn nicht Einbildung und Erinnerung zu Hilfe kämen. Würden Sie für einen Moment die Augen öffnen, Anna? Bitte! Ja, Einbildung und Erinnerung hatten wir gesagt. Wenn ich den Auftrag hätte, eine handfeste erotische Szene zu schreiben, würde ich mich auf ein paar Anspielungen beschränken, und der Rest ist Small talk, so wie ... Oh, wie ... Anna! So wie wir beide ihn gerade pflegen. Weil es keinen Sinn macht, etwas auszumalen – das muß der Geist selber tun. Der Trick ist nämlich, und das ist vielleicht eines der weiblichen Sekrete, ich meinte, der größten weiblichen Geheimnisse, ach, mein holdes Gutsfräulein, der Trick ist, daß die Schönheit wie eine Art Etikett erscheint, hinter dem man etwas ungleich Größeres vermutet, eben das, wonach man sich so unbeschreiblich sehnt. Dabei ist es nur Reklame, und was dahintersteckt, ist wirklich nichts Besonderes. Goldnes Etikett auf leerer Flasche. Riesenschaufenster, tolle Dekoration, und wenn man reingeht, ist es so ein nettes, anheimelndes Büdchen, und, hach, ziemlich eng. Nicht so schnell, meine Liebe, ich flehe Sie an. Und da drinnen ist alles ... leer. Das Gedicht für die armen Kerle heute abend, wissen Sie noch? Von der Gräfin und dem schwarzen Überzieher. Anna ... Sieht aus wie ein ... Zipfelmützchen ... glatt und rund und sehr verlockend, aber es kommt ... es kommt ... der Moment, da ... da weißt du ... in der Mitte von dem Ding Ding Ding Ding ... issis ... nurnnn schwa-schwa-wschwa-wschwa-schwaharharzes Lo-lo-lo-lo-oh-oooh-ooch!!!«

»Was?«

Ich fuhr vom Kissen hoch.

»Pochpochpoooch!« krächzte es wieder, und ein Fingerknöchel tanzte dicht neben mir auf der Bettstelle.

»*Merde*«, brummte ich, stützte mich auf den Ellbogen und riß die verklebten Lider auf. Blaues Dämmerlicht füllte das Zimmer. Vor mir stand auf krummen Beinen jener Blondschopf, der, wenn ich mich recht entsann, Semjon hieß und eigentlich mein Bursche war - doch durch den nun schon Wochen anhaltenden, verheerenden Einfluß der Roten konnte man nicht mehr wissen, was in seinem Strohkopf vor sich ging, so daß ich mir abends vorsichtshalber selbst die Stiefel von den Füßen zog und es auch tagsüber vermied, mit ihm zusammenzutreffen.

»Der Teufel soll euch alle holen! Was willst du?«

»Schläfst grade?« fragte er, während er sich dreist im Zimmer umsah. »Hab ich dich geweckt? Wollt ich nich. Hast so 'ne schöne Überraschung aufgesagt heute abend. Guck mal, was für'n Geschenk die Jungs sich ausgedacht haben. Für dich.«

Vor mir klatschte etwas auf die Bettdecke - in Zeitungspapier verpackt und einen Geruch verströmend, der mir seltsam bekannt vorkam. Ich wickelte es auf. Ein Überzieher kam zum Vorschein, wie man ihn in den Petersburger Modesalons um die Jahrhundertwende zu kaufen bekam - abgerissen, beschmiert und nach Stiefelwichse stinkend.

»Was denn, freuste dich nich?«

Der Blick, den ich dem Burschen zuwarf, ließ ihn die Beine in die Hand nehmen. Bevor ich den Browning aus der Jackentasche gewühlt hatte, war er verschwunden; die drei Kugeln, die ich ihm durch das dunkle Viereck der offenstehenden Tür hinterherschickte, pfiffen zwischen den Wänden des Korridors hin und her.

»*Sss...suka*«, zischte ich und ließ mich auf das Bett zurückfallen.

Dann wurde ich eine ganze Weile nicht mehr gestört. Draußen vor dem Fenster herrschte trunkener Radau, mehrmals knallten Schüsse, zwischendurch klang es nach einer längeren, müden Schlägerei. Wie es sich anhörte, war die kulturelle Abendveranstaltung ins totale Chaos gemündet; ob irgendwer sich noch in der Lage fühlte, diesen, wie man es in Kreisen Petersburger Liberaler ausgedrückt hätte, elementaren Volkszorn unter Kontrolle zu halten, schien mehr als zweifelhaft. Schließlich waren vom Korridor, zu dem hin die Tür immer noch offenstand, leise Schritte zu hören. Für einen Augenblick schöpfte ich Hoffnung (es gab so etwas wie Träume in Fortsetzung, das wußte ich) – doch diese Hoffnung war so schwach, daß ich, als Kotowskis breitschultrige Gestalt in der Tür erschien, kaum Enttäuschung verspürte; der Gedanke, daß nun wohl aufs neue um Pferde und Kokain gefeilscht werden sollte, belustigte mich sogar ein wenig.

Kotowski trug einen braunen Zivilanzug, dazu einen breitkrempigen, geckenhaften Hut und in jeder Hand einen ledernen Reisekoffer. Die Koffer stellte er auf dem Boden ab und legte zwei Finger an die Hutkrempe.

»Guten Abend, Pjotr«, sagte er. »Ich wollte mich nur verabschieden.«

»Sie verreisen?« fragte ich.

»Ja. Und ich frage mich, was Sie noch hier verloren haben«, erwiderte Kotowski. »Es ist eine Frage von Stunden, bis diese Weberbande einem das Dach über dem Kopf abfackelt. Ich weiß nicht, was Tschapajew sich für Hoffnungen macht.«

»Wie er sagte, will er das Problem noch heute in den Griff bekommen.«

»Dafür gibt es immer verschiedene Wege, wie man weiß. Man

kann sich zum Beispiel einen hinter die Binde gießen, dann verschwinden alle Probleme für ein Weilchen. Ich packe sie lieber an, bevor sie mich anpacken. Der Zug geht um acht. Es ist also noch nicht zu spät. In fünf Tagen sind wir in Paris.«

»Ich bleibe.«

Kotowski sah mich gespannt an.

»Sie sind übergeschnappt, wissen Sie das?« fragte er.

»Natürlich.«

»Es wird so weit kommen, daß man Sie einlocht, alle drei, und Furmanow übernimmt das Kommando.«

»Davor habe ich keine Angst.«

»Heißt das, vor dem Knast graut Ihnen kein bißchen? Na klar, wir russischen Intellektuellen fühlen uns ja selbst in der Klapsmühle zu Hause, immer bleibt uns ein Zipfelchen geheime Freiheit à la Pushkine, darin kann man sich prima einrichten.«

Ich mußte lachen.

»Sie haben ein erstaunliches Talent, meine Gedanken laut auszusprechen, Kotowski. Das ist mir vorhin tatsächlich durch den Kopf gegangen. Die geheime Freiheit des russischen Intellektuellen, darüber könnte ich Ihnen etwas erzählen.«

»Wenn es nicht zu lange dauert, nur zu.«

»Eine höchst interessante Begebenheit, die sich ungefähr vor einem Jahr in Petersburg zutrug. Irgendwelche Sozialdemokraten aus England waren zu Besuch – natürlich schockiert von dem, was sie zu sehen bekamen – kurz und gut, der Lyrikerverband hatte ein offizielles Treffen mit ihnen organisiert, in der Bassejnaja. Alexander Block war auch dabei und hat ihnen den ganzen Abend von dieser geheimen Freiheit erzählt, auf die wir alle miteinander ein Puschkinsches Hohelied singen könnten, wie er sich ausdrückte. Es war übrigens das letzte Mal, daß ich ihn sah: ganz in Schwarz, in unglaublich düsterer Stimmung. Als er gegangen war, fragten die Engländer, die nichts von alledem kapierten, was er denn gemeint hätte mit *secret freedom* und so weiter. Keiner konnte es ihnen recht erklären. Da behauptete plötzlich ein Rumäne, der aus irgendeinem Grund zusammen mit den Engländern reiste, er wisse genau, wovon die Rede sei.«

»Aha«, sagte Kotowski und sah auf die Uhr.

»Keine Angst, ich bin gleich fertig. Er sagte, es gebe im Rumänischen eine analoge Redewendung, ›haz baragaz‹ oder so ähnlich, genau weiß ich es nicht mehr. Wörtlich übersetzt heißt es ›das unterirdische Lachen‹. Und zwar sind die Rumänen im Mittelalter häufig von irgendwelchen Nomaden überfallen worden, deshalb gruben sich ihre Bauern große Hütten, ach, ganze Häuser in die Erde, und sobald am Horizont Staubwolken auftauchten, trieben sie ihr Vieh hinein und versteckten sich dort auch selbst. Und weil die Hütten hervorragend getarnt waren, konnten die Nomaden sie nirgends finden. Die Bauern mußten da unten natürlich mucksmäuschenstill sein, und nur manchmal, wenn sie vor heimlicher Schadenfreude zu platzen drohten, hielten sie sich die Hand vor den Mund und gluckten. Geheime Freiheit bedeutet demnach, so der Rumäne, daß du zwischen stinkenden Hammeln und Ziegen hockst, den Daumen nach oben, und dir ins Fäustchen lachst. Sehen Sie, Kotowski, das war eine so präzise Beschreibung der Situation, daß ich noch am selben Abend beschloß, aus der russischen Intelligenzija auszutreten. Unter der Erde hocken und kichern, das ist nichts für mich. Es gibt keine geheime Freiheit.«

»Interessant«, sagte Kotowski. »Wirklich. Aber ich muß jetzt los.«

»Es ist besser, ich bringe Sie noch zum Tor«, sagte ich und erhob mich. »Da unten ist der Teufel los.«

»Sag ich doch.«

Ich schob den Browning in die Tasche, nahm Kotowski einen der Koffer ab und wollte ihm hinaus auf den Korridor folgen, als mich urplötzlich die merkwürdige Vorahnung beschlich, daß ich in dieses Zimmer nicht mehr zurückkehren würde. Ich blieb in der Tür stehen und warf einen letzten, aufmerksamen

Blick zurück: auf die zwei Stühle, das Bett, den kleinen Tisch mit dem gebundenen Jahrgang der »Isis« von 1915. Mein Gott, und wenn es so war! dachte ich beinahe heiter. Warum auch nicht? Hatte ich nicht schon oft einem Ort für immer den Rücken gekehrt? Und was tat es, wenn ich nicht wußte, was mir bevorstand!

»Fehlt noch was?« fragte Kotowski.

»Nein, nein.«

Als wir auf die Freitreppe traten, bot sich uns ein Anblick, der an Brjullows Bild »Der letzte Tag von Pompeji« denken ließ. Nein, keine berstenden Säulen, keine den Himmel verdunkelnden Rauchwolken, nur zwei riesige Lagerfeuer und um sie herum jede Menge besoffene Weber. Aber wie sie einander auf die Schultern klopften, wie sie sich hinstellten und vor jedermanns Blicken ihre Notdurft verrichteten oder sich eine Flasche in den Rachen stemmten, wie dazwischen halbnackte Weiber kichernd über den Hof torkelten, und als Beleuchtung des Bacchanals dieses bizarre rote Flackern der Feuer – in alledem spürte man das Monströse, Unerbittliche, Unwiderrufliche, wie es die Hand nach einem ausstreckte.

Schweigend und ohne zu zögern, gingen wir zum Tor; ein paar der am Feuer sitzenden, bewaffneten Männer winkten herausfordernd, brüllten etwas, das man nicht verstand; Kotowski nestelte nervös an seiner Jackettasche. Gottlob ließen sie von uns ab, doch die letzten Meter bis zum Tor, da wir dem heillosen Getümmel die ungeschützten Rücken zukehrten, erschienen mir sehr lang. Als wir endlich auf der Straße und schon ein paar Schritte gegangen waren, blieb ich stehen. Die Straße führte in Serpentinen abwärts, sie war leer; ein paar Laternen brannten, in deren ruhigem Schein das feuchte Pflaster matt glänzte.

»Bis hierher«, sagte ich. »Viel Erfolg.«

»Ihnen das gleiche. Vielleicht sieht man sich einmal wieder, wer weiß«, erwiderte Kotowski mit seltsamem Lächeln. »Oder man hört voneinander.«

Wir gaben uns die Hand, er legte wieder die beiden Finger an die Krempe und lief, ohne sich noch einmal umzudrehen, die Straße hinunter. Ich wartete, bis sein breiter Rücken hinter der Biegung verschwunden war, und schlenderte dann zurück. Am Tor verharrte ich und spähte vorsichtig auf den Hof. Das Fenster von Tschapajews Arbeitszimmer war dunkel. Plötzlich wußte ich, warum mich das, was da vor sich ging, so beklommen machte: Irgendwie erinnerte es an die Welt des Barons Jungern. Mich noch einmal an den Feuern mit den betrunkenen Webern vorbeizuschleichen, verspürte ich nicht die geringste Lust.

Mir fiel ein, wo Tschapajew stecken konnte. Ich lief ein Stück die Mauer entlang, vierzig Meter vielleicht, und sah mich dabei gründlich um. Niemand war zu sehen. Da nahm ich Anlauf, sprang, klammerte mich am oberen Mauerrand fest, konnte mich gerade so hinaufziehen und darüberwälzen; dann sprang ich auf der anderen Seite zu Boden.

Hier war es vollkommen finster; der Schein der Lagerfeuer wurde vom Gutshaus verdeckt, das schwarz und stumm vor mir aufragte. Ich tastete mich durch die regenfeuchten Bäume bis zum abschüssigen Teil des hinteren Hofes vor, wo ich ausglitt und auf dem Rücken den Hang hinunterrutschte. Der kleine Bach plätscherte irgendwo rechter Hand; mit ausgestreckten Händen ging ich auf das Plätschern zu und sah nach wenigen Schritten das kleine Badestubenfenster zwischen den Stämmen leuchten.

»Komm rein, Petka«, rief Tschapajew, kaum daß ich angeklopft hatte.

Das Bild wie gehabt: der grobgezimmerte Tisch, darauf die bauchige Flasche mit dem Selbstgebrannten, eine Anzahl Gläser und Teller, die Petroleumlampe und ein dicker Ordner mit Papieren; dahinter Tschapajew, das weiße, bis zum Nabel aufgeknöpfte Hemd über der Hose, schon ordentlich betrunken.

»Was macht die Kunst?« fragte er.

»Mir war, als wollten Sie heute dem Problem mit den roten Webern zu Leibe rücken«, sagte ich.

»Bin gerade dabei«, sagte Tschapajew und goß Schnaps in zwei Gläser.

»Ich sehe, Kotowski kennt Sie ganz gut.«

»Stimmt. Und ich kenne ihn.«

»Er hat soeben den Nachtzug nach Paris genommen. Daß wir seinem Beispiel nicht gefolgt sind, scheint mir ein schwerer Fehler zu sein.«

Tschapajew runzelte die Stirn. Gleich darauf begann er in singendem Tonfall zu rezitieren:

»Doch in uns glüht ein Rest Verlangen
Züge verkehrn bis Ultimo
Der Geist, er flattert unbefangen
Vom Niemandsland ins Nirgendwo ...«

»Noch ein Leser! Wie mir das schmeichelt«, sagte ich und merkte im selben Moment, daß das »noch« fehl am Platz war. »Hören Sie, wenn wir uns beeilen, kriegen wir den Zug vielleicht noch.«

»Was hab ich denn in Paris verloren?« fragte Tschapajew.

»Was sich hier wohl nicht mehr gewinnen läßt«, entgegnete ich trocken.

Tschapajew grinste.

»Da kannst du recht haben, Petka.«

»Wo ist übrigens Anna? Drüben im Haus ist es nicht ungefährlich.«

»Sie ist mit einem Auftrag von mir unterwegs. Wird gleich zurück sein. Alles in Ordnung mit ihr. Setz dich doch endlich. Ich warte auf dich seit Stunden – die Flasche ist schon halb leer.«

Ich setzte mich ihm gegenüber.

»Auf dein Wohl.«

Achselzuckend gab ich auf. Da war nichts zu machen.

»Auf Ihr Wohl, Wassili Iwanowitsch.«

Wir tranken. Tschapajew glotzte nachdenklich auf das mickrige Flämmchen in der Lampe.

»Ich hab in der Zwischenzeit über deine Träume nachgedacht«, sagte er und legte die flache Hand auf den Ordner. »Die Storys, die du aufgeschrieben hast, hab ich alle noch mal gelesen. Die mit Serdjuk, die mit dem komischen Maria und die mit den Ganoven. Hast du eigentlich mal darauf achtgegeben, wie du aus diesem ganzen Zeug aufwachst?«

»Nein.«

»Dann versuch dich zu erinnern.«

Ich dachte nach.

»In irgendeinem Moment geht mir immer auf, daß es ein Traum ist, und das war's dann«, sagte ich zögernd. »Immer wenn es richtig arg wird, kriegt man plötzlich mit, daß man keine Angst zu haben braucht, weil ...«

»Weil?«

»Ich suche noch nach den richtigen Worten. Weil ... weil da etwas ist, wo man sozusagen hinerwacht.«

Tschapajew schlug mit der flachen Hand auf den Tisch.

»Und wohin, wenn ich fragen darf?«

»Ich weiß nicht.«

Tschapajew blickte mir in die Augen und lächelte. Plötzlich hatte ich nicht mehr den Eindruck, daß er betrunken war.

»Alle Achtung«, sagte er. »Ins Schwarze getroffen. Wenn der Traumstrom dich einmal erfaßt hat, wirst du ein Teil von ihm, in ihm ist alles relativ, alles fließt, und da ist nichts, woran man sich festhalten könnte. Du merkst nicht einmal, wenn es dich in einen Taifun hineinzieht, denn du schwimmst mit der Strömung, und es sieht so aus, als stünde das Wasser still. So kommt man im Traum zu einer Art Realitätsgefühl. Aber es gibt einen festen Punkt – fest nicht in bezug auf etwas, sondern absolut und an sich – und der heißt ›ich weiß nicht‹. Wenn du auf den stößt, fliegst du raus aus dem Traum. Genauer gesagt, du wachst in diesem Punkt auf und landest dann hier.«

Er deutete mit der Hand auf den Raum, in dem wir saßen.

Draußen knatterte eine Maschinengewehrsalve, gleich darauf brachte eine Detonation die Fensterscheibe zum Klirren.

»Dieser Punkt aber«, fuhr Tschapajew ungerührt fort, »ist auch im Leben absolut fest, ihm gegenüber ist dieses Leben genauso ein Traum wie alle deine Geschichten. Die ganze Welt ist ein Taifun von Gedanken, und sie wird nur deshalb zur Realität, weil du im Auge des Taifuns sitzt und sagst: Ich weiß.«

Das letzte Wort betonte er übertrieben.

Ich stand auf und trat zum Fenster.

»Tschapajew, ich glaube, die haben das Gutshaus angezündet.«

»Nichts zu machen, Petka. So ist die Welt nun mal. Fragen gibt es viele, Antworten findet man erst, wenn das Haus brennt.«

»Wirklich«, sagte ich, während ich wieder ihm gegenüber Platz nahm, »das klingt alles sehr spannend, Gedankentaifun und so weiter. Daß zwischen realer und nicht realer Welt nur ein subjektiver Unterschied besteht, leuchtet mir ein. Aber jeden Moment könnten ein paar sehr unangenehme Personen durch die Tür treten ... Nicht daß ich behaupten möchte, sie wären real, aber es steht zu befürchten, daß sie uns ihren Realitätsgrad handgreiflich demonstrieren wollen.«

»Ha!« machte Tschapajew. »Daraus wird nichts. Paß auf.«

Er ergriff die Flasche, zog ein kleines blaues Schälchen zu sich heran und goß es randvoll. Dann tat er das gleiche mit einem Glas.

»Da, schau her. Schnaps ist für sich genommen ein formloses Etwas. Hier ist das Glas, da die Schale. Welches davon ist die wahre Form?«

»Beide«, sagte ich. »Beide sind gleich wahr.«

Tschapajew trank Schälchen und Glas sorgfältig leer und

schleuderte eines nach dem anderen gegen die Wand. Die Gefäße zerschellten in winzige Splitter.

»Hast du gesehen? Merk es dir. Wer wahr zu sein vorgibt, dem ist der Tod gewiß. Dem kann ich auch nicht helfen. Ich frage dich noch einmal. Da sind die Gläser, hier steht die Flasche. Welche Form ist die wahre?«

»Ich weiß wirklich nicht, was Sie meinen.«

»Kleine Demonstration gefällig?«

»Von mir aus.«

Schwankend langte Tschapajew unter den Tisch und holte seine vernickelte Mauserpistole hervor. Ich hatte Mühe, ihm noch rechtzeitig in den Arm zu fallen.

»Ist gut. Bitte nicht auf die Flasche schießen.«

»Hast recht. Austrinken ist besser.«

Er füllte die Gläser und grübelte. Jetzt war er es, dem die rechten Worte zu fehlen schienen.

»In Wirklichkeit«, begann er, »gibt es für den Schnaps weder Schälchen noch Gläser, noch Flaschen, es gibt nur ihn selbst. Darum ist alles, was auf der Bildfläche erscheint und wieder von ihr verschwindet, eine leere Formenparade – nicht existent, solange der Schnaps sie nicht ausfüllt. Gießt du ihn in ein Schälchen, ist es die Hölle, gießt du ihn in eine Tasse, ist es der Himmel. Wir trinken ihn aus Gläsern. Das macht uns zu Menschen, Petka. Wenn du verstehst, was ich meine?«

Draußen krachte es erneut. Man mußte nicht mehr ans Fenster treten, um den roten Feuerschein zu sehen.

»Weil wir grad von der Hölle reden«, sagte ich, »hab ich Ihnen schon erzählt, warum die Weber immer noch Abstand zu uns wahren?«

»Nein, warum?«

»Weil die ernsthaft glauben, Sie hätten Ihre Seele dem Teufel verkauft.«

»Ach ja?« fragte Tschapajew verwundert. »Ist ja interessant. Wer soll denn da der Verkäufer sein?«

»Wie meinen Sie das?«

»Na, wenn es heißt, jemand hat seine Seele dem Teufel verkauft oder meinetwegen dem lieben Gott – wie hat man sich das vorzustellen? Er muß doch von seiner Ware irgendwie getrennt sein, um sie verkaufen zu können?«

»Entschuldigen Sie, Tschapajew, meine katholische Kinderstube erlaubt es mir nicht, mit solchen Dingen zu spaßen.«

»Verstehe«, sagte Tschapajew. »Ich weiß übrigens, woher diese Gerüchte stammen. Mich hat hier tatsächlich mal ein Mann aufgesucht, der wissen wollte, wie man seine Seele dem Teufel verhökert. Ein Stabshauptmann namens Gärtner. Kennen Sie ihn?«

»Wir sind uns im Restaurant begegnet.«

»Ich hab ihm erklärt, wie er es anstellen soll. Er hat das ganze Ritual sehr gründlich vollzogen.«

»Und was geschah?«

»Nichts Besonderes. Das Geld ist ausgeblieben, die ewige Jugend auch. Nur daß plötzlich in allen seinen Dienstausweisen anstelle des Namens Gärtner der Name Bock stand.«

»Und wie kam das?«

»Keiner steht doch gerne als Betrüger da. Etwas zu verkaufen, was man nicht hat, das tut man nicht.«

»Soll das heißen, Gärtner hat keine Seele?«

»Natürlich nicht.«

»Und Sie?«

Für einen Moment schien Tschapajew in sich hineinzusehen, dann schüttelte er den Kopf.

»Und ich?«

»Du auch nicht.«

Die Bestürzung muß mir anzusehen gewesen sein, denn Tschapajew tätschelte mir grinsend den Ellbogen.

»So ist das, Petka. Ich hab keine Seele, du hast keine Seele, und Stabshauptmann Gärtner hat keine Seele. Aber die Seele hat einen Gärtner, einen Tschapajew und einen Petka. Man kann nicht sagen, daß jeder eine andere Seele hat, aber genauso falsch wäre es zu behaupten, jeder hätte die gleiche. Wenn sich überhaupt etwas von ihr sagen läßt, dann nur, daß es sie auch nicht gibt.«

»Jetzt verstehe ich gar nichts mehr.«

»Ist auch vertrackt, Petka. Da war selbst Kotowski auf dem falschen Dampfer. Die Sache mit dem Wachs, du erinnerst dich?«

»Ja.«

»Daß es keine Form gibt, hatte Kotowski gemerkt. Aber daß es auch kein Wachs gibt, das wußte er nicht.«

»Wieso gibt es kein Wachs?«

»Weil, Petka ... Paß auf, ich sag dir was: Weil das Wachs so wie der Schnaps zwar jede beliebige Form annehmen kann, selber aber auch bloß Form ist.«

»Form wovon?«

»Das ist die Frage. Was man von solchen Formen sagen kann, ist, daß es nichts gibt, was sie ausfüllt, verstehst du? Deshalb sind Wachs und Schnaps nicht wirklich vorhanden. Nichts ist vorhanden. Sogar weniger als nichts.«

Mir war, als balancierte ich auf der Schwelle zu etwas Neuem – aber dann riß es mich zurück in eine dumpfe, benebelte Schwere. Ich konnte auf einmal kaum noch einen Gedanken fassen.

»Kein Wachs vorhanden«, sagte ich. »Aber immerhin noch eine halbe Flasche Schnaps.«

Tschapajew glotzte mit trüben Augen auf den Tisch.

»Richtig«, sagte er. »Wenn du erst mal kapiert hast, daß es den auch nicht gibt, spendier ich dir einen von meinen Orden. Und bevor er nicht an deiner Brust steckt, rühren wir uns nicht von der Stelle, hörst du.«

Wir tranken jeder noch ein Glas, und ich horchte nach draußen, wo die Schießerei immer weiterging. Tschapajew schien überhaupt nicht darauf zu achten.

»Haben Sie wirklich keine Angst?« fragte ich ihn.

»Du etwa?«

»Ein bißchen schon«, gab ich zu.

»Wovor?«

»Vor dem Tod. Das heißt, nicht direkt, aber ... Ich weiß nicht. Mein Bewußtsein hätte ich schon gern gerettet.«

Tschapajew lachte und schüttelte den Kopf.

»Hab ich was Komisches gesagt?«

»Du bist gut. Von dir hab ich das nicht erwartet, Petka. Bist du etwa jedesmal mit solchen Flausen im Kopf Attacke geritten? Da könnte genausogut ein Fetzen Zeitung unter der Laterne liegen und sich vornehmen, die Welt zu retten – da, wo es hell ist. Was hat dein Bewußtsein denn zu befürchten?«

Ich zuckte die Schultern.

»Das Nichts.«

»Aber, gehört das Nichts denn nicht zum Bewußtsein dazu?«

»Jetzt geht die Sophisterei schon wieder los«, sagte ich. »Dann bin ich eben ein sich mit Welterlösungsgedanken tragendes Stück Zeitung unter der Laterne. Das ändert nichts daran, daß ich so denke, und es tut weh!«

»Ein Stück Zeitung kann nicht denken. Es kann höchstens eine Überschrift haben, meinetwegen fett: ›Ich möchte die Welt unter meiner Laterne retten.‹ Und drunter steht: ›O Schmerz! O Wonne!‹Ach, Petka, wie soll ich es dir bloß erklären? Diese ganze Welt ist ein Witz, den der liebe Gott sich selber erzählt. Und der liebe Gott ist vom selben Kaliber.«

Draußen gab es eine neue Detonation, diesmal so nahe, daß eine Fensterscheibe zersprang. Man konnte deutlich die Granatsplitter durch das Laub der Bäume zischen hören.

»Wissen Sie was, Wassili Iwanowitsch«, sagte ich, »wir sollten die Theorie begraben. Es wäre besser, sich etwas Praktisches zu überlegen.«

»Praktisch sag ich dir eins, Petka: Wenn du Angst hast, sind wir beide geliefert. Denn Angst zieht immer genau das an, wovor man sich fürchtet. Wenn du nichts fürchtest, bist du unsichtbar. Gleichmut ist die beste Tarnung. Geht dir alles am

Arsch vorbei, wird keiner, der dir Böses wollte, noch an dich denken. Nur wenn du weiter so auf dem Stuhl herumrutschst wie jetzt, wirst du dich in fünf Minuten vor Webern nicht mehr retten können.«

Er hatte recht. Ich schämte mich meiner Nervosität, die angesichts seiner bemerkenswerten Ruhe um so kläglicher wirkte. Hatte ich mich nicht gerade erst geweigert, mit Kotowski abzureisen? Ich war noch hier, weil ich es so gewollt hatte, und es war dumm, die vielleicht letzten Minuten meines Lebens an Zweifel und Ängste zu vertun. Ich sah zu Tschapajew hinüber, und mir fiel ein, wie wenig ich immer noch über diesen Mann wußte.

»Nun sagen Sie doch mal, Tschapajew, wer sind Sie wirklich?«

»Du tätest besser daran, Petka, nach dir selber zu fragen. Dann erfährst du alles über mich. Sonst mußt du am Ende noch in einem fort ›ich, ich, ich!‹ schreien, so wie der Ganove aus deinem Traum. ›Ich‹ – was bedeutet das? Wer ist das? Sieh genau hin.«

»Das möchte ich schon gern, aber ...«

»Das möchte ich schon gern, aber ...«, äffte er mich nach. »Warum tust du es dann nicht? Warum lenkst ab auf ein ›das‹ und ein ›möchte‹ und ein ›schon‹ und ein ›gern‹ und ein ›aber‹?«

»Gut«, sagte ich. »Dann beantworten Sie mir meine Frage. Einfach und klar. Geht das?«

»Klar geht das. Locker!«

»Wer sind Sie, Tschapajew?«

»Weiß ich nicht.«

Zwei oder drei Kugeln pfiffen die Außenwände der Badestube entlang, daß die Späne flogen; unwillkürlich zog ich den Kopf ein. Hinter der Tür waren leise Stimmen zu hören – man schien zu beratschlagen. Tschapajew goß die beiden Gläser voll; ohne anzustoßen, tranken wir. Nach kurzem Zögern nahm ich mir eine Zwiebel vom Tisch.

»Ich verstehe, worauf Sie hinauswollen«, sagte ich und biß ab. »Aber die Frage ließe sich bestimmt auch anders beantworten?«

»Ließe sich machen.«

»Also, wer sind Sie, Wassili Iwanowitsch?«

»Ich?« fragte er zurück und sah mir in die Augen. »Ich bin das Licht, das sich in der Flasche da spiegelt!«

Das Licht, das seine Pupillen zurückwarfen, traf mich wie eine Ohrfeige. Es war der Moment, in dem, völlig überraschend für mich selbst, die Erleuchtung eintrat.

Der Schlag war so heftig, daß ich glaubte, eine Granate hätte in der Stube eingeschlagen. Einen Moment später hatte ich mich wieder im Griff. Es gab eigentlich nichts zu sagen. Es geschah aus Gewohnheit, daß mir mein Gedanke unverzüglich über die Lippen ging.

»Ich auch. Komisch, nicht wahr?« flüsterte ich.

»Und wer ist dann das?« fragte Tschapajew und wies mit dem Finger auf mich.

»Pustota«, sagte ich.

»Und das?«

Er zeigte auf sich.

»Tschapajew.«

»Prima! Und das?«

Er deutete mit einer Gebärde auf die Badestube, in der wir saßen.

»Das weiß ich nicht.«

Im selben Moment klirrte das Fenster, und eine Kugel pfiff herein, die zwischen uns stehende Flasche zersprang, ihr restlicher Inhalt spritzte uns ins Gesicht. Sekundenlang schauten wir einander schweigend an. Dann stand Tschapajew auf, ging zu der Bank, wo sein Rock lag, nahm den silbernen Stern ab und warf ihn mir quer durch den Raum zu.

Seine Bewegungen waren auf einmal außerordentlich flink und präzise; man mochte nicht glauben, daß es derselbe Mann war, der eben noch schwankend auf seinem Schemel gesessen und die Schnapsflasche angeglotzt hatte. Er nahm die Lampe vom Tisch, schraubte sie geschwind auf, ließ das Petroleum auf den Boden auslaufen und schleuderte den brennenden Docht hinterher. Das Petroleum flammte auf, kurze Zeit später auch der vergossene Schnaps. Die Stube wurde vom tristen Schein des sich ausbreitenden Feuers erhellt. Tiefe Schatten legten sich über Tschapajews Gesicht, das mir jetzt uralt vorkam – und dabei seltsam vertraut. Mit einem Ruck warf er den Tisch um, bückte sich und zog an einem Metallring im Fußboden, wodurch sich eine kleine, hölzerne Luke auftat.

»Gehen wir«, sagte er, »hier gibt es für uns nichts mehr zu tun.«

Stufen ertastend, begann ich in das dunkle, feuchte Loch hinabzusteigen. Etwa zwei Meter unter dem Dielenboden schien der Grund des Schachtes erreicht; ich fragte mich gerade, was wir dort unten anstellen sollten, als mein Fuß, mit dem ich nach der Wand des Schachtes tastete, ins Leere stieß. Tschapajew folgte so dicht, daß er mir mit dem Stiefel gegen den Kopf trat.

»Mach schon!« kommandierte er. »Schneller!«

Von der Stiege führte ein enger, niedriger, mit hölzernen Stempeln abgestützter Tunnel weg. Ich kroch vorwärts, ohne in der Finsternis etwas erkennen zu können. Da ein frischer Wind durch den Tunnel fegte, konnte der Ausgang nicht weit sein.

»Stopp!« flüsterte Tschapajew. »Wir müssen einen Moment warten.«

Er war etwa zwei Meter hinter mir. Ich setzte mich auf den Boden und lehnte mich mit dem Rücken gegen einen der Stützpfosten. Lärm drang von oben herab, Rufe, die man nicht verstand, nur einmal hörte ich deutlich Furmanows Stimme brüllen:

»Nicht da rein, Mann! Willst du dich abfackeln? Die sind da nicht mehr drin, sag ich dir! Habt ihr die Glatze geschnappt?«

Ich stellte mir diese Leute vor – umherirrend zwischen rauchgeschwängerten Phantomen, wie ihr kollektiv getrübter Verstand sie ihnen vorgaukelte –, und mir war auf einmal sehr zum Lachen.

»He, Wassili Iwanowitsch!« rief ich leise.

»Was ist?«

»Eins hab ich begriffen. Es gibt nur eine Freiheit – sie bedeutet, frei zu sein von allem, was der Geist ausheckt. Diese Freiheit trägt den Namen ›Weiß ich nicht‹. Sie haben hundertprozentig recht. Es gibt da so einen Satz, wissen Sie: Ein ausgesprochener Gedanke ist Lüge. Und ich sage Ihnen, Tschapajew, der unausgesprochene Gedanke ist genauso Lüge, denn in jedem Gedanken steckt schon etwas Ausgesprochenes.«

»Das hast du schön gesagt, Petka«, drang Tschapajews Stimme aus dem Dunkeln zu mir.

»Wo ich weiß, da hört die Freiheit auf«, sponn ich den Gedanken fort. »Nichts zu wissen macht vollends frei. Freiheit ist das größte Geheimnis von allen. Die da« – ich tippte gegen die niedrige Tunneldecke über mir – »wissen nicht, wie sehr sie von allem frei sind. Sie wissen nicht, wer sie wirklich sind. Die denken, haha«, ich bekam einen Lachkrampf, »die denken, sie sind Weber, hihi.«

»Still!« mahnte Tschapajew. »Lach nicht so laut, die könnten dich hören.«

»Das heißt, nein«, verbesserte ich mich, nach Luft schnappend, »sie denken nicht bloß, daß sie Weber sind, sie wissen es sogar!«

Tschapajew stieß mich mit dem Stiefel an.

»Vorwärts!« befahl er.

Ich atmete ein paarmal tief durch, um einen kühlen Kopf zu bekommen, und kroch weiter. Den Rest der Strecke legten wir schweigend zurück. Wohl seiner Enge wegen kam mir der Tunnel unglaublich lang vor. Feuchtigkeit stieg in die Nase, dazu ein vager Heugeruch, der sich mit der Zeit verstärkte. Endlich prallten meine ausgestrecken Hände gegen eine Wand. Ich stellte mich auf, streckte mich und stieß prompt mit dem Kopf schmerzhaft gegen Metall. Blind tastete ich um mich und kam zu der Vermutung, daß ich in einer niedrigen Grube stand, über der sich eine Eisenplatte befand. Zwischen Platte und Grubenrand war ein Abstand von ungefähr einem halben Meter, durch den ich mich nun hinauszwängte; er war mit Heu gefüllt, das ich einen, vielleicht zwei Meter weit vor mir herschob, bis ich auf ein großes Rad aus Vollgummi stieß. Mir dämmerte, wo ich mich befand: Es konnte sich nur um jenen Heuschober handeln, den der wortkarge Baschkire mit seiner Flinte so penetrant bewacht hatte – und nun wußte ich auch, wo Tschapajew seinen Panzerwagen stehen hatte. Einen Augenblick später stand ich neben dem Schober im Freien. An einer Seite war das Heu entfernt worden, so daß man die nietenbeschlagene Tür erkennen konnte, die nur angelehnt war.

Das Gutshaus stand in Flammen; der Anblick war so majestätisch und berückend wie jedes große Feuer. In fünfzig Metern Entfernung, zwischen den Bäumen, gab es noch ein kleineres – da brannte das Badehaus, in dem ich vorhin mit Tschapajew gesessen hatte. Ich meinte dort Leute zu sehen; es konnten aber genausogut die bizarren Schatten der Bäume sein, die zuckten, wenn der Wind in das Feuer blies. Wen oder was immer ich da sah – daß Menschen in der Nähe waren, bewiesen die Schüsse und das wüste Gebrüll. Wäre ich nicht im Bilde gewesen, was vor sich ging, hätte ich glauben müssen, daß zwei Milizen sich ein erbittertes nächtliches Gefecht lieferten.

Ganz in meiner Nähe raschelte es. Ich zog die Pistole.

»Ich bin's«, sagte Anna.

Sie war in Uniformbluse, Reithosen und Stiefeln. In der Hand hielt sie eine dieser stählernen Kurbeln, mit denen man Motoren anläßt.

»Na, Gott sei Dank«, sagte ich. »Sie können sich nicht vorstellen, wie sehr mich Ihre Abwesenheit beunruhigt hat. Allein der Gedanke, dieser besoffene Plebs könnte ...«

»Gehen Sie, schon wieder dieser Zwiebelgeruch«, unterbrach sie mich. »Wo ist Tschapajew?«

»Hier«, meldete sich Tschapajew und kam unter dem Panzerwagen hervorgekrochen.

»Warum hat es so lange gedauert?« fragte Anna. »Ich war schon ganz unruhig.«

»Pjotr war etwas schwer von Begriff«, erwiderte er. »Es gab einen Moment, da dachte ich, wir müßten dort versauern.«

»Und, hat er jetzt begriffen?«

Tschapajew sah mich an.

»Nichts hat er begriffen. Aber wie diese Ballerei losging ...«

»Na, hören Sie mal, Tschapajew«, fuhr ich auf, doch er schnitt mir mit einer herrischen Geste das Wort ab.

»Ist alles in Ordnung?« fragte er Anna.

»Ja.«

Sie reichte ihm die Kurbel.

Tschapajew hatte wieder einmal recht. Da war in der Tat nichts, wovon man hätte behaupten können, daß ich es begriffen hatte.

Eilig räumte Tschapajew das Heu zur Seite, das den schrägen Bug des Panzerautos bedeckte, setzte die Kurbel in die Öffnung im Kühler und ließ den Zündmagneten einige Umdrehungen machen. Mit leisem, kraftvollem Tuckern sprang der Motor an.

Anna öffnete den Verschlag und verschwand im Inneren des Wagens; Tschapajew und ich folgten ihr nach. Tschapajew schlug die Tür zu, betätigte einen Schalter, und in einem nach all der unterirdischen Finsternis geradezu grellen Licht erkannte ich die Inneneinrichtung des Fahrzeugs wieder: die schmalen, lederbezogenen Pritschen, das an die Wand geschraubte Gemälde und den Tisch, auf dem ein aufgeschlagener Band Montesquieu und eine Schachtel »Ira« lagen. Anna stieg sofort das Wendeltreppchen hinauf in den Geschützturm und nahm in dem Drehstuhl Platz, wodurch sie von der Hüfte aufwärts nicht mehr zu sehen war.

»Ich bin soweit«, sagte sie. »Man sieht aber nichts. Das Heu!«

Tschapajew nahm die Sprechmuschel, die den Kontakt in die Fahrerkanzel herstellte (dort saß, wie ich vermutete, der Baschkire, den seine Gefährten heimlich Batu Khan nannten), und gab Anweisung:

»Den Schober durchstoßen. Paß bloß auf, daß du nicht mit dem Rad in die Grube rutschst.«

Der Motor heulte auf, man spürte ein kleines Beben unter den Füßen, das schwere Gefährt ruckte an und setzte einige Meter nach vorn. Von oben kam ein ratterndes Geräusch – ich hob den Kopf und sah, daß Anna an etwas drehte, was wie die Kurbel einer Kaffeemühle aussah, wodurch der Turm mitsamt ihrem Stuhl um die eigene Achse schwenkte.

»So ist es besser«, sagte sie.

»Licht einschalten«, befahl Tschapajew in die Muschel.

Ich preßte das Auge gegen den Spion in der Tür. Das Auto hatte, wie sich jetzt zeigte, rings um die Bordwand Scheinwerfer; und als sie angingen, konnte man meinen, die Festbeleuchtung eines Lustgartens wäre eingeschaltet worden.

Dieser Lustgarten sah allerdings merkwürdig aus. Das weiße Licht, das sich über die Bäume ergoß, überstrahlte den glutroten Schein des Brandes, so daß die tanzenden Schatten, die ich für Menschen gehalten hatte, verschwunden waren und man sich plötzlich sehr allein vorkam.

Doch hielt dieser Eindruck nicht lange vor. An den Rändern des Flutlichts tauchten nach und nach immer mehr Weber mit Gewehren auf, die, die Augen vor dem gleißenden Licht schirmend, stumm herübersahen. Bald schon zog sich um uns ein lebendiger, mit Gewehrkolben gespickter Ring. Gesprächsfetzen wurden hörbar:

»Da sind sie drin. Die entkommen uns nicht. Vielleicht sind

sie schon weg? Steck die Granate weg, Blödmann, triffst noch die eignen Leute.«

Vereinzelte Schüsse wurden abgefeuert, die Kugeln prallten sirrend von der Bordwand ab. Einer der Scheinwerfer zersprang, was die Menge mit einträchtigem, begeistertem Geheul quittierte.

»Also«, sagte Tschapajew, »alles geht einmal zu Ende. Anna, fertig.«

Anna zog behutsam das Futteral vom Geschütz. Dicht neben dem Türspion schlug eine weitere Kugel ein, ich rückte vorsichtshalber etwas ab, in Richtung des Treppchens. Anna stand über ihr Gerät gebeugt, preßte den Kopf gegen das Visier, das Gesicht von einer Grimasse kalter Wut verzerrt.

»Feuer! Wasser! Erde! Kosmos! Luft!« brüllte Tschapajew.

Anna drehte schnell an ihrem Hebel, und der Turm begann sich leise knarrend zu drehen. Das Geschütz schwieg. Bestürzt sah ich Tschapajew an, er tat eine beschwichtigende Geste. Als der Turm sich einmal um sich selbst gedreht hatte, bremste er ab.

»Klemmt was?« fragte ich.

»Wieso«, erwiderte Tschapajew. »Das war's schon.«

Es war auffällig still geworden: keine Schüsse mehr, keine Stimmen. Nicht ein Ton drang mehr von draußen herein, nur das leise Brummen des Motors hatte wieder eingesetzt.

Anna kam herunter, setzte sich neben mich und steckte sich eine Zigarette an. Ich sah, daß ihre Finger zitterten.

»Das war das tönerne Maschinengewehr«, sagte Tschapajew. »Ich darf dir nun endlich erklären, worum es sich dabei handelt. Mit einem MG hat es eigentlich wenig zu tun. Die Sache ist die, daß vor vielen tausend Jahren, lange bevor Buddha Dipankara und Buddha Schakjamuni die Welt betraten, schon ein Buddha namens Anagama dagewesen ist. Er hat nie viel Worte gemacht, hat immer nur mit dem kleinen Finger seiner linken Hand auf die Dinge gezeigt, wodurch sich augenblicklich ihre wahre Natur offenbarte. Er zeigte auf einen Berg, und der Berg verschwand, er zeigte auf einen Fluß, und der Fluß war nicht mehr da. Es ist eine lange Geschichte – um es abzukürzen: Am Ende deutete er mit dem Finger auf sich selbst und ward nicht mehr gesehen. Übrig blieb nur dieser kleine Finger, den seine Schüler in einem Klumpen Lehm versteckten. Und das tönerne Maschinengewehr ist ebendieser Lehmklumpen mit Buddhas kleinem Finger darin. Vorzeiten lebte in Indien ein Mann, der es darauf abgesehen hatte, diesen Klumpen zur schrecklichsten Waffe auf Erden zu verwandeln. Doch kaum hatte er in den Lehm ein Loch gebohrt, zeigte der kleine Finger auf ihn, und er verschwand. Seither wurde der Finger in einer verriegelten Truhe aufbewahrt und von Ort zu Ort verschleppt, bis er schließlich in einem mongolischen Kloster landete. Durch eine Verkettung von Umständen fiel er zuletzt mir in die Hand. Ich habe ihn mit einem Stativ versehen und ihm den Namen ›tönernes Maschinengewehr‹ gegeben. Soeben haben wir davon Gebrauch gemacht.«

Tschapajew stand auf, öffnete die Tür und sprang nach draußen. Ich hörte die Absätze seiner Stiefel auf den Boden knallen. Anna kletterte ihm nach. Ich aber saß immer noch auf meiner Bank und blickte auf die englische Landschaft vor mir an der Wand: den Fluß, die Brücke, den wolkigen Himmel und die verschwommenen Ruinen. Ist es möglich? dachte ich dabei. Kann es sein?

»Petka, willst du nicht rauskommen?« rief Tschapajew.

Ich erhob mich. Mit einem Schritt war ich draußen.

Wir standen auf festem, mit Heu bedecktem Boden in der Mitte eines kreisrunden Plateaus von vielleicht sieben Meter Durchmesser. Dahinter war nichts – nichts als ein ruhiges, dämmriges Licht, das schwer mit Worten zu beschreiben war. Hart am Rand des Plateaus lag die Hälfte eines Gewehrs mit aufgepflanztem Bajonett. Mir fiel sofort eine Szene aus Blocks »Schaubude« ein, und zwar die, wo der Harlekin aus dem Fenster springt, und das Fenster ist aus Papier und reißt mitsamt der darauf gemalten Ferne mittendurch, und in dem Riß erscheint ein leeres Grau. Ich blickte mich um. Der Panzerwagen stand hinter mir, sein Motor lief noch.

»Und warum ist dieses Inselchen übriggeblieben?«

»Es liegt im toten Winkel«, sagte Tschapajew. »Wie der Schatten vom Fuß einer Lampe. Alles, was jenseits dieser Plattform liegt, hat der kleine Finger erfaßt.«

Ich tat einen Schritt zur Seite und wurde von Tschapajew am Arm gepackt.

»Paß auf, wo du hintrittst. Du läufst ihm noch ins Visier.«

Er wandte sich zu Anna um.

»Komm! Bevor noch was passiert.«

Anna nickte und trat vorsichtig unter die Mündung des kurzen Geschützrohrs.

»Paß genau auf, Petka«, sagte Tschapajew.

Die brennende Papirossa zwischen den Zähnen, zog Anna einen kleinen, runden Taschenspiegel hervor. Sie hob ihn über den Kopf, genau vor den Lauf, und bevor ich begreifen konnte, was da passierte, war der Panzerwagen verschwunden. Es geschah so unerhört schnell und reibungslos, als hätte jemand eine Laterna magica ausgeschaltet und das Bild auf dem weißen Laken zum Erlöschen gebracht. Übrig blieben einzig vier nicht sehr deutliche Abdrücke von den Rädern, das Gras begann sich dort bereits wieder aufzurichten. Und die Stille war nun endgültig vollkommen.

»Das war's«, sagte Tschapajew. »Diese Welt ist hinüber.«

»Mist«, sagte ich, »wir haben die Zigaretten dagelassen. Und sagt mal, was ist mit dem Chauffeur?«

Tschapajew zuckte zusammen und sah erschrocken erst mich an und dann Anna.

»Verdammt«, sagte er, »den hab ich glatt vergessen. Anna, hättest du nicht daran denken können?«

Anna hob theatralisch die Hände. In dieser Geste war nicht

der Funken eines aufrichtigen Gefühls. Zur Schauspielerin hat sie nicht das Zeug, dachte ich – trotz aller Schönheit.

»Ich kann mir nicht helfen«, sagte ich, »irgendwas ist hier faul. Wo ist der Chauffeur?«

»Tschapajew, ich halt das nicht mehr aus«, meinte Anna. »Macht das unter euch aus.«

Tschapajew seufzte und zwirbelte seinen Schnurrbart.

»Beruhige dich, Petka«, sagte er. »Es hat nie einen Chauffeur gegeben. Du weißt doch, da gibt's so Zettelchen mit einem magischen Stempel drauf, die werden hinter die Zähne gesteckt, und dann ...«

»Ach«, sagte ich. Mir ging ein Licht auf.

»Sag doch gleich, daß es ein Golem war. Für ganz blöd mußt du mich nicht halten, weißt du? Der Mann ist mir von Anfang an komisch vorgekommen. Tschapajew, mit solchen Talenten hätten Sie in Petersburg Karriere machen können!«

»Was hab ich denn in Petersburg verloren?« fragte Tschapajew.

»Und was ist mit Kotowski?« fiel mir ein, und ich wurde wieder unruhig. »Hat's den auch erwischt?«

»Insofern er nie existiert hat, wäre diese Frage leicht zu beantworten«, sagte Tschapajew. »Doch falls dich sein Schicksal menschlich gesehen interessiert, kann ich dich beruhigen. Kotowski ist wie du und ich in der Lage, sich sein eignes Universum zu kreieren, glaub mir.«

»Werden wir darin vorkommen?«

Tschapajew dachte nach.

»Interessant. Auf die Frage wäre ich von allein nie gekommen. Ja, vielleicht kommen wir darin vor, aber in welcher Form, wage ich nicht zu sagen. Woher soll man wissen, was dieser Kotowski in seinem Paris für eine Welt ausheckt. Oder besser gesagt, was für ein Paris in seiner Welt.«

»Oje«, sagte ich, »jetzt wird's wieder sophistisch.«

Ich ließ ihn stehen und lief zum Rand des Plateaus. Das

heißt, bis ganz nach vorn kam ich gar nicht – ein paar Meter von der Grenze des Kreises entfernt, drehte sich mir schon der Kopf, und ich mußte mich schnell auf den Boden setzen.

»Geht es Ihnen nicht gut?« fragte Anna.

»Mir geht es prächtig«, entgegnete ich. »Aber was machen wir nun? Ménage à trois??«

»Ach, Petka«, sagte Tschapajew, »wie oft soll ich es dir noch erklären. Form ist leer. Weißt du, was das heißt?«

»Was heißt das?«

»Das heißt, Leere ist Form. Mach die Augen zu. Mach sie wieder auf.«

Ich weiß nicht, wie ich die nächste Sekunde beschreiben soll.

Was ich vor mir sah, war ein in allen Farben des Regenbogens leuchtender, unermeßlich breiter Strom, der irgendwo im Unendlichen begann und sich im ebenso Unendlichen wieder verlor. So weit das Auge reichte, nichts als dieser Strom und wir als Insel mittendrin – und dennoch war es kein Ozean, sondern ein Fluß, es gab eine deutliche Strömung. Das Licht, mit dem er uns überschüttete, war sehr hell, jedoch nicht blendend oder sonstwie unangenehm, es war die reine Wohltat, das pure Glück, die unendliche Liebe – wobei diese von soviel Kunst und Literatur besudelten Worte doch nicht wiederzugeben vermögen, was es war. Es reichte, das unaufhörliche Spiel der Regenbogenfarben zu sehen, ihr Funkeln und Blitzen – jeder Gedanke, jeder Traum in mir war Teil des Stroms, ja, dieser schillernde Regenbogenstrom war all das, was ich zu denken und zu fühlen imstande war, all das, was sein oder nicht sein konnte – und er war, das wußte ich bestimmt, von mir nicht zu unterscheiden. Ich war er, nur er, seit eh und je.

»Was ist das?« fragte ich.

»Nichts«, gab Tschapajew zur Antwort.

»Nein, nicht so«, sagte ich. »Ich meine, wie es heißt.«

»Ganz verschieden. Mir gefällt, wie die Amerikaner es nennen: The Uncertain River of Absolute Love. Abgekürzt: Ural.

Mal sind wir es, mal nehmen wir Formen an, aber nichts davon ist wirklich da – wir nicht, der Ural nicht. ›Wir‹, ›Formen‹, ›Ural‹ ist darum alles, was sich sagen läßt.«

»Aber wozu tun wir das?«

Tschapajew hob die Schultern.

»Weiß ich nicht.«

»Und menschlich gesehen?«

»Man muß sich doch irgendwie beschäftigen in dieser Ewigkeit«, sagte er. »Also werden wir jetzt mal eben den Ural durchschwimmen, den es eigentlich gar nicht gibt. Sei kein Frosch, Petka, spring einfach rein!«

»Hab ich denn die Chance, wieder aufzutauchen?«

Tschapajew musterte mich von Kopf bis Fuß.

»Sieht ganz so aus«, sagte er. »Sonst stündest du ja nicht hier.«

»Und werde ich wieder derselbe sein?«

»Petka, ich bitte dich. Wieso denn nicht? Alles nur Mögliche steckt in dir!«

Er wollte weiterreden, doch Anna hatte ihre Papirossa zu Ende geraucht, die Kippe weggeworfen und sorgfältig ausgetreten – nun nahm sie Anlauf und sprang, ohne uns noch eines Blickes zu würdigen, in den Strom.

»So ist es richtig«, sagte Tschapajew. »Genau so. Wozu die ganze Schwätzerei.«

Mich im Blick behaltend, ein hinterhältiges Grinsen im Gesicht, begann er rückwärts auf den Rand des Plateaus zuzulaufen.

»Tschapajew, warten Sie«, sagte ich erschrocken, »Sie können mich doch nicht hier stehen lassen. Erklären Sie mir zumindest noch ...«

Es war zu spät. Das Erdreich unter seinen Füßen fing an zu bröckeln, er verlor das Gleichgewicht, breitete im Fallen die Arme aus und stürzte rücklings in die regenbogenfarben schimmernden Fluten, die, ganz wie Wasser, kurz zur Seite schwappten, ehe sie sich im nächsten Moment über ihm schlossen. Ich war allein.

Eine Zeitlang starrte ich wie betäubt auf die Stelle, wo Tschapajew verschwunden war. Dann wurde mir auf einmal bewußt, wie schrecklich müde ich war. Ich scharrte das auf dem Plateau verstreute Heu zu einem Häufchen zusammen, legte mich hinein und sah zum unbeschreiblich hohen, unbeschreiblich grauen Himmel hinauf.

Plötzlich schwante mir etwas. Ob es sein konnte, daß ich schon immer hier lag, von allem Anfang an, und einen Traum nach dem anderen träumte, um zwischendurch aufzuwachen und zu sehen, ich liege immer noch auf meinem Inselchen am Ural? Und falls es so war: Hatte ich mein Leben dann nicht vergeudet? Verschleudert an die Kunst, die Literatur – fauler Zauber, ein Schwarm hektischer Mücken, der über dem letzten kläglichen Heuhaufen im Universum tanzte? Wer würde sie lesen, die Notate meiner Träume? Ich schaute hinaus auf die spiegelglatte Fläche des Ural, die sich nach allen Seiten im Unendlichen verlor. Stift, Notizbuch, Leser, die die aufs Papier gekritzelten Zeichen hätten verstehen können – sie waren nichts als regenbogenfarbene Fünkchen und Flämmchen, die auftauchten, verschwanden und wieder auftauchten. Sollte ich es so weit kommen lassen und ein neues Mal an diesem Ufer entschlafen?

Ohne noch länger zu überlegen, sprang ich auf, rannte los und warf mich in den Ural.

Ich spürte nicht viel. Er umgab mich einfach von allen Seiten, und darum gab es keine Seiten mehr. Ich erblickte den Ort, wo dieser Strom seinen Anfang nahm, und begriff, daß dies mein eigentliches Heim war. Wie eine vom Wind erfaßte Schneeflocke trieb ich auf diesen Punkt zu. Erst war meine Bewegung leicht und schwerelos, dann aber geschah Seltsames: Mir war, als würden Knie und Ellbogen von einem großen Reibungswiderstand zurückgehalten, der mein Fortkommen bremste. Mit dieser Verlangsamung einher schien auch das Leuchten ringsum allmählich abzunehmen, und in dem Moment, da ich gänzlich zum Stillstand kam, war alles Strahlen einem trüben Dämmerlicht gewichen, das, wie ich nun erkannte, von einer Deckenlampe herrührte.

Meine Hände und meine Füße waren an einen Sessel geschnallt, mein Kopf lag auf einem kleinkarierten Kissen.

Kanaschnikows feiste Lippen kamen auf mich zugeschwommen, senkten sich auf meine Stirn und verharrten dort in einem langen, feuchten Kuß.

»Das war die totale Katharsis«, sagte er. »Gratuliere.«

10

»Achttausendzweihundert Werst Schall und Rauch
Aber ein Bett gibt's für uns nirgendwo
Mutter Erde trägt Steine im Bauch
Ohne dich, Vaterland, wäre ich froh ...«

sang eine gefühlig bebende Männerstimme aus dem Radiolautsprecher. Wolodin stand auf und drückte eine Taste. Die Musik brach ab. Serdjuk hob den Kopf.

»Warum hast du ausgeschaltet?«

»Ich kann diesen Grebenschtschikow nicht mehr hören. Der Mann hat Talent, aber immer dieses verschwiemelte Zeug. Das ist der blanke Buddhismus. Der kann sich gar nicht geradlinig ausdrücken. Jetzt eben zum Beispiel, das mit dem Vaterland. Soll ich dir sagen, woher er das hat? Da gab's eine chinesische Sekte, Weißer Lotos, die hatten das als Mantra: Das absolute Nichts – das Vaterland – die Mutter Erde – das Ungeborene. Das chiffriert er so lange, bis man's nicht mehr erkennt. Einfach zum Verrücktwerden.«

Serdjuk zuckte die Schultern und arbeitete weiter. Während ich mein Plastilin weich knetete, sah ich zu, wie er mit flinken Fingern einen neuen Papierkranich faltete. Er tat es mit erstaunlichem Geschick, ohne hinzusehen. Der Fußboden des heilästhetischen Praktikums war mit Kranichen übersät; dabei hatten Sherbunow und Barbolin erst heute morgen einen ganzen Berg davon auf den Flur hinausgekehrt. Serdjuk schien es nicht zu kümmern, was mit seinen uniformen Kunstwerken passierte – wenn er mit Bleistift die laufende Nummer auf den

Kranichflügel geschrieben hatte, schmiß er das Ding von sich und riß die nächste Seite aus dem Schulheft.

»Wieviel hast du noch?« fragte Wolodin.

»Bis zum Frühling dürfte ich es schaffen«, sagte Serdjuk und sah zu mir herüber. »Du, mir ist noch einer eingefallen.«

»Erzähle.«

»Also, Tschapajew und Petka sitzten da und saufen. Kommt ein Soldat rein und sagt: ›Die Weißen kommen!‹ Sagt Petka: ›Los, Tschapajew, wir verduften!‹ Tschapajew sitzt seelenruhig da, gießt noch mal ein und sagt: ›Komm, trink, Petka.‹ Sie trinken. Kommt der Soldat noch mal rein und sagt: ›Die Weißen kommen!‹ Tschapajew schenkt wieder ein: ›Komm, trink, Petka.‹ Kommt der Soldat wieder rein und sagt: ›Die Weißen sind schon draußen vorm Haus.‹ Fragt Tschapajew den Petka: ›Kannst du mich noch erkennen?‹ – ›Nö‹, sagt Petka. ›Ich dich auch nicht‹, sagt Tschapajew. ›Klasse Tarnung, was, Petka?‹«

Ich schnaufte verächtlich und nahm ein neues Stück Knete vom Tisch.

»Den kannte ich schon, aber das Ende ging anders«, sagte Wolodin. »Die Weißen stürmen ins Zimmer, gucken sich um und sagen: ›Scheiße, schon wieder getürmt!‹«

»Das kommt der Wahrheit schon näher«, bemerkte ich. »Obwohl es immer noch gesponnen ist. Von wegen, die Weißen! Ich frage mich, wie derartige Entstellungen möglich sind. Habt ihr noch mehr auf Lager?«

»Ja, einen hab ich noch«, sagte Serdjuk. »Also, Tschapajew und Petka schwimmen durch den Ural. Tschapajew hat einen kleinen Koffer zwischen den Zähnen ...«

»Ogottogott«, stöhnte ich, »wer denkt sich bloß diesen Blödsinn aus.«

»Jedenfalls ist er knapp vorm Ertrinken und läßt den Koffer trotzdem nicht los. Petka schreit: ›Wassili Iwanowitsch, schmeiß den Koffer weg, du säufst sonst ab!‹ Darauf Tschapajew: ›Spinnst du, Petka, das geht nicht, da sind die Generalstabskarten drin!‹ Wie sie drüben ankommen, sagt Petka: ›Na, Wassili Iwanowitsch, jetzt zeig doch mal die Pläne!‹ Tschapajew macht den Koffer auf, Petka guckt rein, alles voll Kartoffeln. ›Wo sind denn die Generalstabskarten?‹ – ›Das sind sie doch‹, sagt Tschapajew und nimmt in jede Hand eine Kartoffel. ›Das da sind wir. Und das die Weißen.‹«

Wolodin lachte.

»Das stimmt nun wirklich hinten und vorne nicht«, sagte ich. »Erstens wären Sie ein großer Glückspilz, Serdjuk, wenn Sie auch nur einmal in zehntausend Leben die Gelegenheit bekämen, durch den Ural zu schwimmen. Zweitens ist es mir ein absolutes Rätsel, was immerzu diese Weißen sollen. Ich denke, da hatte Dsershinski mit seinen Konsorten die Hand im Spiel. Drittens handelte es sich um keine Generalstabskarten, sondern um eine rein metaphorische Konstellation des Bewußtseins. Und außerdem waren es keine Kartoffeln, sondern Zwiebeln.«

»Zwiebeln?«

»Jawohl, Zwiebeln. Wobei ich wünschte, es wären Kartoffeln gewesen – aber das sind Erwägungen rein privater Natur.«

Wolodin und Serdjuk wechselten einen vielsagenden Blick.

»Und dieser Mensch will entlassen werden«, sagte Wolodin. »Ach, da fällt mir auch noch einer ein. Tschapajew schreibt in sein Tagebuch: ›Sechster Juni. Gegen die Weißen vorgerückt.‹«

»Tschapajew hat nie Tagebuch geführt«, warf ich ein.

»›Siebter Juni. Von den Weißen zurückgeschlagen worden. Achter Juni. Der Förster ist gekommen und hat uns aus der Schonung gejagt.‹«

»Ach so«, sagte ich, »damit ist wohl Baron Jungern gemeint. Aber gekommen ist der im entscheidenden Moment leider nicht. Und Förster ist er auch nicht gewesen, obwohl er es als Kind werden wollte. Meine Herren, ich finde das alles sehr merkwürdig. Sie sind ganz gut unterrichtet, aber ich kann mir nicht helfen, da scheint einer, der weiß, wie die Dinge wirklich gelaufen sind, die Wahrheit auf groteskeste Weise verdrehen zu wollen. Mir ist nur nicht klar, was er damit bezweckt.«

Eine Weile waren alle still. Ich vertiefte mich in meine Arbeit und dachte an das bevorstehende Gespräch mit Professor Kanaschnikow. Sein Vorgehen in letzter Zeit erschien mir alles andere als logisch. Maria war entlassen worden – eine Woche nachdem er mir die Aristoteles-Büste auf den Kopf gehauen hatte. Wolodin hingegen (ein normalerer Mensch war mir im Leben noch nicht begegnet) hatte erst vor Tagen eine neue Tablettenkur verschrieben bekommen. Auf keinen Fall durfte ich den Fehler machen, mir vorher irgendwelche Antworten zurechtzulegen, denn es konnte sein, daß er keine der erwarteten Fragen stellen und ich mit meinen vorschnell präsentierten Antworten Unausgegorenes preisgeben würde – überflüssigerweise. Kurz: Man konnte eigentlich nur auf das Glück und den Zufall hoffen.

»Gut«, nahm Wolodin das Gespräch wieder auf, »dann nennen Sie doch mal ein Beispiel, bei dem die Wahrheit verdreht worden ist. Und erzählen Sie, wie es wirklich war.«

»Was genau würde Sie denn interessieren?« fragte ich. »Welche der von Ihnen genannten Episoden, meine ich?«

»Mir egal. Oder nehmen wir getrost etwas anderes. Ich wüßte zum Beispiel einen, da ließe sich beim besten Willen nichts verdrehen. Tschapajew kriegt von Kotowski aus Paris roten Kaviar und Kognak geschickt. Tschapajew schreibt ihm zurück: ›Lieber Kotowski, vielen Dank für das Paket, den Fusel haben wir niedergemacht, obwohl er nach Fliegenleim schmeckte, aber die Marmelade mußten wir wegschmeißen, die stank zu sehr nach Fisch.‹«

Ich konnte mir ein Lachen nicht verkneifen.

»Nie im Leben hat Kotowski ein Paket aus Paris geschickt. Aber ganz aus der Luft gegriffen ist die Geschichte nicht. Einmal im Restaurant haben wir tatsächlich Kognak getrunken und roten Kaviar gegessen – ich weiß, das klingt blöd, aber es gab keinen schwarzen. Unsere Unterhaltung drehte sich um das christliche Paradigma, weswegen wir auch die entsprechende Terminologie im Munde führten. Tschapajew kommentierte eine Stelle bei Swedenborg, wo er beschreibt, wie ein Strahl des Himmelslichts auf den Höllengrund fällt und den dort vegetierenden Seelen wie eine übelriechende Pfütze erscheint. Ich deutete es so, daß das Licht selbst sich dergestalt verwandelt haben konnte; Tschapajew hingegen war der Meinung, daß sich die Natur des Lichts nicht verändern könne und alles hänge vom Subjekt der Wahrnehmung ab. Er sagte sinngemäß, keine Macht sei imstande, eine sündige Seele ins Paradies zu befördern, insofern ihr selbst nicht daran gelegen sei. Das wollte mir nicht einleuchten, und da meinte Tschapajew, der Kaviar, den ich gerade aß, würde Furmanows Webern gewiß auch nur wie eine nach Fisch stinkende Marmelade vorkommen.«

»Aha«, sagte Wolodin und war auf einmal merkwürdig blaß.

Ich hatte eine Idee.

»Woher, sagten Sie noch mal, soll der Kognak geschickt worden sein?«

Wolodin gab keine Anwort.

»Was macht das für einen Unterschied?« fragte Serdjuk.

»Keinen großen, nur komme ich anscheinend langsam dahinter, wer diesen ganzen Quatsch in die Welt gesetzt haben könnte. Das wäre zwar höchst seltsam und sähe ihm überhaupt nicht ähnlich, aber jede andere Erklärung wäre noch viel absurder.«

»Ah, ich weiß auch noch einen«, sagte Serdjuk. »Also da kommt Tschapajew zu Anna, und die sitzt nackig in ihrem Zimmer ...«

»Könnte es sein, mein Verehrtester, daß Sie im Begriff sind, den Bogen zu überspannen?« unterbrach ich ihn.

»Das hab doch nicht ich mir ausgedacht«, entgegnete Serdjuk dreist, während er den nächsten Kranich in die Ecke schmiß. »Also, er fragt sie: ›Anna, warum bist du denn nackig?‹ Darauf sie: ›Ich hab nichts anzuziehen.‹ Da macht er den Schrank auf und sagt: ›Wieso nichts anzuziehen? Hier hängt doch alles voll. Kleid Nummer eins, Kleid Nummer zwei, guten Morgen, Petka, Kleid Nummer drei, Kleid Nummer vier ...‹«

»Im Prinzip müßte man Ihnen paar aufs Maul geben für so eine Story«, sagte ich. »Dummerweise werd ich davon ganz melancholisch. In Wirklichkeit war nämlich alles ganz anders. Anna hatte Geburtstag, und wir sind rausgefahren zum Picknick. Kotowski war schnell besoffen und ist eingeschlafen, und Tschapajew hat Anna einen Vortrag darüber gehalten, daß die Persönlichkeit für den Menschen wie eine Anzahl Kleider sei, von denen man eins nach dem anderen aus dem Schrank holt und anzieht, und je weiter der Mensch von der Realität entfernt sei, desto mehr Kleider habe er im Schrank hängen. Das war sein Geburtstagsgeschenk für Anna – nicht die Kleider, sondern der Vortrag. Anna wollte das zuerst überhaupt nicht einsehen. Sie meinte, das wäre im Prinzip alles schön und gut, beträfe sie aber nicht, sie bliebe immer sie selber und trüge nie irgendwelche Masken. Aber zu allem, was sie einwandte, hatte Tschapajew immer nur den einen Kommentar: ›Kleid Nummer eins.‹ – ›Kleid Nummer zwei.‹ – und so weiter. Verstehen Sie? Darauf stellte Anna die Frage, wer denn diese Kleider letztlich am Leibe habe, und Tschapajew meinte, derjenige existiere nicht. Und da ging Anna ein Licht auf. Sie schwieg verdutzt ein paar Sekunden und nickte dann, sah ihn an, worauf Tschapajew lächelte und sagte: ›Guten Morgen, Anna!‹ Das ist eine meiner kostbarsten Erinnerungen. Aber wozu erzähle ich Ihnen das.«

Jener überraschende Gedanke von vorhin ließ mich immer noch grübeln. Ich sah Kotowskis seltsames Lächeln beim Abschied vor mir. Nein, es war unbegreiflich. Wie konnte er? Daß ihm etwas von dieser Bewußtseinskarte zu Ohren gekommen sein mochte, war vielleicht noch denkbar – aber die Sache mit der Tarnung? Da war er doch längst abgereist. Mir fiel ein, was Tschapajew auf meine Frage nach Kotowskis Verbleib geantwortet hatte.

Plötzlich war mir alles sonnenklar. Nur eins hat Kotowski, dieser Schuft, nicht bedacht, sagte ich mir, während die Wut in mir hochschoß. Daß ich nämlich zu gleichem in der Lage bin. Und falls dieser zugedröhnte Pferdefuzzi aus dem Klub der geheimen Freiheit mir tatsächlich die Irrenanstalt eingebrockt hat, dann ...

»Jetzt bin ich mal dran mit Witzeerzählen«, sagte ich.

Die in mir tobenden Gefühle schienen sich auf meinem Gesicht widerzuspiegeln, denn die beiden Männer sahen mich entsetzt an; Wolodin rückte sogar mit seinem Stuhl ein Stück von mir ab.

»Nur nicht zu sehr aufregen, ja?« sagte Serdjuk.

»Wollt ihr ihn hören oder nicht? Also, wie war das doch gleich? Richtig. Kotowski ist einmal einer Horde Papuas in die Hände gefallen. Und da sagen die zu ihm: ›Dich fressen wir auf, und aus deinem kahlen Skalp basteln wir uns eine schöne Trommel. Sag uns deinen letzten Wunsch.‹ Kotowski überlegt und sagt: ›Gebt mir eine Nadel.‹ Er kriegt die Nadel und sticht sich damit in den Kopf. ›Ha!‹ brüllt er. ›Hat sich was von wegen Trommel!‹«

Mitten in mein grimmiges Lachen hinein ging die Tür auf. Sherbunows bärtiges Gesicht schaute herein, sein Blick irrte argwöhnisch im Zimmer umher und blieb an mir hängen. Ich hüstelte und rückte meinen Kragen zurecht.

»Zum Professor.«

»Ich komme«, sagte ich, stand auf und legte meine Plastilinkugel vorsichtig auf den mit Serdjuks Kranichen überhäuften Tisch.

Professor Kanaschnikow war bester Laune.

»Na, Pjotr! Ich denke, Sie wissen, warum ich das, was Ihnen

zur letzten Sitzung passiert ist, als die totale Katharsis bezeichnet habe?«

Ich antwortete mit einer ausweichenden Geste.

»Schauen Sie«, fuhr er fort, »ich hatte Ihnen ja bereits erläutert, daß irregeleitete psychische Energie zu Manien und Phobien jeder erdenklichen Form gerinnen kann. Meine Methode besteht darin, eine solche Manie oder Phobie nach der ihr innewohnenden Logik zu betrachten. Sie halten sich zum Beispiel für Napoleon.«

»Das hab ich nie behauptet.«

»Nein, nur mal angenommen. Anstatt zu versuchen, Ihnen den Irrtum zu beweisen, anstatt Ihnen einen Insulinschock zu verpassen, sage ich: Aha. Sie sind also Napoleon. Was haben Sie denn so als nächstes vor? Wollen Sie in Ägypten landen? Die Kontinentalsperre verhängen? Oder doch lieber auf den Thron verzichten und friedlich nach Korsika in Ihr Nestchen zurückkehren? Und je nachdem, was Sie darauf antworten, richtet sich alles Weitere. Schauen Sie sich zum Beispiel Serdjuk an, Ihren Zimmergenossen. Diese Japaner, die ihn angeblich überredet haben, sich den Bauch aufzuschlitzen – das ist der vitalste Bereich seiner psychischen Welt. Denen passiert nichts, auch wenn Serdjuk seinen symbolischen Tod stirbt – im Gegenteil, in seiner Vorstellung haben sie ihn überlebt. In hellen Momenten fällt ihm nichts Besseres ein, als diese Papierschwalben zu falten. Ich wette, daß das deren Idee war, die haben sie ihm bei irgendeiner seiner Halluzinationen ans Herz gelegt. Kurz, die Krankheit hat so große Bereiche der Psyche angegriffen, daß ich mich manchmal schon frage, ob nicht ein operativer Eingriff das beste wäre.«

»Was meinen Sie damit?«

»Das spielt hier keine Rolle. Serdjuk sollte bloß zum Vergleich dienen. Wenn man sich dagegen anschaut, wie es Ihnen ergangen ist! Ich finde, hier hat meine Methode einen sehr schönen Sieg errungen. Diese ganze krankhaft verstiegene

Welt, die Ihr umnachtetes Bewußtsein errichtet hatte, ist entschwunden, hat sich in nichts aufgelöst, und das ohne jeden ärztlichen Kunstgriff, gewissermaßen den eigenen Gesetzen folgend. Ihre Psychose hat sich selbst erschöpft. Die irregeleitete psychische Energie ist zurückintegriert worden. Wenn meine Theorie stimmt - und davon möchte ich ausgehen -, dann sind Sie jetzt völlig geheilt.«

»Die Theorie stimmt, davon bin ich überzeugt«, sagte ich. »Auch wenn ich sie nicht bis ins letzte nachvollziehen kann.«

»Das müssen Sie gar nicht«, sagte Professor Kanaschnikow. »Sie sind sich selbst zum heutigen Tag der beste Beweis. Und ich muß mich bei Ihnen bedanken, Pjotr. Dafür, daß Sie mich an Ihren Halluzinationen in dieser Ausführlichkeit teilhaben ließen - dazu sind längst nicht alle Patienten in der Lage. Sie haben hoffentlich nichts dagegen, wenn ich Fragmente Ihrer Aufzeichnungen in meiner Monographie verwende?«

»Das wird mir eine große Ehre sein.«

Professor Kanaschnikow tätschelte mir zärtlich die Schulter.

»Na, na, wer wird denn gleich so offiziell werden. Lassen Sie sich ruhig etwas mehr gehen in meiner Gegenwart. Ich bin Ihr guter Freund.«

Er nahm einen kleinen Stapel Papier vom Tisch, der von einer Büroklammer zusammengehalten wurde.

»Bliebe nur noch der Fragebogen. Ich möchte Sie bitten, beim Ausfüllen gründlich zu sein.«

»Was für ein Fragebogen?«

»Reine Formsache«, sagte der Professor. »Im Gesundheitsministerium sitzen eine Menge Beamte herum und denken sich immerzu etwas Neues aus. Hier handelt es sich um den sogenannten Test zum Nachweis der sozialen Adäquanz. Er beinhaltet die verschiedensten Fragen mit je einer Auswahl möglicher Antworten dazu. Eine davon ist zutreffend, die anderen sind absurd. Jeder normale Mensch weiß sofort Bescheid.«

Er blätterte den Fragebogen durch. Es mußten an die zwanzig, dreißig Seiten sein.

»Eine bürokratische Angelegenheit, zweifellos, wir kriegen eben auch unsere Rundschreiben. Der Bogen ist Vorschrift für jeden Entlassungsfall. Und da ich keinen Grund sehe, Sie noch länger hierzubehalten – da ist ein Stift. Frisch ans Werk!«

Ich nahm ihm die Zettel ab und setzte mich an den Tisch. Der Professor wandte sich diskret seinem Bücherschrank zu und zog irgendeinen Folianten hervor.

Der Fragebogen umfaßte mehrere Teile: »Kultur«, »Geschichte«, »Politik« und noch einige andere. Ich schlug aufs Geratewohl den Abschnitt »Kultur« auf und las:

32. In welchem Film vertreibt der Hauptheld am Ende die Bösen, indem er ein großes Kreuz über dem Kopf schwenkt?
a) Alexander Newski
b) Jesus von Nazareth
c) Ludwig II.

33. Welcher der aufgeführten Namen symbolisiert das Gute und Allmächtige?
a) Arnold Schwarzenegger
b) Sylvester Stallone
c) Jean-Claude van Damme

Bemüht, meine Ratlosigkeit zu verbergen, überblätterte ich etliche Seiten und wechselte in den Abschnitt zur »Geschichte«:

74. Auf welches Objekt schoß der Kreuzer »Aurora«?
a) auf den Reichstag
b) auf den Panzerkreuzer »Potjomkin«
c) auf das Weiße Haus
d) Die vom Weißen Haus haben angefangen

Unversehens hatte ich jene schrecklich finstere Oktobernacht vor Augen, als die »Aurora« in der Newamündung auftauchte. Mit hochgeschlagenem Kragen stand ich auf der Brücke, zog nervös an meiner Zigarette und sah die schwarze Silhouette des Kreuzers langsam näher kommen: Kein einziges Licht an Deck war zu sehen, nur an den Enden der dünnen Stahlmasten ein schwacher, flimmernder Schein. Zwei späte Passantinnen – eine bildschöne Gymnasiastin in Begleitung ihrer Gouvernante, letztere vom Umfang her einer Litfaßsäule ähnelnd – blieben neben mir stehen.

»Look at it, Missis Brown!« juchzte das Mädchen und wies mit dem Finger auf das düstere Schiff. »This is Saint Elmo's fires!«

»You are mistaken, Katya«, erwiderte die Gouvernante mit gedämpfter Stimme. »There is nothing saintly about this ship.«

Sie warf einen schrägen Blick zu mir herüber.

»Let's go«, sagte sie dann. »Standing here could be dangerous.«

Ich schüttelte den Kopf, um die Erinnerungen zu verscheuchen, und blätterte noch ein paar Seiten weiter:

102. Wer ist der Schöpfer des Universums?
a) Gott
b) Das Komitee der Soldatenmütter
c) Ich
d) Kotowski

Ich legte die Blätter akkurat aufeinander und sah aus dem Fenster. Dort war der verschneite Wipfel einer Pappel zu sehen, mit einer Krähe darin. Wenn sie das Standbein wechselte, rieselte von dem Zweig, auf dem sie hockte, der Schnee. Jetzt heulte unten ein Motor auf und verscheuchte den Vogel. Mit schwerem Flügelschlag schwang er sich in die Luft und flog weg – ich blickte ihm nach, bis er zu einem schwarzen Punkt zusammengeschrumpft war, so winzig, daß er sich nur mehr ahnen ließ. Langsam wandte ich den Kopf und begegnete dem gespannten Blick des Professors.

»Sagen Sie, wozu soll dieser Fragebogen eigentlich gut sein?« fragte ich. »Was hat er für einen Zweck?«

»Kann ich selbst nicht genau sagen«, erwiderte der Professor. »Obwohl ein gewisser Sinn natürlich erkennbar ist. Manche Patienten sind so gewitzt, daß sie auch den erfahrenen Arzt um den Finger zu wickeln vermögen. Sagen wir, der Fragebogen ist auf den Fall hin ausgelegt, daß Napoleon zur Abwechslung mal zugibt, geisteskrank zu sein, nur um die Klinik verlassen und seine ›Hundert Tage‹ angehen zu können.«

In den Augen des Professors blitzte etwas auf, das man als Schreck hätte deuten können; er senkte sogleich die Lider.

»Obwohl«, sagte er und kam rasch auf mich zu, »eigentlich haben Sie recht. Ich merke gerade, daß ich Sie immer noch wie einen Kranken behandle. Anscheinend traue ich mir selber nicht ganz. Das ist furchtbar dumm, eine Berufskrankheit.«

Er nahm mir den Fragebogen aus der Hand, riß ihn mittendurch und warf ihn in den Papierkorb.

»Sie können packen«, sagte er und drehte sich zum Fenster. »Die Entlassungspapiere sind schon fertig. Sherbunow bringt Sie zur Bahnstation. Für den Notfall haben Sie ja meine Nummer.«

Die dunkelblauen Baumwollhosen und der schwarze Pullover, die Sherbunow mir aushändigte, rochen nach Staub und Kleiderkammer; am meisten mißfiel mir, daß die Hosen zerknittert und mit irgend etwas bespritzt waren. Wie Sherbunow behauptete, gab es im Wirtschaftstrakt der Klinik kein einziges Bügeleisen.

»Wir sind hier keine Wäscherei«, sagte er giftig, »und kein Kulturministerium.«

Ich zog die hohen Schnürschuhe mit der Riffelsohle an,

setzte die runde Pelzmütze auf. Der graue Lodenmantel wäre vielleicht sogar elegant gewesen, hätte ihn nicht ein Brandloch am Rücken verunziert.

»Wird dir einer von deinen Saufkumpanen die Kippe aufgedrückt haben«, stellte Sherbunow Vermutungen an, während er eine giftgrüne Kapuzenjacke überzog.

Derlei freche Kommentare hatte man auf Station nie von ihm zu hören bekommen. Doch sie kratzten mich wenig, klangen mir im Gegenteil wie Engelstrompeten in den Ohren, denn sie signalisierten die Freiheit. Im Grunde waren sie auch nicht frech gemeint, es war einfach Sherbunows Art, mit den Leuten zu reden. Umgangsregeln, wie ein dienstlicher Ethos sie einforderte, mußten an mir nicht mehr befolgt werden – ich war für Sherbunow kein Patient mehr und er für mich kein Pfleger. Alles, was uns zuvor verbunden hatte, war mitsamt dem weißen Kittel an einem krummen Nagel in der Wand hängengeblieben.

»Und mein Koffer?« fragte ich.

Er machte große Augen, so als wüßte er nicht, wovon ich redete.

»Von einem Koffer weiß ich nichts«, sagte er. »Mußt du den Professor fragen. Hier ist dein Portemonnaie, zwanzigtausend waren drin, sieh nach.«

»Schon gut«, sagte ich. »Auf die Wahrheit braucht man hier sowieso nicht zu hoffen.«

»Wär ja auch noch schöner.«

Zu streiten hatte keinen Zweck. Es war dumm gewesen, überhaupt davon anzufangen. Ich tröstete mich damit, daß es mir gelang, heimlich einen Füllfederhalter aus seiner Jackentasche zu ziehen.

Die Türen zur Freiheit öffneten sich so sang- und klanglos, daß ich fast enttäuscht war. Vor mir lag der leere, zugeschneite Hof, von einer Betonmauer umgeben, und genau gegenüber das große, grüne, merkwürdigerweise mit roten Sternen verzierte Metalltor. Daneben die Pförtnerloge, aus deren Schornstein schwacher Rauch aufstieg. All dies hatte ich oft genug durch das Fenster gesehen. Ich ging die Stufen hinunter und warf einen Blick zurück auf das gesichtslose weiße Klinikgebäude.

»Sagen Sie, Sherbunow, welches Fenster gehört zu unserem Zimmer?«

»Dritter Stock, das zweite von außen. Da, siehst du, sie winken dir.«

Tatsächlich sah ich in dem Fenster die Umrisse zweier Männer, einer preßte die erhobene Hand gegen die Scheibe. Ich winkte zurück. Sherbunow riß mich ziemlich grob am Ärmel.

»Komm. Du verpaßt den Zug.«

Ich drehte mich um und ging mit ihm zum Tor.

In der Bude des Pförtners war es eng und stickig. Der Diensthabende – er trug eine grüne Schirmmütze mit Kokarde, darauf zwei gekreuzte Gewehre – saß hinter einem Schalter; davor gab es die aus einem grüngestrichenen Eisenrohr bestehende Andeutung eines Schlagbaums. Lange studierte der Mann die Papiere, die Sherbunow ihm hingeschoben hatte; sein Blick ging einige Male zwischen mir und meinem Paßfoto hin und her, er wechselte mit Sherbunow ein paar leise Sätze, dann tat sich der Schlagbaum auf.

»Hast du diesen Wichtigtuer gesehen«, sagte Sherbunow, als wir die Pförtnerloge verließen. »Früher hat der mal beim Abschirmdienst gearbeitet.«

»Aha«, sagte ich, »interessanter Fall. Den hat Professor Kanaschnikow wohl auch geheilt?«

Sherbunow warf mir einen schrägen Blick zu, sagte aber nichts.

Vom Kliniktor weg schlängelte sich ein schmaler, verschneiter Trampelpfad zunächst durch eine Art Birkenhain und dann zehn Minuten lang übers freie Feld, bis wir wieder in ein Waldstück eintauchten. Von ein paar dicken, zwischen Stahlmasten hängenden Stromkabeln abgesehen, gab es nirgends

Anzeichen von Zivilisation; die einförmigen Masten wirkten wie überdimensionale Gerippe von Rotarmisten mit Budjonnymützen. Plötzlich war der Wald zu Ende, und wir standen vor einem Bahnsteig, zu dem eine Holzstiege hinaufführte.

Oben stand einsam und allein ein kleines Ziegelhüttchen mit träge vor sich hin qualmendem Schornstein, das der Loge des Klinikpförtners extrem ähnlich sah. Daß es die vorherrschende Architekturform in dieser für mich fremden Welt war, durfte ich mangels Überblick nur vermuten. Sherbunow trat zum Fensterchen und kaufte mir eine Fahrkarte.

»Siehst du«, sagte er, »da kommt der Zug schon. Eine Viertelstunde bis zum Jaroslawler Bahnhof.«

»Wunderbar«, sagte ich.

»Und, geht's gleich ran an die Buletten?«

Die Frage berührte mich etwas unangenehm. Aus vieler Erfahrung im Umgang mit der gemeinen Truppe wußte ich zwar, daß der ungezwungene Austausch von Intimitäten in den unteren Klassen der Gesellschaft die gleiche Funktion erfüllte wie ein Gespräch übers Wetter in den höheren. Dennoch schien mir Sherbunow mit seiner Frage allzu unverfroren die Nase in meine Privatangelegenheiten stecken zu wollen.

»Frischfleisch hat mir nie besonders gefehlt, wenn Sie das meinen, Sherbunow.«

»Wieso nicht?«

»Alle Weiber sind Schlampen.«

»Das ist wohl wahr«, sagte er und seufzte. »Aber so im allgemeinen – was hast du vor? Bißchen Geld verdienen muß ja wohl auch sein?«

»Ich weiß nicht«, erwiderte ich. »Ich könnte wieder Gedichte schreiben. Oder eine Schwadron übernehmen. Man wird sehen.«

Der Zug fuhr ein, zischend öffneten sich die Türen.

»Na dann«, sagte Sherbunow und hielt mir seine schraubzwingenförmige Hand hin. »Okie-dokie.«

»Leben Sie wohl«, sagte ich. »Und richten Sie bitte meinen Zimmergenossen die besten Wünsche aus!«

Als ich seine Pranke drückte, sah ich am Handgelenk eine Tätowierung, die mir früher nie aufgefallen war: einen fahlblauen Anker, oberhalb dessen die Buchstaben BALTFLOT gerade noch zu entziffern waren – blaß und unscharf, als hätte man sie auszumerzen versucht.

Ich betrat den Waggon und setzte mich auf eine der harten Holzbänke. Der Zug fuhr an; Sherbunows bullige Gestalt zog vor dem Abteilfenster vorbei und entschwand für immer. Erst als der Wagen das Ende des Bahnsteigs erreicht hatte, sah ich das an zwei Pfähle geschraubte Schild mit der Aufschrift LOSOWAJA.

Der Twerskoi-Boulevard war beinahe genau so, wie ich ihn zum letztenmal gesehen hatte. Wieder Februar, Schneewehen und eine seltsam ins Tageslicht sickernde Finsternis. Auf den Bänken hockten reglose Weiblein, die knallbunt angezogene, in langwierige Schneewehengrabenkämpfe verwickelte Kinder hüteten; oben über dem schwarzen Geflecht der Drähte hing der Himmel fast bis auf die Erde durch.

Einen Unterschied gab es allerdings, der mir auffiel, als ich am Ende des Boulevards angelangt war: Der Bronzepuschkin war weg. Wobei ich fand, daß die an seiner Stelle gähnende Leere das beste aller möglichen Denkmäler war. Auch der Platz, wo früher das Strastnoi-Kloster gestanden hatte, war leer – ein paar mickrige Bäume und einige geschmacklose Laternen konnten es schlecht verbergen.

Ich setzte mich auf eine Bank, dem unsichtbaren Denkmal gegenüber, und rauchte eine Zigarette mit kleinem gelben Mundstück, die mir ein Offizier in Operettenuniform, der in der Nähe saß, liebenswürdigerweise angeboten hatte. Die Zigarette brannte so schnell herunter wie eine Bickford-Zündschnur und hinterließ einen leichten Salpetergeschmack.

In meiner Tasche fanden sich einige zerknitterte Geldscheine – sie unterschieden sich wenig von jenen denkwürdigen regenbogenfarbigen Hundertrubelnoten aus der Zarenzeit, waren nur um einiges kleiner. Daß das Geld allenfalls für eine Mahlzeit in einem einfachen Restaurant reichen mochte, hatte ich noch auf dem Bahnhof festgestellt. Lange saß ich auf der Bank und überlegte, wie es weitergehen sollte. Es dämmerte bereits, und auf den Dächern der Häuser (von denen ich viele im Umkreis kannte) flammten riesige Leuchtschriften auf, irgendein verrücktes Kauderwelsch: SAMSUNG, OCA-CO A, OLBI. In dieser Stadt wußte ich entschieden keinen Ort, an dem ich hätte Zuflucht suchen können; ich fühlte mich wie ein Perser, der irrigerweise von Marathon nach Athen gerannt war.

»Fi-ni-to. Juchhei!« entfuhr es mir leise, während ich auf die am Himmel brennenden Buchstaben starrte; ich dachte an den Marmeladow aus der »Spieldose«, der eine Frau gewesen war, und mußte lachen.

Und plötzlich war mir klar, was ich zu tun hatte.

Ich erhob mich von der Bank, überquerte die Straße, blieb auf der Bordsteinkante stehen und hob die Hand, um eines der vorüberfahrenden Autos anzuhalten. Beinahe umgehend bremste vor mir ein vibrierendes, tropfenförmiges Gefährt, das mit Schneematsch bis oben hin besudelt war. Ein bärtiger Herr saß am Steuer, der mich an den Grafen Tolstoi erinnerte – nur mit kürzerem Bart.

»Wo soll's hingehen?« fragte der Herr.

»Zur ›Spieldose‹. Das ist so ein Varieté«, begann ich zu erklären, »mir fällt die genaue Adresse nicht ein, wissen Sie. Muß ganz in der Nähe sein, den Boulevard hinunter und dann links. Nicht weit von Nikitskie Worota.«

»Uliza Gerzena, oder was?«

Ich hob die Schultern.

»Von so einem Varieté hab ich noch nie was gehört«, sagte der bärtige Herr. »Hat wohl erst vor kurzem aufgemacht?«

»I wo. Das gibt's schon lange.«

»Zehntausend«, sagte der Herr. »Vorkasse.«

Ich öffnete die vordere Tür und setzte mich neben den Chauffeur. Das Auto fuhr los. Ich schielte aus den Augenwinkeln nach dem Mann neben mir. Er trug ein sonderbares Jackett, dem Schnitt nach an einen Uniformrock erinnernd, wie ihn die bolschewistischen Führer mit Vorliebe getragen hatten, hier allerdings mit eher liberalem Karomuster.

»Sie haben ein schönes Auto«, sagte ich.

Meine Worte schienen ihm zu schmeicheln.

»Ist schon alt«, antwortete er. »Nach dem Krieg, da hättest du ein besseres Auto als den ›Pobeda‹ nirgends auf der Welt finden können.«

»Nach dem Krieg?« fragte ich zurück.

»Na ja, nicht die ganze Zeit nach dem Krieg natürlich, aber die ersten fünf Jahre schon. Inzwischen ist alles den Bach runtergegangen. Deswegen sind die Kommunisten ja jetzt wieder am Ruder.«

»Bloß keine Politik«, sagte ich, »da habe ich keinen blassen Schimmer und schmeiße alles durcheinander.«

Er sah kurz zu mir herüber.

»Das ist es ja, junger Mann, weswegen alles am Boden liegt, weil euereins keinen blassen Schimmer hat. Was heißt Politik anderes als die Frage, wie das Leben aussehen soll? Hätte jeder sich beizeiten Gedanken gemacht, wie Rußland zum Besseren zu bekehren wäre, müßte es jetzt nicht erst bekehrt werden. Das ist, mit Verlaub, die Dialektik.«

»Und woran wollen Sie die aufhängen, Ihre Dialektik?« fragte ich.

»Wie bitte?«

»Ach, nichts«, sagte ich. »Lassen Sie mal.«

Noch am oberen Ende des Boulevards kamen wir zum Stehen. Vor uns staute sich der Verkehr – Alarmsirenen waren zu hören, rote und orangefarbene Signalleuchten blinkten. Der

Mann neben mir schwieg; ich fürchtete, daß er meine Worte in den falschen Hals bekommen hatte, und beschloß, die Scharte auszuwetzen.

»Wissen Sie, wenn man aus der Geschichte überhaupt eine Lehre ziehen kann, dann die, daß am Ende immer alle, die Rußland bekehren wollten, selber bekehrt worden sind. Und eben nicht zum Allerbesten, möchte ich behaupten.«

»Richtig. Und damit sich das nicht wiederholt, will diesmal gut überlegt sein, wie wir vorgehen müssen.«

»Ich für meine Person muß da nicht lange überlegen. Ich weiß genau, wie vorzugehen ist.«

»Ach so? Wie denn?«

»Ganz einfach. Sowie einem Rußland ins Bewußtsein tritt, als Bild und als Begriff, muß man es in seiner eigenen Natur aufgehen lassen. In dem Moment, da Rußland als Bild und als Begriff über keine eigene Natur mehr verfügt, darf man es als vollständig bekehrt betrachten.«

Der Mann sah mir forschend ins Gesicht.

»Alles klar«, sagte er. »Das täte den amerikanischen Zionisten so passen. Dafür haben sie ja eurer ganzen Generation die Hirne verkleistert.«

Das Auto fuhr wieder an und bog in die Nikitskaja ein.

»Mir ist nicht ganz klar, was Sie meinen«, sagte ich, »aber man müßte dann eben auch diese amerikanischen Zionisten bekehren.«

»Das möchte ich sehen! Wie denn?«

»Auf dieselbe Art. Ganz Amerika wird so bekehrt. Man muß überhaupt nicht erst klein-klein anfangen. Wenn bekehrt wird, dann am besten gleich die ganze Welt.«

»Warum tun Sie's dann nicht?«

»Ich hab es mir für heute vorgenommen«, verkündete ich.

Der Bart des Mannes wippte verächtlich.

»Es ist natürlich müßig zu glauben, man könnte mit euch ein vernünftiges Wort wechseln, aber immerhin solltest du wissen, daß ich diesen Blödsinn nicht zum erstenmal höre. So zu tun, als glaubte man nicht an die Realität – das ist die billigste Art und Weise, sich dieser Realität zu entziehen. Die armseligste, wenn du's genau wissen willst. Diese Welt kann einem noch so absurd vorkommen, grausam und sinnlos bis dorthinaus, aber sie ist da, ob du willst oder nicht. Sie existiert mit all ihren Problemen.«

Ich sagte nichts.

»Und deshalb zeugt alles Palavern darüber, daß die Welt eigentlich nicht existiert, nicht von edlem Geist, sondern eher vom Gegenteil. Wer an die Schöpfung nicht glaubt, beleidigt den Schöpfer.«

»Was meinen Sie mit edlem Geist?« fragte ich. »Und was den Schöpfer des Universums angeht – mit dem bin ich flüchtig bekannt.«

»Was Sie nicht sagen!«

»Jaja. Er heißt Grigori Kotowski und wohnt in Paris, und wenn ich so aus Ihrem schönen Wagenfenster gucke, muß ich annehmen, daß er immer noch kokainsüchtig ist.«

»Ist das alles, was Sie von ihm wissen?«

»Na ja ... Er dürfte ein großes Pflaster am Kopf haben.«

»Aha. Darf man fragen, aus welcher psychiatrischen Anstalt Sie kommen?«

Ich dachte nach.

»Ich glaube, aus Nummer 17. Doch, da hing ein blaues Schild an der Tür mit der Zahl 17 drauf. ›Objekt der vorbildlichen Sauberkeit und Hygiene‹ stand darunter.«

Der Wagen bremste.

Ich schaute nach draußen. Wir standen vor dem Konservatorium. Die »Spieldose« konnte nicht weit sein.

»Wissen Sie was«, sagte ich, »wir fragen am besten jemanden.«

»Ich fahre Sie nicht weiter«, sagte der Mann. »Steigen Sie aus, und scheren Sie sich zum Teufel.«

Ich zuckte die Schultern, öffnete die Tür und stieg aus. Das tropfenförmige Automobil rollte in Richtung Kreml davon. Daß mein Versuch, offen und ehrlich zu sein, auf so wenig Gegenliebe gestoßen war, kränkte mich. Im übrigen hatte ich, als wir an der Ecke des Konservatoriums vorfuhren, den bärtigen Herrn mitsamt seinen Teufeln längst vollständig bekehrt.

Ich versuchte mich zu orientieren. Eine der Straßen kam mir entschieden bekannt vor. Ich lief vielleicht fünfzig Meter hinein, bis mir eine Seitenstraße nach rechts auffiel - und gleich darauf erblickte ich die Einfahrt, vor der Grigori von Ernens Wagen in jener denkwürdigen Winternacht geparkt hatte. Sie sah exakt so aus wie damals, nur der Anstrich der Fassade schien sich geändert zu haben. Und vor der Einfahrt standen diesmal etliche Wagen verschiedenster Formen und Farben.

Im Nu hatte ich den unglaublich deprimierenden Hinterhof durchquert und stand vor der gewissen Tür - über ihr nun ein futuristisch anmutendes Vordach aus Glas und Stahl. An ihm hing ein kleines Schild:

ИВАН БЫК
John Bull Pubis International

Mehrere Fenster neben der Tür waren erleuchtet, die rosaroten Vorhänge dahinter halb heruntergelassen. Der schwermütige und doch etwas mechanisch wirkende Klang eines fremdartigen Instruments drang heraus.

Ich zog die Tür auf. Dahinter lag ein kurzer Gang, der voller schwerer Pelze und Mäntel hing; an seinem Ende eine überraschend massive Stahltür. Ein Mann mit Verbrechergesicht erhob sich von seinem Schemel und eilte auf mich zu; er trug ein kanariengelbes Jackett mit goldenen Knöpfen und in der Hand eine seltsame Art Telefonhörer mit gekappter Leitung, das

Schnurende nicht länger als ein Zoll. Ich hätte schwören können, daß er eben noch in diesen Hörer hineingesprochen hatte – vor Aufregung wippte er mit dem Fuß und hielt den Hörer verkehrt herum, das Schnurende nach oben. Diese kindliche Fähigkeit, zu spielen und dabei die Welt um sich her zu vergessen, die man bei einem Grobian wie ihm schwerlich vermutet hätte, war rührend und weckte in mir etwas wie Sympathie.

»Eintritt nur für Klubmitglieder«, sagte er.

»Hören Sie, ich bin erst vor kurzem mit zwei Bekannten hiergewesen, erinnern Sie sich nicht? Von denen haben Sie eins mit dem Gewehrkolben in den Bauch gekriegt.«

Auf dem bösen Gesicht des kanariengelben Mannes malten sich Abscheu und Überdruß.

»Sie erinnern sich?« hakte ich nach.

»Allerdings«, sagte er. »Wir haben übrigens schon bezahlt.«

»Um Geld geht's nicht«, erläuterte ich. »Ich möchte gern ein halbes Stündchen bei Ihnen reinschauen. Nicht länger, glauben Sie mir.«

Mit gequältem Lächeln öffnete der Kanarienvogel die Stahltür, hinter der eine weinrote Samtportiere zum Vorschein kam; er schlug sie zurück, und ich trat in den schummrigen Saal.

Auch hier hatte sich wenig verändert. Die Lokalität machte immer noch den Eindruck eines durchschnittlichen Mittelklasserestaurants, das einen gewissen Schick für sich in Anspruch nahm. An den kleinen, quadratischen Tischen saß in dichten Rauchschwaden ein recht buntes Publikum. Irgendwer schien Haschisch zu rauchen. Anstelle des Kronleuchters hing von der Decke ein großes, rundes, seltsames Etwas, das sich langsam drehte und eine Vielzahl blasser, kleiner Lichtreflexe, wie man sie aus Vollmondnächten kennt, durch den Saal wandern ließ. Auf mich achtete niemand; ich nahm an einem leeren Tischchen unweit des Eingangs Platz.

Vorn im Saal gab es eine hellerleuchtete Bühne. Dort oben

stand ein Mann mittleren Alters hinter einem kleinen Orgelmanual und sang. Ein schwarzer Rauschebart wucherte ihm im breiten, knochigen Gesicht, und seine Stimme klang gräßlich:

Du sollst nicht töten? Laß ich die halt leben
Du sollst nicht lügen? Sag ich die Wahrheit eben
Du sollst nicht geizen? Mein letztes Hemd
geb ich mit Freuden her
Du sollst nicht stehlen? – Macht der's mir aber schwer!

Das war der Refrain. Offensichtlich handelte das Lied von den christlichen Geboten, jedoch unter recht merkwürdigem Blickwinkel. Der Gesangsstil, den ich ebenso merkwürdig fand, schien den Anwesenden im Saal vertraut zu sein – jedesmal, wenn der Sänger an die rätselhafte Stelle »Macht der's mir aber schwer!« kam, brach unten im Saal tosender Beifall los, und der Sänger verbeugte sich dezent, während seine Riesenfinger weiter über die Tasten glitten.

Mich beschlich ein tristes Gefühl. Ich hatte immer viel auf meine Fähigkeit gehalten, den neuesten Kunstströmungen etwas abgewinnen zu können und hinter der zugespitzten, schockierenden äußeren Form das Ewige und Konstante zu erkennen; hier aber war die Kluft zwischen dem, was ich kannte, und dem, was ich sah, unerhört groß. Freilich mochte es dafür eine simple Erklärung geben: Es hieß, daß Kotowski vor seiner Bekanntschaft mit Tschapajew eine fast kriminell zu nennende Vergangenheit gehabt hatte. Von daher war es nicht verwunderlich, wenn ich die Chiffren dieser obskuren Kultur nicht zu deuten wußte; sie hatten mich ja auch in der Irrenanstalt schon einmal in die Sackgasse geführt.

Die Portiere am Eingang bewegte sich, der Mann im Kanariensakko schob sich herein, immer noch mit dem Telefonhörer in der Hand. Er schnipste mit den Fingern und deutete auf meinen Tisch. Wie aus dem Boden gewachsen stand ein Kellner im schwarzen Frack und mit Fliege vor mir und hielt mir eine in Leder gebundene Speisekarte hin.

»Was darf's sein?« fragte er.

»Ich möchte nichts essen«, erwiderte ich, »aber einen kleinen Wodka hätte ich gern. Für die innere Wärme.«

»Smirnoff? Stolitschnaja? Absolut?«

»Absolut«, entschied ich. »Und dazu hätte ich gern ... wie soll ich sagen ... etwas Enthemmendes.«

Zweifelnd sah der Kellner mich an, drehte sich dann nach dem gelbbefrackten Türsteher um und tat eine abgefeimte Handbewegung. Der Gelbfrack nickte kurz, worauf sich der Kellner zu mir herunterbeugte und in mein Ohr wisperte:

»Psilozybin? Barbiturate? Ecstasy?«

Ein, zwei Sekunden suchte ich diese fremdartigen Kürzel gegeneinander abzuwägen.

»Ach, wissen Sie, wenn Sie mir die Ekstase im Absoluten auflösen könnten ... Das wär genau das richtige.«

Noch einmal wandte sich der Kellner nach dem Gelbfrack um, hob kaum merklich die Schultern und drehte den Zeigefinger an der Schläfe. Der Türsteher verzog wütend das Gesicht und nickte erneut.

Ein Aschenbecher erschien auf meinem Tisch, dazu eine Vase mit Papierservietten. Letzteres kam mir sehr gelegen. Ich zog den Füller aus der Tasche, den ich Sherbunow stibitzt hatte, nahm eine der Servietten und wollte zu schreiben beginnen, als ich bemerkte, daß da, wo die Feder am Ende des Schreibgerätes hätte sitzen müssen, ein kleines Loch klaffte; das Ganze sah nach einem gestutzten Miniaturpistolenlauf aus. Ich schraubte den Füller auf, eine kleine Patrone mit einer schwarzen Bleikugel ohne Ummantelung fiel auf den Tisch – wie die, die man vor der Revolution mit den »Montechristo«-Kindergewehren zu kaufen bekam. Diese schlaue Erfindung kam mir nun noch gelegener – ohne den Browning in der Hosentasche hatte ich mich schon wie ein Scharlatan gefühlt. Ich setzte die Patrone sorgfältig wieder ein, schraubte den Füller zusammen und bat den blassen Bediensteten im gelben Frack, mir ein Schreibgerät zu bringen.

Der Kellner kam mit dem Tablett, auf dem ein Glas stand.

»Ihr Getränk.«

Ich kippte den Wodka hinter, bekam vom Gelbfrack einen Füllfederhalter zugesteckt und machte mich ans Werk. Zunächst wollten die Worte nicht recht fließen; nach einer Weile jedoch begannen mich die klagenden Orgeltöne zu becircen, stachelten mich an, und binnen zehn Minuten war der passende Text fertig.

Der bärtige Sänger war unterdessen von der Bühne verschwunden. Ich hatte den Moment seines Abgangs verpaßt, weil die Musik nicht aufgehört hatte. Sonderbar: Ein ganzes unsichtbares Orchester spielte, zehn Instrumente oder mehr, ohne daß irgendwelche Musiker zu sehen waren. Um ein Radio, an dessen Existenz ich mich in der Anstalt gewöhnt hatte, konnte es sich ebensowenig handeln wie um eine Grammophonaufzeichnung – der Klang war sehr rein und keinesfalls technisch reproduziert. Meine Konfusion legte sich erst, als mir der Gedanke kam, daß es wohl das vom Kellner gereichte Elixier war, das zu wirken anfing.

Ich lauschte der Musik und bekam auf einmal deutlich ein paar englische Textzeilen mit; eine heisere Stimme intonierte sie irgendwo dicht neben meinem Ohr:

... You had to stand beneath my window
with your bugle and your drum
while I was waiting for the miracle –
for the miracle to come ...

Ich erschrak.

Es war das Zeichen, auf das ich gewartet hatte. Die Worte »miracle« und »drum« (was sich unmißverständlich auf Kotowski bezog) sowie »bugle« (was man nicht weiter kommentieren mußte) ließen keinen Zweifel zu. Es hatte keinen Sinn, noch länger in diesem verräucherten Saal zu hocken. Ich erhob mich und wankte durch das pulsierende Aquarium des Zuschauerraums gemächlich in Richtung Bühne.

Die Musik brach ab, was gut für mich war. Ich erklomm die Bühne, stützte mich auf das Orgelbrett, das prompt mit einer unangenehm jaulenden Note antwortete, und schaute hinunter in den erwartungsvoll verstummten Saal. Das Publikum schien sehr gemischt, doch waren, wie es in der Geschichte der Menschheit alleweil zu sein pflegt, schweinsgesichtige Spekulanten und teuer ausstaffierte Huren in der Überzahl. Die Gesichter, die ich erkennen konnte, verschmolzen zu einem einzigen, das liebedienernd und nichtsdestoweniger frech zu mir heraufsah, eine erstarrte Grimasse unterwürfiger Selbstzufriedenheit – es war, ganz ohne allen Zweifel, das Gesicht der alten Wucherin, von anderem Fleisch und Blut zwar, doch lebendig wie ehedem. Vor der Portiere am Eingang hatten ein paar Jungen in Matrosenanzügen und mit frostroten Gesichtern Posten bezogen; sie schienen mir eher kostümiert als echte Matrosen zu sein. Der kanariengelbe Bedienstete bewegte die Lippen und nickte in meine Richtung.

Ich nahm den Ellbogen vom jaulenden Manual, hielt mir die beschriebene Serviette vor die Nase, hüstelte und las, wie ich es von früher gewohnt war, ohne jede Betonung, nur mit kurzen Pausen zwischen den Quartetten:

Nimmerwiederkehr

Unstet, Formen annehmend, beständig im Abdrehen,
Am Gitter sägend das siebenhundertste Jahr,
Entweicht aus der Psychiatrie Nummer siebzehn
Ein Verrückter, der heißt noch dazu Pustota.

Zu entkommen ist gar nicht die Zeit, das weiß er –
Selbst wenn einer sagen könnte, wohin.
Und das Ärgste ist: Diesen Hosenscheißer
Pustota gibt es auch nicht, ihn zu suchen wär sinn-

Los. Also: Was bleibt? Allenfalls noch die Säge.
Ihr Vorhandensein ist bestreitbar, kurzum:
Man wünscht sich, ein lila Rosenkranz läge
In Pustotas Hand, und er stellte sich dumm

Oder schlau, je nachdem. Sich festzulegen
wär der größte Fauxpas
In einer Welt, die nicht da ist. Also sagt er
(statt ja oder nein): »Na ja.«

Mit diesen Worten hob ich Sherbunows Füllfederhalter und schoß auf den neumodischen Kronleuchter, jene große Weihnachtskugel. Sie barst in tausend Stücke. Unter der Decke gab es eine grelle elektrische Stichflamme, dann wurde es stockfinster. Im nächsten Augenblick blitzte auch von der Tür her, wo der Gelbfrack mit den rotbäckigen Jungen gestanden hatte, Gewehrfeuer. Ich ließ mich auf alle viere fallen und kroch langsam an der Bühnenrampe entlang. Die Schüsse dröhnten schmerzhaft in den Ohren – auch am entgegengesetzten Ende des Saales wurde jetzt geschossen, es blitzte aus mehreren Läufen gleichzeitig, funkenschlagend prallten Querschläger von der Stahltür ab, ein lustiges Silvesterfeuerwerk. Ich fand, daß es klüger war, vom Bühnenrand weg nach hinten in die Kulissen zu kriechen, und vollzog eine Wendung um neunzig Grad.

Von der Stahltür her hörte ich es stöhnen, es klang wie das Winseln eines todwunden Wolfs. Eine verirrte Kugel riß die Orgel vom Gestell, sie knallte dicht neben mir auf dem Bühnenboden auf. Schön, dachte ich, diesmal habe ich den Kronleuchter getroffen. Mein Gott! Zeit meines Lebens hatte ich nichts anderes getan, als aus einem Füllfederhalter auf die Spiegelkugel einer falschen Welt zu ballern. Welch tiefgreifende Symbolik! – und wie traurig, daß keiner der im Saal Sitzenden zu würdigen wußte, was hier geschah. Und nicht einmal das konnte man wissen.

Hinter den Kulissen war es ebenso finster wie im Saal – wahrscheinlich war der Strom auf der ganzen Etage ausgefallen. Bei meinem Erscheinen stürzte jemand über den Korridor davon, stolperte und fiel, stand nicht wieder auf, schien sich im Dunkeln zu verbergen. Ich erhob mich, streckte die Hände nach vorn und irrte den finsteren Korridor entlang. Offenbar hatte ich mir den Weg zum Hinterausgang gut gemerkt. Die Tür war verschlossen. Ich machte mich eine Weile am Schloß zu schaffen, bekam es auf und trat ins Freie.

Ein paar tiefe Atemzüge in eiskalter Luft brachten mich zur Besinnung; dennoch mußte ich mich an der Hauswand abstützen, so sehr hatte mich der Weg über diesen Korridor erschöpft.

Vielleicht fünf Meter schneebedeckter Asphalt trennten mich von der Tür, als diese noch einmal aufflog – zwei Männer kamen herausgesprungen und rannten zu einem langen, schwarzen Automobil, dessen Kofferklappe sie öffneten. Mit furchtbar ausschauenden Waffen in den Händen stürzten sie, ohne den Kofferraum zu schließen, wieder hinein, so als sei es ihre größte Sorge, ja nichts von dem zu verpassen, was sich dort drinnen abspielte. Mich würdigten sie keines Blickes.

Immer neue Einschußlöcher platzten in die schwarzen Fensterscheiben des Restaurants; man bekam den Eindruck, als wären mehrere Maschinengewehre im Saal zugange. Zu meiner Zeit waren die Menschen gewiß auch nicht besser, dachte ich, aber die Sitten waren entschieden weniger rauh.

Es war Zeit zu gehen.

Ich wankte über den Hof hinaus auf die Straße.

Tschapajews Panzerwagen stand genau dort, wo ich ihn vermutet hatte, und die Schneehaube auf seinem Turm war, wie sie sein mußte. Der Motor lief; ein graues Rauchwölkchen wälzte sich das angeschnittene Heck hinauf. Ich schleppte mich bis zur Tür und klopfte. Die Tür ging auf, ich kroch hinein.

Tschapajew war ganz der alte – nur daß sein linker Arm in einer schwarzen Schlaufe steckte. Das Handgelenk war verbunden. Unter einigen Schichten Mull war die Abwesenheit des kleinen Fingers zu ahnen.

Ich bekam zunächst kein Wort heraus; die Kraft reichte gerade noch, um mich auf die Bank fallen zu lassen. Tschapajew war sofort im Bilde. Er schlug die Tür zu, sprach leise etwas in den Hörer, und der Panzerwagen fuhr an.

»Was macht die Kunst?« fragte er.

»Ich weiß nicht. Das Innenleben hat so viele Widersprüche ... In dem Wirbel von Klängen und Farben findet man sich schwer zurecht.«

»Kann ich verstehen«, sagte Tschapajew. »Übrigens, schönen Gruß von Anna. Ich soll dir das hier geben.«

Er beugte sich nach vorn, griff mit der gesunden Hand unter den Sitz und stellte eine leere Flasche mit einem quadratischen Stück Goldfolie als Etikett auf den Tisch. Aus dem Flaschenhals ragte eine gelbe Rose.

»Sie sagte, du würdest das schon verstehen«, erklärte Tschapajew. »Und außerdem hättest du ihr irgendwelche Bücher versprochen.«

Ich nickte, drehte mich zur Tür und preßte das Auge gegen den Spion. Anfangs sah ich nur, wie sich die blauen Lichtpunkte der Laternen durch die klare Frostluft schoben. Doch wir legten an Tempo zu – und bald, sehr bald knirschte der Wüstensand, und es rauschten die Wasserfälle meiner heißgeliebten Inneren Mongolei.

Kafka-Jurte
1923–1925

Der Mythos vom Feldkommandeur
oder: Wer war Wassili Tschapajew?

Anstelle eines Nachworts

Hinter Wassili Tschapajew verbergen sich vier grundverschiedene Personen. Da wäre zunächst der realhistorische Träger dieses Namens, ein Offizier in der Roten Armee, der anno 1919 mit seiner Truppe im Vorland des Uralgebirges gegen die Weißen kämpfte. Zweitens die Hauptfigur aus einem gleichnamigen Film der Gebrüder Wassiljew in den dreißiger Jahren, einem der bedeutendsten und beliebtesten sowjetischen Filmklassiker. Drittens kennen wir Wassili Iwanowitsch Tschapajew aus einer zu Sowjetzeiten weitverbreiteten Endlosserie von Witzen, worin außer ihm noch sein Adjutant Petka, Kommissar Furmanow und die schöne Maschinengewehrschützin Anka vorkommen. Und viertens gesellt sich der literarische Held zweier Tschapajew-Romane dazu. Den einen schrieb in den zwanziger Jahren Dmitri Furmanow, der zuvor Politkommissar des authentischen Tschapajew gewesen war. (Sein Buch diente dem Film der Wassiljews im weitesten Sinne als Vorlage.) Den anderen habe ich geschrieben - oder sagen wir, auch in meinem Buch gibt es eine handelnde Person, die Wassili Tschapajew heißt.

Ein militärischer Vorgesetzter im modernen Sinne ist jener authentische rote Kommandeur Tschapajew beileibe nicht gewesen - eher ließe er sich, mit einem heutigen Begriff, als Feldkommandeur bezeichnen. Dieses Wort kam bei uns erstmals zu Zeiten des von Breshnew angezettelten Afghanistan-Krieges auf und feierte jüngst während des Tschetschenien-Krieges fröhliche Urständ in sämtlichen Zeitungen und Nachrichtenprogrammen. Ein Feldkommandeur ist das Machtzentrum eines bestimmten, flexiblen Territoriums, dessen Grenzen in der Regel in Sichtweite liegen und das er sozusagen als mobiles kleines Fürstentum mit sich führt. Theoretisch ist der Feldkommandeur höheren Chargen in der militärischen Rangordnung unterstellt, in der Praxis jedoch ist diese Unterstellung relativ und unerheblich, denn handeln muß er stets unter den Bedingungen totaler Anarchie und Unsicherheit, mehr noch: Das Auftauchen von Feldkommandeuren ist gerade ein Symptom dafür, daß Chaos herrscht. Sie sind dazu da, der Entropie die Stirn zu bieten, wieder Ordnung ins Leben zu bringen, wenn auch mit ziemlich blutigen Methoden. Ich las einmal in der Zeitung eine hübsche Liste (sie hätte von Borges stammen können), die dem Feldkommandeur folgende typische Eigenschaften zuschreibt: tapfer, ungebildet, reaktionsschnell, stotternd, naiv und grausam.

Warum hat die Figur des Feldkommandeurs einen solch gewichtigen Platz in der sowjetischen Mythologie inne? Zur Erklärung bediene ich mich ungern abstrakter Konzepte, lieber vertraue ich dem persönlichen Erfahrungs- und Erlebnisschatz meiner Moskauer Schulzeit. Geboren in den Sechzigern, bezog ich erste Unterweisungen zur Geschichte meines Landes nicht aus Lehrbüchern, sondern aus der Visualkultur meiner alltäglichen Umgebung. Und da sah die Vergangenheit so aus: Erst kurze Zeit war es her, daß wir das Weltall erobert, alles Irdische hinter uns gelassen und uns für alle Zeiten in der Ewigkeit angesiedelt hatten. Davor hatten wir den furchtbaren und heroischen Großen Vaterländischen Krieg gewonnen. Noch davor lagen die ersten Jahre der Sowjetunion, als das Land, atemlos vor Glück und vom vielen Singen, die großen Fabriken und Elektrizitätswerke erbaute. Und davor schließlich gab es die Revolution, ein halbmythisches, transzendentes Ereignis, von dem nicht so sehr Fakten wie Bilder kündeten: zyklopenhafte Skulpturengruppen, mit Vorschlaghämmern bewaffnete Titanen oder auch (als Mosaik an den Wänden einer Metrostation) eine Schar Reiter mit Budjonnymützen, die in einer gigantischen, glutrot aufgehenden Sonne versinkt. Alles dem Sinn nach verschwommen, doch von stark aufgeladener Emotionalität. Die in der sowjetischen Öffentlichkeit allgegenwärtige sogenannte »Sichtagitation« bewirkte, daß die Geschichte nicht als Abfolge von Ereignissen, sondern als Baukasten emotionaler Codes erschien.

Der sowjetische Gründungsmythos in all seinen Komponenten verwies auf eine sogenannte Frühzeit - die Epoche der Revolution, da die alte Welt zerstört, der alte Gott gekippt und kastriert und ein neuer auf den Thron gehoben wurde. Wiewohl diese Frühzeit, von den fünfziger, sechziger Jahren aus gesehen, chronologisch noch zur jüngeren Vergangenheit gehörte, schien sie aus der Innenperspektive des Mythos unglaublich weit entlegen. Gewissermaßen lagen die Zeiten, in denen Reiterhelden unter den Klängen revolutionärer Lieder durch die Steppen des Südens galoppierten, viel, viel weiter zurück als das Rußland eines Lew Tolstoi und sogar eines Alexander I. Der monströse Bruderkrieg der Jahre 1918-1921 hatte das Land seiner dünnen Schale von Kultur und Zivilisation beraubt; es war fürwahr eine Zeit neuer Titanomachie, da grausame, hundertarmige Wesen einander stürzten und vernichteten, Götter und Heroen miteinander rangen - und es war jene unscharfe Grenze, hinter der das Nichts gähnte und wo die Geschichte erst begann.

Diese Art Mythologizität entsprach voll und ganz den Forderungen der Ideologie und der marxistischen Dogmatik: Die sowjetische Welt war radikal neu, nicht der vorherigen entwachsen; in deren rauchenden Trümmern hatte sie sich selbst gezeugt und geboren. Die Zeit, da sie entstand, war eine Zeit der Schöpfung. Von daher die allenthalben in der sowjetischen Kunst zu findenden Züge des altertümlichen Epos, die prähistorische Motivik.

Eine schlüssige Erklärung, warum ausgerechnet über Wassili Tschapajew die meisten und beliebtesten Witze im sowjetischen Rußland kursierten, gibt es nicht. Der historische Feldkommandeur kann sicher am allerwenigsten dafür. Vielleicht kam jener senile Oberst a. D. dem Kern der Sache am nächsten, der uns damals in der Schule die vormilitärische Ausbildung erteilte. »Ich weiß, ihr erzählt euch immerzu diese Witze über Tschapajew und Petka«, sagte er und rollte vor der verstummten Klasse mit den Augen. »Habt ihr eine Ahnung! In den dreißiger Jahren organisierte sich in Paris extra eine große Spionagegruppe aus weißen Emigranten, die das siebenbändige ›Lexikon des Humors der Völker‹ gewälzt und alle Witze, die sich einigermaßen verwenden ließen, auf Tschapajew und Petka umgeschrieben hat. Das sind die durchtriebensten Formen der ideologischen Aggression: Scherz und Ironie.«

Wenn wir von der Spionagegruppe einmal gnädig absehen wollen, steckt in diesen Worten eine tiefe Wahrheit. Bedenkt man, daß die gesamte Heldenmythologie aus sowjetischer Frühzeit auf Legenden von Feldkommandeuren basierte, so rührten die Tschapajew-Witze durchaus an die Wurzeln. Die Infiltration des sowjetischen Mythos ins Bewußtsein und seine Destruktion gingen praktisch einher. Der Tschapajew der Witz-Folklore ankerte im Bewußtsein der meisten jungen Leute sogar früher als der Film- oder Romanheld, und das bestimmte die Art und Weise, in der Film und Buch rezipiert wurden. Kaum eine Filmszene, die nicht in irgendeinem Witz ihr Zerrbild gefunden hätte. Und umgekehrt wird jedesmal, wenn Russen einen neuen Tschapajew-Witz hören, das kleine Filmstudio im Kopf in Betrieb genommen, und in dem Schwarzweißclip, der da abläuft, sind die altbekannten Filmgesichter zu sehen.

Da gibt es im Film zum Beispiel die berühmte Szene, in der Tschapajew seinem Politkommissar mit Hilfe einer Anzahl Kartoffeln strategischen Nachhilfeunterricht erteilt. Der dazugehörige Witz geht so: Tschapajew und Petka müssen im MG-

Feuer der Weißen den Uralfluß durchschwimmen. Tschapajew ist nahe daran zu ertrinken, läßt aber seinen kleinen Koffer nicht los. »Laß doch den Koffer los«, schreit Petka, »wir ertrinken!« Darauf Tschapajew: »Geht nicht, Petka! Da sind die Generalstabskarten drin!« Wie durch ein Wunder entrinnen sie dem Tod und kriechen ans andere Ufer. Petka macht den Koffer auf und sieht, daß er voller Kartoffeln ist. »Wo sind denn die Generalstabskarten?« – »Das sind sie doch«, sagt Tschapajew und nimmt in jede Hand eine Kartoffel. »Das da sind wir. Und das die Weißen.«

Die Witze über Tschapajew machen vor den realen Grenzen der Sowjetepoche nicht halt. Sie handeln überall und zu allen Zeiten. In einem zum Beispiel kommt der Papst zum sterbenden Fantômas, will ihm seine Sünden vergeben und sieht, es ist Petka – und er selber ist natürlich Tschapajew. In einem anderen brüstet sich Tschapajew vor Petka, er habe jetzt einen Job als Musiker bei den Beatles: Wenn sie »Come Together« spielen, muß er den Säbel vor dem Mikrofon schwingen, und es macht dieses »Tschschscht«.

Tschapajew und Petka sind so etwas wie die Projektion des kurzlebigen sowjetischen Kosmos auf das unendliche Universum.

Ein beträchtlicher Teil der Witze von Tschapajew und Petka ist höchst unanständig. (Vielleicht war es gerade das, was sie bei Kindern so beliebt machte und für ihre lauffeuerhafte Verbreitung sorgte.) Doch hat diese Obszönität eine tiefere Bedeutung: Unterschwellig verweist sie auf die Erbsünde der sowjetischen Welt, gezeugt durch unreines Blut, inmitten von Tod und Verderben. Und der schwarze Dreck, den es in einem Witz aus den Fußlappen Tschapajews in den Ural schwemmt, ist in Wirklichkeit der, mit dem die sowjetische Erbsünde das Leben in der Sowjetunion für alle Zeiten vergällt hat. Der Ursprung der schönen neuen Welt war unrein, und diese Unreinheit war letztlich die Ursache für ihren Untergang.

Von den vielen Göttern und übernatürlichen Wesen des alten Tibet weiß man, daß die Gläubigen sie nicht unbedingt für real oder objektiv existent hielten; gebildete Lamas vergleichen sie gern mit psychischen Akkumulatoren. Erst durch das gemeinsame Beten vieler erhalten sie ihre Energie – diese Aufladung durch die Hoffnung und den Glauben der Massen ist es, was den Gott zum Gott macht. Ähnliches ließe sich über unseren Tschapajew sagen. Einen Witz über ihn zu erzählen oder erzählt zu bekommen war eine Art gesamtnationales Gebet, und daraus ging ein Tschapajew-Bild hervor, das seine blassen historischen, literarischen und kinematographischen Doppelgänger an Authentizität weit übertraf. Dieser andere Tschapajew kann wohl als eine der wenigen Geistesgeburten gelten, die dazu angetan waren, Rußland »höheren Orts« zu repräsentieren – und dabei waren Witze und Film für diesen virtuellen Tschapajew Attribute wie der Koran für Allah.

In der Triade von Buch, Film und folkloristischer Überlieferung ist ein Element den anderen weit unterlegen – Furmanows Roman »Tschapajew«, ein Frühwerk des sozialistischen Realismus. Er ist leider furchtbar langweilig – für Generationen von Slawistikstudenten ein Graus. (Dabei entbehren die äußeren Umstände nicht einer gewissen Pikanterie. Dmitri Furmanow war seinerzeit Politkommissar des realen Tschapajew und litt an dem Mann, dem er später ein Denkmal setzte, über alle Maßen. Wie seine unlängst veröffentlichten Briefe an Tschapajew offenbaren, hatte Furmanows Ehefrau Anna ein heimliches Verhältnis mit Tschapajew. In dem Roman – 1923, also vier Jahre nach Tschapajews Tod geschrieben – findet sich davon selbstverständlich kein Wort.)

Ich ging für meinen Tschapajew-Roman von folgender Überlegung aus: Was, wenn man einmal eine Art Anti-Extrapolation anstellte und die »Verarbeitungslogik« des »sozrealistischen« Textes umkehrte, indem man sich eine Welt edler, erhabener Leute ausmalte, deren Andenken durch zahllose Fälschungen und Verdrehungen bis zur Unkenntlichkeit verzerrt worden ist? Wenn der sowjetische Mythos nicht der Lack auf einer ungestalten Wirklichkeit, sondern im Gegenteil die Verzerrung und Fälschung einer heroischen, grandiosen Wahrheit wäre? Wenn sich hinter dem süßlich-sentimentalen Vorzeigekommunisten namens Tschapajew nicht der grobschlächtige Säbelheld verbärge, den in trunkenem Zustand die Kugel eines Unbekannten traf, sondern ein geheimnisumwitterter, ungreifbarer buddhistischer Meister, der Leben und Tod bezwingt? Dann dürfte man die Tschapajew-Witze als blasphemische Zeugnisse einer anderen, seltsamen, sperrigen Wahrheit erkennen. Diese Wahrheit weiterzudenken, schrieb ich meinen Roman.

Der Tschapajew-Mythos ist allzeit eng an das sowjetische Paradigma gebunden gewesen, und viele junge Leute, die mein Buch heute lesen, sind mit dem Prototyp wenig vertraut. Die Witze über Tschapajew - ebenso wie die über Lenin, Stalin, Breshnew, Andropow, Gorbatschow etc., die ganze Schatzkammer sowjetischer Folklore, dieses Riesendepot gratis zu beziehender Beruhigungsmittel - schienen Anfang der Neunziger, als die berühmte russische Privatisierung begann, in Vergessenheit zu geraten. Es gab eine Zeit, da wurden überhaupt keine Witze mehr erzählt - eine schwere Heimsuchung für die Seele, die es gewohnt war, wenigstens einmal täglich für Sekunden der Häßlichkeit der Welt durch Lachen zu entrinnen. Ein paar Publizisten behaupteten natürlich sofort: Seht, Rußland wird endlich ein normales Land, in dem es keiner mehr nötig hat, seine psychischen Komplexe und Perversionen folkloristisch zu kompensieren.

Doch als zwei, drei Jahre vergangen waren, entstand eine neue Serie von Witzen - diesmal über die sogenannten Neuen Russen. Meines Wissens wurde der Ausdruck seinerzeit vom »Newsweek«-Magazin erfunden - in einem jener großen Rußland-Artikel, wie sie zu Beginn der Perestroika geschrieben wurden. Er hat sich auch bei uns eingebürgert, wobei Amerikaner und Russen ihn völlig verschieden verstehen. Die Amerikaner sehen im Neuen Russen eine Art Yuppie, den prosperierenden urbanen Jungprofi. Für die Russen ist der Neue Russe eine Witzfigur: ein Mann im grell himbeerfarbenen Sakko (solche waren vor einiger Zeit tatsächlich in Mode), mit Handy und Pistole, dickem Goldkettchen um den Hals, alle zehn Finger sonderbar verrenkt (Gangsterzeichensprache!). Der sozialen Zugehörigkeit nach ein Mittelding zwischen Bankier und Bandit – man könnte ihn vielleicht »Bandier« nennen.

Das Verblüffende war, daß in diesen Witzen der alte russische Mythos vom Feldkommandanten auferstand. Auch ihm, dem Neuen Russen, kann keiner. Er ist die Macht auf seinem gewählten Territorium und wird einzig von seinesgleichen in die Schranken gewiesen. Die Feldkommandeure im Bürgerkrieg der zwanziger Jahre fuhren mit sogenannten »Tatschankas« durch die Welt: geschwinden dreispännigen Kaleschen mit Maschinengewehr am Heck. Die Neuen Russen als die Feldkommandeure der Neunziger fahren – zumindest in den Witzen – ausschließlich 600er Mercedes, und im Kofferraum liegt eine MPi. Nach dem Tod von Prinzessin Diana war in sämtlichen Moskauer Revolverblättern davon die Rede, daß es die Arme in einem 600er Mercedes erwischt habe (obwohl es, glaube ich, ein 280er war) – nur dieser Tod gilt im Rußland von heute als wahrhaft königlich. Es gibt im Jargon sogar schon das Adjektiv »sechshunderter« in der Bedeutung von »stattlich«: »Boah, guck mal, was dort für eine Riesenschabe krabbelt«, könnte man einen modernen Moskauer in seiner Küche sagen hören, »eine sechshunderter!«.

Und wenn es noch eines letzten Beweises bedürfte, daß der Mythos vom Feldkommandeur die Perestroika überlebt und im Mythos vom Neuen Russen seine Reinkarnation gefunden hat, so liegt er in dem einfachen Umstand, daß viele Witze, die man sich früher über Tschapajew erzählte, kurzerhand zu Neue-Russen-Witzen umfunktioniert wurden.

Der sowjetische Kosmos, wie er bis zur Perestroika existierte, jener klapprige, zahnlose Stalinismus mit Gorbatschows menschlichem Gesicht, ist bis auf die Grundfesten zerstört. Rußland ist in die Epoche der Frühzeit zurückgefallen und wieder zur Titanomachie gelangt, zum Kampf der Feldkommandeure. Und wieder herrscht in Rußland mehr oder weniger offiziell eine Ideologie, nämlich die des oligarchischen Konsumismus – bestehend in dem (reichlich naiven) Glauben, die immer exzessivere Konsumtion durch eine immer geringere Zahl von Ex-Kommunisten wäre der Weg zum simplen menschlichen Glück. Was zu Sowjetzeiten die Sichtagitation war – die verordnete Hirnwäsche, die einen dazu zwang, im Reich des Witzes Zuflucht zu suchen –, finden wir heute in der Reklame: In einem Land, wo kaum ein Mittelstand vorhanden ist und es also wenig Sinn macht, breite Kreise der Bevölkerung zum Kauf zu animieren, spielt sie eine weitgehend rituelle und ideologische Rolle.

Eine solch kühne, ja, avantgardistisch-revolutionäre Transformation des an sich harmlosen Konsumismus kann nur den erstaunen, der übersieht, daß der Kapitalismus in Rußland von ehemaligen Kommunisten errichtet wird. Groß geworden mit der sowjetischen Propaganda, haben sie im Kapitalismus immer das Reich des absolut Bösen, der totalen Ausplünderung und Entmenschlichung gesehen. Und als von oben der Befehl kam, den Kapitalismus aufzubauen, bauten die Kommunisten ihn so, wie sie ihn verstanden, nach dem einzigen Modell, das sie kannten – nämlich so, wie er von den Karikaturisten in der sowjetischen Presse allzeit an die Wand gemalt worden war. Und ganz nach dem alten Schnittmuster geht man davon aus, daß heutige Generationen *irgendwie* und einigermaßen zurechtkommen müssen, damit dereinst die Kinder und Kindeskinder im Kapitalismus leben mögen – so wie weiland im Kommunismus. Der Ismus ist ein anderer, das ist alles. Die Logik der Erbauer ist die alte geblieben – es ist die Logik der »Internationale«, mit einem Minuszeichen versehen: *Reinen Tisch macht mit den Bedrängern! Heer der Sklaven, wache auf! Ein Nichts zu sein – tragt es nicht länger! Alles zu werden strömt zuhauf!*

So also kommt es, daß der frühzeitliche Mythos vom Feldkommandeur sich am Leben erhalten hat - nur daß letzterer nicht mehr in der Tatschanka durch die Steppe fegt, sondern mit dem 600er Mercedes durchstartet: von der Bank geradewegs ins Nirwana.

Paris, 1998